中国文学通史系列

唐代文学史（上）

中国社会科学院文学研究所 ◎ 总纂

乔象锺 陈铁民 ◎ 主编

The History of Tang Dynasty Literature

人民文学出版社

图书在版编目(CIP)数据

唐代文学史：上下／乔象锺等主编. -- 北京：人民文学出版社，2025. -- (中国文学通史系列).
ISBN 978-7-02-019114-7

Ⅰ. I209.42

中国国家版本馆 CIP 数据核字第 2025VE4044 号

责任编辑　张梦笔
装帧设计　刘　静
责任印制　王重艺

出版发行　人民文学出版社
社　　址　北京市朝内大街 166 号
邮政编码　100705

印　　刷　河北博文科技印务有限公司
经　　销　全国新华书店等

字　　数　1035 千字
开　　本　880 毫米×1230 毫米　1/32
印　　张　44.625　插页 6
印　　数　1—4000
版　　次　2025 年 2 月北京第 1 版
印　　次　2025 年 2 月第 1 次印刷

书　　号　978-7-02-019114-7
定　　价　158.00 元(全二册)

如有印装质量问题，请与本社图书销售中心调换。电话：01065233595

目 录

编写说明 …………………………………………………… 001

上编　初唐、盛唐文学

第一章　唐代文学总论
第一节　唐代文学繁荣的原因 ……………………………… 003
第二节　唐诗的发展与演变 ………………………………… 019

第二章　初唐的社会文化概况
第一节　唐初的社会文化背景与文学发展 ………………… 028
第二节　史传散文的成就 …………………………………… 038
第三节　刘知幾和《史通》 ………………………………… 047

第三章　王绩
第一节　王绩的生平和思想 ………………………………… 055
第二节　王绩的诗 …………………………………………… 060
第三节　王绩的赋和杂文 …………………………………… 067

第四章　唐初宫廷诗人
第一节　太宗朝的宫廷诗人 ………………………………… 072
第二节　武后及中宗朝的宫廷诗人 ………………………… 088

第五章　四杰(上)

第一节　王勃的生平 …………………………………… 102

第二节　王勃的文论及其他 …………………………… 106

第三节　王勃的文学作品 ……………………………… 108

第四节　杨炯的生平 …………………………………… 114

第五节　杨炯的文学作品 ……………………………… 117

第六章　四杰（下）

第一节　卢照邻的生平 ………………………………… 124

第二节　卢照邻的作品 ………………………………… 127

第三节　骆宾王的生平 ………………………………… 131

第四节　骆宾王的文学成就 …………………………… 135

第七章　律诗体制的完成

第一节　简说 …………………………………………… 142

第二节　李峤　苏味道 ………………………………… 145

第三节　杜审言　崔融 ………………………………… 149

第四节　沈佺期 ………………………………………… 153

第五节　宋之问 ………………………………………… 157

第八章　王梵志和其他通俗诗人

第一节　王梵志的时代和生平 ………………………… 163

第二节　王梵志诗集的流传和整理 …………………… 168

第三节　王梵志的五言通俗诗 ………………………… 171

第四节　寒山和拾得 …………………………………… 178

第九章　陈子昂

第一节　陈子昂的生平和思想 ………………………… 186

第二节　陈子昂的诗 …………………………………… 190

第三节　陈子昂的文 …………………………………… 198

第四节　陈子昂的文学主张和影响 …………………… 204

第十章 盛唐时期社会文化发展概况
- 第一节 政治经济的发展概况 ········· 209
- 第二节 宗教、学术的发展概况 ········· 216
- 第三节 繁花似锦的艺术世界 ········· 221
- 第四节 盛唐诗歌风貌 ········· 227
- 第五节 盛唐的诗歌理论与诗歌选集 ········· 237

第十一章 张说和张九龄
- 第一节 张说的生平和文学业绩 ········· 247
- 第二节 张说的诗文和传奇 ········· 252
- 第三节 张九龄的生平和文学业绩 ········· 262
- 第四节 张九龄的诗文 ········· 266

第十二章 "吴中四士"等诗人
- 第一节 "吴中四士"(上) ········· 276
- 第二节 "吴中四士"(下) ········· 281
- 第三节 刘希夷 崔国辅 ········· 287

第十三章 孟浩然和其他诗人
- 第一节 孟浩然的生平 ········· 295
- 第二节 孟浩然的诗歌 ········· 300
- 第三节 储光羲 ········· 308
- 第四节 裴迪 卢象 ········· 314

第十四章 王维
- 第一节 王维的生平和思想 ········· 323
- 第二节 王维的诗文 ········· 330
- 第三节 王维的地位和影响 ········· 353

第十五章 王昌龄、李颀及其他诗人
- 第一节 王昌龄的生平与思想 ········· 358

第二节　王昌龄的诗歌 …………………………………… 362

　　　第三节　李颀的生平与诗歌 ………………………………… 371

　　　第四节　常建与祖咏 ………………………………………… 377

　第十六章　高适和其他诗人

　　　第一节　高适的生平 ………………………………………… 384

　　　第二节　高适的诗歌 ………………………………………… 387

　　　第三节　崔颢 ………………………………………………… 400

　　　第四节　王翰和王之涣 ……………………………………… 404

　第十七章　岑参

　　　第一节　岑参的生平 ………………………………………… 410

　　　第二节　岑参诗歌的内容 …………………………………… 413

　　　第三节　岑诗的艺术风格和高岑诗之同异 ………………… 421

　第十八章　李白(上)

　　　第一节　李白的生活经历 …………………………………… 428

　　　第二节　李白的思想特征 …………………………………… 437

　　　第三节　李白的政治活动 …………………………………… 442

　第十九章　李白(下)

　　　第一节　李白诗歌反映了盛唐时期广阔的现实生活 ……… 450

　　　第二节　李白诗歌的体裁、风格及艺术特征 ……………… 460

　　　第三节　李白的文、赋及诗论 ……………………………… 472

　　　第四节　李白诗歌的影响及流传 …………………………… 478

　第二十章　杜甫(上)

　　　第一节　杜甫生平及创作道路 ……………………………… 487

　　　第二节　杜甫诗文的思想内容 ……………………………… 501

　第二十一章　杜甫(下)

　　　第一节　杜诗的艺术风格与艺术表现 ……………………… 520

第二节　杜甫的影响和历代的杜甫研究 …………………… 533

第二十二章　古文运动的前驱
　　第一节　萧颖士 …………………………………………… 546
　　第二节　李华 ……………………………………………… 550
　　第三节　贾至　颜真卿 …………………………………… 556
　　第四节　独孤及 …………………………………………… 560

第二十三章　元结和《箧中集》
　　第一节　元结的生平和文学思想 ………………………… 568
　　第二节　元结的诗歌 ……………………………………… 573
　　第三节　元结的散文 ……………………………………… 578
　　第四节　《箧中集》及其作者 …………………………… 585

第二十四章　刘长卿和韦应物
　　第一节　刘长卿的生平 …………………………………… 590
　　第二节　刘长卿的诗歌 …………………………………… 594
　　第三节　韦应物的生平 …………………………………… 603
　　第四节　韦应物的诗歌 …………………………………… 606

后记 …………………………………………………………… 618

编写说明

文学史是文学研究整体中的一门重要学科。新中国成立以来，由各大专院校、科研机构集体编写和专家个人编写出版的中国文学史各有特色，其中有些著作还发生过较大影响。但目前尚缺少一部论述较为详尽的多卷本文学史著作。为了弥补这种不足，按照全国哲学社会科学"六五"规划的安排，由中国社会科学院文学研究所主持组织有关单位和有关专家编写十四册的《中国文学通史》，以期作为文学研究工作、高等院校教学工作以及其他文化工作中的参考用书。

按照长期以来文学史研究的实际情况，为了有利于编写者发挥专长，同时考虑到读者的方便，本书按时代分为十种十四册，计为《先秦文学史》、《秦汉文学史》、《魏晋文学史》、《南北朝文学史》、《唐代文学史》(上下)、《宋代文学史》(上下)、《元代文学史》、《明代文学史》(上下)、《清代文学史》(上下)、《近代文学史》。各册自成起讫而互作适当照应，合则为文学通史，分则为断代文学史。

本书编写的总要求是，在马克思主义指导下，阐述我国古近代文学的基本面貌，要求材料比较丰富翔实，叙述比较准确充分，力图科学地、全面地评价作家、作品，从而阐明各种文学现象形成的历史过程及其继承和发展关系。限于主客观的种种条件，实际的工作必然和上述要求有所距离,书中的不当以至错误必然不可避免,敬希海内外的学者专家和读者不吝指正。

下面是对编写工作中一些具体问题的说明。

一、本书由中国社会科学院文学研究所负责总纂,北京大学、南京师范大学协作编纂。

二、本书各册的编写方式不取一致,采用主编或编著者负责制。

三、本书设立编纂委员会,负责协调各册的编写工作及组织质量审定的工作。编纂委员会设正、副主任委员,负责处理有关工作。

四、编纂委员会聘请各协作单位的著名专家三人担任全书的顾问。

五、各册的编写服从于统一的全书编写方针,但各册的内容、体例均相对独立。各册之间的分工、衔接以及内容中必要的互见都经过讨论、协商。

六、少数民族文学是中国文学史的重要组成部分之一。由于各种原因,本书中仅对少量用汉语写成的少数民族古典文学作家、作品作了论述。中国社会科学院少数民族文学研究所目前正组织编写《中国少数民族文学史丛书》,出版后将可和本书互参互补。待将来条件成熟而本书又有机会作较大的修订,自当酌增这方面的内容。

七、本书的编写得到国家社会科学基金会的资助,得到中国社会科学院和文学研究所负责同志和有关单位负责同志的支持和赞助,也得到国内外学者的鼓励;在出版工作中又承人民文学出版社古典文学编辑室大力支持,谨此一并致以谢忱。

《中国文学通史》编纂委员会

上　编

初唐、盛唐文学

第一章　唐代文学总论

第一节　唐代文学繁荣的原因

　　源远流长的中国古代文学,发展到了唐代,呈现出一派空前繁荣的景象。唐代文学的繁荣,首先突出地表现在诗歌方面。有唐一代,遗留下来的诗歌近五万首,不仅数量超出以前各代遗诗总和的两三倍以上,而且质量极高,有许多感人肺腑、脍炙人口的艺术精品。唐朝又是一个诗歌艺术天才成批涌现的时代。除李白、杜甫这两个人类历史上罕见的伟大诗人外,其他如陈子昂、孟浩然、王维、高适、岑参、王昌龄、韦应物、元稹、白居易、韩愈、孟郊、柳宗元、李贺、杜牧、李商隐等人,也都是开宗立派、具有独创风格的大家。此外,有成就、有特色、有影响的诗人,尚不下五六十之数。这些诗人的创作,在唐代诗坛上争奇斗艳,形成了百花齐放的伟观。唐人在诗歌方面的成就,不但是空前的,也是后人难以企及的。在散文方面,以韩愈、柳宗元为首的古文运动,开创了我国古典散文发展的一个新时代。"古文"家们不仅写出了许多具有高度思想、艺术价值的文学散文,如杂文、寓言、人物传记、山水游记等,而且完成了文体文风的革新,创立了一种精粹凝练、畅达明朗的新型"古文",使散文的抒情、描写、叙事、议论功能得到新的拓展,为此后散文的发展,奠定了体制和方向。在小说方面,出现了不少优秀的"传奇"作品。它与六朝的志怪小说及志人小说相比,已发生了根本性的变化。由内容上看,从志怪的主要记述鬼神怪异之事转向描写现实生活;艺术上,则有了曲折、完整的故事情节,生动、具体的细节描写,个性鲜明的人物形象,大非六朝志怪的"粗陈梗概"与志人的简述轶事所能比拟。唐传奇的出现,标志着中国小说进入了成熟的阶段。另外,这个时期还出现了一些为前代所无的新兴文学样式,如变文及词等,它们的产生和广泛流传,为宋以后文学的发展,开辟了新的途径。

唐代近三百年的时间内,并不是每个时候文学都出现繁荣的局面。唐文学的繁荣,主要表现在以下三个阶段:玄宗开元年间至代宗大历初、德宗贞元至穆宗长庆年间、敬宗宝历初至宣宗大中年间。

形成唐代文学繁荣的原因是什么呢?

文学的发展有其自身的规律,表现出特别明显的继承性。任何一个时代的文学要想向前发展,都必须以前代人所到达的终点作为自己的起点。唐文学的繁荣,也受到了这一规律的制约。以诗歌而论,先唐诗歌创作经验的不断积累,就为唐诗的繁荣准备了条件。唐人正是在充分继承前人成果的基础之上,又作了新的创造,才把诗歌的发展,推上高潮的。

中国诗歌自西周初年发展到隋朝,经历了一千六百年时间,所积累的艺术经验已经十分丰富。例如《诗经》中的国风和一部分小雅,善用比兴,能以朴素简净的语言描摹事物、抒发感情,使读者感到十分亲切。屈赋则文辞绚丽,想象奇谲,带有浓烈的神话色彩和鲜明的个性特点。又"依诗取兴,引类譬喻",继承并进一步发展了《诗经》的比兴传统。汉乐府民歌叙事性大大加强,诗歌叙事的技巧(如人物对话或独白的运用,人物心理描写和细节刻画,情节的选择与剪裁,语言的朴素生动等),也得到了较大发展。《古诗十九首》长于抒情,有言近旨远、语短情长之妙。建安诗歌"并志深而笔长,故梗概而多气"(《文心雕龙·时序》),其代表作家曹操,文笔朴质而气韵沉雄。另一代表作家曹植,"骨气奇高,词采华茂"(《诗品》上),他更讲究艺术表现,注意语言的提炼,但又能保有浑朴沉健的本色。魏晋以后,人们对文学的特质与规律的认识越来越明晰,如曹丕说:"诗赋欲丽。"(《典论·论文》)陆机说:"诗缘情而绮靡,赋体物而浏亮。"(《文赋》)梁萧绎说:"吟咏风谣,流连哀思者,谓之文。……惟须绮縠纷披,宫徵靡曼,唇吻遒会,情灵摇荡。"(《金楼子·立言篇》)与此相应,人们对于诗歌的艺术表现,也就有了更高更自觉的追求。这一点在曹植身上已有了明显的表现。曹植之后的作者,更继续努力作这一方面的追求,并取得了丰富的成果。叶燮指出:"建安、黄初之诗,大约敦厚而浑朴,中正而达情。一变而为晋,如陆机之缠绵铺丽,左思之卓荦磅礴,各不同也。其间屡变而为鲍照之逸俊,谢灵运之警秀,陶潜之澹远。又如颜延之之藻缋,谢朓之高华,江淹之韶妩,庾信之清新。此数子者,各不相师,咸矫然自成一家。"(《原诗·内篇上》)这些诗人,艺术上都各有自己的独特造诣和贡献。其中陶潜的诗,自然、朴素、平淡,而又淳厚有味、富于情趣、极耐咀嚼,语言经过高度锤炼却又不见炉火之迹,把汉魏以来浑厚古朴的诗歌推上了发展的顶峰。谢灵运则另辟蹊径,开创了南朝诗歌的一代新风。他大量创作山水诗,在描摹山水风景时追求极貌穷态,精心锻炼字句。《文心雕龙·明诗》曰:"俪采百字之偶,争价一句之奇;情必极貌以写物,辞必穷力而追新。"这几句话正好道出了谢灵运诗歌的特点。齐梁诗人大抵都沿着谢灵运别辟的蹊路向前发展,潜心于艺术技巧的探索。他们的作品,讲求词采、声律、对偶、用事,工于炼字造境,用语精警流丽,刻画纤密细巧,在诗歌艺术的创新上,作出了自己的贡献。尤其是二谢、阴、何等南朝诗人,在他们创作的大量山水诗中,把大自然作为具有独立美学价值的描写对象,不仅开拓了中国诗歌艺术美的新领域,还使得诗歌的艺术形象和造境手段更为丰富,表现方式更加多样,这对于后世诗歌的发展,起着不小的促进作用。还有,这个时期,诗歌语言的精练、灵活和形象化大大加强,说明诗歌语言的提炼已达到高水平,诗歌语言已日臻于成熟。这一切,都为唐代诗歌的高度繁荣,铺平了道路。

唐代所有有成就的诗人,无不努力从前代的诗歌中汲取艺术营养。例如王、孟、韦、柳,都得力于陶、谢;李白"祖风、骚,宗汉、魏,下至鲍照、徐、庾亦时用之"(陈绎曾《诗谱》);杜甫更是"转益多师",博采众长,"盖所谓上薄风、骚,下该沈、宋,古傍苏、李,气夺曹、刘,掩颜、谢之孤高,杂徐、庾之流丽,尽得古今之体势,而兼人人之所独专矣"(元稹《唐故工部员外郎杜君墓系铭》)。因此可以说,如果没有前代诗歌艺术经验的丰富积累,就不可能有唐诗艺术的高度成就。

在新诗歌体裁的探索和草创方面,六朝诗人也做了许多有益的工作。中国诗歌发展到汉代,四言体和骚体已日趋衰微。与汉语中双音词逐渐增多的情况相适应,五言体于西汉时在民间出现了。经过文人的不断试作,到了东汉末年,五言诗已臻于成熟。魏晋南北朝时期,五言一直"居文词之要",成为诗歌创作的主导形式。七言体的兴起较五言为晚,但它在民间出现后,经过曹丕的习作,到了刘宋时代的鲍照手中,也已基本确立。齐梁陈时期,诗文讲求对偶、声律的风气很盛,五言诗朝着格律化的方向发展着。当时的诗人,在五言诗的篇制、对偶、声律三者怎样互相结合的问题上,多方探索,反复尝试,创制了多种多样的具体格式。其中已有少数作品篇制、对偶、声律结合得非常和谐完美,完全符合标准的五言律诗格式。初唐诗人经过对上述多种格式的鉴别、比较、实践，使五言律诗的形式固定了下来。五排、五绝、七绝的形成过程，与五律大抵相同，它们都孕育于齐梁陈时代，定型于初唐。至于七言律诗，在庾信、隋炀帝的极个别作品中，已经出现了七言八句中二联对偶的形式，但标准的七律，则大抵是在五律定型以后，由唐人依照五言律诗的格律加以扩展而创制的。除了近体诗的确立外，传统的五七言古体，在唐代也得到了更进一步的充实和发展。尤其是七古，可以说只是到了唐代才真正兴盛起来，充分显示出其艺术上的优越功能。我国诗歌史上那些流行了一两千年最富有生命力的诗体，在唐代都已发展到了十分成熟的境地，这对于唐诗高潮的形成，有着不小的促进作用。一种新诗体的出现和趋于成熟，会刺激诗歌创作的发展，这种现象在中国诗歌史上屡见不鲜。例如东汉末年五言诗的成熟，带来了建安诗歌的繁荣；唐代词的出现和日趋成熟，促成了宋代词的高度发展。近体诗的形成和古体诗的进一步发展，对于唐诗的繁荣所能起的作用，自然也一样。而古体诗在唐以前已确立和成熟，近体诗虽到了初唐才正式形成，但其孕育和草创，却在六朝，所以，六朝诗人在新诗体的创制方面进行的探索，对于唐诗高潮的到来，无疑起了推进的作用。

再从散文的发展来看。中国散文有着悠久的历史。春秋战国时代，散文勃兴，其说理与记事的技巧取得长足进步。到了汉代，《史记》人物传记在刻画人物与运用语言方面，都有了高度的成就；政论文也能继承先秦诸子散文的优良传统。但是，当时文学与史学、哲学尚未完全分途，纯粹的文学散文还没有出现。魏晋以后，骈文繁兴，社会也进入了鲁迅所说的"文学的自觉时代"。骈文讲求对偶、辞采、声律以及句式的工整等，表现出对于艺术美的自觉追求，正是文学观念趋于明晰的时代的产物。尽管不少骈文具有严重缺点，但其中也存在着一些艺术精品。特别是产生了一些以抒情写景见长的纯文学散文,这在中国散文发展史上,具有开创的意义和不可忽视的作用。唐代韩、柳等的"古文",是作为骈文的对立物出现的。"古文"家们提倡学习先秦两汉散文,在解散骈体、革正文风方面,他们从古代的散文中得到了很多启示;对于先秦两汉散文的优良传统和艺术上的成功经验,他们也很注意学习和汲取。另一方面,对六朝骈文,"古文"家们也不简单抛弃。他们在创作实践中,对于骈文的艺术成果,例如对偶、声韵、提炼语言、抒情写景的技巧等等,多所借鉴;在散文艺术美的讲求和纯文学散文的写作上,也接受了骈文的影响。刘熙载《艺概》卷一云:"韩文起八代之衰,实集八代之成。盖惟善用古者能变古,以无所不包,故能无所不扫也。"指出韩文善于汲取骈文的成果。因此可以说,没有六朝骈文和古代散文写作经验的丰富积累,就没有唐代"古文"的巨大发展。

如前所述,在六朝时代,文学发展了,诗文的艺术表现手段和技巧丰富了。但是,另一方面,由于社会历史的原因,这时期的诗文,又存在着视野狭小、情思萎弱、片面追求形式美的弊病,形成了后人所说的绮靡浮艳之风。唐王朝建立后,这种文风的影响仍然很大,它既成为文学自身进一步发展的障碍,又使得文学难以适应社会生活变化的需要。于是,诗文革新的要求便被提出来了。唐初魏徵在《隋书·文学传序》中,主张把江左的清绮文词与河朔的贞刚气质结合起来,做到"文质彬彬",就是这种要求的反映。经过初唐阶段的充分准备,诗歌首先在盛唐时代完成了从内容到形式的全面革新。文学的发展,既离不开继承,也离不开革新,盛唐诗人正是在充分继承前人的一切艺术成果的基础之上,进行了大胆的创新,才把唐代诗歌推上了发展的高峰。王维《别綦毋潜》说:"盛得江左风,弥工建安体。"这两句话可借用来说明盛唐诗歌的面貌。盛唐诗歌浑厚、劲健、质朴、明朗,清除尽齐梁馀风的影响,继承了建安的风骨。同时,它又清新俊逸、精工流丽,既能充分地汲取江左诗歌的艺术经验和技巧,又能返璞归真,达到"清水出芙蓉,天然去雕饰"。它追步建安,又不同于建安,远远超过建安,呈现出气象恢宏、意境高远、风华秀发、情韵深长的风貌,臻于魏徵所向往的"文质彬彬,尽善尽美"的境地。盛唐诗歌高潮的到来,既是对前代诗歌艺术传统的一次大总结、大继承,更是一次大革新。唐代散文的革新,则完成于贞元至长庆年间。当时韩、柳等写作的"古文",既不同于六朝以来的骈文,也有别于先秦两汉古文。它是在充分继承前代的所有散文的艺术成果的基础之上,努力进行新的创造的产物。没有这种新的创造,就没有唐代"古文"的发展和繁荣。

但是,文学上的总结、继承和创新、发展,并不是在任何时候任何情况下都能够顺利完成,也不是有了前代艺术成果的丰富积累,后代文学就能自然而然地形成新的发展高潮。只有在一定的历史时期,由于具备了适宜的条件,人们才有可能在前代积累的成果的基础上,进行总结、继承和革新,使文学的发展出现新高潮。唐代是一个如日方中的中国封建社会的鼎盛时代,它完全有能力为文学的继承与革新创造适宜的条件,造就出一大批能够担负这一继承与革新任务的杰出人才,从而把文学的发展推上高峰。

唐帝国是在隋末农民起义的基础上建立的。它的统治者(以李世民为代表)亲眼看到隋朝的二世而亡和农民起义的巨大威力,从中认识到"水所以载舟,亦所以覆舟,民犹水也,君犹舟也"(《通鉴》卷一九七)的朴素真理,并以此为出发点,制定了一系列有助于缓和阶级矛盾、促进国家的长治久安的政策。如实行均田制和租庸调法,引导农民开垦荒地,并适当减轻他们的负担,使农业生产迅速恢复和发展。又节用慎刑,纳谏任贤,建立各种制度,加强中央集权,使社会出现一个长期稳定的局面。自唐太宗登极至唐玄宗时代,唐王朝足有一百二十多年的安定时期。虽然这个期间唐王朝内部曾发生过一些宫廷斗争,但对社会并没有产生什么牵动全局的影响。社会的安定为经济的发展和繁荣铺平了道路,经济的繁荣反过来又促进了社会的安定。经济繁荣与政治稳定在玄宗时代达到最高峰,形成了历史上著名的"开元之治"。

繁荣昌盛的封建经济,为唐代文化包括文学的发展奠定了坚实的物质基础。我们知道,经济越发展,体力劳动者所能提供的物质资料就越丰富,从事精神生产的脑力劳动者也就可能越多,这对文化的发展是有利的。又,随着生产的发展,中小地主在经济上的力量日益增强,这样他们便有了掌握文化的要求和可能(在印刷术未曾通行的时代不具备一定的经济条件是难于掌握文化的),于是,唐以前那种门阀世族垄断文化的局面也就被打破了。这种文化的相对普及,为大批寒素家庭出身的士人步入文坛创造了必要条件。

社会的长期安定,为唐代文学的发展提供了良好的环境。有了这样一种环境,人们才能够对前代的文学成果进行全面的研究、总结和继承,才能够精心结撰数量众多、容量较大的杰出作品,所以,安定的社会环境,对于创作的繁荣,具有促进的作用。政治的稳定和经济的发展,也使统治者有可能致力于"文治",积极组织和参与文化事业的建设。如国学和府、州、县学的创建,遗书的搜集和国家图书馆的设立(唐弘文馆聚集群书,多至二十馀万卷),史书和类书的编纂等等,都在唐初诸帝的倡导下,得到实施和完成。这类文化建设,对于文学的发展,能起一定的促进作用。

经济的繁荣和政治的稳定,使唐帝国一度成为当时世界上最强盛、富庶的国家。生活在这样的国家,士人们的精神风貌和心理状态必定要随着发生变化。例如,值得歌颂的"赫然国容",培养了士人们的自豪感和自信心;盛世的和平繁荣,使他们洋溢着蓬勃的朝气和乐观浪漫的精神;政治清明,又激发了他们建树功业的壮志和积极进取的热情。唐代以科举取士,结束了门阀世族垄断政权的局面,使得地主阶级中各个阶层的才智之士,都可以通过考试攀登高位。唐时登进士第的人,"位极人臣,常十有二三,登显列十有六七"(李肇《唐国史补》卷下)。这种情况,以及政治的清明,大大增强了士人(尤其是中小地主阶层的士人)从政的热情和勇气,使他们对未来充满了希望和信心。所谓"富贵吾自取"(李白《邺中赠王大》)、"公侯皆我辈"(高适《和崔二少府登楚丘城作》)、"天生我材必有用"(李白《将进酒》),都表现出了对于凭个人才能坐取公卿、施展抱负的充分自信。由于下层士人"为君辅弼"、经邦治国已有了实际可能,因而就大大地激发了他们对于"致君尧舜"理想的追求,培养了他们的"大丈夫四方之志"和以天下为己任的精神。士人思想面貌和精神状态的上述变化,对于文学创作必定产生直接的影响,其主要的表现是,推动了诗文的革新,使南朝诗文的颓靡萎弱的弊害,在唐代文坛上逐渐失去存身之地。又,科举制的实行,不但使一批中小地主阶层的士人跻身于统治者的行列,也使他们登上了长期以来为世族所把持的文坛。文坛阶级结构的这一变化,也有利于诗文革新的展开。唐代文坛上的一批革新闯将,大多来自中小地主阶层。

国家的统一、社会的安定和经济的繁荣,又促进了南北文风的进一步融合。国家的统一,有利于南北文化的交流。生产的发展、经济联系的加强,促进了水陆交通的发展;农业的繁荣,导致"公私仓廪俱丰实"(杜甫《忆昔》),旅人不必自带粮食,而取给于路,社会的安定,又使"九州道路无豺虎,远行不劳吉日出"(《忆昔》),"虽行万里,不持兵刃"(《旧唐书·玄宗纪》)。由于有上述这些条件,因此促成了唐代盛行的漫游之风。当时的许多文士,如孟浩然、李白、杜甫等,都有过漫游南北各地的经历。此外,由于科举、铨选、边帅可自辟佐吏等制度的推行，又产生了士子入国子学、赴京应试以及应试前广谒名流、失利后"举粮"州郡等现象，加上官吏的赴选、迁转、出使，士人的出塞谋职等等，共同造成了文人的旅食各地、以四海为家的风气。在唐代，一生只安住一地的士人，几不可见。唐代的这种风气，不仅可使士人开阔胸襟、眼界，增广见识、阅历，而且还直接促进了南北文风的融合和各民族文化的交流。此种融合与交流，为文学尤其是诗歌的更加完美的发展，创造了可能。

唐王朝还为士人们创造了一个比较自由、活跃、宽松的政治思想环境，这是唐代文学形成繁荣局面的一个必要前提条件。宋洪迈《容斋续笔》卷二"唐诗无讳避"条云："唐人歌诗，其于先世及当时事，直辞咏寄，略无避隐。至宫禁嬖昵，非外间所应知者，皆反复极言，而上之人亦不以为罪。……今之诗人不敢尔也。"指出唐人作诗无所避忌，敢于批评时政和君主的缺失。这话有一定道理。即如性格软弱的王维，对天子也有微讽之词。其《早朝》云："方朔金门侍，班姬玉辇迎。仍闻遣方士，东海访蓬瀛。"胡震亨《唐音癸签》卷十一评此诗说："明以秦皇、汉武讥其君矣。"唐人之所以能够这样做，盖由于"上之人亦不以为罪"，即政治思想环境比较宽松，君主专制的淫威不像有些朝代那样酷烈。那么，为什么唐代会有一个比较宽松的环境呢？首先的一点是，唐太宗首开的纳谏之风的影响。唐太宗鼓励群臣犯颜直谏，其后继者贤愚不一，未必皆能纳谏，但大抵都有容谏的度量，这种作风还是基本上保持下来了。在这种作风的影响下，士人一般敢于正视现实，能够直言不讳，故有唐一代抨击朝政、揭露时弊的章疏甚多，其措词之尖锐，为其他时代所少见。这种开明作风形成的原因，主要恐怕在于唐太宗等君主深刻认识到农民起义的巨大威力，对于隋朝的短命而亡心有馀悸，所以希望通过纳谏减少错失，"使子孙长久，社稷永安"（《旧唐书·萧瑀传》记太宗语）。另外,隋末农民起义沉重地打击了门阀世族,唐统治者又通过修订《氏族志》和实行科举制,对门阀世族加以抑制,同时使得一批中小地主阶层的士人登上政治舞台,参与国家的治理。他们有自己的政治要求,在朝廷中形成一股力量,最高统治者为了巩固自己的统治,有时也不得不倾听他们的呼声。另外的一点是,实行三教并用的政策造成的结果。

唐王朝的统治者,为了更好地维护他们的统治,对于儒、释、道三教,都加以利用。这种政策在唐初已得到确立,以后即大抵相沿不改。统治者并用三教的结果,使儒学不能建立一统之尊,其地位实际上有所下降。唐时三教调和的论调虽然很盛,但三教之间在理论、教义上有不少地方互相抵触,因此它们之间的矛盾冲突又相当激烈。如儒家视孔孟的学说为圣人之道,佛家却判之为最低级的"世教";儒家重纲常伦理,视忠孝为立身之本,佛教讲因果轮回、出世解脱,所倡实际乃"无父无君",道教虽然吸收了不少儒家的伦理观念,但毕竟讲"服食登仙",而仙家,自然非君主所得而臣,所以,对于"君臣大义",也不甚讲求。对这类矛盾冲突,统治者往往取折中态度,不加干预。这样,儒家思想的权威地位,也就逐渐动摇了。正因此,唐时常有非议孔子的事情出现,例如刘知幾的指责孔子"饰智矜愚,爱憎由己"(《史通·疑古》),李白的"凤歌笑孔丘",元结的"不师孔氏"等等。又对于儒经,唐人往往采取一种比较灵活、通达的态度。他们多不为章句之学,而主张通大义,达时变,掌握经典的精神实质,用以治理国家。如崔祐甫《故常州刺史独孤公神道碑铭》称独孤及"遍览五经,观其大义,不为章句学"。又姚崇《答捕蝗奏》说:"庸儒执文,不识通变,凡事有违经而合道者,亦有反道而适权者。"反对拘执经文,不知通变。李华《质文论》说:"愚以为将求致理,始于学习经史。"又说经典之言未必尽善,应考求其"简易中于人心者以行之"。

要求通经致治,但不赞成死守经典教条。即使以孔孟"道统"的继承者自居的韩愈,也并不完全忠实于儒经的古老教条。对于儒学思想,唐人也大抵取同样态度。如汉董仲舒提出"三纲"的道德观,视君臣之间的关系为绝对统治和服从的关系,并认为这完全是出于天的意志。宋代理学家继承其说,更把"三纲"说成是万古长存、绝对不可违背的"天理"。而在唐代,人们却并没有把"君臣大义"绝对化,看得像汉人和宋人那样重。如李华《中书政事堂记》说:"政事堂者,君不可以枉道于天,反道于地,覆道于社稷,无道于黎元,此堂得以议之。"认为对君主的错误,臣子可以议论。又如王维陷贼接受伪职,宋儒朱熹曾从维护"三纲"的立场出发,对他大加贬斥,而唐代诗人杜甫、储嗣宗述及此事,却都采取一种谅解和同情的态度。[1]关于"夫为妻纲",唐人同样也没有把它绝对化,所以唐代妇女在行动上受到的限制少一些。除并用三教外,唐统治者也兼容诸子百家思想。这一切,使得儒学教条对人们的束缚大大削弱,人们的思想得到了某种程度的解放,其创造力能够得到较好发挥,因而也就为文学的发展,提供了良好的条件。

中外文化交流的发展,对唐代文学的繁荣,也产生一定的促进作用。唐时经济的繁荣,促进了中外交通与经济往来的发展;随着中外经济交往的日益广泛、频繁,文化方面的交流也达到了高潮。当时,域外的音乐、舞蹈、美术纷纷传入;西方的景教、波斯的摩尼教和袄教、阿拉伯的伊斯兰教,也在这时输入中国。唐代由于国家强盛,人们富有民族自信与雄大魄力,因此对于一切外来文化,都不推拒,这就不仅使得外来文化本身,对于唐人能够起到开阔眼界、启迪心智、活跃思想、激发创造力的作用,而且还使得中国固有的文化,因摄取外来文化的优秀成分而更趋完善。这些,对于文学的发展,都是有利的。

在如何对待民族文化遗产的问题上,唐人也具有宏大气魄。隋李谔作《上隋高祖革文华书》,对建安以来的诗文一概否定,要求对有华艳文风者绳之以法。《书》十分严厉地批判了华艳文风,主张文章应讲求实用,有其可取之处,但不分青红皂白地否定一切,又表现出了对待遗产的一种片面、绝对的态度。唐人则不这样做。如《贞观政要·礼乐》记太宗君臣论乐,御史大夫杜淹称"前代兴亡,实由于乐",认为陈《玉树后庭花》曲、齐《伴侣曲》是"亡国之音","行路闻之,莫不悲泣"。太宗不同意这种意见,说:"不然。……今《玉树》、《伴侣》之曲,其声俱存,朕能为公奏之,知公必不悲耳。"他不认为文艺具有决定国家兴亡的那么大力量,对于被视为"亡国之音"的作品也不怯于接纳。又如杜甫,他对曾受疵议的六朝作家,如谢灵运、谢朓、沈约、何逊、阴铿、江淹、庾信等,一再表示赞赏,给予很高评价。杜甫有魄力吸取前人的一切艺术成果,决不因为六朝作家存在着这样或那样的缺点而轻易唾弃。这一点,也是唐代文学繁荣的一个不可或缺的条件。

唐代是一个诗的时代。唐朝诸帝,如太宗、高宗、武后、中宗、玄宗、德宗等,皆喜好诗歌,奖进诗人,这对于重诗的社会风气的形成和诗歌的发展,会产生一定的作用。进士科加试诗赋,是唐统治者重视诗歌的一个表现。高宗永隆二年(681),朝廷从考功员外郎刘思立的奏请,进士加试杂文二首。所谓"杂文",包括箴、铭、颂、论、诗、赋等。武后时苏颋举进士,有试帖诗《御箭连中双兔》,这大概是进士试诗的开始。开元间试杂文一项,以试赋、诗的时候居多,但也有试颂或箴者。进士试诗赋各一成为定制,大抵在天宝之时。[2]由此可以看出,盛唐诗歌的繁荣,与进士科的以诗取士,似没有什么特别重大的关系。但是,也不能否认,以诗取士的制度确立之后,对于诗歌的发展,还是产生了一定的促进作用。这种作用并不表现在省试诗中产生了什么佳作(省试诗由于受到各种限制,不可能出现出色的作品),而表现在把知识分子的注意力引向诗歌,造成了士人普遍学诗作诗的风气(即杨绾《条奏贡举疏》所谓"幼能就学,皆诵当代之诗;长而博文,不越诸家之集")。苏辙说:"唐朝文士例能诗。"(《题韩驹秀才诗卷一绝》)这同以诗取士不无关系。

以上所述,即唐代为文学的继承与革新任务的完成,所创造的适宜条件。这些条件在盛唐时代最为充分地具备,因而这个时期文学的发展,也达到最高潮。那么,为什么出现过"贞观之治"和"永徽之治"的唐初近九十年时间,这些条件也大体齐备,却并没有形成文学发展的高潮?其主要的原因在于,文学的发展,不可能不受到其自身规律的制约。以诗歌而论,唐王朝建立后,六朝绮艳诗风的影响仍然巨大。诗风作为文学发展过程的习惯力量,其影响通常是根深蒂固的,不可能一下子消失。诗风不会随着政治、经济面貌的改变而立即改变,它的改变是一个比较缓慢的过程。所以,唐王朝建立之初,诗歌发展的高潮不可能立刻到来。再者,在六朝时代,伴随着绮艳诗风而出现的,是诗歌艺术表现手段与技巧的丰富和发展,如果沿着六朝以来的道路继续走下去,听任绮艳诗风蔓延,显然不可能使诗歌得到发展;完全抛弃六朝以来的传统,以仿效建安以前的诗歌为能,同样也不会使诗歌得到发展。只有既清除绮艳诗风,又充分汲取六朝以来诗歌的艺术成果,才能使诗歌得到进一步发展。要做到这一点,不仅需要在理论上进行探索,而且需要在创作实践上反复尝试。这显然也是一个渐进的比较缓慢的过程。另外,新诗体的创制,到了沈、宋手里才基本完成,所以诗歌高潮的掀起,尚有待于来日。历史步入盛唐时代,上述这些诗歌自身发展过程中存在的问题,都在理论上和创作实践上得到了解决,因此诗歌空前繁荣的局面,也就自然而然地出现了。

德宗贞元至穆宗长庆年间,是唐文学的第二个繁荣阶段。盛唐文学的繁荣,主要表现在诗歌领域,而这个阶段,诗歌、散文、小说则都得到了发展。安史之乱是唐代社会由盛而衰的转折点。安史之乱平定后,社会形成了藩镇割据、宦官专权、经济遭到破坏、政治腐败混乱的局面,唐帝国昔日的盛况,已一去不复返了。那么,为什么在这样一种情势下,却又能够出现文学发展的另一次高潮?

随着唐王朝统治危机的加深,地主阶级内部的有识之士要求改革弊政的呼声也愈益强烈。德宗建中元年(780),朝廷依杨炎的建议,改租庸调制为两税法,使赋敛滥而乱的现象一度得到了改变。贞元时,李泌、陆贽为相,都提出了不少救时的主张。贞元二十一年,王伾、王叔文、柳宗元、刘禹锡等在唐顺宗即位后,一度执掌朝廷大权,实行了旨在打击阉宦、改革弊政的"永贞革新"。虽然这次革新很快就失败了,但却在社会上产生了深刻的影响。宪宗即位后,任用李绛、裴度等为相,革除了前朝的一些弊政,对藩镇割据势力的斗争也取得了未曾有过的若干胜利。遭受战乱破坏的经济,也在这时得到了某些恢复。特别是在南方,工商业发达,城市繁荣。自贞元至元和间,社会上渴望改革的思潮甚盛,士人们纷纷从各种不同的角度,提出了许多改革主张。正是这种改革的渴望,使士人们的精神重新振奋起来,并给这个时期文学的发展带来了新的生机。

韩、柳等的"古文运动",即在上述背景下兴起,同社会上的改革思潮相互呼应。韩、柳等都有要求改革的思想,都主张"文以明道"。所谓"道",实际上主要指的就是他们自己的革新政治、挽救危机的药方。这样,他们就把写作"古文"与现实政治紧密地联系了起来,使他们所进行的文体文风的革新具有了生命力。散文是一种具有实用功能的文体。骈文的发展,大大丰富了散文的艺术表现技巧,但由于它往往忽视内容,片面追求对偶、声律、用典、藻饰等技巧,又使得许多骈文,常常存在着绮艳浮靡、僵化死板、芜杂重沓、艰深晦涩的弊病。于是,骈文也就逐渐脱离生活,丧失其实用功能,成为士族地主阶级的消闲工具。正因此,在唐王朝建立之后不久,改革文体文风的要求,也就被提出来了。自唐初至韩、柳前,陈子昂、萧颖士、李华、贾至、元结、独孤及、梁肃、柳冕、权德舆等,都在文体改革的理论与实践上进行了不少探索,为古文运动的到来做了准备。贞元、元和年间,社会改革的迫切需要,正呼唤着一种便于"明道"、切合实用、畅达明朗的新散文的出现,因此文体文风的革新运动也就在这个时候达到了高潮。韩、柳等之所以能够成功地创造出一种完美的足以取代骈文的新型散文,还在于他们能够克服他们的前辈在文体文风改革的理论与实践上存在的弱点,不仅取法先秦两汉,而且注意汲取六朝骈文的艺术成果,且在这个基础上力求创新。这种力求创新的精神与他们的改革思想是相互联系着的。

　　正像这个时期的散文与现实政治有着极为紧密的联系一样,这个时期的传奇创作也转向了现实,完成了由神怪题材向现实生活题材的转变,使中国小说的发展进入了一个新的阶段。

　　在诗歌领域,元稹、白居易等提倡"新乐府",主张以时事入诗("文章合为时而著,歌诗合为事而作"),也把诗歌创作与改革弊政紧密结合起来。韩愈、孟郊等,虽走的不是写实一路,却也创作出不少鸣人世之不平、具有一定现实意义的诗歌。在艺术上,这个时期的诗人都富有创新精神。诗发展到盛唐,已臻极境。面对盛极难继的情况,诗人们都能别出心裁:元、白等由通俗平易一途求自树立,韩、孟等则从新奇险怪方面另辟蹊径,都各自创造了新风格,做出了新贡献。正是这种关心现实与创新的精神,促使这个时期的诗歌再次出现了繁荣的局面。

　　敬宗宝历初至宣宗大中年间,出现了诗歌发展的又一次高潮。

这个时期,宦官势力极盛,操纵了皇帝的废立大权,朝廷内宦官与朝官之间以及朝官中的不同朋党之间斗争激烈,政治更加黑暗腐败。政局的这种变化,使士人们对唐王朝的"中兴"丧失了信心,因此要求改革的思潮在此时也就逐渐销声匿迹。但是,这个时期的诗人,终究仍有抱负,仍关心国家命运,对朝廷也还存着某种希望,所以时或写出一些伤时悯乱、忧国忧民之作。这时期的许多作者,如杜牧、李商隐、温庭筠等,多学杜,学韩、孟诗派,善于借鉴前人的艺术,然又都各能自求发展,努力创新。尤其是李商隐,在艺术上能别开门户,独树一帜,非常富有创造性。正是这种创新的精神,促使这个时期的诗歌出现了又一次发展高潮。那么,为什么社会已日趋衰败,而诗人们的创新精神却又能继续保持?首先,这是由于前面谈过的那些唐代社会为文学的继承与革新任务的完成所创造的适宜条件,在这个时期还没有完全消失(如科举制及三教并用政策的继续实行等)。此外还由于,这个时期士人的精神、思想,仍然有不少积极的东西。不妨对比一下唐亡前的近五十年时间(咸通至天祐时期)中士人的一些面貌:那时候唐王朝的衰败已到了不可收拾的地步,士人普遍具有一种处于末世的悲观、消沉心态,这反映在创作上,就是无所作为,缺乏创新精神;而这个时期士人的情况,则显然与之有别。当然,由于社会政治的原因,这个时期出现的唐诗第三次发展高潮,其总成就已无法同前两次发展高潮相比。

第二节 唐诗的发展与演变

唐诗的发展演变过程,大致可分为初、盛、中、晚四个阶段。这种四唐的分法,完成于明初高棅的《唐诗品汇》,后来的诗评家,多承其说，但关于这四个阶段的时间断限，则并没有形成一个大家都公认的一致意见。在这里，我们主要依据诗歌的创作风貌、倾向以及审美标准、艺术追求和形式体裁的发展演变，将唐诗的发展划分成上述四个阶段。应该说，这四个阶段的划分，与社会的盛衰、政局的变化，是有着密切的关系的。因为社会的盛衰、政局的变化，必定要引起士人精神面貌和心理状态的变化，而士人精神面貌的变化，又一定会影响到他们的创作倾向和艺术追求的变化。但是，文学的发展有其自身的规律，所以唐诗发展阶段的划分，又不能完全等同于社会发展阶段的划分。另外，诗歌风貌的转变，常常是一个由渐变及至完全转变的过程，所以前后两个发展阶段之间，诗歌的风貌往往接近，难以有一个严格的截然的时间断限。这里将唐诗的发展分成四个阶段，也只是一种"大致如此"的分法。

下面就唐诗各个发展阶段的状况与特点，作简要的说明。

自高祖武德至玄宗先天间，为唐诗发展的第一个阶段，即初唐阶段。这个阶段是盛唐诗歌大繁荣的前奏，它为这一大繁荣时期的到来，做了许多准备。从初唐诗坛的情况来看，要使诗歌走上健康发展的道路，逐渐形成繁荣的局面，首先必须清除齐梁绮艳诗风的影响。在这一方面，初唐的诗人们从理论和创作实践上，进行了不断的探索，作出了很大的努力。在唐王朝建立后的第一个三十年，太宗君臣曾明确地提出了反对浮靡文风和合南北文学之两长的主张，为以后唐文学的发展，奠定了一个良好的思想基础。但在创作上，由于传统积习的影响，这时候诗坛却仍然弥漫着"梁陈宫掖之风"，连雄才大略的英主李世民，也每每写起绮艳的宫体。不过此时也有一些诗人的少数作品，如李世民的《经破薛举战地》、《还陕述怀》，魏徵的《述怀》等等，或抒写建功立业的抱负，或追怀昔日戎马倥偬的战斗生活，具有刚健壮伟、雄浑豪迈的气势，从中透露出了一点初唐诗歌逐渐变革的讯息。另外还有个别作家,如王绩,诗风朴质平易,与齐梁以来的作者迥异。到了这个阶段的第二个三十年,一方面是绮艳诗风依然盛行,另一方面则有"四杰"登上文坛,对绮艳之风加以批判,提出诗文应有"刚健"的"骨气"。在创作上,他们的诗歌反映的生活面较前广阔,或写江山行旅之思,或述兴亡盛衰之感,或表现侠士的意气,或抒发出塞的豪情,既有对建功立业的憧憬,也有对人生哲理的探求。其思想比较开阔,风格比较雄健,感情也较充沛,明显具有某种革新的风貌。在近体诗与七古的试作上,"四杰"也做出了成绩。但是,他们的诗未能完全摆脱绮艳文风的影响,尚存在着"词旨华靡"(王世贞《艺苑卮言》卷四)的弱点。初唐阶段的第三个三十年,陈子昂、沈佺期、宋之问、杜审言等继起。陈子昂批评"齐梁间诗,彩丽竞繁",主张诗歌应恢复风雅兴寄和"汉魏风骨"的优良传统,并以不少优秀创作实践了自己的理论。他的诗进一步面向广阔的社会生活,表现出对于现实的清醒认识和对于理想的执着追求,风格质朴劲健,感情昂扬激越,完全摆脱了齐梁诗歌纤弱绮靡的弊习,承继了建安风骨的传统,但未能充分地汲取六朝诗歌的艺术成果。沈、宋、杜等,在齐梁以来作者进行的各种探索的基础之上,进一步使律诗定型;而且他们在诸如写景状物、立意造境、遣词用语、锤字炼句等诗歌表现技巧的追求方面,也多有所获。但他们写作的不少侍宴、应制之作,仍然流于绮靡华丽。陈子昂主要从改变绮艳诗风、端正诗歌的发展方向方面,为盛唐诗歌的繁荣做了准备;沈、宋等则主要从诗歌艺术形式的探求与创新方面,做了同样的准备工作。他们的成果都是唐诗发展链条中不可或缺的一环。但是,他们的诗作,毕竟未能达到更高的境地,不足以成为唐诗繁荣高潮到来的标志。

自玄宗开元年间至代宗大历初,为第二个阶段,即盛唐阶段。这个阶段诗歌的发展呈跃进的形势,出现了大繁荣的局面。这个时期的诗人们,直接地继承了陈子昂和沈、宋等的成果,并在新的历史条件下,进行了大胆的创造,从而使诗歌获得空前发展,达到了风骨声律兼备、"文质彬彬"的完美境界。这个时期的诗歌,是开、天盛世时代精神风貌的反映。首先,它表现了为这一时代所孕育和培养的一种蓬勃向上、乐观自信、自由浪漫的精神。这在伟大诗人李白的作品中,有极其鲜明、突出的反映。其次,它还表现了一种追求理想、关心现实、以天下为己任的精神。诗人们的理想是"致君尧舜",匡时济世。这种理想虽是时代所激发,但在现实中却并非可以轻易实现。虽然如此,他们仍执着地追求,始终不渝。他们往往把追求理想同改变现状结合起来,大胆地站出来揭露社会的弊端和隐患,表现出一种不惜为实现理想而献身的昂扬奋发精神。例如伟大诗人杜甫就是这样。由于盛唐诗人胸襟开阔,视野广大,因而这个时期的诗歌所表现的题材、领域也大大扩展。诸如国家命运、生民疾苦、边塞征战、各种社会政治问题以及田园山水、音乐舞蹈绘画、各种日常生活情趣等等,无不入诗;许多平凡的人物,如农民、士兵、工匠、商贾、宫人、劳动妇女,也成为诗歌的描写对象。受到盛世普遍存在着的昂扬的精神风貌的影响,这个时期的诗歌多具有一种高亢、雄浑、豪壮、奔放、刚健、明朗的风格。盛唐诗人所共同追求的"风骨"的实际内容即在于此。这个时期的诗人,都力求创新,具有非凡的艺术创造力。李白"笔落惊风雨,诗成泣鬼神",经常以许多按常规不可思议的诗歌形象,使人惊讶、叹服。杜甫最善于博采众长,"然出于甫,皆甫之诗,无一字句为前人之诗也。自甫以后……称巨擘者,无虑数十百人,各自炫奇翻异,而甫无一不为之开先"(叶燮《原诗·内篇》上)。他的创造性既突出而又全面,所以在诗歌艺术的发展中,能够担当承前启后的大任。其他许多诗人,如王孟、高岑、王昌龄、李颀等等,也都各有自己的独特创造。盛唐诗人在诗歌艺术的创新方面,也具有一些共同的特色。他们非止追步汉魏，还能充分地汲取六朝诗歌的艺术成果，做到使二者互相融合。又，诗歌的写景成分大增，且能与抒情融为一体，也是盛唐诗歌艺术上的一个共同特色和盛唐诗人在诗歌意境创造上的一大成就。另外，五七言古近体的各种形式，在这一阶段都获得充分发展，达到了非常成熟、完美的境地。

安史之乱是唐帝国由盛到衰的转折点。安史之乱爆发后，唐代诗歌的发展已有了若干变化。既然如此，我们这里为什么还把"盛唐阶段"的下限定在大历初？首先，这是因为考虑到开、天时期的许多重要诗人，在安史之乱爆发后的一段时间，并没有离开文坛。如李白卒于宝应元年（762），杜甫卒于大历五年（770），王维卒于上元二年（761），高适卒于永泰元年（765），岑参卒于大历四年（769）。其次，安史之乱发生后的十来年时间，诗歌创作的数量或许减少，但质量并未降低，其繁荣的程度，仍不减于开、天时期。特别是杜甫，在这十来年中，创作热情极其旺盛，写了一千二百多首诗歌，放射出更加夺目的光辉。第三，在这个期间，社会虽然处于动乱之中，诗歌却还带着盛唐的精神。这个时期的诗坛为杜甫的光芒所笼罩。他以极严峻的态度，描绘了那个苦难时代的社会现实，抒发了自己内心十分深广的忧愤。但是，诗人并没有被忧愁压倒，他仍具有顽强乐观的精神。尽管世间疮痍满目，他也仍不放弃对理想的追求。他对前途含着希望，坚信国家不久就会中兴。诗人的这种积极、昂扬、乐观的精神，源自那个他生活了大半辈子的开、天盛世。因此，杜甫应该是属于盛唐的。李白这时候的精神面貌也与杜甫接近。他在《赠张相镐》诗中高唱："抚剑夜吟啸，雄心日千里。誓欲斩鲸鲵，澄清洛阳水。"世乱没有使诗人灰心，反而激起他拯救国家的雄心壮志。这时候的其他一些作家，如元结、刘长卿、韦应物，也都把视线转移到社会动乱和人民苦难的问题上。不过他们的作品，在怀旧伤今的彷徨苦闷声中，时或流露出乱世的哀音，不再像开、天时代的诗歌那样富有浪漫情调。这个时期诗歌的写实倾向，对于中唐诗歌的发展，产生了直接的影响。

自代宗大历至穆宗长庆年间，为第三个阶段，即中唐阶段。在这个阶段，唐诗出现"新变"，形成第二次发展高潮。这个阶段又可分为前后两期。前期自大历至贞元年间，是唐诗第一、二次发展高潮之间的过渡阶段。中唐前期的诗人，大抵都在开、天盛世度过青年或少年时代，受到过李杜、王孟、高岑等很深的影响，加上诗发展到盛唐，已臻极境，在这之后欲求新变，殊非易事，所以这个时期的诗歌创作，就形成了在艺术上承袭盛唐馀绪、缺少新变的状态。当然，这个时期也有些诗人，虽未能越出盛唐诗人的范围，但在艺术上却具有自己的特色。如李益等就是如此。由于社会的动乱和王朝的衰败，这个时期士人们的精神面貌已发生了变化，他们不再像盛唐诗人那样具有远大的理想、开阔的胸襟和乐观自信的精神。这反映在创作上，就是诗歌出现了"气骨顿衰"（胡应麟《诗薮·内编》卷三）的趋势，失去了盛唐时代的那种昂扬刚健的风貌。从总的倾向看，这个时期的诗歌，多具有一种冷寂闲淡、低回感伤的情调。当然，由于这个时代与盛唐"声气犹未相隔"，因此诗歌也不无开、天遗响，而且，这一时期还出现过一些反映社会动乱的诗篇，可说是安史之乱爆发后由杜甫等所开始的诗歌新创作倾向的一种继续。在艺术上，这个时期的有些诗人（如大历十才子等）的作品，存在着一种渐入雕琢、追求丽辞的倾向。另外，顾况、皎然等的诗作，则透露出一种仿效俚歌俗曲、追求奇险的趋势，成为中唐后期诗歌变新的先兆。

后期自贞元至长庆年间，是唐诗第二次发展高潮掀起的阶段。我们在第一节中已经说过，这个阶段诗歌的发展，同当时社会上的改革思潮有着紧密的联系。改革思潮促使人们的精神重新振奋起来，诗坛上也随着出现了大活跃的景象,形成多种风格流派相互争奇斗艳的局面。元、白诗派与韩、孟诗派是这个时期双峰对峙的两大诗派。元、白致力于写作"救济人病,裨补时缺"的讽谕诗,将诗歌创作与改革弊政、减轻人民的痛苦紧密结合起来,直接继承了杜甫诗歌的现实主义精神。在艺术上,他们追求通俗平易,创作了不少虽文字浅显却富有感情的作品,在诗歌史上独树一格。属于这个通俗诗派的作家,除元、白外,尚有张籍、王建、李绅等人。韩、孟诗派以"不平则鸣"和"务去陈言"为自己的创作准则,注重构思的奇特、造语的怪僻和内心激情的抒发。他们都推崇李、杜,学习李、杜,但并不以追随李、杜的足迹为满足,而是力图在艺术上翻新出奇,别开生面。这一点他们是确实达到了的。属于这个奇险派的诗人,还有贾岛、卢仝、李贺等。这两大诗派的作家,除有上述的共同追求外,还各有自己的独特风貌。例如李贺,就以奇幻的构思、出人意表的想象、瑰丽的境界、新异的辞语,独创了自成一格的"长吉体"诗歌。在两大派诗人之外,如刘禹锡的民歌体诗,柳宗元的山水之作,也各有独到的成就。总之,这个时期的诗人,都在艺术的"变新"上用力,从而使诗歌在盛唐的高潮之后,再次出现了一个繁荣的局面。

自敬宗宝历初至唐亡,为第四个阶段,即晚唐阶段。这个阶段也可分为前后两期。前期自宝历初至宣宗大中年间,诗歌出现了又一次发展高潮。这个时期,随着政治改革的一次次以失败告终,人们对唐王朝日益失去信心,因此元、白式的讽谕诗也就不再有人写了。这个时期的诗作,多侧重于表现个人矛盾复杂的内心世界;因为受到世运衰微的影响,常常深含着一种忧愤、感伤的情绪。在艺术上,诗人们多学杜、韩、李贺,但又各具有鲜明的创新精神。例如李商隐的诗,构思细密,意境朦胧,造语绮丽,含蕴幽深,创造性极为显著。温庭筠的诗偏于秾丽浮艳,也为唐诗增添了一种新色彩。杜牧的诗情致俊爽，风调悠扬，"不今不古"，同样具有独特风格。中唐韩、白等，好作古体，而这个时期的作家，则更多地在近体上用力。如李商隐的七律和杜牧的七绝，都达到很高的艺术水平。由于这个时期的诗人都富有独创精神，因而促使唐诗的艺术又得到了新的发展。

后期自懿宗咸通初至唐王朝灭亡，诗歌趋于衰落。这时候唐王朝已到了彻底崩溃的前夕，社会上到处弥漫着一股消沉、悲观的末世情绪。士人们或纵情淫乐，沉湎于歌舞声色；或弃时遁世，避居于山水田园；也有的面对社会的极端黑暗腐败，奋起抨击，激愤号呼。这个时期诗歌的内容，大抵即同上述情况相应。有的作品描写闺中艳情，是乱世士大夫及时行乐的颓放心理的一种反映；有的诗歌表现隐居的闲逸生活，流露了乱世中士人企图逃避现实、寻找精神安慰的心情；还有的诗歌指陈时弊，抨击社会的黑暗，写法上多深受白居易新乐府的影响。例如皮日休、聂夷中、杜荀鹤等在黄巢起义前后，就写过不少这类诗歌，它们真实地反映了唐末社会军阀官吏的凶残贪暴、广大农民的悲惨命运以及唐王朝摇摇欲坠的国势。在艺术上，这时期的作者，大都是中唐后期以来诸名家的学步者。悲观、消沉的心理状态，磨掉了作者们的创新欲望，所以，这个时期的诗人虽多，诗歌艺术却并没有得到什么发展。

另外，晚唐时期，词有了较大发展。词最初流行于民间，到了中唐时代，文人试作者逐渐增多。进入晚唐，不仅文人填词的风气更普遍，而且开始出现了卓然成家的词作者。温庭筠就是其代表。温是文人中第一个大量写词的人，他的词虽然题材狭窄，多写妇女的生活和情怀，但技巧趋于纯熟，艺术上有独创性，对后世词的发展影响很大。

〔1〕 参见朱熹《楚辞后语》卷四王维《山中人》题解、杜甫《奉赠王中允

维》、储嗣宗《过王右丞书堂二首》。

〔2〕 关于进士试诗赋的实况，马积高《唐代的科举考试与诗的繁荣》（载《唐代文学论丛》总第三辑）、傅璇琮《关于唐代科举与文学的研究》（载《文学遗产》一九八四年第三期）皆有论述，可参阅。

第二章　初唐的社会文化概况

第一节　唐初的社会文化背景与文学发展

　　唐初近百年间,经历了高祖、太宗、高宗、武后、中宗、睿宗的统治,其中以太宗、武后在位时间最久。在这段历史时期里,最高统治者(特别是太宗、武后)在经济、政治、文化等方面采取的许多方针政策,曾对文学发展产生过很大的影响。

　　李唐建国后,面临着严重的内政和外患问题。西北边境仍受着东、西突厥等民族的不断侵扰。在国内,经过大规模战争破坏,"率土百姓,零落殆尽,州里萧条,十不存一"(《旧唐书·陈君宾传》)。最高统治阶层内部也酝酿着一场厮杀。李世民发动"玄武门之变",杀死亲兄弟,逼使其父李渊退位,这种内讧才暂告缓和。太宗即位伊始,就同魏徵、杜如晦等人讨论当时的社会现实问题。此即史书上所谓"贞观君臣论政"。太宗对民间疾苦很了解。据他自己说:"朕年十八,犹在民间,民之疾苦情伪,无不知之。"(《资治通鉴》卷一九四)他不仅熟悉"民之疾苦",而且亲身经历过隋末唐初的历史事变,对人民的力量有着相当深切的体会。他承认:"秦始皇平六国,隋炀帝富有四海，既骄且逸，一朝而败，吾亦何得自骄也？言念于此，不觉惕焉震惧！"（《贞观政要》卷十）太宗比较清醒地感到，新政权要获得巩固，就必须正视社会现实，就不得不接受历代兴亡尤其是隋末农民大起义的严重教训。因此，他经常同大臣及文士们"讨古今，道前王所以成败，或日昃夜艾，未尝少息"（《新唐书·儒学传上》）。后来吴兢所辑《贞观政要》一书就是他们讨论的记录。

贞观论政的中心议题是如何巩固统治。太宗对公卿们透露："朕终日孜孜，非但忧怜百姓，亦欲使卿等长守富贵。"（《贞观政要》卷六）君臣们结合自己切身经验，对"载舟覆舟"的古训（《荀子·哀公》）有其独特的理解。太宗告诫其子李治说："舟所以比人君，水所以比黎庶，水能载舟，亦能覆舟。尔方为人主，可不畏惧！"（《贞观政要》卷四）他甚至还说："为君之道必须先存百姓，若损百姓以奉其身，犹割股以啖腹，腹饱而身毙。"（前书卷一）农民战争的巨大威力、隋朝短命而亡的历史教训，使太宗及其臣僚都认为有必要用相对减轻对农民的剥削和压迫的方法以求巩固统治。[1]作为一个封建皇帝，唐太宗确实能够在一定意义上"忧怜百姓"，体察民间疾苦，对人民比较地温和。他曾几次修订律令，蠲除隋朝酷刑。大致说来，太宗及其后继者在唐初所制定和实行的具体经济、政治、文化政策，都是从相对减轻剥削压迫以求"长守富贵"这个基本统治方针出发的。

与人民的温饱和生产的发展有直接关系者，首先是经济方面的政策。为了满足农民起义提出的土地要求，恢复和发展农业生产，保证国家的财政收入，李唐于其统一全国后不久，就颁布了经过某些修订的均田制。较之北魏以来的旧制，唐代均田制扩大了授田的范围（除"凡天下丁男给田一顷"外，也给笃疾和废疾者、寡妻妾、工商户以至僧尼道士一定的土地），并规定了"先课后不课、先贫后富、先无后少"（《唐六典》卷三）的授田原则。虽然它的实行程度有限，许多人并没有得到规定数量的土地[2]，但它在一定时间（至少在唐初）和地区（主要是关东和长江流域[3]）里把失地流亡的农民集聚起来，垦辟荒地，扩大耕地面积，对缓和阶级矛盾、复兴社会经济曾起过相当的作用。在掌握大量土地和劳动者的基础上，封建政府还相应沿用北魏至隋的租调力役制度，而发展成为所谓"租庸调法"。这个剥削办法规定：每丁年纳"租"粟二石、"调"绢二丈，服役二十日，若不出役则每日折绢三尺（"庸"）。尽管租庸调法仍然很重（它是以"丁男给田一顷"为出发点的，虽然实际上普遍受田不足），但它毕竟有一定客观标准，农民通常不至于为漫无节制的征调所苦，况且它还规定每遇"水旱虫霜为灾害"（《唐六典》卷三）时，政府得不同程度地减免租调和力役。特别是有输庸代役的规定，此税法较隋法就更显得要轻一些。因为这在一定程度上减弱了农民对封建国家的人身依附关系，劳动者在物质上和精神上的创造力也可以由此而获得相对的解放。

这两项主要的经济政策，对于生产的恢复与发展，起了很大的作用。《贞观政要》卷六载大臣马周语云："贞观之初，率土荒俭，一匹绢才得粟一斗。……自五、六年来，频岁丰稔，一匹绢得十余石粟。"粮价的贵贱，反映了农业生产发展的水平。同书卷一还具体描述了贞观年间经济繁荣的景象："马牛布野，外户不闭。又频致丰稔，米斗三、四钱。行旅自京师至于岭表，自山东至于沧海，皆不赍粮，取给于路。入山东村落，行客经过者，必厚加供待，或发时有赠遗。"唐初最高统治者实施均田制和租庸调法，作出某种形式的妥协或改良，是农民起义的重大成果。它在客观上有利于人民生活的改善和社会经济的发展，并且为这一时期的文化和文学的繁荣奠定了物质基础。

随着生产的发展，庶族地主在经济上日渐有力量，于是要求相应的政治权力来保障其既得利益。为了解决经济基础和上层建筑之间的这一矛盾,加强中央集权,削弱六朝以来地方豪强割据势力,唐王朝采取了完善科举制度、修订《氏族志》等方式来抑制门阀世族,提高寒门庶族的政治地位。

唐太宗曾命高士廉等人修订《氏族志》,编撰者把山东旧世族崔氏列为第一等。太宗对此很不满意,下令改写。他说:"我今特定族姓者,欲崇重今朝冠冕……不须论数世以前,止取今日官爵高下作等级。"(《旧唐书》卷六五)太宗所以反对列崔氏为第一等,是因为李唐本以关陇世族集团为开国骨干,同历来在声望与权势上优于自己的山东旧世族有矛盾。太宗为加强中央集权,自然要压制老对手,甚至于与庶族结盟。高宗和武后继续实行抑制山东世族的政策。如李义府出身庶族,其家族未列入《氏族志》,他上书求改《氏族志》为《姓氏录》,奏请"得五品官者,皆升士流"。这个建议得到武后的认可,"于是兵卒以军功致五品者,尽入书限"(前书卷八二)。

排抑旧士族的主要方式,是完善科举制。虽然唐"取士之科,多因隋旧"(《新唐书·选举志》),但制度周密,科目较多,远非前代可比。其中进士一科,贞观、永徽之际得到很大发展,以至"缙绅虽位极人臣,不由进士者终不为美"(王定保《唐摭言》卷一)。每年应进士科者"多则二千人,少犹不减千人"(《通典》卷一)。而录取人数最多只有三四十人,有时只有几人。尽管进士科考试较他科为难,但出身进士科者仕途优于他科,所以士人们仍然竞趋此科,至"有老死文场者,亦无所恨"(《通典》卷一)。封建士人,主要是有才智、有进取心的庶族知识分子,就这样通过艰难的考试而走入仕途,参与国家政权。这对腐朽的旧世族无疑是很大的打击。高宗、武后时,科举制有进一步发展。武后称帝后,为巩固统治,打击关陇及其他世族势力,曾亲自在殿前策问贡人(此为"殿试"之始),又特开武举,甚至不加考试而破格搜扬人才[4]。高宗永隆二年,考功员外郎刘思立建议进士加试杂文(包括诗、赋、箴、铭、颂等)两道,后来以诗赋取士逐渐成为定制。这制度强烈地诱发着士人们对诗赋的兴趣,并引起整个社会对文士的尊重、对文学的爱好,它对于重视诗文的一代风气的形成、对于诗歌和别的文学样式的发展所起的刺激和促进的作用是很明显的。

唐朝旨在抑制世族的政策,不仅对庶族地主有利,而且也部分地符合农民的利益(农民起义打击目标之一即为豪强世族)。它在政治上的积极意义自不待言。它还为"感时思报国,拔剑起蒿莱"(陈子昂《感遇诗》)的士子提供了进身参政的机会,更为"徒志远而心屈,遂才高而位下"(王勃《涧底寒松赋》)的文人的文学活动开辟了一个较为宽松的政治环境。

随着经济初步繁荣、政治基本稳定,唐初诸帝开始注重文化方面的建设。他们虽然得天下于"马上",但深知思想文化的重要性。他们在文化上采取的诸多措施,用意主要不在装点升平、显示彬彬之盛,而在借以巩固统治。

唐人刘肃写道:"太宗欲见前代帝王事得失以为鉴戒,魏徵乃以虞世南、褚遂良、萧德言等采经史百家之内嘉言善语、明王暗君之迹,为五十卷,号《群书理要》,上之。太宗手诏曰:'朕少尚威武,不精学业,先王之道,茫若涉海。览所撰书,博而且要,见所未见,闻所未闻,使朕致治稽古,临事不惑。其为劳也,不亦大哉!'赐徵等绢千匹,采物五百段。太子诸王,各赐一本。"(《大唐新语》卷九)可见太宗提倡读书、奖励编撰的目的,是要使自己以及太子诸王精通统治艺术。此前欧阳询等奉敕撰《艺文类聚》,此后高士廉等奉敕撰《文思博要》、许敬宗等奉敕撰《瑶山玉彩》、张宗昌等奉敕撰《三教珠英》、武后亲撰《玄览》等,在不同程度上都与这一目的有关。《旧唐书·文苑传》载:"太宗又尝读书有难字,字书所阙者,录以问宪,宪皆为之音训及引证明白,太宗甚奇之。"宪即曹宪,著名《文选》学家,李善为其高足之一。"选学"在唐初盛极一时,曹氏及其门徒实与有力焉。《文选李善注》集"选学"之大成,把"选学"推向了高潮。而曹宪、李善师徒的工作则是在太宗、高宗的支持下进行的。与"资治"宗旨有关的《文选》注释和类书编纂,同时又给士子们学习诗文、文士们采摭辞藻以便利。

在敕撰《艺文类聚》的同一年(武德五年),高祖采纳令狐德棻的建议,诏修梁、陈、北齐、北周、隋诸史。贞观三年,太宗置史馆于禁中,专修国史。史籍编纂一事,有关政治大体,所以统治者要如此严格控制。作为我国封建社会中最重要的思想统治工具的儒学,这时自然也未能出于此种控制之外。《旧唐书·颜师古传》云,太宗以经籍去圣久远,文字伪缪,令颜师古于秘书省考定《五经》文字,师古多所厘正,撰成《五经定本》。《贞观政要》卷七说,太宗因经学师说多门,章句繁杂,便令孔颖达等撰定《五经》义训,书成,名曰《五经正义》。高宗时此书由朝廷颁行,令应明经科士子诵习遵从。从此,儒学(统治思想)得以统一,经文和注疏都标准化了。这对于巩固政治上的全国大统一有着重要意义。

但是,太宗等唐初诸帝在文化方面的政策并不那么刻板,他们没有重复汉武帝罢黜百家、独尊儒术的政策。唐继隋后再度统一全国,南北民族与文化得到进一步的融合。对外关系也有新发展,唐初同东部邻国(日本、新罗)以及东南亚(真腊、骠国、天竺)、西亚(吐火罗、波斯)和欧洲(拂菻)诸国都有往来,其中包括文化交流。文化上的狭隘眼界因此被打破。加之国力日益增长,统治者对自己的力量渐有信心,他们在文化政策上便具有某种兼容并包的气概。唐初的宗教政策,即其一有力例证。虽然太宗及其后继者都尊崇儒学,以至于"儒学之盛,古昔未之有也"(《旧唐书·儒学传序》),但他们也容纳、信奉甚至尊崇道、佛二教。因道教的追尊教主老子与唐皇为同姓，高祖、太宗为着提高李姓地位的政治目的，于是在种种假托附会之下把它尊为国教；高宗时老子还被加上"太上玄元皇帝"的尊号。唐初统治者对外来的佛教也是很崇奉的。玄奘的西游与译经，都发生于贞观年间。太宗还亲为玄奘所译佛经写了《大唐三藏圣教序》，高宗也写了《序记》，以表示他们对佛法的弘扬。武后甚至借助佛徒夺取帝位，是时僧人因而得居道士之上。调和儒道佛三教之论虽在六朝已有之，但三教并行，实始于唐初。三教特别是佛道间的斗争异常激烈，但由于最高统治者对此大体上都取折中态度，很注意三种势力的均衡问题（高祖、太宗、武后曾先后为三教调整座次），所以三教并行的局面在唐初得以完全确立。太宗等人懂得宗教的妙用，善于利用多种思想武器来巩固统治。他们不仅允许三教并立，而且对当时传入中国的景教、摩尼教、伊斯兰教等西方宗教也不怯于受纳。同时，对于那些反对宗教迷信的尖锐言论，他们也不加压制，有时还有所采纳。隋末唐初的傅奕"深排释氏，嫉之如仇"，他在请黜佛教的奏疏里说："佛在西域，言妖路远。汉译胡书，恣其假托。故不忠不孝，削发而揖君亲；游手游食，易服以逃租税。"据说"高祖将从之，会传位而止"（《大唐新语》卷十）。稍后的吕才，坚决反对迷信，太宗令他整顿阴阳书，说明很器重他（《旧唐书》卷七九）。

唐初统治者在文化方面多所作为，其政策自然都出于长治久安的宗旨，但同时又比较开明、灵活，颇能显出一个泱泱大国的气魄。对于文学发展来说，这便造成了一种较为自由、活泼而又浓厚的思想文化气氛。

唐初诸帝在经济、政治、文化上的政策对文学的影响已如上述。对于文学事业本身，他们也相当重视，并亲身参与。作为开国之主的李渊，即对文学有兴趣。《旧唐书·儒学传》云："高祖建义太原，初定京邑,虽得之马上,而颇好儒臣。"而在所谓"儒臣"中,不少就是文学之士。《新唐书·文艺传》也说:"高祖、太宗,大难始夷,沿江左馀风,缔句绘章,揣合低昂。"太宗对文学最为爱好。他为秦王时,就在府邸内开文学馆,召引十八学士;即位后,又于殿左置弘文馆,引纳了更多的文人。君臣间讨论经义,杂以文咏,日昃夜艾,未尝稍息。《旧唐书·文苑传》载:"文皇帝解戎衣而开学校,饰贲帛而礼儒生,门罗吐凤之才,人擅握蛇之价。靡不发言为论,下笔成文,足以纬俗经邦,岂止雕章缛句。韵谐金奏,词炳丹青,故贞观之风,同乎三代。高宗、天后尤重详延。天子赋横汾之诗,臣下继柏梁之奏。巍巍济济,辉烁古今。"至武后时,引入禁殿的文士之众,更是高祖以来所不曾有过的。称帝前,武后曾讽谏高宗广召文词之士入禁中修撰,并命令元万顷等参决"朝廷疑义及百司表疏","以分宰相之权"(《旧唐书·文苑传》)。当时人称之为"北门学士"。即帝位后,她又引拔众多文士编纂《三教珠英》等书。《旧唐书》本纪称她"素多智计,兼涉文史"。同书《文苑传》还记了她夺袍赏宋(之问)的著名故事。虽然武后诗文多出自文学侍从元万顷等辈之手,但她愿意以自己的名义发表作品,即已能表明她好尚文学的意向。律诗体制的定型,诗歌革新的号召,古文的提倡与写作,都开始于此时,这同武后之奖进文学很有关系。中宗即位,荒于政事,与文学侍从们在冶游媟饮中度日。据刘肃说,"神龙之际,京城正月望日,盛饰灯影之会","文士皆赋诗一章,以记其事,作者数百人"(《大唐新语》卷八)。景龙年间,凡中宗宴飨游豫,总有大群文士跟随,除宰相外,其馀职官很难企望此种宠遇。天子略有感兴,便要赋诗,文士们无不属和陪欢,并常得以文章取幸。景龙三年十月,中宗在其诞辰宴上对侍臣们说:"今天下无事,朝野多欢,欲与卿等词人时赋诗宴乐,可识朕意,不须惜醉。"(计有功《唐诗纪事》卷一)大学士李峤、宗楚客等表示"既陪天欢,不敢不醉"。于此可见当时君臣醉酒赋诗生活的一斑。《旧唐书》本纪对于中宗与文臣游宴联句的事也多所记载。又据《唐诗纪事》载："中宗正月晦日,幸昆明池赋诗,群臣应制百馀篇。帐殿前结彩楼,命昭容(上官婉儿)选一首为新翻御制曲。从臣悉集其下,须臾纸落如飞,各认其名而怀之。"(卷三)太宗诸帝之奖掖文士、喜好文学,虽然有时不免是附庸风雅,或者虚饰太平,甚至是以诗侑觞,助其淫乐,但唐初风雅之盛,同他们的倡导是分不开的。他们在文学方面的作为,客观上造就了读诗写诗的一代风气,或者说为造就一个诗的朝代起了开风气的作用。

当时诗界的气氛是活跃而热烈的,可以说诗的大繁荣的前奏已经响起。一方面,许多宫廷诗人(如陈叔达、杨师道、虞世南、上官仪、李百药等)还沉溺于齐、梁馀风,汲汲于音律辞藻,诗作卑靡浮艳;另一方面,在诗坛上也出现了王绩、王梵志那样拔出流俗、独标异格的诗人,其作品平淡、自然、质朴,有真情实感,充满着对自由自在的生活的向往。初唐后期,位下才高、年少气盛的王勃、杨炯、卢照邻、骆宾王等"四杰",已经对"骨气都尽,刚健不闻"(《杨盈川集·王勃集序》)的世俗诗风感到不满,追求着某种解脱,并开始有所创新:其诗作篇幅加长,意境也有所扩大,且有一定感情和气势。稍后又有完成律诗体制、使律体完全定型的沈(佺期)、宋(之问),他们的同道、诗律运动的推毂者所谓"文章四友"(李峤、苏味道、崔融、杜审言),以及为中宗、韦后代笔并受命评判诸臣律诗应制之作的上官婉儿。最后便是号召革新诗风的陈子昂。

齐、梁诗风并未因朝代更替而立刻有所改变。风气的转移,包括转变文风、诗风,并非易事。文风作为文学发展过程中的习惯力量,通常是相当地大的。勇武盖世的李世民,写诗竟"无丈夫气"[5];虞世南告诫太宗勿作艳诗,可虞氏本人的诗作却效法徐陵,香艳之至;

宫廷中唯魏徵言怀之作异乎流俗,然作品绝少,不足以移易风气;王绩、王梵志的作品,在当时似乎只是某种个别现象;"四杰"诸人的诗篇尚未脱尽六朝馀习。但是,太宗终究是"从善如流"(《旧唐书》本纪)、千载一人的贤君,他对诗风颓靡的现状是有所警觉的。当虞世南指出"上有所好,下必有甚,臣恐此诗(按:指太宗所作艳诗)一传,天下风靡"(《唐诗纪事》卷一)的严重性时,他立即接受谔谔之谏,并赐绢嘉奖。他还说:"群臣皆若世南,天下何忧不理。"(《大唐新语》卷三)他是把诗风问题提到天下治乱兴亡的高度来认识的。其次,北朝文学质实的气息也随国家统一、民族融合而对唐初的诗风和文学观念产生一定的影响。更重要的是,文学发展的总趋势已不容许与齐、梁作后尘了。诗人们曾经不满足于汉魏诗歌的质朴而追求文采。而当齐、梁文饰过甚、华艳至极的时候,诗界又对淫丽绮靡的时尚感到厌倦和鄙弃,要求归真返璞、恢复古道,要求一种新的文质并重的诗风。因此,初唐诗坛正忍受着产生新诗作和新诗风前的阵痛。陈子昂适逢其会,他公开反对"采丽竞繁"的六朝诗风,明确主张以"汉魏风骨"和"正始之音"为极致,揭起了诗歌革新的旗帜,并以不少优秀诗作实践了自己的理论,从而作为当时文坛的最强音结束了初唐诗歌,为李、杜开了先河。

  同时必须指出,要求文学革新的呼声并非独发于子昂,亦非仅闻于诗坛。隋末唐初的《中说》一书(哲学家王通或其门人所撰)里,已出现了文以载道的观念。其《王道篇》云:"言文而不及理,是天下无文也。王道从何而兴乎?吾所以忧也。"《事君篇》又说:"古君子志于道,据于德,依于仁,而后艺可游也。"此篇还对六朝靡丽文风的代表者王融、徐陵等人进行了批评。由太宗亲自简拔负责编撰五代(梁、陈、北齐、周、隋)史的唐初史家姚思廉、魏徵、李百药、令狐德棻等人,在分析各代倾颓衰败的原因时,也往往要提及当时的淫哇陋习。他们在各史的《文苑传》或《文学传》里,对各朝文风多所指责,而提倡尊经载道、裨助教化的文学。初唐后期,刘知幾在《史通》里,评骘唐前诸史,旁及六朝诗文,斥虚饰而崇质实,重简约而薄繁富,又从史的角度接触到了文风和文学理论问题。总之,在唐初,六朝特别是齐、梁文学,已经受到各方面(包括哲学、史学及其他学术文化领域)的批评,文学革新开始成为一种普遍的社会要求。

第二节 史传散文的成就

唐初最高统治者对文化的重视,也可以从他们下令编修前代史书的事实里看出来。武德四年十一月,起居舍人令狐德棻向高祖建议撰写梁、陈、北齐、周、隋五代正史。五年十二月,高祖下了修史的诏令,但"绵历数载,竟不就而罢"(《唐会要》卷六十三)。贞观三年,太宗特地把原属秘书省著作局的史馆移于禁内,以修五代史。贞观十年初,《梁书》、《陈书》(姚思廉续其父察遗稿)、《北齐书》(李百药继其父德林之业)、《周书》(令狐德棻)、《隋书》(魏徵等)同时撰成。稍后,李延寿在其父李大师《南北史》遗稿的基础上,开始对宋、南齐、梁、陈、魏、北齐、周、隋等书加以删节补充,编纂《南史》、《北史》。显庆四年,这两部史书获政府认可,高宗还亲为作序(此序已佚)。贞观二十年,太宗"令修史所撰《晋书》"(《唐会要》卷六十三),预修者有房玄龄、褚遂良等二十一人(据《新唐书·艺文志》),至二十二年书成。

上述八部史书,基本上都是太宗在位时编写的。自贞观三年延史官于禁中修史之日起,至贞观二十二年《晋书》修竣,只花了二十年时间。所以能迅速完成这样的大工程,除因太宗具有卓越胆识外,还由于他抱定通过编纂史书总结前代兴衰经验,以求本朝久安长治的目的,与史臣们一起认真从事,作了很大的努力。据说《晋书》初成,论者以其好采异事、文辞绮靡,有乖作史之体,太宗于是亲撰四赞(即宣帝、武帝二纪和陆机、王羲之二传后的史论),以息浮议(《新唐书·房玄龄传》)。此乃对修史工作的有力支持。唐初所修正史达八部之多,占了二十四史的三分之一,这个数字本身就足以使人瞩目。尤其值得注意的是,这八史不单是一般的史学著作,更不是质木无文的史料缀辑,而是都具有一定程度的文学性,在文学史上应有其相应的地位。

　　唐以后的正史都在严密控制下修成,文禁森严,兼之"古文"地位的确立和加强,文史分工的进一步明确化[6],它们自然很难立于"史传文学"之列。而唐修前代八史则不同。诸史虽在禁中修纂,但太宗时政治比较开明,文禁也较为松弛。且太宗本人崇尚风雅,他为《晋书》所作四赞,即是华美的骈俪文字。而修史诸公多为词人文士,他们当然难以摆脱齐、梁绮艳文风的影响,或者甚至是有意识地以藻丽的形式来表现历史。闻一多说:"只把姚思廉除开,当时修史的人们谁不是借作史书的机会来叫卖他们的文藻——尤其是《晋书》的著者!"(《唐诗杂论》)不过姚氏的著作同样是讲究文采的,他的史论也仍未脱尽四六文的气息。八史的作者并非只是对历史作抽象概括的叙述,而能在不同程度上对史实和传主加以具体、形象的描写。特别是在《晋书》、《南史》、《北史》中,作者采撰了许多奇异或琐细的故事,更增加了史籍的趣味性、可读性,使之具有了一定的"文学"的价值。

　　八史的编著者不特善于运用他们的文笔,而且也未曾完全抛弃古代良史秉笔直书的传统。至少在那些不必为讳或者有意刺讥、暴露的场合里,他们能够把巧饰的文采同直录的史笔结合起来。《隋书》的作者魏徵,为使李世民以隋为"殷鉴",比较充分地揭露了炀帝的穷极奢靡、贪酷荒淫;为证明载舟覆舟的教训,作者花了很大的篇幅记载农民起义的情况,从而客观地反映了起义军的巨大声威。由于隋唐两朝皆承继北周,而北齐乃"僭伪"之敌国,所以《北齐书》对当时最高统治阶层的"中冓之言"的载录也就较他史为多。赵翼说:"古来宫闱之乱,未有如北齐者。"(《廿二史札记》卷十五)他的主要根据就是李百药的描述。由于《周书》的作者令狐德棻的祖父令狐整是北周大将军,而李渊的祖父李虎又为北周八柱国之一,该书之歌功颂德、记事爽实、歪曲历史诚然是很难免的。但即使在这样的史乘里,作者对统治阶级仍然有所暴露。如《宣帝纪》写宇文赟:"大行在殡,曾无戚容,即阅视先帝宫人,逼为淫乱。……禅位之后,弥复骄奢,耽酗于后宫,或旬日不出。公卿近臣请事者,皆附奄官奏之。所居宫殿,帷帐皆饰以金玉珠宝,光华炫耀,极丽穷奢。"即此可见传主骄奢淫逸生活的一个侧面。大体说来,身兼文士、史家的八史作者,逞其文采与史笔,在一定程度上生动而真实地再现了当时的历史面貌。

在述及八史的某种文学性之前,我们首先来考察一下这些史传的作者对文学的看法。他们的文学观集中表现在其史作的文苑传或文学传的序或论赞里。《晋书·文苑传序》云:"夫文以化成,惟圣之高义;行而不远,前史之格言。是以温洛祯图,绿字符其丕业;苑山灵篆,金简成其帝载。既而书契之道聿兴,钟石之文逾广,移风俗于王化,崇孝敬于人伦,经纬乾坤,弥纶中外,故知文之时义大哉远矣。"作者认为,文学在移风俗、助教化、经邦治国上的意义巨大而又深远。《梁书·文学传序》也认为"经礼乐而纬国家,通古今而述美恶,非文莫可也"。《陈书·文学传序》则特别强调文学"裨赞王道"的作用,因此著者不喜浮艳,而好尚典实。他在此传中称赞杜之伟为文,"不尚浮华,而温雅博赡",并将他列于传首。传中还称道一个叫褚玠的文人"博学能属文,词义典实,不好艳靡"。《北齐书·文苑传》更明确地主张典则雅正,反对淫靡轻险。《序》云:"江左梁末,弥尚轻险,始自储宫,刑乎流俗,杂滛澱以成音,故虽悲而不雅。"赞语中又说:"九流百氏,立言立德。不有斯文,宁资刊勒。乃眷淫靡,永言丽则。雅以正邦,哀以亡国。"

《周书》未设文学传(或文苑传),但《庾信传论》抵得上一篇文学传序。《传论》对传主诋諆甚力:"子山之文,发源于宋末,盛行于梁季。其体以淫放为本,其词以轻险为宗。故能夸目侈于红紫,荡心逾于郑、卫。昔扬子云有言,'诗人之赋丽以则,词人之赋丽以淫'。若以庾氏方之,斯又词赋之罪人也。"同时也指出苏绰仿古制言的不合时宜:"虽属词有师古之美,矫枉非适时之用,故莫能常行焉。"著者又从正面阐述了他自己的意见:"原夫文章之作,本乎情性。……虽诗赋与奏议异轸,铭诔与书论殊途,而撮其指要,举其大抵,莫若以气为主,以文传意。……其调也尚远,其旨也在深,其理也贵当,其辞也欲巧……文质因其宜,繁约适其变,权衡轻重,斟酌古今,和而能壮,丽而能典,焕乎若五色之成章,纷乎犹八音之繁会。"《隋书·文学传序》除说明文学"敷德教"、"达情志"、"作训垂范"、"匡主和民"的效用外,还就六朝文风问题发表了与令狐氏相近的见解。《北史·文苑传序》和《南史·文学传序》分别抄撮隋、陈二史的文学传序,兹不赘复。前文提到,令狐德棻为修史的首倡者。魏徵则是唐太宗的重要谋臣,他所修的《隋书》,较他书有着更直接的"资治"的目的。他们两人的观点对太宗和其他史臣的影响很大,因而很有代表性。他们都力图调和"文"与"质"、"丽"与"典"的矛盾,以为只要"各去所短,合其两长",即能达到"文质彬彬,尽善尽美"的境界。这种理论在某种意义上反映了文学发展的趋势,指导了有唐一代的诗文创作。

但是,能言者未必能行。八史的作者几乎无一不是文人,他们好尚词采,修史多用华美的骈体文字。这可算是八史的总特色。刘知幾在《史通》里一再抨击了这种"文非文,史非史"的倾向。他指责《周书》"文而不实","重规、德棻,志在文饰"(《杂说中》)。对于所谓"御撰"的《晋书》,他的批评尤其尖锐:"大唐修《晋书》,作者皆当代词人,远弃史、班,近宗徐、庾。夫以饰彼轻薄之句,而编为史籍之文,无异加粉黛于丈夫,服绮纨于高士者矣。"(《论赞》)他在《叙事篇》里还说:"今之所作……或虚加练饰,轻事雕彩;或体兼赋颂,词类俳优。文非文,史非史。譬夫乌孙造室,杂以汉仪,而刻鹄不成,反类于鹜者也。"这些话也是针对八史所受齐、梁流风之影响而发的。比较起来,《北齐书》的文字较为清新、通俗、生动,比之藻饰过甚的《晋书》诸史为优。《周书》虽也文采斐然,但其作者对以俪偶相高的时风颇有不满(观其《庾信传论》可知),所以它的叙事文字使用典雅的散体。不过传末的史论,李百药、令狐德棻则仍以骈体为之。

真正能实践其文学理论的史传作者,是姚氏父子。其梁、陈二书不仅叙事文字全属简约质朴的散文,而且史论文字也大致避免用骈体。如《陈书》卷二十四的赞语即一实例:"梁元帝称士大夫中重汝南周弘正,信哉斯言也!观其雅量标举,尤善玄言,亦一代之国师矣。袁宪风格整峻,徇义履道。韩子称为人臣委质,心无有二。宪弗渝终始,良可嘉焉。"赵翼主张"古文自姚察始",他在评论《梁书》时说:"《梁书》虽全据国史,而行文则自出炉锤,直欲远追班、马。盖六朝争尚骈俪,即序事之文,亦多四字为句,罕有用散文单行者。《梁书》则多以古文行之。如《韦睿传》叙合肥等处之功,《昌义之传》叙钟离之战,《康绚传》叙淮堰之作,皆劲气锐笔,曲折明畅,一洗六朝芜冗之习。……魏郑公《梁书总论》犹用骈偶,此独卓然杰出于骈四俪六之上,则姚察父子为不可及也。世但知六朝之后,古文自唐韩昌黎始,而岂知姚察父子已振于陈末唐初也哉。"(《廿二史札记》卷九)必须指出,除了梁、陈二史外,其余六史,包括最受疵议的《晋书》及《南史》、《北史》,在叙事时仍不能不主要借助于散文,因为复杂多变的史实是很难完全依赖骈四俪六的刻板句式表述清楚的。唐初修前代八史,无异乎动员众多的史家和文士来从事散文的写作。而且这种写作也是作者尚质实、薄淫丽的文学观的具体实践。因此,这些史传散文家,无论在理论上还是在实践上,都或多或少地对当时的文学革新运动作出了自己的贡献。

八史叙事文字多用散体,或骈散兼施,皆力求具体、生动,避免粗陈梗概和板滞;史论文字则多用骈体,或以散文为主,都注重修辞和文采。但唐初史传散文的文学性还不止此。更重要的是,各史都善于利用纪传体的形式刻画历史人物,以至于显示出某种程度的"小说"特色。

其中最具"小说"特色者为《晋书》、《南史》、《北史》。在前人的评论中,它们就是被看作"小说"的。朱熹认为,李延寿《南史》、《北史》,"除司马公《通鉴》所取,其余只是一部好看的小说"[7]。王世贞称《晋书》为"稗官小说"[8]。王鸣盛从严格的史学眼光出发,斥责李延寿"史法粗疏"、"疵病百出",指出其史著中有许多小说笔法。他在《十七史商榷》里写道:"曹景宗于天监六年破魏军遣使献捷下,《南史》忽添入蒋帝神助水挫敌军事,缕缕约一百五十字,诞妄支赘,全是小说,与曹景宗何涉?"(卷六三)同书卷六四又说:"《南史》多袭取各书,无所增益,偶或一有所增,辄成疵累。此传(按:指《陶弘景传》)所增颇多,往往冗诞似虞初小说。此李延寿惯态,不足责。"对于唐太宗亲自参加编写的《晋书》,《四库全书总目提要》的作者也批评说:"其所载者,大抵宏奖风流,以资谈柄。取刘义庆《世说新语》与刘孝标所注一一互勘,几于全部收入。是直稗官之体,安得目为史传乎?"论者所以把这些史书视为"小说",主要根据就是它们大量载录怪事异闻、街谈巷语。刘知幾即已谈到《晋书》所采"多短部小书"(《史通·杂说上》)。裴光庭《请修续春秋表》菲薄《晋书》"文词繁冗,穿凿多门"(《全唐文》卷二九九)。李延寿在《进南北史表》里也承认自己"鸠聚遗逸,以广异闻"(《北史·序传》)的事实。唐以后的史评者纷纷对这种采异闻入史传的倾向加以指摘。如胡应麟说:"(李延寿书)小说谐辞,种种备载,要以原书纪述,不忍概删,亦以其人多好,且习尚所趋,未能骤变也。"(《少室山房类稿》卷一〇一《读南北史》)《四库提要》卷四十五攻评《晋书》云:"其所褒贬,略实行而奖浮华;其所采择,忽正典而取小说。"赵翼在《廿二史札记》里指出:"李延寿修史专以博采异闻、资人谈助为能事。故凡稍涉新奇者,必罗列不遗;即记载相同者,亦必稍异其词,以骇观听。如《羊侃传》谓武帝新造两刃稍,长丈四尺,令侃试之,《南史》则谓长二丈四尺;《梁书》谓侃挽弓至十馀石,《南史》则云二十石。皆欲以奇动人也。"(卷十一)上述三种史籍里怪事琐闻之多,以至于后之好事者加以摘录,裒辑成编。如明人王涣所辑《两晋南北奇谈》(六卷)、清人沈名荪与朱昆田合编的《南史识小录》(八卷)及《北史识小录》(八卷)等,就是采撷三史奇闻异事的汇编。

　　这种搜奇志怪的倾向,自然并非只《晋书》等史才有,唐修其他正史莫不如此。各史作者都程度不同地借助于怪异的神鬼符瑞,谐谑的逸言逸行,琐碎的生活细节,以及机智的玄谈、解颐的妙语,来表现历史人物的思想性格。具体地说,各史的"小说"技巧表现在以下三个方面:首先,许多传记都包含一些小故事,某些故事还具有比较完整的情节。如《北史》卷五写东魏孝静帝同权臣高澄(后追尊为北齐文襄帝)的矛盾:"勃海王高澄嗣事,甚忌焉,以大将军中兵参军崔季舒为中书、黄门侍郎,令监察(帝)动静,小大皆令季舒知。澄与季舒书曰:'痴人复何似?痴势小差未?'帝尝与猎于邺东,驰逐如飞。监卫都督乌那罗受工伐从后呼帝曰:'天子莫走马,大将军怒!'澄尝侍帝饮,大举觞曰:'臣澄劝陛下。'帝不悦曰:'自古无不亡之国,朕亦何用此活!'澄怒曰:'朕,朕,狗脚朕!'澄使季舒殴帝三拳,奋衣而出。"又如《周书》卷十八以好几个小故事来表现骠骑大将军王罴的风貌。传中写道:"罴性俭率,不事边幅。尝有台使,罴为其设食。使乃裂其薄饼缘。罴曰:'耕种收获,其功已深;舂爨造成,用力不少。乃尔选择,当是未饥。'命左右撤去之。使者愕然大惭。又有客与罴食瓜,〔客削瓜〕侵肤稍厚,罴意嫌之。及瓜皮落地,乃引手就地,取而食之。客甚有愧色。"他如石崇与绿珠之死(《晋书》卷三三)、卫瓘计诛钟会(同书卷三六)等,皆是适例。

第二,有些传记,注意表现传主性格,不仅在传记开端时进行概括的评述,而且主要通过具体的言行特别是生动的故事来描写。如《隋书》卷五十二记隋朝重要将领贺若弼,其父因言谈不谨遇害。"临刑,呼弼谓之曰:'吾必欲平江南,然此心不果,汝当成吾志。且吾以舌死,汝不可不思。'因引锥刺弼舌出血,诫以慎口。"可是他并未记取其父临终切诫。后来,终因与人私议是非,为人所奏,坐诛。《北史》卷七写北齐文宣帝高洋如何"留情耽湎,肆行淫暴",笔墨颇为酣畅:"或躬自鼓舞,歌讴不息,从旦通宵,以夜继昼。或袒露形体,涂傅粉黛,散发胡服,杂衣锦采,拔刃张弓,游行市肆⋯⋯或盛暑炎赫,日中暴身,隆冬酷寒,去衣驰走,从者不堪,帝居之自若⋯⋯凡诸杀害,多令支解,或焚之于火,或投之于河。""怒大司农穆子容,使之脱衣而伏,亲射之,不中,以橛贯其下窍,入肠。""所幸薛嫔,甚被宠爱,忽意其经与高岳私通,无故斩首,藏之于怀。于东山宴,劝酬始合,忽探出头,投于盘上。支解其尸,弄其髀为琵琶。一座惊怖,莫不丧胆。帝方收取,对之流泪云:'佳人难再得,甚可惜也。'载尸以出,被发步哭而随之。"传主纵酒肆欲,野兽般狂惑淫暴,已完全丧失了人性,其性格是写得相当突出的。《晋书·陆纳传》以几个小故事展示传主的清操。如:"将之郡(按:出为吴兴太守),先至姑熟辞桓温,因问温曰:'公致醉可饮几酒?食肉多少?'温曰:'年大来饮三升便醉,白肉不过十脔。卿复云何?'纳曰:'素不能饮,止可二升,肉亦不足言。'后伺温闲,谓之曰:'外有微礼,方守远郡,欲与公一醉,以展下情。'温欣然纳之。时王坦之、刁彝在坐,及受礼,唯酒一斗,鹿肉一盘,坐客愕然。纳徐曰:'明公近云饮酒三升,纳止可二升,今有一斗,以备杯杓馀沥。'温及宾客并叹其率素,更敕中厨设精馔,酣饮极欢而罢。"陆纳节俭朴素、"贞厉绝俗"的性格得到了充分的表现。

第三,有些传记,人物语言(尤其是对话)颇具个性,机智幽默。《晋书》各传的人物语言,多出自《世说新语》及刘孝标注,其个性化的程度特甚。胡应麟评《世说新语》云:"读其语言,晋人面目气韵恍忽生动,而简约玄澹,真致不穷。"(《少室山房类稿》卷一〇二)对于《晋书》的人物语言同样可以这么说。其他各史也大抵如此。如最平质的《陈书》,其《徐陵传》写传主出使东魏时回敬魏收的讥嘲,就很诙谐有致:"太清二年,兼通直散骑常侍。使魏,魏人授馆宴宾。是日甚热,其主客魏收嘲陵曰:'今日之热,当由徐常侍来。'陵即答曰:'昔王肃至此,为魏始制礼仪;今我来聘,使卿复知寒暑。'收大惭。"徐陵的话不仅很幽默,意味深长,而且传达出了传主捷敏辩给的风神气韵。

这种以异闻琐事入历史人物传记,来表现传主个性的手法,原是司马迁的发明。《史通·杂说上》云:"昔读《太史公书》,每怪其所采,多是《周书》、《国语》、《世本》、《战国策》之流。近见皇家所撰《晋书》,其所采亦多是短部小书,省功易阅者,若《语林》、《世说》、

《搜神记》、《幽明录》之类是也。"

唐初史传不特继承了《史记》的传统史笔,而且无疑对唐人小说产生过相当影响。赵翼说:"〔唐修〕各正史在有唐一代并未行世,盖卷帙繁多,唐时尚未有镂板之法,必须抄录,自非有大力者不能备之。惟《南》、《北》史卷帙稍简,抄写易成,故天下多有其书。"(《廿二史札记》卷九)唐人杜佑《通典》又谈到当时习举业的生徒必修《晋书》、《隋书》等史。唐修正史,至少是《南史》、《北史》和《晋书》,在当代已经流行。而此三书最具"小说"趣味,传奇作者仿效它们,当是没有疑问的。各史叙事文字以散体为主(《梁》、《陈》二书甚至纯用散体),实为古文运动的先声。韩、柳"古文"自由灵活,富于表现力,特别适于叙述多变事相和曲折情节,颇为元和、长庆以后的传奇作者取法。这是史传散文对小说的间接影响。史传散文本身的散体形式对传奇的直接影响也不能排除,因此,可以认为,唐初史传散文不仅上承史迁笔法,而且下启传奇写作,为唐人"吮笔为小说"产生了一定的影响。

第三节 刘知幾和《史通》

在唐初所修八部正史成书后不久,出现了一位杰出的史学理论家刘知幾(661—721)。知幾字子玄,徐州彭城(今江苏徐州铜山区)人,出身于一个有儒术及文学传统的仕宦之家。年幼时,从其父受《古文尚书》,每苦其文辞艰琐,学业未成。十一岁对《左传》发生浓厚兴趣,仅一年时间便初通全书。此后其父兄要他"博观义疏,精此一经"(《史通·自叙》)[9],但他"辞以获麟以后,未见其事,乞且观馀部,以广异闻"。于是从《史记》到唐代实录,触类诵习,"年十有七,而窥览略周"。二十岁成进士,授获嘉(今河南获嘉县)主簿。其间曾旅游京洛,"公私借书,恣情披阅",锐意钻研史学。武后圣历二年(699)改官定王府仓曹。从此以后,"三为史臣,再入东观","掌知国史,首尾二十馀年"(《旧唐书》本传)。平生著述甚富,自撰者有《史通》、《刘氏家史》等六种八十三卷,预修者又有《高宗后修实录》、《则天大圣皇后实录》等八种[10]。其中以《史通》一书最擅盛名。

《史通》对唐前诸史逐一加以评议,全面而深入地探讨了各种史学问题,是我国第一部有系统的史学论著。全书共四十九篇[11](内篇三十六,外篇十三),凡二十卷。该书涉及的问题很多,其尤为重要者有:关于史学的流派(如《六家》、《二体》诸篇),关于正史的体例(如《本纪》、《断限》),关于修史的态度(如《直书》、《曲笔》)和技巧(如《书事》、《烦省》)以及史料的搜集、鉴定、撰述(如《采撰》、《鉴识》)等。书中不仅包含批评历代史家和史籍的广泛内容,而且处处表现出作者本人在史学上的卓见。

刘知幾在《自叙》里说:"夫其书虽以史为主,而馀波所及……总括万殊,包吞千有。自《法言》以降,迄于《文心》而往,固以纳诸胸中,曾不漂芥者矣。"在《史通》所含万殊千有的丰富内容中,除史学以外,最主要的就是同史学关系极为密切的文学。在古代,知识文化分科尚未细密,文与史是不分家的。自周秦以至魏初,大抵如此。那时的历史著作都兼有文学价值,甚至可以称为史传文学作品。由于唐以前文、史之间的关系相当密切,因此《史通》所论修史艺术诸如记事载言、用语修辞、因袭摹拟等,都同文学有关。

刘知幾在史学上力主"实录直书",痛诋靡丽的史体,因此在文学上也就对当时绮艳的文风深感不满。在史学和文学上这种"斥饰崇质"[12]的倾向,又是同其个人经历和思想性格有一定关系的。

知幾自幼耽悦史传，博极群史，入仕以后，颇得馀闲，稗官杂流，无所不窥。"及年过而立，言悟日多，常恨时无同好可与言者。"(《自叙》)而立之年以后，他才遇到徐坚、吴兢等少数知音者。由于知幾埋头读史，又"负绝世之学，见轻时流"(章学诚《文史通义·知难篇》)，因而性格有些孤傲，思想上感到压抑。他在《忤时篇》里写道："孝和皇帝(唐中宗)时，韦、武弄权，母媪预政。士有附丽之者，起家而绾朱紫，余以无所附会，取摈当时。会天子还京师，朝廷愿从者众。予求番次在后，大驾发时，逗留不去，守司东都。杜门却扫，凡经三载。"其志趣颇异于流俗。以这种孤标傲世的性格，厕身史臣之列二十餘年，在精神上所受的压抑是可以想见的。在预修国史的过程中，知幾与同作诸士及监修贵臣"凿枘相违，龃龉难入"。他曾十分愤慨地谈到当时情景："故其所载削，皆与俗沉浮。虽自谓依违苟从，然犹大为史官所嫉。嗟乎！虽任当其职，而吾道不行；见用于时，而美志不遂。郁怏孤愤，无以寄怀。"他的压抑感不独来自同僚和上司，最高统治者更使他感到委屈和不公正。他在致监修官萧至忠等的信中说："今者黾勉从事，牵拘就役，朝廷厚用其才，竟不薄加其礼。"(《忤时》)又说："求史才则千里降追，语宦途则十年不进。意者得非相期高于班、马，见待下于兵卒乎？"这些话很明显是指斥当代皇帝唐中宗的。知幾敢于如此不顾忌讳，说明他的孤愤心情是多么难以遏止。前人称知幾为文，言辞傲烈，诋诃太甚，而这正是作者抑郁愤懑的思想情绪的反映。刘知幾的个性和情愫，同当时的现实环境是扞格难入的。他在《忤时篇》里说："于时小人道长，纲纪日坏，仕于其间，忽忽不乐。"他以"忤时"二字为篇名这个做法本身，即可表明他对现实的态度。

知幾对现状的不满，特别表现为他对靡丽繁缛的文风和竞奔趋附的文人的厌恶。他对藻艳的史体非常反感，固然因为他是一个严肃而执着的史学家，不容许淫丽之文入史，同时也是由于其傲世嫉俗的个性和情绪所使然。知幾说他"初好文笔，颇获誉于当时"，而"晚谈史传，遂减价于知己"。大概受某种"逆反心理"的支配，他"幼喜诗赋而壮都不为"，并且"耻以文士得名，期以述者自命"(《自叙》)。他撰著《史通》，论史而兼及文，不独因为文、史固有密切关系，而且因为他有愤世忤时的思想性格，对于时人沉湎其间而不知返的衰靡文风十分憎恶。总之，知幾的文论是针对时弊的，有很强的现实性。

刘知幾在《自叙》里说他"常恨时无同好"，而把自己同扬子云相比。由于受扬雄影响，在《史通》里一再称诗赋为雕虫小技。他看重有裨于政教的实用之文，而轻视虚矫无实的诗赋(主要是指当时"丽以淫"的艳诗和骈文)。《载文篇》云："夫观乎人文，以化成天下；观乎国风，以察兴亡。是知文之为用，远矣大矣。若乃宣、僖善政，其美载于周诗；怀、襄不道，其恶存乎楚赋。读者不以吉甫、奚斯为谄，屈平、宋玉为谤者，何也？盖不虚美、不隐恶故也。是则文之将史，其流一焉，固可以方驾南、董，俱称良直者矣。"又说："虞帝思理，夏后失御，《尚书》载其元首、禽荒之歌；郑庄至孝，晋献不明，《春秋》录其大隧、狐裘之什。其理说而切，其文简而要，足以惩恶劝善，观风察俗者矣。"这种注重实用的文学观点，同唐初修正史者如魏徵、李百药、姚思廉等史家所发表的意见毫无二致。

刘知幾既然重视先秦时代助教化、资劝惩、淳厚质朴的文字，自然就要对以后的矫饰失实、积弊难返的骈俪文风痛加抨击。在论及史乘不应载录浮华之文时，他说："爰洎中叶，文体大变，树理者多以诡妄为本，饰辞者务以淫丽为宗……若马卿之《子虚》、《上林》，扬雄之《甘泉》、《羽猎》，班固《两都》，马融《广成》，喻过其体，词没其义，繁华而失实，流宕而忘返，无裨劝奖，有长奸诈。"(《载文》)在谈到记录历史人物的语言决不可用对语俪辞的时候，知幾说："自梁氏云季,雕虫道长。平头上尾,尤忌于时;对语俪辞,盛行于俗。始自江外,被于洛中。"他还在自注里指出:"或声从流靡,或语须偶对,此之为害,其流甚多。"他认为人物语言因个性不同而异,"假有辨如郦叟,吃若周昌,子羽修饰而言,仲由率尔而对,莫不拘以文禁,一概而书,必求实录,多见其妄矣"(《杂说下》)。拘于声病,使用骈俪之辞,不仅在修史时难以保证"实录",而且在文学创作中也有害于作品的真实性。在阐述史才之难、丽词与史笔不相容时,知幾写道:"以徐公(按指徐陵)文体,而施诸史传,亦犹灞上儿戏,异乎真将军。"(《核才》)他甚至认为史才同文士共同修史,是"用君子而以小人参之"(引管仲语)。他对当时文士的厌恶、对淫靡文风的激愤,已经到了偏执的程度。

由于知幾崇真尚质,因而厌恶华而不实的文字。他说:"华而失实,过莫大焉!"(《言语》)他把"华"比作"滓",而把"实"比作"沛";认为"华"是"邪",而"实"才是"正",甚至赞美"华逝而实存"(《叙事》)的文章。他对于"质"确实有一种偏爱。在举世沉溺于浮艳文风中不能自拔的时候,知幾在华与实的关系上有这种偏执过甚的主张是可以理解的。

知幾从"实录直书"的基本观点出发,既排斥华辞丽藻,也不能容忍繁言缛句,而必然主张简约。他说:"夫国史之美者,以叙事为工,而叙事之工者,以简要为主。简之时义大矣哉!"(《叙事》)他指出,"古昔文义,务却浮词",可是"始自两汉,迄乎三国,国史之文,日伤烦富,逮晋以降,流宕逾远"。六朝以来的史乘,因以骈体叙事而繁缛至极。"自兹以降,史道陵夷,作者芜音累句,云蒸泉涌。其为文也,大抵编字不只,捶句皆双,修短取均,奇偶相配。故应以一言蔽之者,辄足为二言;应以三句成文者,必分为四句。弥漫重沓,不知所裁。"导致史书芜累、叙事不能简要者,仍然是骈四俪六的文风。因此,知幾主张史体简约,同样是针对当时文坛的积弊的。但是,他所崇尚的简约,并非疏漏、阙略,而是"简而且详,疏而不漏"(《书事》),即所谓"文约而事丰"(《叙事》)。知幾在《叙事篇》里还提出了一个比"简"更高的境界——"晦"。他说:"晦也者,省字约文,事溢于句外。……夫能略小存大,举重明轻,一言而巨细咸该,片语而洪纤靡漏,此皆用晦之道也。"浦起龙对"用晦之道"作了这样的解释:"简者词约事丰,晦者神馀象表。词约者犹有词在,神馀者唯以神行,几几无言可说矣。"所谓用晦,就是要求语言精练、含蓄,意在言外,耐人寻味。尚简用晦的主张,虽然是从修史的角度提出的,但它同样适用于文学创作。唐以后古文家长期讨论的繁、简关系问题即萌蘖于此。

知幾还谈及修史者如何学习、模仿古人的问题。他把模仿分为貌同而心异和貌异而心同两种,并且说:"貌异而心同者,摹拟之上也;貌同而心异者,摹拟之下也。"(《摹拟》)所谓貌,就是形式,语句辞藻;所谓心,就是内容,精神实质。他认为学习古人,最好做到神似,而切不可只求形似。这种观点同他主张实录、反对文饰的基本思想是一致的。同这一观点相联系,他提倡用当代语言(包括口语)撰写史书,而反对"皆依仿旧辞"(《言语》)。王劭修《齐志》"多记当时鄙言",知幾竭力为之辩护,以为王氏的写法,是实录直书的范例,比"志在文饰"的李百药、令狐德棻高明得多,"足以开后进之蒙蔽,广来者之耳目"(《杂说中》)。他在《言语篇》里还说,单纯从语言方面模仿古人,结果只能是"使周秦言辞见于魏晋之代,楚汉应对行乎宋齐之日",有损于史书记言的真实性。刘知幾的"摹拟"说虽是为修纂史书而发的,但它也同样适用于文学创作,因而同样可以把它看成是这位史学家在文学理论上的一种贡献。

《史通》一书对后世史学产生过很大的影响。浦起龙说:"继唐编史者,罔敢不持其律。"(《史通通释·自叙篇释》)唐后诸史,采《史通》之说最多者为欧阳修的《新唐书》[13]。欧阳书以后,刘氏之说十有八九被正史修纂者和史学理论家所接受。郑樵、胡应麟、章学诚等人主张史贵征实、史有别才、文人不可修史,同刘知幾实录直笔、文史异辙之论即有一脉相承的关系。后来正史不用骈体,完全脱离文学,也是撰述者奉行刘说的结果。《史通》不仅有力影响于后世史学,而且对后来文学无疑也有相当的影响。刘知幾针对当时文坛流弊大加挞伐,在扫除六朝馀风的历史过程中曾起过某种摧陷廓清的作用。他崇真尚质,厌恶虚饰;排击追求对偶、拘忌声病的骈文,标举《五经》、《三史》为文章楷模;反对"虚设"、"浮华"、"无神劝奖、有长奸诈"的世俗文学,要求文章内容真实,形式质朴,切合世用,"足以惩恶劝善,观风察俗"(《载文》)。他的这些主张同古文运动的斗争目标和根本宗旨是一致的。他的批判流俗的精神和改革时弊的意识,在古文运动的倡导者们身上也有不同程度的反映。知幾论史而兼及文学,他的许多观点都对古文运动的代表人物有所启发。如:韩愈反骈重散的文学观念,与刘知幾痛诋俪辞对语的言论如出一辙;知幾推崇《五经》、《三史》,韩愈也非三代、两汉之书不敢读;知幾提倡使用当代语言,反对"依仿旧辞",韩愈也说"惟陈言之务去"(《答李翊书》),"惟古于辞必己出"(《南阳樊绍述墓志铭》),甚至有"不袭蹈前人一言一语"的过激主张;韩愈主张"为文宜师古圣贤人",但要"师其意,不师其辞"(《答刘正夫书》),这和刘知幾关于"仰范前哲"(《史通·摹拟》)当求貌异心同的说法也是完全一致的。因此,刘知幾无愧为古文运动的先驱者之一。

〔1〕 参见汪篯《唐太宗"贞观之治"与隋末农民战争的关系》(载《汪篯隋唐史论稿》)。

〔2〕 据李峤《谏建白马坂大像疏》说,"天下编户,贫弱者众,亦有佣力客作以济糇粮,亦有卖舍贴田以供王役"(《全唐文》卷二四七)。

〔3〕 参见范文澜《中国通史简编》(修订本1965年版)第3编第1册第204页。

〔4〕 参见张鷟《朝野佥载》卷一。

〔5〕 王世贞《全唐诗说》(学海类编本)语。王说不尽确切,但太宗部分诗作有此倾向。

〔6〕 纪昀说:"自唐以后,以俪体为史者遂绝。"

〔7〕 转引自《史通通释》(上海古籍出版社1978年第1版)第486页。

〔8〕 转引自胡应麟《少室山房类稿》卷一〇一。

〔9〕 本节引文凡未注出处者,均出此篇。

〔10〕 据傅振伦《刘知幾年谱·后记》。

〔11〕 此据《新唐书》本传。而据《玉海》卷四十九艺文门史类,内篇《自叙》以下缺《体统》、《纰缪》、《弛张》、《文质》、《褒贬》等五篇。

〔12〕 浦起龙《史通通释·自叙》。浦氏还说:"知幾论史,黜饰崇真,偏于里音,不惜纸费,可云有质癖矣。"(《杂说中》释文)

〔13〕 见傅振伦《刘知幾年谱》(中华书局1963年版)第146页。

第三章 王　绩

第一节　王绩的生平和思想

王绩(589—644),字无功,号东皋子,绛州龙门(今山西河津)人,幼年时天资过人,七八岁即能读《春秋左氏传》。仁寿四年(604),绩年十五,西游长安,谒见大臣杨素,当众谈论时务、文章,辩论精新,一座称奇,誉之为"神仙童子"。

王绩少年时兴趣广泛,锐力进取,希图从各方面展示自己的才能。自称:"弱龄慕奇调,无事不兼修。望气登重阁,占星上小楼。明经思待诏,学剑觅封侯。弃繻频北上,怀刺几西游。"(《晚年叙志示翟处士正师》)对前途充满了幻想与希望。

隋炀帝大业中,王绩二十多岁时,应孝悌廉洁举,射策高第,除秘书正字。因他不愿"端簪理笏",在朝为官,请任外职,改授扬州六合县丞。在六合又因性简傲,耽于饮酒,有妨政务,屡被弹劾。时值大业末,天下即将大乱,自叹曰:"网罗高悬,去将安所?"于是将所受俸金积放于县门之外,轻舟夜遁,归家乡。在《解六合丞还》一诗中说:"我家沧海白云边,还将别业对林泉。不用功名喧一世,直取烟霞送百年。彭泽有田惟种黍,步兵从宦岂论钱?但使百年相续醉,何辞夜夜瓮间眠。"从此时起,他已改变了生活道路:"中年逢丧乱,非复昔追求。失路青门隐,藏名白社游。风云私所爱,屠博暗为俦。"(《晚年叙志示翟处士正师》)大业时炀帝的暴虐和隋末天下大乱是王绩改变生活道路的一个原因。

　　唐帝国的建立,王绩是欣喜的。他说:"逮承云雷后,欣逢天地初。东川聊下钓,南亩试挥锄。"(《薛记室收过庄见寻率题古意以赠》)又说:"乱极治至,王途渐亨,天灾不行,年谷丰熟。贤人充其朝,农夫满于野。吾徒江海之士,击壤鼓腹,输太平之税耳。帝何力于我哉!"(《答冯子华处士书》)对久乱之后的太平治世,王绩是称颂的,但他只希望做一个下钓、挥锄的南亩之民,无意重返仕途。他在《被征谢病》一诗中写道:"汉朝征隐士,唐年访逸人。……颜回惟乐道,原宪岂伤贫。藉草邀新友,班荆接故人。市门逢卖药,山圃值肩薪。相将共无事,何处犯嚣尘!"他满意自己的山野生活,不愿人来聒吵。

　　武德五年(622),王绩三十三岁,再度被征召,以前扬州六合县丞待诏门下省,每日供美酒三升。他的弟弟王静时为高祖禁卫,问他:"待诏可乐否?"他说只三升美酒值得留恋。他的朋友陈叔达封为江国公,把他的俸酒增至一斗,时人称之为"斗酒学士"。

　　贞观初,因兄王凝弹劾侯君集,君集与长孙太尉(无忌)友善,得罪了长孙太尉,王绩受株连,以疾罢归。后因困于贫,贞观中又赴选。他看中了太乐署的府史焦革善酿酒,求作太乐丞。选司以非清流所宜任,不授,王绩说:"士庶清浊,天下所知,不闻庄周羞居漆园,老聃耻在柱下也。"(吕才《王无功文集序》)卒授之。不意焦革数月便死,焦妻袁氏先尚时时送酒,后袁氏又死,绩叹曰:"天乃不令吾饱美酒!"(同前)遂挂冠归。结庐河渚,纵意琴酒,葛巾驱牛,躬耕东皋。

王绩三次出仕,意均不在经世。自揆不可以跻身台辅,行治平之大道,做县丞、待诏及太乐丞,不过是以口腹自役而已,故去就随便。最后,"养拙辞官,含和保真"(《游北山赋》),归隐以度馀年。贞观十八年,终于家。

王绩的家庭是北朝士族,吕才谓其家"六代冠冕……国史家牒详焉"。又称王绩的祖父安康献公(王一)曾从周武帝征邺,为前驱大总管。战争胜利后,诸将热心于掳获珍宝,献公独载图书而归。故王绩"家富典坟",在《阅家书》一诗中自诩"下帷堪发愤,闭户足为储。为向扬雄说,无劳羡石渠"。他的家庭不仅历代簪缨,且以儒学有名于当世。特别是他的三兄王通,乃隋末大儒,王绩曾受教于兄长,自称"吾家三兄,生于隋末,伤世扰乱,有道无位。作《汾亭》操,盖孔氏《龟山》之流也。吾尝亲受其调,颇谓曲尽"(《答冯子华处士书》)。王通不见用于隋代,仁寿三年(603)曾诣阙献《太平十二策》,隋文帝虽盛赞之而未采用。此后王通便教授于河汾之间,以为"先人有敝庐足以蔽风雨,薄田足以具饘粥,读书谈道足以自乐"(《通鉴》卷一七九),不再出仕。王绩对王通的儒学是钦佩的,曾说"吾家三兄……先宅一德,续明六经,吾尝好其遗文,以为匡扶之要略尽矣";但转而又说"吾自揆审矣,必不能自致台辅,恭宣大道。夫不涉江汉,何用方舟?不思云霄,何用羽翮?故顷以来,都复散弃,虽周孔制述,未尝复窥,何况百家悠悠哉"!(《答程道士书》)既然三兄的儒学成就很高,尚不能为世所用,自己也就不必于此道经之营之了。他对王通的际遇颇为愤惋不平,特别对其门人所编写的《隋书》中不能为之立传,深感失望:"惜矣吾兄,遭时不平,没身之后,天下文明。坐门人于廊庙,瘗夫子于佳城。"(《游北山赋》)这些都是王绩后半生对人生采取旷达放任态度的一些原因。

自然,王绩的放达自适,并非完全由于王通政治上的失败,正如他在《答刺史杜之松书》中所说,"意疏体放,性有由然。兼弃俗遗名,为日已久"。在早,王绩与王通的思想便是有分歧的。王绩受老庄思想影响较深。如他自字"无功",取《庄子·逍遥游》"神人无功"之意,王通不赞成,说"字,朋友之职也;'神人无功'非尔所宜也"(《中说·礼乐篇》)。又如王绩写《五斗先生传》宣扬酒德,否定天下有"仁义厚薄",又说"生何为养?而嵇康著论。途何为穷?而阮籍恸哭。故昏昏默默,圣人之所居也"。王通对他的看法大不以为然,指责王绩:"汝忘天下乎?纵心败矩,吾不与也。"(《中说·事君篇》)两兄弟一个以天下为己任;一个主张无功于时,"昏昏默默"。王通卒于大业十年,其时王绩已二十五岁,他的思想已经定型。

其后,王绩更是大力宣扬酒德,他写《醉乡记》《醉后口号》《独酌》等诸多赞美饮酒的诗文,并为杜康立庙致祭。他认为"眷兹酒德,可以全身"(《祭杜康新庙文》),认为饮酒之后,"既无忤于物,而有乐于身,故常纵心以自适也"(《答程道士书》)。"纵心自适"是他追求的生活境界。他还向程道士说:"足下欲使吾适人之适,而吾欲自适其适。"自叙后期"虽周孔制述,未尝复窥,何况百家悠悠哉"!可是又在《答冯子华处士书》中说:"床头素书数帙,《老》《庄》及《易》而已,过此以往,罕尝或披。"可见并非百家皆摒弃,而是唯以老、庄为宗。

王绩虽然崇奉老庄思想,并不陷于虚妄的神仙迷信,在《游北山赋》中嘲笑那些希图升仙的人说:"昔怪燕昭与汉武,今识图仙之有由。人谁不愿,直是难求。闻鼎湖而欲信,怪桥山之遽修。玉台金阙,大海水之中流;瑶林碧树,昆仑山之上头。不得轻飞如石燕,终是徒劳乘土牛。"人们都痴心妄想去海外仙山或昆仑山上寻找玉台金阙,正像石燕不会轻飞,土牛不会行走,完全是徒劳的。

王绩从人生短暂,"纵心而长往"的主旨出发,有时对释、老、儒的教言感到都是多余的："觉老、释之言烦，恨文宣之技痒。……《礼》费日于千仪，《易》劳心于万象。"只愿"息交而自逸""习静而为娱"(《游北山赋》)。

王绩有时从三教的教义中寻找符合自己思想的理论，使三教统一于他的随分而适的观点之中，如云：

> 昔孔子曰"无可无不可"，而欲居九夷；老子曰"同谓之玄"，而乘关西出；释迦曰"色即是空"，而建立诸法。此皆圣人通方之玄致，宏济之秘藏。实冀冲鉴君子相期于事外，岂可以言行诘之哉！故仲尼曰"善人之道不践迹"；老子曰"夫无为者无不为也"；释迦曰"三灾弥纶，行业湛然"。……故各宁其分，则何异而不通？苟违其适，则何为而不阂？故夫圣人者非他也，顺适无阂之名，即分皆通之谓。(《答程道士书》)

无论"纵心自适"或"自适其适"或"顺适无阂"，都是以自我为中心、为出发点的。

王绩退守故园，为了寻求自适其适的安身处，但也并不完全就"自适其适"了。王绩胸中并非毫无块垒，试读他的《古意六首》，畏惧之心，不平之慨，深蓄其中。如《古意其二》：

> 竹生大夏溪，苍苍富奇质。绿叶吟风劲，翠茎犯霄密。霜霰封其柯，鹓鸾食其实。宁知轩辕后，更有伶伦出。刀斧俄见寻，根株坐相失。裁为十二管，吹作雄雌律。有用虽自伤，无心复招疾。不如山上草，离离保终吉。

深恐露才扬己，招致祸尤，是《古意六首》的中心思想。

在历史观上,王绩认为自三王五帝以来,"咄嗟建城市,倏忽观丘墟。明治若不足,昏暴常有馀"。张衡写《四愁》,梁鸿作《五噫》,慷慨陈词,抒发了报国无门的忧思,他则不然,"纷吾独无闷,高卧喜闲居。世途何足数,人事本来虚"(《端坐咏思》)。王绩对人生及现实的态度是消极的,逃避的。

第二节　王绩的诗

王绩说:"诗者,志之所之;赋者,诗之流也。"(《游北山赋》)又说:"题歌赋诗,以会意为功。"(《答冯子华处士书》)以为无论诗、赋,都应以言志为本。故王绩的诗、赋,甚至书信,大都是抒情言志之作,或抒发生活的情趣,或描绘大自然赐予人的丰富美好景物,或以诗的形式抒写他对哲理的领会,倾诉远戍者的思归衷曲。他以幽居者的细致的观察,描述了山容水态;又以田园中悠然自得的主人公,歌唱田园生活带给他的欢乐与自由。

归隐之后的王绩,在恬静的大自然中获得身心的安适。他倚托大自然,热爱大自然,采撷大自然中的奇观巧趣而编织成篇,形成了他的萧疏、朴野的山水诗。他喜欢描绘处于自然状态的、未加斧凿的山水景色:

> 溪流无限水,树长自然枝。(《自答》)
> 日光随意落,河水任情流。(《赠程处士》)
> 树倚全拥石,蒲长半侵沙。池光连壁动,日影对窗斜。(《山家夏日九首》)
> 野竹栏阶种,岩花入户飞。涧幽人路断,山旷鸟鸣稀。(《山

家夏日九首》)

这些画幅,独成格局,从中透露出一种宁静者的欣然自得之意和若有所悟的心理状态。在另外一些景色中,即便和人的生活联系起来,也透露出一种自然而然的谐调关系:

> 引流还当井,凭树即为楹。(《山中独坐》)
> 密藤成斗帐,疏树即檐栊。(《山家夏日九首》)
> 竹瘤还作杓,树瘿即成杯。(《春庄酒后》)
> 自持茅作屋,无用杏为梁。(《春日还庄》)
> 树荫连户静,泉影度窗寒。(《山家夏日九首》)

王绩诗里的人和自然是无忤的,宁静的,人依顺着自然,自然给人以厚爱与赏赐。他描绘大自然,也是赞美大自然,讴歌大自然。

王绩一旦离开了都市,回归到田园,就尽情地歌唱获得自由的欢乐以及山野生活所给予他的愉悦和慰藉。《春日山庄言志》一诗既描写了眼前风光,又抒发了诗人对山村野墅的爱悦之情:

> 平子试归田,风光溢眼前。野楼全跨迥,山阁半临烟。入屋欹生树,当阶逆涌泉。剪茅通洞底,移柳向河边。崩沙犹有处,卧石不知年。入谷开斜道,横溪渡小船。郑玄唯解义,王烈镇寻仙。去去人间远,谁知心自然。

他所回归的山庄,荒芜而罕有人迹,不似陶渊明所归去的田园"暧暧远人村,依依墟里烟。狗吠深巷中,鸡鸣桑树巅"那样充满了人间烟火和人世生活的温暖。因为罕有人到,屋子里斜长出了小树,阶上涌出了泉水。剪茅才可通到涧底,河边尚未移栽柳树,道路也尚未开凿。崩沙、卧石两句表示此间的自然是有变化的,也是无变化的,不知经历了多少年月。然而诗人所欣赏与追求的就是这样"去去人间远"的自然境界,所赞美的就是这些接近原始的自然状态。在《山家夏日九首》中,诗人还从多种角度描述寂寞山村所呈现的大自然的动静、变化:"石榴兼布叶,金萼唯作花。落藤斜引蔓,伏笋暗抽芽。"在雨露滋润的初夏,各种花、木都在生气勃勃地荣发滋长。山家充满了生机,有玩赏不尽的物华。这些在静谧中演化着的活泼生动的美,给诗人带来启示和欢娱:"园亭物候奇,舒啸乐无为。芰荷高出岸,杨柳下欹池。蝉噪黏远举,鱼惊钩渐移。萧萧怀抱足,何藉世人知!"(《晚秋夜坐》)诗人满足于在静默中享受这些美景,并为之陶醉。王绩笔下的田园生活几乎是与世隔绝的。他"迷节候"、"隔尘埃","忽见黄花吐,方知素节回"。春日"二月兰心紫,三春柳色青"(《山园》),夏天"槿花碍前浦,荷香栏上风"(《山家夏日九首》),深秋时"浅溜含新冻,轻云护早霜"(《秋园夜坐》),追随着四时景物的变换,诗人"鼓腹聊乘兴,宁知逢世昌"。在无拘无束的田园生活中,偶有一二知音,互相存问:"藕草邀新友,班荆接故人。"(《被征谢病》)"结藤标往路,刻树记来时。"(《游山赠仲长先生子光》)给隐者的生活带来另一种欢娱。

家室的和谐温暖,给田园诗歌染上一种世俗的欢乐情调:

不道嫌朝隐,无情受陆沉。忽逢今旦乐,还逐少时心。卷书藏箧笥,移榻就园林。老妻能劝酒,少子解弹琴。落花随处下,春鸟自须吟。兀然成一醉,谁知怀抱深。(《春晚园林》)

阮籍生涯懒,嵇康意气疏。相逢一醉饱,独坐数行书。小池聊养鹤,闲田且牧猪。草生元亮径,花暗子云居。倚杖看妇织,

登垅课儿锄。回头寻仙事,并是一空虚。"(《田家》)

田园生活给予他现实的生活乐趣,比之什么神仙世界更真实更可贵。当他被征瞋别故乡时,他对他的田园生活是依恋的:"山鸡终失望,野鹿暂辞群。"(《被举应征别乡中故人》)在外久居,又以故园为念,《在京思故园见乡人遂以为问》这首诗中,表现了他对家园深沉的思慕和怀念:"旅泊多年岁,老去不知回。忽逢门外客,道发故乡来。敛眉俱握手,破涕共衔杯。殷勤访朋旧,屈曲问童孩。衰宗多弟侄,若个赏池台?旧园今在否?新树也应栽?柳行疏密布?茅斋宽窄裁?经移何处竹?别种几株梅?渠当无绝水?石计总生苔?院果谁先熟?林花那后开?羁心只欲问,为报不须猜。行当驱下泽,去剪故田莱。"这样以家园琐事接连发出问讯的诗歌,在诗歌史上是极为独特的。由于感情诚恳,饶有兴味,不但不给读者以累赘之感,反而能触动人们的思乡之情。

久居山乡,王绩的诗歌中还展现了一些当时乡村生活风俗的画面。如《过乡学》虽用典较多,而乡村私塾简陋的学习生活及淳朴的风气却被勾画了出来。《采药》中写出了药材采集之难:"时时断嶂横,往往孤峰出。……地冻根难尽,丛枯苗易失。"颇有切实的生活感受。《围棋》一诗写对弈者在紧张争斗中的心理状态:"裂地四维举,分麾两阵前。攒眉思上策,屈指计中权。……骤睹成为败,频看绝更连。"也是非常生动的。

饮酒常是隐者的嗜好,也是他们惯爱发挥的题材。王绩写饮酒的诗歌很多,他从各种角度颂扬酒给生活带来的愉悦,描述自己酒后放浪形骸的狂态,上承继陶渊明,下为李白之先声。他一边称颂前人如何饮酒,一边赞美饮酒给自己带来的乐趣:"阮籍醒时少,陶潜醉日多。百年何足度?乘兴且长歌。"(《醉后口号》)"彭泽有田惟种黍,步兵从宦岂论钱?但使百年相续醉,何辞夜夜瓮间眠。"(《解六合丞还》)"礼乐囚姬旦,诗书缚孔丘。不如高枕卧,时取醉销愁。"(《赠程处士》)"比日寻常醉,经年独未醒。"(《春园兴后》)《题酒店楼壁绝句八首》更是集中地写了饮酒的乐趣。《春夜过翟处士正师饮酒醉后自问答二首》自画醉中情态十分真切:

樽酒泛流霞,相将临岁华。酣歌吹树叶,醉舞拂灯花。对饮情何已,思归月渐斜。明朝解醒处,为道向谁家?

春来物候妍,夜饮但留连。晚铃交鬓侧,残樽倚膝前。纵横抱琴舞,狼藉枕书眠。解醒须及暑,路远莫言旋。

醉后酣歌畅舞,随心所欲,求得了心灵的解脱、自由。醉者眼中的景,呈现出非同一般的妍美。醉后所获得的安适、欢娱,正是诗人所要追求的理想境界。陶渊明说过:"平生不止酒,止酒情无喜。暮止不安寝,晨止不能起。日日欲止之,营卫止不理。徒知止不乐,未知止利己。始觉止为善,今朝真止矣。"(《止酒》)陶渊明虽然深知酒的乐趣,可是也明白酒的危害,决心要止酒。王绩却从不提到止酒的话。为了摆脱诗书礼乐的束缚,他"相逢宁可醉,定不学丹砂"(《赠学仙者》)!不信神仙,宁可饮酒。而且其酣饮不只是为了兴奋、愉快、身心舒畅,似乎还在于寻求麻木、昏沉的"神全"之境。《庄子·达生》曰:"夫醉者之坠车,虽疾不死。骨节与人同,而犯害与人异,其神全也。乘亦不知也,坠亦不知也,死生惊惧不入乎其胸中,是故遻物而不慑。"意谓醉者忘乎七情,故神全。这就是王绩所追求的境界。

王绩除了在田园、山水诗中体现了老庄思想外,还写过几首哲理诗,也可以称之为玄言诗,表示了他对宇宙、生命、生、死的见解,都是演说老庄的观念。在《灵龟》一诗中,他说"明不若昧,进不若退",灵龟因为有"前鉴",有"嘉识",被"爱施长网,载沉密罗"。"既剔既剥,是钻是灼",终于"本缘末丧,命为才绝。山木自寇,膏火自灭"。"山木"两句即《庄子·人间世》中的原句原意,只是用灵龟的实例为庄子作了一次形象的注疏。《阶前石竹》以石竹为喻,说明死生都不由己,虽表露出对生命短暂的悲伤,但又表示在无可奈何中,只能听天由命。

在艺术上,王绩的诗有如下一些特点:

首先,与武德、贞观时宫廷诗人的浮靡诗风相反,王绩的诗不事雕琢,不为帝王的行乐纪实,没有一首奉和应制之作;也没有一般诗人集子里常见的酬唱之作。他说:"题歌赋诗,以会意为功,不必与夫悠悠闲人相唱和也。"(《答冯子华处士书》)而酬唱一体,恰好是诗人们猎取时名的一种手段。王绩则不然,他写诗不是为了取悦统治者或邀取虚名,他的诗都是发自肺腑,有所感而作,有真实的情感,不以词藻的华丽取胜,故而真挚、淳朴、自然,具有较强的艺术感染力。如前所引《在京思故园见乡人遂以为问》这首诗,明人锺惺评之曰:"只是家书。"(《唐诗归》)句句皆真情实意,所表现的对家园的殷切思念,久客他乡的人,都会有此同感。它既是简朴的,也是动人的。

其次,王绩的诗思想解放,题材新颖,不因袭旧套,开拓了新的境界。如《未婚山中叙志》,乃是一条征婚启事,在古代社会可谓之创举:

物外知何事,山中无所有。风鸣静夜琴,月照芳樽酒。直置百年内,谁论千载后。张奉聘贤妻,老莱藉嘉耦。孟光傥未嫁,梁鸿正须妇。

他所征求贤妻的条件很具体,重品德而不重相貌。"风鸣"两句不是点缀,而是申明"梁鸿"的情怀。也就是他在四言诗《梁鸿孟光》中所说的"琴书自逸,丘壑同栖"之意。这样的诗不但内容是独特的,也表现出王绩思想的自由与解放。又如他的有名的《赠程处士》:

百年长扰扰,万事悉悠悠。日光随意落,河水任情流。礼乐囚姬旦,诗书缚孔丘。不如高枕卧,时取醉销愁。

"日光"两句描写大自然无拘无束,暗喻人们也不应该受什么礼教束缚。"礼乐"两句的离经叛道,是很大胆的,也是颇有感染力的。其他如《采药》、《围棋》、《过乡学》、《病后醮宅》也非一般常见的题材,都给人以新鲜之感。

在诗歌体裁上,王绩既用了《在京思故园见乡人遂以为问》这样单方面提问的形式,又有《春桂问答》的问答体,以三、五言通俗的口语问答,简单明白,表示"独秀"的抱负。

第三,王绩诗的艺术风格萧疏、真率、野趣横生,寓精致于浑朴之中。由于王绩坚持"诗言志"这个信念,又有高旷的情怀,过人的才华,所以他开拓了一片令人心旷神怡的诗歌天地。翁方纲说:"王无功以真率疏浅之格,入初唐诸家中,如鸾凤群飞,忽逢野鹿,正是不可多得也。"(《石洲诗话》卷一)他的诗不只以真率疏淡取胜,也很注意"剪裁锻炼",无论对偶、音律都是很讲究的。比如《野望》这首五言律诗,就是常常被人称道的:

东皋薄暮望,徙倚欲何依。树树皆秋色,山山唯落晖。牧人驱犊返,猎马带禽归。相顾无相识,长歌怀采薇。

沈德潜说:"《野望》五言律,前此失严者多,应以此章为首。"(《唐诗别裁》)以之为唐人五言律诗之创始。又据吕才说:"君雅善鼓琴,加减旧弄作山水操,为知音者所赏。"(《王无功文集序》)王绩创作出这样意境浑穆天成的五言律诗,是和他的艺术修养、文化修养有关系的。

王绩诗歌的题材比较狭窄,除山水田园抒情寄兴的诗歌外,表现社会生活的作品较少,而且就是在表现田园生活和摹写山水时,态度也比较客观、冷静。缺乏陶渊明对生活的关切与热情。陶渊明笔下的田园是"农务各自归,闲暇辄相思。相思则披衣,言笑无厌时"(《移居二首》),"东园之树"也"枝条载荣,竟用新好,以招余情"(《停云》)。陶渊明的田园是"入境"。王绩喜欢自我倾诉,自我陶醉。如说:"月照山客,风吹俗人。琴声送冷,酒气迎春。闭门常乐,何须四邻!"(《郊园》)或说:"无人堪作伴,岁晚独悠哉!"(《题黄颊山壁》)"所嗟同志少,无处可忘言。"(《春庄走笔》)王绩的心灵是孤寂的。

第三节　王绩的赋和杂文

王绩有一半生涯是在隋朝度过的。在隋时,王绩虽尚年轻,却已崭露头角。诗人薛道衡见其《登龙门忆禹赋》叹曰:"今之庾信也。"此赋今佚,然观其大业四年十八岁时所写《三月三日赋并序》,约略可以窥见其早年的文章风格。三月三日,古称上巳节,是春游的节日。这一天人们到水边洗濯,并作曲水流杯之饮。赋中写到"西望昆池,东临灞岸,帷屏竟野,士女盈川。宝马香车,星流云布"的盛况,还铺写了京都豪贵、大堤诸艳、羽林骑手、五陵少年的游乐情景。全篇词藻华丽,音韵流畅,文采不减庾信,所以,薛道衡的赞美是有道理的。《燕赋》以燕喻人,感叹改朝之后,谷变陵分,燕子善于应变,"网罗是避,鹰鹯是防",与"汉党胡朋","顺时而动息",终于获得"传石玺而无疑,宿瑶筐而不惧"的荣耀和平安,是对改朝后某些善于自谋人士的讽刺。《元正赋》写元旦时的风土人情。从"老夫无所欲,光阴苦难足"之语看,知为晚年时所作。赋中对我国传统的最大的节日的欢庆情况,有较细致的描写:

> 正容端表,门新户洁。况复春来气序和,家家少长相经过。旦朝参贺密,年前婚嫁多。少妇装金翠,游童盛绮罗。椒花颂逐回文写,柏叶樽宜长命歌。遥忆二京风光好,玉城正殿年光早。旌游旿旿千门路,冠盖纷纷两宫道。天子拜安平,储官迎太保。……乐调百戏,觞称万年。西京马骑和钟鼓,东国鱼龙杂管弦。日斜班束帛,彤闱黯将夕。但愿皇家四海平,每岁常朝万方客。

显示了唐初人民的富裕,国家的昌盛。文章通俗易懂而生动有趣,展现了当时社会生活的多种场面。

《游北山赋》是王绩晚年所写的一篇回忆录。自叙家世及对天道、人生的种种见解,铺写了北山的山水佳境。其中以三分之一的篇幅缅怀王通:"式瞻虚馆,载步前楹,眷眷长想,悠悠我情。"此外还自叙了养拙辞官后的幽居生涯:"抵玉惊禽,挥金薙草。……无誉无功,形骸自空。坐成老圃,居为下农。"赋中时而描绘山林之美,时而表述自己无求于世的清高之志。读其"古藤曳紫,寒苔布绿。洞里窥书,岩边对局"之句,不难感受到其置身世外的悠然自得之致。全篇文字简朴,抒情委婉,评古论今,时发感叹,如听一位老者历尽沧桑的倾诉。赋而如此不事夸张铺排,使人读之不感冗赘,只觉如行云流水,曲诉衷肠,与前面提到的《三月三日赋》的秾涂艳彩,恰好对立而成双璧,从而窥见王绩不同时期艺术风格的变化。

王绩留有书信五封,其中《答刺史杜之松书》(骈体)、《答冯子华处士书》、《答程道士书》均自叙生涯,自言志趣,不失为绰有馀韵的优美抒情文章。如《答刺史杜之松书》中自叙性格疏放一段:

下走意疏体放,性有由然。兼弃俗遗名,为日已久。渊明对酒,非复礼义能拘;叔夜携琴,唯以烟霞自适。登山临水,邈矣忘归;谈虚语玄,忽焉终夜。僻居南渚,时来北山。兄弟以俗外相期,乡间以狂生见待。歌《去来》之作,不觉情亲;咏《招隐》之诗,唯忧句尽。帷天席地,友月交风。新年则柏叶为樽,仲秋则菊花盈把。

文字舒畅流利,刻画了一个纵心自适的隐者形象。《答冯子华处士书》亦自叙孤居河渚生涯,并勾画了一位隐者仲长先生的形象。《答程道士书》略有议论,强调世界万物应"各适其适,各宁其分","凫胫虽短,续之则悲,鹤胫虽长,截之则忧",鼓吹顺从自然。全篇文字流畅,举例生动,虽不见得是真理,只觉奇趣横生。

王绩有五篇列入杂著、实为寓言的小故事,其主旨都在于表述一个哲理,却用富于形象的故事来说明。如《无心子传》借"无心子"与"机士"的对话,引述董廉氏的马说,说明良马以艺而死,劣马以无用而全生,其结论是"凤凰不憎山栖,蛟龙不羞泥蟠,君子不苟洁以罹患,圣人不避秽而养生"。全文只三百馀字,文章简洁,形象生动。《负苓者传》借负苓者之口演说老子绝圣弃智之旨。《醉乡记》中的醉乡是他幻想的乌托邦:"其气和平一揆,无晦明寒暑;其俗大同,无邑居聚落;其人任情,无爱憎喜怒;吸风饮露,不食五谷。其寝于于,其行徐徐。与鸟兽鱼鳖杂处,不知有舟车器械之用。"仍然宣扬绝圣弃智,返归原始,返归自然。

王绩在自作的墓志文中说:"起家以禄位,历数职而进一阶,才高位下,免责而已。天子不知,公卿不识,四十五十而无闻焉,于是退归。"对于在朝的经历,他是不满意的。而退归之后"以酒德游于乡里,往往卖卜,时时著书,行若无所之,坐若无所据,乡人未有达其意也"。可见隐居生活也不是十分惬意的,时有孤独、空虚、缺少知音之感。所以最后在铭文中引《庄子·大宗师》的话,"以生为附赘悬疣,以死为决疣溃痈",死,对他似乎是解脱。唐人陆淳说:"何乃庄叟之后,绵历千祀,几于是道者,余得之王君焉。"(《删东皋子集序》)王绩的诗文浸染着深深的老庄色彩。

王绩还有二十三篇铭、赞、祭文,或为四言,或为杂言,都是对历史人物或历史事件的评论,类似咏史诗。例如《项羽死乌江》:

项羽慷慨,临江问津。马赠亭长,侯封故臣。何为不渡?自取亡身。八千子弟,今无一人!

《嵇康坐锻》:

嵇康自逸,手锻为娱。曲池四绕,垂杨一株。铜烟寒灶,铁焰分炉。箕踞而坐,何其傲乎!

《伯牙弹琴对锺期》:

伯牙挥手,奇声绝伦。锺期妙听,是谓穷神。绿马仰秣,丹鱼耸鳞。崇山流水,知音几人?

只捕捉历史故事的片断情景,予以传神的勾画,虽只简单几笔,却是生动感人的,文字也是优美的。

王绩的文章,无意雕饰,但都绰约生姿,耐人寻味。旷怀高致,往往表现于华美凝练的文采之中,于一般诗人中是不可多得的。

王绩以其卓然不群的诗歌、文、赋,屹立于隋唐之际,既不同于隋代的卢思道、薛道衡,也不同于初唐的宫廷诗人,上承陶谢,独树一帜,可称之为唐代的开山诗人。关于王绩在文学史上的历史地位,以前注意不够。明人杨慎说:"王无功,隋人。入唐,隐节既高,律诗又盛,盖王、杨、卢、骆之滥觞,陈、杜、沈、宋之先鞭也,而人罕知之。……古云'盖棺事乃定',若此者,千年犹未定也。"(《升庵诗话》卷二)指出了长期以来历史的忽略。事实上王绩的影响还不仅仅在于对四杰及陈、杜、沈、宋,他的山水、田园诗对盛唐时期的王、孟的影响,也是很明显的。

王绩一生,著作丰富。死后,他的好友吕才为之编成《王无功文集》五卷,尚谓"并多散逸,鸠访未毕"。但是,到了中唐,此五卷本被陆淳妄加删汰,削为三卷本的《东皋子集略》,两种版本,同时流行于世。自元以后,五卷本罕见著录,是否存世,久成疑案。近年,幸有三种抄本的五卷本发现,遂使《王无功文集》重见于世,五卷本较三卷本多出诗赋八十二首,杂文十二篇,为全面评价王绩的文学成就及思想发展提供了完整资料。

第四章　唐初宫廷诗人

第一节　太宗朝的宫廷诗人

从唐高祖武德开国到唐太宗贞观之末(618—648),是初唐诗坛的第一个三十年。这三十年中诗人济济,绝大多数是贞观宫廷的元老重臣。他们深受太宗的赏识,身居要职,参与新朝的重大政治和文化学术建树,对实现贞观之治作出了重大贡献。后来,初唐"四杰"之一的卢照邻在《南阳公集序》中说:"贞观年中,太宗外厌兵革……内兴文事。虞(世南)、李(百药)、岑(文本)、许(敬宗)之俦以文章进,王(珪)、魏(徵)、来(济)、褚(亮)之辈以材术显。咸能起自布衣,蔚为卿相,雍容侍从,朝夕献纳。我(指唐王朝)之得人,于斯为盛。……变风变雅,立体不拘一途;既博既精,为学遍游于百氏。"概括了贞观宫廷文苑的兴盛气象。这一大批宫廷文人围绕在太宗皇帝的周围,形成当时的文学中心,领导着普天之下的文事。他们所制作的大量宫廷诗歌,是这个时期诗歌创作的主要潮流。其中,成就较大的当推唐太宗李世民和虞世南、陈子良、魏徵、李百药。

唐太宗李世民(599—649),是唐高祖李渊第二子。他辅佐李渊建立了唐王朝。接着,又以雄才大略,经过七年征战,削平群雄,统一全国。武德九年(626)他登基后,励精图治,从谏如流,开创了历史上有名的"贞观之治"。他深知"虽以武功定天下,终当以文德绥海内"(《旧唐书·音乐志》),因此十分重视文化事业。任秦王时,就开文学馆广揽文士,为房玄龄等十八学士画像题赞;后来又在弘文殿侧立弘文馆,临朝听政之暇,常与学士们讨论学问典籍、礼乐制度,作诗唱和,吟咏情性,从而推动了诗歌创作以至整个文化的趋于繁荣。

《全唐诗》录存唐太宗的诗共八十六题,九十八首,其数量在当时的宫廷诗人中是首屈一指的。其诗歌题材内容较丰富。其中纪行、咏怀之作,多是追忆昔年戎马征战的豪情胜慨。例如《过旧宅二首》云:"前池消旧水,昔树发今花。一朝辞此地,四海遂为家。""昔地一蕃内,今宅九围中。……八表文同轨,无劳歌《大风》。"抒写帝业告成之后还乡的情怀,踌躇满志,意气洋洋。《还陕述怀》说:"慨然抚长剑,济世岂邀名!……登山麾武节,背水纵神兵。在昔戎戈动,今来宇宙平。"回忆创业艰辛,壮怀激烈,有雄视天下的气魄。最出色的是《经破薛举战地》:

> 昔年怀壮气,提戈初仗节。心随朗日高,志与秋霜洁。移锋惊电起,转战长河决。营碎落星沉,阵卷横云裂。一挥氛沴静,再举鲸鲵灭。于兹俯旧原,属目驻华轩。沉沙无故迹,减灶有残痕。浪霞穿水净,峰雾抱莲昏。世途亟流易,人事殊今昔。长想眺前踪,抚躬聊自适。

隋恭帝义宁元年(617),李世民率军征讨自称西秦霸王的薛举于扶风,"大破其众,追斩万馀级"(《旧唐书·太宗本纪》)。诗的前半幅,抒壮志,写鏖战,显出一种镇定自若、稳操胜券的气度。诗的后半幅,写重经战地的见闻感受,既有世事沧桑的慨叹,更有胜利者的自豪自满之情。全篇旋律高亢,虎虎生风。晚年出兵高丽还师辽东时写的《辽东山夜临秋》:"烟生遥岸隐,月落半崖阴。连山惊鸟乱,隔岫断猿吟。"写军旅夜宿山中的景象,笔墨豪健。

在唐太宗的纪行、咏怀诗中,还表现出他对创业艰难守业更难的深刻见识。二十韵的五言古诗《执契静三边》,表述了他要使天下长治久安的设想,即偃武修文,与民休息,移风易俗;自己则励精图治、宵衣旰食,渴求股肱之臣辅弼,以期达到"共欢区宇一"。《赋尚书》诗写道:"崇文时驻步,东观还停辇。辍膳玩三坟,晖灯披五典。……纵情昏主多,克己明君鲜。灭身资累恶,成名由积善。既承百王末,战兢随岁转。"他要以荒淫亡国的古代帝王为鉴戒,积善去恶,日慎一日,克己求治。这种居安思危、求贤纳谏的精神,也反映在他描写游览狩猎、宴会群臣的一些诗中。有些酬赠怀人之作,表现了对贤臣创业和治国功绩感念不忘之情。例如《赠房玄龄》:"太液仙舟迥,西园隐上才。未晓征车度,鸡鸣关早开。"赞扬了房玄龄的辛劳和才干。《赐萧瑀》说:"疾风知劲草,板荡识诚臣。勇夫安识义,智者必怀仁。"褒扬萧瑀忠正耿介;议论警辟,笔墨简劲,对偶工整而自然。魏徵去世,他写了《望送魏徵葬》诗:"惨日映峰沉,愁云随盖转。哀笳时断续,悲旌乍舒卷。望望情何极,浪浪泪空泫。"笔墨哀伤感人。在封建君臣之间,如此真挚的情谊,实属难得。

太宗的写景、咏物之作甚多,有描绘四季景色,风、雨、雪、雾、柳、荷、兰、菊等。其中有些篇章,比较生动、工细,有真情实感。例如《赋得白日半西山》:"红轮不暂驻,乌飞岂复停。岑霞渐渐落,溪阴寸寸生。藿叶随光转,葵心逐照倾。晚烟含树色,栖鸟杂流声。"写傍晚山野景色,注意捕捉物象的声色动态变化,虽有雕琢痕迹,却颇细致逼真。又如:"重峦俯渭水,碧嶂插遥天。出红扶岭日,入翠贮岩烟。"(《望终南山》)"日晃百花色,风动千林翠。池鱼跃不同,园鸟声还异。"(《初晴落景》)写景状物都相当鲜丽、生动。某些写景诗,还寄寓了功成思治的情怀。如《春日望海》以浩渺无际的沧海,烘托自己平治天下的壮志;《春日登陕州城楼俯眺……》和《初春登楼即目观作述怀》,抒发求贤若渴的心情。这几首诗写景疏朗开阔,但语多堆砌,少自然之致。咏物诗中的《咏风》写道:"萧条起关塞,摇飏下蓬瀛。拂林花乱彩,响谷鸟分声。披云罗影散,泛水织文生。劳歌大风曲,威加四海清。"借多种自然景物动态,把不可捕捉的风写得有形有影,结尾联想到汉高祖刘邦的《大风歌》,抒发出"威加四海"的豪气,显出创业君王的本色。这些作品虽未能达到情景交融、物我契合,但情意是从物象中自然引发而出,故而具有一定的艺术感染力。

《帝京篇》十首,是唐太宗写景抒情的代表作。诗序中说,他写这组诗是要以"秦皇、周穆、汉武、魏明"等帝王的"峻宇雕墙,穷侈极丽"为戒,力行节俭,"故述帝京篇以明雅志"。组诗吸取前代京都赋的开阔视野和铺张写法,描述他作为帝王日常的临朝、读书、阅武、听歌、观舞、游览、宴饮的生活情景,着意渲染"天上神仙宅,人间帝王家"的豪华富贵。篇末,加上一段关于去奢戒盈的议论,显然是作者的"曲终奏雅"。它与前面对帝王豪侈生活的具体描绘相比,不免苍白无力。这同历代京都赋"劝百讽一"的结构十分相似。但组诗对长安城的形势、建筑、景色的描写,十分雄伟壮观。如其一云:

秦川雄帝宅,函谷壮皇居。绮殿千寻起,离宫百雉馀。连甍遥接汉,飞观迥凌虚。云日隐层阙,风烟出绮疏。

雄伟山川烘托着巍峨宫殿,显示出唐王朝的赫赫声威和一个开国帝王的胸襟气魄。其馀诸首,也有雄浑或秀丽的描绘,如:"雕弓写明月,骏马疑流电。惊雁落虚弦,啼猿悲急箭";"桥形通汉上,峰势接云危。烟霞交隐映,花鸟自参差";"萍间日彩乱,荷处香风举。桂楫满中川,弦歌振长屿";"长烟散初碧,皎月澄轻素。搴幌玩琴书,开轩引云雾"等等。明人胡应麟说:"唐初惟文皇《帝京篇》藻赡精华,最为杰作。……无论大略,即雄才自当驱走一世。"(《诗薮·内编》)称为"杰作"未免过誉,说它气魄宏大又工整富丽,也还恰当。

　　唐太宗的诗,受齐梁绮艳、骈俪诗风的影响仍比较明显,在雍容庄重中时显故作矜持。他写了不少浮艳平庸、刻板呆滞的状景咏物诗,如《赋得樱桃》、《赋得花庭雾》、《咏乌代陈师道》、《咏雪》等,反映了他晚年在歌舞升平的宫廷生活中逐渐消磨了早年的锐气。美国汉学家斯蒂芬·欧文指出:"在他的诗歌里,帝王的强烈个性与宫廷诗人缺乏个性的雅致形成了鲜明的对照。"(《初唐诗》,贾晋华译,广西人民出版社版)见解颇精当。但他的一部分作品,已显露出雄健的气派和清新的笔调,从内容、格律和风格来看,初具盛唐气象的萌芽。他作为一代英主,亲自提倡和带动群臣赋诗。这个很好的传统,被唐代历朝皇家继承下来,对于唐诗的繁荣兴盛产生了一定的影响。明人胡震亨说:"太宗文武间出,首辟吟源。"(《唐音癸签·评汇一》)。《全唐诗》编者说:"有唐三百年风雅之盛,帝实有以启之焉。"(《全唐诗》卷一)都肯定了他的创作在唐诗史上的意义。

　　贞观宫廷中最杰出的诗人是虞世南(558—638)。世南字伯施,越州馀姚(今属浙江)人。他沉静寡欲,笃志勤学,诗文兼擅,少年时便受到陈朝文学家徐陵的赞赏。曾以文学仕陈朝,陈灭,与其兄世基同入隋京长安,被时人比作当年吴国灭亡之后入晋都洛阳的陆机、陆云兄弟。世南在隋朝官秘书郎,是隋炀帝杨广重要的文学侍臣。炀帝雅爱世南的才华，又不满其刚直性格，十年未予擢升。入唐，任秦王李世民王府参军，转记室，迁太子中舍人，为秦王府十八学士之一。太宗即位后，为弘文馆学士，官至秘书监，封永兴县公，人称"虞永兴"。他对太宗常有规讽。有一次，太宗写了宫体诗，命朝臣赓和。虞世南劝阻说："臣恐此诗一传，天下风靡，不敢奉诏。"太宗只好自我圆场说："朕试卿耳。"（《新唐书·虞世南传》）世南著有类书《北堂书钞》一百卷，又工书法，学智永，妙得其体。太宗称其德行、忠直、博学、文辞、书翰为"五绝"，并手诏魏王泰曰："世南当代名臣，人伦准的。"

虞世南有集三十卷，已散佚。《全唐诗》仅录存其诗一卷，计三十二首，其中《秋雁》应为褚亮诗。孙望《全唐诗补逸》补入《车舆》一首。在这些诗中，可知属隋代所作的有《奉和月夜观星应令》及其下的应制诗共七首，内容几乎都是歌功颂德，又堆砌词藻，受齐梁浮艳诗风的影响很明显。而其馀二十四首，却透露出一股力图摆脱浮艳之风的清新、刚健气息。

虞世南的佳作主要是拟乐府诗。其中八首边塞诗和游侠诗写得英爽精工。如《从军行》二首，描写边塞征战的艰辛，表现有功边将得不到朝廷关怀的悲哀。其中"剑寒花不落，弓晓月逾明。凛凛严霜节，冰壮黄河绝。蔽日卷征蓬，浮天散飞雪"等句刻画塞外严寒景色，苍莽荒凉，景中流露出对守边将士的关注之情。清人沈德潜评此诗为"渐开唐风"（《唐诗别裁集》卷一）之作。《拟饮马长城窟》写深流绝涧、栈道危峦，渲染"有月关犹暗，经春陇尚寒。云昏无复影，冰合不闻湍"的景象，烘托出将士行军的艰苦，风格雄浑，表现真切，胜于前人同题咏作。《结客少年场行》将重义轻生的少年侠客从军报国壮志写得生气勃勃，豪气逼人。"焰焰戈霜动，耿耿剑虹浮"一联，描绘侠客戈上霜花如白色焰火，剑气浮动似虹彩闪熠，意象新奇壮丽。"天山冬夏雪,交河南北流。云起龙沙暗,木落雁门秋"四句,几笔便勾勒出西域奇异景色,尤显功力。《出塞》[1]写将士为国出征,长途跋涉,历尽艰险。结尾"耿介倚长剑,日落风尘昏"二句,以简劲之笔,塑造了将士的英武形象。"凛凛边风急,萧萧征马烦。雪暗天山道,冰塞交河源。雾锋黯无色,霜剑冻不翻"等句,极力烘染边塞奇寒,感受新鲜,想象独到。后来,盛唐诗人王昌龄的"大漠风尘日色昏"(《从军行》)、岑参的"风掣红旗冻不翻"(《白雪歌送武判官归京》),显然脱胎于虞世南的诗句。

世南的写景诗,在藻饰中常显出清新、明丽、活泼的风致。例如《初晴应教》:"初日明燕馆,新溜满梁池。归云半入岭,残滴尚悬枝。"《侍宴应诏赋韵得前字》:"横空一鸟度,照水百花燃。绿野明斜日,青山澹晚烟。"《春夜》:"惊鸟排林度,风花隔水来。"《发营逢雨应诏》:"陇麦沾逾翠,山花湿更然。"都能曲尽物象之妙,体现了很高的观察、体物技巧。杜甫的名句"江碧鸟逾白,山青花欲燃"(《绝句二首》其二)就借鉴了虞世南的诗句。明人徐献忠赞誉虞世南这些洗脱了宫廷脂粉气味的诗是"天然秀颖,不烦绳削"(《唐诗品》)。

虞世南又工于咏物。其咏物小诗每寓有兴寄,巧借物象抒写个人的身世境遇、品格志趣。例如:

  的历流光小,飘摇弱翅轻。恐畏无人识,独自暗中明。(《咏萤》)
  垂绥饮清露,流响出疏桐。居高声自远,非是藉秋风。(《蝉》)

二诗状物形神毕肖,寓意巧妙自然,格调清隽高远。《蝉》同后来骆宾王、李商隐的同题之作,被推为唐人咏蝉诗的"三绝唱"。

此外,世南还有《门有车马客》诗揭露直道难容于世,《中妇织流黄》诗抒写闺妇对征人的思念,都是可诵之作。《应诏嘲司花女》云:"学画鸦黄半未成,垂肩躴袖太憨生。缘憨却得君王惜,长把花枝傍辇行。"这是陪隋炀帝游幸时的应诏之作,题材内容属宫体艳情诗,但纯用白描,把持花少女状写得憨态可掬、风致嫣然,并无轻薄浮艳之意绪。诗的平仄、押韵都合格律,已是一首成熟的今体七绝。

徐献忠《唐诗品》评虞世南诗:"藻思萦纡,不乏雅道。殆所谓圆融整丽,四德具存。治世之音,先人而兴者也。……其视宫体之规,同归雅正。"虞世南诗确实显露出清新雅正、圆融整丽的特色。作为当时的第一文宗,洵非虚誉。但他毕竟是宫廷的御用文人,其创作从总的看来并未能突破狭隘的宫廷生活圈子,也很少能摆脱宫廷诗的艺术模式。至于他在隋朝的奉和应制之什,颂扬隋炀帝劳民伤财的江南之行,粉饰、美化了当时的黑暗现实,更是不可取的。

陈子良(?—632),吴(今江苏苏州)人。隋时为杨素记室。入唐,官右卫率府长史,与萧德言、庾抱同为隐太子建成学士。有集十卷,已佚。《全唐诗》录存其诗一卷,十三首。其中,写宫中歌妓舞女姿容和技艺的几首,语言较简净,描写也较生动,并不轻薄浮艳。《赞德上越国公杨素》是二十五韵的五古长篇。除尾联外,通篇对仗,却不板滞。"拔剑倚天外,蒙犀辉日精。弯弧穿伏石,挥戈斩大鲸",颇有气魄。《游侠篇》写洛阳游侠的豪侈生活。前半篇:"水逐车轮转,尘随马足飞。云影遥临盖,花气近薰衣。"描画游侠驱车纵马驰骋于春野,笔墨明快生动。后半篇:"东郊斗鸡罢,南皮射雉归。日暮河桥上,扬鞭惜晚晖。"暗寓讽意,耐人寻味。这两首诗已可见诗人的才华。

子良行踪广阔,曾有蜀中和塞北之游。他有几首抒写行旅、思乡和离别的诗,纯写个人生活感受,语言平易生动,已脱出宫廷诗的窠臼。如《入蜀秋夜宿江渚》云:"我行逢日暮,弭棹独维舟。水雾一边起,风林两岸秋。山阴黑断碛,月影素寒流。故乡千里外,何以慰羁愁?"绘景逼真,如一帧水墨画;羁旅愁情,弥漫画面。其意境的清旷,颇似盛唐前期诗人张九龄、孟浩然的山水行旅佳作。另一首《于塞北春日思归》云:

我家吴会青山远,他乡关塞白云深。为许羁愁长下泪,那堪春色更伤心。惊鸟屡飞恒失侣,落花一去不归林。如何此日嗟迟暮,悲来还作白头吟。

写思归愁情,语多悲凉,对仗工整,又流转自如。虽平仄未谐,其风调已近盛唐七律。还有一首《送别》:"落叶聚还散,征禽去不归。以我穷途泣,沾君出塞衣。"借眼前落叶、征禽发兴。仅二十字,却抒写出送者和行人的迟暮之感、穷途之泣、出塞之悲、惜别之情,笔墨凝练。

从以上几首诗看,向来未被文学史家注意的陈子良,实是贞观宫廷中一位颇能突破贵族文学趣味而抒写人生感受的诗人。

魏徵(580—643),字玄成,巨鹿曲阳(今河北晋州西)人。少时孤贫,胸怀大志,广泛涉猎典籍,但不事生产,出家为道士。隋炀帝大业末年,参加李密起义军,后投归唐朝,为太子洗马。太宗即位后,拜谏议大夫、秘书监,累官至侍中,封郑国公。因目疾屡请辞职。贞观十六年(642),拜太子太师,仍知门下省事。次年卒,赠司空,谥文贞。魏徵有经世治国之才,秉性刚正不阿。太宗常召入内室询以政事得失,魏徵知无不言,敢于犯颜直谏,且多为采纳,史以"诤臣"称之。他病故时,太宗亲临恸哭,痛惜失去一面宝镜。

魏徵又是很有造诣的史学家和文学家,曾主持编撰《群书治要》和梁、陈、齐、周、隋五史,并亲自撰写了《隋书》的序论及《梁书》、《陈书》、《齐书》的总论,时称"良史"。他的文章以奏疏见长,名篇如《十思疏》、《十渐不克终疏》等,都是谏诫太宗的政论文。虽用偶句,但词旨剀切,气势雄骏,剖析事理,简要深刻,无典故堆砌之病,已表现出由骈入散的倾向。有集二十卷,已佚。现存文三卷,诗一卷,三十五首。诗多为颂功祀神之作,《五郊乐章》、《享太庙乐章》便有三十一首。咏史、抒怀诗仅三首,都是可诵之篇。咏史诗《赋西汉》,历述汉高祖、文帝、武帝之事,结尾说:"终藉叔孙礼,方知皇帝尊。"讽劝太宗应牢记创业艰难,坚持以礼约束自己。另一首《暮秋言怀》诗云:"首夏别京辅,杪秋滞三河。沉沉蓬莱阁,日夕乡思多。霜剪凉阶蕙,风捎幽渚荷。岁芳坐沦歇,感此式微歌。"可能是贞观元年(627)他任谏议大夫后奉命"安辑河北"时所作。诗中以暮秋萧瑟景色烘托诗人郁勃情思,"剪"、"捎"二字颇见锤炼之功。《述怀》(一作《出关》)是他的名作:

  中原初逐鹿,投笔事戎轩。纵横计不就,慷慨志犹存。杖策谒天子,驱马出关门。请缨系南粤,凭轼下东藩。郁纡陟高岫,出没望平原。古木鸣寒鸟,空山啼夜猿。既伤千里目,还惊九逝魂。岂不惮艰险,深怀国士恩。季布无二诺,侯嬴重一言。人生感意气,功名谁复论!

这是魏徵归唐后赴山东招抚李密旧部,出潼关时所作。诗中叙写自己的抱负和征途的艰险,倾吐重义气报国恩的慷慨情怀。全诗语言朴实,用典贴切,显出初唐最盛行的五言古诗由典雅庄重向雄浑苍劲转变的趋势。清人徐增《说唐诗》高度评价它是"唐发始一篇古诗,笔力遒劲,词采英毅,领袖一代诗人"。沈德潜《唐诗别裁集》也称赞说:"气骨高古,变从前纤靡之习,盛唐风格发源于此。"都指出此诗在唐诗发展史上的意义。魏徵存诗虽少,只此一首,便在诗史上占了一席地位。

杨师道(？—647),字景猷,弘农华阴(今陕西华阴)人。隋宗室,清警有才思。入唐,授上仪同。因与桂阳公主结亲,封安德郡公。贞观十年(636),代魏徵为侍中,参预朝政。退朝后,常与名士于园池宴集,酣赏之馀,援笔直书,有如宿构,深受太宗赏识。后转中书令,改吏部尚书、摄中书令,贬工部尚书,转太常卿,卒于家。

杨师道原有集十卷,已佚。《全唐诗》录存其诗一卷,共二十一首。今人补录《五言奉和行经破薛举战地应诏》一首[2]。他久居宫廷,阅历有限,诗的题材狭窄。其乐府诗仅《陇头水》一首,诗云:"陇头秋月明,陇水带关城。笳添离别曲,风送断肠声。映雪峰犹暗,乘冰马屡惊。雾中寒雁至,沙上转蓬轻。天山传羽檄,汉地急征兵。……"诗人曾随太宗征辽东,对边塞生活有亲身体验,故能真切地展现塞上独特风光和难言的边愁。全诗风骨遒劲,语言流畅,对仗工稳,兼具北朝诗的苍劲气格与南朝诗的和谐声律。通篇尚缺乏完整的意象经营,但在初唐诗坛上,应属不可多得的边塞诗佳作。

杨师道其他作品,大都是典型的宫廷诗,或奉和应制,或咏物,或写宫廷生活和景色。咏物诗较多,有《咏琴》、《咏笙》、《应诏咏巢乌》、《咏马》、《奉和咏弓》、《咏砚》等,刻意状物,徒得形似,都无兴寄。写景诗稍有佳句,如:"雁声风处断,树影月中寒"(《初秋夜坐应诏》)、"白云飞夏雨,碧岭横春虹"(《赋终南山用风字韵应诏》)、"日落横峰影,云归起夕凉"(《奉和夏日晚景应诏》)等,于工巧中尚有情致。写大海的诗句:"浴日惊涛上,浮天骇浪长。""龙击驱辽隧,鹏飞

出带方。"[3](《奉和圣制春日望海》)语颇雄壮,但胸襟、气派不及太宗原作。通篇意境完美的作品极少,《还山宅》较好:

> 暮春还旧岭,徙倚玩年华。芳草无行径,空山正落花。垂藤扫幽石,卧柳碍浮槎。鸟散茅檐静,云披洞户斜。依然此泉路,犹是昔烟霞。

透过诗人对花鸟草木、烟霞水石的细致观察和生动描写,可使人感受到一种久别乍还故宅的欣喜之情。但毕竟景物意象略嫌堆砌,诗的情韵较淡薄,"岭"、"山"、"径"、"路"字面也重复。作为五言排律,声谐气畅,已合今体法度,风骨仍软弱。此外,日本上毛河世宁纂辑的《全唐诗逸》,收录了杨师道的采莲诗句:"采莲江浦觅同心,日暮风生江水深。莫言花重船应没,自解凌波不畏沉。"写出采莲少女的青春活力,语言清新质朴,同他的《咏舞》、《阙题》、《初宵看婚》等宫体艳情诗迥异。

在贞观诗坛上,诗歌创作成绩可与虞世南颉颃的,是李百药(565—648),字重规,安州安平(今河北安平)人。隋内史令李德林之子。幼多疾病,祖母因以"百药"名之。七岁能属文。隋文帝开皇初,授东宫学士,兼太子舍人。炀帝即位,贬为桂州司马。炀帝被弑,百药转侧于战乱中,先后在杜伏威、辅公祏军中任职,数遇艰危而不死。降唐后,又被高祖贬为泾州司户。太宗即位后,召拜中书舍人,寻为礼部侍郎。百药上《封建论》,谏止太宗裂土分封子弟功臣。贞观四年(630)迁太子右庶子。时太子"嬉戏过度",百药于贞观五年作《赞道赋》讽劝,深受太宗赞赏。百药撰《北齐书》五十卷成,加散骑常侍。太宗赋《帝京篇》,命百药和之,诗成,太宗叹赏和作精妙,手诏云:"卿何身之老而才之壮,何齿之宿而意之新乎!"可见,他是一位兼有德政、史笔、诗才的文臣。而作为贞观诗坛的前辈诗人(入唐时,百药五十四岁),李百药年愈老才愈壮,几乎独擅一代诗名。

李百药原有集三十卷,已佚。《和〈帝京篇〉》亦不存。《全唐诗》录存其诗一卷,共二十六首并断句一联。《全唐诗续补遗》补录《过杨玄感墓》一首。他的诗歌创作呈现出复杂的风貌。他在隋末身受迁谪、战乱之苦,有较深切的生活体验,故而诗多真情,哀怨感人。《途中述怀》、《渡汉江》、《晚渡江津》等篇,是他南贬桂州途中写的。诗中或以乐景反衬,或以哀景烘托,抒发出他远谪南荒的深沉悲愤。例如:"寂寂江山晚,苍苍原野暮。秋气怀易悲,长波森难溯。索索风叶下,离离早鸿度。丘壑列夕阴,葭荧凝寒雾。日落亭皋远,独此怀归慕。"(《晚渡江津》)写得情景交融,音调凄怆。他有数首咏怀古迹的诗,多写古城荒芜之景,风格沉郁苍凉。《郢城怀古》是一首五古长诗,诗中先写楚都郢城的繁华壮观,继写楚政之失,国亡城陷,造成一片废墟,满目疮痍。在诗人的咏古之中,寓有感叹隋代政失世乱、繁华毁于一旦之意,流露出一种时运变迁、人世盛衰之叹。《秋晚登古城》笔墨更为凝练:

  日落征途远,怅然临古城。颓墉寒雀集,荒堞晚乌惊。萧森灌木上,迢递孤烟生。霞景焕馀照,露气澄晚清。秋风转摇落,此志安可平。

诗中对一代繁荣唯留荒凉寂寞的伤悼,对山川依旧人事盛衰迭代不息的感慨,成为唐代怀古咏史诗的一个普遍主题。

李百药后来加入了贞观宫廷诗人的行列。由于养尊处优,加上宫廷诗艺术模式的约束,他的作品逐渐丧失了原有的风貌。他写了不少应诏诗，大都平庸无奇。他还写了《少年行》、《妾薄命》、《火凤词》、《寄杨公》、《戏赠潘徐城门迎两新妇》等宫体艳情诗，皆格调不高。但他的咏物小诗，状物形神兼备，兴寄含蓄蕴藉。例如《咏蝉》云："清心自饮露，哀响乍吟风。未上华冠侧，先惊翳叶中。"借蝉的形象，寄托自己的志趣和饱经磨难才得以施展抱负的境遇。另一首《咏萤火》[4]：

窗里怜灯暗，阶前畏月明。不辞逢露湿，只为重宵行。

这只喜暗畏明、不辞风露在黑夜中飞翔放光的萤的形象，同样含蓄地寄寓诗人"铅刀贵一割"、盼望为世所用的心情。虞世南的同题咏作《蝉》与《咏萤》，前二句客观地写物象，后二句暗示意蕴，"象"与"意"仍略显游离；李百药笔下的蝉与萤，已达到物我契合、融为一体了。李百药的咏物诗，体现了诗歌在描摹外物形貌的技巧发展到难以为继时，自然地向着将整个物象"灵化"以实现物我情融、主观客观合一的新变。

李百药的五言诗在当时颇负盛誉，时人有"李诗谢（偃）赋"（《旧唐书·文苑传》）之称。《旧唐书》本传说他："藻思沉郁，尤长于五言诗，虽樵童牧竖，并皆吟讽。"卢照邻说他"长于五言，下笔无滞"（《南阳公集序》）。胡震亨谓其诗"含巧于硕，才壮意新"（《唐音癸签》卷五）。今天看来，李百药的主要贡献在于开拓了诗歌的题材内容，推进了诗歌营构情景交融的意象和创造浑整圆融的意境的表现艺术。贞观二十二年（648）李百药辞世，标志着旧朝遗民表率诗坛的时代最终结束。至此，初唐诗歌史已进行了整整三十年。

贞观宫廷诗人及其作品，值得一提的还有王珪。他的《叹汉高祖》，实为颂扬唐太宗的帝业；《咏淮阴侯》是讽劝太宗要爱护功臣的。褚亮存诗较多，然除乐章外，只《在陇头哭潘博士》景色惨淡悲音感人，有别于宫廷诗的绮丽华艳，别具特色。刘孝孙《早发成皋望河》，孔绍安《结客少年场行》，王宏《从军行》，庾抱《别蔡参军》，马周《凌朝浮江旅思》（一作韦承庆诗），张文琮《蜀道难》和《昭君怨》，贺遂亮《赠韩思彦》，韩思彦《酬贺遂亮》等，都是可诵之作。阎立本的《巫山高》是一首清丽流畅的七言歌行体诗，在当时颇为难得。此外，还应提到文德皇后（太宗后）的《春游曲》："井上新桃偷面色，檐边嫩柳学身轻。花中来去看舞蝶，树上长短听啼莺。"写新春美景，游女意态，生动活泼。太宗妃徐惠，聪慧过人，八岁时即赋《拟小山篇》："仰幽岩而流盼，抚桂枝以凝想。将千龄兮此遇，荃何为兮独往。"被太宗赏识，召入宫内为才人。她的《秋风函谷应诏》："秋风起函谷，劲气动河山。偃松千岭上，杂雨二陵间。低云愁广隰，落日惨重关。此时飘紫气，应验真人还。"笔墨刚劲，境界壮阔。皇后、公主、王妃也参与了吟咏行列，把笔抒韵，可见当时宫廷诗歌创作活动的盛况。

总体来说，太宗朝的宫廷诗歌，大多是君臣唱和、应制奉答、宴会赋咏之作，其中不乏吟风弄月、赏心娱情篇什，但更主要的内容是颂扬太平盛世、帝王功德，有一种祥和大度的气派，显示出唐王朝开国时兴旺发达的气象。有一些作品，还反映了宫苑之外的现实社会内容，抒发了诸如羁愁、乡思、友谊、离别等内心感情。宫体艳情诗并不多，今存不过十馀首，而且绝少轻浮、色情成分。其主导的艺术风格是典雅绮丽，雍容平和。这些宫廷诗的缺点是藻饰雕琢、缺乏自然风韵，偶对流于板滞，结构程式化，个人风格模糊。虽有少数作品显露出清新刚健之风、雄伟豪迈之气，但仍难摆脱齐梁绮艳之习。正如明

人陆时雍所说:"调入初唐,时带六朝锦色。"(《诗镜总论》)

贞观宫廷诗歌创作的上述特色,是同唐太宗君臣的文艺观点和文艺政策大抵一致的。他们出于巩固新王朝的考虑,一致反对把文艺当做满足享乐欲望的手段,要求革除淫靡文风。太宗在《帝京篇序》中就明确提出,作诗应"以尧舜之风,荡秦汉之弊;用《咸英》之曲,变烂熳之音",反对"释实求华",而要"节之于中和,不系之于淫放"。他主张文艺应有益于政教,但也不过分夸大文艺的政治作用,不完全否定文学的艺术特征。他们对六朝文学的批评,主要是针对其违反雅正典则这一点上,并不是一笔抹煞。在这种思想指导下,产生了南北文风相融合的总的指导方针。魏徵对这一方针具体地阐述说:"江左宫商发越,贵于清绮;河朔词义贞刚,重乎气质",即认为南北朝文风各有短长。倘使"各去所短,合其两长,则文质彬彬,尽善尽美矣。"(《隋书·文学传序》)这个方针在实际执行的过程中,主要是强调颂美箴规、有益于王政教化的内容,追求雅正中和的风格,并力图吸取齐梁以来对偶、词藻、声律等形式技巧。这种纠偏改良的观点和做法,正好适应维护新王朝统治的需要,并同宫廷贵族的逸裕生活与追求典雅的审美趣味相合拍,自然只能产生雍容富丽却往往流于刻板堆砌、相互雷同的诗歌,而不可能大量出现风骨健举、气势充沛、富于个人独创性的杰作并形成新一代诗风。当然,这种改良主义的诗歌理论和创作实践,大体符合文学只能在继承传统中逐步变革的客观规律,事实上它也是在当时南北文学日趋合流的道路上前进的,只是离魏徵所提出的要求还有一段相当长的距离而已。

贞观宫廷诗人集团,同当时宫廷以外的田园隐逸诗人王绩、通俗诗人王梵志等少数人一道,分别以其贵族化的与平民化的不同诗歌,揭开了唐诗发展的序幕。

第二节　武后及中宗朝的宫廷诗人

贞观二十三年（649），太宗去世，太子李治即位，这就是高宗。高宗才能平庸，又体弱多病，因此自显庆五年（660）以后，皇后武则天便掌握了实际的统治权。直到神龙元年（705），中宗李显第二次即位，武后才被迫引退。不久，韦后及其家族便乘机篡权，于景龙四年（710）鸩死中宗。在这六十年间，诗歌创作有了巨大的发展、变化。

先是位下名高、年少才茂的"四杰"——王勃、杨炯、卢照邻、骆宾王在诗坛上崛起。他们猛烈抨击日益绮靡的宫廷诗风，开阔了生活的视野，扩大了诗歌的题材，使诗歌从宫廷走向社会，从台阁移至江山塞漠，并给诗歌注入一种青春的朝气与活力。继之，陈子昂举起以复古为革新的旗帜，扫荡齐梁遗风，高倡"汉魏风骨"和比兴寄托，寻找到了一条可以破除近、当代诗歌规范的革命性道路。然而，"四杰"和陈子昂生前在当代诗坛的地位不很高，影响也很有限。他们的诗歌创作和主张表达了扭转时风的个人意向，却没有真正创造出力挽狂澜的历史事实，而只是微妙地预示了历史的新走向。这个时期，整个诗坛的局面仍由宫廷文学趣味主宰着。[5]而宫廷诗人们的创作，则在更加繁荣的表象下，陷入了严重的危机和衰退。

武后颇有政治才干，却专横冷酷。一方面，她重视文学，礼贤下士，大胆地破格拔擢人才；另一方面，她又贬逐太宗朝的部分元老重臣，任用酷吏，屡兴大狱，导致一大批宗室、朝臣被牵连冤杀。晚年更刚愎自用，耽溺于奢靡享乐之中。这两个方面，都对当时诗坛产生了重大的影响。前一方面，为广大中下层士子崛起于诗坛提供了机会；

后一个方面,却使宫廷诗歌愈益浮艳淫靡。

　　武后朝的宫廷,仍如太宗朝那样人才济济。武后和中宗继承太宗设馆招贤的传统,开设并扩大了修文馆。馆中有李峤等四大学士,李适等八学士,薛稷、宋之问、沈佺期等十二直学士。他们同另外的许多文臣,组成了阵容庞大的宫廷诗人集团。这时宫廷中应酬唱和的诗歌活动,其规模之大、气氛之热烈、次数之频繁,以及制作出的诗篇数量之多,都远远超过了太宗朝。史载"太后君临天下二十馀年,当时公卿百辟,无不以文章达,因循遐久,浸以成风"(《通典》卷十五)。杜甫诗中也称颂:"惟昔武皇后,临轩御乾坤。多士尽儒冠,墨客蔼云屯。当时上紫殿,不独卿相尊。"(《赠蜀僧闾邱师兄》)《新唐书·李适传》还记述了中宗朝君臣唱和的情况:"凡天子飨会游豫,唯宰相及学士得从。……帝有所感即赋诗,学士皆属和。当时人所歆慕,然皆狎猥佻佷,忘君臣礼法,惟以文华取幸。"《唐诗纪事》卷九"李适"条下,又记载了景龙二年至四年(708—710)之间,中宗在出游或宴会时与群臣一同赋诗的轶事四十多则。可见当时的宫廷诗歌创作盛况空前。然而,诗人虽多,诗会虽盛,诗的内容却多是平庸无聊的,诗的风格也更加绮艳雕琢。那时,对李唐王朝忠心耿耿、克尽厥职的勋臣元老,有的去世了,有的遭受贬斥;仍然留在宫廷的,也逐渐失去了政治进取心。在武后的专制统治下,宫廷文人的主体创造精神不能不受到压抑。新进的宫廷文人,多以谄媚皇帝、依附权臣、颂扬圣德、点缀升平为能事。由于天下承平日久,君臣越来越沉溺在奢侈享乐之中。当年太宗和他的辅弼之臣笔下那种建立不朽功业的胸襟抱负,那股雄浑、豪健的气息,那些对戎马生涯的自豪的回忆,还有对皇帝的大胆讽谏,在这个时期的宫廷诗中已经很难见到了。既然诗歌内容空洞,感情贫乏,诗人们也就只有把精力用在词藻、对偶、声律、典故等诗歌形式技巧的追求上,借以炫耀才华、取悦皇帝了。

高宗龙朔年间(661—663),许敬宗、上官仪等人奉诏博采古今文集,摘其英辞丽句,编成《瑶山玉彩》五百卷,以供文人使用一事,足以说明当时诗歌创作注重词藻典故的情况。上官仪更提出了"六对"、"八对"之说,可见对诗歌的对偶也日益讲究。杨炯在《王勃集序》中指出:"龙朔初载,文场变体,争构纤微,竞为雕刻。糅之金玉龙凤,乱之朱紫青黄,影带以徇其功,假对以称其美,骨气都尽,刚健不闻。"正是对当时宫廷诗歌日益严重的浮艳纤巧倾向的尖锐针砭。

武后、中宗朝成就较大的宫廷诗人,有号称"文章四友"的李峤、苏味道、崔融、杜审言,以及并称"沈宋"的沈佺期、宋之问。他们对于近体律诗的最后形成作出了重要贡献。而且沈、宋、杜因为流放而离开宫廷,写出了许多表现自我、意境清新的佳作。这七位诗人,将在《律诗体制的完成》章中论述。这里,只谈另外几位在当时影响较大并有一定成绩的诗人。

上官仪(608?—664)字游韶,陕州(今河南三门峡市陕州区)人。其父上官弘,隋时任江都宫副监,被将军陈稜杀死,仪因逃入沙门,"游情释典,尤精三论,兼涉猎经史,善属文"(《旧唐书》本传)。贞观初,青年上官仪中进士,深得唐太宗赏识,被召授弘文馆直学士,迁秘书郎,后又转起居郎,"时太宗雅好属文,每遣仪视草,又多令继和,凡有宴集,仪尝预焉"(《旧唐书》本传)。贞观二十年(646)又参加了由太宗御撰四篇传论的《晋书》重修工作,与一时文学之秀房玄龄、褚遂良、许敬宗、来济、令狐德棻、李义府、薛元超等人共同切磋文史。高宗朝,上官仪为秘书少监。此时,虞世南、李百药等老一辈著名文臣已零落将尽。龙朔二年(662),上官仪加银青光禄大夫、西台侍郎、同东西台三品,兼弘文馆学士如故,在文学上也成为继虞、李之后独领一代的风雅之主。麟德元年(664)十二月,因他曾主张废武后,被武后指使许敬宗诬以谋反罪,下狱而死。

上官仪的诗,《全唐诗》录存一卷,计二十首。今人补录《五言春日侍宴望海应诏》、《五言奉和行经破薛举战地应诏》、《赋得凌霜雁应诏》三首[6]。

上官仪与年岁稍长的许敬宗(592—672),都是自太宗、高宗至武后朝的著名宫廷诗人。二人在政治上处于对立的派别,诗歌风格却十分相似。许敬宗今存诗二十七首,奉和应制之作就达二十一首。其诗内容贫乏,不过颂美附和、虚应故事,缺少真实感受,甚至还表露出一种谄媚之态,艺术上一味雕琢词藻,呆板、堆砌。上官仪的诗,也是应诏、奉和之作以及挽歌占了一半以上,同样内容空洞,感情淡薄,词采华赡,对仗严整。二人的诗都体现了高宗龙朔以后宫廷诗浓厚的形式主义、唯美主义倾向。但上官仪毕竟有出类拔萃的文学才华,又长期受到虞世南、李百药等前代诗人的陶染,故其诗比许诗精美、圆熟。例如他的《早春桂林殿应诏》:"步辇出披香,清歌临太液。晓树流莺满,春堤芳草积。风光翻露文,雪华上空碧。花蝶来未已,山光暖将夕。"全诗写宫苑春景,寡情少意,语言典雅,但中间两联对仗技巧高明。流莺满树,芳草积堤,已传出早春气象;而风翻叶露,反射春阳,残雪飞飏,欲返碧空,意象尤新奇、独创。可见诗人观景状物颇具灵心妙技。但他善于创造新奇的意象,却很少能创造出浑融深远的意境。例如《奉和秋日即目应制》中的"落叶飘蝉影,平流写雁行"一联,以独到的意象创造和对仗艺术,表现了秋天的零落和季节的变迁,诗意很美,但全篇写景过于细碎。又如日人遍照金刚《文镜秘府论》西卷所引佚句"碧潭写春照,青山笼雪花",描绘出早春的蓬勃生机,意象亦奇丽,"写"、"笼"二字,精于锤炼。

《入朝洛堤步月》是上官仪的名篇:

脉脉广川流，驱马历长洲。鹊飞山月曙，蝉噪野风秋。

《古今诗话》说："高宗承贞观之后，天下无事，仪独持国政。尝凌晨入朝，巡洛水堤，步月徐辔，咏诗曰'脉脉广川流……'。音韵清亮，群公望之，犹神仙焉。"(《唐诗纪事》卷六引)的确，诗人在清静开阔变为飞动热闹的景物画面中，自然融入了自己承恩步月、缓辔徐吟、志得意满的神态情怀，创造出一个浑融完整的意境。这样的诗，已开盛唐诗风致。可惜在上官仪的存诗中，仅此一首。

上官仪的其他作品，还有《王昭君》，写得工巧，但艺术构思缺乏新意。《奉和山夜临秋》语言较清丽，不那么繁缛。至若《八咏应制二首》、《和太尉戏赠高阳公》、《咏画障》，都是艳冶之什。试看《咏画障》："芳晨丽日桃花浦，珠帘翠帐凤凰楼。蔡女菱歌移锦缆，燕姬春望上琼钩。新妆漏影浮轻扇，冶袖飘香入浅流。未减行雨荆台下，自比凌波洛浦游。"诗中珠帘翠帐、金碧锦绣，可谓绮丽玲珑、婉转柔媚。《旧唐书》本传说上官仪"好以绮错婉媚为本"，"当时颇有学其体者，时人谓之上官体"。这些诗恐怕就是"上官体"的效法者所最欢迎的。从形式、格律角度看，《八咏应制二首》是三、五、七言杂用，《和太尉戏赠高阳公》是七言歌行。这说明在初唐的后几十年里，七言体已越来越多地进入了宫廷诗坛。《咏画障》是七言八句体，虽有失粘和平仄未谐之处，但其押韵、对仗、章法、结构已初具七律雏形。可见，"上官体"作为唐诗史上第一个以个人命名的诗体，它的风行，并非仅是由于上官仪贵显一时，更因为它适应了古典诗歌艺术发展的必然趋势。这种诗体，着意刻绘美丽的物象，讲究对仗、用典工丽精切，音律和谐优美，体制精巧玲珑。它为诗歌的趋于格律化提供了新的范式，正是齐梁以来新体诗过渡到沈、宋律诗的一座桥梁。

上官仪是"声病"学说的研究者和倡导者。《文镜秘府论》西卷论"文二十八种病","第十三,龃龉病者,一句之内,除第一字及第五字,其中三字,有二字相连,同上去入是。"(原注:若犯上声,其病重于鹤膝,此例文人以为秘密,莫肯传授。上官仪云:"犯上声是斩刑,去入亦绞刑。")今检上官仪现存诗作,其中仍不免有犯龃龉病者,由此可知,要求避免犯上去入声,是诗人在自己的创作中体会出来的,而不是原先的陈规。上官仪对于对仗更有细致深入的研究。宋人魏庆之《诗人玉屑》卷七引《诗苑类格》说:"唐上官仪曰:诗有六对:一曰正名对,天地日月是也;二曰同类对,花叶草芽是也;三曰连珠对,萧萧赫赫是也;四曰双声对,黄槐绿柳是也;五曰叠韵对,彷徨放旷是也;六曰双拟对,春树秋池是也。"这"六对"主要谈词语的对偶。此外,他还提出过"八对":"的名对"、"异类对"、"双声对"、"叠韵对"、"联绵对"、"双拟对"、"回文对"、"隔句对",侧重于说诗句的对偶(同上引书)。这是对六朝以来诗歌俳偶对仗经验的总结概括。上官仪并非作空洞的理论研究,而是在自己的创作中实践着这些形式技巧的创新与发明。他的诗多用对句,如《酬薛舍人万年宫晚景寓直怀友》所用对句,几乎占他的"八对"之六,只有"回文"、"双拟"没有用上。

总之,上官仪可以说是初唐诗坛第二个三十年的代表人物,其诗名极盛时期在公元七世纪六十年代的高宗龙朔初载。他对诗歌体制、声律、对仗的研究与探索实践,对律诗的形成起了促进作用。

在武后的宫廷中,较有成绩的诗人,还有韦承庆(651?—706),字延休,郑州阳武(今河南原阳)人。进士及第,官太子司议郎,在朝屡有谏奏。武后长安四年(704),拜凤阁侍郎、同平章事。中宗神龙初(705),因依附武后幸臣张易之,贬谪岭南。不久,复起用为秘书少监,授黄门侍郎,未拜而卒。他才思敏捷,下笔成文,有集六十卷,已佚。《全唐诗》存录其诗七首,其中《凌朝浮江旅思》一作马周诗。其馀六首,仅一首应制诗,五首都是抒写个人情怀之作。《南行别弟》诗云:"澹澹长江水,悠悠远客情。落花相与恨,到地一无声。"《江楼》诗说:"独酌芳春酒,登楼已半曛。谁惊一行雁,冲断过江云。"又有《南中咏雁诗》[7]:"万里人南去,三春雁北飞。不知何岁月,得与尔同归?"都是晚年流放岭南途中所作,感情悲切,情景交融,不事研炼,自然动人。这三首平仄合律的近体五绝,在当时是难得的佳作,开盛唐五绝先声。

活跃于武后和中宗朝诗坛的,还有著名的宫廷女诗人上官婉儿(664—710)。她是上官仪的孙女,其父庭芝。当上官仪、上官庭芝被武则天处死时,她尚在襁褓中,随母郑氏配入掖庭。她通晓文词,兼习歌舞。十四岁,便显出政治识见和文学才华,为武则天内掌诏命。百司表奏,多令参决。中宗即位,封为昭容,专掌制诰,深受信任。中宗崩,韦后临朝,引用其党,分握政柄。临淄王李隆基(即唐玄宗)起兵,诛韦后及其党羽,婉儿亦同时被斩。玄宗登位后,"令收其诗笔,撰成文集二十卷,令张说为之序"(《旧唐书》本传)。

上官婉儿文集已失传。《全唐诗》存录其诗六题,共三十二首。她慧心颖悟,诗才敏捷。《奉和圣制立春日侍宴内殿出剪彩花应制》诗云:"密叶因栽吐,新花逐剪舒。攀条虽不谬,摘蕊讵知虚!春至由来发,秋来未肯疏。借问桃将李,相乱欲何如?"刻画剪彩花的形貌,真假错杂,虚实交映,堪称巧于构思。她的诗风基本上承其祖父,但感情较为自然,气格也较爽健。如:"驻跸怀千古,开襟望九州。四山缘塞合,二水夹城流。"(《驾幸三会寺应制》)"三冬季月景龙年,万乘观风出灞川。遥看电跃龙为马,回瞩霜原玉作田。"(《驾幸新丰温泉宫献诗三首》其一)。《彩书怨》是她的抒情佳作:

叶下洞庭初,思君万里馀。露浓香被冷,月落锦屏虚。欲奏江南曲,贪封蓟北书。书中无别意,惟怅久离居。

描绘闺中少妇悲秋思夫的凄怨情愫,生动传神。全篇一气呵成,章法严密。平仄粘对、对偶押韵,已具五言律诗格局。组诗《游长宁公主流杯池》连续吟咏二十五首,更显出婉儿思如泉涌。这组诗,各首字数不等,形式不一,有三言、四言、五言、七言,从各个角度描绘了流杯池周围景色,构成了一幅绚丽多彩的园林山水长卷。试看其中几首:

策杖临霞岫,危步下霜蹊。志逐深山静,途随曲涧迷。渐觉心神逸,俄看云雾低。莫怪人题树,只为赏幽栖。(其十三)
攀藤招逸客,偃桂协幽情。水中看树影,风里听松声。(其十四)
参差碧岫耸莲花,潺湲绿水莹金沙。何须远访三山路,人今已到九仙家。(其二十四)

写京都园林之景,却饶有深山幽谷的野趣。词采丽而不繁,境界清新奇特,在当时可说是较好的写景之作。

由于宫廷生活的局限,上官婉儿虽有较高的艺术才华和技巧,仍未能形成鲜明的个人风格。她誉满诗坛,主要因为她是宫廷诗会的热心组织者和权威评判者。据《新唐书》本传、《唐诗纪事》卷三记载,婉儿曾劝中宗扩大书馆,增加学士员额,盛引大臣名儒充选。每当中宗赐宴赋诗,婉儿不仅代中宗、皇后和长宁、安乐二公主作诗,而且负责评定群臣之作。上行下效,一时朝野赋咏成风。《全唐诗话》卷一记载:中宗正月晦日幸昆明池赋诗,群臣应制百馀篇。帐殿前结彩楼,命上官婉儿登楼评判,选拔一篇为新翻御制曲。从臣悉集楼下。须臾,落选者纸片纷纷飞下,各认其名而纳之。只有沈佺期、宋之问二人题诗不下。移时,一纸飞下,众争看,是沈诗,方知宋诗中选。最后,婉儿发表评论:"二诗工力悉敌,沈诗落句云:'微臣雕朽质,羞睹豫章才。'盖词气已竭。宋诗云:'不愁明月尽,自有夜珠来。'犹陟健举。"沈与众人皆心悦诚服。可见上官婉儿品评诗歌艺术颇有见地。张说在《唐昭容上官氏文集序》中说:"自则天久视之后,中宗景龙之际……外辟修文之馆,搜英猎俊……雅颂之盛与三代同风,岂惟圣后之好文,亦云奥主之协赞者也。"对上官婉儿在武后、中宗朝宫廷诗坛所产生的影响给予了恰当的评价。

　　武后、中宗朝的宫廷诗人,较著名的还有李适(663—711)、崔湜(671—713)、李乂(647—714)等,他们今存的诗歌不少,但基本上都是绮艳、板滞的奉和应制之作,没有多少特色。

　　在这个时期,宫廷之外,另有一些诗人,在不同的领域,从事自己的诗歌创作活动。其中声誉卓著的要算郭震(656—713),字元震,魏州贵乡(今河北大名)人。虽因诗受武后赏识,却从未写过一首奉和应制的诗歌。他十八岁举进士,授通泉尉,以任侠著称。武后时为凉州都督,有战功。中宗时官至金山道行军大总管。睿宗景云二年(711)召入为相,又出为朔方军大总管。玄宗先天二年(713)复入为相。因参与诛灭太平公主有功,封代国公。是年冬天,玄宗讲武于骊山下,以郭震军容不整,欲斩之,因张说等跪谏,流新州,旋改饶州司马,中途病死。《全唐诗》存其诗一卷,计二十三首。

　　《古剑篇》是郭震的成名之作:

　　　　君不见昆吾铁冶飞炎烟,红光紫气俱赫然。良工锻炼凡几年,铸得宝剑名龙泉。龙泉颜色如霜雪,良工咨嗟叹奇绝。琉璃玉匣吐莲花,错镂金环映明月。正逢天下无风尘,幸得周防君子身。精光黯黯青蛇色,文章片片绿龟鳞。非直结交游侠子,亦曾亲近英雄人。何言中路遭弃捐,零落漂沦古狱边。虽复尘埋无所用,犹能夜夜气冲天。

这首诗借歌咏宝剑寄托诗人的理想抱负,并为广大被压抑的下层士子鸣不平。全篇比喻贴切、形象鲜明,思想犀利,感情充沛,词气慷慨,风格豪放,具有振奋人心的艺术力量。据张说《郭公行状》说,这是郭震被武后召见时进献的,"则天览而佳之,令写数十本,遍赐学士李峤、阎朝隐等"。这首诗的精神、气势、风格及其纵横挥洒的七言歌行体式,已显示出盛唐七言古诗的气象。杜甫《过郭代公故宅》称赞说"直气森喷薄","磊落见异人","高咏《宝剑篇》,神交付冥漠"。

郭震还有一首五言律诗《塞上》,写久戍边关将士的辛苦悲怨。语言质朴而感情强烈,平仄粘对皆合格律,被明人钟惺、谭元春选入《唐诗归》卷四,给予好评。流放新州时写的《寄刘校书》,表现出诗人年老遭弃、怨艾不平的复杂微妙心理,运笔圆转自如。虽然后二联失粘,仍应属初唐难得的七律佳作。他还有《春歌》、《春江曲》、《子夜四时歌六首》等五言小诗,写闺情宫怨,以女子口吻出之,其语言、表现手法和风格,都同南朝乐府民歌相似。

《全唐诗》郭震卷还收录了七首咏物七绝:《蚕》、《云》、《萤》、《野井》、《米囊花》、《惜花》、《莲花》。这七首诗,自宋洪迈《万首唐人绝句》始收为唐郭震诗,而其中《蚕》早见于《增修诗话总龟》卷二一引《青琐后集》,《云》见《宋文鉴》卷二七,均题为北宋郭震所作。宋人郭震,字希声,成都人,太宗淳化间处士,有《渔舟集》一卷。宋陈振孙《直斋书录解题》卷一五,谓《万首唐人绝句》收有本朝郭震诗。细味《萤》、《野井》、《米囊花》、《惜花》、《莲花》五首,与《蛩》、《云》二诗风格极相似,故亦应为宋人郭震所作。

　　武后和中宗朝的宫廷诗人大多缺乏诗歌的创新意识。他们几乎没有人想到应该继承太宗君臣对齐梁诗风的纠偏改良,进一步从内容、格调方面革新诗歌,而只是一味地歌功颂德、点缀升平,并且醉心于雕琢词藻。他们也提不出较有进步意义的诗歌理论观点。这样,他们也就丧失了领导诗歌创作潮流的地位。然而,他们对于诗歌格律形式的研究探索,对五七言律诗和绝句的积极尝试,推进了律诗的最后定型,并且丰富了诗歌的表现艺术。例如,久视元年(700)五月,武后同太子以及狄仁杰、李峤、苏味道等十六人的《石淙》七律唱和,所撰写出的十七首七律诗即超过了此前诗史上所有七律诗的总和,从而使其后的中宗朝以七律唱和蔚成风气,这无疑有助于促进七律的定型。此外,这个时期的宫廷诗人还创作了不少七言歌行体诗。尽管除郭震《古剑篇》等极少数作品外,多数是奉和应制或拟古乐府之作,不能同当时卢照邻的《长安古意》、骆宾王的《帝京篇》等以腾跃的节奏展现都市生活图景和抒写人生感慨的杰作相比拟,但毕竟为七言歌行在盛唐的兴盛作了铺垫。

　　〔1〕　《出塞》诗,《文苑英华》卷一九七、沈德潜《古诗源》卷一四均载为虞世基作。高棅《唐诗品汇》、《全唐诗》则录于虞世南名下。

　　〔2〕〔6〕　见张步云《唐代逸诗辑存》(《文学遗产》1983年第2期)。

　　〔3〕　此诗中"浴"、"隧"二字,《全唐诗》作"落"、"水"。此据《唐代逸诗辑存》。

　　〔4〕　《全唐诗》录此诗,题为《咏萤火示情人》。唐徐坚《初学记》卷三〇

录此诗,题作《咏萤诗》。细察诗意,与艳情无涉,似是与虞世南唱和之篇。"示情人"三字,疑为后人妄加。

〔5〕 参见吴光兴《论初唐诗的历史进程》(《文学评论》1992年第3期)。

〔7〕《南中咏雁诗》,《全唐诗》又作于季子诗,题为《南行别弟》。《唐诗纪事》录于韦承庆名下,而于季子名下无此首。从诗的内容、风格看,应属韦承庆。

第五章　四　杰(上)

和上官仪同时的王勃、杨炯、卢照邻、骆宾王,是活跃于初唐文坛的另一个作家群,人称"初唐四杰",又简称"王、杨、卢、骆"。

最早提出这个序列的是和四杰同时代的诗人宋之问,他在《祭杜学士审言文》中说:"后复有王、杨、卢、骆,继之以子跃云衢。王也才参卿于西陕,杨也终远宰于东吴,卢则哀其栖山而卧疾,骆则不能保族而全躯。由运然也,莫以福寿自卫;将神忌也,不得华实斯俱。……人也不幸而则亡,名兮可大而不死。"可知四杰在当代即有定评。这个对四杰(包括杜审言)的总评价,既不是完全以诗文优劣而论,也不是序齿,以后就这样沿用下来了。

四杰是高宗、武后时期文坛上一个颇有影响的革新流派,他们虽年辈不同,生活道路却有许多类似之处。四人中有三人少有神童之誉。他们在少年时并以才名著称,充满功名事业心,然而又都以不同的情况,受到过统治阶级的打击,并且由此而接触到比较广泛的社会生活。他们都厌恶当时宫廷中流行的"文律烦苛"的浮艳文风,深恐风雅之道,自兹而丧。为了改革文风,都曾旗帜鲜明地提出过自己的见解,并从创作上走出了新路,各自作出了自己的贡献。

由于他们位沉下僚,命途多舛,特别是身后萧条(王[1]、骆两族被灭,杨、卢无子嗣),故疵议较多,或说他们"浮躁浅露"(《新唐书·

裴行俭传》），或说他们"华而不实,鲜克令终"（张说《赠太尉裴公神道碑》），或称杨炯的文章是"点鬼簿"，或号骆宾王为"算博士"（张鷟《朝野佥载》卷六），或谥之为"酷吏"（计有功《唐诗纪事》），而争次第的"卢前王后"的流言既载诸史册，一若真有其事……种种轻蔑之词，不一而足。对他们在文学上的革新倡议及诗歌、文章上的新成就、新贡献则往往估价不足，数语带过。这些轻薄议论，早就引起了杜甫的愤愤然，他在《戏为六绝句》中给予了回击："王杨卢骆当时体，轻薄为文哂未休。尔曹身与名俱灭，不废江河万古流。"这是对四子的公正评价。

四杰不仅是诗人，也是骈文名手，他们在骈文上的成就和享有的社会声誉并不下于诗歌。四杰的文章形式上虽然是骈四俪六，但在词藻富赡、语言秾艳之中，却透露出英才华发和俊逸清新的气息。议论、叙事、抒情，文笔纵肆，挥洒自如，骆宾王《讨武氏檄文》的慷慨激昂，卢照邻《五悲》、《释疾》文的悲愤深沉，王勃《滕王阁序》的典丽精工，杨炯《王勃集序》的神采飞扬，都具有很强的艺术感染力，历来为人称道，和陈、隋以来那些缛章绘句的骈体文不可同日而语，有人目之为"唐代的新骈体文"。这样的骈体文同样具有革新的意义，它在唐、宋应用文中长期流行，和韩、柳、欧、苏等唐宋八大家的古文并行而不废，不是没有原因的。

我们按传统的排列，四杰中先谈王勃和杨炯。

唐高宗即位的永徽元年（650），黄河两岸的秦、晋两地诞生了两个神童，一个是王勃，另一个是杨炯，他们都以自己的文采照耀当世，但是他们的生活道路和遭遇却很不一样，王勃的短促的一生，几遭坎坷，又不幸早死，而且死于非命。杨炯则在馆阁中平静地度过了一生，中间虽因受牵连被出为梓州司法参军，但期满仍然回到了京都，不能算什么大灾难。他是四杰中结局最好的一个。

第一节　王勃的生平

才华横溢而不幸早逝的王勃,不仅是一个文章家、诗人,也是一个颇有政治识见、博学多才的人,可是他一生遭遇不幸,虽潜心著述,而他的学术著作几乎全部遗失,故仅以诗文名世。

王勃(650—676),字子安,绛州龙门(今山西省河津市)人。出生于一个学术世家,自称"吾家以儒辅仁,述作存者八代矣"(《送劼赴太学序》)。祖父王通,是隋朝大儒,隋文帝时"秀才高第,蜀郡司户书佐、蜀王侍读。大业末,退讲艺于龙门,其卒也,门人谥之曰'文中子'"(杨炯《王勃集序》)。王氏家族"宏材继出,达人间峙"(《王勃集序》)。王通还有兄弟王凝、王度、王绩知名当时。特别是王绩,是初唐时于宫廷诗人之外独树一帜的诗人。王勃的父亲王福畤,曾任太常博士,雍州司户参军,交阯、六合县令,齐州长史,是一位刚直不阿、操守高洁的人。王勃在《上郎都督启》中称:"勃家大人,天下独行者也。性恶储敛,家无担石。"王勃幼年时所受的教育是"文史足用,不读非道之书"(《山亭兴序》)。传统的儒家的严格教育及忧世之情,形成了他的"幽忧孤愤之性"、"耿介不平之气"(《夏日诸公见寻访诗序》)。

王勃自幼聪敏过人,"九岁读颜氏《汉书》,撰《指瑕》十卷。十岁包综六经,成乎期月。悬然天得,自符音训。时师百年之学,旬日兼之;昔人千载之机,立谈可见"(《王勃集序》)。麟德元年(664)秋天王勃十五岁时,右相刘祥道在关内巡视,当时王勃随父寄居长安,上书刘右相,畅论国家利害、帝王纲纪,并对当时大政提出三项建议:第一,谏阻劳民伤财的远征高丽,以为劳师远征,"辟土数千里,无益神封；勤兵十八万，空疲帝卒"(《上刘右相书》)。其次，谏议朝廷"信赏必罚"，勿轻颁赦令以姑息恶人(《上刘右相书》)。最后建议统一货币铸造。这些意见切中时弊，谈得也很透彻，竟出之于一个十五岁的少年。刘祥道读后极为惊异，叹为"神童"，立即上表推荐。

乾封元年(666)，高宗封禅于泰山，诏开幽素科，王勃对策及第，授朝散郎，献《宸游东岳颂》。东都造乾元殿，又上《乾元殿颂》。由是文名大显，为沛王李贤(即章怀太子)所知，召入府中为修撰。奉沛王之命，王勃写过《平台秘略论》十篇，内容都是引据经传，勉励皇子如何立身行事，随时警惕自己的言行，使之合乎封建道德的规范，以免由言行失误而获罪。这十篇短论，深得沛王赞赏，赐帛五十匹。另有《平台秘略赞》十首，是与上面短论相应的赞词。

当时宫廷中盛行斗鸡的游戏，沛王与英王(即唐中宗)斗鸡时，王勃开玩笑地为沛王写了一篇《檄英王鸡》以助战，为高宗所知，认为这是兄弟之间"交构之渐"，把王勃逐出了沛王府。

这次的被逐，从客观上看，未始不是一件好事。第一，从此离开了宫廷，得免以后愈演愈烈的宗室骨肉间政治斗争的牵累；其次，离开宫廷，没有同上官等侍从文人合流，在文学上走出了自己的道路。但对王勃的仕宦前途来说，自然是一次沉重的打击，他说"坎坷于唐尧之朝"，"憔悴于圣明之代"(《夏日诸公见访诗序》)。不过王勃也还能以"傲想烟霞"自慰，经过短暂时间的休息，他到大自然中寻求灵感与慰藉去了。

总章二年(669)，五月癸卯，王勃辞别长安，前往巴蜀，"遂出褒斜之隘道，抵岷峨之绝径，超玄溪，历翠阜，迨弥月而臻焉"(《入蜀纪行诗序》)。这次远游，使他大开眼界，领略了雄奇壮观的蜀道风光。经过这次挫折，王勃已经无意仕进，他说："吾之有生，二十载矣，雅厌城阙，酷嗜江海。……而事亲多衣食之虞，登朝有声利之迫，清识滞于烦城,仙骨摧于俗境……常恐运促风火,身非金石,遂令林壑交丧,烟霞板荡,此仆所以怀泉途而惴恐,临山河而叹息者也。"(《游山庙序》)此次的漫游,满足了他的生平素愿,沿途"采江山之俊势,观天地之奇作……山川之感召多矣,余能无情哉"(《入蜀纪行诗序》)。雄伟的蜀道风光,引起他的感叹与赞美:"丹壑争流,青峰杂起,陵涛鼓怒以伏注,天壁嵯峨而横立,亦宇宙之绝观者也。"(《入蜀纪行诗序》)。雄奇的山川、迅猛的流湍,给他的感召、启发很多,沿途写了许多纪行的诗歌,辑为《入蜀纪行诗》,共三十首,分送朋友。可惜这些诗篇今已大部佚失,只留了《入蜀纪行诗序》及《麻平晚行》、《易阳早发》等数首。这些离开宫廷后的新作品,既为壮丽的山川写照,也抒发了自己愉悦的情怀,与在长安时为了奉承帝王而写的那些颂、赞之类的矫饰文章迥然不同,在创作上开辟了新的领域,向生活跨进了一步。

在蜀的三四年间,他游历了益州、剑州等地。应各地的请求,为一些寺院写了不少的碑文,结识了卢照邻等人,在酬唱中又写了不少抒情的序文、诗歌。如杨炯所说:"远游江汉,登降岷峨,观精气之会昌,玩灵奇之肸蠁。考文章之迹,征造作之程。神机若助,日新其业,西南洪笔,咸出其词,每有一文,海内惊瞻。"(《王勃集序》)游历巴蜀后,王勃进入了创作的盛期。

王勃在蜀漫游期间,文名愈来愈大,三府交辟,都以病谢绝。《上吏部裴侍郎启》便是一封谢绝仕进的信。在这封信里,王勃详陈对诠选及当时文风的意见,表现了王勃拔于流俗的卓越见识,是文学理论史上的重要文献。

王勃没有应裴行俭之邀而出仕,可是为了尽为子之道,他听朋友陆季友说虢州(今河南灵宝市)盛产药材,可以奉亲,求补虢州参军。实际上这次的出仕,也是出于无奈。在虢州所写《倬彼我系》一诗中说:"于嗟代网,卒余来继。来继伊何? 谓余曰仕。……有鸟反哺,其声嗷嗷。言念旧德,忧心忉忉。今我不养,岁月其滔。俛俛从役,岂敢告劳。从役伊何? 薄求卑位。告劳伊何? 来参卿事。名存实爽,负信愆义。静言遐思,中心是愧。"其兄王励为这首四言诗所写的序中也说:"伤迫乎家贫,道未成而受禄,不得如古之君子,四十强而仕也。"王勃的"薄求卑位",是为了反哺,为了家贫,对他个人来说,则如处缧绁之中。

在虢州,王勃私藏了一个犯罪的官奴曹达,待官府追索紧急时又擅自杀死,以此获罪,父亲受累被谪往南海交阯。王勃后来虽遇赦免,却再也不愿出仕了。从此"弃官沉迹","富贵比于浮云,光阴逾于尺璧,著撰之志,自此居多。观览旧章,翾翔群艺……在乎词翰,倍所用心"(《王勃集序》)。他和薛元超、卢照邻结为文友,互相呼应,以文章称雄一代。如杨炯所说,则是"反诸宏博,君之力焉"(《王勃集序》)。在他们中间,王勃是主力,对当时的浮靡之风,起了冲击、扭转的作用。

在此期间,王勃与父亲及弟兄尽心力编定、补充了王通的著述,并为之作序(《王勃集序》),自总章二年(669)至咸亨五年(674)前后费时五六年。又著《周易发挥》五卷,《上百里昌言疏》十八篇等。

王勃自称"养于慈父之手"(《黄帝八十一难经序》),疑其幼年失母,故与父亲感情特别深。自虢州失意,父亲因他被罪,远去交阯,更是深自愧疚,以为"诚宜灰身粉骨以谢君父……所以迟回忍耻而已者,徒以虚死不如立节,苟殒不如成名"(《上百里昌言疏》),这是他后来发愤著书的一个原因。上元初,王勃由洛阳出发,前往交阯奉养父亲。沿途曾代父亲到汉高祖的庙前为文致祭。上元二年(675)秋,路经洪都(今江西南昌),恰遇都督阎公在滕王阁上设宴大会宾客,王勃被邀参加,写下了千古传诵的《秋日登洪府滕王阁饯别序》。

序中历述历史上的失意人物,为自己的坎坷命运哀叹,但没有表示绝望,"空馀报国之情","岂效穷途之哭",仍抱积极精神,希图有所作为。

上元二年,王勃行次南海,有好事者示以《转轮钩枝八花鉴铭》,说是一位当代"才妇人"所作,王勃读后认为写得"句读曲屈,韵调高雅,有陈规起讽之意……盖以超俊颖拔,同符君子者矣"。"才妇人"所写的铭文不只得到王勃的赞赏,还引起王勃的一些感触,并为之写了一篇序文,"聊抚镜以长想,遂援笔而作序"。这篇《罄鉴图铭序》便是王勃的绝笔。未几,渡海往交阯,溺水而卒,终年二十七岁。

第二节　王勃的文论及其他

王勃命途多舛的一生是短暂的,却是光彩的,有贡献的。由于他的早慧和不懈的努力,他留给人间一份丰富的文学遗产。

除诗文创作外,《上吏部裴侍郎启》是王勃一篇很有影响的文学论文。中心内容是批评齐梁以来的艳丽之风,从理论上、制度上提出改革的要求。杨炯曾说:"君(王勃)以为摘藻雕章,研几之馀事;知来藏往,探赜之所宗。"(《王勃集序》)他的志趣仍在于稽古、察微,探寻天地间之奥秘与规律,或考究国家治乱兴衰的重要问题。他认为:"圣人以开物成务,君子以立言见志。遗雅背训,孟子不为。劝百讽一,扬雄所耻。苟非可以甄明大义,矫正末流,俗化资以兴衰,家国由其轻重,古人未尝留心也。自微言既绝,斯文不振,屈宋导浇源于前,枚马张淫风于后;谈人主者以宫室苑囿为雄,叙名流者以沉酗骄奢为达。故魏文用之而中国衰,宋武贵之而江东乱。虽沈、谢争骛,适先兆齐梁之危,徐、庾并驰,不能止周陈之祸。……君侯受朝廷之寄,掌镕范之权,至于舞咏浇淳,好尚邪正,宜深以为念也。伏见铨擢之次,每以诗赋为先,诚恐君侯器人于翰墨之间,求材于简牍之际,果未足以采取英秀,斟酌高贤者也。徒使骏骨长朽,真龙不降,炫才饰智者奔驰于末流,怀真蕴璞者栖遑于下列。"(《上吏部裴侍郎启》)

王勃的文学主张和他的祖父王通是一脉相承的,只承认文学的经世教化作用。王通论诗以为应该"上明三纲,下达五常"、"征存亡,辩得失";王勃则以为文章是"甄明大义,矫正末流,俗化资以兴衰,家国由其轻重"。都把文章看作"经国之大业,不朽之能事"(《平台秘略论·艺文》),而把"缘情体物"视为"雕虫小技",否定了文学作品的美育作用的社会意义。更为褊激的是把屈原、宋玉、枚乘、司马相如一概视为"浇源"与"淫风"。杨炯虽承认仲尼与屈原是文儒分歧之始,却没有斥之为"浇源",不过,他们的基本观点还是一致的。杨炯在《王勃集序》中称卢照邻与王勃"知音与之矣,知己从之矣",可知卢、王是同道,并说自己与王勃"投分相期",所好相同。骆宾王有《上吏部侍郎帝京篇启》。其中谈文学主张时有:"徒以《易》象六爻,幽赞通乎政本;诗人五际,比兴存乎《国风》,故体物成章,必寓情于《小雅》,登高能赋,岂图荣于大夫。"与王、杨的见解也大致接近。总的看来,四杰的文学主张,基本是一致的,王勃的《上吏部裴侍郎启》代表了他们反对宫廷中流行的浮靡雕绘文风的呼声,曾得到人们的响应。杨炯说:"长风一振,众萌自偃,遂使繁综浅术,无藩篱之固;纷绘小才,失金汤之险。"(《王勃集序》)这是杨炯对这次成绩的估计,大约是过于乐观了些,果真如此的话,何须以后陈子昂及盛唐诸公的再接再厉?不过王勃借此机会,狠狠地抨击了当时宫廷侍臣们的雕琢之风,确实击中了文坛的弊端,起了振聋发聩的作用;加之王、杨、卢、骆的震世才华与创作上的革新实践,虽然没有开创一个全新的局面,但终于走上了新的道路。这中间王勃登高一呼的功绩是不可磨灭的。

王勃幼有卓识,非常注意现实生活中的重大问题,《上刘右相书》能切中时弊,前已谈到。同时他也注意对历史经验的分析总结。《三国论》是他的一篇史论,论述了汉末先是群雄割据,继而演变到三国鼎足而立,是由于三国的创始者都能"推诚乐士,忍垢藏疾,从善如不及,闻谏如转规",然后又评述其所长所短,并论其成败。这自然也是为了以史为鉴,含有借古讽今的现实意义。

王勃认为祖父王通是旷代哲人:"彼网有条,彼车有辙,思屏人事,克终前烈。"准备为王通完成未竟的学术著作。他编定了《续书》等一百三十篇共二十五卷,耗费了不少精力。又为《易》作注,成《周易发挥》五卷,杨炯曾经看到过此书,评之曰:"君之所注,见光前古。"此外还著有《大唐千年历》,《黄帝八十一难经》、《上百里昌言疏》、《医书纂要》、《颜氏(汉书注)指瑕》等,今并不存。但从这些书名中即可看出他的博学与多才。杨炯称他:"经籍为心,得王、何于逸契;风云入思,叶张、左于神交。故能使六合殊材,并推心于意匠;八方好事,咸受气于文枢。出轨躅而骧首,驰光芒而动俗,非君之博物,孰能致于此乎。"(《王勃集序》)正是由于他的淹博,才赢得人们的敬仰。杨炯为王勃文集所写叙文,很多地方表达了他对王勃的崇敬之情。

第三节 王勃的文学作品

现存王勃诗、赋九十馀首,序、论、启、表、书、赞等百馀篇,尤以序文最多,约七十多篇,超过了唐建国以来前代作家所写序文总数一倍有馀(杨守敬《日本访书志》著录卷子本古钞《王子安文》一卷,皆序文),仅仅这个数字就是发人深思的。王勃为什么写了这么多的序?显然他对序这种文体比较感兴趣。

序者,叙也。前代作家多以之冠于一部专集或总集之前,叙述写作经过、成书缘由、书中内容要点及作者平生事略;或以之记载一次盛会的情况,以叙事为主。王勃的序文中上述这样的序文甚多,如《秋日登洪府滕王阁饯别序》便是。可是王勃另有一些序文,与上述的内容不同。有的用以赠别,有的纪游,也有的纯是独白式的抒情写意,例如《山亭思友人序》:

> 高兴之后,中宵起观。举目四望,风寒月清。邻人张氏有山亭焉,洞壑横分,奇峰直上,郁然有造化之功矣。嗟乎!大丈夫荷帝王之雨露,对清平之日月。文章可以经纬天地,器局可以蓄泄江河,七星可以气冲,八风可以调合。独行万里,觉天地之空洞;高枕百年,见生灵之龌龊。虽俗人不识,下士徒轻,顾视天下,亦可以蔽寰中之一半矣。惜乎此山有月,此地无人,清风入琴,黄云对酒,虽形骸真性,得礼乐于身中,而宇宙神交,卷烟霞于物表。至若开辟翰苑,扫荡文场,得宫商之正律,受山川之杰气,虽陆平原、曹子建,足可以车载斗量;谢灵运、潘安仁,足可以膝行肘步。思飞情逸,风云坐宅于笔端;兴洽神清,日月自安于调下云尔。

此文写自己的逸情高兴,既不同于一般的序文,也不同于咏怀诗,是独具一格的抒情骈文。从中并可看到王勃对自己才华的自负之情。另如《秋日游莲池序》等都是率兴而作,自抒胸襟。各类序文短者不及百字,长者千字以上,以骈为主,也有散文参杂其中,读来抑扬顿挫,婉转悠扬。如《黄帝八十一难经序》和《送劼赴太学序》都明白如话、典故不多,亦骈亦散,随心地抒情记事,可说是一种创新的实践。王勃在理论上反对齐梁以来的浮艳之风,在创作上也企图求得文章体式的解放。这样的序文不及卢、骆的长篇歌行便于吟唱,可是比之前朝短赋要借那么多典故抒发自己的心曲就自由得多了。不过,王勃仍然是骈文能手,他受到赞扬而流传最广的还是《秋日登洪府滕王阁饯别序》这样的骈文。这是他的代表作,是一篇情文并茂的序文。

上元二年(675),王勃前往交阯省亲,路过南昌,恰遇洪州都督阎公于滕王阁设宴大会宾客,据《新唐书》载,洪州都督曾令其婿宿构序文,欲以夸示宾客。席上以纸笔遍请来客,客人均辞让不敢执笔,至王勃则慨然允诺,即席命笔。都督颇不以为然,佯起更衣,命小吏将王勃所写逐句报告,先时尚以为平平无奇,至"落霞与孤鹜齐飞,秋水共长天一色"两句,始惊叹曰:"真天才也!"文学史上这个故事流传很广,后又编为话本、杂剧在民间演出,王勃的才名更广为人知了。这篇序文,脍炙人口,过去是莘莘学子初学必读的文章。其中一些文句在人们生活中流传应用很广。如"物华天宝",用于商店命名;"萍水相逢"、"时运不齐,命途多舛"、"君子安贫,达人知命"、"老当益壮"、"穷且益坚"、"东隅已逝,桑榆非晚",都成为人们口头笔端的常用语,又由于文章的抒情委婉,声韵跌宕,时时衬以优美的景色描绘,遂使读者一唱三叹,击节称赏。这篇序文除了文字美、声韵美外,还因为文中的深沉感慨,触动了封建社会失意士大夫的心弦,容易引起人们的共鸣。而作者在感慨之余,并不陷于消沉、失望,如"老当益壮,宁知白首之心;穷且益坚,不坠青云之志",表现了达观自励的精神,感情迂回婉转,跌宕起伏。文章中描绘了南昌的优美景色,更是引人入胜。如"虹销雨霁,彩彻云衢。落霞与孤鹜齐飞,秋水共长天一色。渔舟唱晚,响穷彭蠡之滨;雁阵惊寒,声断衡阳之浦"实为一首色彩明丽的写景诗。妙在气象开阔,情景动人,并非仅仅由于"落霞"两句对仗工巧。这两句的句式来自庾信的《华林园马射赋》,原句是"落花与芝盖齐飞,杨柳共春旗一色",句型近似,而庾文境界远不及王。王勃在文赋中经常运用这种句式,如"崇松埒巨柏争阴,积濑与幽湍合响"(《游庙山序》)、"徘徊去鹤,将别盖而同飞;断续来鸿,共离舟而俱泛"(《越州永兴李明府宅送萧三还齐州序》)。六朝与初唐人的文章中时见这种句型,但都不及"落霞"两句色调谐和,画面动人。

王勃现存赋共十二篇,多为言情述志之作。赋前常附有序,补充赋文不能尽意之处,也多是优美的散文。如《春思赋》的序言,长约二百字,详述写作的时间、地点及自身的感慨、向往。是一篇婉转流畅的抒情文。赋本文则长短句间杂,对仗工巧。从九域韶光,写到帝乡的景色风物、贵族生活。从格调到内容与卢照邻的《长安古意》、骆宾王的《帝京篇》都十分相近。如"白马新临御沟道,青牛近出章台路"、"紫陌青楼照月华,珠帷黼帐七香车",与卢、骆之作多么相似。所以王世贞说:"子安诸赋皆歌行也。"杨炯称王勃"变化成一家之体",把赋写成了歌行就是变化。《采莲赋》是王勃炫耀才华的作品,《旧唐书·王勃传》称"其辞甚美",实际上就是一篇体制宏大的歌行。

王勃现存各体诗共九十馀首,其中五、七言小诗较多。这些小诗抒发一时感兴,极少雕饰,虽然有的音律尚不和谐,但已经近似后来的绝句。如:

抱琴开野室,携酒对情人。林塘花月下,别是一家春。(《山扉夜坐》)

长江悲已滞,万里念将归。况属高风晚,山山黄叶飞。(《山

中》)

这些诗直为白描,看似随意吟成,然而蕴含隽永,都是作者悲欢的记录。

王勃的五言律诗不及沈、宋那样讲求声韵之美,时有拗句出现,可是他的诗没有那副板滞的应制诗的富贵气息,能自由地抒情写意,表达动人的情思。如《对酒春园作》:

> 投簪下山阁,携酒对河梁。狭水牵长镜,高花送断香。繁莺歌似曲,疏蝶舞成行。自然催一醉,非但阅年光。

写出初春时节莺歌蝶舞的盎然生意,极富于诗的意趣,毫无拼凑之迹。他的为人传诵的诗是《送杜少府之任蜀川》:

> 城阙辅三秦,风烟望五津。与君离别意,同是宦游人。海内存知己,天涯若比邻。无为在歧路,儿女共沾巾。

这首诗并未完全遵守律诗格式,如起句精整而颔联不对。全诗宏放、开阔,意态轩昂,不落"垂泪"、"折柳"之常套,故而被人称赏。特别五、六两句化用了曹植《赠白马王彪》一诗中的"丈夫志四海,万里犹比邻。恩爱苟不亏,在远分日亲",但王勃的两句不仅比曹植的四句更概括,情意表达得也更执着,更无论其音韵的谐和响亮了。

王勃的七言古诗,长短句参差如歌行,王夫之《唐诗评选》就把《滕王阁》列入歌行类内。长篇七古如《临高台》、《采莲曲》、《秋夜长》等,不只在意境上有新的表现,而且形式活泼,富于变化。如《临高台》:

临高台,临高台,迢递绝浮埃。瑶轩绮构何崔嵬,鸾歌凤吹清且哀。俯瞰长安道,萋萋御沟草。斜对甘泉路,苍苍茂陵树。高台四望同,佳气郁葱葱。紫阁丹楼纷照耀,碧房锦殿相玲珑。东弥长乐观,西指未央宫。赤城映朝日,绿树摇春风。旗亭百隧开新市,甲第千甍分戚里。朱轮翠盖不胜春,叠榭层楹相对起。复有青楼大道中,绣户文窗雕绮栊。锦衣昼不襞,罗帷夕未空。歌屏朝掩翠,妆镜晚窥红。为君安宝髻,蛾眉罢花丛。狭路尘间黯将暮,云开月色明如素。鸳鸯池上两两飞,凤凰楼下双双度。物色正如此,佳期那不顾。银鞍绣毂盛繁华,可怜今夜宿娼家。娼家少妇不须颦,东园桃李片时春。君看旧日高台处,柏梁铜雀生黄尘。

诗中着重描写当时贵戚府第之豪奢宏丽,生活的佚乐放荡,暗寓讽刺之意。全诗以三、五、七言对句交互运用,错落有致,流畅婉转,绰有乐府情韵。《采莲曲》、《秋夜长》都是写思妇的悲苦,时用顶针格的句式,回环重叠,一唱三叹,亦极富乐府情调。胡应麟说王勃:"兴象宛然,气骨苍然,实首启盛、中妙境,五言绝亦舒写悲凉,洗削流调,究其才力,自是唐人开山祖。"(《诗薮·内编》)

总的看来,王勃文词宏放,知识渊博,众体兼长。杨炯评其文曰:"八纮驰骤于思绪,万代出没于毫端。契将往而必融,防未来而先制。动摇文律,宫商有奔命之劳;沃荡词源,河海无息肩之地。以兹伟鉴,取其雄伯。……徒纵横以取势,非鼓怒以为资。长风一振,众萌自偃。"据杨炯上述评语,可知王勃诗文在当时曾经赢得很高的声誉,被奉为一代宗师。

王勃死后,他的兄弟为他收集遗稿数百篇,杨炯为撰序文,编为二十卷[2]。杨炯所编的二十卷本早佚,现有明崇祯中张燮搜集汇编的《王子安集》十六卷(四部丛刊本),清蒋清翊编注的《王子安集注》。近人罗振玉从日本抄录佚文三十篇(《永丰乡人杂著续编》),其中序二十篇,墓志三篇,行状一篇,祭文六篇。

第四节 杨炯的生平

杨炯(650—693?),华州华阴(今陕西华阴)人。他在《浑天赋》中自叙:"显庆五年,炯时年十一,待制弘文馆。"弘文馆是掌管校正图籍、教授生徒、议定礼仪的官府,有学士、直学士、校书郎,也有生徒。杨炯既年幼,故令其待制。上元三年(676)杨炯年二十七岁时,应制举及第,补九品校书郎。这一年,王勃渡海往交阯省亲溺水而卒,杨炯则攀上最低的官阶,他的可以系年的作品也从此开始。

现存杨炯最早的作品是《晦日药园诗序》,写于仪凤二年(677)。当时杨炯仍在弘文馆,不过已迁升为校书郎。序中描述了弘文馆同僚春日郊游的情况。文章写到他们这批达人君子以为"烟霞可赏,岁月难留",想"极千载之交欢,穷百年之乐事"。于是"衣冠杂沓,出城阙而盘游;车马骈阗,俯河滨而帐饮。……高论参玄,飞觞举白。……所以列坐羲皇之代,安歌帝尧之力"。由此可以约略看到弘文馆文臣们生活和思想之一斑。及时行乐,安歌帝力,这些都是安分侍臣的本色。杨炯在弘文馆待制的这段时期内,朝政多变,征辽战争连年不解;宫廷中正进行着血腥的权力斗争。皇太子变换了三次,大臣被诛杀的更多,这些险恶的风浪,也曾波及杨氏家族。龙朔二年(662),杨炯的伯父杨德裔是司宪大夫,因为对许圉师的儿子治罪不严,于龙朔三年(663)流庭州(今新疆吉木萨尔北,《通鉴》二〇一),

当时他只有十四岁,虽在朝但没有受到什么影响,仍然"朝夕灵台之下,备见铜浑之象"(《浑天赋》)。在变化无常的政治斗争及对天象的观察中,他悟出祸福不由人,而在于天命,他的《浑天赋》就是与以为祸福由人的观点的一次辩论。最后的结论是:"我无为而人自化,吾不知其所以然而然。"明显是以老庄思想为依归。

永淳元年(682)杨炯三十三岁时,关中遭遇旱灾,米斗三百,高宗、武后往洛阳就食,留下太子哲(中宗)在长安监守,由薛元超表荐杨炯为詹事司直、崇文馆学士。高宗、武后往洛阳途中,随从官员、兵士中"有饿死于道者"。又怕草贼剪径,从万年县的牢狱中找了一个强盗头子,"命释桎梏,袭冠带,乘驿以从,与之共食宿"(《通鉴》二〇三),才保护高宗、武后及其随从数万人平安到达东都,可知当时景况何等危急。可是杨炯作于这年的《庭菊赋》中仍然颂扬"万机理,泰阶平"。他的这种回避现实的态度,可能与当时的酷吏政治有关。

光宅元年(684),杨炯三十五岁,徐敬业起兵反武后,杨炯的族兄神让参加了这次造反,杨炯受牵连,被出为梓州(今四川三台)司法参军,离开了崇文馆。

在梓州,杨炯很不得意,由于有文名,为附近州、县写了一些碑文。还为梓州官员每人写了一篇赞,同时也为自己写了一篇:

吾少也贱,信而好古。游宦边城,江山劳苦。岁聿云徂,小人怀土。归欤!归欤!自卫返鲁。(《梓州官僚赞》)

《新唐书·艺文志》记载,杨炯著有《家礼》十卷,记述了弘农杨氏的繁盛。杨炯虽出自名门,但幼年时生活贫困,受传统的影响很深,故曰"吾少也贱,信而好古"。

杨炯在梓州有四年之久,秩满后回到洛京,与宋之问同值习艺馆。习艺馆本称内文学馆,是专门教习宫人学习文化的机构。

在习艺馆中杨炯和宋之问是知交朋友。杨炯比宋之问年长,文名早著。宋之问称他们"裘马同弊,老幼均粮","志事俱得,形骸两忘",两人同甘共苦,志同道合。宋之问赞美杨炯"闻人之善,若在诸己,受人之恩,许之以死",可知杨炯是一个重然诺、守信义的人。

如意元年(692)杨炯四十三岁的中元节,武则天率领群官登洛阳南门,观看这个佛教节日的盛况。作为馆阁文臣的杨炯,献《盂兰盆赋》,颂扬帝王的德政,夸耀那天的盛况和武则天的仪容,所写场面十分壮伟。赋中对雄视一代的女皇作了一番描绘、颂赞,当时即博得称赏,以为"词甚雅丽"。

在献《盂兰盆赋》以后不久,杨炯被选为盈川(在今浙江衢州境)令。盈川在江南东道,远离中土,未几,他死于任所,确切的年代无从查考。

杨炯一生除在梓州、盈川两地做官外,大部分时间是在长安、洛阳度过的。先是待制弘文馆,继而在崇文馆为学士,最后在习艺馆。所见朝廷官员甚多。其中一定有不少是世袭勋职,或以门荫而得官的草包,他们品级很高,衣朱紫,穿戴得漂漂亮亮,腹中却空空如也。杨炯自然是看不起这些人的。唐初人张鷟所写《朝野佥载》,记录了杨炯这样一个故事:

> 唐衢州盈川县令杨炯,词学优长,恃才简倨,不容于时。每见朝官,目为"麒麟楦",忤怨。人问其故,杨曰:"今俯乐假弄麒麟者,刻划头角,修饰皮毛,覆之驴上,巡场而走,及脱皮褐,还是驴马。无德而衣朱紫者,与驴覆麟皮何别矣!"

张鷟与杨炯同时稍晚,所记大致可信。宋之问在《祭杨盈川文》中说杨炯的性格:"惟子坚刚,气凌秋霜。行不苟合,言不苟忘。"颇有刚直不阿之概,自然会对那些滥竽充数的草包看不惯,对之进行无情的嘲笑是完全可能的。

《旧唐书》本传载杨炯"为政残酷",《新唐书》则说:"迁盈川令,张说以箴赠行,戒其苛,至官,果以严酷称。吏稍忤意,捞杀之,不为人所多。"按张说的年龄比杨炯小十七八岁,杨炯于如意元年被选为盈川令时,张说授校书才一年。无论从年龄、资历看,杨炯都是张说的前辈,张说以晚辈的身份,写箴言去告诫长辈的杨炯是不相宜的。箴言中屡次使用"勿"这样禁止、命令的口气,也是不适当的。箴中还说"天与之才,或鲜其禄",很有点诅咒的味道,更不合于临行赠言祝福的惯例。这篇箴的真伪恐成问题,而据以推衍出来的杨炯是酷吏之说也就更不可信了[3]。

杨炯在盈川去世后,没有子嗣,由其弟扶榇北归。至洛阳,宋之问为文祭奠,文中说到:"痛君不嗣,匪我孤诺。君有兄弟,同心异体。陟冈增哀,归葬以礼。旅榇飘零,于洛之汀。……子文子翰,我缄我持。子宅子兆,我营我思。"他的后事完全由宋之问操持,杨、宋的交谊是很深的。

第五节　杨炯的文学作品

杨炯没有专文谈论自己的文学主张,可是在《王勃集序》一文中,除了详细、系统地叙述了王勃的文学见解外,也表达了自己对文学的看法。如说"仲尼既没,游、夏光洙泗之风;屈平自沉,唐、宋弘汨罗之迹。文儒于焉异术,词赋所以殊源",区别文、儒,把孔子、屈原看作发展的两个源头。他对秦、汉以来的文学,几乎一概持批评态度。如批评贾谊、司马相如"已亏于《雅》、《颂》",曹、王"更失于《风》、《骚》"。至于后来的潘、陆、颜、谢、江、鲍等,更是"或苟求虫篆,未尽力于丘坟;或独徇波澜,不寻源于礼乐"。杨炯所标举的雅、颂、风、骚、丘坟、礼乐,即王勃所提倡的周公、孔氏之教。他们二人都反对六朝以来的缘情体物之作,斥之为"雕虫小技"。杨炯在为族伯父杨德裔所作的墓志铭中,赞美他的伯父"博观史籍,不学书生寻章摘句而已"。宋之问在《祭杨盈川文》中也说杨炯:"伏道孔门,游刃诸子。精微博识,黄中通理。属词比事,宗经匠史。"证明杨炯以风、雅为宗的主张是一贯的。

杨炯对王勃称颂备至,说他"经籍为心,得王、何于逸契;风云入思,叶张、左于神交",又说他的诗文"壮而不虚,刚而能润,雕而不碎,按而弥坚",这也道出了杨炯自己的美学理想,略同于贞观年间魏徵提出的"文质彬彬,尽善尽美"的主张。杨炯自己正是朝着这个方向努力的。

现存杨炯的作品有赋八篇,序十二篇,碑文十四篇,墓志、行状、铭、表等十七篇。占分量最大的碑文、墓志、行状等,都是应邀而作,没有什么性灵。比如他为四川新都县写了一篇《先圣庙堂碑》,颂扬孔子。又为四川长江县写了一篇《先圣孔子庙堂碑》,和前一篇的内容没有多大变化,只是在文字上变些花样,其中的一篇增加了当时当地官员的名单。至如其他官员、夫人的墓志,多是铺叙列祖、列宗的门望、官职,宣扬死者的善政美德,虽非千篇一律,也是大同小异。

八篇赋可以分为两类,一类是歌颂武周政权及武后的,《老人星赋》、《盂兰盆赋》属此类。一类是抒情咏物的小赋,如《青苔赋》、《浮沤赋》、《卧读书架赋》等,充满了诗情画意,直可作抒情诗篇来读。

《老人星赋》一开始就说"赫赫宗周,皇天降休",立意在歌颂武周政权。其后又有"三公辅弼,庶官文武,献仙寿兮祝尧,奏昌言兮拜禹。……臣炯作颂,皇家万年",似为向武后祝寿而作。

《盂兰盆赋》是杨炯有名的作品,曾经得到时人的赞美。"盂兰盆"是梵文的音译,意思是"救倒悬"。《盂兰盆经》说,目连因其母死后极苦,如处倒悬,求佛救度。佛令他在众僧夏季安居终了之日(即夏历七月十五),备百味饮食,供养十方僧众,以使其母得到解脱。佛教徒据此兴起盂兰盆节。武则天于如意元年(692)这一天,率百官亲临洛阳南门观看节日盛况。杨炯在赋中以细致的笔触、华丽的词采,铺写了那天傍晚的盛况和武则天的丰采,是少有的历史纪实篇章:

> 圣神皇帝乃冠通天,佩玉玺,冕旒垂目,纩纩塞耳。前后正臣,左右直史,身为法度,声为宫徵。穆穆然南面以观矣。……武尽美矣,周命惟新,圣神皇帝于是乎唯寂唯静,无营无欲,寿命如天,德音加玉。……太阳夕,乘舆归。下端闱,入紫微。

杨炯作为文臣,写此颂扬赋文,是本分,也显露了自己的才华。

青苔本是既无色彩、又无姿致的生长于阴暗角落或水底的植物,可是却被四杰中的两杰——王勃和杨炯看中,各自写了一篇《青苔赋》予以颂扬。王勃的《青苔赋》不及杨的篇幅长,比事用典也不及杨的繁缛。他写青苔"背阳就阴,违喧处静。不根不蒂,无华无影。耻桃李之暂芳,笑兰桂之非永。故顺时而不竞,每乘幽而自整",写出一个孤芳自赏、高洁自持的品格。杨炯则赞美青苔"夫其为让也,每违燥而居湿;其为谦也,常背阳而即阴。重扃秘宇兮不以为显,幽山穷水兮不以为沉。有达人卷舒之意,君子行藏之心",这也是杨炯的持身之道。杨炯一生沉沦下僚,却较少怨艾之词,他所描写的青苔的谦让美德,也许有自勉之意。两人都赞美青苔,但气度不同,表现了两个人不同的内心世界和美的追求。

《浮沤赋》是一篇别有意趣的小品。"浮沤",即霖雨时水面为雨点击打所浮起的水泡。《楞严经》云:"空生大觉中,如海一沤发。"杨炯借以喻人生的生生灭灭、飘忽不定、瞬息变化:

> 于是乍明乍灭,时行时止。排雨足而分规,擘波心而对峙。轻盈徘徊,容与庭隈。状若初莲出浦,映清波而未开;又似繁星落曙,耿斜汉而将回。合散消息,安有常则。倏来忽往,不可为象。雨密稠生,风牵乱上。若乃空濛采褰,浩汗浮天,流平旧沼,派溢新泉,分容对出,吐映均鲜。……光凌虚而半动,影倒水而分圆。始参差而别趣,终婉转以同澌。历乱踟蹰,漂沸萦纡。……云销雨霁,寂无所处,惟斯物之靡依,独含情而应机。

尽管杨炯在描绘浮沤的同时,表达了他自己的处世哲学:"处上下而无穷,任推移而不系。似君子之从容,常卷舒而不滞。"可是仔细体味,也还是合乎浮沤的体态与行止,确是在细致的观察中才会得到的感受与认识。他笔下的浮沤像是有生命的,它是飘忽的、轻盈的,也是美丽的,还似乎有着高深的悟道之心性,可与对谈。杨炯以细腻的笔触,充分描绘出浮沤的性格和美。这种写实刻画,比南北朝时庾信、江淹的小赋着重以比事用典来抒情,别有一番清新境界。在杨炯的小赋中,可以探知他一生平静而不无寂寞的待制生活,也可看到他长期追求的艺术手法。他的观察力非常细致,并能对细小的事物穷其象而尽其态。他的文字华美、典丽、清新动人。卢照邻、骆宾王以歌行驰名,把诗歌引上了一条宽敞而自由的道路,杨炯却在小赋上用功夫,刻画出一幅幅工笔彩绘,这也是一种创新。这样的写实手法对唐代传奇的发展是有影响的。

杨炯有序文十一篇,除《王勃集序》外,其馀均为游宴、送行而作。序中多讲述交游之道,或恭颂主人盛德,赞美江山形势,祝贺"千载交欢"、"百年乐事"。送行诗的序文则多为行者官爵的铺叙、品德的赞美,实属逢场所写的应酬文章,缺乏真实情感。《王勃集序》乃是杨炯力作,它全面记述了王勃的家世、生平、经历、品德以及他在当时文坛的地位和文学成就。特别对王勃的早慧及少年的述作,大加描绘与赞美。他又重点叙述了龙朔以后宫廷中的文学风气以及与之相对立的王勃、卢照邻、薛元超及杨炯改革派的见解:

> 尝以龙朔初载,文场变体,争构纤微,竞为雕刻。糅之金玉龙凤,乱之朱紫青黄,影带以徇其功,假对以称其美。骨气都尽,刚健不闻,思革其弊,用光志业。薛令公朝右文宗,托末契而推一变,卢照邻人间才杰,览青规而辍九攻。知音与之矣,知己从之矣。……长风一振,众萌自偃,遂使繁综浅术,无藩篱之固;纷绘小才,失金汤之险。积年绮碎,一朝清廓。翰苑豁如,词林增峻,反诸宏博,君之力焉。

杨炯把王勃看作是当时文风革新的旗手,并把文风转变的功绩都归之于王,可见杨炯对王勃是非常敬仰的。序文详尽地叙述了王勃的著述内容和写作过程以及他为王勃编辑文集和写序的缘由。他说王勃的两个哥哥勔、勮及两个弟弟助、勋都是能文之士,因为"友爱之至,人伦所极,永言存殁,何痛如之,援翰纪文,咸所未忍",而他和王勃则志趣相投,因此"潸然揽涕,究而序之"。可知杨炯对王勃不只是因为他在文学上的声望引起了当时人们(包括杨炯)的推重,在私交上又有非同一般的情谊,因此挥泪编辑了遗著,写成了序文,使王勃的业绩、王勃的形象得以传世不朽,杨炯可以算得上是王勃的知己、功臣。宋之问称赞杨炯"闻人之善,若在诸己",杨炯的这种美德也可以于此得到证明。但是长期以来,流传着杨炯自谓"耻居王后"、"愧在卢前"(《旧唐书·文苑传》、《新唐书·文艺传》)之说,虽出自两《唐书》,但证之杨炯自己文章中对王勃的敬佩之情,所谓"耻居"、"愧在"云云,是值得怀疑的。

杨炯的诗歌中边塞诗较引人注目,但他并没有战争生活的经历,所以从诗题到内容都是传统的。不过杨炯毕竟是初唐时人,在传统的内容中也表现出一种豪迈的时代气息。例如为人所传诵的《从军行》:

烽火照西京,心中自不平。牙璋辞凤阙,铁骑绕龙城。雪暗凋旗画,风多杂鼓声。宁为百夫长,胜作一书生。

一种英雄气概充沛其间。由于初唐时府兵制还没有完全破坏,征戍可以论功得到勋职,从军也是获得官爵的一条道路,有时还更容易些,故有"宁为百夫长(下级军官),胜作一书生"之叹。

杨炯存诗三十三首,五言律诗和五言排律占二十八首,约为五分之四。五绝只有一首。他没有一首七言诗,更没有歌行,这是他和其他三杰不大相同的地方。奉和应制的诗只有一首,可见他又不是宫廷唱诗班的成员。杨炯虽名列四杰,但在诗歌创作上所走的道路乃是介于王、卢、骆与沈、宋之间的。

竟陵派的钟惺说:"王、杨、卢、骆偶然同时有此称耳。……王森秀,非三子可比。卢稍优于骆,杨寥寥数作,又不能佳,何其称焉!"(《唐诗归》卷一)杨炯的诗歌在题材、体裁及思想内容等方面都没有什么新的开拓,又无特别出色的绝唱传世,因而不受器重。但是杨炯的序和赋还是有特色的。细致的描绘、烘托,华美的文字,细密的组织安排,流畅的声韵,加之繁简得体,可以称得上是当时的大手笔。特别是小赋,状物叙事,描情摹态,都非常细致,自有其情采可供赏鉴。

《旧唐书》本传云:"文集三十卷。"晁公武《郡斋读书志》(四上)著录仅二十卷(《崇文总目》同)。自北宋以来,三十卷本、二十卷本并佚。明万历童珮搜集遗文共得诗、赋四十二首,序、表、碑铭等二十九首,编为十卷,即《四部丛刊》所影印的《杨盈川集》。新中国成立后,中华书局徐敏霞据童本校点改称《杨炯集》行世。

〔1〕 据《通鉴》二〇六,神功元年(697)勃兄王勮任凤阁舍人兼天官侍郎时,用刘思礼为箕州刺史,刘与洛州录事綦连耀谋反,事发,刘思礼广引朝士以图自免,"于是思礼引凤阁侍郎兼平章事李元素……及王勮兄泾州刺史勔、弟监察御史助等,凡三十六家,皆海内名士,穷楚毒以成其狱,壬戌皆族诛之"。又见《旧唐书·刘文敬传》。

〔2〕 《唐书·经籍志》、《新唐书·艺文志》所载《王勃集》均为三十卷,疑即杨炯所编。杨序所说"分为二十卷"或为三十卷之误。

〔3〕 据《杨盈川集》的编辑者明人童珮说,盈川县虽早废,旧址犹存。乡民"眷言父母",春秋祭奠不绝,感念其德政(见明皇甫汸《杨盈川集序》、《四库全书总目提要》)。

第六章 四 杰(下)

第一节 卢照邻的生平

卢照邻(约634—685?),字升之,幽州范阳(治今河北涿州)人。年十余岁,即从曹宪学训诂音义之学。曹宪是由隋入唐的文字学家、《文选》学家,以年老不仕,在江都聚徒教授。著有《文选音义》,为当时所重。"江淮间为《文选》学者本之于宪"(《旧唐书》本传)。太宗甚礼重之,为一代名师。照邻不辞远道,由燕赴江都"裹粮寻师",受业于曹。稍长,又北上,就王义方习经史。王义方在则天时代是有名的耿介方正之士,因反对李义府,被贬莱州司户参军。后客昌乐,教授学生。《新唐书》本传称其"淹究经术"。卢照邻幼年时所从之师皆当时名儒饱学之士,对他的成长起了重要影响。

照邻年甫及冠,即被授为邓王府典签。邓王李元裕是唐高祖的第十七子,为人好学,善谈名理,卢照邻博学能文,深受邓王爱重,两人结为布衣之交。邓王府有书十二车,恣照邻披览。邓王对人说:"此吾之相如也。"曾随邓王宦游淮南等地。

在邓王府时,卢照邻还曾奉使益州,行至塞外,用传统的边塞诗题写过一些边塞诗。时照邻正值英年,所写的诗颇富豪壮气概。

大约在高宗龙朔(661—663)期间,卢照邻出任新都(今属四川)尉。这时,宫廷中流行着"争构纤微,竞为雕刻"、"气骨都尽,刚健不闻"的浮靡文风,四杰中的三杰恰好都在蜀中,相互间有诗歌酬唱往还。同气相求,形成了他们共同的文学观点,是宫廷之外的一个革新流派。

卢照邻在蜀时曾与一郭姓女子相爱,并且生了一个孩子。照邻离蜀时与郭氏相约重会。岂知以后身染风疾,不能回蜀实践临别时的诺言,孩子也死了。郭氏十分痛苦,骆宾王有《艳情代郭氏赠卢照邻》诗为她陈述哀情:"此时离别那堪道,此日空床对芳沼。芳沼徒游比目鱼,幽径还生拔心草。……离前吉梦成兰兆,别后啼痕上竹生。别日分明相约束,已取宜家成诫勖。当时拟弄掌中珠,岂谓先摧庭际玉。悲鸣五里无人问,肠断三声谁为续?思君欲上望夫台,端居懒听将雏曲。……"她不知道卢照邻得了不治之症,还以为他是一个负心人。和郭氏的离合乃是卢照邻悲剧一生中的悲剧。卢照邻所写《五悲文》中说到的"忽忆扬州扬子津,遥思蜀道蜀桥人。鸳鸯渚兮罗绮月,芙蕖湾兮杨柳春",其中"蜀桥人"大约即指郭氏。

离蜀时,卢照邻有《赠益府群官》诗,自叙在蜀的坎坷遭遇。他虽然律己甚严,"不息恶木枝,不饮盗泉水",但"独立寡俦",因而"思归洛阳"。归洛不久,即染风疾,此时他年近四十。为了医病,赴长安拜著名医药家孙思邈为师,住在朝廷赐给孙思邈的"光德坊之官舍"。咸亨四年癸酉之夏,孙思邈随高宗往甘泉宫,卢照邻独卧官舍,"阒寂无人,伏枕十旬,闭门三月,庭无众木,唯有病梨树一株。……花实憔悴,似不任乎岁寒"。卢照邻有感,写了《病梨树赋》以寄慨。后入太白山,服丹养病,得道士玄明膏。又遇父丧,"每一号哭,涕泗中皆药气流出",由是病益甚。母兄哀怜,破产以供医药,但因家道中落，兄弟薄游近县，无法供应。照邻离太白山后，"学道于东龙门山精舍，布衣藜羹，坚卧于一岩之曲"。曾向天下名流贵族、王公上诗求贷衣药之值，得到范履冰、阎知微、乔偘等人的捐助，其情实可哀怜。在《释疾文·序》中自述病中的情景是：

> 宛转匡床，婆娑小室。未攀偃蹇桂，一臂连踡；不学邯郸步，两足匍匐。寸步千里，咫尺山河。每至冬谢春归，暑阑秋至，云壑改色，烟郊变容，辄舆出户庭。悠然一望，覆帱虽广，嗟不容乎此生；亭育虽繁，恩已绝乎斯代。

天地之大，竟没有他的生活道路。但他没有因此消极、绝望，他想："盖作《易》者其有忧患乎？删《书》者其有栖遑乎？……《骚》文之兴，非怀沙之痛乎？吾非斯人之徒欤？安可默而无述！"前代哲人在忧患中奋发图强、努力著述的事迹启发了他，鼓舞了他，使他身残志不残，在初唐文坛卓有建树，在唐代文学史上放射出自己的光芒。

在疾病的折磨中，在穷困的窘迫中，在寂寞的空山中，"伏枕多暇"，他奋力写作，尝试了各种文体、诗体。陈述了自己青年时代的好学与壮志，描述了他所忍受的痛苦的疾病生涯，仿屈原《天问》，向苍穹发出一连串的质问，又神游宇宙，绘制了一个庞大、华美而浪漫的神仙世界，为人们留下不少极富特征的文学作品。

据《新唐书·文艺传》，卢照邻病情更重时，"乃去具茨山下，贾园数十亩，疏颍水周舍，复预为墓，偃卧其中。……病既久，与亲属诀，自沉颍水"，结束了他充满幻想与抱负而又尝尽疾病折磨的痛苦的一生。

第二节　卢照邻的作品

王、杨、卢、骆都是当时文坛的革新派,杨炯在《王勃集序》中赞扬王勃"思革其弊,用光志业"的同时,也称颂卢照邻为"人间才杰,览青规而辍九攻,知音与之矣,知己从之矣"。王与卢非但志同道合,从理论上批判当时流行的雕琢、柔靡之风,在创作上也力求走出一条新路来。

现存卢照邻的诗近百首,近体诗有六十七首,占了绝大多数,其中尤以五律、五排的数量最多,显出了他的爱好。在《南阳公集序》中,卢照邻赞赏"妙谐钟律,体会风骚,笔有馀妍,思无停趣"、"含古今之制,扣宫徵之声"的作品,可知重声律是当时的时代风气,也是作者的自觉追求。卢照邻用五言律写了不少乐府诗,在严格的格律中表现旧题材,有的也浑朴自然,保留着乐府情韵而时有新意。如：

> 陇阪高无极,征人一望乡。关河别去水,沙塞断归肠。马系千年树,旌悬九月霜。从来共呜咽,皆是为勤王。(《陇头水》)

五言排律中的《羁卧山中》写自己空山愁病生活中的心境,十分真切：

> 卧壑迷时代,行歌任死生。红颜意气尽,白璧故交轻。洞户无人迹,山窗听鸟声。春色缘岩上,寒光入溜平。雪尽松帷暗,云开石路明。夜伴饥鼯宿,朝随驯雉行。度溪犹忆处,寻洞不知名。紫书常日阅,丹药几年成?扣钟鸣天鼓,烧香厌地精。倘遇

浮丘鹤,飘飘凌太清。

卢照邻受疾病折磨,更被世俗抛弃。在此寂无人迹的悲惨困境中,诗人的心情是凄苦的,人世对他是无情的,但大自然给他以抚慰,并从道家的修炼养生中,寻找出路。从"行歌任死生"到"飘飘凌太清",他似乎于绝境中看到了"前景"。

使卢照邻名传不朽的是他的歌行,所存五篇歌行几乎都是可以吟唱的佳篇,其中《长安古意》不仅是卢照邻的代表作,也是这个时代的代表作:

> 长安大道连狭斜,青牛白马七香车。玉辇纵横过主第,金鞭络绎向侯家。龙衔宝盖承朝日,凤吐流苏带晚霞。百丈游丝争绕树,一群娇鸟共啼花。游蜂戏蝶千门侧,碧树银台万种色。复道交窗作合欢,双阙连甍垂凤翼。梁家画阁天中起,汉帝金茎云外直。楼前相望不相知,陌上相逢讵相识?借问吹箫向紫烟,曾经学舞度芳年。得成比目何辞死,愿作鸳鸯不羡仙。……别有豪华称将相,转日回天不相让。意气由来排灌夫,专权判不容萧相。专权意气本豪雄,青虬紫燕坐春风。自言歌舞长千载,自谓骄奢凌五公。节物风光不相待,桑田碧海须臾改。昔时金阶白玉堂,即今唯见青松在。寂寂寥寥扬子居,年年岁岁一床书。独有南山桂花发,飞来飞去袭人裾。

从题材看,与左思的《咏史》(济济京城内)相近,都是写贵族与文士的生活,左思平均地写,各用八句;卢照邻则以绝大部分篇幅对长安权贵生活作了面面观。诗歌在华丽的咏叹声中一幕一幕地展开着,对统治阶级的骄奢淫逸的生活,作了尽情的刻画,对将相间的专权、恃宠,矛盾斗争及其盛衰变化,深寓感慨讽刺。体制宏大,藻采繁丽,转折处更是潇洒飘逸,多次运用了"顶真(针)"格,回环婉转,有一唱三叹之妙。形象美与声律美得到了完美的结合,大大增强了诗歌的音乐性与可歌性,加深了诗歌的艺术感染力。

与之同时,骆宾王的《帝京篇》也为人们所赞赏。《帝京篇》与《长安古意》的主题相近,骆诗歌颂帝京,夸写山河宫阙,词藻更为富丽,气势更为雄伟,但感讽之意不及卢诗,描绘的画面也不及卢诗集中。两诗的出现,标志着六朝后期所酝酿发展的歌行体已完全成熟。这是卢、骆两人对初唐诗坛的贡献。

歌行体乃是自南朝以来诗(特别是乐府诗)、赋两种文体融会与演化的结果。既可以说是诗的赋化,因为它扩充了诗的篇幅,变化了诗的句式,长短间杂,增强了表现力;也可以说是赋的诗化,减少了赋的冗长板滞的铺陈,增强了咏叹情调和诗的意趣及音乐性,自然也加深了艺术感染力。早在庾信时,他的《春赋》、《对烛赋》已有诗句渗入,但大率咏物或写景,比较浅显,感触不深。唐太宗作《帝京篇》,词藻富赡,气势雄健,但作为帝王之作,缺乏人间生活气息。因为气魄宏大,引起人们模仿的兴趣。卢、骆之作合诗、赋于一体,熔颂赞、感讽于一炉。既便于铺陈,又适于吟咏。所以流传、影响,历久不衰。

在卢照邻的作品中,感人最深而独具特色的是他所写的几篇骚体文,这是王、杨、骆所没有的。

《五悲文》(并序)、《狱中学骚体》、《释疾文》都是陈述个人的灾难和悲惨处境的。作者联系到古代一些有才无命、惨遭扼杀的才人,激起了他的强烈的悲愤,巨大的痛苦噬食着他的心灵。他不能随分安命地忍受命运的作弄,要为古往今来怀才不遇的人控诉,为亲友中"高明者鬼瞰其门,正直者人怨其笔"的人陈冤。由于他自己有切身感受,他的这些文章不同于一般仅仅铺叙典故而无实感之作,读来感

人肺腑,千载之下,仍能令人掬一把同情之泪。试看他的悲苦处境及凄惨的生涯:

> 有幽岩之卧客,兀中林而坐思。形枯槁以崎嶬,足联蜷以缁厘。悄悄兮忽怆,眇眇兮惆怅。迢遥兮独蹇,淹留兮空谷。天片片而云愁,山幽幽而谷哭。露垂泣于幽草,风含悲于拱木。徒观其顶集飞尘,尻埋积雪。骸骨半死,血气中绝。四支萎堕,五官欹缺。皮襞积而千皱,衣联寨而百结。……仰而视睛,翳其若瞢,俯而动身,羸而欲折。……古树为伴,朝霞作邻。……松门草合,石苔路新。(《五悲文·悲穷通》)

回忆当年则是"玉树金枝"、"龙章凤姿","常谓五府交辟,三台共推"。岂期厄运逢身,昔日交游,"庆吊都断,存亡永阔"。只有"河滨漂母,陇上樵夫,盘餐带粟,粥面兼麸。藜羹一簋,浊酒一壶,夫负妻戴,男欢女娱,攀重峦之崒嵂,历飞涧之崎岖,哀王孙而进馈,问公子之所须"(《五悲文·悲今日》)。这与往日的那些谈风云、弄花鸟的高贵朋友相比,人情的厚薄,有天壤之别。卢照邻看到了劳动人民的淳厚可敬,赞美了他们济人于穷困的高贵品德。

《释疾文》是卢照邻离开人世之前的最后控诉,也是他的绝命书。仿《离骚》、《天问》等,历叙自己的生平:"名余以照邻,字余以升之。……入陈适卫,百舍不厌其栖遑……下笔则烟飞云动,落纸则鸾回凤惊。"然而"有才无时","先朝好史,予方学于孔、墨;今上好法,予晚受乎老、庄"。所以"怨复怨兮"乃是文章的主调。在文章的最后部分是游仙,巫阳、东皇、玉女、灵妃、织女等依次出现,最后见到了老君,老君告他"名已登乎仙格","睆兮不以死生为二,块兮若以天地为一",于是他大彻大悟,从老庄齐死生的哲学中求得了心灵的平静,得到了精神的解脱:"倏尔而笑,泛沧浪兮不归。"事实上是他真正从疾病的痛苦中解脱了。

这些骚体文虽以陈述个人的哀痛为基调,但也接触到人情冷暖,世态炎凉,揭示了不同阶层的生活情态。

卢照邻的前半生虽然谈不上飞黄腾达,然才华俊逸,以文章驰名,甚得邓王爱重。中年遭挫折,一蹶不振,生事且不能自了。故"平生所作,大抵欢寡愁殷。有骚人之遗响,亦遭遇使之然也"(《四库全书总目提要》)。细阅照邻早期之作,亦有慷慨报国之辞,晚年之作亦不纯以自身哀乐为意。胡震亨对四杰有一段通论,以为"范阳较杨微丰,喜其领韵疏拔,时有一往任笔,不拘整对之意。义乌富有才情,兼深组织,正以太整且丰之故,得擅长什之誉,将无风骨有可窥乎!当年四子先后品序,就文笔通论,要亦其诗之定评也欤"(《唐音癸签》卷五),可谓立论公允。

唐张鷟《朝野佥载》卷六记卢照邻"著《幽忧子》以释愤焉,文集二十卷"。张鷟于开元中始过世,距卢较近,大约曾经看到过卢的文集。其后两《唐书》所著录,均二十卷。北宋时,通行本《卢照邻集》已变为十卷。即此十卷本至明时也不复存在,明张燮辑《初唐四子集》有《幽忧子集》七卷,附录一卷,即《四部丛刊》据以影印者。今人徐敏霞校正后,改称《卢照邻集》,由中华书局出版。《全唐诗》辑其诗为二卷(卷四十一、四十二)。

第三节 骆宾王的生平

骆宾王(619—687)[1],字观光,婺州义乌(今浙江义乌市)人,初唐著名文学家。

骆宾王出身于小官僚地主家庭。祖父骆雪庄,隋时曾任右军长史。父亲骆履元,唐高祖武德间任青州博昌(今山东博兴县)令。

骆宾王资质聪敏颖悟,七岁就因对客咏"鹅,鹅,鹅,曲项向天歌。白毛浮绿水,红掌拨清波"(《咏鹅》)而才名远播,有神童之誉。十多岁随母赴博昌父亲任所生活,在《上瑕丘韦明府启》中说:"奉训趋庭,束情田于理窟;从师负笈,私默识于书林。"就是这段生活的概括。

不久,父殁于任上,因经济拮据,就地营葬,与母亲移居兖州瑕丘(今山东济宁市兖州区)。为了求得政治上的发展与经济上的自给,怀才自负的骆宾王奔波于京洛道上,挟策干谒当道,希望获得一官半职。但结果却大失所望,"书劳千上",依然不得仕进,陷于进退维谷境地。他以无可奈何的心情,流连光景,"遨游灞水曲,风月洛城端"(《畴昔篇》),借欣赏异乡景物,消度客中寂寞生活。

仕途的挫折,对年轻气锐的诗人打击很大,同时也使他能以较清醒的头脑观察严峻冷酷的现实。他在黯然离开长安东返齐鲁途次,写下五律《途中有怀》,以涸辙之鱼、惊弓之鸟自喻。结联云:"莫言无皓齿,时俗薄朱颜。"对官场压制人才、排斥青年的不合理现象予以批评和讽刺。回到第二故乡齐鲁后,度过了几年艰苦勤奋的攻读生活,这对于骆宾王日后的蜚声文坛、跻身仕途是起了重大作用的。由于"糟糠不赡,甘旨之养屡空;箪食无资,朝夕之欢宁展",全家陷于饥寒交迫,生活极度困难,他不得不再向当道干谒求仕。

得到地方官员的推荐和长安父执的汲引,骆宾王终于步上仕途,任职长安,历时五年,至高宗永徽初,他三十三岁时去职。《畴昔篇》曾概括叙述到这段生活:"意气风云倏如昨,岁去年来屡回薄;上苑频经柳絮飞,中园几见梅花落!"《咏怀古意上裴侍郎》首联云:"三十二馀罢,鬓是潘安仁。"就是指三十馀岁,初生华发时被罢职事。接着他离京赴豫州、滑州,担任道王(李元庆)府椽曹,前后六年。所谓"一朝被短褐,六载奉长廊"(《畴昔篇》),就是这段生活的概括。李元庆是高祖李渊的第十六子,高宗的叔父,对骆宾王的才能颇为赏识,特下谕要骆宾王"自叙所能",旨在拔擢。秉性耿介的骆宾王因耻于"自媒"、"炫能",不屑"说己之长,言身之善"(《自叙状》),终于婉言谢绝。不久,他就离开道王府,赋闲齐鲁,自显庆元年(656)至乾封二年(667),首尾长达十二年。"块然独处者,一纪于兹矣"(《上齐州张司马启》),就是指的这次闲居生活。

闲居齐鲁阶段,是他一生创作精力最旺盛期,也是丰收期,写了不少诗篇。诗的内容大体可归纳成两方面:一是描写林泉生活的优游闲适,如《冬日宴》、《同辛簿简仰酬思玄上人林泉四首》、《夏日游德州赠高四》、《秋晨同淄川毛司马秋色九咏》等;二是挥斥幽愤、抒发怀才不遇的感慨和寥落生涯的忧郁,最有代表性的是《浮槎》诗和序。作者借浮槎自况,咏物寓慨:"贞心凌晚桂,劲节掩寒松。忽值风飙折,坐为波浪冲!摧残空有恨,拥肿遂无庸。"诗中慨叹"仙客""难托","良工"不逢。全诗以"徒怀万乘器,谁为一先容"的满怀悲愤的大声疾呼结束,反映出诗人穷途有恨、报国无门的愤慨和期人汲引以施展抱负的渴望。

高宗乾封二年(667),骆宾王四十九岁,再度入京干谒求售,经太常伯刘祥道的推荐对策中选,授奉礼郎,为东台详正学士。《咏怀古意上裴侍郎》诗所谓"四十九仍入,年非朱买臣",就是指这次对策中选、入朝供职事。

骆宾王任东台详正学士及奉礼郎首尾四年。咸亨元年(670)初,就获谴被迫离朝,从军边塞。先赴西北,继到西南。李峤《送骆奉礼从军》诗即为送他出塞从军之作。其间他还曾淹留蜀中一段时间,和诗人卢照邻和王勃有交游之迹。他从军时间长达五六年之久,创作不少边塞军旅题材的作品,大都雄浑悲壮,慷慨激昂,有真实的生活感受,实开有唐一代边塞诗先声。

上元二年(675)秋,骆宾王离蜀回京。次年初,出任武功主簿;夏,调任明堂主簿,创作长诗《帝京篇》。但不久,就因母丧去官,寓居长安青门外的沪水滨,过着"挂冠裂冕已辞荣,南亩东皋事耕凿"、"荒衢通猎骑,穷巷抵樵轮。时有桃源客,来访竹林人"(《畴昔篇》)的半隐居生活。

仪凤四年(679),骆宾王母丧服阕,按朝廷规定复官,调任长安主簿。不久,擢侍御史。此事,两《唐书》本传无载,但郗云卿写的《骆宾王文集原序》却言之凿凿:"仕至侍御史。"郗云卿是骆宾王同时代人,也是奉中宗之命搜求辑集骆宾王诗、文的朝廷官员,其言当可信。骆宾王任侍御史时间很短,不过数月。由于他秉性耿介正直,敢于直言进谏,得罪了朝廷,于是被诬下狱。他于愤慨之馀,写下《萤火赋》、《在狱咏蝉》等作品以明志。系狱年馀,到永隆元年(680)岁暮才获释。

出狱不久,永隆二年(681)夏,骆宾王贬临海丞。七月,顺道过故乡义乌,安葬母亲。八月到临海上任。在临海前后三年。

骆宾王在临海任的第四个年头,即睿宗文明元年(684),应骁卫大将军程务挺之招赴京。这时朝政发生急剧变化,武则天废中宗为庐陵王,立豫王李旦为皇帝,即睿宗,武则天自己临朝称制。她为了笼络朝野,下令"大赦,改元文明";"老人版授官,赐粟帛。职官五品以上举所知一人"(《新唐书》卷四)。根据这道命令,程务挺表荐骆宾王,但经历宦海浮沉的骆宾王已无意在这种情况下仕进,终以"材不经务","智不通时","加以天资木强,不能屈节权门;地隔蓬心,不能买名时议"(《与程将军书》)为由,婉言谢绝了程务挺的表荐。

就在写信向程务挺婉辞荐举后不久,骆宾王即离开长安东下,但并没有回临海,而是留滞扬州和徐敬业等人相聚,密议起兵反对武则天统治。

武后光宅元年(684)九月,徐敬业自称匡复府大将军,署骆宾王为"艺文令",负责文告案牍工作。这阶段,他创作了《在军登城楼》诗:"城上风威冷,江中水气寒。戎衣何日定,歌舞入长安!"充分反映出他当时的高昂气概;他还为徐敬业起草了著名的骈文《讨武氏檄》,檄文传出,朝野震动。十一月,起事失败,前后历时三个月。徐敬业等人在逃遁中为部将王那相所害。骆宾王在兵败混乱中跳水逃亡,"不知所之"(《新唐书》本传)[2]。

第四节 骆宾王的文学成就

骆宾王由于参加徐敬业扬州起事失败,"文多散失"。二十多年后,中宗复位,虽命兖州人郗云卿"搜访宾王诗笔"(郗序),"集成十卷,盛传于世"(《旧唐书》本传),但今日流传下来见于陈熙晋《骆临海集笺注》者仅各体诗百数十首、赋三章、文三十馀篇而已。从这些兵燹之馀搜辑而成的残留诗文分析研究,约略可以窥见骆宾王的抱负、才华以及他在文学创作方面的卓越成就。

骆宾王的诗歌创作以抒写个人身世遭逢和建功立业抱负为主要内容,这和他曲折的生活经历和积极用世的性格特征有密切联系。他擅长写长篇歌行,《帝京篇》是他的代表作,和卢照邻的《长安古意》异曲同工。全诗以京师长安上层社会生活为题材,通过繁华景象的描写和奢华生活的渲染,揭露了统治阶级的腐朽本质。诗的前半幅描绘长安城阙宫殿、朱邸琼楼,气象万千;大道通衢,繁华非凡;对王公贵族斗豪夸富、燕饮游乐,备极形容。后半幅则发抒了人事兴

废变迁的感慨,"倏忽抟风生羽翼,须臾失浪委泥沙"。结束云:

> 已矣哉,归去来。马卿辞蜀多文藻,扬雄仕汉乏良媒。三冬自矜诚足用,十年不调几遭回。汲黯薪逾积,孙弘阁未开。谁惜长沙傅,独负洛阳才!

组织历史人物典故,曲达不遇的感慨,显得典雅庄重而又委婉多姿,这正是骆宾王长篇歌行的艺术特色。

《畴昔篇》是骆宾王的另一名作,诗自叙宦海浮沉,历历如绘,为探索研究诗人生平行踪提供了重要线索。篇幅长达百韵,超出《帝京篇》一倍。这两首诗都是五、七言错杂运用,叙事抒情浑融一体,既使用大量史实典故,又不失语言的平易通畅和形式的灵活变化,带有浓厚的民歌风格。它是吸收六朝乐府诗重叠回旋的结构形式和唐代逐步形成中的今体诗的格律融合而成的一种体裁,亦即诗论家所说的"辘轳体"(《诗人玉屑》卷二"进退格"引《湘素杂记》)。这种形式的歌行音调和谐,语言流畅,是唐诗的重要体裁之一。

追求功名事业、报效国家的强烈愿望和仕途蹭蹬、生活坎坷的不幸遭遇之间的矛盾,构成骆宾王一生的基调,也成为他创作的重要题材内容。《在狱咏蝉》是众所周知的名篇:

> 西陆蝉声唱,南冠客思侵。那堪玄鬓影,来对白头吟。露重飞难进,风多响易沉。无人信高洁,谁为表予心!

诗人咏物托志,慨叹朝廷视听不明,枉屈忠良,无人为自己昭雪。诗前面近三百言的序,自述自己被絷时的内心活动甚详,可为诗作注脚。《萤火赋》并序也为同时所作,寓意相同。

五排《浮槎》通过写江上一截浮木随波浪冲激漂浮的遭遇抒发自己怀才不遇的愤慨。

骆宾王为数众多的题赠同僚亲友和羁旅即景抒情的诗篇,如《途中有怀》、《望乡夕泛》、《久客临海有怀》、《海曲书情》、《秋日送尹大赴京》、《夏日游德州赠高四》、《在江南赠宋五之问》、《春日离长安客中言怀》和《夕次旧吴》等,几乎都在不同程度上贯穿着上述矛盾的基调。当然,远大抱负与冷酷现实的矛盾,怀才不遇和报国无门的感慨,是封建社会中下层知识分子中一个带有相当普遍性的问题,在包括卢照邻、王勃、杨炯在内的同时代作家的创作中都可以找到,但却没有骆宾王表现得那样突出而集中。

骆宾王一生有一段时间是在军旅生活中度过的,所以描写边塞戎马生活题材的诗篇在他的创作中占有相当大的比重。其内容丰富多彩,有的反映边塞战争的激烈悲壮,有的描写将士高昂的斗志和报国决心,有的渲染边塞雄奇瑰丽的景色,也有的抒发诗人建功立业、杀敌报国的雄心壮志。风格苍凉悲壮,富有感染力。如:

平生一顾重,意气溢三军。野日分戈影,天星合剑文。弓弦抱汉月,马足践胡尘。不求生入塞,唯当死报君。(《从军行》)

此地别燕丹,壮发上冲冠。昔时人已没,今日水犹寒。(《于易水送别》)

这样高昂的调子,既反映出唐王朝创建初期蓬勃奋发的时代精神,又表现了诗人自己忠君报国、建功立业的强烈愿望。

在艺术形式方面,骆宾王诗有两点值得注意,一是隶事用典,浑脱自然。胡应麟曾举骆宾王《幽絷书情》诗"精工俪密,极用事之妙"的艺术特色,说明日后杜甫诗运用典故的出神入化,是从骆宾王诗汲取成功经验的结果。二是擅长对偶句式,显得典雅整肃,才华秀发。综观骆宾王诗作,五言八句律诗共计五十三题七十多首,占今日流传下来诗篇的半数以上,另加长短排律四十馀首,则运用对仗句式的诗几占其创作整体的十分之八以上。当然,其中的平仄未能谐合今体律诗规格,这是和沈、宋、杜审言诸人的律诗有别的。这也是初唐今体诗逐步形成、完善过程中一种必然会出现的过渡现象。对偶形式是律诗的一个重要因素,骆宾王在这方面的贡献是不容忽视的。他的排律《夏日游德州赠高四》长达四十九韵,《戍边城有怀京邑》长达三十七韵,《在江南赠宋五之问》长达三十六韵。其他自十韵、十二韵、十四韵、十八韵以至五韵、六韵、七韵、八韵、九韵的五言短排都创作过。骆宾王是初唐骈俪名手,写排律自甚当行。诗评家推许为"沉雄富丽,沈、宋前鞭"(《诗薮·内编》),实非溢美。

骆宾王的各体文章今日流传下来的只有三十八篇,包括表、启、书、状、序、文、露布和对策等体裁,在唐代都属于应用文的范围,大都是向当道干谒求仕及从军时为府主起草的文告。这些文章都是用骈体写的。应该指出,骆宾王以及王勃、杨炯、卢照邻等擅长的骈文不是风行于齐、梁、陈、隋时代骈文的简单继承,而是随着唐王朝的建立和新文风的倡导有了革新和发展。它除了继承句式整齐、对偶工切、音韵铿锵等传统特点外,更注意隶事用典的雅切,语言的委婉传神,句式的错综变化,以及叙事、抒情、议论、写景多种手法的运用,以适应表达内容和思想感情的需要;而摈弃齐梁以来传统骈文的那种缛章绘句、雕琢铺排的文风。骆宾王的骈文开始透露文风改革酝酿阶段的新风气。例如以亲老为由,婉辞裴行俭辟聘入幕的《上吏部裴侍郎书》,写得意真调苦,情文并茂,堪与李密《陈情表》媲美;《与博昌父老书》运用大量四言短句,追忆畴昔游踪,抒情深沉恳挚;《自叙状》婉辞道王李元庆的垂青提携,叙事简明,说理透彻;《对策文三道》议论风发,隶事雅切。这充分说明骆宾王在骈文方面的造诣以及革新文风方面的成就,决不是简单的六朝骈体文的继承而已。

《讨武氏檄》是骆宾王的代表作,历来为人传诵。文章用摆事实、说道理手法,首先列举大量事实,揭露武则天的隐私秽行和残暴统治,阐明起兵的目的;并用"一抔之土未干,六尺之孤安在"这激动人心的词句标明君臣大义,号召天下勤王。最后用"请看今日之域中,竟是谁家之天下"的豪语作结。隶事贴切,用典精审,叙事、议论、说理、抒情,兼而有之,的确具有很大的艺术感染力和政治煽动性。试读下面这两节文字:

敬业皇唐旧臣,公侯冢胤。奉先帝之成业,荷本朝之厚恩。宋微子之兴悲,良有以也;袁君山之流涕,岂徒然哉!是用气愤风云,志安社稷。因天下之失望,顺宇内之推心,爰举义旗,誓清妖孽。南连百越,北尽三河,铁骑成群,玉轴相接。海陵红粟,仓储之积靡穷;江浦黄旗,匡复之功何远!班声动而北风起,剑气冲而南斗平。喑呜则山岳崩颓,叱咤则风云变色。以此制敌,何敌不摧!以此攻城,何城不克!

公等或家传汉爵,或地协周亲;或膺重寄于爪牙,或受顾命于宣室。言犹在耳,忠岂忘心!一抔之土未干,六尺之孤安在?倘能转祸为福,送往事居,共立勤王之功,无废旧君之命。凡诸爵赏,同指山河。若其眷恋穷城,徘徊歧路,坐昧先几之兆,必贻后至之诛。请看今日之域中,竟是谁家之天下!移檄州郡,咸使知闻。

虽属四六句式的骈文,但融叙事于抒情之中,寓号召于议论之间,读来声情并茂,极富鼓动性。史载武则天初读此文,但嘻笑,至"一抔之土未干,六尺之孤安在"两句,始矍然动容,问左右:"谁为之?"答以"骆宾王"。武则天曰:"宰相安得失此人!"(《新唐书》本传)足以说明这篇骈文的艺术感染力和政治效果了。

骆宾王不少诗篇前面有小序,如《夏日游德州赠高四》、《秋日饯陆道士陈文林》、《伤祝阿王明府》、《在狱咏蝉》、《浮槎》、《萤火赋》等作品的序,都长达数百言,或叙述诗人生平游踪、家庭情况,或说明诗篇的创作动机和过程,或抒写事物盛衰变化、祸福倚伏的人生哲理,对于读者理解诗篇的寓意,起到了阐幽抉微的作用。表达形式虽用骈俪文体,但却写得纵肆酣恣,委婉多致,给予人神采飞扬、挥洒自如的感觉。《在狱咏蝉》前面的序,长达三百言,叙事、写景、议论、抒情,多种表达手法错杂运用,浑融一体。其中写蝉的一段云:

> 嗟乎,声以动容,德以象贤。故洁其身也,秉君子达人之高行;蜕其皮也,有仙都羽毛之灵姿。候时而来,顺阴阳之数;应节为变,审藏用之机。有目斯开,不以道昏而昧其视;有翼自薄,不以俗厚而易其真。吟乔树之微风,韵资天纵;饮高秋之坠露,清畏人知。

借物喻志,托意深刻而委婉,是很出色的骈文。研究分析和评价骆宾王的文学成就,特别是探讨他的文章风格时,对这些诗前之序,是应该予以注意的。

〔1〕 关于骆宾王的生卒年代,历来说法不一。此据骆祥发《骆宾王生年考辨》(《唐代文学论丛》总2期)一文。

〔2〕 关于骆宾王兵败后的下落,历来说法不一。《旧唐书》本传谓"敬业败,(宾王)伏诛"。《资治通鉴》谓"其将王那相斩敬业、敬猷及骆宾王首来降"。

张鹫《朝野佥载》又谓"投江而死"。唯郗云卿"序"云:"(骆宾王)文明中与嗣业于广陵共谋起义,兵事既不捷,因致逃遁。"《新唐书》本传亦称"敬业败,宾王亡命,不知所之"。孟棨《本事诗》更载骆宾王兵败逃亡后,削发为僧,"遍游名山,至灵隐,以周岁卒。当时虽败,且以匡复为名,故人多护脱之"。后面三说互为表里,可相印证。郗云卿、孟棨均为唐朝人,郗云卿更是骆宾王同时代而稍后的人,他们的话当较可信。

第七章　律诗体制的完成

第一节　简说

律诗,这种具有严格规律的诗体,自唐以来,千多年盛行不衰,说明了它自身的生命力。考察文学史,律诗实滥觞于六朝。自齐永明之后,人们对这种诗体的探索、实践及完成,经历了一个较长的历史时期。

自四声发现之后,诗人们就努力寻求一种形式华美、音韵铿锵的诗歌体裁,齐梁间即已产生了讲求对仗声调的优美的"新体诗",不过格律尚未尽善,数量也不太多。唐兴,史臣在总结前朝的文学经验时指出:"江左宫商发越,贵于清绮;河朔词义贞刚,重乎气质。……若能掇彼清音,简兹累句,各去所短,合其两长,则文质斌斌,尽善尽美矣。"(《隋书·文学传序》)"宫商"、"清音"的完美化,在开国之初,被看作是诗歌艺术进一步追求的理想。所以不只是侍奉帝王、后妃的宫廷诗人注意钻研、揣摩声律之美,即是孤标独树的王绩也讲求声律之美,写过一些对仗整饬、音调优美的律诗,有的甚至是非常合乎标准的律诗[1]。只是在沈佺期、宋之问、杜审言之前,律诗在数量上,毕竟为数不多,未能蔚然成风。武后末期至中宗神龙、景龙之际,宫廷中游宴活动频繁,并即席赋诗赓和,评比竞赛,诗人们在竞争中,为求帝王、后妃宠幸垂青,在歌功颂德千篇一律的枯燥乏味的内容之外,莫不在音韵、格律、铺排、对仗、隶事、用典、遣词用语方面精心揣摩,争奇角胜。这样,就使对偶、声律的技巧愈益成熟。律诗的完美的体制,至此正式确定,并得到广泛的运用。胡应麟说:"五言律体,兆自梁、陈。唐初四子,靡缛相矜,时或拗涩,未堪正始。神龙以还,卓然成调。"(《诗薮·内编》卷四)论断是很精当的。

近体诗在唐代形成并盛行的原因是多方面的,其中有两点值得提出来。

一是有关声律对偶的著作和类书的大量出现,适应了律诗发展的需要。齐梁之际以四声为纲的韵书如雨后春笋般地兴起,如周颙"始著《四声切韵》行于时"(《南史·周颙传》),沈约"撰《四声谱》……自谓入神之作"(《南史·沈约传》)。还有王斌《四声论》、张谅《四声韵林》、刘善经《四声指归》及隋陆法言作于开皇、仁寿年间的《切韵》等,都对近体诗的声律方面产生过影响。特别是沈约为齐梁之际著名诗律学家,学问渊博,精通音律,和谢朓、王融、周颙辈提出四声、八病之说,以平、上、去、入四声相互调节的方法运用于诗歌创作,"五字之中音韵悉异,两句之内角徵不同,不可增减,世呼为永明体"[2](《南史·陆厥传》)。这种齐梁体诗内容固浮靡绮碎,但从形式看,却在我国诗歌史上实现了一个由非格律诗到格律诗的转变,逐渐形成了一种新的潮流而影响了整个诗坛。此外,隋唐之际类书也大量出现,如虞世南《北堂书钞》、欧阳询《艺文类聚》这些著作的盛行,不但为写骈文、辞赋提供典故词藻,而且也为讲究对偶、声律的律诗创作开辟坦途。据日僧遍照金刚《文镜秘府论·序》称,当时诗坛"盛谈四声,争吐病犯"的理论著作多至"黄卷溢箧,缃帙满车"

的地步。这是唐代近体诗形成并获得发展、繁荣的一个重要原因。

二是宫廷应制诗的盛行,也促进了律诗的成熟和繁荣。应制诗肇自魏、晋,风行于六朝,大盛于唐。比起前代来,唐应制诗除词藻的富赡华丽、声调的铿锵谐和外,更注意体制的庄严恢宏,对仗的精工俪密,而不少宫廷侍臣诗人才华横溢,文思敏捷,熟谙典章制度,最善于在庙堂燕宴、扈驾驻跸场合应诏赋诗,驱遣现成典故成语,组织华丽词汇字句,还擅长争胜于音韵格调,斗巧于偶对排比。这样无形中就提高了写格律诗的艺术技巧,从而也促进了律诗的发展。黄子云在《野鸿诗的》中说"应制诗不徒避忌讳、取工丽而已也;体裁题义,不可不讲。魏、晋以还,作者未能悉中规矩,至初、盛唐法律始谨严"(第五十六条)。这意见是对的。特别是唐中宗时,朝廷设修文馆,置大学士、直学士、学士多人,每随帝后游幸。春、夏、秋、冬,均有胜地游宴,学士们赋诗应制属和,上官昭容第其甲、乙,优者赐金帛。这种皇家诗会,是诗人们的竞技之所,无不竭尽全力,精益求精,其促进诗歌形式的发展,当无疑问。沈、宋及杜审言、李峤等也正是修文馆中的学士。

所以,从诗歌发展史角度考察,近体诗不应看作是初唐诗人的发明,而应看作是前后相续的一个历史过程的必然的产物,即初唐诗人在批判地吸收齐梁体格律诗的对偶、声律、篇制方面经验的基础上,加以创新的结果。沈佺期、宋之问的积极贡献主要在于:正确地总结和接受了前代格律诗的创作经验,选择和肯定了齐梁体中的粘式格律,而摈弃其对式格律,从而起到"回忌声病,约句准篇"的作用,使律诗形式由齐梁时代的繁琐复杂而逐渐趋于统一、定型;并把律诗句式从齐梁时代单纯的五言扩展到七言。赵翼在《瓯北诗话》中指出:"至唐初沈、宋诸人,益讲求声病,于是五、七律遂成一定格式,如圆之有规,方之有矩,虽圣贤复起,不能改易矣。"

较沈、宋略早出现在初唐诗坛上的"文章四友"苏味道、李峤、崔融、杜审言在近体诗的形成和发展中，都作出过不同程度的贡献。苏、李、崔位跻通显，享有政治声誉，能以"文翰显时"，为人所重。杜审言恃才傲物，政治上很不如意，但文学造诣方面在"四友"中却是佼佼者，特别是五、七言律诗较出色，颇受诗评家推许。

第二节　李峤　苏味道

李峤(644—713)和苏味道(648—705)是与沈佺期、宋之问同时而稍早的作家。苏味道为赵州栾城(今河北省石家庄市栾城区)人，李峤为赵州赞皇(今河北省赞皇县)人，栾城和赞皇旧时均属正定府，是大同乡。两人均弱冠举进士，以文辞知名，时人谓之苏、李。政治上又都做到宰相，权势煊赫。李峤于武则天圣历初(699)与姚崇偕迁同凤阁鸾台平章事，转鸾台侍郎，依旧同平章事。中宗即位，以他曾依附张易之兄弟，出为豫州刺史，又贬为通州刺史。不久即征拜吏部侍郎，迁尚书，还一度代韦安石为中书令。睿宗即位，出为怀州刺史，寻以年老致仕。玄宗即位，怒其先前曾密表请处置相王诸子，下制放斥，不令在京，随其子虔州刺史李畅赴任。寻起为庐州别驾而卒。

苏味道于武则天延载初(694)迁凤阁舍人，检校凤阁侍郎，同凤阁鸾台平章事，寻加正授。他擅长奏章，多识台阁故事。然而前后居相位数载，并无所建树，素餐尸位，"苟度取容"而已。他曾对人说过："处事不欲决断明白，若有错误，必贻咎谴，但模棱以持两端可矣。"人们因此呼他"苏模棱"。长安中，还乡改葬其父，因侵毁乡人墓田，为宪司所劾，左授坊州刺史。未几，除益州大都督府长史。神龙初,以亲附张易之、张昌宗,贬授鄜州刺史。俄复为益州大都督府长史,未行而卒,年五十八。

李峤诗今日流传的有二百馀首,而苏味道《全唐诗》仅收录其诗十六首而已。李峤诗中应制之作所占比重甚大,这些诗内容大半为歌功颂德,无甚可取。但在声律、词藻方面却贴切流丽,对唐初律诗的形成和发展,产生过一定的影响。其中五言如《春日侍宴幸芙蓉园应制》、《甘露殿侍宴应制》、《奉和骊山高顶寓目应制》、《游禁苑陪幸临渭亭遇雪应制》及七言《太平公主山亭侍宴应制》、《侍宴桃花园咏桃花应制》等还是写得较好的。特别是五律《甘露殿侍宴应制》、七律《太平公主山亭侍宴应制》两诗,气象宏伟,律法精严,不愧为初唐律诗中比较超拔出色的篇章。

李峤集中咏物诗特别多,共计百二十首,占总数一半以上。这些诗题目只标一字,称"一字题"。范围极广泛,包括动植物、天象、山川、城楼、建筑、文具、书籍、武器、乐器、珍宝、衣饰等方面。乍看题目,令人眼花缭乱;实际却充满陈腐的堆砌雕琢和连篇累牍的隶事用典,毫无生气,使人腻而生厌。这些"一字题"的逞才之作,连同其他十馀首按照节令月份排列的《×月奉教作》等,都是应制诗的不同表现形式,不过小弄巧笔,无大意义。

李峤较有价值的作品是一些平易近人的赠别友人诗。这些篇章风格清新,语言自然,不假藻绘,感情真挚深切,表露出他的真正才华,读以下两首五律便可知道:

落日荒郊外,风景正凄凄。离人席上起,征马路旁嘶。别酒倾壶赠,行书掩泪题。殷勤御沟水,从此各东西。(《送李邕》)

平生何以乐,斗酒夜相逢。曲中惊别绪,醉里失愁容。星月悬秋汉,风霜入曙钟。明日临沟水,青山几万重!(《钱骆四二首》

其一）

两首五律题材类似，都是赠别友人之作。诗只截取临别饯饮场面，通过对远处寥廓苍凉景物的渲染，席上宾主举杯饮酒镜头的点化，表现了离愁别恨的主题，没有用典隶事，也无华赡词藻，但读起来却亲切有味。

李峤还有一首五排《倡妇行》和另一首七古《汾阴行》也颇有特色。《倡妇行》通过一个家庭丈夫被征戍边、妻子沦落为妓女的不幸遭遇的描述，反映出战争带给人民的苦难，客观上起了揭露和批判作用。诗共八韵十六句："十年倡家妇，三秋边地人。红妆楼上歇，白发陇头新。夜夜风霜苦，年年征戍频。山西长落日，塞北久无春。团扇辞恩宠，回文赠苦辛。胡兵屡攻战，汉使绝和亲。消息如瓶井，沉浮似路尘。空余千里月，照妾两眉嚬。"对仗十分工致，语言也较凝练生动，在同类题材中不失为好诗。《汾阴行》是首著名的吊古伤今之作，采用夹叙夹议、描述融合抒情的手法，前面以很大篇幅写汉武帝全盛时祠祭汾阴后土的威仪，典雅庄重；中间用"自从天子向秦关，玉辇金车不复还"为过渡；后面则以抒发世事沧桑、人事今昔之感作结，极富感染力。试看结尾：

千龄人事一朝空，四海为家此路穷。豪雄意气今何在？坛场宫馆尽蒿蓬。路逢故老长叹息，世事回环不可测。昔时青楼对歌舞，今日黄埃聚荆棘。山川满目泪沾衣，富贵荣华能几时！不见即今汾水上，唯有年年秋雁飞。

据《明皇传信记》记载：日后唐明皇将出奔四川避乱，登花萼楼，听乐人歌此词，听到"山川"以下几句时，为之凄然掉泪。问侍者："谁为此?"答以"宰相李峤词也"。明皇曰:"峤真才子也!"不胜感叹。可见这首诗的艺术感染力了。

李峤的诗在当时影响很大,张说《李赵公峤》中说他"故事遵台阁,新诗冠宇宙"。日本的嵯峨天皇曾手写李峤诗,其真迹至今仍存正仓院。

在现在流传的苏味道的十六首诗中,应制诗四首,咏物诗五首,其他赠同僚及写景叙事之作七首。题材狭隘,内容偏枯,远不及李峤创作之词华韶发。但苏味道诗善于运用典故,偶对工致贴切。如《咏虹》次联云:"空因壮士见,还共美人沉。"《咏井》末联云:"帝力终何有,机心庶此忘。"《始背洛城秋郊瞩目奉怀台中诸侍御》中数联云:"野童来捃拾,田叟去讴吟。蟋蟀秋风起,蒹葭晚露深。"《单于川对雨二首》二联云:"河柳低未举,山花落已芬。""气合龙祠外,声过鲸海滨。"有的暗中隶事使典,不着痕迹,有的正面叙事写景,浑成自然,从中约略可以窥见诗人的巧思和匠心。再如那首为人传诵的五律《正月十五夜》:

火树银花合,星桥铁锁开。暗尘随马去,明月逐人来。游骑皆秾李,行歌尽《落梅》。金吾不禁夜,玉漏莫相催!

描摹唐时京城长安元宵节万家灯火、满街仕女狂歌酣舞的繁华景象和风俗,可谓淋漓尽致。如取历史资料关于中宗神龙年间长安街上元宵"金吾弛禁,特许夜行","车马骈阗,人不得顾。王主之家,马上作乐,以相夸竞,文士皆赋诗一章,以纪其事,作者数百人"(《大唐新语》卷八)的记载相印证,就更能了解此诗的创作背景、领略作者笔墨的传神了。苏味道这首诗和郭利贞、崔液同题作被视为是当时最出色的三首描写长安上元夜盛况的代表作品[3],为时称道。就诗的描写技巧论,苏诗是超出郭、崔同题之作的。

苏味道还有一首题为《嵩山石淙侍宴应制》的七律,内容虽无新意,但从声调格律衡量,却中规矩。可见唐初七律体裁,正和五律一样,经诗人们反复实践,已逐渐流行起来。

第三节　杜审言　崔融

杜审言(约645—708),字必简,襄州襄阳(今湖北襄阳)人,善五言诗,工书翰,少与李峤、崔融、苏味道齐名,合称"文章四友"。擢进士第,为隰城尉。性矜诞傲物,曾经对人说:"吾之文章,合得屈宋作衙官;吾之书迹,合得王羲之北面。"因为时辈所嫉。累转洛阳丞。坐事贬吉州司户参军,又与州僚不协,因此罢官,回洛阳。后来武则天召见,令作《欢喜诗》,受到赞赏,授著作佐郎,迁膳部员外郎。神龙初,坐与张易之兄弟交往,流放岭南。不久召回授国子监主簿,加修文馆直学士。年六十馀岁卒,有文集十卷。《全唐诗》编其诗一卷,计三十九题四十三首。

杜审言在"文章四友"中,政治上最为坎坷蹭蹬,远不及其他三人宦途显赫,然而诗歌创作的艺术造诣却超出其他三人,特别是抒写离愁别恨的篇什。在"文章四友"中,他以较富于真情实感、较少雕琢取胜。他的五、七言律诗和排律都很出色,七绝亦有佳作。在四十馀首各体诗中,今体诗占的比重很大。可以这样认为,在初唐诗人中,杜审言在律诗形成和发展中的贡献是可以和沈、宋相媲美的。如果说沈、宋较多注意律诗的格律音韵等形式技巧的提高与追求,那么杜审言则更着重于律诗思想内容的充实和探索。无怪乎胡应麟要说:"初唐无七言律,五言亦未超然。二体之妙,杜审言实为首倡。"

(《诗薮·内编》)王夫之也说:"近体,梁、陈已有,至杜审言而始叶于度。"(《薑斋诗话》)

请看杜审言的五律:

> 行止皆无地,招寻独有君。酒中堪累月,身外即浮云。露白宵钟彻,风清晓漏闻。坐携馀兴往,还似未离群。(《秋夜宴临津郑明府宅》)

> 北地春光晚,边城气候寒。往来花不发,新旧雪仍残。水作琴中听,山疑画里看。自惊牵远役,艰险促征鞍。(《经行岚州》)

上首在描写与朋友通宵低斟浅酌的欢饮中抒发身世遭逢的感慨,下首通过对边城独特春寒景色的渲染寄托世路艰难、行役劳人的情绪。二诗皆语淡情深,读来亲切感人。他如《登襄阳城》描写秋天在襄阳城头登高望远所见"楚山横地出,汉水接天回"的雄伟壮阔景象,《赋得妾薄命》刻画失宠女子"啼鸟惊残梦,飞花搅独愁"的忧虑不安心情,《和晋陵陆丞早春游望》描写"云霞出海曙,梅柳渡江春"的江南早春景色,都清新可喜,历来脍炙人口。再看他的七律:

> 今年游寓独游秦,愁思看春不当春。上林苑里花徒发,细柳营前叶漫新。公子南桥应尽兴,将军西第几留宾!寄语洛城风日道,明年春色倍还人。(《春日京中有怀》)

写的是诗人春天在长安怀念洛阳的朋友,题材是寻常的,但音调谐美,对仗工整,有一唱三叹之妙,不失为初唐诗人笔下较出色的七律。他如应制诗《守岁侍宴应制》、《大酺》,也是写得较好的七律。胡应麟认为这些诗"高华雄整",是杜甫家学渊源之所自,是有一定道理的。

　　杜审言在今体诗方面的成就并不限于五、七言律诗,他的排律和绝句也很有特色。排律如《赠苏味道》、《赠崔融二十韵》、《度石门山》,在初唐诗人中要算是较好的作品了。特别是五排《和李大夫嗣真奉使存抚河东》凡四十韵,押一先韵到底,一气呵成;使事用典,浑成自然;除末联外,馀均对仗工巧,由此即可想见他的才力博大。杜审言还有七绝三首,《赠苏绾书记》是赠友人赴边,抒写别绪之作;《渡湘江》是自写南窜,描写离愁篇什;《戏赠赵使君美人》则描绘美人楚楚动人的妆饰神态。三首诗都写得委婉有致,情味绵邈;平仄、押韵,莫不谐合七绝规格。这充分说明杜审言在今体诗上的造诣是较全面的。兹引比较著名的一首《赠苏绾书记》如下,以见一斑:

　　　　知君书记本翩翩,为许从戎赴朔边。红粉楼中应计日,燕支山下莫经年。

崔融(653—706),字安成,齐州全节(今山东省济南东)人,应举擢第,补宫门丞,迁崇文馆学士。中宗为太子时,融为侍读,典东宫章疏。长安中,累迁凤阁舍人,兼修国史。寻除司礼少卿,仍知制诰。时张易之兄弟招集文学之士,崔融和同僚李峤、苏味道、王绍宗等都以文才降节事之。及易之事败,崔融被贬为袁州刺史。寻召拜国子司业,兼修国史。神龙二年(706),以预修《则天实录》成,封清河县子。同年卒,年五十四岁。谥曰文,有集六十卷,今佚。

　　崔融文笔华婉典丽,当时称为"大手笔",朝廷重要文告,多由他起草。他的诗流传下来的仅十七题十八首。和苏、李比较起来,浮艳气息较少,时有清新淡逸的篇什。这主要指以下两方面题材的作品:一是贬谪时题赠友人的诗歌,二是描述边塞军旅生活的篇章。

崔融前后两度贬谪,第一次为武后久视元年(700),他"坐忤张昌宗,贬婺州长史"(《旧唐书》本传)。第二次是长安四年(704),张易之兄弟伏诛,崔融"左授袁州刺史"(同上)。五律《留别杜审言并呈洛中旧游》、《吴中好风景》、《和宋之问寒食题黄梅临江驿》都是贬谪时所作。第一首是被迫离开洛阳时留别杜审言等故人之作;第二、第三首则是流放时行经江南途中触景兴感、抒发对京洛的怀念之情的诗。尽管这些诗没有一般诗人遭贬谪时的怨愤凄苦情绪,也没有色彩鲜明的景物描写,而寓雍容平和、悠然旷达情怀于寻常的淡言淡语中,但读者仍能从字里行间感受到诗人政治上失意时穷愁无聊、惆怅落寞的心情。试读《留别杜审言并呈洛中旧游》即可得到证明:

斑鬓今为别,红颜昨共游。年年春不待,处处酒相留。驻马西桥上,回车南陌头。故人从此隔,风月坐悠悠。

不加雕饰,纯以淡逸取胜。

崔融另一部分以军旅边塞生活为题材的作品,风格显得苍凉悲壮,激荡多致,很少宫廷诗人的气息。例如《西征军行遇风》、《塞垣行》和《从军行》等,从书生的身份写万里从戎、征戍边塞的所见和感受,颇能打动读者的心弦。对西北边境风沙铺天盖地景象的描摹更是逼真、生动。如《塞垣行》开始四句是"疾风卷溟海,万里扬沙砾。仰望不见天,昏昏竟朝夕",以高度的艺术概括,在读者面前展现出西北地区昏天暗地、扬沙走石的一幅画面,为接下去展开的一场大规模恶战作了铺垫。"是时军两进,东拒复西敌。蔽山张旗鼓,间道潜锋镝。精骑突晓围,奇兵袭暗壁",短短六句,写尽千变万化的战斗场面和交战双方的动态。接着四句说:"十月边塞寒,四山沍阴积。雨雪雁南飞,风尘景西迫。"一天冲杀驰突的血战结束了,黄昏渐渐降临,沙场又恢复先前的平静,唯有高空雨雪纷纷,北雁南飞。全诗剪裁巧妙,描写生动。例如:"北风卷尘沙,左右不相识。飒飒吹万里,昏昏同一色。马烦莫敢进,人急未遑食。草木春更悲,天景昼相匿。"(《西征军行遇风》)"关头落月横西岭,塞下凝云断北荒。漠漠边尘飞众鸟,昏昏朔气聚群羊。"(《从军行》)刻画西北边塞的独特景色也比较具体逼真。

和这一题材相联系的是抒写征人闺妇长年分别、天各一方、互相思念的篇什,如《关山月》、《拟古》、《塞上寄内》等。这些诗既有"万里度关山,苍茫非一状"(《关山月》)的雄浑悲凉的边塞景物描写,又有征人思念闺妇的心理刻画:"旅魂惊塞北,归望断河西。春风若可寄,暂为绕兰闺。"(《塞上寄内》)《拟古》在唐诗中虽不被视为杰作,但所写景象鲜明,感情真挚感人,非亲历其境者不能有此作:

饮马临浊河,浊河深不测。河水日东注,河源乃西极。思君正如此,谁为生羽翼?日夕大川阴,云霞千里色。所思在何处?宛在机中织。离梦当有魂,愁容定无力。凤龄负奇志,中夜三叹息。拔剑斩长榆,弯弓射小棘。班张固非拟,卫霍行可即。寄谢闺中人,努力加飱食。

诗中所倾诉的征人的归思是深刻感人的,但终于被立功边地的雄心所战胜了。

第四节 沈佺期

沈佺期(约656—714),字云卿,相州内黄(今河南省内黄县)

人。上元二年（675）与宋之问、刘希夷、杨炯等同榜举进士（见《登科记考》），由协律郎累除考功员外郎、给事中，曾因受贿事被劾下狱，集中有诗为自己辩诬。武后修《三教珠英》，以李峤、张昌宗为使，宋之问、沈佺期都参与缀集。沈对二张（张昌宗、张易之）"倾心媚附"，易之败，长流驩州（今属越南）。中宗复位，迁台州（今浙江省临海市）录事参军事。因入计，得召见，拜起居郎、修文馆直学士。一次侍宴，中宗命学士们跳"回波"舞，沈佺期即席赋《回波乐词》："回波尔时佺期，流向岭外生归。身名已蒙齿录，袍笏未复牙绯。"（《新唐书·文艺传》、《本事诗·嘲戏》）显示了他敏捷的才思，博得中宗的欢喜，"还赐牙、绯"。在修文馆中他的才华出众，连号称"大手笔"的张说都说："沈三兄诗，直须还他第一。"（《隋唐嘉话》卷下）神龙中授太子少詹事，开元初卒。

原文集十卷已散佚，明人辑有《沈佺期集》。

沈佺期各体诗今日流传下来的共计一百五十馀首，其中应制（包括"侍宴"）诗约三十馀首，占总数的五分之一，在初唐宫廷侍臣的创作中，比重不算太大。这类诗内容偏重歌功颂德，点缀升平，缺乏积极意义；形式也流于缛章绘句、绮靡华丽，未能挣脱六朝诗风的影响。但对偶精审、音调铿锵，可以明显看出继承和发展了六朝以来的诗歌声律技巧，对唐代今体诗的最后形成作出了积极的贡献。《兴庆池侍宴应制》云：

> 碧水澄潭映远空，紫云香驾御微风。汉家城阙疑天上，秦地山川似镜中。向浦回舟萍已绿，分林蔽殿槿初红。古来徒羡横汾赏，今日宸游圣藻雄。

虽是应制之作，写景状物却工致，在华赡词藻后面，使读者能感受到唐帝国创建初期恢宏的气象，也可窥见诗人剪裁构思方面的卓越技巧，从押韵、平仄、对仗等格律角度衡量，已是十分成熟的七律诗了。他如刻画剪彩花的"梅讶香全少，桃惊色顿移"（《立春日内出彩花应制》）、"山鸟初来犹怯啭，林花未发已偷新"（《人日重宴大明宫赐彩缕人胜应制》），描写贵族庄园景物的"云间树色千花满，竹里泉声百道飞"（《奉和春初幸太平公主南庄应制》）、"凤凰楼下交天仗，乌鹊桥头敞御筵"（《奉和初春幸太平公主南庄应制》），也都以词藻华赡、声律和谐见称。

沈佺期诗的主要成就还是那些较少雕琢、能反映内心真实感情的题赠友人、即事写景之作，特别是获谴下狱和流放岭外阶段的创作。五律《夜宿七盘岭》是他的力作：

独游千里外，高卧七盘西。山月临窗近，天河入户低。芳春平仲绿，清夜子规啼。浮客空留听，褒城闻曙鸡。

将游子思乡的情怀放在异乡独特景物的鲜明背景下来抒写，显得清新可喜。

七律《遥同杜员外审言过岭》是他流放途中的名篇：

天长地阔岭头分，去国离家见白云。洛浦风光何所似，崇山瘴疠不堪闻。南浮涨海人何处，北望衡阳雁几群。两地江山万馀里，何时重谒圣明君？

流放途次通过对异乡景物的描写寄托了自己深沉的京国之思和身世遭逢的感慨，感情是真挚的，语言也较自然平易，和集中那些应制篇什很不相同。此外如写囚禁生活的煎熬："穷囚多垢腻，愁坐饶虮虱。三日唯一饭,两旬不再栉。"(《被弹》)写流放途中的艰难:"夜则忍饥卧,朝则抱病走。"(《初达驩州》)"马危千仞谷,舟险万重湾。"(《入鬼门关》)也都具有同样特色。再如以下一些诗句:"朋从天外尽,心赏日南求。……炎蒸连晓夕,瘴疠满冬秋。"(《三日独坐驩州思忆旧游》)"山空闻斗象,江静见游犀。翰墨思诸季,裁缝忆老妻。小儿应离褓,幼女未攀笄。"(《赦到不得归题江上石》)"北斗崇山挂,南风涨海牵。别离频破月,容鬓骤催年。"(《度安海入龙编》)"昨夜南亭望,分明梦洛中。……肝肠馀几寸,拭泪坐春风。"(《驩州南亭夜望》)将对故乡妻儿亲友深沉的怀念和政治上遭受挫折后而萌发的岁月易逝的感慨糅合交融,放在鲜明独特的岭南景物渲染的背景中来抒发,就显得情真调苦,凄切感伤。

另外,沈佺期还以乐府古题创作过一些触景抒情、即事咏怀的诗,如《骢马》、《铜雀台》、《长门怨》、《巫山高》、《陇头水》、《关山月》、《梅花落》、《紫骝马》等,其中也有写得较成功的。最脍炙人口的还是《古意呈补阙乔知之》和《杂诗》:

卢家少妇郁金堂,海燕双栖玳瑁梁。九月寒砧催木叶,十年征戍忆辽阳。白狼河北音书断,丹凤城南秋夜长。谁谓含愁独不见,更教明月照流黄。(《古意》)

闻道黄龙戍,频年不解兵。可怜闺里月,长照汉家营。少妇今春意,良人昨夜情。谁能将旗鼓,一为取龙城!(《杂诗》)

这两首律诗题材类似,都是写闺中少妇对远戍边疆丈夫的思念情怀,反映唐帝国创建初期频繁的边塞战争,给人民带来的痛苦与不安,其中《古意呈补阙乔知之》中间两联出句与对句不仅句子、词组构成天衣无缝的工对,而且意思前后错综呼应,"音书断"照应"忆辽阳"、

"秋夜长"映照"催木叶"。这是被诗评家奉为"体格丰神,良称独步"(《诗薮·内编》)的唐代七律奠基之作。

沈佺期的主要贡献在律诗,特别是七律的创作方面,集中现存七律共计十六首,虽大部分为应制之作,但对仗整饬,音调谐和,在七律的形成和发展过程中的贡献是不容忽视的。如前引《兴庆池侍宴应制》、《奉和春初幸太平公主南庄应制》及《古意呈补阙乔知之》诸诗,格律音韵,悉中规矩;用语吐辞,精工缜密,可视为七律形式趋于成熟定型的标志。

第五节　宋之问

宋之问(约656—712),一名少连,字延清。虢州弘农(今河南灵宝市)人。弱冠知名,授洛州参军,累转尚方监丞。预修《三教珠英》。常扈从游宴,受到权贵张易之兄弟赏识,宋之问亦倾心相附。及张易之等事败,之问左迁泷州参军。武三思用事,起为鸿胪主簿,转考功员外郎。时中宗置修文馆学士,之问和杜审言等首膺其选。之问典举,引拔后进,多知名者。不久出任越州长史。睿宗即位,以之问曾经依附张易之、武三思等人,乃流放钦州,后赐死于贬所。友人武平一纂集其文稿,成十卷。起初,宋之问的父亲宋令文曾充高宗详正学士,有勇力,工书法,善属文,当时人称为"三绝"。后来宋之问以文词著名,其弟宋之悌有勇力,宋之逊善书法,论者以为三兄弟各得其父之"一绝"。

《全唐诗》共计收录宋之问诗一百八十七题一百九十六首,略多于沈佺期。除了应制诗(约占五分之一)外,题材集中于赠别亲友、酬和同僚以及流放途次即事即景、怀乡思家等方面。大都写得缜密精工,情思绵邈。例如《渡汉江》、《送赵六贞固》、《送杜审言》、《浣纱篇赠陆上人》、《别之望后独宿蓝田山庄》等,都是集中较好作品。其中尤以五绝《渡汉江》"岭外音书绝,经冬复历春。近乡情更怯,不敢问来人"最脍炙人口。

宋之问一生宦海浮沉,随着朝廷政局的变化,几起几落。曾数度离开朝廷,流转地方。阅历既富,感受也深,从而创作出不少富于真情实感,艺术成就较高的诗篇。特别是他在睿宗即位后再次被贬钦州最后几年中的创作,更是脍炙人口。史称"之问再被窜谪,经途江、岭,所有篇咏,传布远近"(《旧唐书·文苑中》本传),说的是实际情况。例如:

乡心新岁切,天畔独潸然。老至居人下,春归在客先。岭猿同旦暮,江柳共风烟。已似长沙傅,从今又几年!(《新年作》)

逍遥楼上望乡关,绿水泓澄云雾间。北去衡阳二千里,无因雁足系书还。(《登逍遥楼》)

上引五律七绝均创作于岭南贬所,充满乡关之思和身世之感,写景鲜明而逼真,抒情强烈而凄惋,可以用来概括说明宋之问南窜阶段的思想情况和在今体诗上达到的艺术成就。通过数十首流放岭南阶段创作的篇什,读者可以隐约窥见一个有才华的诗人被迫离开朝廷、投身南荒时内心的忧愤和痛楚。例如:"可怜江浦望,不见洛阳人。北极怀明主,南溟作逐臣。"(《途中寒食题黄梅临江驿寄崔融》)"江山粤王台,登高望几回! 南溟天外合,北户日边开。……归心不可度,白发重相催。"(《登粤王台》)"夜杂蛟螭寝,晨披瘴疠行。潭蒸水沫起,山热火云生。……镜愁玄发改,心负紫芝荣。"(《入泷州江》)"桂林风景异,秋似洛阳春。晚霁江天好,分明愁杀人。"(《始安秋日》)"丹心江北死,白发岭南生。"(《发藤州》)"歇鞍问徒旅,乡关在西北。出门怨别家,登岭恨辞国。……兄弟远沦居,妻子成异域。羽翮伤已毁,童幼怜未识。"(《早发大庾岭》)这些诗歌,通过异乡景物的描写和心理活动的刻画,反映出诗人流放途中彷徨低回、愁闷凄楚的真实思想感情,颇能拨动读者的心弦。

宋之问其他题材的作品也多有可观,如《浣纱篇》、《息夫人》等咏史诗的匠心独运,别出新意;《题张老松树》、《玩郡斋海榴》、《绿竹引》等咏物诗的曲尽其态,有所寄托;《江南曲》、《伤曹娘》等艳情诗的婉约多致,深情绵邈;《王子乔》、《放白鹇篇》等的运用长短句叙事抒情,错落有致;《上山歌》、《高山引》、《嵩山天门歌》等的仿《楚辞》在句中连用助词"兮"以传达缠绵悱恻的情思;《雨从箕山来》、《初至崖口》、《见南山夕阳召监师不至》等五言诗的押仄韵;《军中人日登高赠房明府》、《寒食还陆浑别业》、《寒食江州蒲塘驿》等七言短歌的"八句为章,平仄相半"……都使读者感到他诗才横溢,情思迸发,无论叙事抒情或写景咏物,都能得心应手,挥洒自如。

作为初唐律诗奠基诗人之一的宋之问,在遣词用语、锤字炼句方面也颇见功力。如"气冲落日红,影入春潭碧"(《初至崖口》);"风恬鱼自跃,云夕雁相呼"(《洞庭湖》);"夕阳黯晴碧,山翠互明灭"(《见南山夕阳召监师不至》);"野人相问姓,山鸟自呼名"(《陆浑山庄》);"鸟归沙有迹,帆过浪无痕。望水知柔性,看山欲断魂"(《江亭晚望》)等,都是历来脍炙人口的名句,写景状物,细腻而逼真,在类似信口道出的寻常话语中,蕴含耐人寻味的生活情趣,日后孟浩然、王维、韦应物等人的山水诗,未尝没有受到他这方面的有益熏陶和启迪。

当然,宋之问也有一部分诗沾染六朝浮艳绮靡的馀习。特别是早期狭隘的宫廷生活小圈子束缚了他才华的发挥,他的那些板滞枯燥的应制诗就是在这种生活背景下写出来的。不过仍应指出,即使这类诗在技巧方面也有值得借鉴的地方,例如:"晓云连幕卷,夜火杂星回。谷暗千旗出,山鸣万乘来。"(《扈从登封途中作》)"和风吹鼓角,佳气动旗旌。后骑回天苑,前山入御营。"(《扈从登封告成颂》)写皇帝巡幸仪仗,何等气派!他的《奉和晦日幸昆明池应制》曾在宫廷赋诗会上压倒众侍臣朝士而名列前茅,荣膺"新翻御制曲"之选(《全唐诗话》卷一)。他的《龙门应制》诗写得冠冕华赡,得到武则天的高度赞赏,因夺原先赐给东方虬的锦袍"以赏之"(《旧唐书·文苑中》本传),更是人所共知的文学史上的佳话。

　　宋之问和沈佺期一样,在文学史上的主要贡献也表现在律诗的创作上。他们继承六朝以来沈约、庾信"以音韵相婉附,属对精审"的格律诗创作经验,加以发展变化,"回忌声病,约句准篇",使律诗不仅在音韵对仗、起承转合方面,形式更臻缜密整齐、新巧工致,而且合于粘附的规则,律诗的格律至此定型。李商隐《漫成》诗云:"沈宋裁辞矜变律,王杨落笔得良朋。"已充分肯定沈、宋在发展、变化六朝诗体、创作律诗方面的历史功绩。

　　历来沈、宋并称,语曰:"苏、李居前,沈、宋比肩。"把沈佺期、宋之问和始创五言的苏武、李陵相提并论,足见后人对他们的重视。就沈、宋而论,各有特点,沈佺期以七律擅场,宋之问以五律(包括五言排律)当行。史称沈佺期"善属文,尤长七言之作",而宋之问"尤善五言诗,当时无能出其右者"(均见《旧唐书》本传),说的是事实。但就创作整体评价,宋之问的艺术造诣和成就应在沈佺期之上。当时主持风雅的女诗评家上官婉儿曾在一次昆明池应制赋诗会上评沈诗落句"微臣雕朽质,羞睹豫章才"为"盖词气已竭",而宋诗落句"不愁明月尽,自有夜珠来"为"犹陟健举"(《全唐诗话》卷一),认为宋在沈上,不为无见。胡应麟亦云:"沈、宋本自并驱,然沈视宋稍偏枯,宋视沈较缜密。沈制作亦不如宋之繁富。"(《诗薮·内编》卷四)意思是说在诗的立意构思方面宋之问要比沈佺期严密精审,而在取材剪裁方面宋之问也要比沈佺期丰富多彩。这意见基本上是正确的。

至于说到排律,则仍以宋之问为胜,胡应麟说:"沈排律工者不过三数篇,宋则遍集中无不工者,且篇篇平正典重,赡丽精严。初学入门,所当熟习。"又说:延清排律"叙状景物,皆极天下之工,且繁而不乱,绮而不冗……古今排律绝唱也"(《诗薮·内编》卷四)。

《全唐文》存宋之问文赋两卷,不少是为陪侍皇家喜庆游宴而写,文词华赡、整饬,有类于他的奉和、应制的诗歌。一些表、状是应人之请,代向官署呈递的文状,事主多是皇室贵戚。只《在桂州与修史学士吴兢书》是在流放地桂州生死艰难之际,为父亲请求不错漏于国史而作的,"刺血为书",言词痛切,甚为感人。祭杨炯、杜审言的两篇祭文,对故友感情真诚,对两位诗人的纪叙与评价也十分允当,情文并茂,读之可以约略想见他们的生平情状,是文学史的重要资料。

经苏、李、崔、杜,特别是沈、宋两人的努力,律诗的体制初步形成。

律诗体制的完成,是我国诗歌史上的一件大事,以后历代诗人不断地在这种严格的格律中驰骋才华,名篇佳什也不断涌现。由于它的抑扬顿挫的声律、华美的对偶,便于吟唱,也便于流传,一直是人们乐于运用的诗歌形式。独孤及说:"缘情绮靡之功,至是乃备。虽去雅浸远,其丽有近于古者。亦犹路鼗出于土鼓,篆籀生于鸟迹也。"(《安定皇甫公集序》)对它的进步意义,说得很好。

〔1〕《周氏涉笔》曰:"旧传四声自齐梁至沈宋,始定为唐律。然沈宋体制,时带徐庾,未若王绩剪裁锻炼,曲尽清玄,真开迹唐诗也。"(《文献通考》卷

二三一)

〔2〕 永明(483—493)为南朝齐武帝年号。

〔3〕 郭利贞诗题作《上元》,见《全唐诗》卷一〇一。崔液诗题作《上元夜》,一作《夜游诗》,见《全唐诗》卷四五。

第八章　王梵志和其他通俗诗人

第一节　王梵志的时代和生平

王梵志,卫州黎阳(今河南浚县)人[1],生卒年未详。有关诗人的时代和生平很少见诸史志,仅晚唐冯翊子《桂苑丛谈》转录《史遗》云:

> 王梵志,卫州黎阳人也。黎阳城东十五里有王德祖者,当隋之时,家有林檎树,生瘿大如斗。经三年,其瘿朽烂。德祖见之,乃撤其皮,遂见一孩儿抱胎而出,因收养之。至七岁能语,问曰:"谁人育我?"及问姓名。德祖具以实告:"因林木而生,曰'梵天',后改曰'志'。我家长育,可姓王也。"作诗讽人,甚有义旨,盖菩萨示化也。

这类关于名人出生之灵异的传说,在古时并不罕见。其中既有虚幻怪诞的内容,也有具体可信的记载。另外,《太平广记》卷八十二据《逸史》称引此条时,内容相同,文字略异。记述王梵志的时代则谓

"当隋文帝时"。胡适《白话文学史》据此考见三事:"一为梵志生于卫州黎阳,即今河南浚县。一为他生当隋文帝时,约六世纪之末。三可以使我们知道唐朝已有关于梵志的神话,因此又可以想见王梵志的诗在唐朝很风行,民间才有这种神话起来。"进而推定"王梵志的年代约当590到660年"。

上述这种生于"林檎树瘿"的说法,为王梵志的出生缘起涂上一层神秘的色彩,因此有人怀疑《桂苑丛谈》所载的真实意义,并对胡适的论断提出不同看法。

首先,有人根据何光远《鉴戒录》所记天祐年间(904—907)刘自然变驴的冥报故事,曾引王梵志诗"欺狂得钱君莫羡,究竟还是输他便。不信但看槽上驴,只是改头不识面",因而把王梵志看成唐末五代时人[2]。但是,上述引诗又见范摅《云溪友议》,只是诗中第三句"来往报答甚分明",已被何氏改成"不信但看槽上驴",以切合主题。范摅主要生活在唐僖宗(874—888)时代,比《鉴戒录》作者要早几十年,因此王梵志不可能是五代时人。另外,现存王梵志诗的早期抄本中,苏藏L1456原题:"大历六年(771)五月□日抄王梵志诗一百一十首,沙门法忍写之记。"既然大历六年已有王梵志诗的抄本流传,也可以肯定王梵志不是晚唐时人。

那么,王梵志是不是天宝、大历年间人[3]?为了考证王梵志的时代,一些研究者很重视敦煌写本《历代法宝记》(S516、P2125)所载无住禅师引用王梵志诗:"慧眼近空心,非关髑髅孔。对面说不识,饶你母姓董。"无住是唐代宗大历九年(774)去世的,死时六十一岁,他的生年为开元二年(714)。大致可以肯定无住生活在盛唐时期。那么,他称引的王梵志诗也不会迟于盛唐才创作出来。皎然《诗式·跌宕格》把王梵志诗列在晋代诗人郭璞之后,唐代诗人卢照邻、贺知章之前,这也从一个侧面反映出王梵志的时代不会是在天宝、大历年间。

王梵志应是初唐时代的民间诗人。敦煌写本《王道祭杨筠文》（P4978）为考证王梵志的时代提供了又一论据，祭文云：

> 维大唐开元二七年，岁在拭（癸）丑二月，东朔方黎阳故通玄学士王梵志直下孙王道，谨〔以〕清酌白醪之奠，敬祭没逗留风狂子朱沙染痴儿洪（弘）农杨筠之灵。惟灵生爱落荒，不便雅语，仆虽不相识，藉甚狂名……

祭文内纪年与干支不合，开元二十七年（739）是己卯，癸丑是开元元年（713）。法国汉学家戴密微在《王梵志诗引言》中指出"二七年"明显为"元年"之误。如果此说可信，则开元元年王梵志已卒，其孙王道且能为人撰写祭文。有的学者据此推论道：

> 王道作祭文是西元七百一十三年。上距隋亡只有九十七年，祖孙三代绝不会有年岁不合的问题。仔细观察王道作祭文的语气，年龄似乎超过中年，假使他撰写时是四十岁，他应该出生在唐高宗咸亨四年，西元六百七十三年。假定他出生时他的父亲三十岁，则他的父亲是出生于唐太宗贞观十七年，即西元六百四十三年。如果王梵志三十岁生王道的父亲，则应该是隋炀帝大业九年，即西元六百一十三年。王梵志的年龄虽然没有记载，但是据王梵志诗句的流露，近人有的认为他寿年七十岁，甚至有人认为他寿年八十岁以上。总之，王梵志出生时期，最迟在隋代晚年，甚至可能在隋文帝初年[4]。

这种假设性的推断，尚无史料可资证明。不过，从这篇祭文来看，还是可以证明《桂苑丛谈》所载王梵志生于隋代之说,并非神话,至于他的活动年代,也不会迟至开元元年,因此推定王梵志为初唐时代的民间通俗诗人,当是可信的。

关于王梵志其人,历来被认为是谜一般的诗人,除《桂苑丛谈》、《太平广记》提供其籍贯、出生时代及命名由来以外,似乎别无线索可寻。所以,要具体弄清王梵志的家世和生平是十分困难的。但是,《王梵志诗集》中又有某些叙及其家庭生活、个人经历的诗歌,据此还是可以探知其家世、生平之一二的。王梵志在诗中多次写道:"吾家多有田。"(《王梵志诗校辑》卷二)"吾家昔富有。"(卷五)说明他出生在一个比较殷实富裕的家庭。有一首诗还作过具体的描述:

> 我家在何处,结宇对山阿。院侧狐狸窟,门前乌鹊窠。闻莺便下种,听雁即收禾。闷遣奴吹笛,闲令婢唱歌。儿即教诵赋,女即学调梭。……(卷三)

这是一个有奴有婢、生活充裕的家庭。当王梵志操理家事时,尚可过着自给自足的生活:"吾有十亩田,种在南山坡。青松四五树,绿豆两三窠。热即池中浴,凉便岸上歌。遨游自取足,谁能奈我何?"(卷三)非但种地,有时也外出经商求利:"吾富有钱时,妇儿看我好。……吾出经求去,送吾即上道。"(卷一)然而,好景不长,大概五十岁以后,生活即发生逆转:"行年五十馀,始学悟道理。回头忆经营,穷因只由你。"以致濒于穷愁潦倒的状态:

> 草屋足风尘,床无破毡卧。客来且唤入,地铺藁荐坐。家里元无炭,柳麻且吹火。白酒瓦钵盛,铛子两脚破。鹿脯三四条,石盐五六课。……(卷三)

诗人甚至困窘得"我瘦饿欲死"(卷三),无衣无被,只得把一件"中心穰破毡,还将布作里"的袄子,"白日串项行,夜眠还作被"(卷二)。最后落到一无所有、四处流浪的地步:"近逢穷业至,缘身一物无。披绳兼带索,行时须杖扶。四海交游绝,眷属永远疏。东西无济着,到处即安居。"(卷二)晚年的坎坷遭遇,使诗人感到生不如死:"无衣使我寒,无食使我饥。还你天公我,还我未生时。"(卷六)不难看出,王梵志既享受过富裕家庭的温暖,也尝到了穷苦生活的辛酸。在家庭由富到穷的变迁中,他饱经人生忧患、世态炎凉,历尽生的欢乐、悲苦与死亡的威胁。当他对世间的这一切都看得十分透彻的时候,即走上皈依佛门、寻求自我解脱的道路,从而写下一些宣扬佛教义理的诗篇。

在初唐儒释道三教盛行的情势下,王梵志的思想非常错综复杂,且充满着深刻的矛盾。总的来说,杂糅着儒释道三种成分。他信奉佛教,具有强烈的宗教意识,常以"因果罪福,轮回报应"、"人生无常,生即是苦"和"行善止恶,早求涅槃"的佛理,劝导人们修善积福,寄希望于虚幻的佛国天堂。如云:"富者前身种,贫者悭贪生。贫富有殊别,业报自相迎。闻强造功德,吃着自身荣。智者天上去,愚者入深坑。"(卷二)他还对崇尚自然、隐逸自适和及时行乐的道家思想备加称赞。另一方面,他又熟习儒家经典,深受儒家思想熏陶,"世间何物贵,无价是书诗。了了说仁义,愚夫都不知"(卷六),积极鼓吹儒家的修身、齐家、待人处世的伦理道德,成为封建礼法制度的忠诚卫士。但有时他又表现出逆反的思想倾向,对正统儒教、僧侣、道士予以嘲弄、讽刺。如对道徒"无心礼拜佛,恒贵天尊堂"和"古来服丹石,相次入黄泉"之类行为进行讥刺,对僧尼"生佛不供养,财色偏染着。白日趁身名,兼能夜逐乐"(卷五)的虚伪欺诈加以揭露。当诗人沉沦到社会底层,与穷苦人民有过接触以后,便有可能逐渐冲出儒释道思想的束缚,比较深入地观察现实,分析现实,揭露封建社会某些不合理的社会现象和人情世态,表现出一位真正关心民间疾苦的诗人所应有的情感和认识。这是评价诗人思想时不可忽视的一个重要方面。

第二节 王梵志诗集的流传和整理

王梵志的五言诗在唐时即广为流传,对古典诗歌的通俗化曾起过有益的影响,但是,明代以后却长期沉晦无闻,不仅《全唐诗》没有收入片言只字,甚至连王梵志的名字也被排除在唐代诗人之外。直到敦煌藏经洞发现唐人手写本王梵志诗以后,这位被埋没数百年的五言通俗诗人才又回到唐代诗坛,并引起了人们的兴趣和重视。

王梵志诗已发现三十多种敦煌写本[5],其中明确题署为王梵志诗的有五种:《王梵志诗集卷上并序》、《王梵志诗集卷中》、《王梵志诗集卷第三》、《王梵志诗一卷》、《王梵志诗一百一十首》。此外还有佚名残卷和散佚诗句。从题记上看,写本的年代自大历六年(771)至宋太平兴国三年(978),在这整整二百年间,我国西部边陲敦煌地区能够流传这么多种王梵志诗的写本,说明他的诗作在当时曾受到僧俗人士的欢迎。

唐宋时代,王梵志的诗颇为人知,释氏佛门更是推崇备至,除《历代法宝记》记述无住禅师引王梵志诗"教戒诸学道者"以外,宗密《禅源诸诠集都序》也盛称王梵志诗:"或咏歌至道,或嗟叹迷凡,或但释义,或唯励行,或笼罗诸教,竟不指南,或偏赞一门,事不通众。"范摅《云溪友议》还记述玄朗上人遇到"愚士昧学之流,欲其开悟,别

(一作则)吟以王梵志诗",进行劝化,并指出"其言虽鄙,其理归真"。这都说明王梵志诗在唐代僧俗之间广为流传。另据日本平安朝时代(784—897)编纂的《日本国见在书目录》已著录有《王梵志诗集》[6],可见八、九世纪间王梵志诗已传入日本。及至宋代,一些诗话、笔记小说仍很称道王梵志及其诗作[7],宋代史志也有关于王梵志诗的记载,如郑樵《通志·艺文略》和脱脱等撰《宋史·艺文志》均著录有《王梵志诗集》一卷。明清以后,某些诗话、杂记仍引述过王梵志诗[8],但其诗集却已散佚。

敦煌藏经洞发现王梵志诗以后,我国学者最先进行整理和研究。1925年,刘复的《敦煌掇琐》迻录伯希和劫经中有关王梵志诗的三个写本,其中只有"琐三二"明确题为"王梵志诗一卷";"琐三〇"、"琐三一"由于原卷残损,没有题记,仅署为"五言白话诗",这虽是初步的整理,已为研究王梵志诗提供了重要资料。1928年,胡适《白话文学史》设"唐初白话诗人"专章,对王梵志的生平、年代和作品进行比较系统的探讨,更引起文学界的注意。1935年,郑振铎在根据P2718、3266两个王梵志诗原卷重新校录《王梵志诗一卷》的同时,又把散见的王梵志佚诗,辑为《王梵志(诗)拾遗》,并撰写跋语,发表在《世界文库》第五册。但是,由于敦煌写本王梵志诗的原卷散佚国外,长期以来一直未能把诗人的全集纂辑成书。

王梵志诗发现后在日本也引起很大的反响。日本羽田亨是最早摄影刊行《王梵志诗一卷》的学者之一。1932年出版的《大正新修大藏经》第85卷第2863号编入S778"王梵志诗卷上并序"。次年,矢吹庆辉《鸣沙馀韵解说》又对该写本作了解说[9]。五十年代以后,日本学者先后发表有关王梵志及其诗作的评论和资料多种[10]。在这些整理与研究中,特别值得注意的是,首次刊布了《王梵志诗集卷上》及《原序》(见《大正新修大藏经》),为探索诗人的思想和创作提

供了重要的资料。序文不长,兹引录如下:

> 但以佛教道法,无我苦空。知先薄之福缘,悉后微之因果。撰修劝善,诚劝非违。目录虽则数条,制诗三百馀首。且言时事,不浪虚谈。王梵志之贵文,习丁郭之要义。不守经典,皆陈俗语。非但智士回意,实亦愚夫改容。远近传闻,劝惩令善。贪婪之吏,稍息侵渔;尸禄之官,自当廉谨。各虽愚昧,情极怆然!一遍略寻,三思无忘。纵使大德讲说,不及读此善文。
>
> 逆子定省翻成孝,懒妇晨夕事姑嫜。查郎翶子生惭愧,诸州游客忆家乡。慵夫夜起□□□,懒妇彻明对缉筐。悉皆咸臻知罪福,勤耕垦苦足粻粮。一志五情不改易,东州西郡并称扬。但令读此篇章熟,顽愚暗蠢悉贤良。(S778、5796)

可惜的是敦煌原卷未留下作序者的姓名,从序文的语气上看,似乎是编诗或读诗人所为,这也说明唐时确有《王梵志诗集》行世,以其教化世人的思想内容引起社会各方面的注意,并在人们生活中产生一定的影响。

经过初步搜集和整理的王梵志诗问世以后,国际敦煌学界十分重视对这位民间诗人的研究。日本1960年出版的《中国古典文学全集》首次选入王梵志诗七首,《王梵志诗一卷》在日本也有新的译注本问世[11]。1982年,法国出版戴密微编译的《王梵志诗附太公家教》,此书系经过作者多年搜集、整理而成的王梵志诗的辑本,附有校注和法文译文。国内对王梵志诗的整理研究也取得新的进展,除《全唐诗外编》补录王梵志诗百馀首外,1980年发表《敦煌写本王梵志诗校注》,内容包括P3418和P3211两种王梵志诗卷;1983年还出版《王梵志诗校辑》,从28种敦煌写本王梵志诗和其他敦煌写本残卷以及唐宋诗话、笔记小说残存的佚诗中，整理出六卷336首（包括附诗12首）；1987年，又有《王梵志诗研究》问世，共收诗390首（包括苏藏L1456王梵志诗110首卷和S4277残卷在内）[12]，这是目前关于王梵志诗的最丰富辑本，大体可以反映出王梵志诗的面貌。

第三节　王梵志的五言通俗诗

王梵志的五言诗主要以宣扬佛门行善止恶、轮回报应教义和封建伦理道德为主。同时也有一部分具有现实意义的诗作，它们以浅切明快的语言，白描写实的手法，丰富生动的内容，比较深刻地揭露唐初繁荣景象下潜伏着的社会矛盾和危机，真实地反映了劳动人民穷愁困苦的生活以及诗人自身的不幸遭遇。尽管这些诗作艺术上显得稚拙粗糙，不那么成熟，但却为唐代诗坛吹进一股清新的民间气息，因此还是值得重视的。

王梵志一生坎坷，饱经忧患，当他跌入社会下层以后，便接触到了下层百姓的苦难生活，经过长期的观察和体验，他对当时社会由于赋役不均而造成的贫富分化现象有着深切的认识，穷苦人民的悲惨命运逐渐引起诗人的同情，从而写出一些揭露社会矛盾、反映民间疾苦的诗篇。例如：

贫穷田舍汉，庵子极孤凄。两穷前生种，今世作夫妻。妇即客舂捣，夫即客扶犁。黄昏到家里，无米复无柴。男女空饿肚，状似一食斋。……门前见债主，入户见贫妻。舍漏儿啼哭，重重逢苦灾。如此硬穷汉，村村一两枚。（卷五）

这些"饿肚"的"硬穷汉"在"赋役数千般"和"啾唧索租调"的逼迫下，往往陷入极其悲苦的境地："里正追庸调，村头共相催。幞头巾子露，衫破肚皮开。体上无裤袴，足下复无鞋……驱将见明府，打脊趁回来。"（卷五）诗人强烈谴责"赋役既不均"（同前）的不平等现象，大声疾呼："差科能均平，欲似车上道。"然而，在封建社会里哪有"均平"的赋役，等待"硬穷汉"的只是"不辨棒下死"（卷二）的悲惨下场。王梵志的《富饶田舍儿》一诗，则又描绘出与"硬穷汉"完全不同的另一幅社会画卷：

富饶田舍儿，论情实好事。广种如屯田，宅舍青烟起。槽上饲肥马，仍更买奴婢。牛羊共成群，满圈养豚子。窖内多埋谷，寻常愿米贵。里正追役来，坐着南厅里。广设好饮食，多酒劝遣醉。追车即与车，追马即与马。须钱便与钱，和市亦不避。索面驴驮送，续后更有雉。官人应须物，当家皆具备。县官与恩泽，曹司一家事。纵有重差科，有钱不怕你。（卷五）

王梵志对"贫穷田舍汉"与"富饶田舍儿"的描写，形成鲜明强烈的对比，客观地反映了唐初社会贫富对立的严酷现实。

诗人在另一些诗篇里还大胆揭露封建官吏对人民的残酷迫害，警告那些"当官自慵懒，不勤判文案"（卷五）的尸禄之辈、"断榆翻作柳，判鬼却为人"（卷三）的昏官，以及"枉法剥众生"、"枉棒百姓死"（卷五）的贪官，贪赃枉法、迫害黎民百姓，只有走向死亡，到那时，就是后悔也来不及了："官职莫贪财，贪财向死亲。……一朝囹圄里，方始忆清贫。"（卷三）

王梵志五言诗的另一个社会内容，是针对初唐府兵制的流弊和边塞士卒的痛苦遭遇，写下一些反映征夫戍卒历尽长途跋涉、征战杀

伐之苦,最后落到血流荒野、陈尸边庭的悲惨结局的诗篇,表示自己的不满和愤懑。如:

十六作夫役,二十充府兵。碛里向前走,衣甲困须擎。白日趁食地,每夜悉知更。铁钵淹干饭,同火共纷争。长头饥欲死,肚似破穷坑。

带刀拟开杀,逢阵即相刑。将军马上死,兵灭地君营。血流遍荒野,白骨在边庭。去马犹残迹,空留纸上名。关山千万里,影绝故乡城。(卷五)

诗人还进而揭露战争给人民造成了家破人亡的惨剧。请听一位老翁的控诉:"儿大作兵夫,西征吐番贼。行后浑家死,回来觅不得。儿身面向南,死者头向北。父子相分擘,不及元不识。"(卷五)由于战争的频繁,迫使妇女也要承担沉重的徭役:"王役逼驱驱"(卷二)、"儿行母亦征","妇人应重役,男子从征行"(卷五)。面对这样的现实,王梵志痛苦地写道:

男女有亦好,无时亦最精。儿在愁他役,又恐点着征。一则无租调,二则绝兵名。(卷五)

这些血泪斑斑的诗句,比较尖锐地反映出唐代社会阴暗消极的一面,表现了劳动人民的意愿和悲愤,具有一定的社会意义。

王梵志还写过一部分抨击社会人情世态以及人们灵魂中粗俗卑恶一面的诗篇。这些作品不仅具有一定的社会意义,艺术上也很有特色。关于这些作品,下面还将介绍,这里就不多叙了。

在王梵志宣扬佛教思想的诗篇里,诗人虽然看到了官吏的贪酷、人民的苦难以及贫富的对立,但认识不到造成这些社会现象的根源,更找不到消除这些现象的途径。他幻想通过宣扬佛教思想、诱导人们修福行善来消除上述现象,这也就是《王梵志诗集原序》所说的"远近传闻,劝惩令善。贪婪之吏,稍息侵渔;尸禄之官,自当廉谨"的诗歌宗旨之一。王梵志在诗中所宣扬的,主要是"奉行诸善,诸恶莫作"、生死轮回、因果报应等通俗的佛教思想,而很少涉及玄妙高深的佛教哲理。如云"恶事总须弃,善事莫相违"(卷四)、"平生不造福,死被业道收"(卷二)、"轮回变动急,生死不由你"(卷五)、"来生报答甚分明,只是换头不识面"(卷六)、"世间日月明,皎皎照众生。……富者前身种,贫者悭贪生。贫富有殊别,业报自相迎"(卷二)等等。诗人鼓吹修善得善报,作恶遭恶报,劝告世人多行善事,多积"功德",以为这样就可以消除社会的矛盾和不合理现象。然而,诗人把贵贱、贫富之间的差别,又说成是前生业报注定的。这种说教实际上是为封建社会的不合理现象找出存在的合理根据,无疑会把人们引入歧途。

此外,王梵志还写有一些警世、劝世的格言式诗,内容多讲封建伦理、处世之道以至治家齐身、修真养性,形式多采用五言四句,例如:"养子莫徒使,先教勤读书。一朝乘驷马,还得似相如。""尊人共客语,侧立在旁听。莫向前头闹,喧乱作鸦鸣。""见恶须藏掩,知贤唯赞扬。但能依此语,秘密立身方。"(卷四)这类作品多数思想平庸,格调不高,也谈不上什么文学特色。但是,由于它们十分现实、具体、通俗,可用以治家教子,所以在当时也得到广泛流传。

王梵志的诗别具一格,有着和同时代诗人的作品迥然不同的特点。这一特点大致可说是既通俗又骇俗。唐皎然《诗式》举王梵志诗为"跌宕格·骇俗品",宋人称梵志为诗用"翻著袜法",都道出了王梵志诗与众不同的特色。

王梵志诗的"俗",首先表现在内容上,常把下层社会普通的生活图景、日常的人情世态引入诗中。例如:"富儿少男女,穷汉生一群。身上无衣挂,长头草里蹲。到大肥没忽,直似饱糠肫。长大充兵仆,未解起家门。"(卷五)写穷汉偏生一群,弄得儿女无衣无食、缺少教育,似牲口一般。又如:"吾富有钱时,妇儿看我好。吾若脱衣裳,与吾叠袍袄。……将钱入舍来,见吾满面笑。……邂逅暂时贫,看吾即貌哨。"(卷一)叙述"妇儿"见钱眼开,连对丈夫也很势利眼。再如:"只见母怜儿,不见儿怜母。长大取得妻,却嫌父母丑。耶娘不睬眠,专心听妇语。生时不供养,死后祭泥土。"(卷二)讽刺男儿"娶了媳妇忘了娘"。上述这些内容,都很通俗、琐细,但在文士诗歌中却极难见到,所以它又是特异的存在。

王梵志诗的"俗"又表现在语言上。他大量使用口语俚词、方言俗谚入诗,即所谓"不守经典,皆陈俗语"。关于这一点,只要略微读一读王梵志的诗即可看出,无须多作论证。另外,王梵志诗的过于鄙俚不经的语言,是许多文人作家无法熟习或不愿熟习的,他们大都不能或不敢以这样的语言入诗,从这一点说,王梵志诗的语言又有与众不同的风格。

王梵志诗的"骇俗",还表现在立意、构思的奇特上。例如:

城外土馒头,馅草在城里。一人吃一个,莫嫌没滋味。(卷六)
我见那汉死,肚里热如火。不是惜那汉,恐畏还到我。(卷三)
世无百年人,强作千年调。打铁作门限,鬼见拍手笑。(卷六)

谈的都是令人恐惧的死亡,却充满谐谑气氛、幽默情调,立意、构思可谓出人意外。又如:"闻道须鬼兵,逢头即须捌。欲似园中果,未熟亦须摘。老少总皆去,共同众死厄。""地下须夫急,逢头取次捉。一家抽一个,勘数申未足。……棒驱火急走,向前任缚束。"(卷二)以地下任意抓丁抓夫,隐指世间兵役、徭役繁重,使大量百姓死于非命,构思同样出人意外。

　　诗人还善于吸取民间诗歌讥刺嘲讽、调侃谐谑的艺术手法,在嘻笑怒骂声中暴露人们灵魂深处的黑暗与丑恶的东西,鞭挞和谴责某些不公正的社会现象。例如:"造作庄田犹未已,堂上哭声身已死。哭人尽是分钱人,口哭元来心里喜。""众生头兀兀,常住无明窟。心里为欺谩,口中佯念佛。"(卷六)以揶揄嘲讽的笔触,展示了某些人灵魂的虚伪自私、卑鄙龌龊。又如:"他人骑大马,我独跨驴子。回顾担柴汉,心下较些子。"(卷六)以习见的生活形象、质朴的通俗诗句,揭示出现实中一种具有典型意义的心态:比上不足,比下有余,以尚有不如己者而洋洋自得。再如:"官喜律即喜,官嗔律即嗔。总由官断法,何须法断人。一时截却项,有理若为申?"(卷三)一针见血地揭露了在封建社会中,官僚的意志即是法律。上述这些作品,皆"且言时事,不浪虚谈",如实而又不加隐饰地把社会生活中的现象和人们灵魂深处的东西揭示出来,毫不留情地撕去形形色色的伪装,让各种丑恶的人、事现出原形。这类诗歌,往往在平直无华的叙述中显露出奇崛之态,以它的真实、深刻、犀利、辛辣使读者骇异。

　　王梵志的一些五言诗往往善于描摹人物情态。例如:"世间慵懒人,五分向有二。例着一草衫,两膊成山字。出语觜头高,诈作达官子。……他家人定卧,日西展脚睡。诸人五更走,日高未肯起。"(卷二)巧妙地捕捉懒汉的突出特征,加以具体、生动的描绘,使人物形象跃然纸上。又如:"家中渐渐贫,良由慵懒妇。长头爱床坐,饱吃没娑肚。频年勤生儿,不肯收家具。饮酒五夫敌,不解缝衫袴。……东家能捏舌,西家好合斗。两家既不和,角眼相蛆蛄。"(卷二）紧紧抓住慵懒妇的"懒"、"馋"和好搬弄是非的特点，虽着墨无多，即勾勒出她们的鲜明形象。

王梵志的不少诗还具有善用比喻的特色。他诗中的比喻，多取自生活中常见的事物。比如以"如采水底月，似捉树头风"（卷三），喻绝不可能；"须臾得暂时，恰同霜下草"（卷二），喻时光短暂；"满街肥统统，恰似鳖无脚"（卷五），喻不劳而食者；"心神激箭直，怀抱彻沙清"（卷三），喻品格高洁者，等等。这些比喻都很贴切生动，平易通俗，对增强诗歌的艺术表现力，产生了良好的作用。

王梵志的诗在艺术上也有明显的缺点，主要是许多作品写得过于随便，稚拙粗糙，还有不少说理诗缺少诗味。

王梵志的诗绝大多数为五言体，间亦采用七言四句的形式。王梵志及其五言通俗诗的出现，说明唐代诗歌确有一条通俗诗的发展线索可寻，唐代诗人顾况、元稹、白居易、杜荀鹤、罗隐等或多或少都受到以王梵志为代表的通俗诗派的影响。如白居易提出"文章合为时而著，歌诗合为事而作"，同王梵志"且言时事，不浪虚谈"、"远近传闻，劝惩令善"的创作追求有某些相似之处。至于白居易提倡新乐府，要求诗歌达到"妇孺能解"的程度，也与梵志诗的通俗化民间化趋向相一致。这种诗歌通俗化口语化的追求，进一步促进了唐诗的发展和繁荣。到了晚唐时期，还有不少诗人致力于用通俗诗反映社会现实，使通俗诗的社会作用得到了较好发挥。

如果说王梵志的通俗诗在士大夫中流布还不很广的话，那么它在佛寺禅门中却得到了广泛传播，并对佛寺禅门通俗诗的创作产生了直接影响。继王梵志之后，诗僧寒山、拾得等写出了许多类似梵志体的通俗诗，从而形成了唐代诗歌王国里以王梵志为开山祖师的通俗诗派。

直到宋代还有人模仿梵志体而写诗，如黄庭坚同苏轼谈"放生"

时,作颂曰:"我肉众生肉,名殊体不殊。元同一种性,只是别形躯。苦恼从他受,肥甘为我须。莫教阎老断,自揣应何如。"这首诗不仅模仿王梵志诗的手法,有些地方还直接蹈袭王梵志诗的原句[13]。又如陈师道的诗云:"一生也作千年调,两脚犹须万里回。"(《卧疾绝句》)"早作千年调,中怀万斛愁。"(《元符三年七月蒙恩复除棣学喜而成诗》)曹组《相思会》词云:"人无百年人,刚作千年调。待把门关铁铸,鬼见失笑。多愁早老,惹尽闲烦恼。"都是直接搬用王梵志的货色。及至范成大更为巧妙地化用王梵志"千年调"、"铁门限"和"土馒头"之语,写出"纵有千年铁门限,终须一个土馒头"(《重九日行营寿藏之地》)的诗句,还被《红楼梦》第六十三回论述"槛外之人"时称引过。总之,从唐宋以来诗人文士不断品评或变化引用王梵志的诗句,都可说明王梵志的五言通俗诗及其思想,在漫长的封建社会里产生过深刻的影响。

第四节 寒山和拾得

寒山的时代、生平和事迹均不可确考。唐宋以来,众说纷纭,莫衷一是。《新唐书·艺文志》载《对寒山子诗》七卷,注云:"台州刺史闾丘胤序,僧道翘集。"闾丘胤《寒山子诗集序》云,胤到台州任三日后,亲往国清寺访问,"见二人(寒山、拾得)向火大笑"。按闾丘胤为台州刺史,时当贞观十六年至二十年[14],那么,闾丘胤见到寒山当在贞观年间。此说影响很大[15]。南宋淳熙十六年志南作《天台山国清禅寺三隐集记》("三隐"指寒山、拾得、丰干),更因袭闾丘胤序,谓寒山于贞观间隐于寒岩。余嘉锡《四库全书提要辨证》经过考证,认为闾丘胤序系后人伪托之作,又从寒山诗求得内证,推定"寒山虽实有其人,亦必不生于唐初,可断言也"。

《太平广记》卷五五引唐末五代杜光庭《仙传拾遗》云:"寒山子者,不知其姓氏,大历中隐居天台翠屏山[16]。其山深邃,当暑有雪,亦名寒岩,因自号寒山子。好为诗,每得一篇一句,辄题于树间石上,有好事者随而录之,凡三百馀首……桐柏征君徐灵府序而集之,分为三卷,行于人间。"则寒山又是中唐时人[17]。据《嘉定赤城志》徐灵府于懿宗咸通年间尚在天台山,而徐灵府名作之一《天台山记》却只字未提寒岩和寒山,这对于一个曾纂集过寒山诗并写过序文的人来说,似乎是不大合乎情理的。因此,《仙传拾遗》所载,同徐灵府"序而集之"之说,是否可信,也很难确断[18]。自发现敦煌写本王梵志诗,并被初步证实为初唐时期作品以后,可知民间通俗诗已在唐初滋生蔓长起来,寒山、拾得等人受王梵志通俗诗的启迪和影响也是可能的。事实上,寒山之作无论是诗法、章法、句法以至诗歌风格都同王梵志诗有相似相通之处[19]。五代时禅宗大师风穴延沼禅师曾引寒山诗云:"梵志死去来,魂识见阎老。读尽百王书,未免受捶拷。一称南无佛,皆以成佛道。"(见《古尊宿语录》卷七《风穴禅师语录》)[20]这首寒山诗虽不在现传各种版本寒山诗集里,但是它说"梵志见阎王",即可见寒山诗出于王梵志之后,其时代一定要比王梵志晚一些。

关于寒山的生平事迹,闾丘胤序谓其"状如贫子,形貌枯悴";"桦皮为冠,布裘破弊,木屐履地";"叫唤快活,独言独笑";"或逆或顺,自乐其性";"皆谓贫人疯狂之士"。可见,他是一个地位低下、生活清苦的下层僧人,又是一个独来独往、性格怪异的癫狂之士。他一生喜好作诗,"或长廊唱咏,或村墅歌啸",常常题诗于"竹木石壁"之上。他说:"五言五百篇,七字七十九。三字二十一,都来六百首。一例书岩石,自夸云好手。"他在概述自身经历时写道:"出生三十年,常游千万里。行江青草合,入塞红尘起。炼药空求仙,读书兼咏史。今日归寒山,枕流兼洗耳。""抛绝红尘境,常游好阅书。"可见他读过不少书,他的诗还常常引用《庄子》、《韩非子》、《列子》、《世说新语》等书的典故,以及《诗经》、《古诗十九首》的诗句,所以有人赞扬他"涉猎广博,非但释子语也"(王应麟《困学纪闻》卷一八),他的诗才能"有工语、有率语、有庄语、有谐语"(《四库提要》卷一四九)。

寒山重视诗歌的社会功用:"凡读我诗者,心中须护净。悭贪继日廉,谄曲登时正。"他的诗作具有一定的社会内容。由于诗人处于贫寒低微的社会地位,对贫富悬殊的不合理社会现象有痛切的体会,因而在诗中一方面揭露"富儿""田舍多桑园,牛犊满厩辙"、"仓米已赫赤,不贷人斗升",过着"华灯何炜煌"、"渠家多酒肉"的生活;另方面指出穷人们却是度日如年、饥寒交迫,"朝朝为衣食,岁岁愁租调","累日空思饭,经冬不识襦"。甚至陷入告贷无门的境地:

新谷尚未熟,旧谷今已无。就贷一斗许,门外立踟蹰。夫出教问妇,妇出遣问夫。悭惜不救乏,财多为累愚。

这首诗一方面表现穷人在青黄不接之际无以为生,向富家借贷的窘迫情状,另方面又刻画出富家"悭惜不救乏"的丑恶嘴脸,于平淡中反映出贫富对立的现实。

寒山有些诗歌,对亲历的清苦生活作了描述:"蔬食养微躯,布裘遮幻质";"瓮里长无饭,甑中屡生尘";"房房虚索索,东壁打西壁。其中一物无,免被人来借"。这类诗作既是诗人生活的自我写照,对于了解和认识佛寺下层僧徒的思想与生活也是有益的。诗人一生困顿、悲苦,这使他的诗多有凄楚悲怆之音:"一向寒山坐,淹留三十年。昨来访亲友,太半入黄泉。渐灭如残烛,长流似逝川。今朝对孤影,不觉泪双悬。"

寒山诗常以犀利的笔锋、浅俗的语言、讥刺嘲讽的艺术手法,对某些丑陋的人情世态予以鞭辟入里的批判和谴责,既明白如话,又耐人寻味,例如:

东家一老婆,富来三五年。昔日贫于我,今笑我无钱。渠笑我在后,我笑渠在前。相笑倪不止,东边复西边。

我见瞒人汉,如篮盛水走。一气将归家,篮里何曾有。我见被人瞒,一似园中韭。日日被刀伤,天生还自有。

寒山诗有浓厚的宗教色彩,有的纯粹演绎佛理,有的宣扬虚无观念、消极遁世等释道杂糅的货色。这类诗作的文学价值大多不高。

寒山也像王梵志那样,为诗不事雕饰,语言通俗浅白,追求作自由率直的表现,不讲究格律。所以时人说他的诗"不识蜂腰"、"不会鹤膝"、"不解平侧",只是"凡言取次出"。诗人把这种指摘斥之为"下愚读我诗,不解却嗤诮"。他在诗中又说:

有人笑我诗,我诗合典雅。不烦郑氏笺,岂用毛公解。不恨会人稀,只为知音寡。若遣趁官商,余病莫能罢。忽遇明眼人,即自流天下。

寒山对于自己的通俗诗歌还是很自信的,曾毫不掩饰地说:"上贤读我诗,把著满面笑。杨修见幼妇,一览便知妙。""家有寒山诗,胜汝看经卷。书放屏风上,时时看一遍。"寒山诗之所以能在唐代诗坛占有一席之地,并深受僧俗道众的欢迎,其主要原因就在于重视诗歌针砭弊俗、惩恶劝善的社会作用，和具有通俗自然、质直素朴的风格。

寒山诗也善用比喻，如前面称引的"我见瞒人汉"一首，比喻即很新鲜、生动。寒山还大量吸取俗谚入诗，例如"老鼠入饭瓮，虽饱难出头"、"蚊子叮铁牛，无渠下嘴处"、"铅矿入炉冶，方知金不精"、"黄连揾蒜酱，忘计是苦辛"等等。这类俗谚的运用，使诗歌显得更富有生活气息。

寒山的诗与王梵志的诗也有不同之处。王梵志的诗更鄙俚，更世俗化，更自由，信口信手随意拈弄，打破了一般唐诗的诗格；而寒山诗中，却有不少是符合一般唐诗的诗格的。例如：

> 有人兮山楹，云卷兮霞缨。秉芳兮欲寄，路漫漫兮难征。心惆怅兮狐疑，蹇独立兮忠贞。

> 垂柳暗如烟，飞花飘似霰。夫居离妇州，妇住思夫县。各在天一涯，何时得相见？寄语明月楼，莫贮双飞燕。

这样的诗歌，比较注意艺术提炼，写得也较蕴藉含蓄，而且能把写景与抒情较好地结合在一起。这些都和王梵志的通俗诗不一样。

寒山的诗集，今存有宋、元、明刻本多种，皆一卷，收诗计三百十三首。

拾得的生平事迹亦不可考。《全唐诗》的编者说："拾得，贞观中，与丰干、寒山相次垂迹于国清寺。"（卷八〇七）闾丘胤《寒山子诗集序》云："寒山文殊，遁迹国清，拾得普贤，状如贫子。"把他们比作文殊菩萨和普贤菩萨，好像是两个不可分离的圣者。他们在国清寺有过一段和睦相处的岁月，"寺有拾得，知食堂，寻常收贮馀残菜滓于竹筒内,寒山若来,即负而去"(闾丘胤序)。再从寒山拾得诗中也可看到这种密切的关系。寒山诗云:"惯居幽隐处,乍向国清中。时访丰干道,仍来看拾公。独回上寒岩,无人话合同。"拾得诗又云:"别无亲眷属,寒山是我兄。两人必相似,谁能徇俗情。"可见,寒山、拾得不仅是同时代人,而且是推心置腹的挚友。

同寒山一样,拾得也是一位通俗诗人。他的诗大都书写在"土地堂壁上",唐时曾"纂集成卷",宋时与寒山、丰干诗合刻,名《三隐集》。今存《寒山子诗集》诸刻,皆附有拾得、丰干诗。拾得诗今存五十多首。这些诗作大都平庸浅露,近于禅门偈语,很可能是片面接受王梵志宣扬佛理教义诗作影响的结果。对此,拾得有一首诗曾自我辩解地写道:

我诗也是诗,有人唤作偈。诗偈总一般,读时须子细。缓缓细披寻,不得生容易。依此学修行,大有可笑事。

这里,他用"诗偈总一般"来反驳批评者,实际上就等于承认自己的诗是缺少诗味的佛门偈语。

不过,拾得诗中也偶有比较清新可读之作:"若论常快活,唯有隐居人。林花长似锦,四季色常新。或向岩间坐,旋瞻见桂轮。虽然身畅逸,犹念世间人。""松月冷飕飕,片片云霞起。匼匝几重山,纵目千万里。"

至于丰干,和寒山也是同时代人,其诗云:"寒山特相访,拾得常往来。"但他的地位较高,是位禅师。他也喜欢作诗,"夜则扃房吟咏",今只存诗二首,内容也是宣扬佛理的,兹不赘述。

[1] 唐范摅《云溪友议》卷下《蜀僧喻》云,王梵志"生于西域林木之上,因

以梵志为名"。说他是西域人,似不可信。

〔2〕〔日〕入矢义高《论王梵志》,《中国文学报》第三、四期,1955、1956年出版。

〔3〕〔日〕矢吹庆辉《鸣沙馀韵解说》(1933年岩波版)认为"王梵志的诗集至少也是大历以前撰集的"。入矢义高《论王梵志》又认为"王梵志是天宝、大历年间人"。

〔4〕潘重规《王梵志出生时代的新观察》,见《王梵志诗研究附录》,台湾学生书局1986年版。

〔5〕王梵志诗的三十多种敦煌写本,主要有:S778、5796、5474、1399(卷上);P3211、S5441、5641(卷中);P2914、3833(卷第三);P2718、2607、2842、3266、3558、3716、3656、4094、S2710、3393、5794、4669、日本宁乐馆藏本(一卷);L1456、S4277(一百一十首);P3418、3724、S6032(佚名残卷);S516,P2125、3021(佚诗)。

〔6〕日本藤原佐世编《日本国见在书目录》三十九《别集家》著录"王梵志集二,王梵志诗二卷"。此目著录书籍年代最晚者为《元氏长庆集》、《白氏长庆集》,而绝无晚唐人著作,可知王梵志集的时代当在元集、白集以前。

〔7〕如费衮《梁溪漫志》卷十:"梵志翻袜之句,人喜道之。予尝见梵志数颂,词朴而理到。"陈善《扪虱新话》卷五:"知梵志翻著袜法,则可以作文。"

〔8〕如明杨慎《禅林钩玄》、佚名《比事摘录》、焦竑《焦氏类林》、何梦春《余冬录》、郑瑄《昨非庵日纂》,清高士奇《江邨清夏录》、袁枚《随园诗话》、俞樾《茶香室丛钞》等。

〔9〕详见《鸣沙馀韵解说》第一部"85—Ⅱ王梵志诗集并序",1933年岩波版,第517—520页。

〔10〕如入矢义高《论王梵志》,《中国文学报》第三、四期,1955、1956年出版;神田喜一郎《敦煌学五十年》,二玄社1960年版;金冈照光《敦煌的文学》,东京大藏1971年版;松尾良树《王梵志诗韵谱》,《均社论丛》10,1981年出版;菊池英夫《王梵志诗与山上忆良〈贫穷问答歌〉之研究》,1983年8月第31届国际亚洲北非人文科学会议论文。

〔11〕 游佐升《王梵志诗集一卷校勘试译》,日本东洋大学《大学院记要》第17集,1980年出版。

〔12〕 赵和平、邓文宽《敦煌写本王梵志诗校注》,见《北京大学学报》1980年4、5期;张锡厚《王梵志诗校辑》,中华书局1983年版;朱凤玉《王梵志诗研究》(研究篇、校注篇),台湾学生书局1986、1987年出版;项楚《王梵志诗校注》,《敦煌吐鲁番文献研究论集》第四辑,北京大学出版社1987年出版。

〔13〕 王梵志原诗云:"我肉众生肉,形殊姓不殊。元同一性命,只是别形躯。苦痛教他死,将来作己须。莫教阎老断,自想意何如。"(见范摅《云溪友议》)

〔14〕 据陈耆卿《嘉定赤城志》卷八《秩官表》。

〔15〕 闾丘胤见到寒山的年代,各家记载不一:宋释志南《寒山集后序》云,贞观初,闾丘胤到台州见到寒山;宋释志磐《佛祖统记》云"贞观七年";宋释本觉《释氏通鉴》云"贞观十七年";元释熙仲《释氏资鉴》云"贞观十六年"。

〔16〕 《祖堂集》卷十六载,沩山灵佑和尚见过寒山。按沩山生于大历六年(771),圆寂于大中七年(853)。《宋高僧传》卷十一《沩山传》也记载沩山和寒山在天台邂逅相遇,并说那是元和间的事。

〔17〕 胡适《白话文学史》根据这条记载推测寒山"生于八世纪初期,他的时代约当于700至800,正是盛唐时期"。

〔18〕 王运熙、杨明《寒山子诗歌的创作时代》(《中华文史论丛》1980年第四辑)一文,从初唐诗歌的对比研究,论证"寒山子诗决非初唐所作","他的诗必定产生在律诗体制已经相当普及之后"。因而认为《仙传拾遗》所载是"相当可信的"。

〔19〕 范摅《云溪友议》载王梵志诗:"世无百年人,拟作千年调。打铁作门限,鬼见拍手笑。"慧洪《林间录》也引用一首诗法、语句与此类似的寒山诗:"人是黑头虫,刚作千年调。铸铁作门限,鬼见拍手笑。"足见他们之诗是何其相似。

〔20〕 本诗又见宋李遵勖《天圣广灯录》卷十五《风穴延沼》条:"师上堂,举梵志诗云:'梵志死去来,魂魄见阎老。读尽百王书,不免受捶拷。一声南无佛,皆以成佛道。'"则此诗又为王梵志所作。

第九章 陈子昂

第一节 陈子昂的生平和思想

陈子昂(659—700)[1],字伯玉,梓州射洪(今四川射洪市)人。远祖籍河南颍川,东汉末年迁居蜀地,蜀汉政权灭亡后,子孙避晋不再为官,居涪南武东山。祖父陈辩,少习儒学,以豪英刚烈闻名于世。其父陈元敬,"乡贡明经擢第,拜文林郎",但"志尚玄默",隐居不仕,博览群书,素有"瑰玮倜傥"的豪侠之风,"一朝散万钟之粟而不求报"(卢藏用《陈氏别传》)。陈子昂是一位具有卓越见识的政治家和标举诗歌革新的杰出诗人,在初唐诗坛占有举足轻重的地位。同时,他又是一个优秀的散文家。他的一生经历曲折多变,思想也是错综复杂的,按照陈子昂的生平经历和思想发展过程,大致可以分为四个时期。

立志磨炼时期(684年进士及第以前)。陈子昂出身于庶族地主家庭,祖辈流传下来的既习儒业,又兼采诸家杂说;既好慷慨任侠,又喜学道求仙的家风,给他留下深刻的影响。少年时代他曾染习上不为礼教所拘、仰慕自由的思想,有意模仿侠士的作风,随着年龄的增长,阅历加深,到十八岁时,顿觉这种狂放不羁的生活不能再继续下去了,遂慨然立志,发愤读书,数年之间,学业大有进步。他在《谏政理书》中写道:"少好三皇五帝霸王之经,历观丘坟,旁览代史,原其政理,察其兴亡。自伏羲神农之初,至于周隋之际,驰骋数百年,虽未得其详,而略可知也。"可见,他曾广泛涉猎经史百家,研习经邦治国的学问,考察历代兴亡的经验教训。而这样做,无疑是为来日出仕、施展建功立业的抱负做准备的。开耀元年(681),他即毅然告别家乡父老,来到长安太学深造。第二年,又赴东都洛阳,参加进士考试。但这次应试,以落第告终。在还蜀途中,他写下"转蓬方不定,落羽自惊弦。……还因北山径,归守东陂田"(《落第西还别魏四懔》)、"虚闻事朱阙,结绶驾华轩。……今成转蓬去,叹息复何言"(《宿空舲峡青树村浦》)的诗句,抒发科场失意的哀伤。回乡后,他隐居山林,学道求仙,并与晖上人游。《晖上人房饯齐少府使入京府序》说:"永淳二年(683)四月孟夏……林岭吾栖,学神仙而未毕。"但是,他并没有放弃对入仕从宦的追求。在《感遇》十一中,诗人以"囊括经世道,遗身在白云"的鬼谷子自况,称赞鬼谷子"浮荣不足贵,遵养晦时文。舒之弥宇宙,卷之不盈分。岂图山木寿,空与麋鹿群",表明自己不过是养晦待时,不会甘心久隐。他在《谏政理书》中写道:"臣每在山谷,有愿朝廷,常恐没代而不得见也。"更明确地表白自己亟盼为朝廷效力。

尽心从政时期(684—691)。文明元年(684),陈子昂再次参加进士考试,射策高第。当时适逢高宗崩于洛阳宫,灵驾将西归长安,子昂上《谏灵驾入京书》,又上《谏政理书》。武后召见,奇其才,遂擢麟台(即秘书省)正字。这时,诗人的政治热情高涨,感到实现自己经世济时的远大理想的时机已经到来。《答洛阳主人》云:"方谒明天子,清宴奉良筹。再取连城璧,三陟平津侯。不然拂衣去,归从海上鸥。宁随当代子,倾侧且沉浮!"他对匡君治国、建功立业、拜相封侯充满信心,并表示如果不能实现自己的理想,宁愿弃官归隐,决不随俗沉浮。在这个时期,他怀着致"太平之化"的愿望,屡上谏疏,就现实的政治、经济、边防问题,提出自己的主张。例如,垂拱元年(685),武后召见,令言天下利害,子昂作《上军国利害事》三条;垂拱二年,随从左补阙乔知之北征同罗、仆固,归朝后,上书论西蕃边州安危事;垂拱三年,仍守麟台正字,上《谏雅州讨生羌书》;四年,上《谏用刑书》与《谏曹仁师出军书》;永昌元年(689)春,武后再次召见,问当今为政之要,子昂上《答制问事》八条,是年迁右卫胄曹参军,又上《谏刑书》;天授元年(690),守右卫胄曹参军,进《上蜀川军事》。在这些谏疏中,他大胆指斥时弊,陈述一系列政见。其核心的主张是:一、呼吁关心人民疾苦,反对横征暴敛,主张为政贵在"安民"。《谏政理书》说:"天地之道,莫大乎阴阳;万物之灵,莫大乎黔首;王政之贵,莫大乎安人。故人安则阴阳和,阴阳和则天地平,天地平则元气正矣。"二、反对无名征伐,主张息兵。这是从"安民"的角度提出的,如他在《谏雅州讨生羌书》中就说:"当今山东饥,关陇弊,历岁枯旱,人有流亡,诚是圣人宁静思和天人之时,不可动甲兵、兴大役,以自生乱。"同时,又主张加强边防。当时,突厥、吐蕃频年入寇,陈子昂经过对边防情况的实地考察,提出了一些加强边防的切实可行的建议。三、反对滥刑,主张措刑。武则天为了巩固自己的统治,宠任酷吏,大兴冤狱,子昂的主张即针对这一点而发。四、主张任贤信贤,指出"若外有信贤之名,而内实有疑贤之心,臣窃谓神皇虽日得百贤,终是无益"(《答制问事》)。上述主张都不失为缓和各种矛盾、安定国家的"良筹"。司马光曾称赞陈子昂的《答制问事》八条"辞婉意切,其论甚美"。王夫之《读通鉴论》认为:"陈子昂以诗名于唐,非但文士之选也,使得明君以尽其才,驾马周而颉颃姚崇,以为大臣可矣。"

武则天曾多次召见子昂,问以政事,子昂也一度对她怀有知遇之感,希冀依靠她来实现自己的远大抱负。但是,武则天只是赞赏子昂"文称昞晔"(《陈氏别传》),并不"深知"他的政治抱负和才干。加上子昂上疏论事,"言多切直"(《别传》),敢于大胆抨击武氏的弊政,因而不为武则天所信用。他呕心沥血写下的谏疏,也往往得到"奏闻辄罢"(《新唐书·陈子昂传》)的结果。这对于陈子昂来说,无疑是沉重的打击,并使他对武则天逐渐失望。

归蜀守丧时期(691—693)。天授二年(691)秋,陈子昂的继母病故,为了服丧,他辞官归蜀。不久,他的叔祖、堂弟相继去世,这一连串的打击使他悲伤不已。加上政治抱负无从实现,更使他的思想逐渐消沉起来,时常往来于佛寺精舍,与晖上人相唱和,希冀从佛理禅机中,寻求摆脱尘世困扰、获得精神解脱的药方。如云:"水月心方寂,云霞思独玄。宁知人世里,疲病苦攀缘。"(《酬晖上人秋夜独坐山亭有赠》)"色空今已寂,乘月弄澄泉。"(《夏日游晖上人房》)在守丧期间,陈子昂对仙道思想也仰慕至深,《秋园卧疾呈晖上人》说:"缅想赤松游,高寻紫庭逸。荣咨始都丧,幽人遂贞吉。"《卧疾家园》说:"纵横策已弃,寂寞道为家。……宁知白社客,不厌青门瓜!"归隐山林的思想此时已在他的心中扎根。

孤愤退隐时期(694—700)。延载元年(694),陈子昂服丧期满,重返朝廷,授右拾遗。不久,冤狱从天而降。因坐谋反之罪,被捕下狱,经过一年的折磨,才获释出狱,复官右拾遗。此时,他一方面"在职默然不乐,私有挂冠之意"(《陈氏别传》);另方面,"感时思报国,拔剑起蒿莱"(《感遇》三十五)的雄心也仍未泯灭。他在《谢免罪表》中说:"不图误识凶人,坐缘逆党……臣伏见西有未宾之虏,北有逆命之戎,尚稽天诛,未息边戍,臣请束身塞上,奋命贼庭,效一卒之力,答再生之施。"万岁通天元年(696)九月,他奉命随建安王武攸宜东征契丹,参谋帷幕。当前军失利,全师处于安危成败之际,他挺身急难,自愿带领万人冲锋陷阵,以破顽敌。然而,武攸宜不但拒绝陈子昂的意见,还把他由参谋降为军曹。虽有以身殉国之志,却无报国之门,这是诗人政治生涯中遭受的又一次打击。万岁通天二年七月,军罢还朝,仍守右拾遗。严酷的现实使陈子昂为国效忠的希望彻底破灭,他终于作出最后抉择。圣历元年(698),以父老当归侍为由,去官返里,栖居山林。"于射洪西山构茅宇数十间,种树采药以为养"(《陈氏别传》)。圣历二年,其父病故,陈子昂哀痛守丧,同年十月撰写《我府君有周居士文林郎陈公墓志文》。后被县令段简罗织罪名,逮捕下狱,久视元年(700),陈子昂忧愤而卒,享年四十二岁。

陈子昂是怀着满腔壮志不酬的幽愤而归隐的。他在《与韦五虚己书》中说:"仆尝窃不自量,谓以为得失在人,欲揭闻见,抗衡当代之士,不知事有大谬异于此望者!……雄笔雄笔,弃尔归吾东山,无汩我思,无乱我心,从此遁矣!"归隐后,他学道求仙,企图以此解脱苦闷。不过,他并没有忘却现实,也没有停止自己的歌唱,仍然不断地以诗歌抨击现实的污浊,抒写理想幻灭的忧伤和不甘与世俗同流合污的情操。

总之,陈子昂一生坎坷,政治上历经恩宠、冷遇、诬陷和迫害等不同遭遇。他的思想也是复杂的,兼有儒、道、释等各种成分。但是,关心现实、忧国忧民的精神,始终是他思想的主导方面。这种精神是他从事文学革新的动力和思想基础。

第二节　陈子昂的诗

陈子昂的诗今存仅一百二十多首。这些作品具有丰富深刻的现实内容、昂扬激越的思想感情、雄浑质朴的艺术风格,完全摆脱了齐梁以来绮艳诗风的影响,在端正当时诗歌的发展方向方面起了重大作用。《感遇》三十八首、《登幽州台歌》、《蓟丘览古赠卢居士藏用》七首等是他的代表作。其中《感遇》三十八首,并非写于一时一地,多为因时因事而作,或有感于身世,抒发理想;或面对现实,讽刺弊政;或感慨悲怀,倾诉忧愤,从不同方面反映出诗人忧国忧民的高尚情操和广阔胸怀,尤为重要。

在陈子昂诗歌的多种内容中,反映边塞生活的作品很值得注意。武则天时期,边患严重,突厥、吐蕃经常入寇。唐统治者一方面未能采取正确、有效的对策,遏止边患;另方面也发动过一些黩武战争,给人民带来了灾难。陈子昂两度从军出塞,对边地的情况非常了解,所作边塞诗具有很强的现实性。他在一些诗篇里,抒写了渴望挺身急难、为国安边的思想感情。如《和陆明府赠将军重出塞》诗云:

忽闻天上将,关塞重横行。始返楼兰国,还向朔方城。黄金装战马,白羽集神兵。星月开天阵,山川列地营。晚风吹画角,春色耀飞旌。宁知班定远,犹是一书生。

诗中以投笔从戎、平寇立功的班超勉励再次出塞的将军,并流露了自己希冀驰骋边塞、建功立业的豪情。他在第二次出塞时写的《东征答朝臣相送》诗中说:"掟绳当系虏,单马岂邀功。孤剑将何托,长谣塞上风。"也表达了自己的杀敌报国决心。他还在一些诗中,反映了边患严重的情况以及它给人民带来的苦难。例如:

苍苍丁零塞,今古缅荒途。亭堠何摧兀,暴骨无全躯。黄沙漠南起,白日隐西隅。汉甲三十万,曾以事匈奴。但见沙场死,

谁怜塞上孤?(《感遇》三)

真实地描绘出西北边塞的荒凉凄惨景象,并借咏史事,揭示了连年不断的边塞战争给人民造成的巨大不幸。又如:"藉藉天骄子,猖狂已复来。塞垣无名将,亭堠空崔嵬。咄嗟吾何叹?边人涂草莱。"(《感遇》三十七)指出了突厥的猖狂、边患的严重以及边地人民蒙受的灾难,并进而点明,造成这一现象的原因在于:"主将不选"(《为乔补阙论突厥表》),边帅无能。《感遇》三十四云:"每愤胡兵入,常为汉国羞。何知七十战,白首未封侯。"歌颂了战士的爱国精神,并为他们所受到的不公正对待感到不平。由这首诗也可看出,不赏边功是造成边患严重的又一个原因。对这一点,陈子昂有着切身的感受,他于六八六年春第一次从军北征,即未得到朝廷的赏赐,归途中,他悲凉地唱道:"纵横未得意,寂寞寡相迎。负剑空叹息,苍茫登古城。"(《还至张掖古城闻东军告捷赠韦五虚己》)在《题祁山烽树赠乔十二侍御》诗中,他还愤懑地指出:"汉庭荣巧宦,云阁薄边功。可怜骢马使,白首为谁雄。"把批判的矛头直接指向宠用钻营取巧的小人而不赏赐有功边将的封建朝廷。

《感遇》二十九则明白地表示了诗人对武后发动的一场黩武战争的反对:

丁亥岁云暮,西山事甲兵。赢粮匝邛道,荷戟争羌城。严冬岚风劲,穷岫泄云生。昏曀无昼夜,羽檄复相惊。拳踢竟万仞,崩危走九冥。籍籍峰壑里,哀哀冰雪行。圣人御宇宙,闻道泰阶平。肉食谋何失,藜藿缅纵横。

诗中"丁亥",指武周垂拱三年(687)。当时武则天要开凿蜀山取道雅州攻击无罪的生羌,陈子昂曾上《谏雅州讨生羌书》进行谏阻。诗中描述征途的艰险,揭示了这场黩武战争给兵士和人民带来的祸害,并对统治者决策的失误,作了谴责。这些边塞诗作对盛唐边塞诗的发展,产生了直接的影响。

陈子昂诗歌的另一个内容,是抨击时政弊端和污浊世风。如《感遇》十九:"奈何穷金玉,雕刻以为尊?云构山林尽,瑶图珠翠烦。……夸愚适增累,矜智道逾昏。"揭露了武则天不惜耗费大量民脂民膏以佞佛的弊政。《感遇》二十八:"昔日章华宴,荆王乐荒淫。霓旌翠羽盖,射咒云梦林。……雄图今何在?黄雀空哀吟。"借古讽今,鞭笞了最高统治者的骄奢淫逸。《感遇》二十一:"蜻蛉游天地,与物本无患。飞飞未能去,黄雀来相干。"十五:"昔称夭桃子,今为春市徒。鸱鸮悲东国,麋鹿泣姑苏。谁见鸱夷子,扁舟去五湖?"讽刺了武则天宠任酷吏、大兴冤狱、罗织罪名、残害无辜的暴政。《感遇》十:"深居观群动,悱然争朵颐。谗说相唊食,利害纷嚺嚌。便便夸毗子,荣耀更相持。"十八:"逶迤势已久,骨鲠道斯穷。岂无感激者?时俗颓此风。"谴责世人争名夺利、蝇营狗苟的丑行,叹息世间骨鲠之风久颓。

陈子昂还写过不少抒发个人壮志不酬的愤激情怀的诗歌。这类诗作大都写得慷慨悲凉,真挚感人。如《蓟丘览古赠卢居士藏用》七首,他在序中写道:"丁酉岁(697),吾北征,出自蓟门,历观燕之旧都,其城池霸业,迹已芜没矣。乃慨然仰叹,忆昔乐生、邹子群贤之游盛矣。因登蓟丘,作七诗以志之。"这则组诗以缅怀燕昭王、燕太子丹礼贤下士的往事和田光献身殉义、有志难伸的事迹,表达自己怀才不遇、报国无门的痛苦心情,又借乐毅雄图中夭的不幸遭遇,诉说自己因受打击而不能实现远大抱负的悲愤。还通过追述郭隗、邹子被燕昭王信用的故事,寄寓自己生不逢时的感慨。又他的《登幽州台歌》云：

> 前不见古人,后不见来者。念天地之悠悠,独怆然而涕下!

据《陈氏别传》说,陈子昂赋《蓟丘览古》七首后,"乃泫然流涕而歌"此诗。诗中写作者独登古老的幽州台,眺望苍茫寥廓的宇宙,思虑眼前这片广阔土地古往今来的历史变迁,回顾自己的坎坷半生,特别是在武攸宜军中挺身急难、自请赴敌反遭打击的遭遇,不禁悲从中来,不可抑止。在这仅有二十二字的短歌中,交织着诗人缅怀前贤、吊古伤今的激情,天地无穷、人生短暂的慨叹,生不逢时、报国无门的悲哀,志不获骋、理想破灭的苦闷,千百年来,不知引起了多少怀才不遇的志士仁人的共鸣!清黄周星说:"此二十二字,真可以泣鬼神。"(《唐诗快》卷二)

《感遇》十八:"世道不相容,嗟嗟张长公!"世道的污浊和理想的破灭,使诗人走上退隐山林的道路,并转向释老寻求自我精神解脱。此时,他曾写下一些叹息人生祸福无常、赞美隐逸求仙、发挥释老玄理的含有消极思想的作品。

陈子昂还写有一些即景抒情的诗作,如他第一次离开四川,顺流而下,乘兴而写的《度荆门望楚》诗:

> 遥遥去巫峡,望望下章台。巴国山川尽,荆门烟雾开。城分苍野外,树断白云隈。今日狂歌客,谁知入楚来。

诗人笔下的河山城郭,虚实远近,各尽其妙,同时也表现出陈子昂初入世途的喜悦心情,以及积极奋发的向上精神。

陈子昂的送别、酬赠诗,也有一些值得注意的佳作。如《送客》诗：

> 故人洞庭去，杨柳春风生。相送河洲晚，苍茫别思盈。白蘋已堪把，绿芷复含荣。江南多桂树，归客赠生平。

全诗把送别时周围环境的描写同人物心理状态的刻画，十分自然地融合在一起。《送东莱王学士无竞》、《春夜别友人》、《酬晖上人秋夜山亭有赠》等也都写得清新隽永，洋溢着深挚的情谊，值得一读。

总之，陈子昂的诗歌具有丰富、广阔的社会内容。他的那些反映现实问题、抨击时政弊端的作品，有的直陈时事，直抒胸臆，笔端饱含感情。如"肉食谋何失，藜藿缅纵横"、"塞垣无名将，亭堠空崔嵬"、"但见沙场死，谁怜塞上孤"、"汉庭荣巧宦，云阁薄边功"等等，皆锋芒毕露，言简意深，充满战斗精神。有的借咏古事，讽刺现实，同样富有激情。如："南登碣石馆，遥望黄金台。丘陵尽乔木，昭王安在哉？霸图怅已矣，驱马复归来。"（《蓟丘览古·燕昭王》）追慕昭王，慨叹当今之世已无明君。"丘陵"二句的呼喊，沉痛而激昂。他的那些偏于抒写理想的诗歌，有不少也洋溢着慷慨不平之情。如《感遇》三十五：

> 本为贵公子，平生实爱才。感时思报国，拔剑起蒿莱。西驰丁零塞，北上单于台。登山见千里，怀古心悠哉。谁言未忘祸？磨灭成尘埃。

此篇唱出了诗人为国安边的壮志雄图及其未能实现而激起的愤懑之情。综上所述，立足现实，充满激情，可以说是陈子昂诗歌的一大特色。

陈子昂的不少作品,还十分注意运用比兴的艺术手法,努力创造出一种寄寓深远的意境。《感遇》二云:

> 兰若生春夏,芊蔚何青青。幽独空林色,朱蕤冒紫茎。迟迟白日晚,袅袅秋风生。岁华尽摇落,芳意竟何成。

诗中描述的香兰、杜若都是草本植物,春夏之时,它们生长得何其秀丽繁盛,但当袅袅秋风乍起,却一变而为飘零的落叶。表面上看似是写香草由盛而衰的变化,然而只要结合诗人的身世遭遇来领会诗的旨趣,就会感受到这是诗人托物言志,借哀伤香草的摇落寄寓对美好理想破灭的感叹。"众芳委时晦,鶗鴃鸣悲年"(《感遇》七)、"但恨红芳歇,雕伤感所思"(《感遇》三十)等诗句,同样是以深婉的比喻表达个人功业未成的愤懑心情,从遣词造意上看,直接渊源于楚辞的文学传统,并接受了阮籍《咏怀》的影响。

陈子昂托喻以鸟的诗,也写得别有意趣。如《感遇》二十三云:

> 翡翠巢南海,雄雌珠树林。何知美人意,娇爱比黄金。杀身炎州里,委羽玉堂阴。旖旎光首饰,葳蕤烂锦衾。岂不在遐远,虞罗忽见寻。多材信为累,叹息此珍禽。

全诗描写不同流俗的翡翠鸟,全身长有极漂亮的羽毛,招惹起美人的喜爱,竟想用它来装点"首饰"、"锦衾",因而招致杀身委羽之祸。结尾二句才点出诗人的本意:一个品格高洁、才华出众的人,一旦为统治者所垂青,被选用作点缀升平的饰物,就难免因才华之累而丧身。全诗看似平淡,却深寓伤时叹世之意,且隐含着诗人对自己命运的忧虑。上述这类诗歌,大都具有深沉蕴藉的特点。

陈子昂的诗写景之笔不多,但诗人在这方面的艺术才能也时有表现。有时他能以清新质朴、凝练形象的文字,把大自然的景色生动细致地描绘出来。例如"明月隐高树,长河没晓天";"清冷花露满,滴沥檐宇虚"(《春夜别友人》);以及"古树苍烟断,虚庭白露寒"(《秋日遇荆州府崔兵曹使燕》)等。有时他还善于运用寓情于景、景化情中的艺术手法,创造出情景交融的诗作。如《晚次乐乡县》诗云:

故乡杳无际,日暮且孤征。川原迷旧国,道路入边城。野戍荒烟断,深山古木平。如何此时恨,嗷嗷夜猿鸣。

诗中描述的异乡"边城"的荒凉景色,触发了诗人的缕缕乡愁,随着深山密林中传来的夜猿"嗷嗷"声,诗人那隐忍已久的日暮乡遥的怅恨之情更迸涌而出。从全诗看,前六句写景,后二句抒情,诗人根据抒情的需要取景,又在写景的同时抒情,彼此衔接,句句沟通。又如:

皎皎白林秋,微微翠山静。禅居感物变,独坐开轩屏。风泉夜声杂,月露霄光冷。多谢忘机人,尘忧未能整。(《酬晖上人秋夜山亭有赠》)

诗人描绘的秋夜景色宛然如画。"皎皎白林","微微翠山",与"风泉"、"月露"组成了一个幽静的境界,这同在禅居独坐的诗人崇尚玄默静寂的思想,互相谐合。

陈子昂诗歌的风格并不是单一的:有的寄兴幽婉,有的述情慷慨,有的雄浑沉郁,有的苍凉悲壮,还有的清新隽永。但是,他的诗也有一个总特征,即遒劲爽朗、刚健质朴,继承了建安风骨的传统。他的诗无浮艳靡丽之习,雕镂造作之迹;往往以质朴、明快、精要、简练、犀利、劲健的语言,把思想感情表现得鲜明爽朗,因而具有了建安风骨的特征。他的有些诗虽多用比兴手法,深沉蕴藉,但并无晦涩、暗昧之弊。他的作品一扫齐梁以来诗歌的华靡纤弱之风,为唐代诗歌的健康发展指明了方向。

陈子昂最擅长五古,诗集内五古数量最多。他的代表作《感遇》三十八首、《蓟丘览古》七首,皆五古佳制。他的律诗今存四十多首,其中也不乏名篇。例如五律《度荆门望楚》、《晚次乐乡县》、《送魏大从军》、《送客》,五排《白帝城怀古》、《岘山怀古》、《和陆明府赠将军重出塞》等,皆不屑雕琢,自然流畅。方回说:"陈子昂、杜审言、宋之问、沈佺期俱同时,而皆精于律诗。"(《瀛奎律髓》卷一)

陈子昂的诗歌尽管曾被誉为"唐之诗祖"(方回《瀛奎律髓》卷一),但在艺术上也存在着缺点,主要的表现是,诗歌形象还不够丰富,艺术技巧尚未臻纯熟,表现形式也不够多样,对日益成熟的七言诗体,竟未及一顾。所有这些不足的地方,与他在创作实践中过分强调继承"风雅"和"汉魏风骨"的传统,没有充分重视诗歌贵在创新的原则有关。皎然说:"作者须知复变之道:反古曰复,不滞曰变。""如子昂复多而变少,沈、宋复少而变多。"(《诗式》卷五)另外,与他对六朝诗歌否定过多,未能充分地汲取其艺术成果,也不无关系。

第三节　陈子昂的文

陈子昂诗文兼擅。柳宗元曾说,唐兴以来,能兼著述、比兴二道"而不作者,梓橦陈拾遗"(《杨评事文集后序》)。陈子昂以其具有革新风貌的文章,为唐代古文运动的开展做了准备。

陈子昂在世时，由于他的文章写得很出色，已经闻名遐迩。《陈氏别传》赞誉陈子昂"尤善属文，雅有相如、子云之风骨"。又说他写的《谏灵驾入京书》献上朝廷后，"洛中传写其书，市肆间巷吟讽相属，乃至转相货鬻，飞驰远迩"。这都说明陈子昂的文章在当时曾受到人们的重视，所以，《新唐书·陈子昂传》认为"子昂所论著，当世以为法"，是有一定事实根据的。

陈子昂今存文一百一十馀篇，涉及到书、表、序、碑文、墓志、吊文、颂等多种文体。其中论事书疏章表，凡二十馀篇，最值得注意。这些文章内容丰富，大都是针对现实问题而发的陈述政见之作。它们重在言事，辨析情理，讲究实际效用，因而其写法也有较为严格的要求，既要叙事清晰，条理缜密，又要说理透辟，驳诘有力，这样才能取得预期的效果。陈子昂的《为乔补阙论突厥表》就是代表作之一，该文首先以秦始皇北筑长城，汉高祖白登之败，汉文帝逊词求和，汉武帝师出无功的事实为例，说明匈奴之难制；接着又指出汉宣帝之所以能降服匈奴，是乘其内乱的结果。然后，笔锋一转，劝武则天利用"今上帝降匈奴之灾孽"的机会，"建大策，行远图，大定北戎"，使"中国之人得安枕而卧"。最后从周观塞北山川地利的亲身经历出发，提出因地制宜，设兵营田，以及选拔名将以制敌的措施。同时还从反面推论国家如果"循于常轨"，使用"主将不选、士卒不练"之众，就只能落下"兵愈出而事愈屈"的结局，是断不可取的。文章运用生动的事例、翔实的考察、缜密的推理，反复论证自己提出的"制敌应变"策略，是很有说服力的。

他的《谏灵驾入京书》、《谏雅州讨生羌书》、《申宗人冤狱书》等也都长于说理，具有论证博赡周密、驳议精当的特点。在《申宗人冤狱书》中，作者为"遭诬罔之罪"的孤囚陈嘉言申冤鸣屈，广泛引用"古者吴起事楚，抑削庶族，以尊楚君，楚国既强，吴起蒙戮。商鞅事秦,专讨庶孽,以明秦法,秦国既霸,商鞅极刑。晁错事汉,诸侯威强,七国骄奢,将凌王室,错削弱其势以尊汉,景帝不悟,惑奸臣之说,遂族灭晁氏"的历史事实,劝谏武则天不要枉杀无辜,做出"当代不觉,而后代伤之"、"为仇者所快"的事情。在《谏雅州讨生羌书》中,为了谏止这场"遗全蜀之患"的战争,他列举羌无罪受戮,其怨必甚;吐蕃强大,弱兵袭之,恐为虏笑;西羌贫薄,图之无益;奸臣贪利,妄生讨羌之计;蜀人不习战,边陲难守等七事,一一辨析,指出"徇贪夫之议,谋动兵戈",是"以自生乱","非帝王之至德也"。在这些以议论为主的文章中,或引用历史故事,或列举眼前事实;或晓之以义,或动之以情;详分细析,论议结合,极尽言之成理、以理服人之妙。

陈子昂写的《答制问事》、《上军国机要事》、《上蜀川安危事》、《上西蕃边州安危事》等文,也都具有述事条分缕析、说理透彻精辟、构思严谨周密的特点。而且,从中还可看出作者敢于揭露武氏弊政的勇气。如《答制问事》八条,是在武则天召见后,按其"不须远引上古,具状进者"的要求,论述"当今政要",故而针对性极强,充分表现出陈子昂犯颜直谏的胆略和匡政治国的卓识。其中《请措刑科》,为了说明"圣人用刑,贵适时变"的道理,首先肯定"初制天下",必须"诛凶殄逆,济人宁乱",所以"务用刑也"。当"凶乱既灭,圣道既昌,则必顺人施化,赦过宥罪",故又当"致措刑也"。这就是用刑"本以禁乱,乱禁刑息"的道理。可是当今之日,却"诏狱推穷,稍复滋长,追捕支党,颇及远方,天下士庶,未敢安止",如果"乃任有司明察,专务威刑",则只能造成"杀一人则千人恐,滥一罪则百夫愁"的政治局面,实"非太平安人之务"。最后得出为政"务求措刑"的结论。全文论证周密,对武后的滥用刑罚、大兴冤狱作了揭露与批判。《重任贤科》论述为政务在任贤,以及如何才能真正做到贤为所用的道理。文章写道:"实以天下之政,非贤不理;天下之业,非贤不成。固愿神皇务在任贤,诚得众贤而任之,则天下之务自化理也。则贤人既任须信,既信须终,既终须赏。夫任而不信,其才无由展;信而不终,其业无由成。终而不赏,其功无由别。必神皇如此任贤,则天下之贤云集矣。"反之,"若神皇徒务好贤而不能任,能任而不能信,能信而不能终,能终而不能赏,虽有贤人,终不可用矣"。经过这样一正一反的推理论证,则任贤对于为政的重要意义已不容置辩了。其他如《明必得贤科》、《贤不可疑科》、《请息兵科》等,皆以平易浅切的语言,周严细密的推理,把一桩桩治国政要论述得头头是道,剀切透辟,充分显示出其论说文巧于说理的特点。

此外,他的《与韦五虚己书》则以书信的形式,向友人披露怀才不遇、有志难申的郁愤心情:

命之不来也,圣人犹无可奈何,况于贤者哉!仆尝窃不自量,谓以为得失在人,欲揭闻见,抗衡当代之士,不知事有大谬异于此望者!乃令人惭愧悔赧,不自知大笑颠蹶,怪其所以者尔。虚己足下,何可言邪?夫道之将行也,命也;道之将废也,命也。子昂其如命何?雄笔雄笔,弃尔归吾东山,无汨我思,无乱我心,从此遁矣。属病不得面谈,书以述言。子昂白。

这篇不足一百五十字的短文,四次说到"命"字,表面上看似乎是把一生的坎坷归结于命运不济,但细读起来,其思想深处却包含着对现实的强烈不满,"无汨我思,无乱我心",正是与现实决裂的宣言。尺幅之内蕴含着丰富的思想波澜,值得读者仔细玩味。

初唐文章,仍沿六朝以来的骈俪之习,陈子昂的作品,也不可能不受到这种时世风气的影响。然而,他又强烈地感受到这种骈俪之文,难以适应反映现实生活、表达思想感情的需要,因而追求革新。

陈子昂文章的革新风貌，在上述这类作品中表现得最为鲜明。清纪昀说："唐初文章，不脱陈、隋旧习，子昂始奋发自为，追古作者。……今观其集，惟诸表、序犹沿俳俪之习，若论事书疏之类，实疏朴近古。"(《四库全书总目提要》卷一四九)他的论事书疏之类，不仅内容充实，与六朝以来的那些片面追求形式技巧、内容空虚贫乏的骈文大异，而且在形式上也具有化骈为散的特点。在这类文章中，有的纯用散体，如《为乔补阙论突厥表》、《答制问事》、《上蜀川安危事》等；有的骈、散相间，如《谏灵驾入京书》云："臣闻秦据咸阳之时，汉都长安之日，山河为固，天下服矣，然犹北假胡宛之利，南资巴蜀之饶。自渭入河，转关东之粟；逾沙绝漠，致山西之宝。然后能削平天下，弹压诸侯，长辔利策，横制宇宙。今则不然，燕代迫匈奴之侵，巴陇婴吐蕃之患，西蜀疲老，千里赢粮，北国丁男，十五乘塞，岁月奔命，其弊不堪。秦之首尾今为阙矣，即所馀者，独三辅之间尔。顷遭荒馑，人被荐饥，自河而西，无非赤地，循陇以北，罕逢青草，莫不父兄转徙，妻子流离，委家丧业，膏原润莽，此朝廷之所备知也。……"虽时用偶句，但文字明白易晓、流利畅达，无晦涩艰奥或绮艳浮靡之弊。他写的那些散体文，更有注重实用、不务浮华、质朴平实、通俗晓畅的特色。这些文章的写作，在唐代可谓开风气之先，对于古文运动产生了直接的影响。

　　陈子昂写的一些碑文、墓志，虽受到偶俪之习的影响，却也有趋于散文化的倾向。如《梓州射洪县武东山故居士陈君碑》云："其先陈国人也，汉末沦丧，八代祖祗，自汝南仕蜀为尚书令。其后蜀为晋所灭，子孙避晋不仕，居涪南武东山。……行年四十有五，入则孝，出则弟，谨而信，泛爱众而亲仁，无馀力也。以是不忧于道，逮亲终殁，春秋已高，从事不可以养矣。乃辍干禄之学，修养生之道，山壑高居，农野永岁。"以平实的叙述为主，行文简洁练达，浅切流畅，无空泛的夸饰和溢美之词，与传统的流于程式化的骈体碑文相比，无疑是一种进步。

陈子昂的序"犹沿俳俪之习"，但其中也有一些写景抒情之作值得注意。如《忠州江亭喜重遇吴参军牛司仓序》、《薛大夫山亭宴序》、《赠别冀侍御崔司议序》、《金门饯东平序》等，都善于捕捉自然景物中的动人画面，给予穷形尽相、绘声绘色的描写。如云：

新交与旧识俱欢，林壑共烟霞对赏。江亭回眺，罗新树于阶基；山榭遥临，列群峰于户牖。尔其丹藤绿筱，俯映长筵，翠渚洪澜，交流合座，神融兴洽，望真情高。觉清溪之仙洞不遥，见苍海之神仙乍出。(《忠州江亭喜重遇吴参军牛司仓序》

于时青阳二月，黄鸟群飞，残霞将落日交晖，远树与孤烟共色。江山万里，眇然荆楚之涂；城邑三春，去矣伊廛之地。既而朱轩不驻，绿盖行遥。(《金门饯东平序》

前者写江亭周围的景物，远处是雄奇壮美的自然风光，近处是清新秀丽的园林景致，一远一近，交汇成独到的意境。后者写春日薄暮中的景象，利用"残霞"、"落日"、"远树"、"孤烟"之类自然景观，烘托出即将与朋友惜别的心情，给读者留下一种难以忘怀的感觉。

他还有些序文，直抒胸臆，把内心郁积已久的愤懑，尽情倾吐出来。例如：

朝廷欢娱，山林幽痗。思魏阙魂已九飞，饮岷江情复三乐，进不忘匡救之国，退不惭无闷在林。……夫达则以公济天下，穷则以大道理身。嗟乎，子昂岂敢负古人哉！蜀国酒漓，无以娱客。至于挟清瑟，登高山，白云在天，清江极目，可以散孤愤，可

以游太清,为一世之逸人,寄千里之道友,吾欲不谢于崔、冀二公矣。(《赠别冀侍御崔司议序》)

退居山林的陈子昂,对自己未能在政治上施展报国之志是十分不满的,当他与在朝的友人相聚,一起挟清瑟,登高山的时候,一种"虽身在江海,而心驰魏阙"(《喜遇冀侍御珪崔司议泰之二使并序》)的感情与壮志不酬的"孤愤"刹那间涌上心头,再也无法抑止,只有一吐为快了。全文悲歌慷慨,激情横溢,具有较强的艺术感染力。

总的说来,陈子昂的文章,以议论说理见称于世,其论证博赡,说理透辟,构思谨严,遣词准确。他的不少论事书疏,化骈为散,朴实畅达,对于唐代的文体革新,起到了推动的作用。当然,他的某些论说文,也存在质胜于文的现象。陈子昂的序、表等,虽多用骈体,但并无浮艳、晦涩之弊,而且大多具有较充实的内容。

第四节　陈子昂的文学主张和影响

陈子昂不仅在文学革新的实践上作出了重要贡献,而且在文学革新的理论主张方面也有重要建树。他的文学革新主张集中体现在《与东方左史虬修竹篇序》中:

东方公足下,文章道弊五百年矣。汉魏风骨,晋宋莫传,然而文献有可征者。仆尝暇时观齐梁间诗,彩丽竞繁,而兴寄都绝,每以永叹。思古人常恐逶迤颓靡,风雅不作,以耿耿也。一昨于解三处见明公《咏孤桐篇》,骨气端翔,音情顿挫,光英朗练,有金石声。遂用洗心饰视,发挥幽郁,不图正始之音,复睹于兹,可使建安作者相视而笑。解君云:"张茂先、何敬祖,东方生与其比肩。"仆亦以为知言也。故感叹雅制,作《修竹诗》一篇。当有知音,以传示之。

在这篇短文中,陈子昂结合《诗经》和汉魏诗歌的优良传统,提出了诗歌创作的两条标准,一条是强调诗歌要有"风雅""兴寄",另一条是主张诗歌要有"风骨"。

所谓"风雅""兴寄",是说诗歌应发扬《诗经》比兴寄托的优良传统,具有充实的社会政治内容。具体的要求是,关心现实,有为而作,作而寓讽谕寄托之义,例如指陈时弊,讽刺统治者,抒发对社会人生的感慨等等。他的《感遇》诗,就是这一主张的实践的产物。所谓"风骨",是指诗歌能够继承建安风骨的传统,具有明朗刚健的风格。刘勰说:"故练于骨者,析辞必精;深乎风者,述情必显。"(《文心雕龙·风骨》)又说:"若能确乎正式,使文明以健,则风清骨峻,篇体光华。""结言端直,则文骨成焉。"(同上)风的特征是显、明,即思想感情表现的明朗性;骨的特征是精、健、端直,即语言文辞的精要、端直、劲健。因此,风骨结合起来,是指作品具有明朗刚健的风格[2]。建安诗歌即具有这种风格。陈子昂称赞东方虬的《孤桐篇》"骨气端翔,音情顿挫,光英朗练,有金石声",也是对风骨的具体阐释。所谓"骨气",即指风骨。"端"即端直,"翔"谓劲健有力,有飞动之势。"音情顿挫"是指诗的音节抑扬顿挫、感情波澜起伏;"光英朗练"是说文辞有光彩,明朗皎洁;"有金石声"则喻作品铿锵有力,掷地作金石声。陈子昂又推崇"正始之音",即认为建安风骨的传统在阮籍的诗中还能继续见到,故又称之为"汉魏风骨"。"风雅""兴寄"和"风骨"相结合,就是要求诗歌创作在思想上和艺术上达到完美的统一。

陈子昂的上述主张,貌似复古,实则具有革新的意义。因为他的这一主张,是针对晋宋以来诗歌的弊病而发的,是为了清除齐梁绮艳诗风的影响而提出的。陈子昂一针见血地指出,齐梁诗歌"彩丽竞繁,而兴寄都绝",即批评它们竞相堆砌艳丽词藻,而毫无社会政治内容;他又指出,"汉魏风骨,晋宋莫传",即认为晋宋以来的诗歌华丽过分,柔靡不振,缺乏刚健明朗的风骨。晋宋以来诗歌的这种弊病,在初唐诗坛仍然存在着。王勃就曾指出龙朔年间的宫廷诗风是"骨气都尽,刚健不闻"(杨炯《王勃集序》)。四杰的作品,虽具有某种革新的风貌,但也存在着词旨华靡的遗习,未能完全摆脱齐梁以来绮艳诗风的影响。正是针对这种情况,陈子昂大力提倡"风雅""兴寄"和"汉魏风骨",希冀以此扫除齐梁馀风的影响,端正唐代诗歌的发展方向。因此我们说,陈子昂上述主张的实质,乃是革新。陈子昂的这一革新主张,常为后代力图矫正绮靡诗风的革新者所继承,在中国古代文论史上形成一种传统,对于革除诗歌脱离现实、无病呻吟的不良倾向,产生了积极的作用。

当然,陈子昂的上述主张也有它的缺点。他说:"文章道弊五百年矣。"指斥晋宋以来诗歌的弊病,不无道理,但无视六朝诗歌所取得的艺术成就,又存在片面性。另外,他在强调继承文学的优良传统的同时,对于艺术创新也有所忽视。而且,过分强调"寄托",强调社会政治内容,也容易使诗歌理胜于情,丧失艺术感染力。

陈子昂的诗歌创作,忠实地实践了自己的理论主张。他的诗歌创作,虽然和他的理论主张一样,也存在着一些缺点,但却对齐梁以来诗歌的绮艳柔靡之风给予了有力的扫荡,为唐代诗歌的健康发展指明了方向。对陈子昂的这一历史功绩,历代诗人及评论家都给予充分的肯定和高度的评价。如杜甫《陈拾遗故宅》称赞他:"有才继骚雅,哲匠不比肩。公生扬马后,名与日月悬。"韩愈《荐士》说:"国朝盛文章,子昂始高蹈。"刘克庄说:"唐初王杨沈宋擅名,然不脱齐梁之体。独陈拾遗首倡高雅冲淡之音,一扫六代之纤弱,趋于黄初、建安矣。"(《后村先生大全集》卷一七三)张颐《陈伯玉文集序》评其诗云:"首唱平淡清雅之音,袭骚雅之风,力排雕镂凡近之气,其学博,其才高,其音节冲和,其辞旨幽远,超轶前古,尽扫六朝弊习。譬犹砥柱屹立于万顷颓波之中,阳气勃起于重泉积阴之下,旧习为之一变,万汇为之改观。"

　　陈子昂的文学主张及其诗歌创作,对唐代文学的发展产生了深远的影响。其后李白、殷璠提倡风骨,杜甫、白居易重视风雅比兴,都可以说是陈子昂诗论的发展和深化。他的《感遇》诗一直为后代诗人所效法,如张九龄的《感遇》诗二十首,就是直接受其启迪而产生的名篇。李白的《古风》五十首,也受到陈子昂《感遇》诗的影响,正如朱熹所说,李白"《古风》两卷,多效陈子昂,亦有全用其句处。太白去子昂不远,其尊慕之如此"(《朱子语类》卷一四〇)。杜甫的反映政治局势、国家命运和人情世态的诗篇,也继承并进一步发扬了陈子昂倡导的创作精神和《感遇》诗的优良传统。元稹看到陈子昂《感遇》诗以后,"吟玩激烈,即日为《寄思玄子诗》二十首(今佚)"(《叙诗寄乐天书》),也说明元稹的创作,曾从陈子昂那里得到了启发。朱熹说"余读陈子昂《感寓(遇)》诗,爱其词旨幽邃,音节豪宕,非当世词人所及","欲效其体","竟不能就",遂作《斋居感兴二十首》(见《晦庵先生朱文公文集》卷四)。由此可见,陈子昂"追建安之风骨,变齐梁之绮靡,寄兴无端,别有天地"(沈德潜《唐诗别裁》卷一)的创作精神,曾对后代诗歌的发展产生广泛的影响。

　　陈子昂在散文创作上,也努力实践自己的革新理论。他的文章在改变六朝以来骈文的绮艳浮靡之风和文体革新方面,都做出了贡献。唐代古文运动的先驱者萧颖士、独孤及、梁肃等,都对他这方面的努力有很高的评价。如李华《萧颖士文集序》云:"君谓……近日陈拾遗子昂文体最正。"(《全唐文》卷三一五)独孤及《赵郡李公中集序》云:"陈子昂以雅易郑,学者浸而向方。"(《毗陵集》卷十三)梁肃《左补阙李翰前集序》云:"广汉陈子昂以风雅革浮侈。"(《唐文粹》卷九二)李舟《独孤常州集序》云:"广汉陈子昂独溯颓波以趣清源,自兹作者,稍稍而出。"(《全唐文》卷四四三)宋晁公武《郡斋读书志》卷四上也说:"唐兴,文章承徐、庾馀风,天下祖尚,子昂始变雅正。"唐代萧颖士、李华、独孤及等古文运动先驱者的崛起,显然直接受到了陈子昂所开创的雅正新风的影响。陈子昂所作"疏朴近古"的"论事书疏",还对唐代古文运动产生了重要影响。宋员兴宗《九华集》卷九《陈子昂韩退之策》云:"不知者以退之倡古文于唐,知者以为无陈而无以为之也。"

〔1〕 陈子昂的生卒年主要有三种说法:一、661—702 说,罗庸《陈子昂年谱》;二、658—699 说,韩理洲《陈子昂生卒年考辨》(《西南师院学报》1980 年第 4 期);三、659—700 说,彭庆生《陈子昂诗注》、吴明贤《陈子昂生卒年辨》(《四川师院学报》1981 年第 2 期)。这里从彭、吴说。

〔2〕 参见王运熙《从〈文心雕龙·风骨〉谈到建安风骨》一文(载《文史》第九辑)。

第十章　盛唐时期社会文化发展概况

唐玄宗李隆基所统治的开元、天宝时期,是唐帝国的黄金时代,也是诗歌创作的黄金时代。天宝十四年,发生了安史之乱,生民流离涂炭,唐帝国处于战乱、动荡之中,而诗歌创作却不因之而衰落。当此民族危难之际,诗人们奔走呼号,继开天之盛,产生了新的烂漫篇章,诗歌的繁荣景象,一直持续到大历初年。这段时期是文学史上的盛唐,前后约半个多世纪。

开元、天宝之际,大唐帝国经济繁荣,国力强盛,文化发达,与边境各民族交好,并通过西陲的丝绸之路和东南海上水路,与欧亚各国通商往来,是当时世界文明的中心。后经安史之乱的破坏,国力是大大减弱了。

第一节　政治经济的发展概况

唐玄宗本是一个英明果断的皇帝,雄才大略,以彪炳的伟业,光照史册。尝自称阿瞒,多才多智,雄视一代。在武后失驭后的纷乱政局中,先联合太平公主击败韦后,继而又击败太平公主,并从父亲唐睿宗手里接过皇位,从而开始了他的不朽业绩的缔造。

当玄宗登上九五之尊的宝座时，他所面临的局势并不美妙。首先，政局不稳，皇位不巩固。自从武后失权后，皇族内部为争夺皇位，八年间发生过七次政变。为了巩固皇位，辅佐玄宗的姚崇认为首先要解决的问题就是消除隐患，稳定政局，这是要实现太平治世的首要条件。

玄宗在自己所发动的两次政变中，都曾得到兄弟们的帮助，即位之后，在形式上"为长枕大被，与兄弟同寝。……退则相从宴饮、斗鸡、击球，或猎于近郊，游赏别墅，中使存问相望于道"(《通鉴》二一一)。暗地里却严密监视诸兄弟，不任以职事。即使如此，辅佐大臣仍然认为诸王留在京城对玄宗不利，应该按照惯例，让他们出刺外州。与之同时，贬抑了在政变中立过功的一些臣僚。在放姜皎的制书中便明白指出："西汉诸将，以权贵不全；南阳故人，以优闲自保。皎宜放归田园。"(《通鉴》二一一)这样经过外刺诸王及左迁大臣，巩固了皇位，为进一步政治革新准备了条件。

整饬吏治是玄宗第二项革新政治的措施。

武后时用人太滥，设员外官数千人，同正式官员一样享受俸禄。中宗时，韦后及安乐公主更是大卖官爵，称为"斜封官"。开元二年(714)，玄宗规定以前的"员外"、"斜封"等坐享俸禄的冗宦，一律罢免，撤销了武后以来的数千官员。玄宗还恢复了太宗时谏官、史官参加宰相议事的制度，谏官所献封事，不限旦晚，随到随进，以免延误。又明令"贵戚不任台省"，所任命的宰相如姚崇、宋璟、张柬之、张说、苏颋、张九龄等都是选贤与能，做到"官不滥升，权不虚受"(《唐会要》八一)。

地方官吏治如何，直接影响民生。玄宗特别重视刺史、县令的选择。他曾亲自出题考试县令，开元四年在宣政殿亲试时，当场斥退了一些不合格的官吏，"放归学习"。(《通鉴》二一一)他还规定出任州郡长官,必须是京官之有才望者,甚至亲自加以遴选。在一次送别官吏赴外任时,亲书座右铭以赠,勉励他们"爱民如子"[1]。

在选拔人才方面,玄宗继续推行科举制。

当时唐兴百年,从多种渠道选拔人才,科举只是取士的一条道路,并不是唯一的道路。开元十七年时,国子祭酒杨玚甚至为了每年从科举选取入仕的人数过少而提出:"臣窃见流外入仕,诸色出身每岁尚二千馀人,方于明经、进士多十馀倍,则是服勤道业之士不及胥吏浮虚之徒。"(《全唐文》卷二九八)可知在开元前期,官员由进士入仕的不多。而科举特别是进士科的愈来愈受重视却是发展的必然趋势,这是新兴地主亦即中小地主的要求,也是唐室为了巩固政权所必然要采取的措施。因为科举取士,不限制与试者的门第、流品,使得地主阶级内部的各个阶层的才智之士,均可以通过考试,参加国家的管理。这样,便扩大了选用人才的社会基础,也正是自太宗、高宗为对抗山东旧族一再改修氏族志企图以官位高下定社会地位高下的愿望,通过科举制,终于实现了。寒门庶族可以通过考试,进入统治阶层,左思所慨叹的"世胄蹑高位,英俊沉下僚"的可悲局面,在很大程度上得到了扭转。玄宗朝所任用的宰相如姚崇、宋璟、张柬之、苏颋、张说、魏知古、张九龄、韩休、源乾曜等均出身科举,进士科尤多。故人称"开元之盛,所置辅佐,皆得贤才……朝多君子,信太平基欤!"(《新唐书》一二七)

科举制大大增长了中小地主登上政治舞台的机会,也鼓舞了他们上进的勇气与信心。他们意气风发,要求有所作为,对时代充满了责任感,对未来充满了理想,"致君尧舜"、"使寰区大定,海县清一",乃是那个时代士大夫报效社稷的共同的呼声。

玄宗经过开元之初对诸王权力的削弱,对权臣的贬抑,消除了身边的隐患;整饬吏治,健全了制度,加强了地方统治,而推行选举制,又为他网罗了大量的人才,加强了中央集权。这些政治上的重大措施,为开元、天宝间经济发展和文化繁荣铺平了道路,促成了"开元之治"的实现。

玄宗重视农业发展,开元间兴修水利,共建五十六个水利工程,灌溉沟渠愈来愈多,对促进农业发展起了很大作用。玄宗还奖励人口增殖,为了增加劳动人手,他把州县户口的增减,作为地方官考绩的首要标准。开元四年(716)规定:"其县令在任户口增益、界内丰稔、清勤著称、赋役均平者,先与上考,不在当州考额之限也。"所以玄宗时人口增长很快,天宝时约为九百馀万。元结说:"开元、天宝之中,耕者益力,四海之内,高山绝壑,耒耜亦满,人家粮储皆及数岁,太仓委积,陈腐不可较量。"(《问进士》)他的这些话说明了当时海内富庶的情况。

随着农业的发展,土地的兼并在剧烈地进行着,均田制已逐渐破坏,庄园经济发展起来了。庄园经济在晋宋之际即已存在,谢灵运的《山居赋》就是赞美他的庞大的百业具备的庄园的。唐自玄宗起,庄园经济已成为土地占有的主要形式。王维的辋川别业不仅风景优美,可供游赏,同时也是一个生产性的庄园。内有果园、瓜园、漆园、竹林,为王维提供了参禅、饭僧的物质生活基础。

物质生活的富裕,带来了良好的社会秩序,如郑綮在《开天传信记》中所载:"四方丰稔,百姓殷富……米一斗三四文……路不拾遗,行者不囊粮……人情欣欣然。"

尽管唐帝国实行重农抑商的政策,法律明文规定,不准商人骑马(《唐会要》卷三一),可是生产的发展,商业也相应地繁荣了起来,商人的骤富引起士人的羡慕,富埒王侯的商人在玄宗面前也敢于夸富。开元进士丁仙芝在《赠朱仲书》诗中说:"东邻转谷五之利,西邻贩缯日已贵。而我守道不迁业,谁能肯敢效此事。"(《全唐诗》卷一〇四)

有个名叫王元宝的富翁,常被玄宗召见,玄宗问他家财多少,他说:"臣请以绢一匹系陛下南山树,南山树尽,臣绢未穷。"(《太平广记》卷四九五)这就是说玄宗虽贵为天子,却不及王元宝富有。

市场的繁荣,交通的发达,也显示了帝国的兴旺发达。长安、洛阳都有门类繁多的市场,只东市就有二百二十个行。州、县也都有市,可资各地货物交换。杜甫的《后出塞》中所写"云帆转辽海,粳米来东吴",说明南北的贸易发达。泉州、广州是外贸港口,设有市舶使收税,当时海路可通往西亚、非洲,西陲的丝绸之路更是沟通欧亚非的要道。

太平年月,统治阶级骄奢的生活对珍奇异物的追求愈来愈强烈,为了适应统治阶级的需求,也为了适应发展了的市场的需求,手工业发达起来了。那些我们今天叹为观止的雕嵌镶刻的金银器皿,造型生动色泽鲜明的唐三彩,织造精细的丝罗绸缎,都是劳动者智慧的结晶。各地方又因地域不同,方物各异。天宝二年(743)三月,有过一次盛大的物资展览会,显示了全国各地所生产的物品的丰富多样。

天宝二年,韦坚筑广运潭成,江淮漕船由浐水可通至长安的望春楼下。韦坚汇集江淮租庸使的漕船数百艘,每船标有郡名,上载本郡方物、工业品,如广陵郡(今江苏扬州市)船,载广陵的锦、镜、铜器;南海郡(今广州市)船载玳瑁、真珠、象牙、沉香;晋陵郡(江苏常州)船载折造官端绫绣;豫章郡(今江西南昌)船载名瓷、酒器、茶釜、茶铛、茶碗……数百只船鱼贯而进,驾船的人头戴大笠,着宽袖衫、草鞋,一色南方服饰。为首的船上立着陕县尉崔成甫,他身着锦半臂、短胯绿衫、红罗抹额,高唱《得宝歌》:

得宝弘农野,弘农得宝耶!潭里船车闹,扬州铜器多。三郎[2]当殿坐,看唱《得宝歌》[3]。

崔成甫以旧调作歌词十首,"于第一船作号头唱之,和者妇人一百人,皆鲜服靓妆,齐声接影,鼓笛胡部以应之,馀船洽进,至楼下,连樯弥亘数里,观者山积,京城百姓多不识驿马船樯竿,人人骇视"(《旧唐书·韦坚传》)。真是一次规模盛大的水上物资展览会。小县尉崔成甫身着艳装,立在船头,竟然亲昵地呼玄宗为"三郎",在封建帝王中可以如此不拘形迹也是不多见的。这个场面展示了开元、天宝时唐人的开朗豪放的胸襟与浪漫自由的情调。大约因为这次的盛举太热烈,影响太大,故被权臣李林甫所忌恨,竟蓄意制造了一次冤狱,韦坚一门被害,连船夫都受到株连,史称"因之纲典船夫,溢于牢狱",政治上的阴云正在帝国繁荣富强的表面下发展着。

玄宗的雄才大略还表现在恢复了初唐疆域,巩固了国防。武后长安三年(703),边疆战争失利,碎叶失守,丝绸之路也截断了。玄宗即位后,重整军旅,扩充战马,并在西北万里边防及黄河以北的一些地区设置屯田,以解决边防军的粮食问题。开元二十七年(739)收复了碎叶,重新恢复了丝绸之路,其他邻近小国也随而内附,维护了国家的安全,发展了东西方的贸易。

当时的唐帝国是世界文明的中心,和自己的四邻有着友好密切的交往,向他们传送着自己的文化。东邻日本,屡次派遣使者来唐学习,开元初,朝臣真人粟田第二次来朝,请从诸儒受经,献大幅布为贽。朝臣仲满慕华夏文化不肯去,即在唐为官。东南亚各国及印度支那半岛的缅甸也屡派使者来唐,送来象牙、珍珠、白檀、犀牛,我国则赠以丝绸、瓷器及中国文化典籍。更远则与西亚、欧洲、非洲有物资交换。许多波斯商人到中国来经商,长安、扬州、广州都是波斯商人的集中地。中国的丝绸和工艺品大量输入欧洲,东罗马人喜爱中国的丝绸,也送来他们的医术和狮子、羚羊。在西安何家村发掘的邠王(玄宗堂兄)家藏的文物中,有波斯银币,也有罗马银币,说明开元、天宝时唐人的足迹远及欧、亚、非各洲。

开元之所以出现盛况,乃是由于玄宗早期励精图治,又有姚崇、宋璟、张说、张九龄的辅佐,君臣之间的关系,"势若舟楫相得,当洪流而鼓迅风,崇朝万里,不足怪也"(吕温《张荆州画赞》并序)。开元后期起,玄宗骄盈自满,昏庸贪暴,开元二十五年,一日之内杀了三个儿子,信用李林甫而贬逐张九龄,从此朝政日非,天宝初又夺了儿子寿王的妃子杨玉环为贵妃,慕长生、信符瑞,炼丹服食,放纵边将,听任宦官与外戚专权。天宝十三载,安禄山骄蹇益甚,唐玄宗宠赐愈厚,企图以恩赏笼络之。此时外戚杨国忠当朝,又发动了与南诏的战争。战争失利,前后死者几二十万人。次年,天宝十四载十月,安禄山发所率领的同罗、奚、契丹、室韦十五万兵反于范阳,渔阳鼙鼓动地而来。而各地州县所存铠甲,"皆穿、朽、钝、折不可用,持梃斗,弗能亢。吏皆弃城匿,或自杀,不则就禽,日不绝"(《新唐书·逆臣传》)。河北诸郡,望风瓦解,玄宗仓促间率嫔妃及六军、皇子等出延秋门向四川逃去。次日行至马嵬,发生了兵变,杨国忠、杨贵妃一族被杀,一部分军队拥肃宗西去灵武,另立朝廷。玄宗仍率部分僚佐及士卒入蜀。一百五十年的太平年月从此结束,半壁河山陷入了胡骑践踏之下,一个大动乱的时代开始了。

许多诗人、文学家随着祖国的陷于浩劫也被带进了灾难的深渊。如诗人王昌龄于动乱中不幸被害于中道,王维、李华、储光羲陷于贼中而受到玷辱。杜甫历尽艰辛追随朝廷至灵武,李白因从永王璘而被罪长流夜郎。高适辅佐肃宗,运筹帷幄,元结于乱世而铮铮独立,御强权而哀民生。诗人们在祖国的危难之中,虽世乱年荒而浩气不衰,文章诗歌的创作形成了新的高潮,不减开元、天宝之盛。特别由于他们为战争所迫,接近了人民,观察了社会,因而谱写出与时代脉搏相应的诗歌。一个伟大的民族正在受难,诗人们为民族的命运、国家的兴亡而呐喊而歌唱,呼唤着民族的复兴。

第二节　宗教、学术的发展概况

开元初期,由于善于应变的姚崇和刚正、守文的宋璟及提倡文教的张说为唐玄宗开创了稳定的政治局面,出现了一个政治清明、生产繁荣的社会环境,这个时期宗教信仰自由,学术思想活跃,各种艺术也得到了长足的发展。

继南北朝以来统治者所实行的三教并存、三教调和的方针,唐高祖李渊在宗教政策上没有大的改变,只是在三教序列上列道教于前,自称是老子后裔。这是一种依托,为了提高李姓在强盛的氏族势力中的地位。武后时明令佛在道前,并下令焚烧了《老子化胡经》,为佛教徒洗恨,是想借佛教的力量,革唐之命。玄宗即位之初,对佛教进行了一些抑制,勒令不少僧尼还俗。那是因为中宗、睿宗时,贵戚争营佛寺,又卖度牒,"富户强丁多削发以避徭役"(《通鉴》二一一),影响国计民生,故给以限制。正如马克思所说,"不是新的世界秩序按照基督教建立起来,相反的,而是基督教随着这种世界秩序的每一个新阶段的到来而有所改变。"(《马恩全集》第七卷239页)但总的说来,三教并行是既定国策,没有多大的变化。而且由于前段时期的重佛教及大规模的佛经翻译,使得这个时期的佛教得到新的发展。当时佛教的宗派林立,义学发达,各宗派都有自己的立宗典据、传承系统和理论体系,佛典的精妙义理深入到一些文人思想之中。在社会上儒与佛的教义并行不悖,许多文人在思想上出入儒释。开元之初的张说曾向神秀"执弟子之礼",古文运动的前驱者李华、独孤及都尊崇佛教,他们为禅师写碑文,甚至有阐释佛教教义的著述[4]。在他们的思想中儒、佛的思想是统一的,这就不可能不对他们的文学作品产生深刻的影响。如王维与佛教的因缘很深,他所写的山水诗中有不少是隐寓禅理,自然美与禅理、客观与主观浑融一体,达到了很高的美的境界,是山水诗的创新之作。裴迪、储光羲、钱起也有类似的诗。另外,自初唐以来所进行的佛经翻译,也带来文体形式的变革。自玄奘取经归来,官设译场,大规模地翻译佛经。因为要忠于原来的教义,多属直译;为便于向群众宣传,多采取口语,并经过了文章高手的润色,于是产生了一种简洁生动的文体即所谓"译经体",许多都是骈散间行的优美散文。这些优美的散文随着佛经的宣传流传很广,它的广设譬喻的表现方法,错落有致的文章节奏及佛经中所叙述的故事情节,对当时古文运动的先驱者李华、独孤及等都有明显的影响[5]。

在佛、道两教中,玄宗更为崇信道教。虽然在早期曾表示不迷信神仙,把集仙殿改为集贤殿,可是享国既久,愈来愈留恋富贵生活,也愈来愈迷信道教,望长生图久视成为衷心祈求的事。开元二十一年(733),亲注老子《道德经》令学者习之,并曾多次给老子追加封号,又诏令天下各州普遍建立玄元皇帝庙,置玄学博士,习老、庄、文、列,每岁按明经例考试。如独孤及就是以"洞晓玄经"科及第的。老、庄、文、列也就以道教的经典而得到广泛的传播。如李白是崇信道教的,在《明堂赋》中所写"遨游乎崆峒之上,汾水之阳,吸沆瀣之精英,黜滋味之馨香,贵理国其若梦,几华胥之故乡",即以《庄子》、《列子》中黄帝的故事为追求的理想境界。当时从帝王到士庶,采药、炼丹成为一种风气。玄宗天宝三载在嵩山炼药成,诸王宰相上表祝贺。玄宗把炼好的药分送他的兄弟,并说:"朕每思服药而求羽翼……今分此药,愿与兄弟等同保长龄,永无限极。"(《旧唐书》卷九五)李颀、李白都是以炼药闻名的。在诗歌创作上,这个时期描写神仙世界的游仙诗突然盛行了起来。孟浩然、李白、韦应物都写了游仙诗,尤以李白为最。这些游仙诗所描写的神仙世界,多半是道教典籍中的神仙故事与灵山胜景的连缀,借神仙以表达出尘之想。如李白在《梦游天姥吟留别》中先则描绘了一个瑰丽的神仙世界,最后大呼:"安能摧眉折腰事权贵,使我不得开心颜!"一泻胸中不平之气。是诗人追求自由、解放的呼声。道教的追求长生、飞升是超现实的,不现实的,可是它给那个时代的人带来的却是反抗权贵,蔑视现存封建秩序的豪迈的精神力量。

至于儒家学说,长期以来是士大夫的主导思想,幼而习诵,长而力行,皆以儒者自命。儒家思想的深入人心,不是任何宗教可以比拟的。历代帝王凡是欲治国兴邦者,都十分重视提倡儒学。开元之初,宋璟书《尚书·无逸》,玄宗置之内殿,就是希望以儒家的经典作为自己行动的准则。即位之初玄宗即注意史籍的阅读,并诏令马怀素、褚无量"更日入",以备询问。开元十年,玄宗颁示了自己注的《孝经》,刻石于太学,行于天下。史称"玄宗好经术,群臣稍厌雕琢,索理致,崇雅黜浮,气益雄浑,则燕、许擅其宗"(《新唐书·文艺传》上),对当时文风的扭转起了一定的作用。

玄宗的大兴文治是在张说当政之后。史载"帝好文辞,有所为必使(说)视草,善用人之长,多引天下知名士以佐佑王化,粉泽典章,成一王法。天子尊尚经术,开馆置学士,修太宗之政,皆说倡之"(《新唐书·张说传》)。在姚崇罢相之后,玄宗便开始注意到秘书典籍的整理,开元五年十一月,命褚无量为使,于东都乾元殿编校群书,九年十一月四部目录成。这次大规模的整理钞录,动用了大量的人力,保存了不少的典籍。据《大唐新语》记载,后来裴耀卿入库观书之后赞美曰:"圣上好文,书籍之盛事,自古未有。朝宰充使,学徒云集,观象设教,尽在是矣。"玄宗对这些学士,待遇优厚。集贤院内五品以上为学士,六品以下为直学士,由中书令知院事。以后宰相兼弘文、集贤大学士便成故事。玄宗对这些儒者的尊重,当然是为了他们发挥儒家经典的教化作用。

这个时期学术上的辉煌成就是刘知幾的《史通》,在前已曾论列。所编纂的典籍流传后代有较大影响的如《唐六典》,是由张说、徐坚、张九龄共同修纂的,记述了唐代的职官、制度及当时的政体实况。玄宗为了便于他的儿子们写文章检阅,命徐坚等编成《初学记》,这是继《艺文类聚》之后的又一部类书,虽"博不及《艺文类聚》,而精则胜之"(《四库全书总目》卷一三五)。《开元礼》一直延用到宋代[6],规范所及,非止唐一代而已。当时科举取士重诗赋,《文选》成为莘莘学子案头必备之书,在流行的李善注本之外,开元六年工部侍郎吕延祚等五人又合注《文选》上呈玄宗。玄宗令高力士宣其口敕:"此书甚好。"至南宋时因与李善的注本合刻,至今流传。张说有诗咏赞当时文教昌盛、雍雍熙熙的文明景象:

圣政惟稽古,宾门引上才。坊因购书立,殿为集贤开。髦彦星辰下,仙章日月回。字如龙负出,韵是凤衔来。庭柳馀春驻,宫莺早夏催。喜承芸阁宴,幸奉柏梁杯。(《春晚侍宴丽正殿探得开字》)

自然,对典籍的整比,对学士的优待,并不意味着把儒家抬到神圣不可侵犯的地位,学者、诗人仍然可以根据自己的认识非议孔氏或说一点嘲笑儒者的话。如刘知幾在《史通·疑古》中指责孔子隐瞒了历史真实,"爱憎由己",元结也被人指为"不师孔氏",李白更写了《嘲鲁儒》的诗,对鲁地腐儒迂阔滑稽的可笑形象,给予讽刺和嘲笑。他还说过:"鲁国一杯水,难容横海鳞。仲尼且不敬,况乃寻常人!"(《送鲁郡刘长史迁弘农长史》)虽然我们知道,李白有一个牢固的人生哲学是"穷则独善其身,达则兼善天下",乃是典型的儒家思想。玄宗既注过《孝经》,又于天宝十四年"颁《御注老子》并《义疏》于天下"(《唐会要·杂记》)。诗人中亦率多如此。李白受过道教符箓,但又自称"青莲居士",是用佛典为自己取的别号。诗人王维深受禅宗顿门影响,写过《能禅师碑》,可是天宝八年(749)哥舒翰不惜牺牲数万士卒攻下石堡城,他却说是老君以神力助战的结果,并上表祝贺;玄宗立老子像于临淄旧郡,王维写诗庆贺,诗中说:"愿奉无为化,斋心学自然。"又如曾经以"未就丹砂愧葛洪"为憾事的杜甫,一生汲汲于"致君尧舜",常以"穷儒"自命,另一方面也"身许双峰寺,门求七祖禅"(《秋日夔府咏怀奉寄郑监李宾客一百韵》),是北宗的信徒。可见当时士大夫的思想比较自由。统治者对思想的控制也不严格,听任不同思想自由发展。

在这样宽松自由的气氛中,诗歌特别受到重视。玄宗在即位不久答崔日用的手诏中说:"夫诗者,动天地、感鬼神、厚于人、美于教矣。朕志之所尚,思与之齐,庶乎采诗之官,补朕之阙。"(《旧唐书·崔日用传》)张说为宰相时还曾把王湾《次北固山下》一诗中的"海日生残夜,江春入旧年"一联亲手题在政事堂,让朝中文士作为模楷。独孤及说:"于时,天下无兵百二十馀载,缙绅之徒,用文章为耕耘,登高不能赋者,童子大笑。"帝王、大臣既是如此鼓励文学,钻研、攻读诗文,遂成为一种社会风气,致使这个时期的文学、艺术获得了空前的繁荣、发展。特别是诗歌,光芒无际,成为世界文化史中最珍贵的宝藏。

第三节　繁花似锦的艺术世界

开天时期,音乐、舞蹈、绘画等艺术与文学得到了同步的发展,并与唐代诗歌的发展有着密切的关系。

唐代帝王都喜爱胡乐胡舞,但又要表示继承中原正统的古乐,不得不使之聊备一格。自隋至唐,流传的十部乐中,只有清商是汉族民间乐舞,其馀均为西域各少数民族的乐舞。玄宗时,更是大力提倡胡乐胡舞,使之得到空前的发展。

玄宗是一位天才的音乐家,精通音律,能自度曲,好羯鼓,又善吹笛。他前后所宠爱的赵美人、武惠妃、杨贵妃,都以善舞著称。开元二年,置左右教坊于蓬莱宫侧,右教坊多善歌者,左教坊多善舞者(东京也设有两教坊)。教坊中的歌舞伎女像宫中女官一样,供奉禄米并赐宅第。演奏时分坐部、立部。玄宗亲选坐部子弟三百于梨园,号称"皇帝梨园弟子",亲自加以调教,并为梨园谱制法曲。著名的《霓裳羽衣曲》就是经过玄宗改制加工的胡汉音乐舞蹈,后来白居易的《霓裳羽衣歌》所作的生动描绘就是这支美妙乐舞的写照。

国家大典所用的乐舞,玄宗也曾参加制定。开元十三年诏张说改定乐章,玄宗自定声度,说为之词令(《唐会要》三二)。新乐须新词相配,诗取谐叶。随着乐舞的流行发达,配乐的诗歌也得到了发展。他对宫中行乐的乐舞也作过改进。孟棨《本事诗》载玄宗"尝因宫人行乐,谓高力士曰:'对此良辰美景,岂可独以声伎为娱,倘时得逸才词人吟咏之,可以夸耀于后。'遂命召(李)白。……命为宫中行乐五言律诗十首。……"(《本事诗·高逸第三》)所写的《宫中行乐词》五言律现存李白文集内,"律度对属,无不精绝",是李白应制的佳作,也是配乐的诗。

据《新唐书·礼乐志》记载:"唐之盛时,凡乐人、音声人、太常杂户子弟隶太常及鼓吹署,皆番上,总号音声人,至数万人。"真是一个庞大的乐舞队伍。每当正月元旦、玄宗诞日及大酺的日子,都要举行大的会演,特别是玄宗的诞日"千秋节",宣令天下休假,全国欢庆。《通鉴》二一八载:"上皇每酺宴,先设太常雅乐,坐部、立部,继以鼓吹、胡乐、教坊、府县散乐、杂戏,又以山车、陆船载乐往来,又出宫人舞霓裳羽衣,又教舞马百匹,衔杯上寿,又引犀、象入场,或拜或舞。"极为壮观。玄宗死后,千秋节废,一直到大历时杜甫还不胜感慨地怀念道:"自罢千秋节,频伤八月来。先朝常宴会,壮观已尘埃。"

玄宗不只是在宫廷中教练乐舞,供自己欣赏,还命令各级官吏寻找机会游乐,好尚乐舞已成为社会普遍习俗。开元二十年二月十九日许百僚于"城东官亭寻胜",还设有"检校寻胜使"(《唐会要》卷二九)。天宝八载正月敕:"今朝廷无事,思与百辟同兹宴赏,其中书、门下及百官等共赐绢二万匹,其外官取当处官物,量郡大小及官人多少,节级分赐,自春末以来,每旬日休假,任各追胜为乐。"(《唐会要》卷二九)又放假,又发钱(绢),号召官员们公费游乐。十四载三月更准许"常参官分日入朝,寻常宴乐"(《唐会要》卷二九)。玄宗既然如此大力提倡游乐,各地官吏自然争相游宴。每逢假日便驱车策马,携妓设宴,尽情欢娱,或遇送别,供帐祖饯。按规定三品以上的官员"得备女乐,五品以上女乐不得过三人"(《唐六典》卷四),实际上不止此数。军中有营伎,士大夫有家伎。太守、长史可随时引歌伎以娱乐宾朋,或以乐伎作为礼品赠人。安史乱后,江夏太守韦良宰引伎佐乐,李白在诗中描写道:"贤豪间青蛾,对烛俨成行。醉舞纷绮席,清歌绕飞梁。"(《赠江夏韦太守良宰》)这样的场面在唐诗中极为常见,反映了当时一般官吏的佚乐生活。范文澜说:"如果说秦王破阵乐舞的创作,适应了太宗时强盛奋发的国势,那么胡旋、柘枝等舞的流行正适应于开元、天宝间朝野纵情声色的败局。"(《中国通史简编》三编二册)从开元全盛到安史之乱,玄宗自己走到了自己的反面。

在富庶的物质生活中,开天时期的绘画亦如"兰菊丛芳竞秀",展现出新的面貌。张彦远在《历代名画记》(卷一)中说:"圣唐至今二百三十年,奇艺者骈罗,耳目相接,开元、天宝其人最多。"这自然也与玄宗的爱好以及社会的安宁富庶有关。玄宗本人善于书画,据说是画墨竹的始祖(潘天寿《中国绘画史》)。当时著名画家,很多人是宫廷供奉,有的是玄宗闻名召入,有的是地方作为特殊人才贡献的。他们被召入宫廷后,便成了职业画家,有了互相学习、模仿的机会,有了更好的写生条件,画艺也随之提高。如韩干被召进宫廷后,"上令师陈闳画马",过了些时,玄宗问他所画为什么不像陈闳所画,韩干说:"臣自有师,陛下内厩之马,皆臣之师也。"意谓自己师法自然。其后韩干所画的马,果然驰名于世。

为宫廷服务,为贵族服务,为宗教服务乃是当时画事的重要方面。帝王贵族都乐意把自己的生活记录下来以垂示久远,夸耀自己的威德,而且也可以装点生活。玄宗常让召入内庭的画家为自己及后妃写真,也为他们的游乐生活写真。如《按羯鼓图》、《武惠妃舞图》、《玄宗试马图》、《玄宗射马图》(见《新唐书·艺文志》三)等即是。画家们所绘制的大量画幅是寺庙里的壁画,画圣吴道子仅在长安和洛阳所作壁画就有三百馀幅。当时佛、道两教盛行,寺院有四万四千六百多所,一般规模都很宏大,设有歌舞演唱的场所,所以寺庙既是善男信女焚香礼拜的地方,又使他们得到纵情娱乐的机会。辉煌的壁画便是供人浏览的画廊,对人们产生了广泛的宣传作用。由于吴道子的画具有"风云将逼人,鬼神如脱壁"(《酉阳杂俎》)的逼真感,据说他画的《地狱图》能使京都屠沽渔罟之辈,见之惧罪而改业,于此可见吴道子绘画震慑人心的力量。

在当时的画家中,可与吴道子相颉颃者是诗人兼画师王维。苏东坡曾经这样评价他们两人的画:

> 吾观画品中,莫如二子尊。道子实雄放,浩如海波翻。当其下手风雨快,笔所未到气已吞。亭亭双林间,彩晕扶桑暾。中有至人谈寂灭,悟者悲涕迷者手自扪。……摩诘本诗老,佩芷袭芳荪。今观此壁画,亦若其诗清且敦。祇园弟子尽鹤骨,心如死灰不复温。……吴生虽妙绝,犹以画工论。摩诘得之于象外,有如仙翮谢笼樊。……(《王维吴道子画》)

这首诗对吴、王两画家都十分赞扬,而更敬佩王维。即谓吴画虽神妙而只能做到形似,不似王维"得之于象外",感人更深。

吴道子以人物画大家兼写山水,曾奉玄宗之命往绘蜀道、嘉陵山水,后于大同殿图之,一日而成。与之同时,李思训以数月之功也画了一幅蜀道山水。玄宗赞赏道:"李思训数月之功,吴道子一日之迹,皆极其妙也。"(朱景玄《唐朝名画录》)可以说明唐代的山水画是从吴、李兴起的。如画家潘天寿所评,吴道子之山水,"行笔纵放,如雷电交作,风雨骤至,一变前人细巧之积习,然其画迹除佛寺画壁之怪石崩滩与大同殿蜀道山水外,馀无所闻。故吴之于山水,仅开盛唐之风气而已。至完成山水画之格法,代道释人物而为绘画之题材者,则赖有李思训父子与王维等,同时并起,于是山水画遂分南北二宗"(《中国绘画史》)。

然而,无论南宗、北宗的画,所表现的意境都浅深不同地沾染着宗教的情感。如李思训的金碧山水,于山水中多著人物楼阁,所谓"湍濑潺湲,云霞缥缈,时睹神仙之事,窅然岩岭之幽"(张彦远《历代名画记》）。"李思训写海外之山"（董其昌《画眼》），其所倾心摹画者乃海外的神仙世界。和许多盛唐诗人所写的游仙诗一样，蓬莱仙境乃是他们追求的理想境界。

至于王维，向以诗中有画，画中有诗著称，他的诗是有声的画，他的画是无声的诗，以景抒情，达到了浑成之境，无论以诗以画都可以用以抒写他所追求的禅意。据《宣和画谱》载，王维的画有《维摩诘图》二，《高僧图》九，《渡水罗汉》等，从画的题目，就可以明白是佛教的宣传画。另外他也有《群峰雪霁图》、《江山诗意图》、《辋川图》等山水画。其中的《辋川图》能使秦少游"忘其身之匏系于汝南"（秦观《书辋川图后》），可证其出世绝尘之致，当与其诗《辋川集》同类。李梦阳说："王维诗高者似禅，卑者似僧，奉佛之应哉。"（《空同子》）道教的充满想象及对神仙世界的热烈追求，无论对绘画或诗歌所产生的影响都是谲幻的、飘渺的、神奇的、浓郁的色调，而在佛教影响下的诗画则表现为宁静的、枯寂的、淡泊的素洁之致。

自然，无论哪一位大诗人大画家，在他们的基调之外，还有其他的色彩、情调，都不能以偏概全。

盛唐时期也出现了一些名垂千古的书法家。

自太宗起，非常重视书法，除以重金收集前代名家的真迹外，又设立专门培养书法人才的书学。当时尚无印刷术，书籍的流传，全靠手抄，抄书也是一种职业，社会上一般的书法水平较高。

初唐书法是南北融合时期，至盛唐遂出现了代表唐人风貌的张旭的草书和颜真卿的楷书。张旭是吴中四士之一，他存世的诗歌不多，草书却是圣手，在当时就受到人们的赞誉。李白、杜甫、高适、李颀都曾写诗颂扬他，但描述得最为生动的是韩愈：

往时张旭善草书，不治他伎。喜怒窘穷，忧悲愉佚，怨恨思慕,酣醉无聊不平,有动于心,必于草书焉发之。观于物,见山水崖谷,鸟兽虫鱼,草木之花实,日月列星,风雨水火,雷霆霹雳,歌舞战斗,天地事物之变,可喜可愕,一寓于书。故旭之书变动犹鬼神,不可端倪,以此终其身而名后世。(《送高闲上人序》)

杜甫也说看见张旭的草字感到"悲风生微绡","溟涨与笔力"(《殿中杨监见示张旭草书图》),书法而能如此感人,书法而有如此多种多样的表现力,实属超凡入圣。可是如果张旭不是那样以全身心倾注于他所热爱的艺术,也不会达此绝妙的境界。当时慕其名拜他为师欲得指点者大有人在,可是他只看中了两个人,一位是崔邈,另一位即颜真卿,颜真卿是得到了他的真传的。现存颜真卿《张长史十二意笔法记》(《全唐文》卷三三七),就是对张旭所传要妙之道的概述。其后怀素以草书名世,颜真卿又写了《怀素上人草书歌》,赞扬怀素的草书"纵横不群,迅急骇人,若还旧观",并自惭虽得张旭"激劝","告以笔法",而"姿质劣弱,又婴物务,不能恳习,迄用无成"。怀素在《自叙》中说,他曾师法颜真卿,事实上颜真卿在书法上对后世的影响远较张旭、怀素为大,他的唐楷自成一体,雄伟壮丽,雍容大方,最足以表现盛唐气象[7],今存石刻文字有九十多种。从张旭和颜真卿对书法的态度,我们看到了盛唐人对艺术的执着精神与谦虚态度。

唐代帝王多能书,太宗好草书,并首创以草书写碑,玄宗提倡隶字,也写得一手优美的隶字,泰山的摩崖《泰山铭》就是他的大手笔。盛唐以书法名世者尚有李邕(北海),杜甫称颂他"碑版照四裔",时人称为"书中仙手";李阳冰的篆书亦称一绝,学李斯而能独创一格。

雕刻在唐代出现了大型的造像,洛阳龙门石窟和敦煌的唐代雕塑都是闻名于世界的。这些雕塑都已摆脱了外来影响,显露出和善庄严的民族特色。与吴道子同时的杨惠之号称塑圣,据说曾与吴道子同师张僧繇,因为自度不能胜吴,故弃绘画而事雕塑。也有人说江苏吴县甪直镇保圣寺的罗汉像即为惠之所塑。除佛像、罗汉像外,唐人也为现实生活中的人物塑像,史载天宝中曾镂玉为玄宗、肃宗像于太清宫。又《明皇杂录》云:"安禄山于范阳以白玉石为鱼、龙、凫、雁,仍以石梁及石莲花以献。雕镂巧妙,殆非人功。上(玄宗)大悦,命陈于汤(指华清池)中,仍以石梁横亘汤上,而莲花才出于水际。上因幸华清宫,至其所,解衣将入,而鱼、龙、凫、雁皆若奋鳞举翼,状欲飞动。上甚恐,遽命撤去。"亦可想见这些石雕的精巧程度。至于唐三彩,所塑动物与人虽然体制较小,由于塑造的比例准确,神态自然、生动,人的体态雄壮有力,马的形状肥壮丰满,遂使这些小瓷雕也与洛阳龙门奉先寺的石雕佛像一样,给人宏伟雄劲之感。

第四节 盛唐诗歌风貌

伴随着开元、天宝时期物质生产的发达,社会生活的富庶安宁,各种艺术都得到了繁荣发展。诗歌则更呈现出空前的光辉灿烂的局面。盛唐诗歌,标志着人类历史上的一个艺术时代,堪与古希腊的雕塑、文艺复兴时期的绘画媲美,创造了世界诗歌史上再难企及的典范。

人们以"盛唐气象"赞美这个时代诗歌所达到的文采风流、恢弘壮阔、叹为观止的成就。在这个时期里,不但出现了旷代难遇的李白、杜甫这样伟大的诗国巨人,光照千古,而且出现了如张说、张若虚、张九龄、孟浩然、王维、高适、岑参、王昌龄、王之涣、崔颢、李颀、王翰、祖咏、元结、韦应物、刘长卿等一大批有成就的诗人,他们或以独特的艺术风格,卓然自立于中国文学史长河之中,或以孤篇横绝,名垂不朽,一时间群星辉耀,光彩夺人。李白在《古风》的开篇第一首诗中,曾以"文质相炳焕,众星罗秋旻"歌颂了他的时代诗国的盛况。尽管在这次的高潮之后,中国诗歌这股洪流流经之处,依然产生了各种样式的繁华、锦绣的诗歌新潮,可是盛唐诗歌这一派光芒四射的景观是再也不会出现的了。历史是发展的,但不会重复。盛唐诗歌不只是中华民族的骄傲,也为人类的文化史标出了一个以抒情诗歌的繁盛为特征的时代。

从这个时期诗歌或诗人的数量之多来解释这个时期诗歌的繁荣,只能说明盛况的一个方面,而且并不是重要的方面,盛唐诗歌之盛,还在于它所展示的一个前所未有的高华雄浑、丰富多彩的诗歌世界。

首先,盛唐诗人在他们的诗歌中表现了一种昂扬、奋发,以天下为己任的自觉自励的向上精神。

盛唐诗人不是生活的旁观者,立志效命苍生社稷是他们毕生的誓愿。在早,张九龄就认为"致君尧舜,齐衡管乐,行之在我,何必古人"(徐浩《张九龄神道碑》)。孟浩然也曾有过寻求出仕之路,贡献才智的愿望。他说:"欲济无舟楫,端居耻圣明。"(《望洞庭赠张丞相》)李白则抱着"申管晏之谈,谋帝王之术,奋其智能,愿为辅弼,使寰区大定,海县清一"的愿望,栖栖然奔走一生,后虽被罪长流夜郎,放还之后仍然惓惓不能忘怀于国家的危难。他和他的朋友杜甫的生活道路不同,可是理想是一致的。杜甫早就"自谓颇挺出,立登要路津。致君尧舜上,再使风俗淳"。后虽屡经坎坷,而此志未渝:"许身一何愚,自比稷与契。……盖棺事则已,此志常觊豁。穷年忧黎元,叹息肠内热。"(《自京赴奉先县咏怀五百字》)"济时敢爱死,寂寞壮心惊。"(《岁暮》)这是多么执着的动人情怀。王维的诗中说:"孰知不向边庭苦,纵死犹闻侠骨香。"(《少年行》)王翰的"醉卧沙场君莫笑,古来征战几人回"(《凉州词》),王昌龄的"黄沙百战穿金甲,不破楼兰终不还"(《从军行》)、"鸷鸟立寒木,丈夫佩吴钩。何当报君恩,却系单于头"(《九江口作》),高适的"相看白刃血纷纷,死节从来岂顾勋"(《燕歌行》),岑参的"小来思报国,不是爱封侯"(《送人赴安西》)、"万里奉王事,一身无所求。也知塞垣苦,岂为妻子谋"(《初过陇山途中呈宇文判官》),又都是何等的壮怀激烈,充满慷慨报国的精神。就连存诗不多的祖咏,尚有"谁念迷方客,长怀魏阙情"(《宿御池》)的诗句,而岑参在失意之馀也还要说:"明主虽然弃,丹心亦未休。"(《题虢州西楼》)韦应物则说:"望阙应怀恋,遭时贵立功。万方如已静,何处欲输忠。"(《送崔押衙扬州》)他们是那么固执地坚守着自己的信念。

这一代诗人的以身许国的高尚情操是和他们关心黎庶悲惨生活的胸怀密切相关的。他们中不少人是出自寒素或经历过困苦生活的。高适"家贫,客于梁宋,以求丐取给"。王昌龄自叙"久于贫贱,是以多知危苦之事"。李白、杜甫都曾有过穷愁困顿的生活。他们接触过普通的劳动人民,知道他们的生活疾苦。他们同情劳动人民的苦难,并为之发出了强烈的呼吁。高适发愿:"永愿拯刍荛,孰云干鼎镬!"杜甫的名句"朱门酒肉臭,路有冻死骨",揭露了当时现实生活中的残酷景象。他呼吁:"谁能叩君门,下令减征赋!"(《宿花石戍》)"安得广厦千万间,大庇天下寒士俱欢颜,风雨不动安如山。呜呼,何时眼前突兀见此屋,吾庐独破受冻死亦足。"(《茅屋为秋风所破歌》)这种仁爱、博大的救世精神,千载之下,令人感动!

出于对劳动者的同情与拯世的胸怀,这一代诗人对帝王、权贵常给以抨击、讽刺,其言辞的尖锐、直率是前代或后来诗人难以比拟的。他们往往或质问,或批判,或呼吁,或告急,对时政剀切陈词,为民请命。王维的"翩翩繁华子,多出金张门。幸有先人业,早蒙明主恩。童年且未学,肉食鹜华轩"(《郑霍二山人》)、"朱绂谁家子,无乃金张孙……问尔何功德?多承明主恩"(《寓言二首》),都是为当时那些无功受禄的贵族子弟而发的。宦官专权跋扈是玄宗时酿成的一大祸患。李白曾在《古风》(二十四)中描述这些中官的嚣张气焰:"大车扬飞尘,亭午暗阡陌。中贵多黄金,连云开甲宅。路逢斗鸡者,冠盖何辉赫!鼻息干虹霓,行人皆怵惕!"这是一幅绝妙的讽刺画。玄宗后期穷兵黩武,杜甫在诗里发出直率的质问:"君已富土境,开边一何多!"(《前出塞九首》)王昌龄的《塞下曲》(四首)也说:"奉诏甘泉宫,总征天下兵。朝廷备礼出,郡国豫郊迎。纷纷几万人,去者无全生。臣愿节宫厩,分以赐边城。"对劳师远征,全军覆没的惨事是明白指出的。安史乱后,人民受害,而苛暴的征敛仍然不息,元结虽身为官吏,也不能不为那些"朝餐是草根,暮食仍木皮。出言气欲绝,意速行步迟"的小民百姓喊出"奈何重驱逐,不使存活为"(《春陵行》)!使命感、责任感迫使这一代诗人不能不面对这血淋淋的现实,提出了控诉。其他如崔颢的《长安道》、高适的《辟阳城》,储光羲的《效古》、《相逢行》等,都是借古喻今,对权贵进行了讽刺,显示了一代诗人可贵的对现实生活的干预精神。

其次,盛唐诗人在他们的诗歌中表现出一种乐观、自信、冲击一切樊篱、蔑视权威的大无畏的精神。

这个时代的诗人,都有几分狂气。试看杜甫在《饮中八仙歌》中所歌颂的这八位人物吧:

  知章骑马似乘船,眼花落井水底眠。汝阳三斗始朝天,道逢曲车口流涎,恨不移封向酒泉。左相日兴费万钱,饮如长鲸吸百川,衔杯乐圣称避贤。宗之潇洒美少年,举觞白眼望青天,皎如玉树临风前。苏晋长斋绣佛前,醉中往往爱逃禅。李白一斗诗百篇,长安市上酒家眠,天子呼来不上船,自称臣是酒中仙。张旭三杯草圣传,脱帽露顶王公前,挥毫落纸如云烟。焦遂五斗方卓然,高谈雄辩惊四筵。

他们不是当时的王侯、公子,便是骚人雅士,可全都是绳检之外的人物,也是时代的风流人物,获得了杜甫的颂歌。就是杜甫自己,虽说"奉儒守官",也并不那么温良恭俭让,他曾说:"健儿宁斗死,壮士耻为儒!"(《送蔡希鲁都尉还陇右因寄高三十五书记》)"皂雕寒始急,天马老能行。自到青冥里,休看白发生。"(《赠陈二补阙》)无论写人或自状,都是那么海阔天空,不惜以死追求的乃是更高的人生境界。虽在饥寒之中,也高标独树,不会减低翱翔的高度。"白鸥没浩荡,万里谁能驯。"(《奉赠韦左丞丈二十二韵》)"黄鹄去不息,哀鸣何所投?君看随阳雁,各有稻粱谋。"(《同诸公登慈恩寺塔》)褒贬是非常鲜明的。李白的诗歌更是汪洋恣肆,奔腾放浪。"我本楚狂人,凤歌笑孔丘。"(《庐山谣寄卢侍御虚舟》)"安能摧眉折腰事权贵,使我不得开心颜!"(《梦游天姥吟留别》)"俱怀逸兴壮思飞,欲上青天揽明月。"(《宣州谢朓楼饯别校书叔云》)在诗人眼里,一些权威、偶像都失去了向来的神圣的光环。尽管一边喊"行路难!行路难",可仍然充满了自信地高唱:"长风破浪会有时,直挂云帆济沧海!"这是何等的昂扬、自信,颓废、灰色和他们是无缘的。而且他们常常以这种奋发精神自励、励人:"知君不得意,他日会鹏抟。"(高适《东平留赠狄司马》)对前途总是充满了信心。

盛唐诗歌的第三个特点是大大地开拓了诗的领域。

宋初诗人王禹偁评杜甫曰:"子美集开诗世界。"借来评价盛唐诗歌也是恰当的。我国诗歌源流长远,然至盛唐始大放光明,使人眼界骤然开阔。许多平凡的人物、景象忽地拥进了诗歌的艺术殿堂,放射出奇光异彩,展露了它们固有的美的姿致,给人们以极大的美的愉悦,赢得了人们的赞赏。一个繁华夺目的诗的世界被这一代诗的伟人召唤了出来,使我们得以从更广阔的社会角度,窥探到那个时代的历史动态。

杜甫在《丹青引赠曹将军霸》一诗中称曹霸:"将军善画盖有神,必逢佳士亦写真。即今飘泊干戈际,屡貌寻常行路人。"曹霸画中的"佳士"和"寻常行路人"也正是杜甫诗歌中的人物。他既赞美张九龄、李白、张旭、郑虔……也歌颂"三吏"、"三别"及前后"出塞"中的"寻常"人物。又如李颀诗中的张果、刘四(晏)、梁锽、高三十五(适),都留下了声音笑貌,借此,我们得以窥知千载以上历史人物的精神世界。

几乎所有的盛唐诗人都写了不少的山水诗,借山水以抒情写意。他们的山水诗就像祖国的锦绣山河一样,多姿多彩,在不同的作家笔下呈现出不同的风貌。李白的《蜀道难》、《庐山谣寄卢侍御虚舟》、《望庐山瀑布》、《西岳云台歌送丹丘子》等是大幅山水,其雄伟壮阔,一直是后代画家企图再现的美的世界。而《辋川集》中的小幅山水画,也特别令人神往。读其诗便愿亲临其境,可惜经过千年的历史变故,辋川已非昔日之颜。人称杜甫的"入峡诸诗,苍凉幽迥,便是吴生、王宰蜀中山水图,自来题画诗亦惟此老使笔如画"(清方薰《山静居画论》)。山水诗与山水画在盛唐时期都得到了很大的发展。

边塞诗在盛唐时也形成了新的高潮。盛唐诗人于此有新的进境。自景云至开元天宝,官吏巡边和诗人从军形成一股热流,戍边成为中小地主攀登勋位和发家致富的一条途径。边塞诗就是在这种形势下所产生的抒情、纪实诗篇。高适、岑参、王昌龄、李颀、王维、李白、杜甫、祖咏、崔颢等都有名篇行世。殷璠说崔颢"晚节忽变常体,风骨凛然,一窥塞垣,说尽戎旅"。这也可以用于其他边塞诗人,如岑参、高适等。边塞戎马战斗生涯的新题材,丰富了他们的诗境。他们热烈地歌颂战功,赞扬了边疆将士的英勇气概。但也描写了战争的残酷及给人民带来的苦难。岑参的边塞诗更描绘了边疆的诡奇风光,诸如火山、热海、雪海、白草等异地奇特景色引入诗中,为诗歌增添了新的魅力。王之涣的《凉州词》描绘了辽阔边境的壮伟景观。这些诗大大开拓了人们的眼界,而诗中所抒发的激昂慷慨的报国情怀,又大大鼓舞了将士保卫祖国的精神。

妇女,特别是劳动妇女(采莲女等)以健康的英姿进入诗境。忧伤的被损害的宫女、怨妇、商人妇也是诗人们咏叹、歌唱的对象。宫词、闺怨成为诗人普遍抒写的题材。

其他如骏马、莺鸟、淡云、微雨、苍松、翠竹、丁香、紫藤……莫不为诗人巧思所采撷以抒情喻志。

盛唐诗歌的第四个特点是,盛唐诗人力求创新,创造了多种多样的艺术境界。

盛唐诗人以批判的眼光,审视一切,不苟同,不轻信;对他们自身的创造才华则抱着充分的信心,自我作古,他们开创了一个新的时代。李白的《古风》(一)是他们的宣言书:

> 自从建安来,绮丽不足珍。圣代复元古,垂衣贵清真。……文质相炳焕,众星罗秋旻。

这首诗对过去的诗歌传统作了一次回顾,批判是有些过分的,不能代表李白的一向态度。而对他自己所在的"圣代",则给予了充分的肯定。他并没有估价错误,这是诗人的敏感。具有同样敏感的还有他的同代人殷璠。殷璠以为"开元十五年后,声律、风骨始备矣。……

粤若王维、昌龄、储光羲等二十四人,皆河岳英灵也"(《河岳英灵集·序》),说他们都是"既闲新声,复晓古体,文质半取,风骚两挟。言气骨则建安为传,论宫商则太康不逮"(《河岳英灵集·集论》)。殷璠所赞美的开天诗人在诗歌创作上所取得的胜利,乃是自魏徵以来几代人所追求的,梦想已成为现实,无怪乎殷璠称他们为"河岳英灵"。殷璠在评价各位诗人的诗歌时,以"新"、"奇"作为一个重要标志。如评李白:"其为文章,率皆纵逸。至如《蜀道难》等篇,可谓奇之又奇,然自骚人以还鲜有此体调也。"所选入的其他诗人的诗,也多从"新"、"奇"的角度予以肯定。这些评语都是概括各家诗歌的特征而得,显示了盛唐时代诗人们艺术上的创造力。杜甫说:"为人性僻耽佳句,语不惊人死不休。"(《江上值水如海势聊短述》)又说:"赋诗新句稳,不觉自长吟。"(《长吟》)可知这一代诗人为了创新,为了在诗国争取独特的地位,付出了何等的辛勤努力!特别是杜甫,无论从体裁、题材、语言、风格上都有新的创建,蔚然森秀,与李白双峰并峙,在世界诗歌历史上,成为不朽的巨人。

盛唐诗歌的第五个特点是有体皆备,无美不臻。

诗歌发展至盛唐,各种体裁均已齐备,并产生了大量的不朽之作,这是任何历史时期都无法比拟的。盛唐这半个多世纪,比之它以前或以后的历史时期都是短暂的,然而无论以前或以后,都不及盛唐的诗歌那样受到人们的广泛传诵,盛唐诗歌的艺术魅力历久不衰。此时各种体裁的诗歌,都成了后世吟咏学习的典范,这是从历代选本和历代评论家的赞美中得出的一致的认识。

初唐时的五绝和七绝还常有不合律处,可视为正处于向格律诗的过渡之中。当律诗体制完成时,绝句也随之律化成熟了。绝句的字数不多,"意竭则神枯,语实则味短,惟含蓄不尽,使人低回想象于无穷焉,斯为上乘"(《唐宋诗举要》卷八)。在此短小体制中而能做到意味深长，非大才力不能为之。五言绝句被认为能手者只有王维和李白。李白的《静夜思》、《玉阶怨》、《秋浦歌》、《独坐敬亭山》，王维的《辋川集》中名篇，还有崔颢的《长干行》，王之涣的《登鹳雀楼》等，或清幽绝俗，或意境高远，都是我国儿童咿呀学语时便口口相授的诗歌，影响至为广泛。七言绝句在唐是入乐的歌辞，多随着乐曲的流传而远播。经过律化之后，即使不被谱作歌辞，本身也有音律和谐之美，又比律诗有较大的自由。或以连章叠咏的组诗形式出现，更可以使一个大的主题得到深化。其中如王昌龄的边塞诗、宫词，或优柔婉丽，或意旨微茫，兴味无穷，所谓含不尽之情于言外，可与李白的绝句媲美。沈德潜说"七言绝龙标、供奉，绝妙古今，别有天地。七言绝句，以语近情遥、含吐不露为贵，只眼前景、口头语而有弦外音，使人神远，太白有焉"（《唐诗别裁》卷二〇），他的选本中选入的李诗更多。一般都以为李王之间有异同而无优劣。如胡应麟说："大概李写景入神，王言情造极。王宫词、乐府，李不能为；李揽胜、纪行，王不能作。"在李王之外，王维也是七绝能手。又贺知章、王之涣、高适、岑参都有好的七绝流传人口。

律诗的体制虽定于沈、宋，可是他们把大部分的才力都用于描绘景色、敷设词采。那时的诗歌还没有从颂扬、酬唱的格局中解放出来。是盛唐诸公才运用这种新诗体，创造出兴象超远、高华壮丽的篇章，李、杜、王、孟是当时的杰出者。其中王、孟以清远胜。又王维于山水清音之外，尚有慷慨报国之词。李白本是"薄声律"以复古道为己任的，可是他的有些律诗也写得雄浑奇逸，令人感奋。律诗至于杜甫，意境更庄严瑰丽，人称"气象嵬峨，规模宏远，当其神来境诣，错综幻化，不可端倪，千古以还，一人而已"（《诗薮·内编》），试读《春日忆李白》、《月夜》、《春望》等诗，情思多么深沉，《秋兴八首》、《咏怀古迹五首》、《诸将五首》则寓变化于严整之中，感慨深沉，沉郁顿挫,沈德潜称之为"五色藻缋,八音和鸣",达到完美的艺术境界。

由于陈子昂、张九龄的努力提倡,李白的继起响应,盛唐时的五言古诗呈现了一种繁荣局面。李白的《古风》五十九首,规模宏大,感慨深沉,为五言古诗建立了新的典范。他还创作了不少五言古题乐府,如《长干行》、《子夜吴歌》、《江夏行》、《古朗月行》等,推陈出新,呈现出新的动人心弦的艺术力量。他的另外一些五言诗,如《上三峡》、《寄东鲁二稚子》、《月下独酌》、《嘲鲁儒》、《赠何七判官昌浩》、《沙丘城下寄杜甫》等,都是世人广为传诵的诗篇。其他各家如李颀、王维、高适、王昌龄等也用五言古诗叙事抒情。如王维的《西施咏》、《渭川田家》,王昌龄的《放歌行》、《塞上曲》、《代扶风主人答》,李颀的《赠张旭》、《赠别高三十五》,都能绘人写景,兼擅并能;而且时以律句入诗,音节响亮,增强了诗歌的音乐美。杜甫的五言古诗宪章汉魏而又自出机杼,出现了崭新的面貌。他的《赠卫八处士》、《前出塞》、《后出塞》、《自京赴奉先县咏怀五百字》、《北征》、"三吏"、"三别"等,都是以浓重的色彩、大开阖的手笔绘制的历史图卷。沈德潜说:"少陵五言长篇,意本连属,而学问博,力量大,转接无痕,莫测端倪,转似不连属者,千古以来,让渠独步。""独步"的评价是准确的。

在各体诗中,歌行或称七古乃是盛唐诸公驰骋才华的自由天地,最能代表他们的豪迈精神和宏伟气度。如高适的最有名的作品是《燕歌行》,岑参是《白雪歌送武判官归京》和《走马川行奉送封大夫出师西征》,李颀的《古从军行》、《送陈章甫》,王维的《老将行》、《陇头吟》等,都是他们的力作。胡应麟说:"唐七言歌行,垂拱四子,词极藻艳,然未脱梁陈也。张、李、沈、宋,稍汰浮华,渐趋平实,唐体肇矣,然而未畅也。高、岑、王、李,音节鲜明,情致委折,浓纤修短,得衷合度,畅乎,然而未大也。太白、少陵,大而化矣,能事毕矣。"(《诗薮·内编》卷三)李、杜两家在七言歌行中的大量名篇,为盛唐诗歌的崇高声誉增加了光彩。李白熔乐府、楚辞于一炉,变幻超忽,不拘一格。如《远别离》、《战城南》、《梁甫吟》、《蜀道难》等诗,虽用旧题而多出新意,在当时已备受赞誉,后世更视为绝唱。杜甫的七言古如《兵车行》、《丽人行》、《茅屋为秋风所破歌》、《哀江头》等,无论长篇短制,都深刻地反映了当时的现实生活,堪称不朽之作。沈德潜以为"别于盛唐诸家,独称大宗"。

第五节　盛唐的诗歌理论与诗歌选集

　　盛唐是一个诗歌创作大繁荣的时代,但在诗歌理论的建树方面,却未见有突出的成绩,似乎这个时代的知识分子,都在忙于写诗,而无暇顾及诗歌理论的探索与总结。不过,在某些诗人的作品及选家的评论中,也提出过若干片断的理论见解。这些见解,与盛唐的诗歌创作,有着很密切的关系。

　　初唐诗人,为了扭转齐梁以来诗歌的绮丽柔靡之风,大力提倡建安风骨。如陈子昂,不仅标举"汉魏风骨",而且从创作上努力实践自己的主张。所谓"风骨",是指作品的思想感情表现得鲜明爽朗,语言质朴而劲健有力,因而形成明朗刚健的优良风格[8]。建安时代的诗歌就是具有"风骨"的典型。盛唐诗人也提倡建安风骨,如李白在《宣州谢朓楼饯别校书叔云》中说:"蓬莱文章建安骨,中间小谢又清发。"王维称赞綦毋潜的诗"盛得江左风,弥工建安体"(《别綦毋潜》)。高适在《淇上酬薛三据兼寄郭少府微》中,也推崇薛据的诗是"纵横建安作"。在创作上,诗人们更努力追步建安,杜确《岑嘉州诗集序》评论开元年间的诗歌说:"其时作者凡十数辈,颇能以雅参丽,以古杂今,彬彬然,粲粲然,近建安之遗范矣。"盛唐诗人用自己的创作,纠正了齐梁以来诗歌片面追求形式美的偏向,造成了明朗刚健的一代诗风。

此外,一些诗人,如李白,还反对摹拟,主张创新,提倡"清水出芙蓉,天然去雕饰"。在创作上,盛唐诗人也追求自然,在充分地汲取六朝诗歌的艺术经验和技巧之后,力求返璞归真。

自天宝末至大历初,是唐代社会由盛而衰的转折阶段。随着社会的这种变化,诗人们的理论主张也发生了一些变化。如元结明确提出,诗歌应有"规讽"之旨,应能起到"救时劝俗"的作用。杜甫在《同元使君舂陵行》的序中说:"不意复见比兴体制,微婉顿挫之词,感而有诗,增诸卷轴。"称赞元结的《舂陵行》具"比兴体制",是指它继承了《诗经》的讽谕美刺的传统。在《戏为六绝句》中,杜甫又说:"别裁伪体亲风雅。"所谓"风雅",同"比兴体制"也无大差别。与以上这些主张的提出相应,在当时的创作中出现了一种反映人民疾苦的写实倾向。

又,杜甫说:"转益多师是汝师。"(《戏为六绝句》)主张博采众长。不仅杜甫自己做到了这一点,盛唐时代所有有成就的诗人,也都善于从前代的诗歌中汲取艺术营养。

随着唐代诗歌的繁荣,唐人编选的唐诗选本也大量出现,从前人的目录、笔记、诗话中,即可了解到这一情况。可惜这些选本大多散佚,流传至今的仅有十种,其中属于盛唐人编选的,有殷璠的《河岳英灵集》、芮挺章的《国秀集》、元结的《箧中集》等三种。

《河岳英灵集》不仅选录作品,而且还提出理论主张。这些主张,比起诗人们的那些零散的、片言只语的见解来,显得更为具体和比较有系统,因此这部书也就引起了人们的广泛注意。《英灵集》的编者殷璠，丹阳（唐郡名，治所在今江苏镇江）人，生平事迹不详。据《英灵集》卷首所署"丹阳进士殷璠"及《序》中所云"爰因退迹，得遂宿心"等语看来，他大抵是一个未登进士第但曾进入仕途而后又退隐的人。除《英灵集》外，他又编有《丹阳集》一卷，今已亡佚。

关于《英灵集》的成书年代，明刻本《英灵集》的《序》说："粤若王维、昌龄、储光羲等二十四人，皆河岳英灵也。……诗二百三十四首，分为上下卷，起甲寅（开元二年），终癸巳（天宝十二载）。"此序又载于《文苑英华》及《全唐文》，二书"二十四人"作"三十五人"，"二百三十四首"作"一百七十首"，"癸巳"作"乙酉（天宝四载）"。这么多的文字歧异，不大可能是由于传写讹误[9]或后人妄改造成的，因此，我们有理由怀疑《英灵集》有两种本子，初编本收诗止于乙酉，后来殷璠又对这个本子作了修订，收诗的下限遂延至癸巳。明刻本《英灵集》实际选录了二十四位作家的二百三十首诗，其中有的作于乙酉以后，如高适的《封丘作》写于天宝八至十一载诗人任封丘尉期间，储光羲的《效古二首》写于天宝九载作者赴范阳途中[10]，所以，这应当是一个修订本。

《英灵集》卷首有《序》和《集论》，书中又对入选的作家一一作了评论。这种体制，类似于钟嵘的《诗品》，所不同的是，《诗品》不选录作品，而此书未探讨流变和品第作家。殷璠在这部书中，用理论结合选诗的方法，表达了自己对于诗歌的见解，批判了齐梁以来绮靡浮艳的诗风。《序》云：

> 至如曹、刘诗多直致，语少切对，或五字并侧（仄），或十字俱平，而逸价终存。然挈瓶肤受之流，责古人不辨宫商，词句质素，耻相师范。于是攻乎异端，妄为穿凿，理则不足，言常有馀，都无兴象，但贵轻艳。虽满箧笥，将何用之？自萧氏以还，尤增

矫饰。武德初,微波尚在。贞观末,标格渐高。景云中,颇通远调。开元十五年后,声律风骨始备矣。

在这段话里,殷璠对建安作家曹植、刘桢等的诗歌很推重,认为它们虽然不讲究声律、对仗,却"逸价终存"。又对齐梁以来诗歌的发展,作了历史的考察。他批评齐梁诗歌内容贫乏,专门追求声律的流美和词藻的华丽,只以"轻艳"为贵。指出这种有害倾向一直影响到唐初,到了盛唐时代,诗风才大变,形成了声律、风骨二者兼备的局面。这些意见是相当中肯、符合于历史实际的。

对于声律问题,《集论》中曾有专门的论述。殷璠认为,"预于词场,不可不知音律",肯定了重视声律的必要性,这一点是陈子昂倡导诗文革新时不曾注意到的。但又反对过分讲究声律,如齐、梁、陈、隋作者那样"专事拘忌,弥损厥道";认为做到词句的刚柔与音调的高下相合即可,像沈约那样地严分四声八病,反而有损于诗的自然音乐美:"夫能文者,匪谓四声尽要流美,八病咸须避之,纵不拈缀,未为深缺。……故词有刚柔,调有高下,但令词与调合,首末相称,中间不败,便是知音。而沈生虽怪曹王曾无先觉,隐侯言之更远。"这种观点,与钟嵘"但令清浊通流,口吻调利,斯为足矣"(《诗品序》)的说法相近。关于"风骨",殷璠的意见与李白等诗人大抵一致。盛唐诗歌之所以获得高度发展,与它一方面能够继承和发扬建安文学的优良传统,另方面又能吸取南朝以来讲求声律的积极成果,大有关系。殷璠用声律风骨兼备来概括盛唐诗歌的风貌,不仅比较准确地道出了盛唐诗歌的特点,也反映了当时人们的普遍看法。

殷璠在《集论》中说:"璠今所集,颇异诸家,既闲新声,复晓古体,文质半取,风骚两挟。言气骨则建安为传,论宫商则太康不逮。""气骨"即风骨,"言气骨"二句,也就是《序》中所说的声律风骨兼备,这是殷璠对入选诗歌的总要求。但在对具体作家作品进行"品藻"时,他并不太强调声律,而更为重视风骨。如评高适云:"多胸臆语,兼有气骨。"评崔颢云:"晚节忽变常体,风骨凛然。"评陶翰云:"既多兴象,复备风骨。"都专门标举"风骨",而非标举声律风骨兼备。殷璠说所选诸家"既闲新声,复晓古体","新声"指近体诗,殷璠对它是肯定的,不过他更重视的乃是古体。如选李白诗十三首,都是古体;在《英灵集》入选的二百三十首诗中,近体只有约六十首,其馀全为古体。又他评论作家时所摘引的佳句,也绝大多数出自古体诗。从殷璠的多选古体,也可窥见他对风骨的重视。唐人常常把古体与风骨联系在一起,这是因为提倡风骨,自然要强调追步汉魏,而那时的诗歌正好都是古体,而且一般说来,古体诗表情达意比较自由,容易写得明朗有力,而近体有格律的限制,作者的注意力较易被引向雕琢字句,所以写起来不像古体那样易有风骨[11]。综上所述,可以说风骨是殷璠选诗的首要标准。

殷璠还提倡"兴象"或"兴",且把它作为选录诗歌的一个重要标准。所谓"兴",即兴致、感受、感触;所谓"象",即物象,"兴象"是指对于外界事物(包括自然景物,又不限于自然景物)的感受。如《序》云"都无兴象,但贵轻艳",是说齐梁诗歌都没有真实的感受,只以"轻艳"为贵。又如评陶翰云:"既多兴象,复备风骨,三百年以前,方可论其体裁也。"称陶翰的诗有兴象、风骨,可与晋宋以前的作品相提并论,说明殷璠认为晋宋以前的诗歌是有兴象的,这同他批评齐梁以后的诗歌无兴象的话,意正相合,所以兴象也当是指真实的感受而言。从陶翰今存的诗歌看,确实多有真情实感,非泛泛而咏或无病呻吟。评贺兰进明云:"又《行路难五首》,并多新兴。"这五首诗都不是写景之作,它们抒发了作者对于人生穷达、夫妇别离、亲故聚散、朋友交谊的感慨,故所谓"兴",应当是指对于社会人生的感触。殷璠提倡"兴象",要求诗歌有真情实感,是准确地抓住了诗歌创作的特点的,这对于矫正齐梁以来诗歌普遍存在的缺乏真实感受的不良倾向,显然有积极的意义。

风骨与兴象二者互有联系,并不矛盾。因为一个诗人如果没有对生活的真实感受却要舞文弄墨,那么他就不得不凭词采等取胜,以雕章琢句为能了,这样,其作品也就很难具有明朗刚健的风格;反之,一个作家若有真实的感受,则其诗歌之风骨的树立,就有了较好的思想感情基础。

殷璠还反复提倡作家在艺术创作上的独创性。如评张谓云:"谓《代北州老翁答》及《湖中对酒行》,并在物情之外,但众人未曾说耳。亦何必历遐远探古迹,然后始为冥搜。"推重张谓能道世人所未道,从世间习见的事物之中领悟出新意。再如评王维诗"意新理惬",常建诗"佳句辄来,唯论意表",岑参诗"语奇体峻,意亦造奇",李白"《蜀道难》等篇,可谓奇之又奇",储光羲诗"削尽常言",刘昚虚诗"思苦语奇,忽有所得,便惊众听",王季友诗"爱奇务险,远出常情之外",等等,都赞赏立意遣词的新颖奇特,强调作家在艺术创作上的独创性。殷璠在具体评论作家作品时,对这一点谈得最多,所以,它也应当是《英灵集》选诗的一个重要标准。

此外,殷璠又提倡"雅调"。如评王维诗云:"词秀调雅,意新理惬。"评孟浩然诗云:"半遵雅调,全削凡体。"评储光羲诗云:"格高调逸,趣远情深。"评祖咏诗云:"气虽不高,调颇凌俗。"何谓"雅调"?《序》云:"夫文有神来、气来、情来,有雅体、野体、鄙体、俗体。""体"指诗歌的体貌、风格[12]。野、鄙、俗三体无大差别,都与雅体相对立;不野、不鄙、不俗即为"雅",因此"雅体"当指诗歌的一种高雅脱俗的风格。"调"指格调,即作家或作品的风格。殷璠之评浩然诗,雅调与凡体对举,可见雅调就是雅体。又,超绝曰逸,"调逸"谓格调超众脱俗,与"调颇凌俗"同义,也是指作品有高雅脱俗的风格。殷璠所称有"雅调"的王、孟等,都是山水田园派诗人,因此,可以说"雅调"是对盛唐山水田园派诗风特点的反映和概括。这一诗派的作家,都有怀慕隐逸的情性,其诗歌多表现一种隐者超然绝俗的高致和啸傲林泉的逸兴,意境清雅幽远,语言洗脱凡近。"雅调"的形成,显然与这些因素有很密切的关系。殷璠编《英灵集》时是个隐者,思想、情趣皆与这一诗派接近,因此对"雅调"非常欣赏。

殷璠选诗,也有一个明显的缺点,这就是不太重视作品的社会思想意义。他提倡风骨、雅调,强调诗歌创作的独创性,都是从作品风格及艺术表现方面着眼的;虽提倡"兴象",要求诗歌有真实的感受,却又不很重视这种感受是否具有积极的社会意义。关于入选诗歌的思想内容,殷璠很少论及;他虽颇选了一些思想性较强的诗歌,但所注重的往往并不是这些诗歌的思想价值,而是它们在艺术上的成功。陈子昂既提倡风骨,又强调"兴寄",要求作品有充实的社会政治内容,在这个问题上,殷璠的观点同他是不完全一致的。

殷璠选录作家作品,还有一条标准值得注意。《序》云:"如名不副实,才不合道,纵权压梁、窦,终无取焉。"不论是否有权势,一以创作实绩为准绳,这在当时是难能可贵的。在评论中,殷璠还常常对那些有高才而沦落不遇的诗人,表示无限惋惜和同情,如评李颀:"惜其伟才,只到黄绶。"谓孟浩然"竟沦落明代,终于布衣,悲夫"。殷璠也是一个在仕途上不很得意的人,因此在思想上能够同那些失志者发生共鸣,而且在集中选录了较多表现才智之士失志的愤怨的作品。

关于《国秀集》,该书卷首的《序》说:"近秘书监陈公、国子司业苏公尝从容谓芮侯曰:'……自开元以来,维天宝三载,谴谪芜秽,登纳菁英,可被管弦者都为一集。'芮侯即探书禹穴,求珠赤水……今略编次,见在者凡九十人[13],诗二百二十首,为之小集,成一家之言。"又卷末北宋曾彦和跋云："《国秀集》三卷……天宝三载国子生芮挺章撰,楼颖序之。"可见此书是芮挺章按照陈、苏二人的建议和提出的宗旨编辑的,选诗的起讫年代为"自开元以来,迄天宝三载"[14]。但其成书年代,曾跋说在天宝三载,则不正确。考"国子司业苏公"即苏源明,他于天宝十二载秋自东平太守入为国子司业,所以《国秀集》的成书年代当在天宝末,与《英灵集》大致同时[15]。

　　《国秀集》入选的作家,以盛唐为主,兼及初唐,且只选录作品不作评论。其编选宗旨,据《序》所言,是要求"风流婉丽","取其顺泽者","可被管弦者都为一集",即注重声律的和美和文辞的婉丽。正因为这样,书中所选大部分是近体诗(占全部入选诗歌的四分之三以上)。如选录了孟浩然七首诗,皆为律、绝,实际他的五古中也颇有佳篇;高适擅长七古、五古,集中却只选录了他一首七绝。又初唐入选李峤、杜审言、沈佺期、宋之问,却不选陈子昂和四杰;选刘希夷,也只重视他的律诗,而不录他的七古名作《代悲白头翁》。这与殷璠的重视风骨、多选古体是大异其趣的。从集中所选诗歌的思想内容看来,除部分边塞诗具有较高的思想价值外,其馀多系赠答、送别、写景、旅游、侍宴、应制及感叹身世之作,缺少深刻的社会意义;而且,书中还选入了一些有宫体遗风的诗歌,如梁锽《观美人卧》、张谔《岐王美人》等。尤其令人惊异的是,在诗歌的思想和艺术上都获得很高成就的大诗人李白,集中竟然不入选。这些情况无不说明,编者对作品的社会思想意义的忽视程度,更甚于殷璠。还有,编者最推重的作家是卢僎,集中选录了他十三首诗,为入选诸家之冠(在入选诗的数量上仅次于卢的王维、孟浩然、崔颢,每人不过只选录了七首诗),然而这些诗无论从思想还是艺术上看,都并没有什么突出之处;又,一些在艺术上有独到之处、受到殷璠称许的诗人,如岑参、刘眘虚、储光羲、陶翰等,集中也都不入选。由此可见,编者的艺术鉴别力,也无法与殷璠相比。曾彦和跋说："然挺章编选，非璠之比，览者自得之。"《国秀集》确实不如《英灵集》，这一看法是正确的。

不过，《国秀集》也入选了一些不为殷璠所注意而实际上诗却写得颇出色的作家，如王之涣、王翰等。又《序》云："道苟可得，不弃于厮养；事非适理，何贵于膏粱？"这同殷璠所说"如名不副实，才不合道，纵权压梁、窦，终无取焉"，倒非常接近。查考《国秀集》中入选的作家，确有许多名位不显者。另其中有近三十家的作品，此集所收录的与《全唐诗》所收录的完全一致，说明正是依靠此集，这些人的作品才得以保存下来。从这一点看，《国秀集》是功不可没的。

关于《箧中集》，在《元结和〈箧中集〉》一章中另有论述，这里就不作介绍了。

〔1〕 见《通鉴》二一二。又《全唐诗》卷三之《赐诸州刺史以题座右》："眷言思共理，鉴梦想维良。……视人当如子，爱人亦如伤。讲学试诵论，阡陌劝耕桑。……勉哉各祗命，知予眷万方。"

〔2〕 宋罗大经《鹤林玉露》："俗称快活三郎者，即明皇也。"

〔3〕 《旧唐书·韦坚传》载，先是人间戏唱歌词云："'得体纥那也……纥囊得体耶，潭里船车闹，扬州铜器多，三郎当殿坐，看唱《得体歌》'……及此潭成，陕县尉翻出此词。"

〔4〕 如独孤及为隋镜智禅师写的碑铭，对禅宗教义多有阐发。又写了《金刚经报应述》。

〔5〕 本段意见参照了孙昌武《唐代文学与佛教》一书。

〔6〕 宋叶梦得《石林燕语》："国朝典礼，初循用唐《开元礼》。"

〔7〕 宋严羽《答出继叔临安吴景仙书》云："盛唐诸公之诗，如颜鲁公书，既笔力雄壮，又气象浑厚。"

〔8〕 参见王运熙《从〈文心雕龙·风骨〉谈到建安风骨》，载《文史》第九辑。

〔9〕 如"癸巳"、"乙酉",形音俱不相近,无由致误。

〔10〕 参见陈铁民《储光羲生平事迹考辨》,载《文史》第十二辑。

〔11〕 关于这个问题,王运熙、杨明《〈河岳英灵集〉的编集年代和选录标准》一文(载《唐代文学论丛》1982年第1期)有论述,可参看。

〔12〕 《文心雕龙·体性》、《文镜秘府论·论体》、《诗式·辨体有一十九字》所说的"体",都指作品的风格。

〔13〕 实际为八十八人(其中尚有三人有目无诗),"九十"乃约举成数而言。

〔14〕 或疑此书的选诗下限在天宝三载之后。按,在《国秀集》入选的诗中,我们尚未发现有可确断为天宝三载以后所作者,所以《序》中说此书的选诗下限在天宝三载,应该是可信的。

〔15〕 说详《〈河岳英灵集〉的编集年代和选录标准》一文注〔16〕。

第十一章 张说和张九龄

陈子昂以后,唐代文学在由初唐转入盛唐的发展过程中,有两位关键性的作家,这就是被称为"二张"的张说和张九龄。

第一节 张说的生平和文学业绩

张说(667—731),字道济,一字说之,河东(今山西永济)人[1]。出身于"近代新门",其父骘曾任长子尉、介休主簿、洪洞丞。武则天天授元年(690),张说二十四岁,应贤良方正举,对策第一,授太子校书。武后令写其策本于尚书省,颁示朝集及蕃客等,以光大国得贤之美。天授二年至天册万岁元年(691—695)间,说曾两度使蜀,集中有《被使在蜀》、《再使蜀道》等山水纪行诗。万岁通天元年(696),从武攸宜讨契丹,任管记,与陈子昂为同僚。其后,累官至凤阁舍人。长安三年(703),权奸张易之、张昌宗兄弟构陷御史大夫魏元忠与司礼丞高戬同谋反对武则天,要挟张说证实。说在御前直言实无其事。元忠因此免死,说却坐忤旨配流钦州,历时一年有馀。

神龙元年(705),中宗即位,武则天卒,张易之兄弟伏诛。张说奉诏还都,授兵部员外郎。历工、兵部侍郎,兼修文馆学士等职。睿宗朝,为中书侍郎兼雍州刺史、太子侍读,深受太子李隆基亲敬。景云二年(711),拜同中书门下平章事、监修国史。当时,武后之女太平公主执政,尤嫉太子。张说独力排斥太平公主一党,坚请太子监国。太平公主恨说不肯归附于己,遂罢免说宰相之职,下迁尚书右丞,分司东都。玄宗李隆基即位后,张说洞察太平公主阴谋篡权废帝,便献佩刀给玄宗,暗示他应当机立断,清除叛逆。开元元年(713)七月,太平公主等伏诛,张说拜中书令,封燕国公。孙逖《张说颂》(《文苑英华》卷七七五)云:"首谋四凶,决安危于天下。"高度赞扬了张说的这一历史功绩。同年十月,玄宗任命姚崇为相,张说欲谏阻,未遂。十二月,说被姚崇所构,贬相州刺史、河北道按察使。开元三年(715),再贬岳州刺史。

开元五年(717)二月,张说迁荆州大都督府长史。次年,离荆州任赴东都朝见天子,就任右羽林将军、幽州都督、河北节度使,摄御史大夫。他在幽州努力稳定局势,发展生产,安民息兵,"一年而财用肃给,二年而蓄聚饶羡,军声武备,百倍于往时"(《张说颂》)。开元八年(720),说移镇并州。同罗、拔曳固等部落闻突厥降户被杀,"皆悩惧",说亲率二十骑前往抚慰,大获成功,"于是九姓感义,其心乃安"(《旧唐书》本传)。次年夏,胡人康待宾连结党项,率众叛唐,说大破之。九月,玄宗诏张说守兵部尚书,同中书门下三品。开元十年(722),说又破康待宾余党。秋,班师回朝,奏请玄宗裁减边兵二十万,勒还务农,玄宗从之。开元十三年(725),张说为尚书右丞相兼中书令。

开元十四年(726),玄宗召见崔隐甫,欲重用之。张说鄙薄其人无文才,又厌恶御史中丞宇文融心术不正。融有所提议,说多压抑之。崔、宇文遂与李林甫串通一气,弹劾张说,玄宗停说中书令。崔、宇文仍恐张说复掌政事,屡向玄宗进谗。开元十五年(727),玄宗命张说致仕,在家修史。但朝廷每有大事,玄宗常遣中使询问张说。开元十七年(729),说复为右丞相,仍知集贤院事。随后,迁左丞相。开元十八年正月,加开府仪同三司;十二月二十八日(公元731年2月9日),病逝,享年六十四。玄宗素服举哀,废朝三日,罢十九年元正朝会,诏赠太师,并亲自为说撰神道碑文,赐谥"文贞"。

张说一生的功业是多方面的。他历仕武后、中宗、睿宗、玄宗四朝,"三登左右丞相,三作中书令"(张九龄《张说墓志铭》),又曾三次总戎临边,屡获战绩,可谓内秉钧衡,外膺疆寄,为唐代杰出的政治家。

张说"掌文学之任凡三十年"(《大唐新语》卷一),是开元前期的"当朝师表,一代词宗"(《唐大诏令集》卷四四),在文学上尤多建树,具体表现在以下三个方面:

其一,张说作为初、盛唐之间政治舞台上的重要人物,凭借着与唐玄宗的特殊亲密关系,对玄宗的文学好尚及其文化政策的制定,有很大的影响。例如,景云三年(712),张说在《上东宫请讲学启》中提出"重道尊儒"、"博采文士"等主张,即为玄宗全面采纳。玄宗后来为实施张说建议,诏改丽正殿书院为集贤殿书院,拜张说等十八人为学士。张说在知集贤殿书院期间,遵照玄宗旨意,主持编撰了《唐六典》、《大唐开元礼》、《大唐乐》、《唐文府》、《初学记》等著名典籍,对唐代文教事业的发展起了促进作用。正如韦述所说:"上之好文,自说始也。"(《职官分纪》卷一五引韦述《集贤注记》)《新唐书》本传也指出,"开元文物彬彬,说力居多"。

其二,张说十分注重奖掖文学新人。《旧唐书·韦述传》载:"说重词学之士,述与张九龄、许景先、袁晖、赵冬曦、孙逖、王翰常游其门。"据陈祖言《张说年谱》所考,张说奖掖过的文学之士,还有贺知章、徐坚、徐安贞、韦述兄弟六人、赵冬曦兄弟六人、齐瀚、王丘、徐浩、裴漼、尹知章、吕向、王湾、常敬宗、崔沔、康子元、敬会真等；又有当时以文学受知于张说，日后却并非以文学著称者，如房琯、李泌、刘晏等。一些年长的文人如杨炯、崔融等，亦与说交好。这是一份人数可观的开元前期的文学家名单！他们又提携了一批盛唐的杰出诗人和古文家，如张九龄之于孟浩然、王维、裴迪、万齐融，贺知章之于李白，孙逖之于李华、萧颖士。可以说，张说的延纳后进，对唐代文学发展有着非同一般的影响。

其三，张说也是一位杰出的文学理论家和批评家。他以权威的口吻和锐利的艺术眼光，对初唐以来许多文人的创作发表了精彩的评论。《旧唐书·许景先传》载，张说曾向玄宗奏称："许舍人（景先）之文，虽无峻峰激流崭绝之势，然属词丰美，得中和之气，亦一时之秀也。"开元十七年，他曾与学士徐坚评论当时一些文士的创作：

> 张说、徐坚同为集贤学士十餘年，好尚颇同，情契相得。时诸学士凋落者众，唯说、坚二人存焉。说手疏诸人名，与坚同观之，坚谓说曰："诸公昔年皆擅一时之美，敢问孰为先后？"说曰："李峤、崔融、薛稷、宋之问，皆如良金美玉，无施不可。富嘉谟之文，如孤峰绝岸，壁立万仞，丛云郁兴，震雷俱发，诚可畏乎！若施于廊庙，则为骇矣。阎朝隐之文，则如丽色靓妆，衣之绮绣，燕歌赵舞，观者忘忧。然类之风雅，则为俳矣。"坚又曰："今之后进，文词孰贤？"说曰："韩休之文，有如太羹玄酒，虽雅有典则，而薄于滋味。许景先之文，有如丰肌腻体，虽秾华可爱，而乏风骨。张九龄之文，有如轻缣素练，虽济时适用，而窘于边幅。王翰之文，有如琼杯玉斝，虽灿然可珍，而多有玷缺。"（《大唐新语》卷八）

张说对十位作家各自不同的文章风貌,作出了相当准确的总体评价和生动形象的描述。既热情地肯定长处,又恳切地指出缺点。从张说的这段评论以及有关的一些文章中,可以概括出他的文学主张:第一,崇典则。认为作品必须合乎一定的规范、法则,可类风雅。要求继承风雅的传统。第二,讲实用。要求作品对于时政有切切实实的意义和作用。第三,重风骨。他所说的风骨,主要是要求作品思想感情的表现,应该劲健有力、鲜明爽朗,而不能丽藻满篇,柔靡不振。犹如一个人,虽"丰肌腻体","秾华可爱",但肥胖臃肿,无挺拔之骨格,也是谈不上美的。第四,尚气势。他赞扬富嘉谟文章"如孤峰绝岸,壁立万仞,丛云郁兴,震雷俱发",惋惜许景先文章"无峻峰激流崭绝之势"。在《洛州张司马集序》中,推崇张希元的文章"逸势高标,奇情新拔","天然壮丽";又曾手题王湾意境壮阔的名句"海日生残夜,江春入旧年"于政事堂。这些都体现了他对一种气魄宏伟的文学风格的倡导。第五,重文采。他认为文章要体物言志,便须在文辞上发挥形容,错综润色。他在《上官昭容集序》中提出:"气有壹郁,非巧辞莫之通;形有万变,非工文莫之写。先王以是经天地,究人神,阐寂寞,鉴幽昧,文之辞义大矣哉!"又在《洛州张司马集序》中云:"夫言者志之所之,文者物之相杂。然则,心不可蕴,故发挥以形容;辞不可陋,故错综以润色。万象鼓舞,入有名之地;五音繁杂,出无声之境。非穷神体妙,其孰能与乎?"可见,他不仅提倡文质并重、辞义相得的文学,而且还对文辞提出具体的美学要求,即要能表现事物的万变之形,达到穷神体妙,要富赡、典雅、丰美、工巧。第六,讲滋味。他不赞成内容纯正但淡而寡味的作品,强调诗文要言有尽而意无穷,耐人寻味。

张说的上述文学主张,显然涉及到了文学从内容到形式、从创作到鉴赏等一系列问题,构成了一个理论体系。这个理论体系,既体现了政治家的文学眼光,又突破了政治家的局限。张说不轻视文学的艺术形式和审美价值,对文学艺术的特征作了应有的强调。这是正确的。在初、盛唐的文论家中,四杰、陈子昂、殷璠等人都没有使用"滋味"这一概念,张说上继钟嵘之说,提出"滋味",强调了诗文的形象性特征和耐人咀嚼的意蕴,值得注意。他的"讲实用",也为后来白居易的"为时为事而作"的文学理论张本。而他的"重风骨"、"尚气势"、"重文采"的主张,对当时诗文创作的指导意义尤为明显。

陈子昂在初唐后期首先高举"复古""革新"的旗帜,倡汉魏风骨,斥齐梁馀风,言辞激烈,振聋发聩,功不可没。但他重质轻文的文学主张又是偏颇的。比较起来,张说的文学主张更全面、进步,更合乎当时文学发展的潮流。加上在政治上、文坛上的崇高威望,使他事实上成为盛唐文学的一位开路人。其历史功绩,不在陈子昂之下。

第二节　张说的诗文和传奇

张说能诗擅文。《全唐诗》录存其诗四卷,计三百五十首。他长期在朝中任职,乐章、挽歌、奉和应制的篇章很多,仅应制诗即有七十首,可以说是唐代宫廷诗的巨匠。这些诗歌,反映了开元盛世的文治武功,是生动、形象的历史文献。例如《十五日夜御前口号踏歌词二首》(其一),写元宵夜晚花萼楼前灯景,颇能见出盛世京都的繁华和太平景象。这些诗,也有艺术价值。如五排《将赴朔方军应制》,明人胡应麟评其起句"礼乐逢明主,韬钤用老臣""雄浑"、"得体"、"可法"(《诗薮·内编》卷四)。七律《侍宴隆庆池应制》,精工典丽,亦受前人赞赏。五律《奉和圣制登骊山瞩眺应制》:"寒山上半空,临眺尽寰中。是日巡游处,晴光远近同。川明分渭水,树暗辨新丰。岩壑清音暮,天歌起大风。"不仅颂扬得体,写景亦清新流丽,是一首山水诗佳作。

张说两度使蜀,两次被贬外放,又曾数次统兵到过塞北,这使他得以走出狭窄、沉闷的宫廷,呼吸大自然的清新气息,体验仕途的沉浮、世态的炎凉和军旅生活的艰辛,写出不少内容充实、风格清健的好诗。

他出镇幽州、并州的诗作,抒写了安边许国、建功立业的豪情壮志。如七古《巡边河北作》:"去年六月西河西,今年六月北河北。沙场碛路何为尔,重气轻生知许国。人生在世能几时?壮年征战发如丝。会待安边报明主,作颂封山也未迟。"直抒胸臆,慷慨激昂。五律《幽州夜饮》:"凉风吹夜雨,萧瑟动寒林。正有高堂宴,能忘迟暮心。军中宜剑舞,塞上重笳音。不作边城将,谁知恩遇深。"豪放而悲凉,起得挺拔,结得深婉。七律《幽州新岁作》:"去岁荆南梅似雪,今年蓟北雪如梅。共知人事何常定?且喜年华去复来。边镇戍歌连夜动,京城燎火彻明开。遥遥西向长安日,愿上南山寿一杯。"清人方东树评曰:"以梅雪为兴象","情词流转极圆美","亲切不肤"(《昭昧詹言》)。

他的送别之作,往往富有社会内容。如《送王晙自羽林赴永昌令》、《送李问政河北简兵》等,表现出系心边事的情绪,歌颂了刚直的官吏;《奉和圣制送金城公主适西蕃应制》,赞扬金城公主远嫁吐蕃,反映当时唐朝与吐蕃的友好和睦关系;《送任御史江南发粮以赈河北百姓》,对河朔人民的疾苦表示了深切的关怀。

张说的怀古诗《五君咏五首》、《邺都引》、《过怀王墓》、《过庾信宅》等篇,都是触景生情,托物咏志、借古慨今的较好作品。胡应麟曾将《五君咏》与陈子昂《感遇》,李白《古风》和杜甫《羌村》、《出塞》相提并论,认为皆唐代五言古诗的力作,为"六朝之妙诣,两汉之馀

波"(《诗薮·内编》卷二)。《邺都引》:

> 君不见魏武草创争天禄,群雄睚眦相驰逐。昼携壮士破坚阵,夜接词人赋华屋。都邑缭绕西山阳,桑榆汗漫漳河曲。城郭为墟人代改,但见西园明月在。邺傍高冢多贵臣,蛾眉曼睩共灰尘。试上铜台歌舞处,惟有秋风愁杀人。

此诗作于开元元年贬相州期间,诗中热烈颂扬曹操的杰出才能及其统一大业,借以表达对玄宗文治武功的期望。结尾抒发对于人事代谢的深沉感慨和哲理思索。情调慷慨悲壮,语言简劲老练。叙曹操行事仅四句,人物却须眉皆动。全篇已脱尽初唐七古的绮艳作风。清人沈德潜称赞说:"声调渐响,去王、杨、卢、骆体远矣。"(《唐诗别裁集》卷五)

计有功《唐诗纪事》说:张说"谪岳州后诗益凄婉,人谓得江山助云。"其实,张说配流钦州期间的诗作,其凄婉之情,已极深切感人。如《还至端州驿前与高六别处》:

> 旧馆分江口,凄然望落晖。相逢传旅食,临别换征衣。昔记山川是,今伤人代非。往来皆此路,生死不同归。

张说流配钦州,高戬亦同时贬谪端州。诗中写二人在流放途中相互推食和解衣相赠的细节,充满浓厚的人情味。最后写对难友的悼念,更是悲怆感人。这种以朴实无华的语言真挚坦率地表达感情的方式,在宫廷诗中是很难见到的。张说写于岳州的诗,如《岳州作》抒发迁谪蛮荒仍眷念朝廷的悲苦,《岳州别子均》表现在异乡骨肉分离的凄楚,同流配钦州的诗情调一致。但洞庭君山的秀丽风光,也引起诗人的极大兴趣,情不自禁地要对它加以歌唱。如"山水佳新霁,南楼玩初旭。夜来枝半红,雨后洲全绿"(《岳阳早霁南楼》);"山花迷径路,池水拂藤萝。萍散鱼时跃,林幽鸟任歌"(《湘州北亭》);"江寒天一色,日静水重纹。树坐参猿啸,沙行入鹭群"(《游洞庭湖》)等等。诗人陶醉在幽美的水光山色之中,遭受创痛的心灵也获得一些暂时的抚慰。这些诗篇,写景生动细致,设色明丽夺目,如同一幅幅生气勃勃的水彩写生画,反映出诗人描绘山水的艺术技巧已趋于成熟。这正是"得江山之助"的结果。

在张说集中,山水诗数量较多,佳作迭出。诗人不仅能准确地描绘不同地区、季节的山水景物画面,而且善于真切地表现自己的不同生活境遇和心绪,从而形成个性化的意境。例如,写于初次入蜀的《过蜀道山》:"我行春三月,山中百花开。披林入峭茜,攀磴陟崔嵬。白云半峰起,清江出峡来。谁知高深意,缅邈心幽哉。"既展现出动感很强的巴蜀山水图画,又表达了作者当时的远大抱负和乐观情怀。而《深渡驿》:"旅宿青山夜,荒庭白露秋。洞房悬月影,高枕听江流。猿响寒岩树,萤飞古驿楼。他乡对摇落,并觉起离忧。"诗人把秋夜凄清、冷寂景色,同自己羁旅愁思与沦落失意的感情,交织成一个清旷之境,与前一首的欢快情调和雄奇境界迥然不同。又如《同赵侍御乾湖作》,全诗七言二十七句,景致宏大,气象开阔,如开篇四句:"江南湖水咽山川,春江溢入共湖连。气色纷沦横罩海,波涛鼓怒上漫天。"张说的某些山水诗还有另一个特色:即景发兴,以兴为主,在景中寓意寄托而不露痕迹。例如写于岳州的七绝《送梁六自洞庭山作》:

巴陵一望洞庭秋,日见孤峰水上浮。闻道神仙不可接,心随湖水共悠悠。

诗中所展现的壮丽画面,确是洞庭湖和君山的美妙写照。但实中有虚,"孤峰"、"神仙"等意象都似有双关、象征的含义,微妙而深婉地表达出诗人迁谪的孤苦和失望,使人感到别情与谪情都悠悠不尽。胡应麟《诗薮》指出:唐初七绝"音律未谐,韵度尚乏","至张说'巴陵'之什……句格成就,渐入盛唐矣"。

在初唐至盛唐的诗坛上,张说是尝试运用诗歌的各种体裁进行创作并多有创获的一位诗人。他的诗有三言、四言、五言、六言、七言等,其中五言古诗和律诗数量最多,写得相当纯熟。七古如上述《邺都引》、《巡边河北作》等,以苍莽古调唱出了盛唐之音。盛唐前期,七律和七绝尚未成熟,作者少,佳作亦不多见;而张说却运用这两种新体裁写出了多首佳作,对盛唐七绝和七律的形成和发展作出了贡献。张说还写了不少五绝,如《被使在蜀》、《岳州守岁》、《岭南送使》等。著名的《蜀道后期》:"客心争日月,来往预期程。秋风不相待,先至洛阳城。"以"争"字为一篇眼目,从客心与日月相争、秋风复与客心相争、秋风占先,表现出自己归心之切,后期之恨。历代一些诗评家赞其构思巧妙,有乐府风味。张说还有《咏方圆动静示李泌》的四言小诗:"方如棋局,圆如棋子。动如棋生,静如棋死。"颇富哲思。

张说的文章比诗歌更著称当时,朝廷述作,多出其手,与许国公苏颋齐名,并称为"燕许大手笔"。他现存文二百五十篇,《旧唐书》本传说他:"尤长于碑文、墓志,当代无能及者。"

六朝的碑志文都是骈体,"为人志铭,铺排郡望,藻饰官阶,殆于以人为赋,更无质实之意"(章学诚《文史通义》外编卷二)。初唐"四杰"大体承袭这种风气,浮华刻削,罕有佳构。武后朝,有富嘉谟、吴少微二人,撰写碑志,"皆以经典为本,时人钦慕之,文体一变,称为富吴体"(《旧唐书·文苑中》)。到了张说,更在碑志文的写作上开创了新局面,在题材、文体和表现技巧上都有所突破。他为声名显赫的宗臣名相撰碑,也给坎壈失意的寒儒小吏立传;多数碑志文仍是骈体,但平易通畅,更有少数上追汉魏、下开韩柳先声的散体;虽未能完全摒弃缕述对象生平仕履、"铺排郡望、藻饰官阶"的旧套,却已显示出文字俊爽,记人述事较为生动亲切的特色。他善于抓住人物一生事迹中的突出特点,注意选取富有特征的真实细节,从人物的外貌、对话和动作显示其品格与个性。例如《太尉裴公神道碑》,先叙写裴行俭少年时与房仆射、梁公的对话和神态,表现他年少志高,好学不倦,对前途充满自信;以后又写他身居高位对下属无意造成的过失不予追究,温言抚慰,从而刻画出了一位宽厚仁慈、令人崇敬的儒将。张说的碑志还能根据对象特点取舍、组合材料。如《贞节君碣》以县令阳鸿的"贞节"节概为一篇主脑,着重描叙他为友人治丧和在战乱中守城两件事,展示了人物的这一可贵品格,最后抓住"大才无贵仕"一点抒发感慨。全篇主题突出,人物形象鲜明,条理清晰,结构完整,文字详略得宜,是一篇散体碑志佳作。又如《齐黄门侍郎卢思道碑》,碑主是隋代有名的宫廷文臣。作者抓住人物特点,着重写他的文学。写文学又侧重两个方面:一方面写他"处屯安贞"、"临难无慑",乃是"国华人望",强调其文是其德行的表现;另一方面写他"擅名当时,垂声后代",以见其文才之可贵。全文简洁清通,重点突出。

张说自述他撰写碑志遵循"实录"原则,"不敢假称虚善,附丽其迹"(《与魏安州书》)。的确,他的一部分碑志文写得平实朴素。例如《宋公遗爱碑》,碑主是盛唐名相宋璟,碑文写于宋璟健在时。作者行文谨慎,述事确凿,评价恰当,没有虚夸溢美之辞。全篇言由中出,真切感人。又如《姚文贞公神道碑》,扣住姚崇为一朝名相这一点,叙功行皆录其大,笔墨简括,要言不烦。作者与姚崇有过矛盾,并因此被贬相州,但撰写此文却不怀芥蒂,秉笔实录,尤为可贵。

当然,张说的一部分碑传文,写人物也有夸张、渲染、形容,甚至穿插一些神奇、怪诞的场面和细节,因而具有某种传奇色彩。例如《兵部尚书代国公赠少保郭公行状》为名将郭元振立传,用一些富有传奇色彩的故事,突出地渲染了郭公的威武神毅、胆识过人。如写他出任安西大都护,"时乌质勒久恃众倨傲……公以众寡不敌,难以力制,因率麾下数十骑,径入部落。乌质勒大出兵卫出迎,望见公威容端毅,风飙若神,不觉屈膝,因而下拜。公宣国威命,抗声与语,自朝至暮,雪深尺馀,竟不移足,质勒频拜伏。……质勒久立雪中,仓卒疾发,是夜暴卒"。又写他进军葱岭,"其河源上有大树,高千馀尺,垂荫数顷。大军至日,有黄龙绕树,以口吐毒气而拒官军,三军悉睹焉。公手书檄文,令左拾遗张宣抗声读之毕,黄龙解树而下,公率诸军诛之,数日方倒,聚而焚焉"。又如《石羽林大将军王氏神道碑》,叙写大将军王威明战死沙场的场面,《夏州都督太原王公神道碑》描绘王仲翔远征热海的情节,《大通禅师碑》展现高僧神秀圆寂后"白雾积晦于禅山,素莲寄生于坐树","双林变色,泗水逆流"的幻境,都带有传奇色彩。

张说是诗人,又长期监修国史,兼具史才,所以他的一些碑志,还能将史笔和诗笔结合起来。例如《崔公神道碑》在描叙河间丞崔漪的政绩后,连用"若夫碧树烟霭于江潭,红荷藻耀于泽畔,宝贝炯光于空浦,美玉明润于断岸"四个意象瑰丽的比喻,使人物光彩夺目,碑文诗意盎然。

张说能依据碑主身份、性格、事迹的不同,创作出风格各异的碑志文,或渊懿朴茂,或雄浑奔放,或刚健朗畅,或朴素平实。但不论何种风格,在刻画人物、描叙事件、选择细节、抒情议论等方面,都表现出较高的艺术技巧。碑传文后来成了独具一格的传记文学。韩愈的碑文与杜甫的律诗并称,被看成唐代文学的精华。张说在开创这个传统方面是有贡献的。王维、李华、萧颖士、贾至、独孤及、梁肃等人的同类作品,特别是韩愈和柳宗元带有浓厚传奇色彩的碑传,都受到张说的影响。

  张说的章表书疏也有佳作。《旧唐书》本传载录的《谏武后幸三阳宫不时还都疏》和集中的《请置屯田表》、《百官请不从灵驾表》等,都是精彩的政论文章。作者从国家和百姓的利益着想,敢于触逆鳞,谏阻皇帝的错误行动,或向朝廷提出经过深思熟虑的建议。说理透辟,文字也疏朗通畅。如《百官请不从灵驾表》,是为谏阻中宗李显运送武后灵驾还京而写的。作者不是就事论事,而是把事与情理结合起来。文章先提出有"圣人之孝"和"凡人之孝",然后据此批评中宗"守曾、闵之节,怀独展之愿",行的是"凡人之孝",继之陈说当时国困民贫、人情思安的情势,以及西运灵驾将要造成劳民伤财的严重后果,并以武后生前怜悯百姓的心意和先王行"圣人之孝"的故事,劝告中宗"抑小节而成大孝,使军国长算,咸洛皆安,邦甸穷人,赋敛少减"。文章最后表示:"愿百僚结诚,期于死请,无任悲迫之至。"从正、反两面陈述,事理严正,言辞恳切,具有很强的说服力和感染力。此文可能受到陈子昂《谏灵驾入京书》的影响,但二者风格不同。陈书言辞慷慨,笔锋犀利,张表文字恳切,运思精密。又如张说出守幽州之日写的《论幽州边事书》,中云:"开元之始,首典钧轴,智小任大,福祸灾生。出守三州,违离六载。曲直非己,升降由人。惟君知臣,事不待说。"又云:"且孤臣总众,易起猜疑。宽大失济事之宜,严整招怨黩之谤。远辞天听,临路彷徨。如有论告臣身、奏劾军事者,乞追臣面问,对定真虚,则日月无可蔽之期,幽远有自通之望。伏愿留书在内,时加矜察。"出师前预料可能招人嫉谤,先向玄宗陈说,以争取信任。心思如此细密,正显示出作者在宦海浮沉中久经事变、老谋深算的个性特色。

张说还擅于辞赋。玄宗曾赞赏他的《白乌赋》:"放言体物,词藻浏亮。寻绎研味,把玩无厌。所谓文苑菁华,词场警策也。"(《张说之文集》卷一)魏仁归也评其《虚室赋》"文旨清峻,玄义深远"(同上)。其实,写得较好的是《畏途赋》、《吊国觞文》、《江上愁心赋》。《江上愁心赋》作于岳阳贬所。全篇主要写凄迷的江上景色,结尾才说愁怀非笔墨弦声所能传达,风格凄婉含蓄。他的箴、铭、赞、序、记中也有好作品,如《素盘盂铭》、《东山记》、《洛州张司马集序》、《会诸友诗序》等,尤具文学性。《蒲津桥赞》赞美一座桥梁建筑,却表达出"济人"、"利物"、"顺事"、"图远"的政治理想,是托物言理,发人深省之作。

张说对文体有革新之功。他写了少量的散体文,其多数文章仍是骈体,但他能运散体之势于骈体之中。其文句式整齐,但不限于四六,故不板滞;一般用典很少,即使用典,也力避生僻;文辞或朴或丽,不拘一格,浑融自然;时有绘声绘色、夸张铺排之笔,但大都出自胸臆,并非为了炫人耳目。试看《洛州张司马集序》:

> 昔尝摄戎幽易,谪居邛巂。亭皋漫漫,兴去国之悲;旗鼓汹汹,助从军之乐。时复江莺迁树,陇雁出云,梦上京之台沼,想故山之风月,发言而宫商应,摇笔而绮绣飞。逸势高标,奇情新拔。灵仙变化,星汉昭回。感激精微,混韶武于金奏;天然壮丽,绰云霞于玉楼。

高步瀛评曰:"其文以气势胜。此篇词句秀丽,隶事精切,又兼徐、庾之长。"(《唐宋文举要》乙篇卷二)。可以说,张说是由骈复散过渡期的大家。

当然，张说作为"特承中旨撰述"的朝廷大手笔，他的文章也鲜明地显示出"当承平岁久，志在粉饰盛时"（《旧唐书》本传）的特征。张说代王者立言的制敕，占其文章总数的一半。其中有不少"粉饰盛时"之作。例如《圣德颂》、《皇帝在潞州祥瑞颂》、《起义堂颂》、《上党旧宫述圣颂》、《大唐封祀坛颂》、《开元正历握乾符颂》等，都表现出歌功颂德的思想倾向。但同许国公苏颋相比较，苏颋的这类制敕表启文字达二百多篇，占其文章总数的五分之四，自抒情意的作品极少，碑志亦仅十三篇，尚不及张说的四分之一。且其制敕又多袭用骈俪套语，极少创新；碑志则语言拗涩，写人叙事缺乏生气，故其文学成就和影响实不足与张说相颉颃。

唐皇甫湜《谕业》中云："燕公之文，如楩木梗枝，缔构大厦，上栋下宇，孕育气象，可以变阴阳而阅寒暑，坐天子而朝群后。"指出了张说文章辞雄气逸、堂庑阔大的总特色。梁肃在《左补阙李君前集序》中说："唐有天下几二百载，而文章三变：初则广汉陈子昂以风雅革浮侈；次则燕国张公说以宏茂广波澜；天宝以还，则李员外、萧功曹、贾常侍、独孤常州比肩而出，故其道益炽。"肯定了张说在唐文发展史上的功绩，是符合事实的。

张说还是唐代第一个大力进行传奇创作的作家。他的传奇作品，现可考知的有四篇[2]。《梁四公记》一篇，《重编说郛》卷一一三所收，题唐张说撰。唐顾况《戴孚广异记序》（《文苑英华》卷七三七），列举汉以来志怪之士的姓名作品，中间提到"国朝燕公（张说）《梁四公传》"。顾况去玄宗朝未远，其说最为可靠。这篇小说以梁武帝朝为背景，描写四位"周游六合，出入百代"的奇人聚于朝廷，辅佐梁武帝的神异故事。《鉴龙图记》一篇，首见于《中兴馆阁书目》著录，撰人题张说，描写唐玄宗朝有神人帮助铸镜龙，镜龙显神异，天降大雨,秦中大熟。这两篇小说都已失传,其故事内容乃据有关典籍考知。另有《绿衣使者传》和《传书燕》两篇,故事梗概见于五代王仁裕《开元天宝遗事》卷上《鹦鹉告事》和卷下《传书燕》,分别题为张说撰或张说"传其事"。这两篇姐妹之作,取材于长安民间,反映了市民阶层的思想感情。前者在一个并不复杂的公案故事中,以鹦鹉揭发凶手的幻想情节,反映了市民阶层的善恶观;后者用浪漫主义色彩浓郁的幻想手法,描写一个夫妻离合的故事,表现了平民妇女的痛苦,情调凄惋动人。这四篇小说,在题材内容、表现方法上,显示出多样性。但它们都具有把幻想性的情节同历史的、现实性的情节相结合的特色。在初、盛唐之际,曾出现一些小说集,如唐临《冥报记》等,在体式上大抵沿袭六朝志怪记录传闻、粗陈梗概的传统,缺乏创造性的艺术加工;而单篇小说,只有王度《古镜记》、佚名《补江总白猿传》、张文成《游仙窟》数篇。在此期间,张说一人就写了四篇,把自己的思想感情寄寓在作品中。在唐代小说史上,张说是一个值得注意的作家。

张说的作品,今存有《张说之集》三十卷,影宋蜀刻本。又有《四部丛刊》影印明嘉靖丁酉伍氏龙池草堂刻本,二十五卷。另外,还有明铜活字本八卷,仅收诗赋。

第三节 张九龄的生平和文学业绩

张九龄(678—740),一名博物,字子寿,韶州曲江(今广东韶关)人[3]。出身寒门庶族,少聪敏,七岁知属文。十三岁时,广州刺史王方庆见其文,大为赞叹:"此子必能致远!"武后神功元年(697),乡试名列前茅。长安二年(702),擢进士,"考功郎沈佺期尤所激扬,一举高第"(徐浩《唐尚书右丞相中书令张公神道碑》)。

长安三年(703),张说坐忤旨流配岭南,对九龄非常器重,誉之为"后出词人之冠"。中宗神龙三年(707),九龄年三十,中"材堪经邦科",擢秘书省校书郎。睿宗太极元年(712)八月,玄宗即位,九龄以道侔伊吕科对策高第,迁左拾遗。十年之间,九龄连登三第,立志"致君尧舜,齐衡管乐"(徐浩《碑》)。他任左补阙期间,吏部试选人及应举者,每令他同右拾遗赵冬曦考其等第,前后数次,都详正公允。时姚崇为相,九龄不避利害,上书劝其"远谄躁,进纯厚"(《上姚令公书》),又上封事,指陈地方吏治弊端,由此招致姚崇不满。开元四年(716),九龄以病告归。

张九龄返曲江奉养母亲,以孝友著称乡里。他见当地交通阻塞,便献状朝廷,请求开凿大庾岭。是年冬,九龄不畏艰险,亲自指挥,开成了大庾岭路,对促进南北经济和文化的交流作出了贡献。开元六年(718)春,奉诏还京。八年,迁司勋员外郎。

开元十年(722),张说为宰相,与九龄叙为本家,擢九龄为中书舍人内供奉,封曲江县男。十三年,玄宗东封泰山,张说趁封禅之机多给亲信加官进爵。九龄力谏,张说不听,后果遭非议。次年,张说被劾罢相。此时,九龄已改任太常少卿,奉命祭南岳、南海。北返后,亦因与张说关系亲密,出为冀州刺史。九龄上表请换江南一州,以便奉养老母,玄宗优制许之。开元十五年(727),授洪州都督。十八年,转桂州都督,兼岭南按案使。他在任上黜免贪官,提拔贤士,亲理刑狱诉讼,明察善断,使洪、桂二州"泽被膏雨,令行祥风"(徐浩《碑》)。

开元十九年(731)春,玄宗召拜九龄为秘书少监兼集贤院学士副知院事,后又擢为尚书工部侍郎兼知制诰。九龄随从玄宗北巡,撰写敕书等,对御为文,无须起草。玄宗赞为"儒学之士"、"王佐之才"

(徐浩《碑》)。

开元二十一年(733),张九龄丁母丧归乡里。玄宗遣使至韶州,令其复职。同年十二月拜中书侍郎同中书门下平章事。次年,就任中书令。

张九龄为相贤明正直,敢于谏诤。玄宗庆寿,群臣大献珍宝异物,九龄却上"事鉴"十章,论前古兴亡之道,劝戒玄宗,被称誉为《千秋金鉴录》。他认为君王治国,应以民为本,施行仁政,注重农桑,使百姓安居乐业。为此,他在政治、军事、经济各方面提出并推行了一系列利国安民的措施。安禄山征讨奚、契丹失败,九龄察觉他存狼子野心,奏请玄宗按军令诛之,以绝后患,玄宗不予采纳。他主张举贤任能,量才授职,反对徇情授官,以名器假人,先后谏阻玄宗任命张守珪为侍中、牛仙客为尚书和李林甫为相,玄宗亦未听从。武惠妃欲以其子寿王瑁为皇储,遣人示意九龄为援,被九龄斥退,面奏玄宗,使太子地位未生变故。口蜜腹剑的李林甫遂与武惠妃勾结,屡向玄宗进谗诋毁九龄。此时玄宗怠于政事,溺于淫乐,不辨邪正。开元二十四年(736),九龄被罢相,次年,左迁荆州大都督府长史。李林甫把持了朝政。张九龄的罢相被贬,是他政治生涯中的一个重大挫折,也是唐代治乱的分水岭。后来,唐宪宗与臣下议论前朝治乱得失时,大臣崔群说:"世谓禄山反为治乱分时,臣谓罢张九龄、相林甫则治乱固已分矣。"(《新唐书·崔群传》)

张九龄被贬荆州后,忧愤交集。"每读韩非《孤愤》,泣涕沾襟"(徐浩《碑》)。开元二十八年(740)春,他告假南归。五月,逝世于曲江私第,年六十三。

综观张九龄的一生,他是一位"动为苍生谋"的有胆识、有才华的政治家,是张说之后辅佐玄宗继续实现"开元之治"的贤相。中唐永贞革新派的吕温在《张荆州画赞序》中说:"公于是以生人为身,社稷自任,抗危言而无所避,秉大节而不可夺,小必谏,大必诤。攀帝槛,历天阶,犯雷霆之威,不霁不止。……举为时害,动咈上欲,日与谗党抗衡于交戟之中……"对张九龄尽忠匡辅、守正不阿的政治生涯作了高度的评价。

张九龄是张说之后的文坛领袖。他也十分重视汲引才俊。在从政的二十年间,他培养、提拔和团结了一大批能诗善文的俊杰。他曾擢王维为右拾遗,卢象为左补阙,对皇甫冉诗文"深所叹异,谓清颖秀拔,有江徐之风"(独孤及《唐故左补阙安定皇甫公集序》),对当时的神童李泌"尤所奖爱,常引至卧内"(《新唐书·李泌传》)。他任荆州长史时,召孟浩然、裴迪于幕府。此外,王昌龄、钱起、綦毋潜、包融等诗人,都曾受到他的奖励和关怀。他和文人学士的广泛联系,他所开展的文学活动,都对开元文学的繁荣,起了积极推动作用。

比起张说来,张九龄的诗文理论和创作实践更接近陈子昂。他大力赞同陈子昂提倡"兴寄""风骨"、反对齐梁文风的主张,认为改革文风的关键是"去华务实"(《送张说上赐燕序》)。他在《毕都护墓志铭》、《韦司马墓志铭》中,赞扬毕、韦二人"文非务华"、"学不为辩,每抑其华"。其《答陈拾遗赠竹簪》诗中亦云:"幽素宜相重,雕华岂所任。"都明确地表达了崇尚朴实、力排浮华的文学观点。他主张诗歌应继承风雅和楚骚的"怨刺"传统,也很重视文词的修饰,提出"修词以达其道,则质文相半"(《故许州长史赵公墓志铭》),同张说的观点一致。他还讨论了"风骨"、以形传神、因象见意和妙合自然等问题。如说:"虽未极其天姿,有以见其风骨。"(《鹰鹘图赞序》)"意得神传,笔精形似。"(《宋使君写真图赞并序》)在《题山水画障》一诗中又说:

心累犹不尽,果为物外牵。偶因耳目好,复假丹青妍。尝抱野间意,而迫区中缘。尘事固已矣,秉意终不迁。良工适我愿,妙墨挥岩泉。变化合群有,高深侔自然。置陈北堂上,仿像南山前。静无户庭出,行已兹地偏。萱草忧可树,合欢忿亦蠲。所因本微物,况乃凭幽筌。言象会自泯,意色聊自宣。对玩有佳趣,使我心渺绵。

作者说,"良工"所画的山水,境界高深,千变万化,与"群有"相合,同"自然"相侔,做到了形似;不仅如此,这画还可使观者"言象自泯"、"意色自宣",在欣赏中获得"佳趣",引发出"渺绵"情思。即使观者凭借画中的形象,感受到某种精神、意趣,并最后达到得鱼而忘筌、得意而忘言。这也就是说,良工能"以形写神",用画表达情意。这一精神,同样适合于山水诗创作。

关于张九龄的文学思想,资料虽然比较零散,却仍然可以清楚地看出他继承陈子昂而又有所扬弃、发展,更重视文学艺术的特征。他并不强调复古,提倡复古中有变,有发展创新。清人王士禛《古诗选凡例》说:"夺魏晋之风骨,变梁陈之俳优,陈伯玉之力最大,曲江公继之,太白又继之。"揭示了张九龄在盛唐初期文学革新中的历史地位和功绩,是符合实际的。

第四节　张九龄的诗文

张九龄现存诗二百一十八首,本集收为四卷。除一些奉和应制、酬唱应景之作外,按其题材和主题,可分为四类:一是歌颂盛唐社会、抒发理想抱负的颂诗、言志诗;二是描绘山水风光的写景诗;三是揭露黑暗政治、批判现实的《感遇》诗;四是抒写相思、离别等生活中的深挚感情的抒情诗。当然,这只是大体的划分,实际上四类诗的内容往往是互相渗透、紧密联系的。而从诗人的生平遭际观察其诗歌风格的变化,则可以贬荆州长史为界限,划分为前后两期。

前期的登临行旅、酬赠和送人赴边之作,如《登乐游原春望抒怀》、《送尚书燕国公赴朔方》、《赠澧阳韦明府》、《初发道中寄远》等,或描绘帝京的雄伟壮丽,或颂扬出征将士的英雄气概,或抒写自己济苍生的抱负,感情都比较豪迈,已有盛唐的情调和气象。

前期创作成就最突出的是山水纪行诗,约四十首,占全部诗作的五分之一。可见张九龄是唐代最早大量创作山水诗的作家。这些山水诗多写于开元十五年到十八年出守洪州和桂州期间。一些作品,展现出大江大湖风平浪静、空阔浩渺的气象,如"一水云际飞,数峰湖心出"(《彭蠡湖上》);"江岫殊空阔,云烟处处浮"(《自彭蠡湖初入江》);"江水连天色,天涯净野氛"(《送窦校书见饯》)等。另一些诗,却描画洪涛渤潏,狂飙振惊,如:"疾风江上起,鼓怒扬烟埃。白昼晦如夕,洪涛声若雷。投林鸟铩羽,入浦鱼曝鳃。瓦飞屋且发,帆快樯已摧。不知天地气,何为此喧豗。"(《江上遇疾风》)笔势飞动,句奇语险,令人联想到后来李白《横江词》中的"猛风吹倒天门山,白浪高于瓦官阁"。这一类作品,还有《入庐山仰望瀑布水》、《江上使风呈裴宣州耀卿》等篇,都是胸襟开阔、感情激昂、意境雄浑之作。但他更多的山水诗,则用清淡的笔墨描绘山水景物,能将主观情思融进景物意象之中,显出一种闲静、恬淡、幽远的韵味。如《耒阳溪夜行》:

乘夕棹归舟,缘源路转幽。月明看岭树,风静听溪流。岚气船间入,霜华衣上浮。猿声虽此夜,不是别家愁。

全篇几乎句句写景,笔致疏淡,意境清幽。又如《自湘水南行》:"落日催行舫,逶迤洲渚间。虽云有物役,乘此更休闲。暝色生前浦,清辉发近山。中流澹容与,唯爱鸟飞还。"邢昉《唐风定》卷二十评此诗:"闲澹幽远,王孟一派,曲江开之。"这类山水诗清淡蕴藉的风格,使人耳目一新。所以明人胡应麟《诗薮·内编》卷二说:"张子寿首创清澹之派。盛唐继起,孟浩然、王维、储光羲、常建、韦应物,本曲江之清澹,而益以风神者也。"

当然,这两种风格也不是截然分开的。在一些诗中,它们紧密地结合起来。如:"溪路日幽深,寒空入两嵚。霜清百丈水,风落万重林。"(《赴使泷峡》)"水暗先秋冷,山晴当昼阴。重林间五色,对壁耸千寻。"(《浈阳峡》)刻画清溪幽峡景色,笔墨既雄健又清淡。在这两类山水诗中,我们都能感到诗人善于把握山水景物的总体特征,用简洁的笔触绘形传神,抒情写意,达到了状难写之景如在目前,含不尽之意见于言外,克服了南朝谢灵运山水诗模山范水力求形似、有句无篇的缺点,提高了中国山水诗的表现艺术。如《望庐山瀑布水》:

> 万丈红泉落,迢迢半紫氛。奔飞下杂树,洒落出重云。日照虹霓似,天清风雨闻。灵山多秀色,空水共氤氲。

诗人以彩笔挥洒出庐山瀑布水冲落的气势,飞动的神采,显示出自己的胸襟、抱负、激情、豪气,令人读来气壮神旺。

在初唐诗坛上,与陈子昂几乎同时的沈、宋尤其是宋之问,晚年流放南国时,写了一些意境阔大的山水诗,如五言长律《洞庭湖》。张说和张九龄的大量山水诗创作标志着盛唐山水诗的成熟。二张的山水诗多写江南山水景色,多用五古和五律体裁,其中部分诗篇都有寓意寄托、弦外之音。张说致力于追求山水境界的阔大,喜敷彩设色,词藻比较华美;因他曾问道于高僧神秀,执弟子之礼,故其山水诗常流露出佛老思想,并以禅语入诗。张九龄更注重气象的深邃,笔墨清淡,其晚年作品《登荆州城望江二首》等诗,风格古朴沉郁;他的山水诗很少表现超尘出世的消极思想感情。有论者指出,从初、盛唐山水诗结构的演变来看,二张的山水诗具有两个明显的特征。其一,融情于景,纯粹抒怀言志的诗句明显减少,达到了情景交融与意境的圆润。其二,诗中具有的完整而阔大的气象、境界,是初唐时期山水诗中很少见到的。二张均是开元政坛名臣和诗坛名宿,他们的山水诗对于盛唐山水诗派的形成无疑具有相当的影响力。随着开元十五年前后孟浩然、储光羲、王维等相继登上诗坛,盛唐的山水田园诗便蔚为大观了。[4]

张九龄的后期创作,可以《感遇十二首》、《杂诗五首》以及其他一些咏史咏怀诗为代表。当时,诗人因守正不阿、直言敢谏而遭谗被贬,从而深刻地认识到开元后期政治的渐趋黑暗、腐败,忧愤郁结于中,发为吟咏。这些作品,抒写了他的操守志趣,充满思君恋阙、伤时愤世之情,时代感和现实感强烈。在艺术表现上,多采用隐晦曲折的比兴手法,风格沉郁,堪称思深力遒之作。

《感遇》(其六)云:"西日下山隐,北风乘夕流。燕雀感昏旦,檐楹呼匹俦。鸿鹄虽自远,哀音非所求。贵人弃疵贱,下士尝殷忧。"以黄昏时燕雀嘈杂、鸿鹄哀鸣远逝,比喻小人得势、贤士被逐。诗中日落西山、北风横流的惨淡画面,正是当时社会渐趋黑暗衰败的象征。《感遇》(其四)云:"孤鸿海上来,池潢不敢顾。侧见双翠鸟,巢在三珠树。矫矫珍木巅,得无金丸惧?美服患人指,高明逼神恶。今我游冥冥,弋者何所慕!"诗中"孤鸿"是自喻,"双翠鸟"喻其政敌李林甫、牛仙客,"池潢"比朝廷,"三珠树"比高位,金丸弹雀喻宦途风波险恶。诗人把这些喻象有机地组合起来,创造出一个完整的象征境界，含蓄委婉地表现他对政敌的劝戒和欣幸自己能全身远害的情绪。王夫之《读通鉴论》说："张九龄抱忠清以终始，夐乎为一代泰山乔岳之风标，为李林甫所侧目，而游冥寥以消禬弋。"正道出诗人心事。

《感遇》中还有一些诗，以拟人手法咏物言志：

  兰叶春葳蕤，桂华秋皎洁。欣欣此生意，自尔为佳节。谁知林栖者，闻风坐相悦！草木有本心，何求美人折？（其一）
  江南有丹橘，经冬犹绿林。岂伊地气暖，自有岁寒心。可以荐嘉客，奈何阻重深！运命惟所遇，循环不可寻。徒言树桃李，此木岂无阴？（其七）

前一首赞春兰葳蕤与秋桂皎洁，抒发洁身自好、孤芳自赏的情怀。后一首颂丹橘经冬犹绿、果实累累，却为重山深水所阻，无法荐之于嘉宾。二诗均托物咏志，表达自己被奸佞排挤、未能施展才华抱负的悲伤，并隐隐流露出对于玄宗的抱怨。二诗明显地受到屈原的《橘颂》和《九歌·礼魂》的影响。唐刘禹锡谓九龄"自退相守荆门，有拘囚之思，托讽禽鸟，寄词草树，郁然与骚人同风"（《读张曲江集作》），当指上述这类诗作而言。

在《感遇》中，还有以香草美人作比喻，寄托对玄宗怀念的诗，如："汉上有游女，求思安可得？袖中一札书，欲寄双飞翼。冥冥愁不见，耿耿徒缄忆。紫兰秀空蹊，皓露夺幽色。馨香岁欲晚，感叹情何极！白云在南山，日暮长太息。"（其十）诗人用三个表面上互不关联的喻象，比喻贤士的被小人排斥、奸臣对君主的蒙蔽，以及自己无力匡扶君主的憾恨。

《感遇》诗的多数篇章，情绪悲愤而锋芒不露，雅正冲淡，委婉含蓄。但这组诗的最后二首,诗人却抑不住发出愤懑不平之声:"至精无感遇,悲惋填心胸。归来扣寂寞,人愿天岂从?"(其十一)"浩思极中夜,深嗟欲待谁？所怀诚已矣,既往不可追。"(其十二)对唐王朝的愤怨、失望之情,溢于言表。在这个时期写的《杂诗五首》,亦对李林甫等的把持朝政、排挤贤臣有所讽刺。如《萝茑必有托》章,谴责群小像蔓生的萝茑一样依托他物而向上爬,同时以"酷在兰将蕙,甘从葵与藿",喻朝臣苟且求全,甘心追随奸佞之人。

《感遇十二首》和《杂诗五首》继承了《诗经》、《楚辞》和阮籍《咏怀》诗的讽谕寄托精神,更直接受到陈子昂《感遇》诗的影响。陈子昂的《感遇三十八首》,结构宏大,内容丰富复杂。组诗中有感怀身世、抒发壮志未酬之作,但更多的则是对武周时期各种弊政的揭露和抨击;而张九龄的《感遇十二首》,主要是摅写他被贬后的忧国伤时之情,侧重对把持朝政、蒙蔽君主、迫害贤明的奸邪小人的谴责。比较起来,子昂的《感遇》诗针砭时弊更具体、直接,批判的锋芒更尖锐,但有一些叹息人生祸福无常、赞美隐逸求仙、发挥佛老玄理的作品。这些消极因素,在九龄诗中并不存在。从艺术表现的角度看,陈子昂的《感遇》诗语言较质木,往往在诗尾点明主旨,摹仿前人的痕迹也较重,"竟有全似阮籍《咏怀》之作者,失自家体段"(清叶燮《原诗》)。张九龄的《感遇》诗则语言圆润清新,风格温雅醇厚,寄托大多不着痕迹,不露圭角。沈德潜说:"正字古奥,曲江蕴藉。"(《唐诗别裁集》)刘熙载说:"曲江之《感遇》出于《骚》,射洪之《感遇》出于《庄》,缠绵超旷,各有独至。"(《艺概·诗概》)都指出了陈、张的《感遇》诗不同的艺术风格。

张九龄的咏史、怀古之作,多借历史传说、神话故事讽刺现实。例如,《巫山高》与《登古阳云台》写楚襄王梦与神女幽欢,影射玄宗宠信武惠妃。还有一些咏物诗,借赞美竹、梅、兰、芍药,颂扬坚贞孤洁的品格，也体现出张九龄诗歌深于比兴、妙于寄托的艺术特色。

张九龄是盛唐初期的五言诗名家，仅写过七古二首、七律一首。五言古诗以《感遇》、《杂诗》为代表作，在唐诗发展中有很高的地位和影响。沈德潜说："唐初五言古渐趋于律，风格未遒，陈正字起衰而诗品始正，张曲江继续而诗品乃醇。"（《唐诗别裁集》卷一）厉志也说："初唐五古，始张曲江、陈伯玉二家。伯玉诗大半局于摹拟，自己真气仅得二三分，至若修饰字句，固自精深。曲江诗包孕深厚，发舒神变，学古而古为我用，毫不为古所拘。"（《白华山人诗说》卷一）肯定了张九龄的五古诗继承陈子昂而在艺术上又有所创新的实绩。张九龄的五律，法度严整，语言清拔，情致深婉，蕴藉自然，自成一家。例如《望月怀远》：

海上生明月，天涯共此时。情人怨遥夜，竟夕起相思。灭烛怜光满，披衣觉露滋。不堪盈手赠，还寝梦佳期。

全篇回环曲折，缠绵悱恻，格调清新淡远，音韵圆转和谐，是盛唐诗歌的珍品。又如《旅宿淮阳亭口号》写旅夜景色，寄思悠远，脉理细密而气局宏阔。还有《初发曲江溪中》、《秋夕望月》以及《湖口望庐山瀑布水》诸篇，都是历来为人传诵的五律名作。明人胡震亨评九龄诗："结体简贵，选言清冷，如玉磬含风，晶盘盛露。"（《唐音癸签》卷五）以此语评其五言律诗，最为恰切。张九龄的五言排律也颇可观，对仗工整流畅，很少有雕琢之痕。五言绝句计有七首，摹仿乐府，深得民歌风韵，又表现出自己的个性。如《自君之出矣》："自君之出矣，不复理残机。思君如满月，夜夜减清辉。"设喻新巧，语婉意悲。

张九龄的诗歌比张说的思想深刻，反映现实也较张说广阔，可与陈子昂媲美，而诗的词采、韵致却胜于子昂。杜甫《八哀·故右仆射相国张公九龄》诗中说:"诗罢地有馀,篇终语清省。"赞扬张九龄诗歌语言清新简净,诗意含蓄蕴藉,给读者留下驰骋想象的广阔天地。当代有论者指出:诗品"由'正'到'醇'正是陈子昂到张九龄、也是初盛唐近体诗的差异"[5]。张九龄不仅为盛唐诗歌"清澹"一派的形成、为盛唐山水田园诗的勃兴开辟了道路,对伟大诗人李白、杜甫也有影响。例如,他的《入庐山仰见瀑布水》、《湖口望庐山瀑布水》和《登荆江城楼望江二首》,分别启发了李白《望庐山瀑布》和杜甫《白帝城最高楼》的创作。清人刘熙载说:"陈射洪、张曲江独能超出一格,为李、杜开先。"(《艺概·诗概》)这个看法是有依据的。

张九龄的文、赋也有一定成就。他是继燕、许二公之后的朝廷大手笔。《曲江集》收文二百四十二篇,《全唐文》、《唐大诏令集》、《文苑英华》又载录十篇,共二百五十二篇。其中,五分之三是为朝廷写的书诏文告,文学性不强,但从中可见张九龄作为开元贤相对于唐王朝政治、军事、外交、经济各方面的方针大计,都参与了擘画。这些制敕在当时发挥过实际的作用。例如,《敕勃海王大武艺书》,既严斥大武艺违抗唐王朝的行为,又晓之以理,动之以情,示之以利害,使其感愧慑服。又如《敕幽州节度使张守珪》多篇,对于防御和反击突厥、契丹的进犯,作了正确的部署。这都是九龄政治业绩的记录。纪昀评其所写制草"明白切当,多得王言之体"(《四库全书总目提要》卷一四九),并指出它们不仅可与史传相参证,甚至可补史传之缺。例如《曲江集》卷九中的《敕奚都督李归国书》,核之唐史外国传所载奚事,"诸酋长名而不及归国,知记载有所脱漏"(同上)。这些制诏还具有珍贵的史料价值。

张九龄写了许多言事议政的章疏。如《上姚令公书》、《上封事书》、《论教皇太子状》等,逻辑严密,论证有力。《荆州谢上表》抒写对玄宗的一腔忠忱与无辜被贬的悲愤,是一篇血泪凝成的文章。

《请诛安禄山疏》,颇能代表其文章朴素切实的风格:

> 今节度张守珪有部将安禄山,狼子野心,兽面逆毛,既非类而偷生,敢恃勇以轻进,为贼败衄,挫我锐气;必正法乎军中,庶彰威于阃外。……列上其罪,留中不行,皆云杀此,将谓赦之?虽陛下之弘仁,恐奸徒之漏网。故穰苴出军,必诛庄贾;孙武教战,亦斩宫嫔。守珪所奏非虚,禄山不宜免死!况形相已逆,肝胆多邪,稍纵不诛,终生大乱。夫阳者发生之道,阴者肃杀之义。必肃杀而后能发生者,势也。苟秋肃不行,适为姑息之惠。欲发生而必须肃杀者,时也。惟春恩欲遍,无存养奸之弊。系非细故,臣切大忧!是以率直犯颜,望行天怒,深听守珪之奏,立斩禄山之叛。斯逆一惩,底宁万邦。天下幸甚!国室幸甚!

义正辞严,文字简劲、流畅,表现了作者率直敢谏的精神和疾恶如仇的性格。另外,他的《进金鉴录表》和《金鉴录》本文,以朴素的语言,讲寻常的道理;用骈散兼行的文体,写借古鉴今的经验教训,娓娓谆谆,显示出政治家的卓识和风度。

在《曲江集》中,也有一些序记和祭文,写得比较生动而有情致。《景龙观山亭集送密县高赞府序》、《陪王司马宴王少府东阁序》、《岁除陪王司马登薛公逍遥台序》等篇,夹叙夹议,兼具诗情、画意。《祭张燕公》、《祭故李常侍》两篇祭文,也写得深情绵邈。代玄宗写的《敕金城公主书》不到百字,表达了玄宗对金城公主的思念、叮咛和问候,更亲切感人。他还有托物抒怀的《白羽扇赋》和《荔枝赋》。前篇因玄宗赐白羽扇而写,赋中云:"苟效用之得所,虽杀身而何忌。""纵秋气之移夺,终感恩于箧中。"借咏扇倾吐忧谗畏祸却又忠贞不贰的心境。后者赞美南国荔枝,为怀才不遇之士鸣不平。这两篇赋,与《感遇》、《咏燕》、《庭梅咏》等诗立意相似，都能熔状物、抒情、言志于一炉，为唐代咏物赋的名篇。

张九龄的碑铭墓志数量虽多，但绝大多数作品未能描述生动的事件和塑造人物形象，文字较呆板干涩，其成就远不如张说。张说评张九龄文"如轻缣素练，实济时用，而窘于边幅"（《新唐书·文艺传》），指出张九龄文章朴素实用，却缺少宏放气势，可谓切中肯綮。柳宗元说："燕文贞以著述之馀，攻比兴而莫能极；张曲江以比兴之隙，穷著述而不克备。"（《杨评事文集后序》）认为张说文胜于诗，张九龄诗胜于文，十分中肯。

张九龄事迹，见两《唐书》本传、徐浩《碑》，张九龄的作品有《曲江张先生文集》二十卷，《四部丛刊》影印明成化九年刊本；还有一种十二卷本，明万历间刊，除分卷不同外，内容与二十卷本无大差异。

〔1〕 关于张说的生平事迹，两《唐书》有传，又有张九龄所作墓志铭（《曲江集》卷十八《故开府仪同三司行尚书左丞相燕国公赠太师张公墓志铭》）；今人傅璇琮笺《唐才子传》"张说"条；陈祖言撰《张说年谱》（香港中文大学 1984 年出版）。

〔2〕 参见李剑国《张说的传奇考论》（《辽宁教育学院学报》1985 年第 4 期）。又：王运熙《〈虬髯客传〉的作者问题》（《光明日报》1958 年 3 月 2 日），据《说郛》，认为《虬髯客传》也可能是张说所撰。李剑国则认为是晚唐人裴铏的作品，本是裴铏《传奇》中的一篇。

〔3〕 关于张九龄的生平事迹，两《唐书》有传，又有唐人徐浩《文献张公碑》；今人乔象锺有《张九龄》（《中国历代著名文学家评传》第二卷，山东教育出版社 1984 年版），刘斯翰有《张九龄年谱简编》（刘斯翰校注《曲江集》，广东人民出版社 1986 年版）。

〔4〕〔5〕 参见尚定《走向盛唐——初唐百年诗美理想及其实践通论》（《文学评论》1992 年第 3 期）。

第十二章 "吴中四士"等诗人

第一节 "吴中四士"(上)

初、盛唐间,国力空前强大,经济日益繁荣,人民生活相对安定,封建约束相应减弱,由此带来了思想禁忌的放宽。这样,就为人们自由发展个性提供了有利条件。当时,涌现出一大批风流清高、狂放不羁的文人。在文士荟萃的吴越之地,就有贺知章、包融、张旭、张若虚四人,他们"文词俊秀,名扬于上京"(《旧唐书》卷一九〇《贺知章传》),"号'吴中四士'"[1](《新唐书》卷一四九《包佶传》)。

贺知章(659—744)[2],字季真,越州永兴(今浙江萧山)人。少以文词知名,武后证圣元年(695)登进士第。得其族姑之子、工部尚书陆象先在中书引荐,授国子四门博士,后迁太常博士。玄宗开元十一年(723),宰相张说推荐,与秘书员外监徐坚、监察御史赵冬曦皆入丽正殿,修撰《六典》及《文纂》等书。开元十三年,迁礼部侍郎,后为太子宾客、秘书监。天宝二年(743)冬,因病,上表请与幼子同度为道士,归还乡里。玄宗诏许,赐镜湖剡川一曲。次年正月起行,玄宗亲自赐诗,太子以下百官赋诗饯送。知章归隐镜湖不久即病逝,年八十六,后赠礼部尚书。

就仕途际遇而言,贺知章是"吴中四士"中的得意者,其他三人全都官小职卑,沉沦下僚。但知章并不看重功名富贵。他性格放旷,善谈笑,当时贤达皆倾慕之。陆象先常谓人曰:"贺兄言论倜傥,真可谓风流之士。吾与子弟离阔,都不思之,一日不见贺兄,则鄙吝生矣。"(《旧唐书》本传)他在长安紫极宫一见李白,便为李白潇洒的风神所倾倒,对其《蜀道难》诗赞不绝口,并解下金龟换酒,两人倾杯尽醉。可见他对人才的器重和豪放的性格。杜甫《饮中八仙歌》将他列为"八仙"之首,以"知章骑马似乘船,眼花落井水底眠",活画出他的纵逸浪漫意态。知章晚年更加放诞,不拘礼度,自号"四明狂客"、"秘书外监",经常遨游里巷,与下层人士交往。他又是当时著名的书法家,"善草隶,尝与张旭游于人间,凡人家厅馆好墙壁及屏幛,忽忘机兴发,笔落数行,如虫豸飞走,虽古之张、索不如也。好事者具笔砚从之,意有所惬,不复拒,然每纸才十数字,世传以为宝"(南宋陈思《书小史》卷九)。唐代书法家窦臮在《述书赋》中,赞扬知章"落笔精绝","如春林之绚采"。今传贺知章的草书《孝经》,笔墨如龙腾虎跃,真率怪逸,确是书法艺术的杰作。

贺知章死后,李白赋诗云:"狂客归四明,山阴道士迎。敕赐镜湖水,为君台沼荣。人亡馀故宅,空有荷花生。念此杳如梦,凄然伤我情。"(《对酒忆贺监》其二)表达了对这位"神清志逸"、"学富才雄"(《旧唐书》本传)的老诗人的深挚悼念。

知章的作品遗佚甚多,难见全貌。《全唐诗》录存其诗一卷,仅二十首。其中七首郊庙乐章,三首"奉和圣制"之作。他的应制诗称颂帝王功德,也反映了开元盛世的景象。如"西学垂玄览,东堂发圣谟。天光烛武殿,时宰集鸿都"(《奉和圣制送张说上集贤学士赐宴赋得谟字》),反映了唐玄宗延揽人才修书和整理典籍的盛况;而"荒境尽怀忠,梯航已自通。九攻虽不战,五月尚持戎。遣戍征周牒,恢边重汉功"(《奉和圣制送张说巡边》),表现开元时期唐王朝国力强盛的局面,抒发了希望安定边疆的心情。《奉和御制春台望》描绘春日登台眺望所见,展示京城长安的巍峨壮丽气象。这些作品,多少能使人感受到昂扬壮大的盛唐时代风貌。

贺知章写景、咏物、赠别、抒情之作,感情真率,笔致洒脱,风格明快,趣味盎然,从各个方面体现出诗人的独特个性。《题袁氏别业》:"主人不相识,偶坐为林泉。莫谩愁沽酒,囊中自有钱。"描写他和别业主人林泉邂逅、买酒畅饮的生活片断,诗人热情坦荡、诙谐风趣的性情跃然纸上。《答朝士》:"钑镂银盘盛蛤蜊,镜湖莼菜乱如丝。乡曲近来佳此味,遮渠不道是吴儿。"诗人向朝士夸赞镜湖的土产美味,表现出热爱乡土的感情。诗中运用民间俗语,更增添了乡土情味。《咏柳》是他的咏物诗杰作:

> 碧玉妆成一树高,万条垂下绿丝绦。不知细叶谁裁出?二月春风似剪刀。

将早春嫩柳比喻为绿色丝绦,又借一问一答引出春风,并妙喻为剪刀,从而点染出春柳的生机。想象新奇前所未有,启发了后代不少诗人类似的巧思。

贺知章善以七绝写景咏物,更善于以七绝抒写还乡感慨。《回乡偶书二首》云:

> 少小离家老大回,乡音无改鬓毛衰。儿童相见不相识,笑问客从何处来?

离别家乡岁月多,近来人事半销磨。唯有门前镜湖水,春风不改旧时波。

诗人用浅易的语言,表现自己少小离家、久客还乡的复杂心情,将无穷的感慨,寄寓于谐趣的生活场面和亲切的故乡景物之中,使人感到悲凉中又有一股温暖的回流,体味不尽,此诗因而成为流传最广的唐诗名篇之一。前人评赞说:"模写久客之感,最为真切。"(明唐汝询《唐诗解》)"情景宛然,纯乎天籁。"(清宋宗元《网师园唐诗笺》)

日本今传唐抄本《新撰类林抄》卷四,还载有贺知章的一首五绝《春兴》:

泉喷横琴膝,花黏漉酒巾。杯中不觉老,林下更逢春。

也颇富情趣,《全唐诗》未收录。

上述几首五、七言绝句,奠定了贺知章在诗史上的一席地位,使他被公认为得盛唐七绝风气之先的作家。

包融(生卒年不详),润州延陵(今江苏丹阳)人。张九龄荐举他任怀州司户(《旧唐书》卷一九〇《文苑传》)。中宗神龙(705—707)中,与贺知章、贺朝、万齐融、张若虚、邢巨,因"文词俊秀"而"名扬于上京"。开元十三年(725)以后,迁集贤院直学士、大理司直。他与著名诗人孟浩然以及殷璠交情甚厚。孟浩然有《宴包二融宅》诗,描写他俩"相携竹林下","对酌不能罢"的情景。其子包何、包佶亦长于诗,世称"二包"。包何曾"师事孟浩然,授格法"(《唐才子传·包何传》)。开元书法家张怀瓘在《文字论》中,自叙其作《书赋》成,往吏部侍郎苏晋宅,"遇褚思光、万希庄、包融并会"[3],五人共论《书赋》。苏等三人对张《书赋》"多有激赏",唯包融曰:"知音看文章,所贵言得失,其何为竞悦耳而谀面?此赋虽能,岂得尽善?无今而乏古,论书道则妍华有馀,考赋体则风雅不足。"可见包融禀性耿直,对友人不作"悦耳"、"谀面"之辞,对书、赋亦有精到见解,且提倡风雅,反对浮华。《唐才子传》本传评包何、包佶"纵声雅道",大概接受了包融的影响。

包融擅长五言古诗。《新唐书·艺文志》载其诗一卷,已佚。《全唐诗》仅录存八首,其中记游、写景的两首,酬和之作三首,送别诗两首,咏物诗一首。《登翅头山题俨公石壁》和《阮公啸台》描绘翅头山和阮公啸台的景物,表现诗人仰慕古代狂士阮籍、向往隐居生活的情怀。诗中绘景如画,并能融情入景:

晨登翅头山,山曛黄雾起。却瞻迷向背,直下失城市。暾日衔东郊,朝光生邑里。扫除诸烟氛,照出众楼雉。青为洞庭山,白是太湖水。苍茫远郊树,倏忽不相似。万象以区别,森然共盈几。坐令开心胸,渐觉落尘滓。北岩千馀仞,结庐谁家子?愿陪中峰游,朝暮白云里。(《登翅头山题俨公石壁》)

诗人描绘清晨登山所见景色,自近至远,由隐到显,倏忽变幻。虽多用对偶,却十分流畅,毫不板滞。"青为洞庭山,白是太湖水"两句,仿佛脱口而出,传达出了远眺中对山水色彩的实感,无怪乎明人钟惺和谭元春要在《唐诗归》(卷六)中评赞道:"看得心细","好画家心眼"。他的五律《赋得岸花临水发》:"笑笑傍溪花,丛丛逐岸斜。朝开川上日,夜发浦中霞。照灼如临镜,荸茸胜浣纱。春来武陵道,几树落仙家?"咏花,用一连串形象来比喻、衬托,又连用叠字与双声叠韵,把春花描绘得明艳动人,更妙在借咏花表现了一种飘然欲仙的高逸之气。又如《酬忠公林亭》,明显地颂扬"江外真隐"。从立意到遣词,都借鉴了陶渊明的《饮酒》"结庐在人境"一诗。《武陵桃源送人》是他存诗中唯一的一首七绝:

　　武陵川径入幽遐,中有鸡犬秦人家。先时见者为谁耶?源水今流桃复花。

抒写对世外桃源的向往。与张旭《桃花溪》题材、情趣相同,虽不及张诗情韵深长,意境也颇为清幽。
　　包融的另外三首诗,艺术上也有特色。如《送国子张主簿》:"湖岸缆初解,莺啼别离处。遥见舟中人,时时一回顾。坐悲芳岁晚,花落青轩树。春梦随我心,悠扬逐君去。"先写轻舟渐去渐远,舟中友人时一回顾;继写春梦随心,悠扬逐友人而去,又借莺啼花落景色,衬托依依惜别深情。
　　对于包融的诗,历代评论者较少。只殷璠在《丹阳集》(已佚)中说:"融诗青(情)幽语奇,颇多剪刻。"(见《吟窗杂录》卷二四《历代吟谱》)

第二节　"吴中四士"(下)

　　张旭(生卒年不详,开元、天宝时在世),字伯高,吴郡(今江苏苏州)人。一生仕途失意,只做过常熟尉、金吾长史。在"四士"中,他的性格最为狂放。他是唐代的草书大家,嗜酒,每醉后号呼狂走,索笔挥洒,乃至以头濡墨而书,醒后自视手迹,以为神异,不可复得,故时号"草圣"、"张颠"。当时和后代著名诗人,都生动地描写过张旭的清狂性格和神妙书艺。例如,李白《猛虎行》写道:"楚人每道张旭奇,心藏风云世莫知。三吴邦伯皆顾盼,四海雄侠两相随。"杜甫《饮中八仙歌》云:"张旭三杯草圣传,脱帽露顶王公前,挥毫落纸如云烟。"高适赞美他:"兴来书自圣,醉后语尤颠。"(《醉后赠张九旭》)李颀更全面地表现了他的生活、思想、个性和书艺:"张公性嗜酒,豁达无所营。皓首穷草隶,时称太湖精。露顶据胡床,长叫三五声。兴来洒素壁,挥笔如流星。下舍风萧条,寒草满户庭。问家何所有?生事如浮萍。左手持蟹螯,右手执丹经。瞪目视霄汉,不知醉与醒。……微禄心不屑,放神于八纮。时人不识者,即是安期生。"(《赠张旭》)张旭独具风格的"狂草",是我国古代书法艺术的重要成就。颜真卿曾撰《张长史十二意笔法》一文,论述了他的书艺。唐文宗把张旭草书和李白歌诗、裴旻剑舞并称为唐代"三绝"。

张旭不愿受封建官场的束缚,追求自在闲散的生活,特别爱好优游山水林泉。《全唐诗》录存其诗仅六首,全为绝句(五绝一首,七绝五首),都是描写自然景物的。韩愈在《送高闲上人序》中说:张旭"观于物,见山水崖谷,鸟兽虫鱼,草木之花实,日月列星,风雨水火,雷霆霹雳,歌舞战斗,天地事物之变,可喜可愕,一寓于书。故旭之书,变动犹鬼神,不可端倪"。文学和艺术的创造各有其特殊性,但也有共同的艺术规律,可以彼此渗透、互相沟通。张旭在草书中所追求的那种不拘一格、变幻莫测、笔墨淋漓酣畅的审美趣味,也自然地渗透到他的诗歌创作中,他的诗显示出一种清新俊逸、洒脱飞动的独特风格。具体地说,有以下几点:

其一,构思新颖别致。例如《柳》和《春草》二首七绝,或以拂地柳丝,比喻绵绵无尽的春思;或用碧绿广袤的春草起兴,抒写怀友之情。皆构思新巧,联想丰富,不局限于单纯咏物。

其二,豪放洒脱,富于浪漫情调。如五绝《清溪泛舟》:"旅人倚征棹,薄暮起劳歌。笑揽清溪月,清辉不厌多。"诗人旅夜行舟,并无孤愁之思,却闲倚征棹,引吭高歌,笑揽溪月,其浪漫、豪放的情怀,跃然纸上。此诗饶有民歌明快、活泼情调,后两句连用两个"清"字,不觉重复。

其三,善状深山云雾变幻景色,创造清迥幽深意境。例如:

隐隐飞桥隔野烟,石矶西畔问渔船。桃花尽日随流水,洞在清溪何处边?(《桃花溪》)
山光物态弄春晖,莫为轻阴便拟归。纵使晴明无雨色,入云深处亦沾衣。(《山行留客》)

两首诗都展现了云雾溟濛的深山景色,运笔轻灵隽永,清逸秀润,给人以若有若无、似真似幻之感,犹如他作草书时挥毫泼墨、云烟满纸之状。钟惺评曰:"张颠诗不多见,皆细润有致。"(《唐诗归》卷十三)如果说王维"诗中有画",那么张旭可谓"诗中有书"。苏轼评张旭草书:"颓然天放,略有点画处而意态自足,号称神逸。"(《书唐氏六家书后》)移之评其诗,亦颇恰当。张旭的"狂草"和七绝,正是盛唐富于浪漫气息的时代精神风貌的反映。

张若虚(生卒年不详),两《唐书》均无传。据《旧唐书·贺知章传》,可知他是扬州人,做过兖州(今属山东)兵曹。中宗神龙间,与贺知章、贺朝、万齐融、包融、邢巨诸人并驰名京都。其他事迹不可考。

张若虚的诗,《全唐诗》仅录存二首。一首是五言排律《代答闺梦还》:"关塞年华早,楼台别望违。试衫著暖气,开镜觅春晖。燕入窥罗幕,蜂来上画衣。情催桃李艳,心寄管弦飞。妆洗朝相待,风花暝不归。梦魂何处入,寂寂掩重扉。"抒写闺中少妇的春思之情,语言绮丽,对仗工整,平仄谐调,但尚未脱尽齐、梁诗的脂粉气息。从立意到遣词,都缺少创新。另一首七言歌行《春江花月夜》却是千载传诵的抒情杰作:

　　春江潮水连海平,海上明月共潮生。滟滟随波千万里,何处春江无月明?江流宛转绕芳甸,月照花林皆似霰。空里流霜不觉飞,汀上白沙看不见。江天一色无纤尘,皎皎空中孤月轮。江畔何人初见月?江月何年初照人?人生代代无穷已,江月年年只相似。不知江月待何人,但见长江送流水。白云一片去悠悠,青枫浦上不胜愁。谁家今夜扁舟子?何处相思明月楼?可怜楼上月徘徊,应照离人妆镜台。玉户帘中卷不去,捣衣砧上拂还来。此时相望不相闻,愿逐月华流照君。鸿雁长飞光不度,鱼龙潜跃水成文。昨夜闲潭梦落花,可怜春半不还家。江水流春去欲尽,江潭落月复西斜。斜月沉沉藏海雾,碣石潇湘无限路。不知乘月几人归?落月摇情满江树。

《春江花月夜》为古乐府《清商曲·吴声歌》旧题,本是吴地民歌。据郭茂倩《乐府诗集》卷四十七引《晋书·乐志》所云,此曲被引入陈朝宫廷,成为陈隋以来宫体诗的诗题之一。陈后主君臣的原作今已不存。《乐府诗集》所载《春江花月夜》诗共七首:隋炀帝杨广二首,隋诸葛颖一首,唐张子容二首,张若虚和温庭筠各一首。温诗晚出,内容是嘲讽隋炀帝荒淫无耻,终于破家亡国,与陈代宫体诗无关。而张若虚以前的五首,都是写景兼写艳情,属于宫体诗,但所写艳情已趋于净化、淡化,升华为美而不艳,呈现出一些清新面貌。这几首因受曲调限制,皆是五言四句或六句的短章。张若虚这一首,却改五言为七言,变短章为长篇歌行,成了一首不入乐的徒诗,这就跳出了"吴声曲"那种歌靡靡之音的窠臼。诗中抒写游子思妇离别相思之情,纯真而深沉,完全消除了宫体诗那种"猎艳"的低级趣味,而把爱情描写恢复到《诗经》中的民歌和古乐府的传统,表现出一种净美、纯洁的格调。同时,诗人又把这种男女相思离别之情,同对于人生真谛、宇宙奥秘的探求紧密联系起来,从而使诗的思想蕴涵更为丰富深邃,富于哲理意味。诗中虽也流露出一些感伤离别和人生短暂的消极情绪,但更多的还是对于自然美景、青春爱情的期待和向往,对于永恒的歌颂,表现出一种夐绝的宇宙意识。诗人以"月"为中心写景抒情,月光触处生辉,给全诗笼罩上一层空明而迷幻的色调,展现出一幅春江花月夜的神奇图画,创造了一个美丽幽邃、澄清渺远的迷人意境。在写景抒情的表现手法、艺术结构、音韵节奏等方面,都有独到之处。

　　明清以来的诗评家对于这首杰作的艺术特色,作了不少深入细致的分析。明代钟惺说:"将'春江花月夜'炼成一片奇光,分合不得,真化工手。"(《唐诗归》卷六)清人王夫之说:"句句翻新,千条一缕,以动古今人心脾,灵愚共感。其自然独绝处,则在顺积去,宛尔成章。"(《唐诗评选》卷一)近代梁启超说它像是"虎跑泉泡的雨前龙井,望去连颜色也没有,但吃下去几点钟,还有馀香留在舌上。"(《中国韵文里头所表现的感情》)现代诗人兼诗论家闻一多更高度评价它表现了夐绝、寥廓、宁静、神奇的境界,"替宫体诗赎清了百年的罪","是诗中的诗,顶峰上的顶峰"(《宫体诗的自赎》)。日本汉学家泽田总清也赞美它"通篇蝉联,流畅圆美,千回万转,变化无穷","有不朽的价值"(《中国韵文史》)。

　　张若虚在这首《春江花月夜》中所抒发的对于青春、爱情、人生奥秘和大自然美景如梦如痴的陶醉和热情追求,对于宇宙意识即超越时空的永恒观念的领悟,既是盛唐时期和平发展的时代生活美的折光,也是盛唐人所独具的一种精神美的体现。因为这一首杰作,奠定了诗人在文学史上的地位。唐郑处诲的《明皇杂录》,便已将张若虚同李白、杜甫、孟浩然、王昌龄等诗坛大家并列。清人王闿运在前人研究的基础上作出大胆论断:"张若虚《春江花月夜》,用《西洲》格调,孤篇横绝,竟为大家。"(《王志·论唐诗诸家源流》)张若虚凭着一首诗而被尊为"大家",这在中外文学史上都是罕见的。

《春江花月夜》的意境及其表现艺术,对于后世的诗词创作产生了深远的影响。李白《把酒问月》中的"今人不见古时月,今月曾经照古人。古人今人若流水,共看明月皆如此",在体现永恒观念方面,明显受到它的启发。陈兆奎说:"王维《桃源行》,从此滥觞。"王闿运指出:"李贺、商隐,挹其鲜润。"(同上引书)宋代苏轼《水调歌头》("明月几时有")和《赤壁赋》,姜夔、张炎等追求"清空"境界的词作,乃至清代浙西词派等等,和它都有一定的渊源关系。

总起来看,"吴中四士"的作品尽管流传下来的不多,但各具艺术个性和特色,各有名篇、佳句传世,形成一个显示了创作实绩的多元的诗群。这个诗群殊途同归的艺术创新之处,就是以纵横的才气、浓郁的情思、飞扬的神采、清美的意境,反映出盛唐前期的社会风貌和时代气息。这个诗群的出现,显示了盛唐诗苑万紫千红、全面繁荣局面的来临。

"四士"的作品,一向未有专集刊行,1986年上海古籍出版社出版了《贺知章包融张旭张若虚诗注》(王启兴、张虹注)一书。书中还附录了有关"四士"的生平资料。

第三节 刘希夷 崔国辅

时代稍早于张若虚的,还有一位善写长篇歌行,特别是闺情诗的诗人刘希夷(651—?),字庭芝,汝州(今河南临汝)人[4]。关于他的生平事迹,记载甚少。元辛文房《唐才子传》说,他是"上元二年郑益榜进士,时年二十五,射策有文名","美姿容,好谈笑,善弹琵琶,饮酒至数斗不醉,落魄不拘常检"。可见,他是一位有才华、放任不羁、生活落魄的文人。从他的《蜀城怀古》、《巫山怀古》、《江南曲》等诗可知,他曾自中原入蜀,经三峡沿江而下,并在维扬(扬州)、长洲(苏州)和南湖(嘉定)等地漫游过。唐刘肃《大唐新语》卷八、韦绚《刘宾客嘉话录》和《唐才子传》,都记载刘希夷不肯将"年年岁岁花相似,岁岁年年人不同"这联诗句让与宋之问而被宋杀害一事,此纯属小说家言,不可信。《旧唐书·乔知之传》只说希夷"志行不修,为奸人所杀"。

刘希夷原有集,已失传[5]。《全唐诗》录存其诗一卷,计三十四首,其间似杂有后人之作[6]。此外,敦煌卷子里还有一首《死马赋》(见王重民《补全唐诗》)。希夷的一部分诗是抒写从军出塞的,例如《将军行》写一位将军沙场杀敌:"将军辟辕门,耿介当风立。诸将欲言事,逡巡不敢入。剑气射云天,鼓声振原隰。黄尘塞路起,走马追兵急。弯弓从此去,飞箭如雨集。截围一百重,斩首五千级。"表现将军的英风豪气相当成功。《从军行》写边城被困,朝廷派遣大军破敌解围,诗中抒发唐军将士慷慨报国的豪情,饶有气势。《死马赋》是一首七言歌行,诗中哀悼一匹冻死幽燕的战马,实际上是哀悼出塞健儿战死不归。刘希夷一再描写从军出塞、讴歌将士杀敌报国,使人感到这位"落魄"诗人是有建功立业的远大抱负的。

他的几首怀古诗也写得不错。五古《谒汉世祖庙》以雄健的笔触,歌颂刘秀恢复汉室的丰功伟业,寄托着期望李唐王室中兴、不满武氏集团掌政的意蕴。《蜀城怀古》对历史人物司马相如、严君平、诸葛亮等人表达了仰慕之情,同样借怀古咏志,表达自己的理想抱负。以上两类作品多是五言古诗,但对偶特多,《谒汉世祖庙》几乎全篇对仗,犹如平仄未谐的排律,但诗的意脉通畅,气势充沛,并不给人以板滞之感。明人谭元春评"希夷诗灵快淹远"(《唐诗归》卷二),是中肯的。

诗人还有一首五古长诗《孤松篇》,以比兴手法,歌颂孤松的耿直、幽独、高洁。它具广厦之材,却被捐弃涧底。诗人借以宣泄怀才不遇、沦落失意的悲愤,反映了"盛世"中的黑暗面。另有《江南曲》八首,从不同的侧面表现江南的秀丽风光,描写生动,辞采华丽,对偶工整,体裁多样,但却失去了此曲原有的那种朴素的民歌风格。

刘希夷现存诗中,写闺情的较多。有《春女行》、《采桑》、《代闺人春日》、《代秦女赠行人》、《览镜》、《晚春》等。这些作品,仍然带着六朝宫体诗的馀风。诗中对女子的体态美、服饰美以及哀怨心绪的刻画,细致入微,尽态极妍,呈现出轻艳靡丽的情调和风格。如《晚春》:"佳人眠洞房,回首见垂杨。寒尽鸳鸯被,春生玳瑁床。庭阴幕青霭,帘影散红芳。寄语同心伴,迎春且薄妆。"写昼眠女子的娇媚、慵懒、相思愁绪,以及华美服饰,同梁简文帝萧纲的《咏内人昼眠》,在题材内容和描写方法上都很相似。清人沈德潜评《晚春》云:"六朝风致,一语百媚。"(《唐诗别裁集》卷九)可谓一语破的。但另一部分作品,已明显地摆脱了宫体诗的缺点和局限。诗人以圆润谐美的声律、对偶和语言,抒写真挚热烈的爱情。例如,《捣衣篇》写思妇月下捣练为远人赶制征衣的情景:"欲向楼中萦楚练,还来机上裂齐纨。揽红袖兮愁徙倚,盼青砧兮怅盘桓。盘桓徙倚夜已久,萤火双飞入帘牖。西北风来吹细腰,东南月上浮纤手。此时秋月可怜明,此时秋风别有情。……攒眉缉缕思纷纷,对影穿针魂悄悄。"结尾云:"莫言衣上有斑斑,只为思君泪相续。"全篇侧重刻画思妇的动态和心态,深曲细腻,真切动人。《公子行》是一首爱情的颂歌。诗中写多情公子向娼家美女表达一片痴情:"愿作轻罗著细腰,愿为明镜分娇面,与君相向转相亲,与君双栖共一身。愿作贞松千岁古,谁论芳槿一朝新。百年同谢西山日,千秋万古北邙尘。"把贵族公子的爱情写得那样真挚专一、忠贞不贰,明显地带着诗人理想化的浪漫色彩。明人钟惺评此诗云:"情中妙语,然从陶公(渊明)《闲情赋》语讨出。"(《唐诗归》卷二)

诗人在《公子行》中希望青春和爱情像千岁贞松一样长在,但无情的岁月,必定要夺去人的青春和爱情。诗人为此感伤与怅惘,于是对人生、宇宙作深邃的思考、探索,由此便产生了一首杰作《代悲白头翁》:

洛阳城东桃李花,飞来飞去落谁家?洛阳女儿惜颜色,坐见落花长叹息。今年花落颜色改,明年花开复谁在?已见松柏摧为薪,更闻桑田变成海。古人无复洛城东,今人还对落花风。年年岁岁花相似,岁岁年年人不同。寄言全盛红颜子,须怜半死白头翁。此翁头白真可怜,伊昔红颜美少年。公子王孙芳树下,清歌妙舞落花前。光禄池台开锦绣,将军楼阁画神仙。一朝卧病无相识,三春行乐在谁边?宛转蛾眉能几时,须臾鹤发乱如丝。但看古来歌舞地,唯有黄昏鸟雀悲。

这首拟古乐府,题又作《白头吟》,古辞写女子毅然同负心男子决裂。

刘希夷借用古题表现新的思想内容。诗的前半写洛阳女子感伤落花,抒发青春易逝的悲哀;后半写白头翁的衰老境况,倾吐富贵无常、人生短暂的感慨。诗中交织着欢乐与悲哀情绪,一昂一低,大起大落,它给予读者的主要感受,是写青年时的热情、欢乐与垂老时的零落、悲伤。诗的构思独特,抒情宛转,语言优美,音韵和谐,特别是"年年岁岁"两句,以"花相似"对比"人不同",又用回环重叠的句式,强调时光流逝的无情事实,颇富哲理,成为精警的名句。

此诗敦煌遗书内存有它的三个写本,可见在唐代即已广泛流传,它对后来的诗歌创作也有影响。张若虚的杰作《春江花月夜》,在感悟人生短暂与自然永恒上,与它一脉相承,只是表现得更加强烈、蕴藉;张说的《离会曲》、高适的《人日寄杜二拾遗》,直到《红楼梦》中的《葬花词》,也都或多或少地受到它的启迪。

在刘希夷诗中并列的两种倾向,正好说明了初唐到盛唐之间诗风的过渡性。《全唐诗》小传说:"希夷善为从军闺情诗,词旨悲苦,未为人重。后孙翌撰《正声集》,以希夷诗为集中之最,由是大为时所称赏。"这话是切合希夷诗歌的创作实际的。孙翌是贺知章门人,所编《正声集》流行于开元中,今已不存。由此可见,刘希夷的诗到了盛唐时期才受到赞赏,也与风气有关。

崔国辅(生卒年不详),吴郡(今江苏苏州)人[7]。两《唐书》无传。据顾况《监察御史储公集序》(《全唐文》卷五二八)记载,他是开元十四年(726)严迪榜进士,与储光羲、綦毋潜同时。此后数年间,官山阴尉。开元二十三年(735),应县令举,授许昌令(据徐松《登科记考》卷七)。据崔国辅的诗,他还到过辽东、淮北、江西等地,大概是任地方官或游幕。五代王定保《唐摭言》卷十一收录了崔国辅写的《上何都督履光书》,可知他曾在何的幕府中任职,时间不详。

芮挺章《国秀集》收录崔诗,目录上标明"左补阙崔国辅",可见他在开元末、天宝初已任京官,后迁起居舍人。天宝十至十一载(751—752)任集贤直学士、礼部员外郎。天宝十一载,京兆尹王铁的弟弟王铧与邢縡策划刺杀李林甫与杨国忠,事发,京兆尹王铁受牵连赐死。国辅因与王为近亲,亦坐贬竟陵(今湖北仙桃西南)司马。《新唐书·艺文志》崔国辅集下注语记载了此事。国辅贬竟陵后,与处士陆羽游。《唐才子传》记载崔与陆"游三岁,交情甚厚,谑笑永日,又相与较定茶水之品。……雅意高情,一时所尚"。陆羽所撰《陆文学自传》(《全唐文》卷四三三),记述天宝时"崔公国辅出守竟陵郡,与之游处凡三年,赠白驴,乌犎牛一头,文槐书函一枚"。此后,国辅行踪即不可考。

崔国辅是盛唐的著名诗人。据白居易《故滁州刺史赠刑部尚书荥阳郑公墓志铭》所叙,他曾与王昌龄、王之涣、郑昈等人"联唱迭和,名动一时"。他和孟浩然、李白交谊尤深。孟《宿永嘉江寄山阴崔国辅少府》诗云:"我行穷水国,君使入京华。相去日千里,孤帆天一涯。"时崔任山阴尉,适奉使北上,孟则适漫游吴越故有此作。诗中抒写了离别之情。天宝十一载(752),国辅贬竟陵后,其子崔度自幽燕还吴,李白有诗送之,并称国辅为故人。崔国辅对杜甫的才华很赏识。天宝十载,杜入京献《三大礼赋》,得崔(国辅)、于(休烈)二学士之称述,受知于玄宗,命待制集贤院。杜甫甚为感激,曾赋诗云:"谬称三赋在,难述二公恩。"(《奉留赠集贤院崔、于二学士》)

崔国辅的诗,今存四十一首,其中,乐府诗占半数以上。有写边塞战争的,如《从军行》:"塞北胡霜下,营州索兵救。夜里偷道行,将军马亦瘦。刀光照塞月,阵色明如昼。传闻贼满山,已共前锋斗。"描绘唐军夜间奇袭,表现行军战斗的艰苦、紧张,刀光塞月,境象逼真。有一些宫怨诗,借古讽今,揭露天宝时期政治的黑暗和统治者的荒淫。如《怨词二首》(其一):"妾有罗衣裳,秦王在时作。为舞春风多,秋来不堪着。"抒写宫女对帝王昔宠今弃的哀怨。又如《魏宫词》:"朝日点红妆,拟上铜雀台。画眉犹未了,魏帝使人催。"据《世说新语·贤媛》载,曹操死后,魏文帝曹丕悉取其父宫人自侍。此诗即刺宫廷秽史。近人俞陛云和高步瀛认为,诗人乃借魏宫琐事喻指唐宫,讽刺唐高宗纳太宗才人武则天为皇后事。(俞《诗境浅说续篇》、高《唐宋诗举要》)这些宫词措辞婉约,讽刺深刻。还有一些诗揭露了贵族官僚和纨袴子弟的骄奢淫逸。《少年行》:"遗却珊瑚鞭,白马骄不行。章台折杨柳,春日路旁情。"抓住几个典型细节,刻画贵族少年到处寻花问柳的浮浪、昏聩形象,颇为生动传神。《王孙游》、《襄阳曲》亦属此类题材。《丽人曲》、《白纻辞》、《古意》等篇,写贵族妇女生活无聊和精神空虚。两首《王昭君》,表现昭君的思乡和悲怨之情,亦可谓语奇意新之作。

崔国辅写得最出色的,是那些表现江南水乡青年男女的劳动和爱情生活的乐府诗。这些作品感情真挚、纯朴、炽烈,洋溢着浓郁的生活气息。如《湖南曲》:"湖南送君去,湖北送君归。湖里鸳鸯鸟,双双他自飞。"以鸳鸯双飞反衬女子送别情郎后的孤寂,既措意委婉,又朴素自然。《中流曲》:"归来日尚早,更欲向芳洲。渡口水流急,回船不自由。"写少女欲回舟去芳洲寻找情郎,却被急流阻遏,焦急气恼,其情态可掬。

这些乐府诗绝大部分是五言绝句,篇幅短小,含蓄蕴藉。诗人熟悉水乡生活,又能从南朝乐府民歌如《子夜歌》、《读曲歌》中吸取艺术营养,多用清丽、浅近的语言,通过巧妙的构思或撷取富于暗示性的细节来揭示青年男女的感情和心态,写得既精炼含蓄,又饶有民歌明快活泼的风味。例如:

玉溆花争发，金塘水乱流。相逢畏相失，并著采莲舟。(《采莲曲》)

月暗送潮风，相寻路不通。菱歌唱不辍，知在此塘中。(《小长干曲》)

除乐府诗外，崔国辅还写了一些五、七言的山水、赠答、送别诗。如《渭水西别李仑》:"陇右长亭堠，山阴古塞秋。不知呜咽水，何事向西流。"借深山古塞秋色和呜咽西流的陇水，抒写与友人的惜别心情。又如《宿范浦》:"月暗潮又落，西陵渡暂停。村烟和海雾，舟火乱江星。路转定山绕，塘连范浦横。鸥夷近何去？空山临沧溟。"境界明净清远。颔联描状江上晚景，表现村烟、海雾、舟火、江星的光色流动变幻，生动逼真。

五言绝句，源自古乐府，至唐而盛。李白、王维是盛唐五绝最杰出的作家。崔国辅的五绝，在题材的多样、意象的超妙和艺术的创新等方面，尚逊于李、王，但亦可称为盛唐五绝能手。同中唐诗人刘禹锡的七绝《竹枝词》、《踏歌词》前后映照，相互媲美，体现了唐代诗人学习民歌所取得的可喜成果。殷璠《河岳英灵集》评其诗云:"婉娈清楚，深宜讽味，乐府数章，古人不及也。"晚唐诗人韩偓有四首五绝，题作《效崔国辅体》，亦可见其影响。

《新唐书·艺文志》著录崔国辅有集一卷，《直斋书录解题·诗集类》录临海李氏本崔集一卷，仅存诗二十八首，又录石林叶氏(梦得)本多收六首，《全唐诗》录存其诗四十一首。今人万竞君有《崔国辅诗注》(上海古籍出版社1982年出版)。

〔1〕《旧唐书·贺知章传》点出四人姓名、籍贯、活动年代，《新唐书·包佶传》首用"四士"称谓。此后，历经宋元而无非议者。南宋计有功《唐诗纪

事》、清初《全唐诗》等书中,一再确定张若虚为"四士"之一。但明代末叶,胡震亨《唐音癸签·谈丛四》却将张若虚剔出"四士"之列而代之以刘眘虚,不言根据何书。清人沈德潜《唐诗别裁集》卷一采纳此说,以刘代张,亦不作申述。按:胡、沈实误。因唐宋以来诸书,凡涉及刘眘虚的有关条目,诸如殷璠《河岳英灵集》卷上、《唐诗纪事》卷二五,元辛文房《唐才子传》卷一,以及《全唐诗》卷二五六等,均无一字提到刘为"四士"成员。又,贺知章、包融、张旭、张若虚皆为吴越人,若虚与知章等人的交谊,又有《旧唐书·贺知章传》作力证;而刘眘虚为新吴(今江西奉新)人,距吴越甚远,查考其生平,亦不曾同"四士"中任何一人有所交游、唱和,故眘虚实不应属"吴中四士"成员。参见龚德芳《"吴中四士"琐论》(《文学遗产》1982年第2期)。

〔2〕 贺知章生卒年,新旧《唐书》均无明确记载。一般据《旧唐书》本传"天宝三载……求还乡里","无几寿终,年八十六"推定。

〔3〕 见《全唐文》卷四三二。"褚思光",原文误作"褚恩光"。

〔4〕 刘希夷生年,据《唐才子传》所载"上元二年(675)郑益榜进士,时年二十五"推出。卒年不可考。《唐才子传》云年未三十遇害,未知何据。《大唐新语》、《本事诗》皆谓《代悲白头翁》诗成后未周岁下世,则其年寿或未至中年。其籍贯,《旧唐书·乔知之传》、《大唐新语》皆谓汝州人,《唐才子传》谓颍州人,未知何所本,疑误。

〔5〕 《旧唐书·经籍志》录"刘希夷集三卷";《新唐书·艺文志》录"刘希夷集十卷",又"刘希夷诗集十卷"。《唐才子传》云"有集十卷及诗集四卷,今传",恐不确。宋人目录中即未载希夷诗集。

〔6〕 如《夜集张谭所居》、《洛中晴月送殷四(遥)入关》,张、殷皆为开元、天宝间人,与希夷时代不相及,二诗当非希夷作。

〔7〕 《唐才子传》说崔国辅为"山阴人",不确。李白《送崔度还吴》诗下注云:"度,故人礼部员外国辅之子。"可见,应是吴郡人。

第十三章　孟浩然和其他诗人

第一节　孟浩然的生平

孟浩然(689—740)[1],字浩然,名字同,襄州襄阳(今湖北襄阳市)人,出生于一个薄有恒产的诗书家庭,幼年居住在襄阳郭外的孟家本宅涧南园里,秉承家训,苦学攻文。他在诗中自述说:"惟先自邹鲁,家世重儒风。诗礼袭遗训,趋庭沾末躬。昼夜常自强,词赋颇亦工。"(《书怀贻京邑同好》)可见他接受的是正统儒家思想教育,甚至自称是儒家大师孟轲的后裔,为此感到荣耀。

襄阳历史上多隐逸名士。隐居在城外鹿门山的汉末高士庞德公和隐居隆中的诸葛亮,都是少年孟浩然十分仰慕的。唐代最高统治者采取举逸人以使天下归心的笼络政策,高宗、武后、睿宗、玄宗都"崇重隐沦,亲问岩穴"。据《旧唐书》卷一九二《隐逸传》载,高宗曾请隐士田游岩"就行宫,并家口给传乘赴都,授崇文馆学士"。睿宗、玄宗曾先后三次征召道士司马承祯,玄宗授隐士卢鸿谏议大夫,王希夷朝散大夫,道士吴筠翰林待诏。这就使士子们把隐逸看作是进入政治舞台的一条道路。科举考试固然是干禄的正途,隐居山林也是钓名猎官的捷径。许多士子故意隐居在深山幽谷,等待州郡推荐,朝廷征辟。于是隐逸之风,盛极一时。《新唐书·卢藏用传》说:"司马承祯尝召至阙下,将还山,藏用指终南曰:'此中大有嘉处。'承祯徐曰:'以仆视之,仕宦之捷径耳。'"所谓"终南捷径",正是当时这种社会思想和风气的鲜明反映。青年孟浩然也走过这条道路,他曾一度隐居于鹿门山,为应举入仕做必要的准备。他的《鹿门山怀古》、《夜归鹿门山歌》就是描写这一段隐逸生活的。

襄阳风光秀丽。孟浩然受了故乡环境的熏陶,特别喜爱山水。他的足迹踏遍了襄阳这一带的山水名胜之地。当时,漫游的风气也很盛行。诗人、文士们纷纷"仗剑去国,辞亲远游",到各地饱览名山胜迹,广泛结交朋友,干谒公卿名流,希图获得社会声誉,从而步入仕途。青年孟浩然也受了这种漫游风气的影响。大概在开元元年(713)到开元十一年(723),诗人二十五岁至三十五岁期间,便漫游了长江流域,到过湖南、扬州、宣城等地。在漫游行吟的过程中,诗人增长了见识,陶冶了对自然的美感,也提高了诗歌写作水平。但这个时期,他在襄阳的日子更多,与襄阳地方官吏之间,也有些送往迎来酬酢之事。如开元八年(720),贾昇为襄阳县主簿,浩然就写了《送贾昇主簿之荆府》、《和贾主簿昇九日登岘山》二诗。有时,他也参加一些诸如"灌蔬艺竹"(唐王士源《孟浩然集序》)的轻微劳动。据《新唐书》本传说,他在青年时还有一股任侠作风,"喜振人患难","救患释纷,以立义表"。

开元十二年(724),因玄宗居洛阳,浩然便到洛阳去寻求仕进。他在洛阳滞留近三年,同诗人储光羲、包融、綦毋潜等交往,留下了《同储十二洛阳道中作》、《宴包二融宅》、《题李十四庄兼赠綦毋校书》等诗篇。

孟浩然在洛阳求仕,结果一无所获。为排遣失意的苦闷,开元十四年(726)夏秋之际,他从洛阳出发,开始了吴越漫游。"山水寻吴越,风尘厌洛京。扁舟泛湖海,长揖谢公卿"(《自洛之越》),正反映了他当时的心情。他在乐城、永嘉先后与同乡好友张子容相遇,又溯浙江入江西,泛彭蠡入大江,过武昌。大约在开元十六年(728)春天,他在武昌与年方二十八的李白相识。当他乘舟去扬州时,李白写《黄鹤楼送孟浩然之广陵》诗,表达了惜别的深情。

开元十六年冬,孟浩然回到襄阳不久,便抱着勃勃雄心到长安应进士举。他在长安结识了当时任秘书省校书郎的王昌龄,以及从济州任上回到长安的王维。三位诗人一见如故,成了莫逆之交。这时,孟浩然对前途充满了信心,在次年早春临试前,他写下了"何当桂枝擢,归及柳条新"(《长安早春》)的诗句。但不料应举落第,希望破灭了。他仍不罢休,留在京师,继续谋求仕进。据王士源《孟浩然集序》说,他曾在秘书省赋诗。当他吟出"微云淡河汉,疏雨滴梧桐"之句时,举座叹其"清绝",于是纷纷搁笔。他在京师赢得了诗名,却找不到仕进门径。到了秋天,连生活都难以维持了。他曾献赋求官,但毫无结果。《南归阻雪》中曾云:"十上耻还家,徘徊守归路。"他写了《题长安主人壁》、《秦中感怀寄上人》等诗,抒发落第的悲哀、旅况的萧条、生活的潦倒、失意的苦闷。最后,他宣称:"跃马非吾事,狎鸥宜我心。寄言当路者,去矣北山岑。"(《秦中苦雨思归》)带着怀才不遇的抑郁和愤懑,返回襄阳。离京时,他写了《留别王维》和《初出关旅亭夜坐怀王大校书》,表达了对于王维和王昌龄的深厚友情。

应举落第,是孟浩然一生中所遭到的最大打击,也是他的思想和人生态度的一个重要转折。孟浩然自幼接受儒家教育,也同时受到佛、道二家的思想影响。他是把儒家的"达则兼济天下,穷则独善其身"的人生准则,同佛、道思想调和起来的。他在诗中说过:"幼闻无生理,常欲观此身。"(《还山贻湛法师》)"儒道虽异门,云林颇同调。"(《题终南翠微寺空上人房》)但前期孟浩然的人生观,是以儒家积极入世的思想为主,无论是他的隐逸和漫游,终极目的都是为了入仕,以实现他在诗中多次宣称的"事明主"、献"奇策"、"济苍生"的远大抱负。但长年苦读而一朝挫折,使他十分悲痛。后期,他虽不甘于隐逸但又不得不把隐逸作为寻求精神解脱的手段。这时,他与高人隐者、禅师道士的往来越密切,受佛老思想的濡染更深,正如他所说的"渐通玄妙理,深得坐忘心"(《游精思题观主山房》)。儒家的"独善"思想和释道的消极出世哲学,在晚年孟浩然的人生观中占了主要地位。

开元二十一年(733),襄州刺史兼山南东道采访使韩朝宗因与孟浩然是世交,想向朝廷推荐他,便劝说他同赴长安。韩先在朝廷揄扬浩然,再约日欲引浩然谒见朝廷诸公。但到了约会那天,浩然却同友人饮酒论文。有人说:"子与韩公预诺而怠之,无乃不可乎?"浩然大声回答:"仆已饮矣,身行乐耳,遑恤其他!"终于没有应约。(见王士源《序》)这正反映出他仍想入仕却又对朝廷不抱希望的矛盾心情。浩然这次入京,也没有能见到张九龄。张九龄当时因丁母丧居于家乡韶州,是在这一年年底才就任中书侍郎、同中书门下平章事的。

孟浩然从长安返回襄阳继续隐居。这期间,曾入蜀作短时漫游,写了《入峡寄弟》、《途中遇晴》、《行至汉川作》诸诗[2]。开元二十三年早秋,孟已还襄阳,有《同卢明府饯张郎中除义王府司马海园作》等诗。

开元二十五年(737)四月,张九龄被贬为荆州长史。他到任不久,即征辟孟浩然为从事。孟浩然敬仰张九龄的开明政治和道德人品,再加上想借此摆脱经济困窘,便入了张九龄幕府。在这段时间,孟浩然的心情比较愉快,经常陪张九龄在荆州附近视察,还与当时同在幕中的王维好友裴迪一起登山览胜,彼此唱酬,写了《从张丞相游纪南城猎戏赠裴迪张参军》、《陪张丞相登嵩(当)阳楼》、《陪张丞相祠紫盖山途经玉泉寺》等诗。浩然还曾外出行役赴扬州。往返途中,经过洞庭湖和彭蠡湖时,写下了著名的《临洞庭湖赠张丞相》,以及《彭蠡湖中望庐山》、《洞庭湖寄阎九》等诗篇。不久,他便因病辞职回家,结束了为时一年左右的幕僚生活。

开元二十七年(739),李白游巴陵,曾到襄阳看望孟浩然,留下了《赠孟浩然》一诗:"吾爱孟夫子,风流天下闻。红颜弃轩冕,白首卧松云。醉月频中圣,迷花不事君。高山安可仰,徒此揖清芬。"倾吐了对这位诗坛前辈无限仰慕的感情。这年秋天,王昌龄贬谪岭南,途经襄阳,两位知交叙旧谊,叹不遇,相处了一些时日。临别时孟浩然赋诗相赠。第二年,王昌龄从岭南北返,过襄阳又与孟浩然重新聚首。两人开怀畅饮,浩然不幸"食鲜疾动"(王士源《序》),旧病复发,遽然辞世,终年五十二岁。

孟浩然以布衣终其一生,在唐代著名诗人中是罕见的。他的清高人品和诗品,受到当时和后代士大夫文人的景仰。除了李白赋诗赞颂外,杜甫也有诗称美:"吾怜孟浩然,短褐即长夜!赋诗何必多,往往凌鲍谢。"(《遣兴》)王维曾为孟浩然绘《襄阳行吟图》,表现了他"颀而长,峭而瘦,衣白袍,靴帽重戴,乘款段马","风仪落落,凛然如生"(葛立方《韵语阳秋》载张洎题识)的风貌。孟浩然去世后,王维知南选至襄阳,作《哭孟浩然》,表达了他对故人顿萎、江山寂寥的深悲巨痛。又专为亡友作像于郢州刺史亭,因曰"浩然亭",后人改称"孟亭"。

第二节 孟浩然的诗歌

孟浩然的一生基本上过着隐居生活。所以,历来许多人把他看作隐逸诗人的典型,认为他的作品纯粹是山水田园隐逸诗。其实,《孟浩然集》中不乏触及社会现实的诗篇。一部分作品,表现了他早年的政治抱负和积极进取的精神:"吾与二三子,平生结交深。俱怀鸿鹄志,共有鹡鸰心"(《洗然弟竹亭》);"冲天羡鸿鹄,争食羞鸡鹜。望断金马门,劳歌采樵路。……谁能为扬雄,一荐《甘泉赋》"(《田园作》);"再飞鹏激水,一举鹤冲天"(《岘山送萧员外之荆州》);"安能与斥鷃,决起但枪榆"(《送吴悦游韶阳》)。在这些诗里,他一再把自己和友人比喻为冲天鸿鹄、击水鲲鹏,而把那些胸无大志的世俗小人讥刺为斥鷃鸡鹜。他希望并且自信能像献《甘泉赋》的扬雄那样,为皇帝赏识,从而一鸣惊人。这些意气豪迈的诗句,表现了诗人早期的雄心壮志。从"黄金燃桂尽,壮志逐年衰"(《秦中感秋寄远上人》)的诗句看,他的"壮志",当然指的是功名仕进。但他追求功名仕进主要是为了积极用世,报效国家。他在诗中一再表示对爱国诗人屈原的崇敬和悼念:"三湘吊屈平"(《经七里滩》),"吊屈痛沉湘"(《自浔阳泛舟寄明海》)。他的《送陈七赴西军》诗说:"君负鸿鹄志,蹉跎书剑年。一闻边烽动,万里忽争先。余亦赴京国,何当献凯还。"赞美陈七在国家有事时争先从军,并表示自己赴京应举也是为了报效君国。在《送告八从军》诗中又说:"男儿一片气,何必五车书。好勇方过我,才多便起余。运筹将入幕,养拙就闲居。正待功名遂,从君继两疏。"以奋勇为国建功立业与友人共勉。而在《仲夏归汉南园寄京邑旧游》中,他更明确地表示:"中年废丘壑,上国旅风尘。忠欲事明主,孝思侍老亲。"古人把"君"看成"国"之象征,"忠君"即所以"为国"。他还有直接表达忧民思想的诗,如《田家元日》:"我年已强仕,无禄尚忧农。"从这些诗中可见,孟浩然的壮志,包含了为国为民的思想抱负。

  孟浩然应举落第之后,济世安民的壮志遭受了挫折,这使他对于不合理的社会现实有了比较清醒的认识。他看透了当路者的自私,世俗的趋炎附势,写出了"当路谁相假?知音世所稀"(《留别王维》)、"岂直昏垫苦,亦为权势沉"(《秦中苦雨思归》)、"惜无金张援,十上空归来"(《送丁大凤进士赴举呈张九龄》)、"世途皆自媚,流俗寡相知"(《晚春卧疾寄张八子容》)、"物情趋势利"(《山中逢道士云公》)等诗句,愤怒地予以揭露和抨击。在《岁暮归南山》中,他以"北阙休上书,南山归敝庐。不才明主弃,多病故人疏"之句,对那个标榜礼贤下士的"明主"玄宗皇帝也表示了失望和不满。孟浩然在后期写了许多送别诗。送别的对象,多数是落第的举子,失意的文人,贬谪的官员和贫寒的隐士。他在同情和劝勉这些友人的同时,也流露出牢骚和愤慨。如《都下送辛大之鄂》:"未逢调鼎用,徒有济川心。"抒发了怀才不遇的怨愤。《送席大》说:"道路疲千里,乡园老一丘。知君命不偶,同病亦同忧。"倾诉出同病相怜的悲哀。

  孟浩然功名不就,歧路彷徨,也不肯摧眉折腰趋奉权贵。他在《京还赠张淮》中说:"欲徇五斗禄,其如七不堪。早朝非晏起,束带异抽簪。"用陶渊明不肯为五斗米折腰和嵇康自称"七不堪"不愿为官的典故,表白自己不屑于做小吏,去趋奉官长和忍受官场上对个性的束缚。在《和宋大使北楼新亭》诗里,他向荆州刺史宋鼎表示自己"羞逐府僚趋",宁作"丘园一竖儒"。他有一首《赠萧少府》诗,赞扬萧少府"处腴能不润,居剧体常闲。去诈人无诡,除邪吏息奸",推崇一种出污泥而不染的高洁品格。

孟浩然还写了一些歌颂重然诺的侠义精神的诗歌。例如《醉后赠马四》诗中说:"四海重然诺,吾尝闻白眉。秦城游侠客,相得半酣时。"又如《送朱大入秦》诗云:"游人五陵去,宝剑值千金。分手脱相赠,平生一片心。"诗人热情洋溢地歌颂了游侠之士言必信、行必果、轻生死、重义气的精神,并以馈赠宝剑的行动,表明对他们的倾心。这些诗,正是孟浩然"喜振人患难"的豪侠性格的体现,也是盛唐社会盛行的任侠风气的反映。由上述诗歌可以看出,孟浩然并非纯粹的"隐逸"诗人。要全面地认识和评价孟浩然,这一部分作品的思想价值和积极意义是不应忽略的。

但孟浩然诗最为人称道的,是那些描写山水行旅和隐逸生活的作品。这一部分诗数量既多,艺术上也有独特造诣,最能代表孟诗的风格。历来称孟浩然为山水田园诗人,就是根据这种情况说的。

孟浩然的山水诗最长于表现大自然清幽的景象,创造出各具特色的清幽境界。例如《宿业师山房待丁大不至》:"夕阳度西岭,群壑倏已暝。松月生夜凉,风泉满清听。樵人归欲尽,烟鸟栖初定。之子期宿来,孤琴候萝径。"此诗抒盼友之情,但全篇主要描绘山中景物,所以也可以看作一首山水诗。诗中写日落西山,山谷晦暗,明月东上。这时,诗人看到如水的月光透过松枝洒落下来,好像加深了夜间的凉爽;耳际风声泠泠,泉流潺潺,这清越之声,更增加了夜间的寂静。施补华在评论杜甫诗时说:"《奉先寺》诗,'阴壑生虚籁,月林散清影',清幽何减孟公'松月生夜凉,风泉满清听'之句?"(《岘佣说诗》四〇)他认为孟浩然"松月"二句诗"清幽",确实抓住了诗的形象和意境的审美特征。又如《夏日南亭怀辛大》:"散发乘夕凉,开轩卧闲敞。荷风送香气,竹露滴清响。"诗人散发乘凉,开窗而卧,心情闲适。这时他嗅到了一阵微风吹来的荷花香气,静谧中听到了竹叶上露水滴落的响声。这个境界是多么清幽!他的《夜归鹿门歌》,写黄昏时分乘舟还归鹿门山,这时的景况是:"鹿门月照开烟树,忽到庞公栖隐处。岩扉松径长寂寥,惟有幽人夜来去。"景物清幽,情思亦清幽,主客观浑然合一。施补华也赞叹这首诗"清幽绝妙"(同前)。可见,"清幽"既是孟浩然诗歌的艺术境界,也是孟浩然在漫长的隐逸生活中所追求的思想境界。主体与客体、思想境界与艺术境界,得到和谐的统一。

孟浩然对自然景物观察细致,刻画入微,曲尽其妙。你看,他写初春的潭水:"雪罢冰复开,春潭千丈绿。"(《初春汉中漾舟》)如此澄碧透明;写隆冬雪景:"积雪覆平皋,饥鹰捉寒兔。"(《南归阻雪》)何等生动逼真。写从正午到黄昏山中林岚的光色变化,则是"停午收彩翠,夕阳照分明"(《题明禅师西山兰若》);写夜间行舟时以声息辨识周围景物,则称"露气闻香杜,歌声识采莲。榜人投岸火,渔子宿潭烟"(《夜渡湘水》)。诗人非常善于感觉和捕捉景物的动静、色彩、声息的微妙变化。

孟诗对自然景物出神入化的描绘,得力于他出色的白描手法。南宋刘辰翁在比较韦应物与孟浩然二人的诗歌风格时说:"韦诗润者如石,孟诗如雪,虽淡无彩色,不免有轻盈之意。"(《孟浩然诗集》跋语)明人李东阳在比较王维与孟浩然诗时亦云:"王诗丰缛而不华靡,孟却专心古淡,而悠远深厚,自无寒俭枯瘠之病。"(《麓堂诗话》)确实,孟浩然描绘景物,很少像李白那样运用惊人的夸张和瑰奇的幻想,也很少如王维那样敷设明艳鲜丽的色彩,他往往只用素淡的语言,简洁地写出自己的直觉感受,似乎毫不着力,却富超妙自得之趣。如:

时见归村人,平沙渡头歇。天边树若荠,江畔舟如月。(《秋登万山寄张五》)

> 山暝听猿愁,沧江急夜流。风鸣两岸叶,月照一孤舟。(《宿桐庐江寄广陵旧游》)
>
> 移舟泊烟渚,日暮客愁新。野旷天低树,江清月近人。(《宿建德江》)

第一首,写作者在万山上眺望所见到的景物。隋代诗人薛道衡有"遥原树若荠,远水舟如叶"句,孟浩然略加点化,扣紧当时重阳已近、新月初悬的特定时间,妙用喻象写即目所见之景,极其真切。第二首,诗人只是把日暮猿啼、江水湍急、风吹叶响、月照孤舟的景物如实地白描出来,即绘声绘色,构成了一个凄清意境,旅途的孤寂感渗透景中。第三首,也仅是白描出日暮、烟渚、旷野、清江,再加上"天低树"、"月近人"对景物直觉感受的表现,便展现出一幅充满了旅思乡情的秋江夜泊图。在这些诗中,诗人用笔简练,着墨轻淡,并不设色敷彩,却准确地捕捉住鲜活的景物意象,这是高明的白描艺术。

这种朴素清淡的白描手法,运用到了极致,便臻于"清空"境地。诗人对自然景物,有时甚至不作具体、清晰的勾画,笔意只在若有若无之间,却创造出浑然一体、引起读者无穷想象和回味的意境。这类山水诗,最典型的要算《晚泊浔阳望庐山》:

> 挂席几千里,名山都未逢。泊舟浔阳郭,始见香炉峰。尝读远公传,永怀尘外踪。东林精舍近,日暮空闻钟。

开篇四句,诗人只用淡笔从悠然远望中略作点染,又借"都未逢"和"始见",表现自己对庐山和高僧慧远的热切向往之情。结尾处,夕阳斜照中隐约传来佛寺的悠扬钟声,馀音袅袅,给读者留下丰富的想象馀地。其中"空"字透出无限惋惜、惆怅。施补华《岘佣说诗》评这首诗"清空一气","最为高格","所谓羚羊挂角,无迹可求"。王士禛《带经堂诗话》更赞叹说:"诗至此,色相俱空","画家所谓逸品是也"。这正体现了闻一多先生所说的:"淡到看不见诗了,才是真正孟浩然的诗,不,说是孟浩然的诗,倒不如说是诗的孟浩然更为准确。"(《唐诗杂论·孟浩然》)

孟浩然的山水行旅诗,以清幽淡雅或清空闲远为主要艺术风格,但亦有雄浑、壮逸之作。《吟谱》云:"孟浩然诗祖建安,宗渊明,冲淡中有壮逸之气。"(胡震亨《唐音癸签》引)清人潘德舆也指出:孟诗有一部分作品"精力浑健,俯视一切,正不可徒以清言目之"。(《养一斋诗话》)这方面的代表作,首推《临洞庭湖赠张丞相》。据近年来学者考证,此诗应作于张九龄被贬荆州并邀孟浩然入幕之后。诗的主旨,并非是向张九龄乞求引荐,而是抒发对张九龄被罢政出京的深切同情和愤懑不平[3]。其中"气蒸云梦泽,波撼岳阳城"一联,与杜甫《登岳阳楼》中的"吴楚东南坼,乾坤日夜浮",同为描绘洞庭湖雄浑壮阔气象的千古名句。《彭蠡湖中望庐山》描写飞峙大江边的庐山:"中流见匡阜,势压九江雄。黯黮凝黛色,峥嵘当晓空。香炉初上日,瀑布喷成虹。"境界也很雄丽。再如《与颜钱塘登樟亭望潮作》写观潮:"照日秋云迥,浮天渤澥宽。惊涛来似雪,一坐凛生寒。"以日色秋云、浮天渤海衬托大潮来时一望无垠、喷雪溅珠的景象,气势磅礴。此外,《下赣石》的"赣石三百里,沿洄千嶂间",《早发渔浦潭》的"日出气象分,始知江路阔",《广陵别薛八》的"樯出江中树,波连海上山"等,都用大笔勾绘出雄浑壮逸之景。这类诗虽不多,也是孟浩然山水诗成就的一个重要方面。

孟浩然的田园诗数量远少于山水诗。他把田园风光同自己的隐居生活融合起来表现。他有意学陶渊明,抒写了和农民共同劳动、相互交往的情景。例如"采樵入深山,山深树重叠"(《采樵作》)、"桑野就耕父,荷锄随牧童"(《田家元日》)等等,都写得亲切、质朴。《赠王九》、《游精思观》、《寻菊花潭主人不遇》等篇,把乡村黄昏的景色和氛围写得非常静谧、迷人。《东陂遇雨率尔贻谢南池》:"田家春事起,丁壮就东陂。殷殷雷声作,森森雨足垂。海虹晴始见,河柳润初移。余意在耕稼,因君问土宜。"将海畔乡村晴雨变幻的清新秀丽风光,同农家春日抢种的热烈紧张气氛交织起来描写,最后抒发自己的归田之想。这首诗充满生气勃勃的春天气息,表现了诗人爱自然、爱田园、爱生活的思想感情。在孟浩然的田园诗中,写得最好、流传最广的是《过故人庄》:

故人具鸡黍,邀我至田家。绿树村边合,青山郭外斜。开轩面场圃,把酒话桑麻。待到重阳日,还来就菊花。

绿树、青山、场圃,各种平常的景物构成了一幅优美宁静的田园风景画。加上"具鸡黍"和"话桑麻",更使人领略到浓烈的农村风味。宾主间开轩把酒,共话桑麻,表现了淳朴诚挚的情谊。最后两句的有兴再来,与起首的招之即至相呼应,进一步显出宾主之间的亲切关系、做客的愉快以及田园的乐趣。作者写的是眼前景,用的是口头语,纯任感情自然流露,连律诗的形式也似乎变得自由和灵便了。但自然平淡中蕴藏着深厚的情味,浓郁的诗意。这是中国古代田园诗中最动人的杰作之一。

孟浩然的山水田园诗虽然风格平淡,但诗中的自然景物形象却大多是活跃的,诗人也不断地在他所描写的自然环境中活动着。从孟诗中,我们可以明显地感觉到诗人的行止动作或情感的波澜起伏。即使景物静到万籁俱寂,如同《夜归鹿门山歌》中的"岩扉松径长寂寥"那种境界,仍然能见到"惟有幽人夜来去"。这同诗人内心仕进与隐逸的激烈冲突所引发的愤郁不平情绪不无关系。

孟浩然的诗富于音乐美。宋人严羽说:"讽咏之久,有金石宫商之声。"(《沧浪诗话·诗评》)明人陆时雍也说:"语气清亮,诵之有泉流石上、风来松下之音。"(《诗镜总论》)例如《夏日南亭怀辛大》、《与诸子登岘山》、《听郑五愔弹琴》等诗,都音调和谐,琅琅上口,清亮悦耳。为人传诵的名句"荷风送香气,竹露滴清响"(《夏日南亭怀辛大》),"微云淡河汉,疏雨滴梧桐"(残句),达到了景美、情美、声美的融合。孟诗的语言不如王维诗那样色泽鲜丽、精致秀润,却有朴素自然、闲淡疏朗的韵致。

王士源在孟集序言中说,孟浩然"五言诗天下称其尽美"。在他的二百多首五、七言诗中,七言各体总共不到二十首,可见他擅长五言。集中五律(排律在内)最多,五古次之,五绝又次之。他的五古多采用一气直贯的句法、平畅疏朗的节奏,写得最为自然洒脱,颇得陶渊明诗的神理韵致。五律也时带古风,甚至"通体俱散",却又"妙极自然"(施补华《岘佣说诗》、沈德潜《说诗晬语》)。五绝中,《春晓》尤为脍炙人口:

春眠不觉晓,处处闻啼鸟。夜来风雨声,花落知多少。

诗人抓住春眠醒来的片刻感受,表现春日清晨大自然的无限生机,寄寓着对于美好事物的珍惜之情。构思回环曲折,语言平易自然,韵味却醇美深厚。

孟浩然诗也有不足之处。诗中涉及的生活面比较狭窄,多为短篇,内容单薄,缺少思想容量大的长篇巨制,一部分篇章缺乏巧思,显得直露寒俭。所以苏轼说他"韵高而才短,如造内法酒手,而无材料"(陈师道《后山诗话》引)。

孟浩然继陈子昂、张说、张九龄之后,进一步用诗歌反映现实生活,表现下层士子的理想抱负和生活遭遇。作为盛唐诗坛年辈较高的诗人,他大力写作山水行旅和隐逸生活的作品,创造出富于个性的风格,从而大大促进了盛唐山水田园诗的发展。总的来说,孟诗成就不如王维,然亦能独标风韵,自成境界。他的诗是初唐诗歌向盛唐诗的高峰过渡期的一座丰碑,对唐宋及以后的诗歌创作产生了深远的影响。

孟浩然的诗集,最早由王士源于天宝四载(745)编成。分为三卷,计二百一十八首。天宝九载,韦滔得王本,重加缮写,"增其条目"。现存最早的是宋蜀刻本。一九八二年上海古籍出版社有影印本,共收诗二百一十首,与王士源本最为接近。另有《四部丛刊》影印的江南图书馆藏明刊本,共四卷,分体编次,收诗二百六十三首。还有《全唐诗》本,首数更溢出二百六十三首之外。其中《示孟郊》一首,显然不是孟浩然所作。又《除夜》为崔涂作。《同张将蓟门看灯》、《姚开府山池》,是否孟作,亦甚可怀疑。《过融上人兰若》和《长安早春》,又分别见于綦毋潜、张子容的诗中。对于窜入孟浩然集的他人作品,尚有待于进一步查考。今人李景白《孟浩然诗集校注》(巴蜀书社1988年版)和徐鹏《孟浩然集校注》(人民文学出版社1989年版),附录有传记、历代评论资料、著录考以及作品系年等,是较完备的本子。

第三节　储光羲

储光羲(约706—约763),润州丹阳郡延陵县(今江苏丹阳市西南)人[4]。开元十一年(723),赴长安应进士举。次年下第后,与同郡诗人丁仙芝同入太学为诸生。开元十三年再试，仙芝及第，光羲又落榜，于是他到了洛阳，入东都太学。这时，他结识了寓居洛阳的诗人孟浩然，两人有唱和。开元十四年(726)，他第三次应进士试，终于登第，"又诏中书试文章"(《新唐书·艺文志》三储光羲《正论》下注)，而后解褐授职。历任冯翊(今陕西大荔)尉，安宜(今江苏宝应)、下邽(今陕西渭南)尉、汜水(今河南荥阳)尉。诗人感到职卑禄微，无法实现自己经邦济世的抱负，大约在开元二十一年(733)辞官归乡。开元二十八年(740)，他隐居于终南山。开元末天宝初，王维、裴迪也在终南山隐居。他们经常在一起啸咏山林，畅游终日。以后，王维官左补阙，亦官亦隐，在蓝田营辋川别业。储光羲曾到蓝田寻访王维，留下了一首《蓝上茅茨期王维补阙》。天宝六载(747)，储光羲官太祝，不久，迁监察御史。天宝九载，奉诏出使范阳。天宝十一载，曾与诗人高适、杜甫、岑参和薛据同游慈恩寺，有《同诸公登慈恩寺塔》诗。

安史乱中，储光羲在长安为叛军俘获，被迫受伪职。至德二载(757)，他伺机脱身，跋山涉水，逃归肃宗行在所，却被系于狱中。唐军收复两京后，对受伪署的官员分等论罪。因他能自拔归朝，从轻发落，贬谪岭南。

宝应元年(762)，肃宗去世，代宗即位，宣布赦免自开元以来所有犯罪者。储光羲当于这一年遇赦。诗人悲喜交集，作《晚霁中园喜赦作》，并准备北归。但此时他已年迈体衰，未能成行。约于广德元年(763)卒于贬所，年五十八。

储光羲著作颇富。顾况《监察御史储公集序》云："其文篇赋论凡七十卷。"又云是书编成后，王维之弟王缙曾为之作序，后王序佚，光羲之子储溶因请顾况重为序。但此书至南宋已不存。殷璠《河岳英灵集》卷中云："璠尝睹公《正论》十五卷，《九经外义疏》二〇卷。"

二书在宋代亦已亡佚。今时通行之《储光羲诗集》，收诗二百二十四首，多分为五卷。殷璠评他的诗"格高调逸，趣远情深，削尽常言，挟《风》、《雅》之道，浩然之气"，并推崇其诗有"风骨"，认为他与王昌龄"两贤气同体别"。评价稍高，但并非没有根据。在储光羲诗集中确有继承《诗经》的现实主义精神、关心国事民瘼的力作。诗人出使范阳途经邯郸时创作的《效古二首》，描绘了两幅现实生活图画。一幅是："曜灵何赫烈，四野无青草。大军北集燕，天子西居镐。妇人役州县，丁男事征讨。老幼相别离，哭泣无昏早。"另一幅是："东风吹大河，河水如倒流。河洲尘沙起，有若黄云浮。赪霞烧广泽，洪曜赫高丘。野老泣相语，无地可荫休。"这两幅图画，是诗人对于即目所见的人物和事实的集中和概括。它们真实、形象地反映了李唐王朝穷兵黩武、横征暴敛，加上百年不遇的大旱，使中原地区人民蒙受深重灾难，令人感到惊心怵目。难能可贵的是，诗人对于田园荒芜、农民饥馑流亡的惨状，并非冷眼旁观，而是为此中夜不眠，心急如焚。诗中"翰林有客卿，独负苍生忧。中夜起踯躅，思欲献厥谋。君门峻且深，跼足空夷犹"等句，抒发了自己苦旱悯农、忧念社稷苍生的深切感情，是相当感人的。

当时，安禄山兼任范阳、平卢、河东三镇节度使，拥兵自重，又加紧盘剥人民，聚敛财富，积极准备发动叛乱。而唐玄宗却荒淫昏聩，对安禄山的野心毫不察觉。储光羲在范阳作的《观范阳递俘》，却能寓针砭于歌颂之中，把朝廷的腐败和逆贼的野心巧妙地揭露出来："四履封元戎，百金酬勇夫。大邦武功爵，固与炎皇殊。"他的《同诸公登慈恩寺塔》，虽不及杜甫同题咏作那样忧深虑远，但诗末的"则为非大厦，久居亦以危"两句，亦隐隐暗示着时代风雨濒临，唐帝国大厦有倾塌的危险。殷璠赞储光羲有"经国之大才"(《河岳英灵集》卷下)，从这几首诗中也可略窥一二。

储光羲的《登秦岭作》、《同张侍御宴北楼》、《汉阳即事》、《奉别长史庾公》、《狱中贻姚张薛李郑柳诸公》、《上长史王公责躬》,直到他最后的作品《晚霁中园喜赦作》等篇,描叙他在安史乱中陷贼、受伪署、脱身、逃归、被囚、遭贬、遇赦的经历,倾诉了自己对李唐王朝的忠心,贪生失节的悔恨,虎口脱身的惊喜,被囚待罪的委屈,以及遇赦后悲欢交集的思想感情。这些诗,叙事真实曲折,抒情细致深刻,组成了一幕幕连续的悲喜剧,使人清楚地看见了在那场急风骤雨般的社会大动乱中,一部分士大夫的痛苦遭遇及其复杂的精神世界,具有一定的认识价值。

对于储光羲诗的思想性,当然不能估价过高。他有一些歪曲历史的作品。例如,天宝八载,哥舒翰以牺牲数万士卒的惨重代价西屠石堡城;天宝十一载,云南太守李宓涉海自交阯攻击南诏。这都是为了推行唐玄宗晚年的穷兵黩武政策而发动的战争。当时的大诗人李白、杜甫和后来的白居易,都作诗予以揭露和抨击,储光羲却作《哥舒大夫颂德》和《同诸公送李云南伐蛮》等诗,盲目地赞颂。这表明了诗人也有阿谀权贵的庸俗思想意识。

储光羲是盛唐最致力于田园诗创作的诗人。他写了《樵父词》、《渔父词》、《牧童词》、《采莲词》、《田家杂兴八首》、《同王十三维偶然作十首》和《田家即事》等田园诗,数量众多,题材广泛,内容丰富。在这些诗中,他刻画了樵夫、渔父、牧童、采莲姑等各种各样的农民形象。但他往往把田园风光和乡村生活,当做自己隐逸情趣的寄托。所以,他笔下的农民形象大多是心情安闲、风度潇洒,有超尘出世的隐士气息。他所描绘的田园环境,也是一派和平宁静、人们怡然自乐的景象,恍若世外桃源。例如,他写樵夫是"荡漾与神游,莫知是与非";写渔父是"非为徇形役,所乐在行休";写牧童是"取乐须臾间,宁问声与音";写采莲女是"独往方自得","不思贤与愚"。对于储光羲田园诗的这一思想特征,早已有人注意到。清人贺裳在《载酒园诗话又编》中说:"《樵夫》、《渔父》、《牧童》皆寄托之词,止写恬适。"沈德潜在《古诗源》卷八中也指出储光羲虽极力摹拟陶诗,"然终似微隔,厚处、朴处不能到也"。储光羲对农民的思想感情和农村的现实生活,当然不如陶渊明体验得深切。

但储光羲毕竟曾长期隐居于山村,对田家生活有浓厚的兴趣,作过比较精细的观察,又有意多用五言古体,摹拟陶渊明田园诗的古朴情调和风格。因此在表现闲适情趣的同时,还是接触到一些农村的现实,有些诗生活气息比较浓厚,风格朴实。例如:

楚山有高士,梁国有遗老。筑室既相邻,向田复同道。糇糒常共饭,儿孙每更抱。忘此耕耨劳,愧彼风雨好。蟋蟀鸣空泽,鹚鸹伤秋草。日夕寒风来,衣裳苦不早。(《田家杂兴八首》其六)

诗中娓娓叙出田家之间在劳动和生活中的淳朴亲切情谊,诗末略微反映了田家生活的艰难。又如"既念生子孙,方思广田圃"(同前题,其一),描写农民生儿育女需要土地的心理,"顾望浮云阴,往往误伤苗"(《同王十三维偶然作十首》其一),刻画锄田农民盼望雨水的情状,都能表现出本色农夫的生活体验和感受。清人管世铭说:"储光羲真朴,善说田家。"(《读雪山房唐诗序例》)《四库全书总目提要》也说他的诗"源出陶潜,质朴之中,有古雅之味"。储光羲田园诗中一些较好的篇什,在艺术风格上的确给人以真朴之感。

储光羲描绘田园、山水景色,有一些佳句,如"落日照秋山,千岩同一色"(《田家杂兴八首》其三)、"日暮登春山,山鲜云复轻"(《同王十三维偶然作十首》其七)、"池光摇水雾,灯色连松月"(《题应圣观》)、"岩声风雨度,水气云霞飞"(《寻徐山人遇马舍人》)等,但意境浑成的佳篇并不多。《幽人居》:"幽人下山径,去去夹青林。滑处莓苔湿,暗中萝薜深。春朝烟雨散,犹带浮云阴。"写景清丽,意境也较完整。《钓鱼湾》是他的名作:

> 垂钓绿湾春,春深杏花乱。潭清疑水浅,荷动知鱼散。日暮待情人,维舟绿杨岸。

这首诗写江湾春色的幽美。"潭清"、"荷动"二句,从景物的动静状态中捕捉住它们之间的微妙关系。结尾处出人意料地点出垂钓者意不在钓鱼和赏春,而是在待人。结构巧妙,韵味隽永。

储光羲还有一组采用乐府旧题《江南曲》写的小诗:

> 绿江深见底,高浪直翻空。惯是湖边住,舟轻不畏风。(其一)
> 逐流牵荇叶,缘岸摘芦苗。为惜鸳鸯鸟,轻轻动画桡。(其二)
> 日暮长江里,相邀归渡头。落花如有意,来去逐船流。(其三)

描绘水乡青年男女驾驭风浪的勇敢豪迈性格,抒写他们的爱情生活,饶有江南民歌清新活泼的情调和明丽的色彩。在储光羲的田园诗中,是别具一格的佳作。近人俞陛云《诗境浅说续编》评"日暮"一首云:"此诗与崔国辅之《采莲曲》、崔颢之《长干曲》,皆有盈盈一水、伊人宛在之思。但二崔之诗皆着迹象,此诗则托诸花逐船流,同赋闲情,语尤含蓄。"这一组《江南曲》和他的另一组《洛阳道五首献吕四郎中》,使诗人在盛唐五绝作家中,占了一席地位。

储光羲还有咏史七绝诗《明妃曲四首》,抒情细腻,饶有新意。如其中第三首:

日暮惊沙乱雪飞,旁人相劝易罗衣。强来前帐看歌舞,共待单于夜猎归。

清人宋顾乐《唐人万首绝句选》评云:"语语画出憔悴神伤,传神极笔。"

储光羲的诗,遣词造句常有不够自然圆融之处;长篇古诗中,词颇旨晦、枯燥乏味的作品较多。总的说来,他是"远逊王、韦,次惭孟、柳"(清李慈铭《越缦堂读书记》)的。

第四节　裴迪　卢象

裴迪(716?—?)[5],长安(今陕西西安)人。开元二十五年(737),张九龄贬为荆州长史,裴迪与孟浩然同在张的幕府中为从事,相互唱和。后返长安,隐居于终南山,与王维、王缙、崔兴宗、卢象、储光羲等人在山中交游甚欢。有《过崔处士兴宗林亭》诗,与王维、王缙、卢象同作;又有《青雀歌》,与王维、王缙、卢象、崔兴宗同作。安史之乱前,曾任尚书省郎。乱后,任蜀州刺史,与王维分别前,有《春日与王右丞过新昌里访吕逸人不遇》诗。

裴迪同王维的关系最为密切。两人时常在辋川"浮舟往来,弹琴赋诗,啸咏终日"(《旧唐书·王维传》)。他的思想情趣和诗歌风格,都深受王维的影响。王维诗集中有《赠裴十迪》、《辋川闲居赠裴秀才迪》、《登裴秀才迪小台》、《酌酒与裴迪》等十多首诗,诗中抒写了与裴"常忆同携手,携手本同心"的深厚友情。安史乱中,王维被叛军拘禁在洛阳菩提寺,裴迪曾冒着危险前往探望,说安禄山在凝碧池大宴,召梨园乐工演唱,乐工们举声便一时泪下。王维听了很悲伤,口占七绝"凝碧池"诗,抒发了对李唐王朝的忠忧之情。这首诗由裴迪传扬开来,很快传到凤翔,得到肃宗的嘉许。可见,这两位诗人不仅是山林隐逸的"道友",也是患难与共的弟兄。

裴迪曾隐遁山林,同王维一样笃信佛学。他在天宝初年写的《青龙寺昙壁上人院集》、《游感化寺昙兴上人山院》等作,赞美"法堂出尘氛"、"在世超人群"的禅境,抒写"浮名竟何益,从此愿栖禅"的消极遁世情绪。但后来作的《青雀歌》,却有"幸忝鹓鸾早相识,何时提携致青云"等句,可见,他还是热衷功名,渴望有人提携的。

裴迪的审美趣味是"自然成高致"(《青龙寺昙壁上人院集》)。他的诗清新自然,有高情逸致。如《夏日过青龙寺谒操禅师》:"安禅一室内,左右竹亭幽。有法知不染,无言谁敢酬。鸟飞争向夕,蝉噪已先秋。烦暑自兹适,清凉何所求。"赞美操禅师安禅悟道,不染尘世。诗人把寺中景色与诗情禅理融合起来,写景笔墨疏淡,出语天然,富有韵味。宋人蔡宽夫在其《诗话》中引述此诗,评为"清丽高胜"之作。

裴迪的代表作是《辋川集》。他与王维同以辋川的名胜为题,各赋五言绝句二十首,互相唱和,最后由王维编集并作序。这种采用分章形式连续描写同一地方风景的山水组诗,是二人的共同创造。在这些诗里,他们以清丽或素淡的语言,表现辋川山水的宁静幽美,抒写隐居生活的闲情逸致。二人诗歌的意境、情调和风格极相似。前人评《辋川集》中二人之作,有不同的看法。刘辰翁、潘德舆、沈德潜认为王作优于裴作(参见潘《养一斋诗话》和沈《唐诗别裁集》);王士禛、管世铭却认为二人"工力悉敌"(参见王《唐人万首绝句选》、管《读雪山房唐诗钞凡例》),但都缺乏深入细致的比较、分析。其实,裴迪虽努力仿效王维,在诗中力求把诗情、画意和禅理三者结合起来,创造空灵幽静之境,但他对自然美的感受能力、艺术才华和表现技巧,都不及王维。他这二十首五绝,与王维同题咏作相比较,多数显得逊色。如组诗的第一首《孟城坳》,王诗是:"新家孟城口,古木馀衰柳。来者复为谁?空悲昔人有。"裴作是:"结庐古城下,时登古城上,古城非畴昔,今人自来往。"王诗描绘孟城新居,仅有衰柳,抓住古柳这一最能触发今昔之感的自然意象,传达出深沉的悲慨。而且,诗中并不局限于描写眼前情景,而又悲往昔,思未来,曲折地表现出自然的永恒和人生的短暂,抒发了极悲凉又极旷达的感情。意境广阔而深沉。裴诗则仅限于写今人登古城的行动和怀古情思。四句诗中,"古城"重复了三次,全篇也缺乏具体可感的意象。与王诗相比,情韵显得单薄,意境也狭隘和较一般化。又如《斤竹岭》,王诗是:"檀栾映空曲,青翠漾涟漪。暗入商山路,樵人不可知。"裴诗是:"明流纡且直,绿篠密复深。一径通山路,行歌望旧岑。"都写了一条翠竹深掩的山路。王诗"漾涟漪"绘景生动,"暗"字点染出密竹深林的幽静氛围,"商山"又暗用了秦汉隐士商山四皓的典故。诗人深沉感慨这条通向商山的小路,是那些进山打柴谋生的樵夫所不能知的。这样,便使小路具有一种象征的含义,含蓄地抒写出诗人对隐居生活的神往和对世俗功利的厌倦。裴诗却停留在写实的层面,缺乏象征、暗喻的深层意蕴。此外,《文杏馆》、《南垞》、《欹湖》、《栾家濑》、《北垞》、《竹里馆》、《辛夷坞》诸题,裴诗显然都逊于王诗。

但裴迪的《辋川集》中也有佳作。例如《华子冈》:"落日松风起,还家草露晞。云光侵履迹,山翠拂人衣。"写景绘声绘色,景中饱含诗人对华子冈的眷恋不舍之情,许多唐诗选本都选了这一首。但后二句,袭用王维《山中》的"山路元无雨,空翠湿人衣",仍不及王诗意境那么空灵、高远。又如《鹿柴》:"日夕见寒山,便为独往客。不知深林事,但有麏麚迹。"裴迪借一行獐鹿的足迹,显示鹿柴的幽僻,构思甚妙。而王维诗:"空山不见人,但闻人语响。返景入深林,复照青苔上。"写空山不从无声无色处写，偏从有声有色处着笔；尤其是后二句，写夕阳自深林间斜射而入，照在青苔上，妙笔绘出前人未曾表现之景，更比裴迪技高一筹。裴迪还有几首，似胜于王维，或可与王作相媲美的，例如：

> 飘香乱椒桂，布叶间檀栾。云日虽回照，森沉犹自寒。（《茱萸沜》）

> 苍苍落日时，鸟声乱溪水。缘溪路转深，幽兴何时已。（《木兰柴》）

前一题，王诗是："结实红且绿，复如花更开。山中傥留客，置此芙蓉杯。"仅是赞颂茱萸果实之美和可以待客，有情无境。裴诗却以虚拟的椒桂形容茱萸飘香，借苍翠的修竹衬托茱萸的郁茂，最后牵一缕从云里回照下来的日光，反衬茱萸沜的森沉幽冷。平心而论，此首确胜于王诗。后一题，王诗是："秋山敛馀照，飞鸟逐前侣。彩翠时分明，夕岚无处所。"以画家对光和色彩的敏锐感觉，画出一幅绚烂明丽的秋山夕照图。裴诗描绘落日苍苍，鸟鸣声与流水声交响，读之如有清音漾耳，虽稍逊王诗，却也是别开生面的佳构。此外，裴迪《宫槐陌》云："秋来山雨多，落叶无人扫。"《白石滩》云："日下川上寒，浮云淡无色。"写萧寥或寒淡之景，也颇精彩。近人俞陛云赞为"五言高格"（《诗境浅说续编》）。明代吴逸一《唐诗正声》评《辋川集》："王诗多于题外属词，裴就题命意，伎俩自别。"指出王、裴二人在艺术构思上的不同，比较中肯。

裴迪还有一首《崔九欲往南山马上口号与别》，也是历来为人传诵的：

归山深浅去,须尽丘壑美。莫学武陵人,暂游桃源里。

劝友人安心隐居,尽览山林丘壑之美,而以武陵渔人暂游桃源作反衬,便觉蕴藉隽永,情趣横生。

今存裴迪诗仅二十九首。其中《西塔寺陆羽茶泉》一首,明人杨慎说"见之石刻"(《升庵诗话》卷十二)。但陆羽是大历以后的人,故此诗断非裴迪所作。清人贺裳说:"裴早友王维,晚交杜甫,篇什必多。今所存惟维集数篇,不胜遗珠之恨。"(《载酒园诗话》)仅从现存作品来看,裴迪擅用五绝写景,意境清幽闲远,应属盛唐诗坛上的五绝名家之一。

卢象[6](700—约760),字纬卿,汶水(今山东泰安、曲阜一带)人。其叔父卢鸿,是开元初有名的隐士。玄宗曾备礼征召再三,不至。玄宗又下诏令,他才到洛阳谒见,不拜。玄宗授予他谏议大夫,坚辞不受,还山。临行,玄宗赐隐居服与嵩山草堂一所。卢象受卢鸿隐逸思想行为的影响,青年时曾携家至江东,隐于田园,后返回汶水居住。刘禹锡在《唐故尚书主客员外郎卢公集纪》中说:"始以章句振起于开元中,与王维、崔颢比肩骧首,鼓行于时。妍词一发,乐府传贵。"卢象的外甥李华也称他"名高天下"(《登头陀寺东楼诗序》)。可见,卢象在当时诗坛上有很高声誉。崔颢、王维、裴迪、祖咏、李颀、崔兴宗等人,都曾与他交游,并有酬答、寄赠之作。据崔颢《赠卢八象》一诗可知,卢象曾一度入蜀。寻绎崔此诗之意,其入蜀似在未登第时。

开元中,卢象登第,释褐后任秘书省校书郎,左卫仓曹椽。开元二十二年(734),张九龄执政,很器重卢象的才华,提拔他为左补阙。张九龄罢政后,卢象出任河南府司录。天宝三载(744)正月,贺知章还故乡会稽,离长安之日,玄宗君臣作诗送之。时卢象有《送贺秘监归会稽歌序》(《全唐文》卷三〇七)。据此可知,卢象当时已回长安,任司勋员外郎,并与李颀、王维等交游。李颀有《寄司勋卢员外》,王维有《与卢员外象过崔处士兴宗林亭》。但不久,卢象即"为飞语所中,左迁齐、汾、郑三郡司马,入为膳部员外郎"(刘禹锡《集纪》)。安史乱中,卢象被迫受伪职。唐军收复两京后,贬为果州(今四川南充)长史,再贬永州(今湖南零陵)司户,移吉州(今江西吉安)长史。此后,朝廷打算起用他,擢为主客员外郎。入京途中,病故于武昌[7]。

《新唐书·艺文志》载卢象有集十二卷,已散佚。《全唐诗》录其诗一卷,仅二十八首。又《全唐文》卷三〇七录其文两篇。唐殷璠评卢象"雅而不素,有大体,得国士之风"(《河岳英灵集》卷下)。卢象诗中有一些继承《诗经》的"风"、"雅"传统,积极针砭社会弊端的作品。《驾幸温泉》写玄宗游幸骊山温泉,不仅千官扈从、万国来朝,就连细草垂杨也趋奉君王。在显赫气象中已暗寓讽刺之意。诗的结尾更以"此日小臣徒献赋,汉家谁复重扬雄"两句,揭露李唐王朝对人才的轻视。《寒食》诗悲叹介子推惨遭山火焚身,谴责晋文公"平生负此臣",亦有借古讽今之意。《杂诗二首》(其一)写一位老将"死生辽海战,雨雪蓟门行",结果是"诸将封侯尽,论功独不成"。感叹老将的不幸遭遇,揭露了当时边将或无功受禄、或有功不赏的不合理现象。

卢象愤慨腐朽的贵族官僚集团把持权柄、扼杀人才。在《送綦毋潜》中,他发出了"如何天覆物,还遣世遗才"的抗议之声。诗人无力改变这种不公道的社会现实,只好以"逍遥饮啄安涯分,何假扶摇九万为"(《青雀歌》)之句自我宽慰。他还努力表现自然山水的静美境界,作为自己的精神寄托。《家叔征君东溪草堂二首》,描绘卢鸿隐居的嵩山草堂:"青壁森相倚","涧影生龙蛇","雷声转幽壑,云气杳流水"。景色幽奇,俨然神仙境界。诗人渴望置身其间,过一种"水深严子钓,松挂巢父衣"的隐逸生活。

  人们把卢象也看作盛唐山水田园诗人,这既因为他和王维、储光羲、崔兴宗、祖咏、裴迪、綦毋潜等诗人交往密切,更由于他的现存诗歌以描写山水和田园生活为主。在他的笔下,展现了不同风貌的山水景色,既有历下古城的清泉乔木,汶上田园的寒泉衰柳,也有吴越的青山绿水,三峡的风雨雷霆。卢象描绘山水,能够根据不同景物的特点,运用雄放或细腻的笔墨。《峡中作》表现三峡的壮险,便以劲健的手腕,大笔挥洒出"高唐几百里,树色接阳台。晚见江山霁,宵闻风雨来。云从三峡起,天向数峰开"的雄奇、变幻画面,并在画面上涂染瑰丽的神话色彩。而他写河南永城县山水,笔触却是轻灵秀润的:

  长风起秋色,细雨含落晖。夕鸟向林去,晚帆相逐飞。虫声出乱草,水气薄行衣。一别故乡道,悠悠今始归。(《永城使风》)

  诗中景物,如迷濛细雨、淡淡落晖、乱草虫鸣、侵衣水气,都描绘得逼真、细腻,并渗透了诗人在归途中思乡的凄清孤寂感情。《竹里馆》写江南冬末初春景色:"江南冰不闭,山泽气潜通。腊月闻山鸟,寒崖见蛰熊。柳林春半合,获笋乱无丛。"也显示出诗人捕捉自然景物特征的本领。

  卢象的田园诗《乡试后自巩还田家因谢邻友见过之作》,写乡村严冬景色:"落日见桑柘,翳然丘中寒。……园场近阴壑,草木易凋残。峰晴雪犹积,涧深冰已团。"气象荒凉冷落;写邻友的关怀:"邻家多旧识,投暝来相看。且问春税苦,兼陈行路难。"却洋溢着亲切、淳朴的人情味。寒冷景色和温暖情谊反衬对照,相得益彰。《送祖咏》纯以想象之笔,描绘祖咏归隐田园的情景,在对乡村生活的赞颂中,又流露出对友人失意的惋惜之情。《同王维过崔处士林亭》:"映竹时闻转辘轳,当窗只见网蜘蛛。主人非病常高卧,环堵蒙笼一老儒。"抓住诗友崔兴宗生活环境和行为的典型特征,绘出一幅传神的隐士图。

卢象还有《八月十五日象自江东止田园移庄庆会未几归汶上小弟幼妹尤嗟其别兼赋是诗三首》,抒写与弟妹久别重逢旋即离去的情景。诗人对小弟和幼妹的感情表现,作了符合他们年龄、性别的生动刻画。诗的情调稍嫌伤感,却真挚动人。钟惺、谭元春《唐诗归》卷十二评点说:"古人作弟妹诗易于妙绝。惟真乃妙。"贺裳《载酒园诗话》总评卢象诗"情深","稍有悲凉之感",是中肯的。

〔1〕 关于孟浩然的生平事迹,最早的记载是天宝四载以后两三年间王士源的《孟浩然集序》。后来,两《唐书》虽有他的小传,但很简略。《新唐书》所载孟浩然在王维处遇明皇事,初见《唐摭言》,以后《临汉隐居诗话》、《唐才子传》也有类似记载,显系小说家言,不足信。近三十年来,经过学者们的不断钩稽,孟浩然的一生踪迹逐渐清晰。如陈贻焮的《孟浩然事迹考辨》(《文史》第4辑)、谭优学的《孟浩然行止考实》(《西南师范学院学报》1978年第1期)、傅璇琮的《唐代诗人考略》(《文史》第8辑)、王达津的《孟浩然的生平和他的诗》与《孟浩然生平续考》(收入王著《唐诗丛考》,上海古籍出版社1986年版)、陈铁民的《关于孟浩然生平事迹的几个问题》(《文史》第15辑)等,皆有所发现。但由于资料有限,尚有一些问题难以确考,如孟浩然游历湘中的时间、次数、游踪,入长安的次数和各次的时间等等,都有待深入探讨。本章所述孟浩然的生平事迹,主要根据傅璇琮主编《唐才子传校笺》(中华书局1987年版)一书中,陈铁民笺"孟浩然"条。

〔2〕 孟浩然入蜀时间,谭优学推断为开元前(《孟浩然行止考实》)。详察

三诗的悲凉情调,以及陶翰《送孟大(应为六)入蜀序》(《全唐文》卷三百三十四)所云"襄阳孟浩然……流落未遇,风尘所已"之语,应在他应举落第之后。

〔3〕 参见丁富国《孟浩然〈临洞庭湖赠张丞相〉的写作时间及主旨新探》(《许昌师范专科学校学报》,1985年第4期),晏炎吾《身后是非谁管得 不觉前贤畏后生》(《中国古典文学鉴赏》1985年第5期)。

〔4〕 储光羲,两《唐书》无传。其事迹仅能从唐、宋之零散记载中钩稽而得。其生卒年,据傅璇琮主编《唐才子传校笺》一书中陈铁民笺"储光羲"条。其籍贯,《新唐书·艺文志》三、《唐诗纪事》卷二十二皆谓"兖州人"。顾况《监察御史储公集序》云是鲁国人。《风俗通义》云:"储姓,齐大夫储子之后也。"储子曾为齐相,其子孙最初当在齐鲁一带生息繁衍,故诸书称光羲为兖州或鲁国人,当就其族望而言。而《元和姓纂》卷二、《新唐书·艺文志》四谓光羲为润州延陵人。光羲诗《游茅山五首》、《题茅山华阳洞》、《贻王侍御出台掾丹阳》等篇,均确称其故里是延陵。

〔5〕 裴迪,两《唐书》无传,事迹散见《唐诗纪事》卷十六、《唐才子传》卷二《王维传》附。

〔6〕 卢象,两《唐书》无传。唐宋人纪其事迹者,最早为刘禹锡《唐故尚书主客员外郎卢公集纪》(《刘禹锡集》卷十九),其次为《新唐书》卷六十《艺文志》四《卢象集》下小注,及《唐诗纪事》卷二十六。本章述其生平,主要参照傅璇琮主编《唐才子传校笺》中傅璇琮所笺"卢象"条。

〔7〕 《孟浩然集》中涉及与卢明府相过者凡六诗。诗中之"卢明府",论家多认为即卢象。其根据是《卢明府早秋宴张郎中海园即事》诗下注"一作卢象诗",而卢象集(此指《全唐诗》卷一二二所辑卢象诗)亦确载此诗。其实,从今存卢象资料看,均无与孟浩然相过从并为襄阳令及出游襄阳之记载,而卢僎与浩然恰多有交往。卢僎于开元十三年已为襄阳令,故浩然诗中之卢明府非卢象,实是卢僎。(参见王辉斌《孟浩然集中之卢明府探考》,《湖北师范学校学报》1986年第3期)

第十四章 王　维

第一节　王维的生平和思想

王维(701—762)[1]是盛唐时代的杰出诗人。字摩诘,名和字都取自佛教《维摩诘经》中的维摩诘居士。祖籍太原祁(今山西祁县)。高祖、曾祖、父亲三代都做过司马。其父处廉,官汾州司马,徙家于蒲(今山西永济市),遂为蒲州人。母亲博陵崔氏,师事佛教禅宗北宗神秀的弟子大照禅师三十馀载。崔氏虔诚奉佛,对王维以后的消极避世颇有影响。

王维早慧,"九岁知属词"(《新唐书》本传)。开元三年(715)十五岁,就写出《题友人云母障子》诗。是年离家赴长安,谋求进取。《过秦皇墓》诗题下注曰:"时年十五。"诗即赴京都途经骊山时所作。开元四、五年,在长安,间至洛阳,先后写了《洛阳女儿行》、《九月九日忆山东兄弟》诗。开元六年(718)十八岁,有《哭祖六自虚》诗。诗中有"念昔同携手,风期不暂捐。南山俱隐逸,东洛类神仙"之句。据此可知,王维在此年以前居长安时,曾和祖六一起隐于终南,并往游东洛。

开元七年七月,赴京兆府试,举解头。《太平广记》引薛用弱《集异记》说他年未弱冠,岐王推荐给某公主。他扮作乐师,奏《郁轮袍》,得公主赏识,因此得中解元。小说家言,不完全可信。

王维中解元后,自应在次年即开元八年(720)正月就试吏部,但《旧唐书》本传称维开元九年登进士第,故开元八年王维当或因故未参加考试,或应试落第。据史籍载,他在这几年常游历于宁王、岐王、薛王等豪贵之门。由于他能诗善画,工草隶,通音律,故所到之处,都受到爱重。他的《息夫人》、《从岐王夜宴卫家山池应教》、《从岐王过杨氏别业应教》等诗,均是随从诸王游宴时所作。

开元九年春,王维擢进士第,释褐为太乐丞。这是太常寺的属官太乐令的副手,主要负责音乐、舞蹈的教习、排练事务。但在这年夏秋之交,王维就被贬为济州(今山东茌平西南)司仓参军。贬官的原因,据《集异记》说,是王维下属的伶人私自表演了专供皇帝观赏的黄狮子舞。然而这或许只是表象,另有深刻的政治背景。有学者认为,当时的执政者张说不满意于史官刘知幾、吴兢等编纂《则天实录》的直笔,刘知幾之子刘贶当时恰为太乐令,张说即借伶人擅舞黄狮子事打击刘氏父子,王维因此被牵累,与刘贶一起获罪贬官。刘知幾不服,上诉,亦被贬为安州别驾[2]。王维《被出济州》诗云:"执政方持法,明君无此心。"隐隐透露其中消息。也有学者认为,玄宗对其兄弟岐王范、宁王宪和薛王业有猜忌防范之心,曾于开元八年十月连发两桩大案,贬逐或杀害三王的亲信。王维与三王曾有过来往,他的坐罪被贬与此有关[3]。

出贬济州,对于刚刚踏上仕途的王维是一个沉重的打击,他因此感受到了官场的险恶。诗人怀着愤怨的心情到济州赴任。王维在济州生活了四年多。其间,曾到过郓州(今山东东平西北),又曾渡黄河到清河(今河北清河),集中留下了诗作。开元十四年(726)春夏之间,他离济州司仓参军任。十五年,官淇上(淇水在河南北部,源出林县东南)。由于官职低微,政治失意,诗人滋生了归隐山林的思想。不久,他就弃官在淇上隐居。集中《偶然作六首》(其三)、《淇上即事田园》等诗,描写了他在淇上先官后隐的生活。

开元十七年(729),王维二十九岁,他回到了长安,开始从大荐福寺道光禅师学顿教。这时,他与赴京应举的诗人孟浩然交往。浩然暮秋冬初离京前,作《留别王维》诗,王维亦作《送孟六归襄阳》诗相赠。开元十九年,王维的妻子病故。他不再续娶,一直孤居三十年。

王维在回长安后的几年中,曾经入蜀。《自大散以往深林密竹蹬道盘曲四五十里至黄牛岭见黄花川》诗,是他入蜀行程开始的纪行之作。接着又写了《青溪》、《晓行巴峡》等诗。又,有的学者认为,王维在这个期间还曾漫游江南,到过越中等地[4]。

开元二十二年(734),王维三十四岁。这一年,张九龄任中书令。张九龄以词臣而为相,给王维带来了希望。当时,玄宗和张九龄都居于东都洛阳。王维在秋天赴洛,写了《上张令公》诗,请求张九龄汲引。在盛唐,隐逸已成为仕宦的一种途径,因此王维献诗张九龄后,即隐居于地近东都的嵩山,待机出仕。《归嵩山作》是这一时期的作品。张九龄对王维很赏识,第二年便提拔他任右拾遗。这个官职的品阶虽不高,却是"扈从乘舆"的近臣,负责向皇帝进谏和举荐贤良等。王维心情非常兴奋,他在《献始兴公》诗中说:"侧闻大君子,安问党与仇。所不卖公器,动为苍生谋。贱子跪自陈,可为帐下不?感激有公议,曲私非所求!"热烈赞美张九龄开明的政治主张,并表明了自己的气节和理想抱负。

王维任右拾遗后,随玄宗居东都。开元二十四年(736)冬十月,随玄宗还长安。第二年三月,王维参加了当时著名的贤相良臣的一次集会,与会的有萧嵩、裴耀卿、张九龄、韩休、杜遐、王邱等人。王维写了《暮春太师左右丞相诸公于韦氏逍遥谷宴集序》,文中流露出他以谏官身份得以参与盛会的喜悦之情。然而好景不长。由于张九龄屡次得罪玄宗,加上李林甫诬陷,这次宴会以后一个月,张九龄就被贬为荆州长史,口蜜腹剑的李林甫执掌了朝政。王维情绪沮丧,他作为张九龄的旧人,置身在李林甫专权的险恶政治环境中,真如履冰临渊。《赠从弟司库员外絿》诗中的"既寡遂性欢,恐招负时累",就透露出他内心的矛盾和隐忧。他还写了《寄荆州张丞相》:"所思竟何在?怅望深荆门。举世无相识,终身思旧恩。方将与农圃,艺植老丘园。"诉说对张九龄的思念和知遇之感,流露了世无知音,不如及时退隐之意。

然而事实上王维并没有马上归隐。这年秋天,他受命以监察御史身份出使塞上,到凉州宣慰守边将士,并被留在河西节度副使崔希逸幕下任节度判官,在那儿生活了将近一年,写了一些有名的边塞诗。开元二十六年五月,崔希逸改任河南尹,王维也自河西返回长安,仍官监察御史。

开元二十八年(740),王维年四十,迁殿中侍御史。这年秋天,他被派赴岭南,主持当地选拔地方官的事务。他从长安出发,经过襄阳、鄂州、夏口到了岭南桂州治所临桂。一路上,写了《汉江临泛》、《哭孟浩然》等诗。开元二十九年春,他离开桂州,历湖湘、抵大江,沿江东下。经九江时,他登庐山游辨觉寺,写了《登辨觉寺》诗。又过润州,到瓦官寺拜谒璇上人,写了《谒璇上人》诗并序。然后,再循邗沟、汴水、黄河北归秦中。

天宝元年(742),王维转左补阙。以后,又屡迁侍御史、库部员外郎、库部郎中等职。但是,目睹朝政的黑暗腐败,他深深感到过去的开明政治已经消失。他对李林甫一伙是不满的。《重酬苑郎中》

说:"仙郎有意怜同舍,丞相无私断扫门。扬子解嘲徒自遣,冯唐已老复何论。"便表露了内心的牢骚。《冬日游览》中的"鸡鸣咸阳中,冠盖相追逐。丞相过列侯,群公钱光禄"等诗句,对李林甫一伙的烜赫权势还有所讽刺。他是不愿意谄媚自进、同流合污的。但是,由于他的妥协思想和软弱性格,他没有毅然辞官归隐、同李林甫统治集团彻底决裂,而是采取一种半官半隐、亦官亦隐的方式,得过且过。他在开元二十九年(741)返京以后到天宝三载(744)以前的三四年间,曾隐居于长安附近的终南山。以后,又经营了蓝田辋川别墅,作为他和母亲奉佛修行的隐居之所。当时佛教的宗派很多,其中禅宗分南北二派,即"顿教"与"渐教"。王维同这两派的禅师都有交往,对佛家各宗派的思想是兼收并蓄的,但更崇尚南宗禅学。佛教哲学的核心思想为"空",即认为世界上的一切事物,都是虚幻不实的。王维从佛教的义学中所接受的,最重要的就是这种思想。他的许多有关佛教的诗文,如《与胡居士皆病寄此诗兼示学人二首》、《西方变画赞》、《荐福寺光师房花药诗序》等,都大谈"空"理。诗人一方面对奸臣专权的黑暗政治感到不满,另方面又走上一条与现实妥协、随俗浮沉的道路。但是这样做,他内心又是存在矛盾和感到痛苦的,因此便转向佛教,企图用佛教的"空"理来消除内心的痛苦,获得精神上的安慰。盛唐时代,最高统治者大力扶植道教,道教和道家思想广泛流行,社会上求长生、好神仙的风气很盛;而且出现了道教和佛教融合的趋势。王维生当其时,也接受了道教和道家的思想影响。唐玄宗一再制造玄元皇帝(道教教主老子)托梦、显灵的神话,以此迷惑群众,维护封建统治。王维即撰《贺玄元皇帝见真容表》、《贺神兵助取石堡城表》等文,加以宣扬、鼓吹。他在《赠东岳焦炼师》诗中,把当时著名的女道士焦炼师写成一个身怀异术的仙人,流露了自己的崇敬之情。他自己还曾有过一段学道求仙的经历。《过太乙观贾生房》诗里,记叙他隐居终南山时,曾和贾生一起采药炼丹,学道求仙。诗人很快便认识到了神仙之事的虚妄,但仍把学道和学佛二者结合起来。"好读高僧传,时看辟谷方"(《春日上方即事》),"白法调狂象,玄言问老龙"(《黎拾遗昕裴秀才迪见过秋夜对雨之作》)便是诗人佛、道并修的自白。他将道教的守静去欲、安心坐忘、知止守分等理论和修炼方法,同佛教的修习禅定、色空观念、随缘任运等学说融合在一起。在《山中示弟》、《〈谒璇上人〉诗序》、《能禅师碑》等诗文中,都表现出融合佛道的思想倾向[5]。

然而,王维毕竟出身于一个仕宦家庭,从小就接受儒家正统思想的教育,他又是在政治比较清明、国家安定富强的开元盛世的社会环境中成长起来的。他在青年时代意气豪迈,渴望在政治上有所作为。张九龄被贬以后,他对佛教的信仰越来越深,隐退思想大大发展。但他的归隐,是由于政治理想同黑暗现实矛盾所致。即使在他晚年,儒家的兼济苍生的理想也仍然没有完全丧失。在《与魏居士书》中,他明确表示不赞成许由的捐瓢洗耳,嵇康的"顿缨狂顾"和陶潜的弃官致穷,宣扬他的人生态度是:"无可无不可。可者适意,不可者不适意也。君子以布仁施义、活国济人为适意,纵其道不行,亦无意为不适意也。苟身心相离,理事俱如,则何往而不适?"这段话是诗人走"亦官亦隐"道路的自我表白。他试图将儒家的"达则兼济天下,穷则独善其身"的理论,同佛、道的随缘任运、是处适意的处世哲学统一起来。从这里,我们看到了王维兼具儒、释、道三家思想的复杂的世界观。

王维的亦官亦隐缓和了他同李林甫集团的矛盾,他的官职也能按常度升迁,由右拾遗升至文部郎中和给事中。"中隐"使他保持了洁身自好,获得一种和平宁静的心境,又使他得以从混浊的官场脱身出来,投入大自然的怀抱。他在溪山如画的辋川,"与道友裴迪浮舟往来,弹琴赋诗,啸咏终日"(《旧唐书》本传)。他站在理想的高度追求大自然的美,努力发掘自然美的奥秘,创作出大量意境壮美或幽美的山水田园诗,如《终南山》、《山居秋暝》、《辋川集》等。

天宝十四载(755),王维年五十五。这年十一月,安史之乱爆发。次年六月,长安陷落,玄宗仓皇奔蜀。王维当时任给事中,扈从皇帝不及,被叛军俘获。他不愿做伪官,服药取痢,伪称喑疾。安禄山将他囚禁在洛阳菩提寺,迫以伪署。七月,肃宗即位于灵武,改元至德。八月,安禄山宴其群臣于洛阳禁苑中的凝碧池,命梨园诸工奏乐,诸工皆泣。王维在菩提寺中闻悉此事,含泪赋成《菩提寺禁裴迪来相看说逆贼等凝碧池上作音乐供奉人等举声便一时泪下私成口号诵示裴迪》一诗:"万户伤心生野烟,百官何日再朝天。秋槐叶落空宫里,凝碧池头奏管弦。"抒发出对帝都沦陷的悲痛和对李唐王朝的思念之情。九月,王维被迫充任了给事中伪职。

至德二载(757),唐军收复两京。凡做过伪官的人,分六等定罪。由于王维的"凝碧池"诗早就传到肃宗的临时驻地,受到肃宗嘉许,加上弟弟王缙平乱有功,愿削官为兄赎罪,因此王维得到特别宽恕。乾元元年(758)春复官,责授太子中允,加集贤殿学士。同年,又升迁为太子中庶子、中书舍人。乾元二年(759),复拜给事中。上元元年(760),王维六十岁,升任尚书右丞。

王维毕竟是一个有自知之明的人。职位越高,他对于自己"没于逆贼,不能杀身,负国偷生"(《责躬荐弟表》)的行为越感愧疚。他看到当时张后弄权、李辅国专政,朝廷上毫无振作中兴的气象,于是思想更为消沉,只感到"一生几许伤心事,不向空门何处销"(《叹白发》)。他一再请求皇帝把他"放归田里",让他"苦行斋心"、"奉佛报恩"(《责躬荐弟表》、《谢除太子中允》)。这时,他茕独无偶,暮年无子,"在京师,日饭十数名僧,以玄谈为乐,斋中无所有,唯茶铛、药臼、经案、绳床而已。退朝以后,焚香独坐,以禅诵为事"(《旧唐书》本传)。

上元二年(761)七月,这位天才的诗人便离开了人间。死后,他被安葬在清源寺西,也就是他曾经生活了多年的辋川别业旁。

第二节 王维的诗文

王维的诗歌现存四百多首。其中存在着真伪问题的约有六十首[6]。他的诗不仅数量多,而且思想内容丰富。按其题材划分,主要有四类:意气豪迈、慷慨激昂的游侠诗和边塞诗,抨击权贵、暴露黑暗的政治诗,描写旅游和隐居生活、表现自然美的山水田园诗,以及倾诉真挚动人的相思、闺怨、乡愁、离绪的抒情诗。这四类诗,都有千古传诵的佳作,取得了高度的艺术成就。

王维的诗歌创作,可以开元末、天宝初为界线,分为前后两个时期。前期的王维受到蓬勃向上的盛唐时代精神的强烈感染,积极入世,乐观进取,满怀着当时士人们普遍具有的自豪感和自信心;关心现实,对于不合理的社会现象,深恶痛绝,敢于大胆抨击。他的前两类诗歌,绝大多数写于这个时期。

游侠诗的代表作有《夷门歌》和《少年行》四首。《夷门歌》写历史上的豪侠,但诗人咏史是为了言怀。他衷心称颂信陵君拯世济人的义举和礼贤下士的风度,正表现出他对能够擢拔贤才的当代开明政治家的出现的企望。他热烈讴歌"屠肆鼓刀人"朱亥和"夷门抱关者"侯嬴见义勇为、慷慨捐躯的行为,其实是为当代那些出身低微、富有豪侠精神的才智之士大唱赞歌。全诗仅十二句,即将战国时代的这一段复杂的历史故事,叙写得有声有色、悲壮感人,显示出诗人善于叙事抒情的艺术才能。《少年行》则抒写盛唐少年游侠的豪迈气概和报国热忱：

> 新丰美酒斗十千，咸阳游侠多少年。相逢意气为君饮，系马高楼垂柳边。（其一）
> 出身仕汉羽林郎，初随骠骑战渔阳。孰知不向边庭苦，纵死犹闻侠骨香。（其二）
> 一身能擘两雕弧，虏骑千重只似无。偏坐金鞍调白羽，纷纷射杀五单于。（其三）

这些少年英雄们的浪漫生活、豪放情怀，尤其是他们为国英勇献身的精神，被诗人描写得栩栩如生，至今仍能给人以强烈的感染。

王维的边塞诗反映盛唐时代精神，比游侠诗更加丰富深刻：《燕支行》、《出塞作》和《观猎》等篇，描写守边将军出征的气势、作战的威武以及骑马射猎的风采；《从军行》表现鏖战的激烈和将士奋勇杀敌的场面；《陇西行》反映边关军情的紧迫和征戍的艰苦；《使至塞上》、《凉州郊外游望》、《凉州赛神》展现塞上的壮丽风光和边地少数民族的人情风俗，都表明了诗人对传统边塞诗的题材和思想内容作了多方面的开拓。诗人曾经在边塞军旅中任职，有直接的生活体验，所以他的边塞诗无论是直抒胸臆还是摹写景象，都显得真切，富于生活实感。在这些诗中，《老将行》和《陇头吟》两首，大胆地揭示了军队中的黑暗腐败现象，感情沉郁悲凉，思想含蕴比较深广。《陇头吟》写一位"关西老将"，"身经大小百馀战，麾下偏裨万户侯"，他却官职低微，有功不得封赏。这首诗的艺术构思相当巧妙。诗人先从"长安少年""夜上戍楼看太白"，引出陇头明月和边关笛声，再将"关西老将"闻笛涕零的悲哀，同"长安少年"以立边功自命、跃跃欲试的心情互相映衬对照。既突出了老将的悲愤，又暗示少年他年的遭遇，安知不同于今日之老将？这样写，形象鲜明，情调悲壮，并使揭露朝廷对边将赏罚不公的主题增加了深度。《老将行》描写一位身经百战、功勋卓著的老将，不仅不得封赏，还被朝廷弃置不用，只得回家赋闲，境遇十分凄凉。但当强敌入寇，边境危急之际，老将又怀着"莫嫌旧日云中守，犹堪一战立功勋"的雄心壮志，定要重新拿起武器，为国杀敌。诗中歌颂了老将炽热的爱国感情和一种"烈士暮年，壮心不已"的英雄本色，同时抨击了统治者对立功老将的冷酷无情。在老将悲壮感人的形象之中，也寄托了寒士怀才不遇、饱受压抑的愤懑不平。

王维的游侠诗和边塞诗，情绪激昂，气势宏放，笔力刚劲，境界阔大，体现出一种阳刚之美。在这些诗中，固然也有大笔勾勒边塞壮阔景色的作品，但更多的还是刻画英雄人物形象的篇章。诗人善于通过描写人物的某一行动，来突出其思想、性格，如《少年行》其一、其三，就截取游侠少年相聚豪饮、跃马射敌的场面，显示了他们豪爽、勇猛的性格；也擅长用精警的语言，捕捉典型细节来刻画人物的形象，如《观猎》即通过射猎活动的细节描写，展现出将军意气风发的精神面貌。王维在《为画人谢赐表》、《裴右丞写真赞》、《为曹将军谢写真表》等文中，曾提出画家塑造人物要"凝情取象"，"取舍惟精"，力求"传神"等精辟论点，上述作品以及《洛阳女儿行》、《早春行》、《与卢员外象过崔处士兴宗林亭》等刻画少妇和隐士形象的诗篇，正是王维关于人物画的理论在诗歌创作中的成功运用。王维的游侠诗和边塞诗有五古、五律、七古、七律、七绝等多种体裁，也显示出诗人的大胆尝试和创造。王维虽然不以边塞诗著称，但他的这些边塞诗写得确实出色，而且其创作的年份较早。例如，七言歌行《燕支行》题下自注"时年二十一"，作于开元九年（721），比高适的边塞诗代表作

《燕歌行》整整早了十七年。其他边塞诗的作年虽不能一一确考,但大都是诗人年轻时或开元二十五、二十六年出塞期间的作品,也比岑参的边塞名篇写得早。王维堪称盛唐边塞诗人的先驱,他对开拓盛唐边塞诗所作出的贡献,应予充分的肯定。

王维揭露现实黑暗的诗篇,多集中于抨击权贵当道造成才士坎坷这一主题。唐代发展了以对策和诗赋取士的科举制度,在一定程度上打破了士族门阀把持政治的局面,使一般庶族地主有了参预政权、建功立业的机会。然而,由于宦官、贵戚擅权和封建世袭制度的限制,即使是在盛唐时代,仍然有许多中下层士子怀才不遇,报国无门。玄宗后期,骄侈纵恣,荒于朝政,奸相李林甫、杨国忠先后独揽大权,竭力排斥有才智的忠直之士,官场愈益污浊。王维具有开明的政治理想和正义感,加上步入仕途不久就做了统治集团内部勾心斗角的牺牲品,亲身体验到无辜被贬的痛苦,因此,对不合理的社会现象有较深切的认识,感情也颇为愤激。他在《济上四贤咏》中,赞扬了"少年曾任侠,晚节更为儒"的崔录事,"使气公卿座,论心游侠场"的成文学,"著书盈万言"、"饮水必清源"的郑、霍二山人。他们都是"中年不得意"的有志之士。诗人将他们怀才不遇的境况,同那些"童年且未学,肉食鸳华轩"的纨袴子弟作鲜明的对比,尖锐有力地针砭了时弊。《寓言二首》揭露了贵胄子弟"斗鸡平乐馆,射雉上林园。曲陌车骑盛,高堂珠翠繁"的豪奢生活。诗人愤怒地斥责他们:"问尔何功德,多承明主恩?"在《不遇咏》中,诗人描写了一个四处碰壁的寒士,他献书、求官、种田都不成功,在失意中悲愤地指斥"今人作人多自私"。但即使如此落魄潦倒,他仍决心"济人然后拂衣去,肯作徒尔一男儿"!在这个抒情主人公的形象中,分明寄托着诗人失意的愤慨和济世的抱负。

王维有一些描写妇女生活题材的作品,同样反映了达官贵人和贫贱文士的矛盾。他十六岁写的《洛阳女儿行》,细致入微地描叙贵族妇女生活的骄奢和精神的空虚。结尾突然推出一个对比镜头:"谁怜越女颜如玉,贫贱江头自浣纱!"托意深远,抒发了贫士胸中的不平。《西施咏》写西施在微贱和骤贵时的感情变化和不同声价:"艳色天下重,西施宁久微。朝为越溪女,暮作吴宫妃。贱日岂殊众,贵来方悟稀。邀人傅脂粉,不自着罗衣。君宠益骄态,君怜无是非。当时浣纱伴,莫得同车归。"笔调冲和,却暗寓对世态炎凉的讽刺之意。在历代咏西施题材的诗歌中,这是立意独特的一首。又如他二十岁时写的《息夫人》:

莫以今时宠,能忘旧日恩。看花满眼泪,不共楚王言。

据孟棨《本事诗》载,这首诗是王维在宁王李宪的客座上即事吟成的。宁王霸占了饼师之妻。以后,她在宁王府中见到丈夫,泪流满脸,十分悲伤。诗中巧借春秋时息侯夫人被楚文王占有的故事来讽谕,揭露了封建统治者强占人妻的无耻行径,表现了妇女在强权下的悲惨境遇及其不羡富贵、怀念旧情的情操。诗写得含蓄蕴藉,委婉动人。

这些描写妇女生活题材的作品,连同他的一些送别、赠友诗,如《送綦毋校书弃官还江东》、《送张五归山》、《送别》、《寄荆州张丞相》等,其主旨可与《寓言》、《济上四贤咏》等互相沟通,都寄托了怀才不遇、不满现实的思想感情。上述作品,都作于诗人生活的前期。中年以后,诗人皈依佛门,寄情山水,政治热情衰退了。但他的忧国忧民之情并未因为信佛而泯灭;他的积郁不平,也并未完全为辋川风月所销磨,仍然创作出了一些富有现实意义的作品。例如《偶然作六首》其五:

赵女弹箜篌,复能邯郸舞。夫婿轻薄儿,斗鸡事齐主。黄金买歌笑,用钱不复数。许史相经过,高门盈四牡。客舍有儒生,昂藏出邹鲁。读书三十年,腰下无尺组。被服圣人教,一生自穷苦。

唐玄宗晚年不理朝政,却酷爱斗鸡,有人甚至靠斗鸡的本领赢得高官厚禄,而儒生苦读经书,遵奉儒教,器宇轩昂,却贫困潦倒。诗人辛辣地讽刺了当时民谣所传唱的"斗鸡走马胜读书"的反常世态,并敢于借史事影射当时的最高统治者玄宗。《冬日游览》一诗,在反映儒生怀才不遇的同时,对李林甫等的炙手可热也作了揭露。天宝中,唐玄宗屡聘方士,祈求长生不老。王维的《早朝》诗也以"方朔金门侍,班姬玉辇迎。仍闻遣方士,东海访蓬瀛"之句,予以含蓄的嘲讽。诗人还在《送陆员外》中写道:"阴风悲枯桑,古塞多飞蓬。万里不见虏,萧条胡地空。无为费中国,更欲邀奇功。"对于玄宗晚年的好大喜功,以及边将穷兵黩武借以邀功请赏的祸国殃民行为,表示了不满。

以上这些揭露黑暗政治和丑恶现实的诗篇,如果从数量和所反映的生活面,特别是批判的锋芒与思想的深刻来看,不能与李白、杜甫的诗篇相比,但在王维集中,却是最有思想价值的作品。可见,王维并非如他自己所表白的"晚年惟好静,万事不关心"(《酬张少府》)。诗人虽身在山林,仍然心忧国事。我们在王维的这些诗歌中,仍能或多或少、或强或弱地感受到当时在繁荣下面隐伏着严重危机的时代脉搏的跳动。同时,这些诗篇大多数在艺术表现上也比较成功。例如,《洛阳女儿行》在华丽的铺陈中露出冷嘲;《济上四贤咏》深沉蕴藉,婉而多兴;《不遇咏》感情愤激,而又寄托遥深。总的来看,诗的思想内容和艺术形式是和谐统一的。

然而,王维在盛唐诗坛上享有盛誉,成为与李白、杜甫差可比肩的一代诗宗,并对后世发生深远的影响,主要在于他的山水田园诗具有极高的艺术成就。这类诗大部分写于他生活的后半期,总计约有百首,数量既多,又显示出鲜明独创的艺术风格。在盛唐诗国的壮丽星空中,放射出璀璨夺目的光彩。

他的田园诗从内容来看,主要是描写农村的幽美风光和隐居生活的乐趣,曲折地表现了对混浊官场的厌恶,对美好理想的追求,对丑恶现实的不满。《山居即事》:"寂寞掩柴扉,苍茫对落晖。鹤巢松树遍,人访荜门稀。绿竹含新粉,红莲落故衣。渡头烟火起,处处采菱归。"写他隐居山村,在寂静中,绿竹初生,红莲花落,大自然充满了生机;而渡头灯火,菱歌晚唱,山村的生活又是欢快、热烈的。《辋川别业》和《积雨辋川庄作》,表现诗人获得理想隐居之所后的无限喜悦。辋川山水,不论是"雨中草色绿堪染,水上桃花红欲燃"的春天景色,还是"漠漠水田飞白鹭,阴阴夏木啭黄鹂"的初夏风光,在诗人的笔下,都那么色彩鲜丽,境界幽美。诗人在这宁静明秀的山村环境中,或与乡邻亲切交谈,或观看农家蒸藜炊黍,或同友人饮酒垂钓、吟啸唱和,显得十分安闲自得。

诗人内心洋溢着摆脱官场倾轧和繁冗事务后的喜悦,所以他眼中的农村生活处处充满了诗意美。《丁寓田家有赠》描绘农村早晨热烈的劳动气氛:"晨鸡鸣邻里,群动从所务。农夫行饷田,闺妇起缝素。"《淇上即事田园》展现出恬静而富有生活情趣的乡村黄昏景象:"日隐桑柘外,河明闾井间。牧童望村去,猎犬随人还。"而《春中田园作》云:"屋上春鸠鸣,村边杏花白。持斧伐远扬,荷锄觇泉脉。归燕识故巢,旧人看新历。"诗人信笔点染出的这一幅春日田园风景,欣欣向荣,充溢着忙碌而欢乐的气氛。《渭川田家》中的"野老念牧童,倚杖候荆扉","田夫荷锄立,相见语依依",抒写了农民淳朴的人情美。又如《莲花坞》：

> 日日采莲去,洲长多暮归。弄篙莫溅水,畏湿红莲衣。

寥寥二十字,活画出天真烂漫的采莲少女劳动归来,划着小船在荷花丛中嬉戏的动人情景。《山居秋暝》把山村的秋夜,描绘成一个清新明爽、洁净纯美的世界：

> 空山新雨后,天气晚来秋。明月松间照,清泉石上流。竹喧归浣女,莲动下渔舟。随意春芳歇,王孙自可留。

山中雨后,空气格外清爽,月光泼洒在松林间,山泉琤琤琮琮在石上流淌。静谧的秋夜里,忽然从竹丛里迸发出归村的浣纱姑娘们的喧笑；荷叶晃动,原来是渔舟晚归,顺流而下。显然,这普通的山村,是被诗人当做心目中的纯美天地——人间的桃花源来描绘的。诗人十九岁时写的《桃源行》,是以陶渊明《桃花源记》为本事进行再创造的一首七言歌行。诗中描绘渔人进出仙源的情景,创造了一个美丽、静谧、闲适、虚幻、奇妙的神仙境界。这一渗透着浓烈的超尘出世思想的仙人乐土,当然与《山居秋暝》中的人间社会有别,但可以看出,诗人一开始写田园诗,便表现出一种对美好理想境界的热烈向往和追求。这一点,贯穿于他的大多数田园诗中。

  王维也有极少数的田园诗,反映出农民生活的贫困和痛苦,例如《田家》开头四句："旧谷行将尽,良苗未可希。老年方爱粥,卒岁且无衣。"接触到了农民缺衣少食的景况。《赠刘蓝田》："岁晏输井税,山村人夜归。晚田始家食,馀布成我衣。"揭示了农民贫困的根由,在于赋税负担过重。但这样的作品仅有二首,而且写得比较肤浅。

这表明了王维对当时农民的疾苦和农村中的封建压迫与剥削了解不多,感受不深。不过,应当注意到,诗人主要是把田园当做一种理想中的天地来歌颂的。他对农村幽美风光和恬适生活的热烈赞美,是为了反衬官场的污浊,表现他对世俗的厌恶。

晋宋之际的陶渊明,是第一个大量写作田园诗的诗人。他的田园诗主要写田园隐居生活的情趣,其中写景的成分很少。陶集中称得上是山水诗的,只有一首《游斜川》。稍晚的谢灵运,则是山水诗的开创者。在谢诗中,山姿水态占据了主要地位,却没有表现乡村、田园生活的作品。因此,从陶、谢起,田园诗与山水诗一直是平行发展的。初唐的王绩学习陶渊明,创作了不少田园诗,诗中写景的句子仍然不多。其后,张说、张九龄创作了数量颇多的山水诗,但不曾歌咏过田园生活。直到孟浩然,才兼擅山水诗和田园诗。孟浩然的田园诗不过寥寥几首,在这些诗中,描绘山水景物的成分增多了。田园诗和山水诗这两股分流了数百年的诗潮,开始汇合在一起。而在王维的笔下,田园生活和自然山水更多也更加紧密地交融渗透,构成浑然一体的艺术意境。

王维的山水诗描绘了缤纷多彩的大自然,具有丰富多样的意境和风格。他的一部分作品从大处落笔,写出了对自然山水的总体印象和感受,气魄宏大,笔力劲健,意境壮阔。这方面代表作有《终南山》、《华岳》、《汉江临泛》、《送邢桂州》、《送梓州李使君》等。更多的作品,则或以轻灵的笔触和匀润的色泽渲染溪山一角的幽景,或从纷繁的景物中摄取某个最鲜明、最引人入胜的镜头加以刻画,或细致地表现景物在瞬间的声息动态的微妙变化,例如《辋川集》二十首、《皇甫岳云溪杂题》五首、《山居即事》等等。但无论是写大景还是写小景,都能做到情景交融、形神兼备,显示出诗人对自然美有着非常敏锐、精细、独到、深刻的感受力与表现力。

殷璠在《河岳英灵集》中评王维诗："词秀调雅,意新理惬,在泉为珠,着壁成绘。"苏轼《书摩诘蓝田烟雨图》更明确地指出："味摩诘之诗,诗中有画;观摩诘之画,画中有诗。"此后,历代诗论家都公认"诗中有画"是王维山水田园诗的一个鲜明艺术特色。

王维是唐代著名的山水画家,对中国山水画的发展作出过杰出的贡献。他独创破墨山水,曾被后人推崇为"文人画"的始祖。从现存传为王维所作的《雪溪图》等画迹以及历代关于王维绘画的著录和评论来看,王维绘画的特点确实是"画中有诗",就是说他在画中较多地融入主观情性,重视意境创造,能以有限的形象激发读者的想象和联想,使人回味不尽。而"诗中有画",就是说王维的诗虽用语言为表现媒介,却能突破这种媒介的局限性,最大限度地发挥语言的启示作用,在读者的头脑中唤起对于光、色、态的丰富联想和想象,组成一幅幅宛然在目的生动图画。当然,"诗中有画"并非王维所独具。凡是成功的山水诗,多能以生动鲜明的形象唤起视觉感受,从而具有很浓的画意。前人所以用"诗中有画"来概括王维山水诗的艺术特征,乃是由于王维在这方面高人一筹,有独到之处。这不仅在于他的诗同他的画一样,常常表现一种清幽静穆、缥缈空灵的境界,更在于他有成效地将色彩、线条、构图等本来属于绘画艺术的表现形式,全面地融汇入诗,使他的诗具有格外鲜明的色彩美、线条美、构图美,有很强的空间感和立体感,取得了写意的水彩画和水墨画的效果。例如《山中》：

荆溪白石出,天寒红叶稀。山路元无雨,空翠湿人衣。

诗人以一片空濛的山岚翠色为背景,突出地点染了清溪、白石、红叶,它们互相映衬,构成一幅远近有致、色彩鲜丽、富于实感的水彩画。

王维很善于将各种色彩和谐地配合,使之彼此对照、辉映,如《送邢桂州》中的"日落江湖白,潮来天地青",上句写日落时江湖的水面上反射出一片白亮,下句写潮水涌来,碧涛滚滚,仿佛染青了整个天地。诗人抓住青、白二色,构成了壮阔苍茫的意境。又如《积雨辋川庄作》中的"漠漠水田飞白鹭,阴阴夏木啭黄鹂"[7],白鹭与黄鹂形成色彩对照,漠漠水田与阴阴夏木既有色彩映衬又有明暗对比,组成情调统一、完整和谐的画面。王维还能够巧妙地表现出色彩的动静感和冷暖感。如《书事》:"轻阴阁小雨,深院昼慵开。坐看苍苔色,欲上人衣来。"雨后苍苔,鲜碧可爱,诗人觉得这绿色在移动、蔓延,似乎要浸染到人的衣服上来。这里借色彩的动,反衬出诗人心境的静。再如《过香积寺》中的"泉声咽危石,日色冷青松",青松是幽冷的,照在青松上的日色仿佛也带有寒意,从而表现出山林的冷僻、幽深。王维诗中既有色彩绚烂的画境,也有水墨渲淡的画境,如《汉江临泛》:

楚塞三湘接,荆门九派通。江流天地外,山色有无中。郡邑浮前浦,波澜动远空。襄阳好风日,留醉与山翁。

浩渺的江水,似乎要流到天地之外;远山时拥云雾,水乡空气湿润,山色看不清是青是绿,只使人感到它若有若无。而郡邑城郭,若浮于前浦;江上波澜,似晃动着远空。这无异于用"渲淡"法画出的一幅水墨山水。又《辋川闲居赠裴秀才迪》、《渭川田家》等诗,也都如一幅幅水墨画。

王维还成功地吸取了绘画线条勾勒的技法入诗。例如《使至塞上》的"大漠孤烟直,长河落日圆"一联,画面上有直的孤烟,圆的落日,横贯大漠边缘的地平线,蜿蜒曲折的长河。四种不同的线条,勾画出雄浑、壮阔的塞上风光。《送崔五太守》中的"雾中远树刁州出,天际澄江巴字回",也明显地具有线条美。王维又将绘画中"经营位置"之法运用于诗,将空间并列的各种景物按照远近、高低、大小加以巧妙的布置,组成一个和谐的整体。如《新晴晚望》中的"白水明田外,碧峰出山后",田野、白水、近山、远峰,组成了一幅富有层次感和立体景深的画面。又如《送梓州李使君》的风景描写:

万壑树参天,千山响杜鹃。山中一夜雨,树杪百重泉。

诗人将高远处的"百重泉"和低近处的"树杪"重叠组合在一个平面的画幅上,从而显示出景物的远近层次,成功地表现了巴山的雄峻深秀。再如"远树带行客,孤城当落晖"(《送綦毋潜落第还乡》)、"水国舟中市,山桥树杪行"(《晓行巴峡》)等,都借助经营位置的匠心,而使景物带有浓厚的画意。《终南山》一诗,更是王维创造性地综合运用中国画特有的透视法,用诗的语言同时表现出"三远"(即高远、平远、深远)景色的范例:

太乙近天都,连山到海隅。白云回望合,青霭入看无。分野中峰变,阴晴众壑殊。欲投人处宿,隔水问樵夫。

这里运用中国山水画独特的移动视点透视法,从仰观、俯瞰、回望、入看等不同的视角,分别描绘终南山山峰的高峻、山势的绵延、山域的阔大深远,以及山间岚霭变幻的景象。结尾二句,更以人的活动,衬托出山的辽阔荒远。整首诗,是一幅多角度、多层次、富于空间感和动态美的山水长卷,显示了王维"诗中有画"的独到之处。

历代诗画论家中,有不少人指出王维融绘画技法入诗的特点。例如,明王世贞说:"王右丞所云'江流天地外,山色有无中',是诗家极俊语,却入画三昧。"(《弇州山人稿》)朱叔重云:"王右丞'水田白鹭'、'夏木黄鹂'之诗,即画也。"(《铁网珊瑚》)董其昌亦曰:"'山下孤烟远村,天边独树高原',非右丞工于画者,不能得此语。"(《画禅室随笔》)

王维善融画法入诗,但又不使诗歌局限在绘画仅能表现视觉意象的范围里。他充分地发挥诗歌作为语言艺术可以自由灵活地驰骋想象、突破时空限制、表现各种复杂微妙的情趣和气氛的特长。仅从意象的创造来说,他不仅以视觉,而且也以听觉、触觉、嗅觉、幻觉、错觉来感受并表现自然景物。他有时还巧妙地将不同的感觉互相交错、沟通起来,创造出新奇的意象。例如,《青溪》中的"声喧乱石中,色静深松里",后一句便将视觉和听觉打通,以静的听觉感受表现对松色的视觉印象。前引"泉声咽危石,日色冷青松"一联,则借本来属于触觉的冷暖感表现对日色的视觉印象。这种"通感"表现手法的运用,有助于更好地表达出诗人对自然景物的独特、深刻感受。

王维又是一位音乐家,对声音的感觉敏锐而精细,这在他的诗中也有表现。他善于捕捉一般人难以察觉的大自然的音响、声息,如"雨中山果落,灯下草虫鸣"(《秋夜独坐》);"兴阑啼鸟换,坐久落花多"(《从岐王过杨氏别业应教》)。更善于将声音与画面和谐地配合,构成有声有色的胜境,如"隔牖风惊竹,开门雪满山"(《冬晚对雪忆胡居士家》);"细枝风响乱,疏影月光寒"(《沈十四拾遗新竹生读经处同诸公之作》);"松含风里声,花对池中影"(《林园即事寄舍弟䌁》)。他描摹大自然的各种音响,往往采用多样化的手法,或用象声词摹拟,或刻画声音的情状;或巧妙地"寓声于景"和"藏声于象",诱使读者发挥想象力,从景物的形象和色彩中"听"出声音来。他表现自然音响,十分注意抓住它们在特定环境中的鲜明个性特征,并使之与所要创造的意境、氛围紧密结合,因此,他笔下的音响描写很少有雷同、重复之处。例如,他写鸟声,不仅燕子的呢喃、春莺的巧啭、秋鸿的嘹唳、杜鹃的喧闹各有独特情状,就是同样写不知名的山间啼鸟,也是变化多端的。《鸟鸣涧》中的"月出惊山鸟,时鸣深涧中",与《戏赠张五弟諲三首》中的"窗外鸟声闲"有别;《李处士山居》中的"山鸟时一啭",也不同于《过感化寺昙兴上人山院》中的"谷鸟一声幽"。总之,他能做到依境写声、寓情于声,使声景情融为一体。另外,王维对语言的平仄音调,即字音的长短轻重、抑扬顿挫精于鉴别,他的诗歌大多具有和谐流畅的节奏韵律,有很强的音乐性。

王维的山水田园诗不仅具有诗情、画意和音乐美,而且还富于禅趣。王维笃志奉佛,这对于他的诗歌创作,自然会产生一定的影响。其表现是,他的一些山水田园诗"不用禅语,时得禅理"(沈德潜《说诗晬语》卷下)。我们探寻王维山水田园诗中隐寓着的禅理,应从这些诗歌所创构的意象、境界出发。《终南别业》说:"中岁颇好道,晚家南山陲。兴来每独往,胜事空自知。行到水穷处,坐看云起时。偶然值林叟,谈笑无还期。"王维追赏自然风光的雅兴和超然出尘的情致,在这首诗中,得到了突出的表现。诗人隐居山林,悠然自得。兴来则独往游赏,但求适意。他任兴所之,非有期必。"行到水穷处",去不得了,就坐下看云。偶遇林叟,便与谈笑。何时回家呢,连自己也不晓得。总之,一切任其自然,一切都不放在心上,无思无虑,无牵无挂,就像云飞水流那样。这种生活态度、作风,就是禅家所宣扬的"随缘任运"。

王维诗中的禅意,集中地表现为追求寂静的境界。在诗人的心目中,这种境界正是"静虑"的好地方,居此即可忘掉现实的一切,消除世俗的妄念,获得佛教悟解。这就是他之所以追求这种境界的主要原因。《竹里馆》云:

> 独坐幽篁里,弹琴复长啸。深林人不知,明月来相照。

竹林幽深,主人独坐,没有人知道他的存在,唯有明月为伴。这个境界,可谓幽清寂静之极,从中我们可以感受到一种离尘绝世、超然物外的思想情绪。但是,诗人又是快乐的,他弹琴长啸,怡然自得。置身于远离尘嚣的寂静境界,诗人感到身上没有俗务拘牵,心中没有尘念萦绕,从而获得了寂静之乐。又如:

> 人闲桂花落,夜静春山空。月出惊山鸟,时鸣春涧中。(《鸟鸣涧》)
>
> 木末芙蓉花,山中发红萼。涧户寂无人,纷纷开且落。(《辛夷坞》)

前一首刻画了春山月夜的幽寂之境,从中我们可以体味到诗人心灵的空寂宁静和精神的离世绝俗。后一首写美丽的辛夷花生长在绝无人迹的山涧旁,没有人知道它的存在,只好自开自落。这里只有一片自然而然的静寂,一切似乎都与人世毫不相干。诗人的心境,亦复如是。请看,辛夷花默默地开放,又默默地凋零。非常平淡,非常自然。没有目的,没有意识。而对这花开花落,诗人好像完全无动于衷,既不乐其怒放,亦不伤其凋零,他似乎已忘掉自身的存在,而与这自开自落的辛夷花融合为一了。胡应麟称此二诗,"读之身世两忘,万念皆寂"。这话颇有见地,可帮助我们理解这两首诗所追求的境界和蕴含的禅意。

当然,王维诗中所追求的上述境界,并非是死寂的,而是静中有动,寂处有音,多少透露出了一点大自然的活泼生机。这类诗歌所传达出来的情绪,主要亦非冷寂凄清,而是安恬闲静。

王维的上述这类山水田园诗,并非是佛教教义的枯燥说教,而是借助于艺术形象,在对自然美的生动画面的描绘中,来寄寓某种禅意的。正因此,这类诗歌往往非常耐人玩索、寻味,"其妙处透彻玲珑,不可凑泊,如空中之音,相中之色……言有尽而意无穷"(《沧浪诗话·诗辨》)。

总之,诗情、画意、音乐美、禅趣四者高度结合,诗人的自我形象与山水景物形象契合交融,这就是王维山水田园诗的独特艺术成就。

王维其他题材的诗,也有不少历来脍炙人口的名篇佳什。描写友情和赠别的作品,如《送元二使安西》:

渭城朝雨浥轻尘,客舍青青柳色新。劝君更尽一杯酒,西出阳关无故人。

以春天雨后的美好景色,反衬送别友人的感伤情怀。后两句的殷勤劝酒,临别赠言,语意清新而又自然真率,饱含着诗人的深厚情谊。此诗当时便被谱成《阳关三叠》的送行乐曲,在唐、宋两代广泛传唱。又如《送沈子福归江东》:

杨柳渡头行客稀,罟师荡桨向临圻。惟有相思似春色,江南江北送君归。

后两句借无处不到的春色,比喻友情的深广悠长、缠绵悱恻,使抽象之情化为可见可触的生动形象。两首诗,都是咏别的绝唱。

写思乡的作品,如《九月九日忆山东兄弟》:

独在异乡为异客,每逢佳节倍思亲。遥知兄弟登高处,遍插茱萸少一人。

先直抒自己身在异乡的孤凄和节日倍加思亲之情,继之以想象之笔,写故乡兄弟登高相忆的情景,这就更深刻地表现了对兄弟的怀念。"每逢佳节倍思亲"一句,以极朴素的语言,高度地概括了人们的共同体验,成为历代广为传诵和引用的名句。又如《杂诗三首》其二:

君自故乡来,应知故乡事。来日绮窗前,寒梅著花未?

以询问故园窗前寒梅是否开花来抒写乡思,艺术构思别出心裁,可谓以少总多,不仅表现了思乡情意之浓郁、深切,而且还显出高雅的志趣。

又如写思念之情的《相思》:

红豆生南国,春来发几枝。劝君多采撷,此物最相思。

诗人选取色彩红艳如火、有动人传说的南国红豆来象征相思,把情思表现得含蓄深挚而又坦率炽热。这首小诗,也如同一颗璀璨的红豆,令人爱不释手。

王维这些赠送亲友和描写日常生活的作品,善于把个人内心世界具有普遍意义的丰富感受,凝缩于极短小的篇章之中。又借助比喻、想象、象征等手法,既委婉曲折又自然真率地把它们表现出来,从而都能以一种淳朴深婉的诗意打动历代的读者。

王维还写了不少应制诗和应教诗。这类作品,多数是歌功颂德,粉饰太平,语言亦雍容华贵,有雕饰之痕和陈词套语。但也有写得较好的篇章。例如《和贾舍人早朝大明宫之作》,运用细节描写和场景渲染、大处着笔与细处落墨相互配合的手法,把宫廷早朝的景象写得富丽堂皇,气派宏大,艺术上颇具特色。另一首《奉和圣制从蓬莱向兴庆阁道中留春雨中春望之作应制》:"渭水自萦秦塞曲,黄山旧绕汉宫斜。銮舆迥出千门柳,阁道回看上苑花。云里帝城双凤阙,雨中春树万人家。为乘阳气行时令,不是宸游重物华。"诗人发挥了他作为一个画家善于取景布局的特长,以彩笔绘出一幅具有主体感的长安春雨图,反映了帝都宫殿的壮丽,城市的繁华,从而透露出盛唐时代繁荣昌盛的气象以及诗人自豪的感情。尾联又能委婉地表达对玄宗游山逛景的讽谏。清人沈德潜对此诗推崇备至,说"应制诗应以此篇为第一"(《唐诗别裁》卷十三)。

　　王维能纯熟自如地驾驭各种诗歌体裁。他的五、七言古诗、律诗、绝句,六言绝句以及骚体诗都写得好。其中,五律和五绝造诣最高。五言诗节奏短,音节比较安闲和平,适宜于表现幽静的风光和个人恬适的心情,所以王维大量运用五律和五绝写山水田园,并达到了天然入妙的境地。他在《辋川集》中,依照辋川山水天然布局的次序,写了一组五言绝句山水诗,共二十首,每首写一景,既相对独立又互相关联,共同构成一个有机整体。这组诗形象生动,色彩鲜明,意境幽美而多变化,语言凝练,韵律悠扬。更主要的是,它扩大了五言绝句的题材范围和表现能力,是王维对传统组诗形式的继承和创新。王维的七绝,量少质优。清人管世铭认为他与李白、王昌龄,"三家鼎足而立,美不胜收"(《读雪山房唐诗序例》)。至于他的七律,题材比较狭窄,多是应制、应酬之作,近代文学史家对它往往不够重视。其实,王维七律中也有描写山水田园、反映现实生活的优秀之作,如《出塞作》、《酌酒与裴迪》、《早秋山中作》、《积雨辋川庄作》、《辋川别业》等。当时七律创作还处于尝试阶段。初唐的沈佺期,盛唐早期的张说、苏颋等人,都以七律著称,但各人亦仅有十多首七律作品;

在七律创作上与王维齐名的李颀,传世之作仅七首;而被誉为七律圣手的杜甫,在这一时期只写了五首左右。王维的七律却有二十首,这在当时是独占魁首的。他的七律作品,前期用典使事,妍华工整;后期则不拘常调,自由挥洒,风格多样,标志着唐代七律形式的成熟。明人高棅《唐诗品汇》中的七律一体,即以王维为正宗。所以,我们应将他的作品放入七律发展的历史过程中进行考察,给予恰当的评价。

王维的诗歌语言,正如明人李东阳所谓"丰缛而不华靡"(《怀麓堂诗话》),即是自然真率,清婉流丽,深得陶渊明诗语言"清腴"的风韵,却更有色泽和光彩。他运用语言写人,形神兼备,个性突出;叙事,情韵兼行,简明真切;写景,声光满纸,画意浓郁;咏物,不即不离,寓意深远。无论描写何种题材,都那么得心应手,笔意自然,臻于天籁。他精心锤炼词语,使之达到令人惊叹的高度精练与传神。试看《观猎》:

    风劲角弓鸣,将军猎渭城。草枯鹰眼疾,雪尽马蹄轻。忽过新丰市,还归细柳营。回看射雕处,千里暮云平。

诗中的"劲"、"鸣"、"枯"、"疾"、"尽"、"轻"、"忽过"、"还归"、"平"等字眼,描摹人物和景物的状貌、情态,非常准确、逼真、传神,一字不可移易。

王维的诗歌也有缺点。由于他在创作的后期,受佛教和道教哲学的影响愈来愈深,有浓厚的消极出世思想,过着安闲的田园隐逸生活,所以他的诗歌未能如同李白和杜甫那样广泛、深刻地揭示重大的社会矛盾。他虽身历安史之乱,并因这场变乱蒙受了巨大的心灵创伤,但这一重要历史事件在他的诗中却没有得到多少反映。天宝年间社会危机严重,阶级矛盾尖锐。王维在诗中,对此也没有作出多少反映,而且还写了一些意境空寂、情调清冷、思想消极的山水田园之作。王维受到禅宗"忍"的教义的影响,对黑暗现实容忍、退让,再加上性格软弱,曾写了一些谄谀李林甫的诗。例如《和仆射晋公扈从温汤》,竟然赞扬李林甫"谋猷归哲匠,词赋属文宗"。他还写了一些直接搬弄禅语、宣扬佛教无生寂灭思想的说理诗,如《与胡居士皆病寄此诗兼示学人二首》等,皆枯燥无味,在艺术上毫无可取之处。

　　王维诗文兼擅。他的文章现存共六十九篇,有表、状、文、书、记、序、赞、碑、铭、辞、连珠判等多种体裁,另有赋一篇。

　　王维文中,有一些具有现实意义的作品。在《裴仆射济州遗爱碑》中,他提出"为政以德",颂扬裴耀卿断狱"必原情以定罪,不阿意以侮法";治郡能"推善于国","戮豪右以惩恶",又能"务材训农,通商惠工,敬教劝学,授方任能"。在《与工部李侍郎书》中,他称赞李遵为官"不邀宠于上,不干功于下,不怠邦政,不受私谒"。由此可以看出,王维的政治主张是积极、进步的。他晚年就任尚书右丞后写的《请回前任司职田粟施贫人粥状》中,反映安史之乱以后,"道路之上,冻馁之人,朝尚呻吟,暮填沟壑"的悲惨景象,并请求朝廷将自己前任职田的收获转给施粥处赈济饥民,表现出他对人民疾苦的同情。

　　王维敢于在碑志文中,讽刺和抨击腐化的封建官僚和地方黑暗势力。在《裴仆射济州遗爱碑》中,他借题发挥,有意插入一段文字:"天朝中贵,持权用事,厚为之礼,则生我羽毛;小不如意,则成是贝锦。"揭露了控制朝政的权贵营私舞弊、贪赃枉法的行径。《京兆尹张公德政碑》的主旨,是赞颂张去奢任京兆尹时"布慈惠之政"的功绩。文章中又从侧面勾画了一个飞扬跋扈的土豪的丑恶形象:"闾里为豪,借客报仇,聚人为盗,或白日手刃,或黄尘袖锤。政宽则以身先诸偷,操急则以事中长吏,贰过不已,万计自脱。公命吏缚之,立死铃下。"字里行间,流露出作者对这类歹徒的痛恨。这段插叙,真实地反映了当时社会的一些黑暗面。

　　王维的一些近似传记的碑铭、墓志和序,注意从人物的生平经历中选择典型的事迹,作比较生动细致的描叙,突出人物的主要个性和品格,并融入自己的爱憎褒贬喜怒哀乐之情。如《大唐故临汝郡太守赠秘书监京兆韦公神道碑》中,作者叙写自己被安禄山叛军拘囚于洛阳时,同韦斌患难相济的情景。其中,写韦斌死前与作者诀别的一段,非常感人:

　　　　公哀予微节,私予以诚。推食饭我,致馆休我。毕今日欢,泣数行下。示予佩玦,斫手长吁。座客更衣,附耳而语,指其心曰:"积愤攻中,流痛成疾。恨不见戮专车之骨,枭枕鼓之头,焚骸四衢,然脐三日!见子而死,知予此心!"

作者连续描写了韦斌痛泣、示玦、斫手、长吁、附耳而语等动作细节,生动传神地表现出他的悲愤感情和刚烈性格。尤其是韦斌的绝命辞,悲壮激昂,可歌可泣!读之,如见其血泪交迸、咬牙切齿咒敌之状。《裴仆射济州遗爱碑》中,写裴耀卿治水一节,先渲染黄河决口、"洪水滔天"、"喷礴雷吼"的紧急形势,继写裴"御衣假寐,对案辍食",披星冒雨实地考察,作出周密的抗洪部署。最后写他登上大堤,亲率民工夜以继日搏击狂涛,堵截决口,"千夫毕饭,始就饮食;一人未息,不归蘧庐"。当时,已接到朝廷调令,但他置之不顾,"率负薪而益勤,亲执扑而弥励";待到堤成后才"发书示之",使济州百姓"皆舍畚攀辕,废歌成泣,泪而济袂"。这一段描写,有粗线条的勾勒和细致的描绘,有气氛的渲染和文学的形容,把治水过程表现得紧张曲折,波澜迭出,成功地塑造了一位爱护百姓、英勇果断、深谋远虑的循吏形象。

在王维的文章中,书序体文的文学成就较高。序记体作品形成于六朝,其写景、抒情、遣词、造语,都受到韵文的影响。王勃、陈子昂、李白、苏源明等人都有情景交融的骈体序文。王维的这类文章,也每以诗一般精美的文字,把叙事、写景、抒情有机地结合起来,使文章的艺术感染力大大增强。他以送行为题材的序记,常在篇末出现如诗似画的写景文字,寓情于景或情景结合,造成诗的意境和无穷余味。例如《送秘书晁监还日本国诗序》,是王维送日本友人晁衡归国的赠别诗序,文中歌颂唐朝皇帝德被四方,叙说中日两国的亲密关系,抒写同友人依依惜别的深情,生动地记录了中日友好史上的一个美好篇章。此文为骈体,对仗工整,用典贴切,情文并茂。篇末,设想晁衡渡海归国旅途的情景:

鲸鱼喷浪,则万里倒回;鹢首乘云,则八风却走。扶桑若荠,郁岛如萍。沃白日而簸三山,浮苍天而吞九域。黄雀之风动地,黑蜃之气成云。森不知其所之,何相思之可寄?

写大海景色,设喻贴切,想象奇丽,笔势飞动,境界壮阔,有力地渲染了感情和气氛。再如,《送高判官从军赴河西序》结尾:"孤烽远戍,黄云千里,严城落日而闭,铁骑升山而出,胡笳咽于塞下,画角发于军中,亦可悲也!"《送郑五赴任新都序》篇终:"骑登栈道,馆于板屋。剑门中断,蜀国满于二川;铜梁下临,巴江入于万井。黄鹂欲语,夏木成阴。悲哉此时,相送千里。"分别描绘了友人即将远赴的河西和巴蜀两地的景色,使离别的悲伤之情自然迸发而出。

以写景为主的序文和书简,有《暮春太师左右丞相诸公于韦氏逍遥谷宴集序》、《山中与裴秀才迪书》两篇。前者将这一次朝廷名贤毕集的盛大场面、热烈气氛和瑰丽自然景色交织起来描绘,全文铺张排比,设色鲜艳,呈现出雍容华贵的气派,分明是一轴金碧辉煌的宴乐图卷;后者文字清丽淡雅,意境静谧悠远,如同绝妙的水墨写意山水小幅:

> 近腊月下,景气和畅,故山殊可过。足下方温经,猥不敢相烦,辄便往山中,憩感配寺,与山僧饭讫而去。比涉玄灞,清月映郭。夜登华子冈,辋水沦涟,与月上下。寒山远火,明灭林外。深巷寒犬,吠声如豹。村墟夜舂,复与疏钟相间。此时独坐,僮仆静默,多思曩昔,携手赋诗,步仄径,临清流也。当待春中,草木蔓发,春山可望,轻鯈出水,白鸥矫翼,露湿青皋,麦陇朝雊,斯之不远,倘能从我游乎?非子天机清妙者,岂能以此不急之务相邀?然是中有深趣矣!无忽。因驮黄檗人往,不一。山中人王维白。

这里描写辋川寒冬与仲春、月夜与白天种种不同的景色,生动自然,幽隽清丽,静中含动,动中有静,绘声绘色,充满了诗情画意。从艺术表现方法、意境、风格和情调来看,与《辋川集》实有异曲同工之妙。全篇骈散相间,句法灵活多变,音韵和谐优美。可以说,它是诗的书札,或书札的诗。

王维还有一些章表,叙事、抒情、说理都比较质朴恳切。如他在上元元年冬或二年初写的《责躬荐弟表》,先以沉痛愧疚的心情,表述自己陷贼负国难以担当重任,接着列举事实,说明自己在五个方面远不及弟弟王缙,把荐弟的缘由申述得入情合理。末尾又渲染相依为命的兄弟手足之情,以感动皇帝准予王缙由蜀还京。全篇文字不多,却写得恳挚动人。此外,他的《白鹦鹉赋》以拟人手法,含蓄地表现自己就像"深笼久闭"的白鹦鹉那样不得自由飞翔的悒郁心情。这篇赋继承了六朝咏物小赋富于兴寄和文词清新的艺术传统,是成功之作。

王维创作、活动的时代,文坛上仍风行"时文",即骈体文。王维也主要采用骈文写作,并且不可避免地受到六朝以来骈文堆砌词藻典故习气的影响。但他的有些作品,已是骈散相间,既保持骈文对偶齐整、音韵协调的特长,又具有散文语言清新流畅的优点。他的友人苑咸说他"为文已变当时体"(《酬王维》),可见他对当时的骈文文体和风格已有所改革、创新。他的书序体抒情文字,在描摹景物和创造意境方面成就更为突出,同当时李白的书序体文一道,表现出盛唐时期抒情文富于诗意的艺术特色。清人厉鹗评王维文"华整超逸",李绂说王维"文亦娟丽"(赵殿成笺注《王右丞集》附录五《序文九则》),指出王维的文风华丽整饬而又潇洒飘逸,可供参考。

王维的章表中,有不少为帝王歌功颂德、粉饰太平和宣传封建迷信的作品,如《贺神兵助取石堡城表》、《贺玄元皇帝见真容表》等。他的碑铭墓志,也有庸俗吹捧达官贵人的"谀墓"之作。他为佛寺和禅师写的碑文和赞文,如《能禅师碑》、《大荐福寺大德道光禅师塔铭》等,是研究王维佛教思想和当时禅学的可贵文献,但没有多少文学价值。总起来说,王维文颇有特色,但其成就及对后代的影响远不如诗。

第三节　王维的地位和影响

王维在诗文、绘画、音乐、书法等领域都有高深的造诣,无论在他生前或是后世都享有盛誉。他的友人,擅长草诏、精通梵文的苑咸称他是"当代诗匠,又精禅理"(《〈酬王维〉序》),唐代宗推誉他为"天下文宗"(《批答王缙进王右丞集表手敕》),史传称他"天宝中诗名冠代"(《旧唐书》本传),杜甫赞其诗曰"最传秀句寰区满"(《解闷》)。后代的诗论家又誉之为"诗佛",并与"诗仙"李白、"诗圣"杜甫相提并论。王维和李杜一起,在盛唐时代创造精神的鼓舞下,各自开辟了风貌不同的崭新的诗歌天地,成为盛唐诗坛上的大家。

王维的诗歌,题材丰富,体裁多样,思想洒脱,情趣横溢,兼具阳刚美和阴柔美。他是盛唐边塞诗的先驱,更是盛唐山水田园诗的代表人物。他的诗把写景与抒情、自然和工丽完美地统一起来,标志着对自然美的艺术表现进入了一个新的境界。由于他的丰硕创作成果,中国山水诗的艺术达到了高峰。

王维诗歌创作所取得的巨大成就,是同盛唐文化的熏陶分不开的。王维一生中大部分时间是在开元、天宝年代度过的。当时社会繁荣兴旺,文化也空前发达。诗歌、音乐、绘画、舞蹈、书法、建筑都达到了我国封建时代的最高艺术水平。王维广泛地接受了当时文化的陶冶,不断努力提高自己的艺术修养,成为唐代杰出的诗人、画家、音乐家和书法家。当他创作诗歌时,能够同时以诗人的灵心、画家的锐眼和音乐家的聪耳去感受和捕捉大自然的动人姿态、鲜明色彩和神奇音响。加之诗人天生好静的性格气质,使他更容易接受当时十分兴盛的佛老思想的影响,从而创作出了兼具诗情美、画意美、音乐美和禅悦之趣的大量的山水田园诗。这些诗篇,以一种高度净化的美的意境,以及旷逸恬淡宁静和谐的情调,从一个独特的角度反映了盛唐气象。

善于向文学遗产学习,也是王维诗歌取得卓越成就的一个重要原因。王维的山水田园诗,继承了陶渊明田园诗的朴素淳厚,借鉴了谢灵运、谢朓山水诗的清新工丽,并且吸收了《诗经》的单纯蕴藉,楚辞的凄婉幽秀,乐府民歌的真率自然等长处。王维能在广泛继承传统的基础上推陈出新,匠心独运,这也是他能够成为盛唐诗坛巨擘的一个重要原因。

　　王维的诗歌创作对当时和后世的诗歌创作产生了广泛、深远的影响。他的表现守边将士的艰辛生活和爱国精神、反映边将有功不赏、描写边塞风光的边塞诗,直接给盛唐边塞诗人以启发。他同孟浩然、储光羲、祖咏、卢象、裴迪、綦毋潜、崔兴宗等人结为诗友,彼此唱和,这些诗人大多受到他的影响,创作了大量的山水诗和田园诗,从而形成盛唐诗歌的一个主要流派——山水田园诗派。中唐前期的一些著名诗人,如"大历十才子"等,大多步王维后尘,以山水田园风光为主要题材,体裁上亦多用五言近体,尤工五言律诗。所以清人翁方纲曾云:"大历十才子……尚觉右丞以来格韵,去人不远。"(《石洲诗话》)而杰出诗人韦应物和刘长卿,受王维的影响尤深。王士禛评韦应物云:"本出右丞,加以古澹。"(《带经堂诗话》)柳宗元的山水田园诗在继承王维、孟浩然清远风格的基础上,又加之以峻峭、倔奇之态。即使是以清瘦、苦寒而著称的中唐后期诗人贾岛、姚合等人,也胎息于王维和孟浩然的山水短章,从其中吸取了灵秀气韵。晚唐司空图,更以王维诗歌为圭臬。北宋诗人梅尧臣写景追求平淡,亦得王、孟诗的艺术营养。王安石晚年的山水田园诗雅丽精绝,颇具王维诗的神味。其《题西太一宫壁二首》等六言绝句,更是直承王维六言绝句《田园乐》而来。苏轼有一些清丽秀雅之作,如《新城陈氏园》、《次韵子由岐下诗》,清人纪昀评曰:"忽作王、孟清音,亦复相似。"(清王文诰辑注《苏轼诗集》卷十二)南宋陆游、范成大的山水田园诗写景细致、浑整,色彩或明丽或素淡,同王维一脉相承。明代诗坛的大家王世贞、李攀龙、屠隆等人,大力标举并摹拟王维诗歌清空流丽的意境。清代施闰章的五言写景诗清秀澄淡,亦曾师法王维。袁枚提倡抒写性灵,曾奉王维为典范。至于王士禛及其一派所创作的大量追求"神韵"的诗歌,风格更酷肖王维诗。总之,王维的诗歌艺术哺育了历代的许多诗人。他们在诗歌意境的创造、语言的锤炼等方面,尤其是田园山水题材作品的创作上,都受到王维诗的启发。

王维的诗歌创作实践对中国古典诗歌理论的影响也是很大的。唐代殷璠《河岳英灵集》标举"兴象"、"雅调",显然总结了王维诗歌写景抒情和创造意境的艺术经验。后来的皎然、刘禹锡、司空图、苏轼、严羽、王士禛、袁枚、王夫之直到王国维等人所提出的一系列诗歌美学理论,诸如"象外之象"、"味外之旨"、"诗中有画"、"兴趣"、"妙悟"、"神韵"、"情景说"、"境界说"等等,主要就是对王、孟及其继承者的诗歌创作艺术成就的概括和总结。王维诗境中的禅意,更直接启示了皎然、吴可、苏轼、严羽、王士禛等人的以禅喻诗、评诗的理论。

王维的集子由其弟王缙奉唐代宗之命编辑而成,共十卷,凡四百馀篇。《新唐书·艺文志》、《郡斋读书志》卷四上、《直斋书录解题》卷十六皆著录《王维集》十卷,今传宋蜀刻《王摩诘文集》、钱氏述古堂抄本《王右丞文集》、明刊《王摩诘集》亦俱十卷,诸本所收诗文,皆各有四百馀篇。最完备、流传最广的是清人赵殿成《王右丞集笺注》。此书刊行于清乾隆二年(1737),共分二十八卷,计诗十五卷,文十三卷,另附有遗事、诗评、画录、年谱等。中华书局上海编辑所一九六一年有排印本。

〔1〕 此据赵殿成《右丞年谱》。又两《唐书·王缙传》皆谓缙卒于建中二年(781),年八十二。据此逆推,当生于公元700年。缙为维弟,断不能早生于兄。故有学者认为赵殿成之说不可信。陈铁民《王维生年新探》(《唐代文学研究》第一辑)认为,两《唐书·王缙传》关于缙卒年的记载大抵不误,而关于其享

年的记载则未必无误,并据王维《与魏居士书》曰"仆年且六十",考证王维此文作于乾元元年(758)春之后,从王维的诗文中寻出内证,认为赵殿成所定王维生年实际不误。兹从陈说。

〔2〕 参见王达津《王维的生平和诗》(《唐诗丛考》,上海古籍出版社1986年版)。

〔3〕 参见王从仁《王维和孟浩然》(上海古籍出版社1983年版)。

〔4〕 参见谭优学《王维生平事迹再探》(《西南师范学院学报》1982年第二期),史双元《王维漫游江南考述》(《南京师范大学学报》1985年第四期)。

〔5〕 参见陈铁民《王维与道教》(《文学遗产》1989年第5期)。

〔6〕 参见陈铁民《王维诗真伪考》(《王维新论》,北京师范学院出版社1990年版)。

〔7〕 关于这一联诗,唐人李肇因见李嘉祐集中有"水田飞白鹭,夏木啭黄鹂"二句,便讥笑王维"好取人文章嘉句"(《国史补》卷上);明人胡应麟力辟其说:"摩诘盛唐,嘉祐中唐,安得前人预偷来者?此正嘉祐用摩诘诗。"(《诗薮·内编》卷五)按,嘉祐与摩诘同时而稍晚,谁袭用谁的诗句,很难判断。但王维诗中"漠漠"有广阔意,"阴阴"有幽深感。这两个叠字词用得非常精彩,使画面显得开阔而深邃,既描状出夏木的茂密郁葱,也渲染了积雨天气空濛迷茫的色调和气氛,意境更幽美。正如宋人叶梦得所说:"此两句好处,正在添'漠漠'、'阴阴'四字……如李光弼将郭子仪军,一号令之,精彩数倍。"(《石林诗话》卷上)

第十五章　王昌龄、李颀及其他诗人

第一节　王昌龄的生平与思想

　　王昌龄（约698—756），字少伯，京兆万年（今陕西西安）人[1]，曾任江宁丞，故称"王江宁"；又被贬为龙标尉，也称为"王龙标"。王昌龄是盛唐诗坛以七言绝句见重于时的诗人。

　　据他的《灞上闲居》诗，可知王昌龄"故园"在滋阳村。滋阳即芷阳，地处京兆万年县浐川乡，浐、灞两河从滋阳村两侧流过。王昌龄早年生活是比较困苦的。在《上李侍郎书》中自称："久于贫贱，是以多知危苦之事。"许多年以后，回顾早年生活，他曾这样说："本家蓝田下，非为渔弋故。无何困躬耕，且欲驰永路。"（《郑县宿陶太公馆中赠冯六元二》）生长在帝都之侧，他却不得不困守家园，过着落寞寂寥的日子。

　　像许多同代人一样，王昌龄不甘于寂寞，也曾干谒当权者，以图得到援引，投身仕途。王昌龄在其《上李侍郎书》中这样说道："昌龄岂不解置身青山，俯饮白水，饱于道义，然后谒王公大人，以希大遇哉？每思力养不给，则不觉独坐流涕，啜菽负米。"这种矛盾的心情给他带来了许多苦恼。他一方面为生计所迫,急切想改变处境;另一方面又有比较远大的政治抱负,把精力放到"以究知人之道"这类学问上来,写出《鉴略》五篇。但这五篇《鉴略》只字未流传下来,他留给后人的是堪称"千古绝唱"的诗歌。

自成年到入仕,王昌龄曾离家远行,漫游四方。向西行,经邠州、泾州、萧关出塞;又游历了太原等地;还曾在嵩山隐居学道,他与诗人李颀、岑参的交往,就始于此时。其实,漫游四方、广事干谒、隐居、学道,这是许多盛唐诗人共同经历过的"四部曲";这也是他们广采博收,提高个人文化修养,领略时代气息,感传社会脉搏的学校。对王昌龄来说,不论"困躬耕"也罢,"驰永路"也罢,跋涉边陲也罢,寻仙访道也罢,他总是期望能出现一个转机,得以在政治舞台上施展抱负。他充满信心地宣称:"天生贤才,必有圣代用之。"(《上李侍郎书》)在他的一生中,尽管屡受挫折,却从未改变这一初衷。

唐玄宗开元十五年(727),以善于选拔人才著称的严挺之再次主持进士考试,王昌龄登第,授职秘书省校书郎,从此踏上坎坷的仕途。

开元二十二年(734),王昌龄应博学宏词试中选,转汜水尉。开元二十七年(739),王昌龄"负谴"被远谪岭南,开始了谪宦生涯[2]。

路经襄阳时,王昌龄与诗人孟浩然相会。在病中的孟浩然写下了《送王昌龄之岭南》诗,把王昌龄此行比作贾谊贬赴长沙。诗中说:

数年同笔砚,兹夕异衾裯。意气今何在,相思望斗牛。

表达了真挚的关注之情。王、孟之交,始于王昌龄隐居访道时期。在王昌龄任职秘书省时,他们有较多的交往,孟浩然在另一首诗里,曾把王昌龄在京任校书郎比作"寂寞滞扬云"(《初出关旅亭夜坐怀王大校书》),可见对王昌龄十分理解。

在荆州,王昌龄拜会了张九龄。这时张九龄受权臣李林甫排斥,罢相出镇荆州。王昌龄在《奉赠张荆州》诗中慨叹道:"鱼有心兮脱网罟,江无人兮鸣枫杉。"

开元二十八年(740),王昌龄自岭南北归,又游襄阳,访孟浩然。同年岁末,王昌龄调赴江宁,任县丞[3]。诗人岑参在天宝元年(742)六月寄诗王昌龄,说:"王兄尚谪宦,屡见秋云生。孤城带后湖,心与湖水清。"(《送许子擢第归江宁拜亲因寄王大昌龄》)

在江宁丞任上,王昌龄和同代诗友们保持着密切联系,数年的谪宦生涯并未使他消沉下去。他经常约集诗友在江宁官衙后厅的琉璃堂聚会,写诗论文,一时传为佳话。直至若干年后,晚唐诗人张乔凭吊琉璃堂故址,还写诗缅怀王昌龄:

琉璃堂里当时客,久绝吟声继后尘。百四十年庭树老,如今重得见诗人。(《题上元许棠所任王昌龄厅》)

这琉璃堂成为江宁的名迹[4]。王昌龄与诗友聚会情况被唐代画家绘制成《琉璃堂人物图》,有几种摹本传世,并流传至今[5]。

几年之后,王昌龄因"不护细行,贬龙标尉"(《新唐书·文苑传》)。以被谴之身,再遭斥逐。

王昌龄一再受到贬斥的具体原因,史无明言,新、旧《唐书》都含糊地以"不护细行"为获罪之由。《文镜秘府论》地卷《十七势》引王昌龄佚诗《见谴至伊水》断句云:"得罪由己招,本性易然诺。"这或可与"不矜细行,谤议沸腾"(《河岳英灵集》卷中)相参照。

安史之乱发生后,唐肃宗李亨即位于灵武,改元至德,大赦天下。

王昌龄或因此得以北还。路经亳州谯郡时，竟为太守闾丘晓所杀。后闾丘晓因援张巡迟到，唐河南节度使张镐以贻误战机的罪名杀了闾丘晓。临刑，闾丘晓说："有亲，乞贷余命。"张镐反问："王昌龄之亲欲与谁养？"(《新唐书·文苑传》)闾丘晓无言以对。

王昌龄死时年近六十岁。在整整三十年的蹭蹬仕途中，有近二十年时间是在迁谪里度过的。他的一生可以说与唐代鼎盛时期相始终，而他的诗歌反映的也正是开元、天宝年间丰富多彩的社会生活。

从一生总的思想倾向上看，王昌龄对待挫折毁誉是比较超脱的。

入仕之前，他期望有兼济天下的机会，但一生官不过丞、尉之职，并且两次远贬。可他并没有从官场引退。他在迁谪路上长吟："明时无弃才，谪去随孤舟。鸷鸟立寒木，丈夫佩吴钩。何当报君恩，却系单于头。"(《九江口作》)可见几十年的困顿、失意，并未使他消磨尽报国之心。不论初贬岭南，还是"量移"江宁，或是再贬龙标，王昌龄都以坦然的襟怀，来回报沸腾的谤议。诗人常建深为不平地说："谪居未为叹，谁枉何由分。"(《鄂渚招王昌龄张偾》)李白也为王昌龄再谪龙标写下深情的诗句："我寄愁心与明月，随风直到夜郎西。"(《闻王昌龄左迁龙标遥有此寄》)地方志里曾记述过王昌龄贬官龙标时的传说："往返惟琴书一肩，令苍头拾败叶自爨。"(《湖南通志》卷九三《名宦志》)可见他廉洁自持的品格，长久地受到称颂。

仕途失意，却始终有功名心、进取心，垂垂老矣，仍然盼望能为国效力；蹉跎一生，却极少诉穷说愁，两去"遐荒"，毫无沮丧、灰心之意；"谤议沸腾"，无由分说，却仍然"心与湖水清"，这正是王昌龄难能可贵之处。对此，他的好友李颀、李白、常建、岑参等人是理解的，为其才华所倾倒的诗评家殷璠似乎还不曾洞悉王昌龄的内心世界，所以一方面为他不平，另方面又表示对他不满。

王昌龄一生位沉下僚，然而他在诗坛却声名日著，那则"旗亭画壁"的故事便是旁证之一。贬官江宁后,竟有"诗家夫子王江宁"之称[6]。他的大名流传至今,绝不是因他有什么政绩官位,全凭他留下的一百七八十首诗篇。

第二节　王昌龄的诗歌

无论从反映社会生活的广泛而言,或是从达到的高超艺术水平和独特风格而言,王昌龄都无愧是盛唐,乃至整个唐代的杰出诗人之一,他的诗篇无论置于哪个档次的选集中,都不会失去其特有的光彩。

描写边塞生活(也包括游侠生活)的诗篇,历来被人认为是王昌龄最有特色的作品,以致人们往往称他是边塞诗人。

王昌龄反映边塞生活的诗篇,具有代表性的是《从军行》和《出塞》。在《从军行》这一标题之下,共有六首七绝[7]。这六首小诗不一定写于同时,但可以看成是一部完整的边塞组曲:

青海长云暗雪山,孤城遥望玉门关。黄沙百战穿金甲,不破楼兰终不还。

大漠风尘日色昏,红旗半卷出辕门。前军夜战洮河北,已报生擒吐谷浑。

烽火城西百尺楼,黄昏独上海风秋。更吹羌笛关山月,无那金闺万里愁。

琵琶起舞换新声,总是关山旧别情。撩乱边愁听不尽,高高秋月照长城。

胡瓶落膊紫薄汗,碎叶城西秋月团。明敕星驰封宝剑,辞君一夜取楼兰。

  玉门山嶂几千重,山北山南总是烽。人依远戍须看火,马踏深山不见踪。

在这一组七言绝句中,诗人抒写了将士安边报国的豪迈精神与进取心,也倾吐了征戍者无法排遣的乡思与离愁。这样,他笔下的艺术形象便更加真实可信,更容易使读者产生共鸣。在激越亢奋的主旋律之外,细腻委婉的和弦低诉着怅惘苦寂的心曲;在征战杀伐的间隙,征戍者伫立在长城戍楼上,凝视着伸向天边的烽燧,陷入了深深的思念……

  若细论这一组《从军行》,可以说所写的绝非哪一场具体的征战,诗人从古往今来的边陲战事中,提炼出带有普遍意义的内容,再由艺术形象真切地表现出来。这,就是它能具有经久不衰的艺术魅力的原因。

  抒写戍边将士以身许国的豪情壮志,是王昌龄边塞诗所表现的一个突出主题。上述《从军行》中的第一首,先借边地景物烘托出征戍的艰苦,接写登城遥望玉门关,表现了征戍者的思归之心;然而,他们思归却不欲归,"不破楼兰终不还",报国的决心坚如铁石!全诗对戍边将士报国精神的刻画,深沉而有力。第二首写战士赴敌时听到前方传来的捷报,精神更加振奋,士气更加高昂。再如"闻有羽书急,单于寇井陉。气高轻赴难,谁顾燕山铭"(《少年行二首》其一);"从来幽并客,皆向沙场老。莫学游侠儿,矜夸紫骝好"(《塞下曲四首》其一)等,都写出了战士为国安边的豪迈气概。

  征戍者的愁思和对久战无还的厌倦,是王昌龄在边塞诗中反复咏唱的又一主题。上述《从军行》中的第三、四首,各自写出边陲生活的一个小小插曲:烽火台的戍卒面对塞外黄昏,产生了对妻子、亲人的思念;送别的小酌延续到秋月高悬,送别双方都陷入了深深的愁思。这样细致、真实的场景往往被刀光剑影、金戈铁马所掩盖,而王昌龄却以敏锐的感受力捕捉到它们,并且注入真切的情思。在含蓄、感伤的氛围中,征戍者的家室之恋、故土之思仿佛融进那回荡的长风和高照万里城嶂的月色之中。征戍者的愁思不仅来自室家之恋,还来自军中的不平以及征战无已、久戍不归。如《塞上曲》:"五道分兵去,孤军百战场。功多翻下狱,士卒但心伤。"《塞下曲四首》其四:"功勋多被黜,兵马亦寻分。更遣黄龙戍,唯当哭塞云!"诉说了将士所受到的不公正对待,为他们而悲愤。诗人甚至因有功不报而产生了"虽投定远笔,未坐将军树。早知行路难,悔不理章句"(《从军行二首》其一)的念头。诗人还为战争中士卒的惨重牺牲写下哀痛的诗句:"昔日长城战,咸言意气高。黄尘足今古,白骨乱蓬蒿。"(《塞下曲四首》其二)"纷纷几万人,去者无生全。"(同上其三)在《代扶风主人答》一诗中,更借一个十五从军、垂老还家的战士之口,揭露了连续不断的边塞战争给士卒带来的苦难:"连年不解甲,积日无所餐。……去时三十万,独自还长安。不信沙场苦,君看刀箭瘢。乡亲悉零落,冢墓亦摧残。仰攀青松枝,恸绝伤心肝。"正因为这样,士卒们便有了一个共同的心愿:希望边帅所任得人,边防巩固,使自己能够过上和平的生活。这一点,在《出塞》[8]中表现得特别充分:

秦时明月汉时关,万里长征人未还。但使龙城飞将在,不教胡马度阴山。

这首诗曾被明人称为唐人七绝的"压卷"之作。清初人黄生评《出塞》说:"中晚绝句涉议论便不佳,此诗亦涉议论而未尝不佳。此何以故?风度胜故,气味胜故。"此诗确乎涉于议论,但议论是通过生动的形象表现的，从蕴藏在诗人思想中历代战争的标帜，织成广漠荒凉的场景，倾吐了诗人对边陲征战的看法。这议论中是含有丰富的历史内容的。作者指出，自秦汉统一以来，边陲即设关戍守，但战争仍持续不断，征人无有还期，究其原因，乃在于将之任用不得其人。这议论是经过对历史的沉思而获得的。再加上语言极精炼，因此此诗也就显得很深沉含蓄，耐人吟味。这或许就是它虽"涉议论而未尝不佳"的原因之一。另外，此诗亦并非只有议论。首句以明亮的月色，画出一个突兀的关来。它是那么久远，那么壮观，那么刚强，超越于时空般地屹立着。接下一句，虽"人未还"，不无悲凉之意，但却具有一种义无反顾的气概，"不破楼兰终不还"的精神，与首句是一脉相通的。全诗给人的总印象是"意态绝健，音节高亮"（施补华《岘佣说诗》），气象不凡，格调浑厚。黄生的所谓"风度"、"气味"，大概正是指这些方面说的。

　　他的《箜篌引》表现的主题与《出塞》一致，诗中也表达了"便令海内休戈矛"的愿望，并揭示出这一愿望未能实现的又一原因：边将压制和迫害少数民族，未能对他们实行"和柔"政策。

　　王昌龄的边塞诗，在反映边塞生活的广阔场景、揭示征戍者复杂的内心世界以及诗歌风格的悲壮慷慨等方面，与另一盛唐著名边塞诗人高适有相似之处。但是，两人也有明显的不同：高质直，王含蓄；高多采用七古、五古形式，王多采用七绝形式。与高适齐名的边塞诗人岑参，也喜用七古的形式来写作边塞诗。岑参长于写景，诗中多极力描绘塞上的奇诡壮丽风光；而王昌龄诗中，则往往使边塞景物成为抒发感情的一种衬托或刻画人物的一个背景。

　　王昌龄反映妇女生活的诗篇，具有鲜明的艺术特色和较高的艺术价值。在这一题材里，他描绘了采莲民女、小康人家的少妇、宫廷嫔妃……由于描写对象的身份不同，诗人的表现手法也不一样。

显然,江南采莲女曾给王昌龄留下十分深刻的印象。他这样写道:

> 越女作桂舟,还将桂为楫。湖上水渺漫,清江不可涉。摘取芙蓉花,莫摘芙蓉叶。将归问夫婿,颜色何如妾?(《越女》)
> 荷叶罗裙一色裁,芙蓉向脸两边开。乱入池中看不见,闻歌始觉有人来。(《采莲曲二首》其二)

诗人受到南朝民歌的启示,为清水芙蓉、红颜少妇这两种充满生命力的健康、美好形象所吸引,采用白描笔法,为江南女子的劳动与爱情写下了动情的诗篇。这诗篇就像芙蓉一样,全无雕饰,出于自然,归于自然。

他的《闺怨》也是久负盛名的佳什:

> 闺中少妇不知愁,春日凝妆上翠楼。忽见陌头杨柳色,悔教夫婿觅封侯。

这首诗可以看作前引《从军行》第三首的绝妙注释。征人远戍,闺中悬想,是这类诗歌的传统主题。这首《闺怨》的独特之处在于,诗中极细致、传神地刻画出了闺中少妇难以言传的微妙情愫。闺中少妇本不知愁,整日用梳妆打扮来消磨时光,登楼远眺时,忽见春光萌动,杨柳返青,于是触发心头的索寞之感和青春易逝的惋惜。独守闺中的苦闷,对塞外征人的思念,对大地春回的感应,全靠这一个"悔"字倾吐出来。他的《青楼曲二首》其一云:

> 白马金鞍从武皇,旌旗十万宿长杨。楼头小妇鸣筝坐,遥见

飞尘入建章。

此诗也写闺中少妇在楼上遥望，但所传达之情却迥异于上篇。这位"楼头小妇"的丈夫不是远戍的征人，而是承恩的侍从，她的"遥见"之中，透露了"自矜得意"之情。全诗不过略微勾勒几笔，"绝无贬词……而彼时奢淫之失，武事之轻，田猎之荒……无不一一从言外会得"（潘德舆《养一斋诗话》），真可谓极尽含蓄、委婉之能事。

王昌龄反映宫廷后妃生活的诗篇，如《长信秋词五首》其三、《春宫曲》、《西宫春怨》等，历来受到赞赏。《西宫秋怨》云：

芙蓉不及美人妆，水殿风来珠翠香。谁分含啼掩秋扇，空悬明月待君王。

得享荣华富贵的后宫嫔妃生活的主要内容就是等待，是在失望又未绝望的情况下苦守深宫。王昌龄正是抓住了这失望又未绝望的心理特点，写出盛妆枯坐，等待君王召幸的后宫嫔妃的无聊与无奈的心境。《西宫春怨》写道：

西宫夜静百花香，欲卷珠帘春恨长。斜抱云和深见月，朦胧树色隐昭阳。

首二句写自家所居西宫的冷落、寂寞。"斜抱云和"，欲以自遣，月光中却见到承宠者所居的昭阳殿。此处盖说他人之承宠，以反衬己之失宠。妙处即在婉曲，"不言怨而怨自深"。

在赠答送别、羁旅行役和述怀咏志等题材中，王昌龄也留下了广为传诵的诗篇。一般说来，这类题材的诗歌虽难免有应酬之作，但由于和作者生平遭际密切相关,所以往往能表达出真切感人的情怀。

王昌龄送别赠答诗中最为人称道的,是《芙蓉楼送辛渐二首》。诗写于任江宁丞时:

> 寒雨连江夜入吴,平明送客楚山孤。洛阳亲友如相问,一片冰心在玉壶。
>
> 丹阳城南秋海阴,丹阳城北楚云深。高楼送客不能醉,寂寂寒江明月心。

清代诗选家沈德潜评第一首,说是"言己之不牵于宦情也"(《唐诗别裁》卷十九)。其实不仅是如此。王昌龄初贬岭南,又"量移"江宁,一直处于"谤议"之中,对于"谗枉"竟难以分辩,尽管诗友们颇为其不平,但似乎从未根本改变这一状况。这两首小诗可以看成是王昌龄致亲友们的"公开信",他表示:自己不屑于为"细行"辩白,不论外界有什么流言蜚语,他将一如既往,清操自执。"一片冰心在玉壶"非常形象地剖露出诗人心地莹洁、不存纤尘的精神境界。王昌龄赴任江宁不久,岑参就寄诗以"心与湖水清"相期许,这同王昌龄的自述是非常一致的。

在《龙标野宴》中,王昌龄以清淡的笔触,披露了自己旷达的精神面貌:

> 沅溪夏晚足凉风,春酒相携就竹丛。莫道弦歌愁远谪,青山明月不曾空。

在漫长的谪宦生涯里,诗人并不自暴自弃,仍然对生活充满热爱,没有辜负隐隐青山,皎皎明月。即便送友人先己北还,他非但"不觉有

离伤",还高歌:"青山一道同云雨,明月何曾是两乡。"(《送柴侍御》)

此外,王昌龄还有一些咏史之作,如《咏史》、《杂兴》、《甘泉歌》等,或通过讴歌历史人物来抒写抱负,或借咏史事以讽刺现实,也具有一定的价值。总之,王昌龄存诗的数量虽然不多,但题材还是比较广泛的。

通观王昌龄的诗篇,以七言绝句成就最高,数量也最多(凡七十馀首)。他是唐代诗人当中个人特色鲜明的七绝圣手。致力于七绝创作,并取得了这样高成就的诗人,在他之前还没有过,在他之后也不多见。

论者一般都认为,唐代诗人只有李白的七言绝句可以与王昌龄并称,所谓"龙标、陇西真七绝当家,足称联璧"(王世贞《诗评》引焦竑语)、"七言绝句,王江宁与太白争胜毫厘,俱是神品"(胡震亨《唐音癸签》引王世贞语)。清人叶燮在《原诗》中进一步分析了王昌龄与李白七言绝句的特点:"七言绝句,古今推李白、王昌龄。李俊爽,王含蓄。两人辞、调、意俱不同,各有至处。"从艺术风格上讲,以含蓄、饶有馀味作为王昌龄七绝的特色,是颇有见地的。这一点上文已屡涉及,这里再举二例略作说明。前引《从军行》的第六首,全诗写成守者的责任感与孤寂感,把读者的感受从边陲扼守孤城的紧张备战氛围引入一个苦寂无着、愁思萦绕的境界。这首七绝前两句似乎只是写景:关城、重重叠叠的山嶂、遍布各处的烽火台,这景物给人的感受是单调而乏味的。后两句则写了动态:斥侯时刻注视烽火,骑士在深山中巡守,不见踪影。全诗并未正面去写征戍者的心境、思绪,但深深打动人心的,正是征戍者师老无功、久戍难还的忧郁情怀。《长信秋词五首》其三:"奉帚平明金殿开,且将团扇共徘徊。玉颜不及寒鸦色,犹带昭阳日影来。"说失宠的妃嫔,觉已不如寒鸦,寒鸦犹带东边昭阳殿的日影而来。未叙悲怨而悲怨已甚,这就是含蓄的妙处。清人俞樾曾这样评点王昌龄的《闺怨》诗:"以无情言情则情出,从无意写意则意真。"所谓"无情言情"、"无意写意"正是王昌龄七绝的特殊韵味。此外,他的七绝还有语言圆润自然、音调和谐宛转的特色。

王昌龄今存的五言古诗有六十多首,它们也受到历代诗论家的肯定与称誉。清人吴乔在《围炉诗话》中说:"王昌龄五古,或幽秀,或豪迈,或惨恻,或旷达,或刚正,或飘逸,不可物色。"指出他的五古风格多样,是符合事实的。例如《宿裴氏庄》、《斋心》可谓"幽秀";《变行路难》、《少年行二首》堪称"豪迈"。再如《代扶风主人答》之惨恻,《越女》之清新,《小敷谷龙潭祠作》之奇峭,都显示了风格的多样性。但是,总的说来,王昌龄的五古名篇,一般都以深沉、苍郁为其特点。历来传诵的名篇如《失题》、《长歌行》、《塞下曲》等正体现了这一特点。他的五言古诗多不是长篇巨制,也很少表达复杂的内容,这一点是他与同代诗人,如李白、岑参、高适、杜甫的明显区别。

王昌龄的七古、五律、七律、五排共二十多首,这些体裁皆非昌龄所擅长,但其中也有少数作品写得颇有特色。如七古《箜篌引》,是王昌龄集中篇幅最长的诗作,其内涵比较丰富,明钟惺评云:"理极紧密,法极深老,故不懈、不粗,不宜草草看之。"(《唐诗归》卷十一)王昌龄的五绝有十四首,皆不事藻绘,自然晓畅,但思想、艺术成就远不能与其七绝相比。

王昌龄尚有文六篇传世,均见《全唐文》卷三三一。

这六篇文章中,《上李侍郎书》较重要,不但反映了王昌龄的早期思想,也为勾稽他的生平事迹提供了重要资料。此外,他的《吊轵道赋》在当时有一定影响。轵道亭是"秦王子婴降汉高祖之地",王昌龄曾"披榛往而访之"。在《吊轵道赋》里,王昌龄谴责了项羽的杀降,因之被殷璠称为"仁有馀也"。《公孙宏开东阁赋》、《灞桥赋》是两篇律赋,写得工整、严谨,却没有什么特色。

《旧唐书》本传谓王昌龄"有集五卷"。在宋人的著录中,王昌龄集的卷数已很不一致。今存王集的较早本子,皆明人所刻,有诗无文,或分卷为二,或分卷为三。《全唐诗》录王诗一八一首,分为四卷,其中有误收的他人作品。日本学者上毛河世宁《全唐诗逸》、近人王重民《补全唐诗》分别辑入数首王昌龄佚诗及断句,可见王昌龄诗散佚者尚不在少数。一九八四年上海古籍出版社印行的《王昌龄诗注》,以《全唐诗》为底本,并辑入了上述佚诗及断句。

在宋元人的著述中,提到王昌龄还写有《诗格》与《诗中密旨》。今《诗格》、《诗中密旨》各一卷,见于明人所编的《格致丛书》中。此二书是否确为王昌龄所作,历来有许多人怀疑。但《文镜秘府论》征引过王昌龄《诗格》,又书中所引"王氏论文曰",其文字亦有见于今存之《诗中密旨》者,故《文镜秘府论》作者日本遍照金刚在贞元、元和之际来到中国时,曾见到过王昌龄撰的论诗著作是无可怀疑的。那么,今存的《诗格》、《诗中密旨》,或许未必全伪,其中可能也保存有王昌龄的某些论诗主张。

《新唐书·艺文志》在"郗昂《乐府古今题解》三卷"之下注出:"一作王昌龄。"此书今天已经见不到了,它是否为王昌龄所作,亦难考定。

第三节 李颀的生平与诗歌

李颀(约690—约751),字号、籍贯均不详[9]。他是盛唐时期众体兼备的诗人,七言诗成就尤为突出。

关于李颀的生平事迹，可以确知的并不多。

李颀早年豪爽任侠，后曾隐居于中岳嵩山十年时间，这就是他所自言的："顾余守耕稼，十载隐田园。"（《无尽上人东林禅居》）"男儿立身须自强，十年闭户颍水阳。"（《缓歌行》）在这段时间里，李颀折节读书，好道术，饵丹砂。但也曾出游洛阳等地。

唐玄宗开元二十三年（735），李颀中贾季邻榜进士。释褐后，仕途坎坷，沉抑下僚。后出任新乡尉，在前往新乡赴职之前，他曾发过这样的牢骚："数年作吏家屡空，谁道黑头成老翁。"（《欲之新乡答崔颢綦毋潜》）可见由于官场失意，使他分外沮丧、憔悴，对仕进已失去信心。在新乡尉任上没过多久，由于升调无望，他就辞官还山，不复出仕了。他的同时代人殷璠在介绍他的杰作时，感慨地说："惜其伟才，只到黄绶。"

李颀早年的经历比较复杂、曲折，这使他有机会比较广泛地接触了社会生活，为诗歌创作积累了丰富的养料。大约写于中进士后不久的《缓歌行》说：

> 小来托身攀贵游，倾财破产无所忧。暮拟经过石渠署，朝将出入铜龙楼。结交杜陵轻薄子，谓言可生复可死。一沉一浮会有时，弃我翻然如脱屣。男儿立身须自强，十年闭户颍水阳。业就功成见明主，击钟鼎食坐华堂。二八蛾眉梳堕马，美酒清歌曲房下。文昌宫中赐锦衣，长安陌上退朝归。五陵宾从莫敢视，三省官僚揖者希。早知今日读书是，悔作从前任侠非。

清人赵执信批评《缓歌行》："夸炫权势，乖六义之旨。"（《谈龙录》）但《缓歌行》却比较真实地反映出李颀前期的经历与思想情绪。青少年时期，他以轻财任侠自许，狂放不羁，无所用心。一朝悔悟，就隐居读书,翻然自新。得中进士,使他对仕途充满不切实际的幻想。

然而,以后的官场失意,使李颀逐渐心灰意懒,退意萌生,但他在诗坛却声名益著。开元、天宝年间的著名诗人,如王昌龄、高适、岑参、王维、崔颢等都与他交往密切,并与刘方平、綦毋潜、卢象、皇甫曾等唱和赠答。他受道教影响颇深,王维在《赠李颀》诗中说:"闻君饵丹砂,甚有好颜色。不知从今去,几时生羽翼。"殷璠则指出:李颀诗歌"玄理最长"(《河岳英灵集》)。

如果说《缓歌行》是李颀前期的写照,那么他的《不调归东川别业》[10]则集中反映了后期的精神面貌。诗中说:

寸禄言可取,托身将见遗。惭无匹夫志,悔与名山辞。绂冕谢知己,林园多后时。葛巾方濯足,蔬食但垂帷。……且复乐生事,前贤为我师。清歌聊鼓枻,永日望佳期。

可见在仕途失意之馀,他已对官场不抱任何希望,而热衷于闲散自适的生涯。

李颀晚年广事交游,并曾游历长安、洛阳,与早年好攀附贵胄相反,多与江湖之士引为同调。卒于天宝末年。

统观李颀的一生,早年曾热衷功名,倜傥不群,不凝滞于细物,不拘于小节,热爱生活,又有较高的艺术修养。入仕后颇不得意,使他对现实有较为清醒的认识,也使他产生了消极情绪,但他始终重友情,广交游,凡此种种,都在他的诗篇中得到了反映。

尽管殷璠曾称李颀"杂歌咸善"(《河岳英灵集》卷上),不专工一体,但李颀诗中成就最高的,是七言律诗和七言古诗。

李颀的七言律诗只存有七首,其中《寄司勋卢员外》、《寄綦毋三》、《送魏万之京》、《送李回》等被称为"灿烂铿锵"之什(吴乔语),

尤以《送魏万之京》更为明清诗论家所推许：

> 朝闻游子唱离歌,昨夜微霜初渡河。鸿雁不堪愁里听,云山况是客中过。关城树色催寒近,御苑砧声向晚多。莫见长安行乐处,空令岁月易蹉跎。

诗写得流畅自然,音韵"响亮整肃"（王世懋《艺圃撷馀》语）,措词妥帖准确。尽管整体的气氛不那么热切,但仍然能给人以美好的艺术享受。诗以临行赠言作结,叮嘱魏万不要沉溺于京城的繁华热闹,虚度光阴,其中深含着诗人自己的切身体会。

如果说李颀的七律受到肯定,还有一定程度是由于格律谨严的原因,那么他的七古就更具个人的艺术特色。现举以边塞生活为背景的《古从军行》为例,略作说明：

> 白日登山望烽火,黄昏饮马傍交河。行人刁斗风沙暗,公主琵琶幽怨多。野云万里无城廓,雨雪纷纷连大漠。胡雁哀鸣夜夜飞,胡儿眼泪双双落。闻道玉门犹被遮,应将性命逐轻车。年年战骨埋荒外,空见蒲桃入汉家。

这首诗多借用汉代故实,唐人咏边塞,常有此例。据现有资料,李颀本人并无边塞军旅生活的经历,可知此诗是拟古抒怀之作。诗人借古题古事抒写出自己对古往今来的边陲战和的看法。他不仅着眼于征人的苦痛与牺牲,也悬想了征战不休给少数民族普通群众带来的苦楚,这一点是难能可贵的。这首七言古诗通篇浑然一体,基调苍凉悲壮,气韵沉郁,诗句衔接紧密,使诗中场景、角度的变换为诗人的命意所调度,初读仿佛急就章,吟咏再三,便体会出深刻的命意正是由这急管繁弦的弹奏谱写出来的。

尽管李颀仅有几首诗写的是边塞题材,但由于它们都是具有艺术生命力的上乘之作,所以人们往往称李颀为边塞诗人。他的《古意》与《古塞下曲》,基调与《古从军行》一致,苍凉悲壮。两诗的结句分别是:"今为羌笛出塞声,使我三军泪如雨。""琵琶出塞曲,横笛断人肠。"都凭借音乐烘托主题,突出了沉郁的氛围。这主要是由于李颀不但精通音律,而且对音乐有着细致、深刻的理解力与准确的表达力。

他的几首表现音乐感受的诗篇,如《听董大弹胡笳声兼寄语弄房给事》、《听安万善吹觱篥歌》,都是成功的作品。在前一首中,李颀这样描绘了唐代著名音乐家董庭兰弹琴给自己留下的印象:

先拂商弦后角羽,四郊秋叶惊摵摵。……言迟更速皆应手,将往复旋如有情。空山百鸟散还合,万里浮云阴且晴。嘶酸雏雁失群夜,断绝胡儿恋母声。川为净其波,鸟亦罢其鸣。乌孙部落家乡远,逻娑沙尘哀怨生。幽音变调忽飘洒,长风吹林雨堕瓦。迸泉飒飒飞木末,野鹿呦呦走堂下。

既用各种事物发出的声息——秋叶声、林中的风声、瓦上的雨声、飞泉洒落声、野鹿鸣叫声、失群雏雁的夜鸣、离母胡儿的啼哭——来形容琴声,又用听觉引起的视觉联想——百鸟散而还合、浮云阴而复晴——来刻画乐声,还用人事——汉乌孙公主之思故乡、唐和蕃公主的怨沙尘——来烘托琴声给人的感受。不仅写出了音乐的变化,而且写出了音乐的情味和感人的力量,殷璠称赞这些诗句"足可歔欷,震荡心神",确非过誉。

觱篥是西域古国龟兹的乐器,而安万善是西域昭武九姓之一的安国人。李颀与西域音乐家有密切交往,对西域音乐有较高的鉴赏力。他还写有一首七古《送康洽入京进乐府歌》。康洽是昭武九姓之一的康国人,开元、天宝年间著名的音乐家。各民族间的友好交往显然丰富了李颀的文化修养,这种异乡情调的音乐的精彩表演所留下的艺术记录,反映了盛唐时期各民族间的文化交流。

李颀诗中,赠别友人之作颇多。在这些作品里,李颀表现出刻画人物性格特征,捕捉人物动态形象的高超才能。《别梁锽》、《赠别高三十五》、《送陈章甫》、《赠张旭》等诗分别描绘了当时几位卓有才识、超群拔俗的人物,给人们留下深刻的、难以磨灭的印象。如《送陈章甫》云:

> 四月南风大麦黄,枣花未落桐阴长。青山朝别暮还见,嘶马出门思旧乡。陈侯立身何坦荡,虬须虎眉仍大颡。腹中贮书一万卷,不肯低头在草莽。东门酤酒饮我曹,心轻万事如鸿毛。醉卧不知白日暮,有时空望孤云高。长河浪头连天黑,津口停舟渡不得。郑国游人未及家,洛阳行子空叹息。闻道故林相识多,罢官昨日今如何?

非但抒写别情,而且刻画出了陈章甫虽失志却气宇轩昂、豁达豪放、不拘细节的性格,给读者留下鲜明的印象。在《赠张旭》诗中,作者能够紧紧抓住"草圣"的性格特征,把瞬息既逝的神态记录下来,使他那不问生事、嗜酒放浪、视书法艺术如同生命的形象具有极强的立体感,呼之欲出。值得注意的是,陈章甫、张旭、梁锽、高适不但同是李颀的文友,气质也很接近。梁锽"朝朝饮酒黄公炉,脱帽露顶争叫呼。庭中犊鼻昔尝挂,怀里琅玕今在无";高适"五十无产业,心轻百万资。屠酤亦与群,不问君是谁"。从这些生动、形象的诗句中,也可以看到作者自身的风貌与向往。

在现存李颀的诗歌中,赠答送别之作有六十馀首,占其全部诗作的一半略多些,这也可以看作是李颀诗歌的特点之一。

李颀尚有一首《弹棋歌》。弹棋今已不传,仅据此诗才能窥其大概,证明李颀兴趣广博,多才多艺,诗也具有一定的史料价值。

李颀诗集,《新唐书·艺文志》著录为一卷,现宋元旧本已不可见,今所传较早的本子,皆明人所刊,亦一卷。《全唐诗》编李颀诗为三卷,收诗一百二十三首。

第四节　常建与祖咏

常建,字里不详[11]。大约生于唐中宗景龙年间(707—710),卒于唐代宗大历年间(766—779)。常建存诗不多,但大都流传颇广,是造诣较高的盛唐诗人。

常建早年生活缺乏记载。唐玄宗开元十五年(727),常建与王昌龄同时登进士第。同代人芮挺章编辑《国秀集》,收入常建诗并称为"前进士"。《国秀集》所收诗迄于天宝三载(744),可能他自中第后,十馀年尚未通过吏部考试,实授官职。约在天宝三载以后,常建出任盱眙尉(参见《直斋书录解题》卷一九)。殷璠在天宝十二载(753)汇集当代人诗作为《河岳英灵集》时,这样论及常建:"高才无贵士,诚哉是言。曩刘桢死于文学,左思终于记室,鲍照卒于参军,今常建亦沦于一尉,悲夫!"由此可见,常建仕途失意,只做了一任县尉。安史之乱以前,他就辞官隐居了。

安史之乱以后,常建行迹无考,唯《唐才子传》称他"放浪琴酒,往来太白、紫阁诸峰"。又《新唐书·艺文志》说他是"肃、代时人",

或许他一直活到大历年间。

常建与王昌龄同年登第,交谊较深,曾作诗招王昌龄同隐鄂渚。

《河岳英灵集》是盛唐诗歌的著名选本,而常建被列为是书的第一人,足见时论对他的重视。

由于长期隐居林下,常建的山水诗取得了较高的艺术成就,一般认为他是山水田园诗人。然而,他的反映边塞生活的诗章也受到推许。不论山水诗还是边塞诗,由于数量很少,其实都是以单篇杰作见称于世的。

殷璠说过:"建诗似初发通庄,却寻野径,百里之外,方归大道。所以其旨远,其兴僻,佳句辄来,唯论意表。"他引了常建的《宿王昌龄隐居》、《题破山寺后禅院》等山水诗,称其"并可称警策"。同时,又引了《吊王将军墓》,说它不但"一篇尽善",而且"属思既苦,词亦警绝,潘岳虽云能叙悲怨,未见如此章"。评价是相当高的。

《题破山寺后禅院》是常建享有盛名的山水诗:

> 清晨入古寺,初日照高林。竹径通幽处,禅房花木深。山光悦鸟性,潭影空人心。万籁此都寂,但馀钟磬音。

全诗冷峻、工稳,意境完整,确乎是成功的山水诗。北宋欧阳修曾想仿照"竹径通幽处,禅房花木深"写一联诗,但很久不能如愿,不禁概叹:"始知造意者难为工也。"(转引自《唐诗纪事》卷三一)我们通过这首五律,可以探悉常建山水诗的一些特点。殷璠以"却寻野径,百里之外,方归大道"为喻,说的就是意境幽深、耐人寻味的感受,此诗正突出地体现了这一特色。

明人胡应麟这样概括常建山水诗的特点:"语极幽玄,读之使人泠然如出尘表。"(《诗薮》)这种出尘拔俗的印象,并不能总括常建的诗风。他的反映边塞生活的诗是以深沉、苍劲为基调的。比如被称为"一篇尽善"的《吊王将军墓》这样写道：

> 嫖姚北伐时，深入强千里。战馀落日黄，军败鼓声死。尝闻汉飞将，可夺单于垒。今与山鬼邻，残兵哭辽水。

这首五古被诗论家称为"绝是长吉之祖"（胡应麟《诗薮》）。它也接近王昌龄的五古，通篇借汉代典故咏本朝实事，所写并非吊墓所见，而是吊墓时产生的联想。这样的诗篇的确与《题破山寺后禅院》一类山水诗风格迥异。

他的四首《塞下曲》也很有名。他在诗中真诚地希望出现"天涯静处无征战，兵器销为日月光"的和平安定的局面。但现实是与此相反的。边陲征战不休，生灵涂炭，白骨横陈，以至"黄河直北千馀里，冤气苍茫成黑云"。而被某些人称道的和亲政策，也并不能根除边患，换来长治久安。常建以有力的笔触揭示了令人怵目惊心的现状。这四首《塞下曲》和另一首《塞下》不但写得深刻感人，还表达了诗人对边陲战和的见解。

总之，尽管常建诗留存不多，却在盛唐诗坛占有一席之地。不论山水诗还是边塞诗，都能给人留下深刻的印象。

常建诗，《新唐书·艺文志》著录作一卷，《全唐诗》亦编为一卷，仅五十七首。由宋至明，历代刊行的《常建诗集》虽有一卷、两卷、三卷之异，但各本存诗全都相同，均为五十七首，而且未见集外逸诗和断句。可知《常建诗集》确系旧本，一直未曾散佚。通读其诗，感到他的创作态度是比较严肃的，与许多同代诗人相比，其诗中应景、酬答及空泛无味之作比例相当小，可见现存常建诗是经过作者筛选的精品。

祖咏，洛阳人，生卒年不可确知。大约活动在唐玄宗开元、天宝年间。是享誉于当时的盛唐诗人。

唐玄宗开元十三年（725），祖咏进士及第（此从姚合《极玄集》）。但直至天宝三载（744）芮挺章编《国秀集》，仍称他为"进士祖咏"，或许历时二十年，尚未被实授官职。其间处境十分窘迫，诗人卢象在《送祖咏》中以"胡为困樵采，几日被朝衣"相怜，也证实他长期屈居林下。

祖咏与诗人王维交往密切。在济州任司仓参军时，王维有《赠祖三咏》，诗云："虽有近音信，千里阻河关。中复客汝颍，去年归旧山。结交二十载，不得一日展。贫病子既深，契阔余不浅。"可知在开元十四年王维离济州前，祖咏曾客游汝颍，后归故山，贫病交加，生计艰难。

祖咏何时解褐入仕及所任何职，皆难确考[12]。

祖咏仕途坎坷，曾遭贬谪。他在《长乐驿留别卢象裴总》诗中说："故情君且足，谪宦我难任。直道皆如此，谁能泪满襟。"其失意、沮丧溢于言外。最终他辞去官职，退隐故园，而以诗名见称于时。

祖咏恃才傲物，为人不拘小节，在当时有"诙谐自贺知章，轻薄自祖咏"（李肇《唐国史补》卷下）之说。《唐诗纪事》还记载了他嘲讽落第举子的故事，嘲落第举子的诗未收入《全唐诗》。

祖咏以《终南望馀雪》见称于时，而且还有一个小故事流传下来。

据《唐诗纪事》卷二十载，祖咏参加科举考试，试题之一是写一首命题诗《终南山望馀雪》。当时五言试帖诗规定写十二句（六韵），但祖咏提笔只写了四句：

> 终南阴岭秀,积雪浮云端。林表明霁色,城中增暮寒。

然后就交了卷。有人指出:这不符合要求,并未写完六韵。祖咏回答:可是诗的意境已经完成了。

清人说这首诗是"苍秀之笔,与韦(应物)相近"(施补华《岘佣说诗》)。尽管只有四句,读起来却馀味深长,颇能发挥题旨,把"望"的感受写得几乎触摸可及,堪称典范的命题诗。而祖咏的这种做法,则被认为是"唐人作诗最重意,不顾功令"(吴乔《围炉诗话》卷一)的典型例子。

《望蓟门》是祖咏唯一的一首边塞诗,也是唯一的一首七言律诗:

> 燕台一望客心惊,箫鼓喧喧汉将营。万里寒光生积雪,三边曙色动危旌。沙场烽火连胡月,海畔云山拥蓟城。少小虽非投笔吏,论功还欲请长缨。

这首诗在祖咏诗中别具一格,气韵豪迈、明快。把进取精神注入到紧张的、有临战气氛的边陲生活场景中,以所见入手,以所感结笔,给读者以强烈的正义感召。全诗在高昂的情绪里突然中止,更突出了以身许国的开阔胸襟。

清人方东树说,这首《望蓟门》是有感于安禄山叛乱将起而作的(见《昭昧詹言》卷十六)。方氏此说未必可信,但诗中的忧国之思显然是有感而发,这使它的立意有别于一般的边塞诗。

祖咏经历与常建相似,存诗数量也比较接近。他的诗以赠答酬和、羁旅行役、山水田园之作为主,一般都写得工稳妥帖,但却缺乏较深刻的思想和较鲜明的艺术特色。从大致的倾向上看,他的一些诗已经接近"大历十才子"的诗风。

祖咏诗,《全唐诗》编为一卷,共三十五首(其中三首赠苗发的诗,疑非咏作)。近人王重民《补全唐诗》收祖咏诗一首。

〔1〕《新唐书·文苑传》称王昌龄为"江宁人",或由曾任江宁丞致误。殷璠《河岳英录集》又有"太原王昌龄"之说,太原应是指郡望。王昌龄自云:"故园今在霸陵西。"(《送李浦之京》)又说"本家蓝田下"(《郑县宿陶太公馆中赠冯六元二》),明言为京兆人。关于王昌龄的籍贯,傅璇琮《王昌龄事迹考略》一文有详细考证。

〔2〕参见詹锳《李白诗文系年》。

〔3〕此从闻一多说(参见《岑嘉州系年考证》)。

〔4〕清同治重修《上元·江宁县志》卷十一"名迹"节列有琉璃堂,并引张乔诗。张乔诗题为《题上元许棠所任王昌龄厅》,见《全唐诗》卷六三九。

〔5〕此从徐邦达《琉璃堂人物图与文苑图的关系》一文的论点。

〔6〕见《唐才子传》卷二。"夫子"或作"天子",按,宋刘克庄《后村诗话新集》卷三云:"唐人《琉璃堂图》以昌龄为诗天子,其尊之如此。"

〔7〕《全唐诗》卷一四三所录王昌龄《从军行》七首,但其中第三首又见于李益集中,题为《回军行》。此诗究系何人所作,不易确断,姑存不论。

〔8〕《全唐诗》卷一四三,在《出塞》这一诗题之下,原有两首七绝,另一首("骝马新跨白玉鞍")亦见于李白集,这里略而不论。

〔9〕李颀籍贯旧有东川、赵郡二说。唐人称李颀为赵郡人(李华《杨骑曹集序》),当是以郡望相称。东川之说始于辛文房《唐才子传》,系因李颀有诗题为《不调归东川别业》而言。究其诗,东川指的乃是嵩阳(今河南登封)境内的一条小河。

〔10〕此"东川别业"疑即岑参诗《寻巩县南李处士别居》所寻的居处。

〔11〕《唐才子传》称常建为长安人。傅璇琮在《唐代诗人丛考》中认为此说无据,是。

〔12〕《唐诗品汇》曾云,祖咏为张说引荐为驾部员外郎。按张说卒于开

元十八年(731),那时祖咏仍为"进士",故此说无据,系由误读《唐诗纪事》而来。《唐诗纪事》卷二十提及张说在并州时荐王翰为驾部员外郎,并语及祖咏。

第十六章　高适和其他诗人

第一节　高适的生平

高适(703？—765)[1]，字达夫，《旧唐书》本传说他是"渤海蓨(今河北景县)人"。渤海郡蓨县是汉代的行政区划，唐时已无渤海郡，而蓨为德州属县。《旧唐书》实际是以郡望相称，至于他的生籍，现在已很难考知了。

高适出身官僚家庭。他的祖父高侃，是高宗时的名将，官至陇右道大总管，安东都护，封平原郡开国公。父亲崇文，"位终韶州长史"[2]。但到了高适的青年时代，其家庭的处境已甚艰窘。《旧唐书》本传说："适少濩落，不事生业，家贫，客于梁宋(指唐宋州治所，今河南商丘。春秋宋国及汉梁国俱都其地，故称)，以求丐取给。"

高适二十岁时西游长安，首探仕路。《别韦参军》说："二十解书剑，西游长安城。举头望君门，屈指取公卿。国风冲融迈三五，朝廷欢乐弥寰宇。白璧皆言赐近臣，布衣不得干明主！归来洛阳无负郭，东过梁宋非吾土。兔苑为农岁不登，雁池垂钓心长苦。"年轻的诗人想得天真，自以为"书剑"学成，功名唾手可得，哪知到了长安却干进无门,只好失望而返。这以后将近十年时间,诗人一直居于宋州,一面从事农耕:"许国不成名,还家有惭色。托身从畎亩,浪迹初自得。雨泽感天时,耕耘忘帝力。"(《酬庞十兵曹》)一面孜孜攻读:"自从别京华,我心乃萧索。十年守章句,万事空寥落。"(《淇上酬薛三据兼寄郭少府微》)"弱冠负高节,十年思自强。"(《鲁郡途中遇徐十八录事》)这时,他内心虽然充满失志的苦闷,却始终不忘谋求仕进。

开元十九年(731)秋,高适北游燕赵,登蓟门(唐属幽州,今北京德胜门外土城关),出卢龙塞(在今河北喜峰口一带)。这是他谋求蹑级进身和施展抱负的一次活动。唐代制度规定,边帅可以自辟佐吏[3],所以那些在科举考场上失利的士人,多想通过幕府获得官职,高适这次出塞,显然也含有这种意图。另外,那时候契丹可突于率其族人并胁迫奚众降附突厥,连年侵犯唐的东北边地,因此他便决定到幽州一带去寻找仕进和立功的机会。开元二十年春,唐命朔方节度副大使信安王李祎率兵击奚、契丹,高适在边地作《信安王幕府诗》,颂美信安王及幕府诸人,有求他们援引入幕之意:"直道常兼济,微才独弃捐。曳裾诚已矣,投笔尚凄然。……云霄不可望,空欲仰神仙。"但遭到冷遇,未能如愿。此后二年左右,高适继续浪游燕赵,结果是"逢时事多谬,失路心弥折"(《蓟门不遇王之涣郭密之因以留赠》),遂于开元二十一年(733)冬或二十二年春,离蓟北南归。高适这次出塞虽没有能够达到自己的目的,却使他增广了社会阅历,加深了对现实的认识。《淇上酬薛三据兼寄郭少府微》说:"北上登蓟门,茫茫见沙漠。倚剑对风尘,慨然思卫霍。……独行备艰险,所见穷善恶。永愿拯刍荛,孰云干鼎镬?皇情念淳古,时俗何浮薄!"这对于他的创作,显然产生了很好的作用。

诗人自蓟北南归后,即在淇上隐居躬耕。《淇上别业》:"依依西山下,别业桑林边。……且向世情远,吾今聊自然。"《淇上别刘少府子英》:"近来住淇上,萧条惟空林,又非耕种时,闲散多自任。"开元二十三年(735),他到长安应制举,未中第,在那里滞留了一段时间后又回到宋州。直到天宝八载(749),高适大部分时间居于宋州,但其间曾几度外出:开元末游相州;天宝三载(744)秋末"东征",行至襄贲(今江苏涟水)而返;四载与李白、杜甫共游汴、宋[4],杜甫《遣怀》说:"昔我游宋中,惟梁孝王都。……忆与高李辈,论交入酒垆。两公壮藻思,得我色敷腴。气酣登吹台(在汴州),怀古视平芜。"又《昔游》说:"昔者与高李,晚登单父台(在宋州)。"三人一起登临怀古,把酒论文,建立了深厚的友谊;同年秋,独游汶上;五载至济南郡,与北海太守李邕相会。这段期间诗人的坎坷遭遇和漫游生活,都对他的思想及创作产生了积极的影响。

天宝八载,高适经睢阳太守张九皋推荐,"举有道科中第",授汴州封丘尉。《平台夜遇李景参有别》说:"家贫羡尔有微禄,欲往从之何所之?"诗人长期不遇,窘迫已极。或许是由于这个缘故,他对县尉的卑位虽然极不满意,却还是到了任,但不久即因不堪趋奉官长、鞭挞百姓和感到抱负难以施展而萌发了去职的念头。天宝十载(751)冬,他自封丘送兵至范阳节度使安禄山所辖的清夷军(驻今河北怀来境内),第二年春天又回到封丘,接着便毅然辞去了官职。

天宝十一载秋,高适游长安。曾与杜甫、岑参、储光羲、綦母潜、薛据等往还。不久,得到哥舒翰的判官田梁丘的推荐,赴陇右节度使、权知河西节度哥舒翰幕中任掌书记。在河西任职期间,他曾两度随哥舒翰入朝。这次出塞,诗人的精神面貌和前两次大不相同。他自以为遇上了知己:"浅才登一命,孤剑通万里。岂不思故乡,从来感知己。"(《登陇》)立功成名的愿望不难实现,因此情绪是甚为昂扬和兴奋的。

天宝十四载(755)冬,安史之乱爆发。朝廷"征翰讨贼,拜适左拾遗,转监察御史,仍佐翰守潼关"(《旧唐书》本传)。潼关失守后,随玄宗入蜀。至德元载(756)十二月,出任淮南节度使,讨永王李璘。乾元元年(758),"李辅国恶适敢言,短于上前,乃左授太子少詹事"(同上)。二年,出为彭州刺史。后转蜀州刺史。广德元年(763)二月,任剑南节度使。二年正月,"召还为刑部侍郎、左散骑常侍"(《新唐书》本传)。高适晚年,"逢时多难,以安危为己任","累为藩牧,政存宽简,吏民便之"(《旧唐书》本传)。但这期间诗作极少。

高适"喜言王霸大略,务功名,尚节义"(《旧唐书》本传)。从他今存的诗文看来,他读书不限于儒家的经籍,对史书及诸子百家尤广泛涉猎;诗人生活困顿,长期浪游,了解人民的疾苦和时政的得失,有改善人民境遇的政治抱负;又关心戎事,涉足塞垣,胸怀安定边疆的壮志和谋略。所以,他的思想和举动,都非一般饱读经书的儒士可比。关于这一点,我们将在下一节中作进一步的说明。

第二节　高适的诗歌

高适是盛唐时代著名的诗人。《旧唐书》本传说:"适年过五十,始留意诗什,数年之间,体格渐变,以气质自高,每吟一篇已,为好事者称诵。"可见他的诗在当时已发生了较大的影响,但说他年过五十才留心作诗,则不正确。事实上,高适今存的二百四十多首诗中,大部分是五十岁以前写作的。

高适在入哥舒翰幕府(是年高约五十岁)以前,政治上一直是失意的,所以这个时期所写的诗歌,自伤落拓不遇的主题,占着相当大的比重。他在不少诗中,诉说自己贫困和栖托无所的遭遇:"丈夫贫贱应未足,今日相逢无酒钱。"(《别董大二首》其二)"伊余寡栖托,感激多愠见。"(《酬别薛三蔡大留简韩十四主簿》)抒发沦落失志的感慨:"逸思乃天纵,微才应陆沉。"(《淇上别刘少府子英》)嗟叹功名未就而年已老大:"飘荡与物永,蹉跎觉年老。"(《酬裴秀才》)自伤怀才不遇,为世人所轻视:"苏秦憔悴人多厌,蔡泽栖迟世看丑。纵使登高只断肠,不如独坐空搔首。"(《九月九日酬颜少府》)诗人在浪游中,常同那些和自己一样的失意者往还,并用诗歌诉说共同遭遇,表现相互间的同情:"千里忽携手,十年同苦心。……途穷更远别,相对益悲吟。"(《淇上别刘少府子英》)上述这类诗歌,反映了即使在盛唐时代,广大士人也很难找到从政的出路。

对那种有济世高才而遭到遗弃和埋没的现象,诗人特别感到愤慨。《钱宋八充彭中丞判官之岭外》:"睹君济时略,使我气填膺。长策竟不用,高才徒见称。"《过崔二有别》:"大国多任士,明时遗此人。……谁谓多才富,却令家道贫!"《宋中遇陈二》:"常忝鲍叔义,所寄王佐才。如何守苦节,独此无良媒?"后两诗指出了才高却不被用的原因,在于家贫和无人荐引。《行路难二首》也提出类似问题。第一首把用金钱结托"豪贵"因而"百事胜人"的"富家翁"与"有才不肯学干谒"以致"席门穷巷出无车"的少年书生作对比,说明肯用金钱结托豪贵便贵盛无比,家贫或不肯交结权贵求其援引者,即使有才,也沦落不遇。第二首把长安的世家子弟与穷书生作对比,反映由于出身不同,他们的遭遇截然有异。《效古赠崔二》更把诗人的不满和愤恨直接投向当道的权贵:

  缅怀当途者,济济居声位。邈然在云霄,宁肯更沦踬?周旋多燕乐,门馆列车骑。美人芙蓉姿,狭室兰麝气。金炉陈兽炭,谈笑正得意。岂论草泽中,有此枯槁士!

诗中揭露那些当道的权贵,只图把持高位,过穷奢极欲的生活,根本不关心人才的进用。《古歌行》云:"君不见汉家三叶从代至,高皇旧臣多富贵。……田舍老翁不出门,洛阳少年莫论事。"这同"白璧皆言赐近臣,布衣不得干明主"意思一样,则对最高统治者的只知宠任近臣也表示不满。以上这些诗,揭示了权贵把持政柄和出身寒微的士人难以找到出路的事实,说明即使在封建盛世,占支配地位的仍然是贵族特权政治!

　　诗人在谋求仕进不断遭到失败的情况下,曾一再表示要隐居:"未能方管乐,翻欲慕巢由。"(《奉酬睢阳李太守》)"耕耘有山田,纺绩有山妻。人生苟如此,何必组与圭!"(《宋中遇林虑杨十七山人因而有别》)而且真的过了一段隐居躬耕的生活,但他描写这方面生活的诗,却很少像许多人的作品那样,着意地去表现隐居山水田园的快乐闲适。究其原因,恐怕是由于诗人始终不忘用世,不甘心隐逸的缘故。《田家春望》:"可叹无知己,高阳一酒徒。"失意中仍以曾向刘邦进献夺取天下之计的郦食其自比,由此不难窥见作者的心志。《宋中别周梁李三子》说:"且见壮心在,莫嗟携手迟。"他的"壮心"就是获取高位,施展抱负,而且虽屡经挫折,却始终对此充满希望和自信:"不叹携手稀,恒思着鞭速。终当拂羽翰,轻举随鸿鹄。"(《酬鸿胪裴主簿雨后睢阳北楼见赠之作》)诗人还常常用类似的话来勉励同他一样的失意者:"公侯皆我辈,动用在谋略。圣心思贤才,朅来刘葵藿。"(《和崔二少府登楚丘城作》)正因为诗人对美好的前途从没有丧失过信心和希望(这一点同盛唐的时代精神及诗人的"拓落"性格不无关系),所以他的许多自伤不遇的诗歌,情调并不显得低沉。

　　当然,这类诗歌中也有一些明显的局限。如有的作品表现了消极的情绪,《闲居》说:"柳色惊心事,春风厌索居。方知一杯酒,犹胜百家书。"还有的诗歌流露出一种汲汲追求功名富贵的庸俗思想,如说"男儿争富贵,劝尔莫迟回"(《宋中遇刘书记有别》),"吾知十年后,季子多黄金"(《别王彻》),等等。

高适在入哥舒翰幕府之前,曾写了一些反映和同情人民疾苦的诗篇。这些诗的创作,与诗人早年的贫困失志,长期浪游,较多地接触到社会下层,对人民的生活有所体验不能分开。有的诗描写了自然灾害给人民带来的苦难:

> 朝从北岸来,泊船南河浒。试共野人言,深觉农夫苦。去秋虽薄熟,今夏犹未雨。耕耘日勤劳,租税兼乌卤。园蔬空寥落,产业不足数。……(《自淇涉黄河途中作十三首》其七)
>
> 滴沥檐宇愁,寥寥谈笑疏。泥涂拥城郭,水潦盘丘墟。惆怅悯田农,徘徊伤里闾。曾是力井税,曷为无斗储?万事切中怀,十年思上书。……(《苦雨寄房四昆季》)

诗中尖锐地提出,为什么农民终年辛勤耕耘,却仍然家无斗米之储,不能抵御天灾的袭击?很显然,作者没有把农民贫困的原因仅仅归结到发生了自然灾害这一点上,还在诗中明确地提出了租税过重的社会问题。诗人为这类问题而忧伤,表示想上书天子,可见他对人民的疾苦是很关怀和同情的。像这样的作品,在开元天宝时代的诗坛上是不多见的,它让我们看到了封建盛世的阴暗面,因而特别值得珍视。

《东平路中遇大水》在描写了一番农村水灾的令人惊心骇目的景象之后,接着说道:"圣主当深仁,庙堂运良筹。仓廪终尔给,田租应罢收。我心胡郁陶,征旅亦悲愁。纵怀济时策,谁肯论吾谋?"认为国家仓廪中的粮食,终究是由"农夫"供应的,现在有了灾害,田租理应罢收。诗中把人民的痛苦同自己的"济时策"联系起来,说明其

"济时策"中包含有改善人民境遇的内容。他曾说:"理道资任贤,安人在求瘼。"(《淇上酬薛三据兼寄郭少府微》)认为要"安民",必须寻求百姓的疾苦所在,予以解除。他在一些歌颂古今良吏的诗中,也表现了类似的思想。如《遇卢明府有赠》称赞卢明府压抑豪强,招抚流亡,节制徭役,不夺农时,境内桑盛岁熟,人民得以安居乐业;在好些诗里一再颂扬春秋时单父邑宰宓子贱"鸣琴而治"的不扰民美政。诗人的这种"济时策",在当时显然有着一定的进步意义。他任封丘尉时写的《封丘县》说:

> 我本渔樵孟诸野,一生自是悠悠者。乍可狂歌草泽中,宁堪作吏风尘下?只言小邑无所为,公门百事皆有期。拜迎官长心欲碎,鞭挞黎庶令人悲。……

诗人不忍心"鞭挞黎庶",做统治阶级直接压迫剥削人民的爪牙,这种思想是很可贵的,反映了他思想感情上与人民的联系。

高适在盛唐诗坛上,是以擅长边塞诗著称的。由于诗人曾三次出塞,对边塞征战生活有亲身的体验,因此所写的边塞诗,多系有所为而发,有较强的针对性,真实地反映了当时的边塞情况。尤其前两次赴东北边塞时的作品,更是这样。

开元十八年(730),契丹军事首长可突于率其族人并胁迫奚众一起背唐,投附突厥,从此,"连年为边患",当时的幽州节度使赵含章不能抵御。二十年(732)春,唐令信安王李祎率军讨击,获大胜,奚族兵降唐,可突于率契丹兵远遁,李祎旋即班师。同年六月,赵含章贪赃事发,薛楚玉继任为节度使。二十一年闰三月,可突于又领兵来犯,薛同副将郭英杰、吴克勤、邬知义、罗守忠率精骑一万迎敌,战于榆关都山下,唐军大败,六千馀人战死。同年,朝廷改命张守珪为幽州节度使。张到任后,屡破契丹,二十二年十二月,杀可突于,由这以后幽蓟边地的战乱才基本平息。高适是在开元十九年秋至二十一年冬或二十二年春之间第一次赴东北边塞的,他目睹边患的严重,每每用诗歌来表现自己的感受和愿望。《塞上》说:

> 东出卢龙塞,浩然客思孤。亭堠列万里,汉兵犹备胡。边尘满北溟,虏骑正南驱。转斗岂长策,和亲非远图。惟昔李将军,按节临此都。总戎扫大漠,一战擒单于。常怀感激心,愿效纵横谟。倚剑欲谁语?关河空郁纡。

诗中先写幽蓟一带胡兵南犯、战事不息的严重局势,接着议论边策,指出与敌久战,不是良策,用"和亲"的办法来羁縻强敌,也非"远图"。唐对来附的契丹等,历来是采用"和亲"的办法加以羁縻的,然当时契丹已背唐投附突厥,所以用"和亲"的办法实际上已不能消弭边患,诗人的意见颇中肯。下面通过追忆李广,隐约地流露了作者对边将无能的不满,表达了他要求选用良将、一举破敌,在短期内解除边患的愿望。最后慨叹自己有安边的壮志和谋略却无人理睬。这首诗无疑是针对幽蓟的严重边患而发的,它比较集中和典型地表现了诗人当时的心情和思想。

高适这时期的诗歌,曾描写和反映了都山之败:"五将已深入,前军止半回。谁怜不得意,长剑独归来。"(《自蓟北归》)史载这次战役"唐兵不利,(郭)英杰战死。馀众六千馀人犹力战不已,虏以英杰首示之,竟不降,尽为虏所杀"(《通鉴》卷二一三)。战士们的这种坚持战斗、宁死不屈的精神,令诗人赞叹不已,他写道:"黯黯长城外,日没更烟尘。胡骑虽凭陵,汉兵不顾身。古树满空塞,黄云愁杀人。"(《蓟门五首》其四)三、四两句歌颂了战士们英勇无私的爱国精神;末二句写战士们的壮烈牺牲,充满浓厚的哀痛气氛。这时期,诗人还对士卒的久戍不归及所遭受的非人待遇,表示深切的同情:"羌胡无尽日,征战几时归?"(《蓟门五首》其五)"戍卒厌糟糠,降胡(指降唐的奚兵)饱衣食。关亭试一望,吾欲涕沾臆。"(同上其二)这是诗人同情人民疾苦思想的又一个表现。此外,这时他还写过一些反映幽蓟少年游猎生活的诗,如《营州歌》:"营州少年厌原野,皮裘蒙茸猎城下。虏酒千钟不醉人,胡儿十岁能骑马。"表现出了边地少年豪侠尚武的精神。

高适离开幽蓟后,又继续写作了一些反映东北边塞生活的诗歌。如《睢阳酬别畅大判官》,诗中先称颂张守珪破契丹可突于,解除了边患;最后说,可突于的馀众虽然已降唐,但戎狄历来是弱则来附,强时又背唐的,不可不警惕。《通鉴》开元二十四年(736)三月:"张守珪使平卢讨击使、左骁卫将军安禄山讨奚、契丹叛者。"可见"降胡"又有叛者,高适的话不无道理。开元二十六年(738),他在宋州创作了他边塞诗中最杰出的代表作《燕歌行》:

> 汉家烟尘在东北,汉将辞家破残贼。……山川萧条极边土,胡骑凭陵杂风雨。战士军前半死生,美人帐下犹歌舞。大漠穷秋塞草腓,孤城落日斗兵稀。身当恩遇常轻敌,力尽关山未解围。铁衣远戍辛勤久,玉箸应啼别离后。少妇城南欲断肠,征人蓟北空回首。……相看白刃血纷纷,死节从来岂顾勋?君不见沙场征战苦,至今犹忆李将军。

这首诗不论内容或题材,都同高适在幽蓟时写的诗歌一脉相承,显然是以他北游幽蓟时所积累的生活经历为基础创作的,从中我们不难看到都山之战以及赵含章一类军事上无能、生活上腐化的将领的影子。当然,这首诗是以高度的艺术概括来表现当时边塞征战生活的广阔场景及多种矛盾的,并非只是直述在幽蓟发生的某一具体事件。诗人在不长的篇幅中,描写了敌人的凶猛和战斗的危险、艰苦,揭露了军中将士间苦乐悬殊的生活以及他们对待卫国战争的不同态度,展示了战士们复杂的内心世界,颂扬了他们的不畏艰险、奋勇杀敌、情愿以死报国的精神,并对将帅的骄奢荒纵、玩忽职守和不恤士卒,给予了有力的鞭挞。全诗深广厚实,通过揭示现实社会的复杂矛盾,集中地表现了战士们的强烈爱国精神,不愧为唐代边塞诗中的现实主义代表作。一般认为此诗是讽刺张守珪的,这种说法不过是根据诗序(序曰:"开元二十六年,客有从御史大夫张公出塞而还者,作《燕歌行》以示适,感征戍之事,因而和焉。")而作的一种推测,并没有多少切实可靠的证据[5]。

天宝十载(751)冬,高适再次赴幽蓟。这一年秋天,安禄山"诬其(指契丹)酋长欲叛",请求出击。他发兵六万,出塞千馀里,结果大败,士卒伤亡殆尽,自己独与麾下二十馀骑逃归。高适这期间作的《赠别王十七管记》描写过这次战争:"星高汉将骄,月盛胡兵锐。沙深冷陉断,雪暗辽阳闭。亦谓扫欃枪,旋惊陷蜂虿。归旌告东捷,斗骑传西败。遥飞绝漠书,已筑长安第。画龙俱在叶,宠鹤先归卫。"[6]诗中无情地揭露了安禄山妄启边衅、骄矜轻敌,惨败后又谎传"捷报"的丑行,也辛辣地讽刺了唐玄宗对败将安禄山的备极恩宠。《答侯少府》:"北使经大寒,关山饶苦辛。边兵若刍狗,战骨成埃尘。行矣勿复言,归欤伤我神。"对安禄山视边兵若刍狗,随意把他们驱赶到战场上去送死以邀取荣宠,诗人感到无限悲痛。这期间,他还写过一些诗歌,自叹有安边的抱负却无从施展:"岂无安边书,诸将已承恩。惆怅孙吴事,归来独闭门。"(《蓟中作》)

高适第三次出塞(入河西、陇右哥舒翰幕)期间,也写了不少边

塞诗,但其内容、情调,都同前两次出塞时的作品大不一样。《塞下曲》:

> 结束浮云骏,翩翩出从戎。且凭天子怒,复倚将军雄。万鼓雷殷地,千旗火生风。……青海阵云匝,黑山兵气冲。战酣太白高,战罢旄头空。万里不惜死,一朝得成功。画图麒麟阁,入朝明光宫。大笑向文士,一经何足穷!古人昧此道,往往成老翁。

此时作者已在幕府中任职,颇想跟从有军事才干的主帅哥舒翰立功边疆,因此心境与过去迥然不同。过去的作品,常把穷书生(实适自谓)与豪贵作对比,以抒发自己失志的不平,而此诗却反过来嘲笑文士,说他们苦读无用,不如从军之可立功封侯。这首诗着重表现了从军出塞、征战立功的豪情,但也流露了追求功名爵禄的思想。其内容、情调,在高适这一时期的边塞诗中,颇具代表性。

这期间,高适还写过一些歌颂战功的诗歌。天宝十二载(753)五月,哥舒翰击吐蕃,收复九曲[7],诗人曾接连作诗颂扬。《九曲词三首》其三:"铁骑横行铁岭头,西看逻逤(吐蕃都城,即今拉萨)取封侯。青海只今将饮马,黄河不用更防秋。"称颂哥舒翰收复九曲,解除了边患,这同当时的民谣《哥舒歌》对哥舒翰的颂扬,用意一样:"北斗七星高,哥舒夜带刀。至今窥牧马,不敢过临洮。"但诗中也夹杂有对以边功博取爵禄的庸俗赞美。《同李员外贺哥舒大夫破九曲之作》在歌颂战功时,过多地渲染"诸戎"战死的惨状,更不可取。当时,唐与吐蕃之间,和议遭破坏,正处于交战的状态。哥舒翰自任陇右节度使后,在抗御吐蕃的侵扰上,颇富成效,但有时为满足唐玄宗的虚荣心,也轻妄用兵[8],这给广大士卒带来了灾难。但诗人对这点却缺乏认识,更没有在诗中加以反映。这时,他的生活地位已发生了变化，又热衷于追求功名，所以广大士卒的呼声也就听不见了。这使他不能保持清醒的头脑，有时甚至不分是非，盲目歌颂战功，如天宝十二载写的《李云南征蛮诗》，对杨国忠授意发动的远征南诏的不义之战，也作了颂扬，而盛唐诗人李白、杜甫、刘湾等对征南诏都是持批判态度的。总的说来，高适的那些具有丰富社会内容与较高思想价值的边塞诗，大多产生于前两次出塞期间。

安史之乱发生后，高适官位日高，而诗作却甚少，今存可确断为这个时期写作的诗歌，只有十首左右。其中有的作品，如《酬裴员外以诗代书》，对安史乱后社会的动荡不安和人民遭受的苦难，作了反映："背河列长围，师老将亦乖。归军剧风火，散卒争椎埋。一夕瀍洛空，生灵悲曝鳃。……城池何萧条，邑屋更崩摧。纵横荆棘丛，但见瓦砾堆。行人无血色，战骨多青苔。"

以上所述，是高适诗歌的一些主要的内容。他诗中的这些内容，有许多是采用朋友间赠答送别的形式来表现的。但他也有些赠答送别诗，主要抒写朋友间的离别相思之情，其中不乏佳作，如《别董大二首》其二："十（一作"千"）里黄云白日曛，北风吹雁雪纷纷。莫愁前路无知己，天下谁人不识君！"首二句写别时之景，令人伤感；结二句笔锋一转，作慰藉语，读者不难从中感受到诗人对朋友关怀、体贴的深情。又如《送别》、《夜别韦司士》、《送杨山人归嵩阳》、《送李少府贬峡中王少府贬长沙》、《东平别前卫县李寀少府》、《人日寄杜二拾遗》等，皆感情真挚动人，历来为人们所传诵。

殷璠《河岳英灵集》评论高适的诗说："适诗多胸臆语，兼有气骨，故朝野通赏其文。"这些话是很中肯的。我们只要读一读高适的诗，就可以很明显地感受到它们多具有直抒胸臆的特点。关于这个问题，拟从以下几个方面来作些说明。第一，他的诗是真情的流露，意胜于辞。如名篇《燕歌行》，在不长的篇幅中，包含着极其深广复杂的内容,而且全诗无论是叙事、抒情,还是议论、写景,处处流露了作者发自肺腑的强烈爱憎之情。另一名篇《人日寄杜二拾遗》:"人日题诗寄草堂,遥怜故人思故乡。……身在南蕃无所预,心怀百忧复千虑。今年人日空相忆,明年人日知何处?……龙钟还忝二千石,愧尔东西南北人。"叙作者与杜甫至老益笃的交情,极真挚感人。又如"戍卒厌糟糠,降胡饱衣食。关亭试一望,吾欲涕沾臆"、"我心胡郁陶,征旅亦悲愁。纵怀济时策,谁肯论吾谋"等,皆感情强烈、深沉,语言质朴、平实。总之,他的诗不以词采取胜,而以充实的内容、饱满的感情引人。第二,诗人披露胸襟、抒写怀抱,皆率直无隐,不假雕饰,且往往采用写实手法,不多作夸张、想象。如"睹君济时略,使我气填膺。长策竟不用,高才徒见称"、"永愿拯刍荛,孰云干鼎镬",倾吐己怀,无所顾忌。"开箧泪沾臆,见君前日书。夜台今寂寞,犹是子云居"(《哭单父梁九少府》)、"世人向我同众人,唯君于我最相亲。且喜百年有交态,未尝一日辞家贫"(《别韦参军》),直白叙出,不为隐饰,诚挚自然。"城头画角三四声,匣里宝刀昼夜鸣。意气能甘万里去,辛勤动作一年行"(《送浑将军出塞》),揭示他人胸襟,也直截透彻。第三,高诗不常使用寓情于景的表现方法,而多以饱含感情的语言,夹叙夹议。如《别韦参军》、《效古赠崔二》、《塞上》、《蓟门五首》、《蓟中作》等等,都是这样。高诗写景,往往或大笔勾勒,或偏重于表现自己的主观感受,而少对景物作细致入微的描绘,如"风飙生惨烈,雨雪暗天地"(《效古赠崔二》);"边城何萧条,白日黄云昏"(《蓟中作》);"古树满空塞,黄云愁杀人"(《蓟门五首》其四);"溪冷泉声苦,山空木叶干"(《使青夷军入居庸关三首》其一)等,无不如此。当然,高诗中也有寓情于景、情景交融的作品,如《东平别前卫县李寀少府》等,但这样的诗歌毕竟数量较少。第四,"直抒胸臆"并不等于随口说话,高适的许多诗句,是经过精心的提炼和加工的,有很强的感染力。如"战士军前半死生,美人帐下犹歌舞",选取军中生活具有典型意义的现象,用短短的两句诗作了高度集中的概括和生动具体的描写。又如"然诺多死地,公忠成祸胎"(《酬裴员外以诗代书》);"丈夫结交须结贫,贫者结交交始亲。世人不解结交者,唯重黄金不重人。黄金虽多有尽时,结交一成无竭期"(《赠任华》),都是从深切的生活体验中提炼出来的警语。再如"边兵若刍狗,战骨成埃尘";"曾是力井税,曷为无斗储";"白璧皆言赐近臣,布衣不得干明主";"拜迎官长心欲碎,鞭挞黎庶令人悲"等,都具有很强的概括力,显然是经过认真锤炼的。但这些诗句又不失其质直,一点也未显露刻意锤炼的痕迹。

所谓"兼有气骨",是指高适的诗歌,语言质朴有力,思想感情表现得鲜明爽朗。我们看高诗,确乎与齐梁以来的绮丽柔靡的诗歌异趣,表现出刚健明朗的特色。宋严羽说:"高岑之诗悲壮,读之使人感慨。"(《沧浪诗话·诗评》)这话主要是针对高岑的边塞诗说的。高适前两次出塞时的作品,既有豪迈雄壮的一面,又有悲歌慷慨的一面,形成了"悲壮"的特点;而第三次出塞期间的诗歌,则以豪壮为主要特色。高适边塞诗的这种特色的形成,与其诗歌思想感情表现上的明朗率直和语言的质朴刚健,有着密切的关系。很明显,如果语言柔靡艳丽、雕琢堆砌,思想感情的表现隐晦暗昧,那么诗歌是无论如何也形成不了慷慨悲壮的特色的。

综上所述,高诗内容充实,感情饱满,意气豪迈,语言质朴,笔力遒劲,给人以浑厚、沉实、雄健之感。前人称高诗"尚质主理"(陈绎曾《吟谱》)、"浑朴老成"(翁方纲《石洲诗话》卷一)、"沉雄"(叶燮《原诗·外篇》)、"浑厚"(胡应麟《诗薮·外编》卷四),这些话都比较准确地道出了高诗的风格特色。

高诗这种风格的形成,是由多种主客观因素支配、制约的。唐代前期诗人大力提倡建安风骨以改革齐梁以来的绮靡诗风的历史任务,到了唐玄宗时代,才最终完成。高适的创作,既对这一改革任务的完成作出了自己的贡献,又受到当时诗坛追慕建安风骨的风尚的较大影响。他很推崇建安作品,如说:"周子负高价,梁生多逸词。周旋梁宋间,感激建安时。"(《宋中别周梁李三子》)"故交负灵奇,逸气抱謇谔。隐轸经济具,纵横建安作。"(《淇上酬薛三据兼寄郭少府微》)并在创作上努力继承其传统,所以杜甫说他"方驾曹刘不啻过"(《奉寄高常侍》)。诗人还向继承了建安风骨传统的左思学习,宋育仁《三唐诗品》说高诗"其源出于左太冲",不无道理。高适又接受了诗风雄肆奔放的鲍照的较为直接的影响。这一切,对高诗风格的形成,都起了作用。从高适的生活经历、精神面貌、性格、气质等方面来看:一方面,诗人长期穷困失意,抱负无从施展,胸怀郁勃不平之气,对现实有真切的体验和较深刻的认识;另方面,他又性格旷达豪放(《河岳英灵集》说他"性拓落,不拘小节"),始终怀抱壮志,对前途充满希望和自信。这一些,对其诗歌风格的形成,也产生了重要影响。

高适的诗,大致各种体裁都有佳篇。他最擅长七言古诗,宋育仁称赞他的七古说:"与岑一骨,苍放音多,排奡骋妍,自然沉郁,骈语之中,独能顿宕,启后人无限法门,当为七言不祧之祖。"(《三唐诗品》)这些话并非过誉。他的七古中,有不少历来为人们传诵的佳作,如《燕歌行》、《封丘县》、《邯郸少年行》、《古大梁行》、《人日寄杜二拾遗》、《行路难》、《别韦参军》等。这些作品都写得感情充沛,自然流畅,虽时用偶句,却没有整齐呆板的缺点。高适的五古数量较多,约占其全部诗歌的一半。这些作品直追汉魏,沉实古朴,但不如七古那样情文并茂。近体诗中,五律四十多首,五言排律二十多首,其中各有比较出色的作品;七律及五、七绝数量都少,但七律、七绝中均有为人们普遍喜爱的佳篇，如《东平别前卫县李寀少府》、《送李少府贬峡中王少府贬长沙》、《夜别韦司士》（以上七律）、《和王七玉门关听吹笛》、《别董大二首》其二、《营州歌》（以上七绝）等。总的说来，他的近体诗写得不如古体诗好。

除诗外，高适尚有赋三首、文十馀篇。这些作品多数是应用文字，缺少文学价值。但也有个别作品写得比较好，如《罢职还京次睢阳祭张巡许远文》，叙事抒情，皆颇感人；《请罢东川节度表》，表现了作者关怀民生疾苦的思想，有一定的意义。

《旧唐书》本传谓高适"有文集二十卷"，《新唐书·艺文志》同。《崇文总目》、《郡斋读书志》、《直斋书录解题》等均著录高适集十卷，这当是与二十卷本不同的重编之本。高适集今传的本子，有宋不分体十卷本、明分体十卷本、明分体诗集本三个系统，但各种本子俱有阙佚。今人新整理的校注本（刘开扬《高适诗集编年笺注》、孙钦善《高适集校注》），搜集的资料则较齐全。

第三节　崔颢

崔颢，汴州（今河南开封）人，生年无考，知名于开元、天宝间。《旧唐书·文苑传》："开元、天宝间，文士知名者，汴州崔颢，京兆王昌龄、高适，襄阳孟浩然。"《新唐书·孟浩然传》也说："开元、天宝间，同知名者王昌龄、崔颢，皆位不显。"他开元十年（722）或十一年登进士第（《直斋书录解题》卷十九称颢十年登第，《唐才子传》则说他"十一年源少良下及进士第"），曾任太仆寺丞（见《国秀集》目录），"累官司勋员外郎，天宝十三年（754）卒"（《旧唐书·崔颢传》）。此外，有关于他生平事迹的记载，就没有多少了。

从崔颢的诗作看,他曾南游吴越荆鄂,到过维扬(今扬州)、建康(今南京)、天竺寺(在今杭州)、若耶溪(在今浙江绍兴东南)、东阳(今浙江金华)、建德(在浙江新安江畔)、剡溪(在今浙江嵊州西南)、荆河(或指荆州一带)、黄鹤楼(在今武汉)等地。《结定襄郡狱效陶体》:"我在河东时,使往定襄里。"定襄郡原名忻州(治今山西忻州市),天宝元年二月才改为定襄郡,属河东节度使辖领,又这首诗载于《国秀集》(此集收诗止于天宝三载),由此可以推知,天宝初诗人曾在河东军幕中任职。另据《国秀集》收录的崔颢《古游侠呈军中诸将》、《赠轻车》等诗,还可推知天宝三载前诗人曾到过唐的东北边塞。

他的诗今存四十二首,《全唐诗》编录为一卷,《新唐书·艺文志》著录崔颢诗也只有一卷,说明他的作品原来就不多。《河岳英灵集》卷中:"颢年少为诗,属意浮艳(别本无此句,据何焯校本补),名(何本作"多")陷轻薄。晚节忽变常体,风骨凛然,一窥塞垣,说尽戎旅。"认为崔颢的诗风前后有变化。所谓"属意浮艳,名陷轻薄",或许是指他反映妇女生活的诗歌较多而言。这些诗歌计有十五首,占他全部诗歌的三分之一以上,大部分写贵妇及宫人的生活。《王家少妇》云:"十五嫁王昌,盈盈入画堂。自矜年最少,复倚婿为郎。舞爱前溪绿,歌怜子夜长。闲来斗百草,度日不成妆。"相传"崔颢有美名,李邕欲一见,开馆待之。及颢至献文,首章曰:'十五嫁王昌。'邕起叱曰:'小子无礼!'乃不接之"(李肇《国史补》卷上)。此诗写一贵族少妇嫁一风流美少年,生活极娇逸自得,虽说不上有多少深刻的社会意义,却也并没有什么色情、下流的内容,不知为何竟遭到李邕的怒斥[9]。《杂诗》:"可怜青铜镜,挂在白玉堂。玉堂有美女,娇弄明月光。罗袖拂金鹊,彩屏点红妆。妆罢含情坐,春风桃李香。"以欣赏的笔调写玉堂美女的娇艳动人,颇有齐梁遗风,然崔诗中这样的作品并不多。他的一些写宫人生活的诗,多描画宫人遭弃的哀怨,如《七夕》说:"长信深阴夜转幽,玉阶金阁数萤流。班姬此夕愁无限,河汉三更看斗牛。"把宫人被弃孤居的寂寞愁闷心情深切委婉地表现了出来。这类诗反映了妃嫔不过是帝王的玩物,她们一旦人老色衰,难免陷于"泣尽无人问,容华落镜中"(《长门怨》)的可悲境地,有一定的认识价值。《相逢行》:"女弟新承宠,诸兄近拜侯。"《卢姬篇》:"人生今日得骄贵,谁道卢姬身细微!"似是讥刺杨贵妃的承宠骤贵。此外,《长干曲四首》是一组爱情诗,其前二首云:"君家何处住?妾住在横塘。停船暂借问,或恐是同乡。""家临九江水,来去九江侧。同是长干人,生小不相识。"用女问男答的形式,写出了彼此间的关切爱慕之情。诗一如民歌,虽极通俗朴素,却颇耐人寻味,所以王夫之称赞它"墨气所射,四表无穷,无字处皆其意也"(《薑斋诗话》卷下)。综上所述,崔颢的那些反映妇女生活的诗歌,显然不能说多是"浮艳"和"轻薄"的。

他今存的边塞诗有七首,多表现从军出塞、杀敌报国的豪迈意气。《赠王威古》:

三十羽林将,出身常事边。春风吹浅草,猎骑何翩翩。插羽两相顾,鸣弓新上弦。射麋入深谷,饮马投荒泉。马上共倾酒,野中聊割鲜。相看未及饮,杂虏寇幽燕。烽火去不息,胡尘高际天。长驱救东北,战解城亦全。报国行赴难,古来皆共然。

诗歌通过对射猎场面的生动描绘,表现出了将军的英武豪雄。有这样的将军,何惧敌兵来犯,"战解城亦全"正意料中事,所以对将军退敌的战斗,也就无须多着墨了。这样,反而更能显示出将军的不同一般。《古游侠呈军中诸将》云:"少年负胆气,好勇复知机。仗剑出门去,孤城逢合围。杀人辽水上,走马渔阳归。……还家且行猎,弓矢速如飞。地迥鹰犬疾,草深狐兔肥。腰间带两绶,转盼生光辉。顾谓今日战,何如随建威?"此首则先写征战而后写射猎,也把青年将军的英雄气概较好地刻画了出来。这些边塞诗写得雄浑刚健,殷璠称赞它们"风骨凛然",是不错的。

崔颢诗中有九首旅游写景之作,如《黄鹤楼》云:

> 昔人已乘黄鹤去,此地空馀黄鹤楼。黄鹤一去不复返,白云千载空悠悠。晴川历历汉阳树,芳草萋萋鹦鹉洲。日暮乡关何处是,烟波江上使人愁。

抒发了登临吊古、怀土思乡的感情。此诗恢宏豪放,自然流畅,写景抒情,皆臻妙境,确乎是不可多得的佳篇。《沧浪诗话·诗评》甚至说:"唐人七言律诗,当以崔颢《黄鹤楼》为第一。"传说李白登黄鹤楼见此诗,曾发出"眼前有景道不得,崔颢题诗在上头"的感叹(《唐诗纪事》卷二一)。又如《题潼关楼》:"客行逢雨霁,歇马上津楼。山势雄三辅,关门扼九州。川从陕路去,河绕华阴流。向晚登临处,风烟万里愁。"语亦豪壮。由这些作品足可看出,崔诗中并不是只有边塞之作才是"风骨凛然"的。

此外,崔诗中也还有其他一些比较可取的作品。如《长安道》:"长安甲第高入云,谁家居住霍将军。日晚朝回拥宾从,路旁揖拜何纷纷。莫言炙手手可热,须臾火尽灰亦灭。"霍将军盖指汉外戚霍光,此处可能即借之以讽刺杨国忠的骄横弄权。再如《渭城少年行》,揭露了长安贵族子弟的堕落生活,有一定的意义;诗多铺陈之笔,显然深受卢照邻《长安古意》、骆宾王《帝京篇》的影响。

第四节　王翰和王之涣

王翰,字子羽,并州晋阳(今山西太原)人。生卒年不详。他"少豪荡不羁"(《旧唐书》本传),于睿宗景云元年(710)登进士第(《唐才子传》卷一)。二年(711),翰至长安赴吏部选,曾私以九等定海内文士百有馀人,列张说、李邕与己并居第一,且自张榜公布于吏部东街[10]。结果"观者万计",轰动一时。由这件事,不难窥见他的豪荡狂放、恃才不羁的个性。但此事当即被典选官查知,翰几遭刑宪,估计这以后他便落了选,回到故乡并州。开元五年(717)至八年正月,张嘉贞为并州长史,"奇其才,礼接甚厚"(《旧唐书》本传)。八年正月后,"张说镇并州,礼翰益至"(同上)。"复举直言极谏,调昌乐尉,又举超拔群类"(《新唐书》本传)[11]。九年(721)九月,张说入为相,"以翰为秘书正字,擢拜通事舍人,迁驾部员外"(《旧唐书》本传)。十四年(726)四月,张说罢相,"出翰为汝州长史,改仙州别驾。至郡,日聚英豪,从禽击鼓,恣为欢赏……于是贬道州司马,卒"(同上)。

王翰在当时颇有才名,《旧唐书》本传及《新唐书·艺文志》都说他有文集十卷,可惜已散佚,今存仅有诗十四首,文一篇。从王翰现存的诗作看,他比较擅长七言歌行,多运用这种形式来写宫廷生活。如《春女行》云:"紫台穹跨连绿波,红轩铪匜垂纤罗。中有一人金作面,隔幌玲珑遥可见。忽闻黄鸟鸣且悲,镜边含笑著春衣。罗袖婵娟似无力,行拾落花比容色。落花一度无再春,人生作乐须及辰。君不见楚王台上红颜子,今日皆成狐兔尘。"《古蛾眉怨》云:"……宫中彩女夜无事,学凤吹箫弄清越。珠帘北卷待凉风,绣户南开向明月。忽闻天子忆蛾眉,宝凤衔花揲两螭。传声走马开金屋,夹路鸣环上玉墀。长乐彤庭宴华寝,三千美人曳花锦。灯前含笑更罗衣,帐里承恩荐瑶枕……"像这样的诗歌,无论就内容或文辞而言,都有齐梁宫体的馀风。七言歌行《飞燕篇》、《赋得明星玉女坛送廉察尉华阴》,也是如此。

但是,他也写过一些内容、格调迥异于上述诗歌的作品。如《饮马长城窟行》:"长安少年无远图,一生惟羡执金吾。麒麟前殿拜天子,走马西击长城胡。胡沙猎猎吹人面,汉虏相逢不相见。遥闻鼙鼓动地来,传道单于夜犹战。此时顾恩宁顾身,为君一行摧万人。壮士挥戈回白日,单于溅血染朱轮。归来饮马长城窟,长城道旁多白骨。问之耆老何代人,云是秦王筑城卒……"前半部分写沙场破敌,语壮气豪。《凉州词二首》其一云:

葡萄美酒夜光杯,欲饮琵琶马上催。醉卧沙场君莫笑,古来征战几人回!

这是王翰的边塞名作。诗里写将士们出征前纵情痛饮,以壮行色。诗人说即便醉卧沙场,也并不可笑,因为等待着将士们的是一场恶战,自古以来上战场的能有几个人再回来呢!诗语中有忧伤,但并不消沉、颓丧,整个情调是慷慨悲壮的。这首诗尽洗齐梁习气,一无绮词丽藻,写得既深沉含蓄,又爽朗明快,艺术上是很成功的。

殷璠《河岳英灵集序》:"开元十五年后,声律风骨始备矣。"也就是说,开元前期,齐梁以来的宫体之风还没有被彻底扫除干净。王翰的诗大多作于开元前期,同时存在有、无"气骨"的两种不同风貌,从中可以看到盛唐时代诗风演化的渐进之迹。

王之涣也是开元间诗人,活动年代比王翰略后几年。两《唐书》都没有王之涣的传。据唐靳能所作王之涣墓志铭,知他字季凌,绛州(治所在今山西新绛)人,生于武后垂拱四年(688)。父昱,历任鸿胪主簿、雍州司士、浚仪县令。之涣"幼而聪明",不到二十岁,已"究文章之精"。曾"以门子调补冀州衡水主簿","会有诬人交构,公因拂衣去官,遂优游青山"。"在家十五年","复补文安郡文安县尉。在职以清白著,理人以公平称",于天宝元年(742)二月卒于官。高适开元二十年前后北游燕赵时,作有《蓟门不遇王之涣郭密之因以留赠》,由这首诗,可知之涣在这期间曾一度寓居蓟门。另外,他大概还到过唐的西北边塞。这些经历,对他的创作无疑是有影响的。

　　唐薛用弱《集异记》卷二说:"开元中,诗人王昌龄、高适、王之涣齐名。"靳能所作墓志铭也说:"尝或歌从军,吟出塞,曒兮极关山明月之思,萧兮得易水寒风之声,传乎乐章,布在人口。"盛赞他的边塞之作,说它们在当时广被传诵。但《新唐书·艺文志》并未著录他的著作,或许他的作品未经搜集整理成集,故多散佚,现在保存下来的仅仅只有六首绝句。在这六首诗中,有三首是边塞之作。《凉州词二首》其一云:

　　　　黄沙直上白云间[12],一片孤城万仞山。羌笛何须怨杨柳,春风不度玉门关。

　　此诗原题应为"玉门关听吹笛"(高适有《和王七玉门关听吹笛》,即和之涣此诗),诗盖即作于玉门关;以"凉州词"为题者,乃是经歌人播唱而以乐曲命名。此诗首句写玉门关外沙漠辽阔,与天相接。次句接写玉门关的地理形势,由于关临沙漠,故有"一片孤城"之语。这两句前后贯串,刻画出玉门关一带荒凉萧索的景象,"为第三句

'怨'字埋根"(叶景葵《卷盫书跋》"万首唐人绝句"条)。下面两句说：羌笛吹奏着哀怨的折杨柳曲，好像在埋怨这里连杨柳也没有一棵，其实玉门关外无春风，杨柳自然不生长，又何须埋怨呢？作排遣语，反见愁怨益深。羌笛的哀怨，正吐露了久戍思归的军士的心声；"春风不度玉门关"，则隐喻朝廷的恩泽不及于边塞，流露了作者对戍卒遭遇的同情和不平。这首诗在短小的篇幅中，包藏着含蓄不尽之意和深挚婉曲之情，非常耐人寻味，在艺术上达到了这一体裁的完美境界。《凉州词》第二首也是边塞诗，但艺术性较差。又《九日送别》云："蓟庭萧瑟故人稀，何处登高且送归。今日暂同芳菊酒，明朝应作断蓬飞。"这是在蓟门一带写的一首赠别诗。

此外，他的名篇《登鹳雀楼》云：

> 白日依山尽，黄河入海流。欲穷千里目，更上一层楼。

此诗四句皆偶对，却显得极其自然。前二句写登楼所见，境界开阔，气象宏伟，既是极高度的概括，又饶有诗味。后二句虽写当时实感，却把读者带进了一个更高远、广阔的境界，且寓有深刻的哲理，能唤起联想，予人启迪。这首诗起得精彩，收得也出色，前后相得益彰。读者不难从全诗的写景中，感受到诗人昂扬向上的热情和雄心。又《宴词》云："长堤春水绿悠悠，畎入漳河一道流。莫听声声催去棹，桃溪浅处不胜舟。"似是送别宴上的留客之词，构思巧妙，读来新鲜有味。总之，他今存的诗歌虽极少，却几乎都是珍品，这不禁更使我们为其作品的亡佚而深深惋惜。

〔1〕 高适的生年难以确考，他作于天宝五载(746)的《奉酬北海李太守丈人夏日平阴亭》一诗说："一生徒羡鱼，四十犹聚萤。"又作于天宝八载(749)的

《留别郑三韦九兼洛下诸公》诗说:"寒步蹉跎竟不成,年过四十尚躬耕。"李颀作于天宝八载的《赠别高三十五》称:"五十无产业,心轻百万资。……忽然辟命下,众谓趋丹墀。"上述诗中的"四十"、"五十"都是约举成数。假定天宝五载高适四十三四岁,则天宝八载为四十六七岁,约举成数谓之"四十"、"五十"都是合宜的。这一假定如果不错的话,高适当生于公元703年至704年之间。

〔2〕 关于高适的父、祖,周勋初《高适年谱》有详细考证,可参看。

〔3〕 《通典》卷三十二说,唐采访使有判官等僚佐,"皆使自辟召,然后上闻,其未奏报者称摄。其节度、防御等使僚佐,辟奏之例亦如之"。

〔4〕 关于高适与李杜共游汴、宋的时间,学者间看法不一,此从詹锳《李白诗文系年》之说。

〔5〕 关于这点,傅璇琮《高适年谱中的几个问题》(见《唐代诗人丛考》)、陆凌霄《关于高适〈燕歌行〉的针对性问题》(载《唐代文学论丛》1982年第2期)皆有考证,可参阅。

〔6〕 关于这段话所指之事,余正松《辩高适自蓟北归宋中及再到蓟北的年代》一文(载《文史》第十九辑)有详细考证,此从其说。

〔7〕 九曲原系唐地,《旧唐书·吐蕃传》:"时杨矩为鄯州都督,吐蕃遣使厚遗,因请河西九曲之地以为金城公主汤沐之所,矩遂奏与之。吐蕃既得九曲,其地肥良,堪顿兵畜牧,又与唐境接近,自是复叛,始率兵入寇。"

〔8〕 如天宝八载执行唐玄宗的命令,用"死者数万"的极大代价,攻取了只有数百守兵的险塞石堡城。

〔9〕 胡应麟《诗薮·外编》卷四云:"'十五嫁王昌,盈盈入画堂',是乐府本色语,李邕以为小儿轻薄,岂六朝诸人制作全未过目邪?唐以诗词取士,乃有此辈,可发一笑。"

〔10〕 事见《封氏闻见记》卷三。《闻见记》谓此事发生于"开元初",傅璇琮《王翰考》(见《唐代诗人丛考》)一文考订"开元初"当为"景云初"之误,此从其说。

〔11〕 徐松《登科记考》谓开元二年翰举直言极谏及手笔俊拔科,又称超拔群类科即手笔俊拔科。然《新唐书》本传谓翰举制科,在张说镇并州之后。此

从《新唐书》本传之说。

〔12〕 此诗首句"黄沙直上"一作"黄河远上"。按,作"黄河远上"当非原貌,说详富寿荪《考订二则》(载《唐代文学论丛》1982年第2期)。

第十七章　岑　参

第一节　岑参的生平

　　岑参(715—769)，荆州江陵(今湖北江陵)人，出身于官僚家庭。岑参《感旧赋》序说："国家六叶，吾门三相矣。"他的曾祖父文本、伯祖父长倩、堂伯父羲都官至宰相。祖父景倩，官麟台少监、卫州刺史，父植，位终仙、晋二州刺史。岑参出生的前二年，岑羲得罪伏诛，亲族被放逐略尽，从此岑氏家道衰落，朝中再无权势可依凭了。

　　岑参幼年丧父，从兄受书。唐杜确《岑嘉州诗集序》说："早岁孤贫，能自砥砺，遍览史籍。"《感旧赋》说："荷仁兄之教导，方励己以增修。"他"十五隐于嵩阳，二十献书阙下"(《感旧赋》序)。所谓"隐于嵩阳"，实际是指他十五岁后僻居嵩山苦读，为谋求出仕做准备。开元二十二年(734)二十岁时，他由嵩阳至洛阳(本年玄宗居洛阳)献书(唐有献书拜官之例，类如制举)，希冀以此获取官位，结果未能如愿。此后十年，屡出入于京、洛，为出仕而奔波，但一无所获。《感旧赋》云："我从东山，献书西周，出入二郡，蹉跎十秋。"家门昔荣今悴的巨变和个人求官不遂的遭遇，使他内心充满着哀怨和惆怅："已矣夫！世路崎岖,孰为后图？岂无畴日之光荣,何今人之弃予！彼乘轩而不恤尔后,曾不爱我之羁孤。叹君门兮何深,顾盛时而向隅。揽蕙草以惆怅,步衡门而踟蹰。"(《感旧赋》)但此时诗人对功名的追求仍然强烈,满心希望获取高位,重整沦落的"世业":"强学以待,知音不无;思达人之惠顾,庶有望于亨衢。"(同上)"今王道休明,噫世业沦替;犹钦若前德,将施于后人。"(《感旧赋》序)开元二十七年春,诗人往游河朔;二十八年春,又自河朔回到长安,由这以后至登第前的数年内,曾在终南隐居,但并非一心归隐,而是在隐居中等待机会出仕。天宝三载(744),他应进士试及第,授右内率府兵曹参军。授官后因官卑职微,感到自己重整"世业"的愿望难以实现,心情是苦闷的。如初授官后作的《田假归白阁西草堂》说:"误徇一微官,还山愧尘容。"

天宝八载(749)冬,岑参赴安西(治龟兹,即今新疆库车),在安西节度使高仙芝幕中任职。关于他出塞的目的,《初过陇山途中呈宇文判官》说:"万里奉王事,一身无所求,也知塞垣苦,岂为妻子谋!"《银山碛西馆》说:"丈夫三十未富贵,安能终日守笔砚!"一方面,说自己为"王事"而远赴边地;另方面,又说自己在长安身居卑位,想到塞外来求取功名。在诗人看来,这二者完全可以结合,通过勤劳王事、为国安边,即可身登显位,获取个人的功名富贵。然而,实际上这二者是有矛盾的。诗人出塞后不久,即感到自己在塞外也同在长安一样不得意,一样功名难就,《安西馆中思长安》写道:"弥年但走马,终日随飘蓬,寂寞不得意,辛勤方在公。"加上他初次出塞,对边地的荒凉景象和艰苦生活不习惯,因此情绪比较低沉。这对于诗人这个期间的创作,产生了直接的影响。天宝十载(751)三月,岑参自安西至武威,六月,由武威还长安。《太一石鳖崖口潭旧庐招王学士》:"偶逐干禄徒,十年皆小官。抱板寻旧圃,弊庐临迅湍。君子满清朝,小人思挂冠。……此地可遗老,劝君来考槃(指隐居)。"可见诗人回京后仍任微职,颇不得意,其时他常居太一(终南山),过一种半官半隐的生活。

天宝十三载(754)夏秋之际,诗人赴北庭(治所在今新疆吉木萨尔北),为安西、北庭节度使封常清僚属。封原是岑参在安西幕府任职时的同僚[1],诗人自觉受到了他的赏识和知遇,加以这次出塞时,岑已经历过边塞生活的磨炼,因此情绪比较开朗和昂扬。如《北庭西郊候封大夫受降回军献上》说:"何幸一书生,忽蒙国士知;侧身佐戎幕,敛衽事边陲。自逐定远侯,亦著短后衣;近来能走马,不弱并州儿。"诗人那些豪气横溢的七言歌行,都是在这个期间创作的。

岑参约于至德二载(757)春夏间自北庭东归,六月,为杜甫等举荐,授右补阙。当时安史之乱尚未平息,为了匡救国家的危难,诗人尽心谏职,"频上封章,指述权佞"(《岑嘉州诗集序》)。然而当时肃宗宠信宦官李辅国,一个小小谏官的意见怎么会为朝廷所重视?所以诗人内心是苦闷的。曾说:"儒生有长策,无处豁怀抱。"(《行军二首》其一)"抚剑伤世路,哀歌泣良图。功业今已迟,览镜悲白须。"(同上其二)"官拙自悲头白尽,不如岩下偃荆扉。"(《西掖省即事》)乾元二年(759)夏,他出为虢州长史,"州县琐屑",怀抱更不得施展,常常郁郁寡欢。《郡斋闲坐》说:"负郭无良田,屈身徇微禄。……顷来废章句,终日披案牍。佐郡竟何成,自悲徒碌碌!"

上元三年(762)春,岑参迁太子中允,兼殿中侍御史,充关西节度判官。十月,雍王适会诸道节度使于陕州,讨史朝义,"委公以书奏之任"。广德元年(763)秋,为祠部员外郎,后转考功员外郎,虞部、库部郎中。大历元年(766)入蜀,初为剑南西川节度使杜鸿渐僚属,后转嘉州(今四川乐山)刺史。在蜀中任职期间,他一方面感到"终日不如意"(《江上春叹》),想辞官隐居:"且欲寻方士,无心恋使君。"(《江行夜宿龙吼滩临眺思峨眉隐者兼寄幕中诸公》)一方面又对建功立业始终惓惓不忘:"时命难自知,功业岂暂忘。"(《陪狄员外早秋登府西楼因呈院中诸公》)大历三年(768),诗人秩满罢官,自感遭到遗弃,心中充满愤懑与辛酸,《东归发犍为至泥溪舟中作》云:"不意今弃置,何由豁心胸! 吾当海上去,且学乘桴翁。"此刻,他回顾生平的遭遇,为自己未能施展怀抱、有所建树而无限哀伤:"平生未得意,览镜心自惜。四海犹未安,一身无所适。……功业悲后时,光阴叹虚掷。"(《西蜀旅舍春叹寄朝中故人呈狄评事》)后诗人谋东归未遂,卒于成都旅舍。

第二节　岑参诗歌的内容

关于岑参诗歌的思想内容,拟分成三个阶段来作论述:早期(天宝八载出塞前及天宝十载秋至十三载夏居长安时)、两度出塞时期、晚期(至德二载六月以后)。

诗人早期的诗歌,常有慨叹仕途失志的内容。《戏题关门》:"来亦一布衣,去亦一布衣。羞见关城吏,还从旧道归。"此诗作于"出入二郡"期间,表现诗人西入长安求官不遂的遭遇和心情。《首春渭西郊行呈蓝田张主簿》:"愁窥白发羞微禄,悔别青山忆旧溪。"《送魏升卿擢第归东都因怀魏校书陆浑乔潭》:"自料青云未有期,谁知白发偏能长。"皆出仕后叹老嗟卑之词。《送王大昌龄赴江宁》:"对酒寂不语,怅然悲送君(时王谪官江宁县尉,故云)。明时未得用,白首徒攻文。……群公满天阙,独去过淮水。"《送孟孺卿落第归济阳》:"献赋头欲白,还家衣已穿。……圣朝徒侧席,济上独遗贤。"则对他人的不遇,表示了深切的同情。这样的诗歌,反映了即使在盛唐时代,贤才也难于被用的事实,有一定的意义。这个时期,岑参写过一些表现隐居生活的诗,大抵出仕前的作品,如《南溪别业》、《终南云际精舍寻法澄上人不遇归高冠东潭右淙望秦岭微雨作贻友人》等,多述隐居山林之乐;出仕后因官职卑微,所以此时的作品,如《初授官题高冠草堂》、《太一石鳖崖口潭旧庐招王学士》等,多表现对隐居生活的留恋和自己的退隐之志。此外,早期诗中有许多赠答、送别之作;又诗人"出入二郡"及游河朔等地时,写过不少反映旅游生活的诗歌。上述这些诗,大抵或记旅途所见所感,或述朋友相思别离之情,其中不无情真意实的作品,如《暮秋山行》、《登古邺城》、《沣头送蒋侯》、《春梦》等。

岑参早期的诗歌,多写景之笔,且有不少诗,以描摹山水风景为主要内容。如:

乱流争迅湍,喷薄如雷风。夜来闻清磬,月出苍山空。空山满清光,水树相玲珑。回廊映密竹,秋殿隐深松。灯影落前溪,夜宿水声中。(《秋夜宿仙游寺南凉堂呈谦道人》)

崖口上新月,石门破苍霭。色向群木深,光摇一潭碎。(《终南双峰草堂作》)

秦山数点似青黛,渭水一条如白练。(《入蒲关先寄秦中故人》)

九月山叶赤,溪云淡秋容。(《自潘陵尖还少室居止秋夕凭眺》)

这些诗句,都很好地刻画出了山水风景的美妙动人。总的说来,岑参这个时期的诗歌,缺少深刻的社会内容。这同诗人当时的眼光,还较多地局限在个人的狭小范围之内,不无关系。

两度出塞时期,岑参写作了七十多首边塞诗。在盛唐时代,他是写作边塞诗数量最多、成绩也最突出的一个诗人,虽然这类诗在其作品中所占的比重并不算大(岑参今存的诗歌约四百首)。他的边塞诗内容丰富,有的反映了当时的边疆战争。如他第二次出塞时,曾写及封常清"西征"和"破播仙"的战役:

……匈奴草黄马正肥,金山西见烟尘飞,汉家大将西出师。将军金甲夜不脱,半夜军行戈相拨,风头如刀面如割。……虏骑闻之应胆慑,料知短兵不敢接,车师西门伫献捷。(《走马川行奉送出师西征》)

……羽书昨夜过渠黎,单于已在金山西。戍楼西望烟尘黑,汉兵屯在轮台北。上将拥旄西出征,平明吹笛大军行。四边伐鼓雪海涌,三军大呼阴山动。……亚相勤王甘苦辛,誓将报主静边尘。(《轮台歌奉送封大夫出师西征》)

官军西出过楼兰,营幕傍临月窟寒。蒲海晓霜凝马尾,葱山夜雪扑旌竿。

鸣笳叠鼓拥回军,破国平蕃昔未闻。丈夫鹊印摇边月,大将龙旗掣海云。(《献封大夫破播仙凯歌六首》其二、其三)

据诗中所云,知"西征"发生在轮台(今新疆米泉附近)以西的北庭节度使辖区,"征播仙"则发生于今新疆且末附近的安西四镇地域。这两次战争史籍都失载[2],但我们通过对当时西域形势的分析,仍可大致推知其性质。唐灭西突厥后,西域诸国皆内附,成为安西、北庭节度使属下的羁縻府州。这些府州的长官世袭,由中央政府任命各族首领充任。唐设置这些府州,主要是为了表示国家声威的远扬,此外对它们并无多少要求;而诸国求内附,一般是想得到唐的保护,以免受到其他强国的威胁和侵扰,同时也想通过内附,获得经济文化上交流的益处。可以说,这种诸国内附的局面,对唐及西域各族都是有利的。唐天宝时,破坏这种局面的力量,主要来自同唐争夺西域的吐蕃、大食等强邻;又当时西域诸国大多国小力弱,它们之中如有背唐者,皆无例外地须要依靠吐蕃或大食等的支持。上述诸诗中,前两首都描写了战争的发生,是由于敌兵来犯引起的,还说唐军"西征"的目的是为了平息边患。所以,所谓"西征"及"破播仙"之事的发生,无非或由于强邻来犯,或由于西域某国依附强邻背唐,无论哪一种情况,唐的出师皆有其理由,都是为了维护诸国内附、边疆安宁的局面。以上四首反映这两次战争的诗,写出了唐军将士为国安边的英雄气概和不畏艰苦的豪迈精神,以及他们对胜利的坚定信心。同时,对唐军的强大战斗力和声威,也作了有力的渲染。这样的诗歌,格调高昂,气势雄壮,是能给人以鼓舞力量的。

天宝十载(751),石国王子引大食兵谋攻四镇,高仙芝率蕃、汉兵三万出击,其初出师时,岑参作《武威送刘单判官赴安西行营便呈高开府》诗,颂扬了唐军的声威,并预祝战争胜利。大食来攻,理当抵御,但根据史书记载,这次战争是由于高仙芝的"欺诱贪暴"引起的[3],对这一点诗中讳言,不能不说是一个缺陷。此外,在这一类反映边疆战争的诗中,有的还夹杂有颂扬主帅功名以博取欢心的内容。

他出塞期间的作品,有的抒写了自己为国安边的抱负。如《发临洮将赴北庭留别》:"勤王敢道远,私向梦中归。"《武威送刘单判官赴安西行营便呈高开府》:"男儿感忠义,万里忘越乡。"《送人赴安西》:"小来思报国,不是爱封侯。"《初过陇山途中呈宇文判官》:"万里奉王事,一身无所求。"当时唐王朝赋予安西、北庭节度的主要使命是"抚宁西域"(《通鉴》卷二一五),因此所谓"勤王"、"奉王事",无疑当指努力完成这一使命,使诸国内附、西域安宁的局面得到维护。

在西域诸国内附的情势下,各民族之间互相来往,关系和洽,这一点在岑参的诗中得到了反映。如《奉陪封大夫宴》:"座参殊俗语,乐杂异方声。"在节度使的宴席上,有操着不同语言的各族人员,还演奏着各民族的不同音乐。《与独孤渐道别长句兼呈严八侍御》:"军中置酒夜挝鼓,锦筵红烛月未午。花门将军善胡歌,叶河蕃王能汉语。"《赵将军歌》:"九月天山风似刀,城南猎马缩寒毛。将军纵博场场胜,赌得单于貂鼠袍。""花门将军"指节度使幕中的少数民族将领,"蕃王"、"单于"指西域诸国首领,也即羁縻府州的都督、刺史,他们常和汉将在一起饮宴、娱乐,有的还学会了汉语。

  岑参在这个期间写作了不少描绘边疆奇异风光的诗歌。他诗中的热海火山、白草黄沙、胡天飞雪、大漠惊风等等奇观,不仅为过去的诗歌所未曾表现过,也为"古今传记所不载"(宋许𫖮《彦周诗话》)。如《走马川行奉送出师西征》云:"君不见走马川行雪海边,平沙莽莽黄入天。轮台九月风夜吼,一川碎石大如斗,随风满地石乱走。"这样的景象有谁描写过呢?它把读者带进了一个前所未见的奇特境界。西域本是人们视为畏途的荒寒之地,但在作者的笔下,那里的风光却往往显得那样引人入胜:

  侧闻阴山胡儿语,西头热海水如煮。海上众鸟不敢飞,中有鲤鱼长且肥。岸旁青草常不歇,空中白雪遥旋灭。蒸沙烁石燃虏云,沸浪炎波煎汉月。(《热海行送崔侍御还京》)

  北风卷地白草折,胡天八月即飞雪。忽如一夜春风来,千树万树梨花开。(《白雪歌送武判官归京》)

在这些诗句中,洋溢着作者热爱边疆的深厚感情。很显然,如果诗人没有为国安边的抱负,不把边疆视为自己实现壮志的场所,他是不可能具有这种感情,并创作出这样的诗歌来的。当然,他也有些诗表现了边地的荒凉,如"今夜不知何处宿,平沙万里绝人烟"(《碛中作》)、"试登西楼望,一望头欲白"(《题铁门关楼》)等,但这类诗数量并不多,且大部分是在第一次出塞期间写作的。

他诗歌中有关边塞风习的描写,也很引人注目。如《首秋轮台》:"秋来唯有雁,夏尽不闻蝉。雨拂毡墙湿,风摇毳幕膻。"《轮台即事》:"三月无青草,千家尽白榆。蕃书文字别,胡俗语音殊。"写出了边地的生活环境及习俗之异。《玉门关盖将军歌》:"暖屋绣帘红地炉,织成壁衣花氍毹。灯前侍婢泻玉壶,金铛乱点野驼酥。"《酒泉太守席上醉后作》:"琵琶长笛曲相和,羌儿胡雏齐唱歌。浑炙犁牛烹野驼,交河美酒金叵罗。"幕府中的陈设及饮宴的场景,都充满了异乡情调。《田使君美人如莲花舞北旋歌》:"高堂满地红氍毹,试舞一曲天下无。此曲胡人传入汉,诸客见之惊且叹。曼脸娇娥纤复秾,轻罗金缕花葱茏。回裙转袖若飞雪,左旋右旋生旋风。"音乐舞蹈也别具一格,令人陶醉。以上这些描述,无不给人以新鲜奇特之感。

在唐代,征戍是士人进身的途径之一,但这条道路也同科举一样充满荆棘,这一点在岑参的诗中有所反映。如《北庭贻宗学士道别》云:"万事不可料,叹君在军中。读书破万卷,何事来从戎?……两度皆破胡,朝廷轻战功。十年只一命,万里如飘蓬。"《临洮泛舟赵仙舟自北庭罢使还京》云:"白发轮台使,边功竟不成。云沙万里地,孤负一书生。"都描写了从军士人的不遇。另外,在他这个时期的一些诗中,还每有自叹失志的内容,如《北庭作》说:"可知年四十,犹自未封侯!"

岑参出塞期间,特别是在安西时,曾写有不少怀乡诗。如《逢入京使》:

故园东望路漫漫,双袖龙钟泪不干。马上相逢无纸笔,凭君传语报平安。

首二句直抒浓烈的思乡之情;末二句不说自己思念家人,而写家人挂念自己,为使他们释念,自己虽与使者马上相逢,行色匆匆,仍不忘请他"传语报平安"。对家人说来,远行者的平安一事,至关紧要,而通过"报平安",诗人自己也可从中得到莫大安慰。此诗颇短,语言也平易,但蕴含的感情却非常丰富。又如《西过渭州见渭水思秦川》:"渭水东流去,何时到雍州?凭添两行泪,寄向故园流。"写思乡之愁,感情深挚动人。《忆长安曲二章寄庞㴶》云:"东望望长安,正值日初出。长安不可见,喜见长安日。""长安何处在?只在马蹄下。明日归长安,为君急走马。"写得明白如话而绰有馀味,且思想开朗,一无同类诗中惯有的愁绪。《武威春暮闻宇文判官西使还已到晋昌》:"塞花飘客泪,边柳挂乡愁。白发悲明镜,青春换敝裘。"乡愁与个人的失志交织在一起,情调比较凄凉。诗人的这些怀乡之作,多系真情的自然流露,有很强的感染力。

岑参晚期曾写过一些直接反映现实的诗篇。如《行军二首》等对安史之乱作了反映,抒写了诗人忧时念国的心情:"胡兵夺长安,宫殿生野草。……昨闻咸阳败,杀戮尽如扫。积尸若丘山,流血涨丰镐。……村落皆无人,萧条空桑枣。儒生有长策,无处豁怀抱。块然伤时人,举首哭苍昊!"《潼关镇国军句覆使院早春寄王同州》揭露安史馀党"未尽","承恩""诸将"却不事征战,只图享乐:"胡寇尚未尽,大军镇关门。……圣朝正用武,诸将皆承恩。不见征战功,但闻歌吹喧。儒生有长策,闭口不敢言。"《送张秘书充刘相公通汴河判官便赴江外觐省》一诗直斥权贵把持朝政:"因送故人行,试歌《行路难》。何处路最难?最难在长安。长安多权贵,珂珮声珊珊。儒生直如弦,权贵不须干!"《送狄员外巡按西山军》对蜀西边防战士的疾苦表示关切:"兵马守西山,中国非得计。不知何代策,空使蜀人弊。……战士常苦饥,粮粮不相继。胡兵犹不归,空山积年岁。"《阻戎泸间群盗》鞭挞了作乱的地方军阀的暴行:"南州林莽深,亡命聚其间。杀人无昏晓,尸积填江湾。"这样的诗都具有一定的社会意义,可惜数量不多,在晚期诗中只占很小的比重。

岑参今存的晚期诗约一百七十首,其中多数为抒发失志的苦闷及赠答酬和、写景、送别之作,缺乏深刻的社会内容,总的状况同早期诗无大差异。这与诗人当时的思想状态有很密切的关系。应当说,安史之乱发生后,诗人是有为国靖难的壮志和建功立业的抱负的,但始终居于卑位,怀抱不得施展,加上眼光仍较多地局限在个人成败得失的圈子内,所以思想比较消沉,屡欲退隐。正是由于这一点,使得诗人这个时期的创作,未能较好地反映出他所处的那"万方多难"时代的面影。

在岑参的晚期诗中,写景之作还是值得注意的。他"谪官"虢州时,虽然情绪低落,却也常抱着"及兹佐山郡,不异寻幽栖"(《虢州郡斋南池幽兴因与阎二侍御道别》)的态度,着意地去领略和歌咏自然景色的美,如《西亭子送李司马》云:"高高亭子郡城西,直上千尺与云齐。……使君五马天半嘶,丝绳玉壶为君提。坐来一望无端倪,红花绿柳莺乱啼,千家万井连回溪。"他在蜀中也创作了不少写景诗,着力刻画巴山蜀水的奇异。如写剑门山势的险峻:"速驾畏岩倾,单行愁路窄"(《入剑门作寄杜杨二郎中时二公并为杜元帅判官》);曲折江岸的奇峰:"江回两崖斗,日隐群峰攒"(《早上五盘岭》);水的浩渺:"始知宇宙阔,下看三江流。天晴见峨眉,如向波上浮"(《登嘉州凌云寺作》);江的澄澈:"峨眉烟翠新,昨夜秋雨洗。分明峰头树,倒插秋江底"(《峨眉东脚临江听猿怀二室旧庐》)等等,都清新而奇特,富有审美价值。又如《郡斋望江山》:"山光围一郡,江月照千家。"颇得嘉州风景之特色。

第三节 岑诗的艺术风格和高岑诗之同异

岑参的诗歌,有着自己的独特风格。殷璠《河岳英灵集》卷上说:"参诗语奇体峻,意亦造奇。"《河岳英灵集》选的是天宝十二载以前诸家的作品,那时岑参的边塞诗尚未大量创作和流传,集中也一首未录,所以这一评语主要应是针对岑参的早期诗作而发的。这样来评述早期岑诗特别是其中写景之作的特点,颇有见地。请看:

山风吹空林,飒飒如有人。(《暮秋山行》)
长风吹白茅,野火烧枯桑。(《至大梁却寄匡城主人》)
崖口悬瀑流,半空白皑皑。(《终南云际精舍寻法澄上人不遇归高冠东潭石淙望秦岭微雨作贻友人》)
雷声傍太白,雨在八九峰。东望白阁云,半入紫阁松。(《田假归白阁西草堂》)

诗人很善于发现并刻画自然景物的奇处,上述诗句都具有造意奇、境界奇的特色。再看如下一些诗句:"涧花然暮雨,潭树暖春云"(《高冠谷口招郑鄠》);"孤灯燃客梦,寒杵捣乡愁"(《宿关西客舍寄东山严许二山人》);"涧水吞樵路,山花醉药栏"(《初授官题高冠草堂》);"片雨下南涧,孤峰出东原"(《缑山西峰草堂作》);"寺南几十峰,峰翠晴可掬"(《题华严寺环公禅房》)等等,无不显露出"语求奇警"的特色。

岑参早期诗歌所显露出来的上述特色，在边塞之作中有了进一步的发展和变化。首先，边塞之作更加奇特峭拔，"度越常情"。例如：

  白草磨天涯，胡沙莽茫茫。（《武威送刘单判官赴安西行营便呈高开府》）
  十日过沙碛，终朝风不休。马走碎石中，四蹄皆血流。（《初过陇山途中呈宇文判官》）
  马汗踏成泥，朝驰几万蹄。（《宿铁关西馆》）
  将军狐裘卧不暖，都护宝刀冻欲断。（《天山雪歌送萧治归京》）

上述诗句，无论是写景，还是记事，皆极奇特，令人惊异。《武威送刘判官赴碛西行军》："火山五月人行少，看君马去疾如鸟。都护行营太白西，角声一动胡天晓。"实际是黎明时响起报时的角声，诗人却说是军中一声号角，把胡天给惊晓了。《火山云歌送别》："火山突兀赤亭口，火山五月火云厚。……平明乍逐胡风断，薄暮浑随塞雨回。缭绕斜吞铁关树，氛氲半掩交河戍。迢迢征路火山东，山上孤云随马去。"表现了火山云气的奇异，最后说云似有情，竟翩翩然追随骑者而去。由以上二诗，即可见出其边塞诗构思、造意之奇。非但构思奇，炼语也奇，如："容鬓老胡尘，衣裘脆边风"（《北庭贻宗学士道别》）；"还家剑锋尽，出塞马蹄穿"（《送张都尉东归》）；"沙尘扑马汗，雾露凝貂裘"（《初过陇山途中呈宇文判官》）。

应当指出，岑参边塞诗的"奇"，是以真切的边塞生活体验为基础的。洪亮吉称他的诗"奇而入理"，"奇而实确"，乃"耳闻目见得之，非妄语也"（《北江诗话》卷五），即此意。如"看君走马去，直上天山云"(《醉里送裴子赴镇西》);"剑河风急雪片阔,沙口石冻马蹄脱"(《轮台歌奉送封大夫出师西征》);"纷纷暮雪下辕门,风掣红旗冻不翻"(《白雪歌送武判官归京》);"一川碎石大如斗,随风满地石乱走"(《走马川行奉送出师西征》)等,都能从实中求奇,既善于用大胆的夸张、想象突出事物的奇处,又完全符合艺术的真实。又,他的诗语言都较平易,虽求奇却极少使用僻词怪语。

岑参的边塞诗除"奇"之外,更有"壮"的一面。这一点是其早期诗歌未曾具备的。陆游《夜读岑嘉州诗集》:"公诗信豪伟,笔力追李杜。常想从军时,气无玉关路。至今蠹简传,多昔横槊赋。"称赞他的边塞之作豪气横溢,笔力雄健;又历来人们亦往往用"壮"、"悲壮"、"雄浑"来评岑诗,这都能较正确地道出岑参边塞诗具有的某些特点。试看他的边塞名作《走马川行》、《轮台歌》等,无不写得激昂高亢,豪迈雄壮,意气干云,鲜明地反映出其边塞诗独具的"奇壮"特色。

岑诗于"奇壮"之中又有俊丽的一面。如他的另一名篇《白雪歌》,开始写塞外八月飞雪,顷刻间装点出无数琼枝玉树,犹如一夜春风,吹得千树万树梨花盛开,其境界真是奇丽壮美极了!又如《天山雪歌送萧治归京》:"天山雪云常不开,千峰万岭雪崔嵬。北风夜卷赤亭口,一夜天山雪更厚。能兼汉月照银山,复逐胡风过铁关。……正是天山雪下时,送君走马归京师。雪中何以赠君别,惟有青青松树枝。"这首诗同《白雪歌》一样,虽写惜别之情,却豪壮、乐观。诗中描写雪后巍峨的天山千峰万岭银装素裹,入夜耀眼的雪光与月光交相辉映,这景象又何尝不是既奇且丽!

综上所述,岑参边塞诗的艺术风格可用"雄奇壮丽"四字来概括。那么,形成岑诗这一风格的主要因素是什么呢?首先,诗人有自己的艺术追求,他出塞前的诗歌,已显露出语奇、意奇的特色,边塞诗的"雄奇壮丽"风格,正是这种特色的继承和发展。其次,诗人从军边疆多年,有塞外生活的切身体验。毫无疑问,岑参如果不亲自到西北边疆,观察那里的奇异风光,经历戎马风尘的战斗生活,是绝对不可能使其创作充满奇情壮采,具有上述风格的。第三,诗人的赴边从戎,是怀有为国安边的抱负的。正因为这样,才使他不把荒寒的西域视为畏途,以一种欣赏的态度和喜悦的心情去领略那里的风光,找并刻画出它的奇特瑰丽;同时,还使他乐意在塞外过艰苦的战斗生活,从而得以写出许多反映这一生活的豪壮诗歌。第四,上述风格的形成,与诗人所处的时代也有密切的关系。天宝后期,唐王朝的内政已日趋腐败,但在安西、北庭,唐的兵力和统一大帝国的声威依然很盛,这使诗人对安定边疆充满信心,情绪豪迈、乐观,所以能够写出不少富有雄放之音的边塞诗来。

岑参晚期的诗歌,尤其是写景之作,同早期一样,也有语奇、意奇的特色。如"弓抱关西月,旗翻渭北风"(《奉送李太保兼御史大夫充渭北节度使》);"山店云迎客,江村犬吠船"(《汉川山行呈成少尹》);"树点千家小,天围万岭低"(《早秋与诸子登虢州西亭观眺》);"水烟晴吐月,山火夜烧云"(《江行夜宿龙吼滩临眺思峨眉隐者兼寄幕中诸公》);"岭云撩乱起,溪鹭等闲飞"(《巴南舟中思陆浑别业》)等,都可以说明这一点。

岑参的诗形式丰富多样,大抵各种体裁都有佳篇,但近体诗写得不如古体诗好。他的五言古诗数量较多,胡应麟称之"清新奇逸"(《诗薮·内编》卷二);七言歌行数量不如五古,但为诗人所最擅长。他的那些边塞名作,如《走马川行》、《轮台歌》、《白雪歌》、《热海行》、《天山雪歌》、《火山云歌》等,大都是采用这种形式写作的。他的七言歌行音节流畅,用韵灵活多变,或句句用韵,或隔句用韵,有时始终一韵,有时二句、三句、四句一转韵,且多平仄韵互换;同一篇中,还往往交替使用不同的韵式,如《白雪歌》中,既有句句用韵、两句一转的韵式,又有隔句用韵、四句一转的韵式。还有,他的诗韵调与内容十分协调,如《走马川行》,独创句句用韵、三句一转的奇特格式,以急促铿锵的节奏,烘托出了军情的紧急和士气的高昂。岑参的近体诗中,五言律数量最多,七言绝成就较高。正如胡应麟所说:"七言绝太白、江宁为最。右丞、嘉州、舍人、常侍次之。"(《诗薮·内编》卷六)

岑参同唐代另一诗人高适齐名,一向被并称为"高岑"。作为二人的知交,杜甫就曾说过:"高岑殊缓步,沈鲍得同行。"(《寄彭州高三十五使君适虢州岑二十七长史参三十韵》)历来的诗论家也往往将他们合在一起品评,如宋严羽说:"高岑之诗悲壮,读之使人感慨。"(《沧浪诗话·诗评》)元辛文房说:"(岑参)诗调尤高……与高适风骨颇同,读之使人慷慨怀感。"(《唐才子传》卷三)确实,两人的创作有一些共同点,主要的表现是:(1)两人皆以擅长边塞诗著称。(2)虽然用"悲壮"二字来概括高岑边塞诗的共同风格不算很精当,但不可否认,他们的边塞诗在风格上有一个共同的特征:豪迈雄壮。(3)七言歌行都写得好。所以,将二人相提并论是有道理的。然而,两人的诗歌在风格上又有如下一些明显的差异。

首先,就边塞诗而言,高适前两次出塞时的作品确有"悲壮"的特色,然岑参的主要风格是"雄奇壮丽",这种差别,与两人出塞的方域及经历不同有关。其次,高诗多夹叙夹议,直抒胸臆;岑诗则长于描写,多寓情于景。前人已看出这一点,如元陈绎曾说:"高适诗尚质主理,岑参诗尚巧主景。"(《吟谱》)岑诗多写景之笔,常常通过景物描绘,把作者的思想感情表现出来,如《白雪歌》:"轮台东门送君去,去时雪满天山路。山回路转不见君,雪上空留马行处。"只描写出送人归京的具体场景,然读者却能从中体悟到作者当时的惜别、羡归之情。第三,高诗浑朴质实,多采用写实手法;岑诗瑰奇峭拔,有浓郁的浪漫主义色彩。刘熙载说"岑超高实"(《艺概》卷二),即道出了高岑间的这种差异。最后,在接受文学遗产的影响方面,高诗直追汉魏的特点比较显明,岑诗则较多地汲取和融会了六朝以来诗歌的成就。杜甫称高适"方驾曹刘不啻过"(《奉寄高常侍》),说岑参"谢朓每篇堪讽诵"(《寄岑嘉州》),这并不是随意的比喻、称道,其中含着准确的评价。杜确《岑嘉州诗集序》说:"时议拟公于吴均、何逊。"亦可说明岑诗同六朝传统的关系。王世贞说:"岑气骨不如达夫遒上,而婉缛过之。"(《艺苑卮言》卷四)这种差别,正与二人在接受传统影响方面的差异有关。

总的说来,高岑各具特色,"一时不易上下"(《艺苑卮言》卷四)。就诗歌的思想价值而言,大抵高胜于岑;而从艺术上看,则岑的创造性要比高突出,这主要表现在想象丰富,充满奇情异彩,更富有艺术个性方面。岑参的诗在当时就已产生广泛的影响,《岑嘉州诗集序》说:"每一篇绝笔,则人人传写,虽闾里士庶,戎夷蛮貊,莫不讽诵吟习焉。"对后世的影响也较大,如宋代大诗人陆游,不仅对岑诗称赏备至,创作上也受了它明显的影响。

除诗外,岑参尚有赋、文各一篇,铭二首。《感旧赋》抒写岑氏家族的兴衰变化和自己的感慨,是了解诗人的生平及思想的重要材料。《招北客文》虽题曰"文",实际为赋。它想象奇特,是模仿《楚辞·招魂》写的。

岑参集最初由唐杜确编成,《岑嘉州诗集序》说:"嗣子佐公……收公遗文,贮之筐筐。以确接通家馀烈,黍同声后辈,受命编次,因令缮录,区分类聚,勒成八卷。"杜确之后,有几种不同的岑诗版本流传。一种是十卷本,《新唐书·艺文志》、《郡斋读书志》等著录;一种是宋刊八卷本,还有一种明刊七卷本。十卷本已失传,后两种本子,分别为后人所辗转翻刻,于是形成岑诗的两个不同的版本系统。这两个系统的本子,俱有阙佚。今人陈铁民、侯忠义新整理的《岑参集校注》(上海古籍出版社1981年版),搜集的作品较齐全。

〔1〕 封常清在高仙芝任安西节度使期间(天宝六载十二月至十载七月)为安西节度判官,参见《旧唐书·封常清传》。

〔2〕《乐府诗集》卷二十于岑参《唐凯歌六首》下云:"岑参《送封大夫出师西征》序曰:'天宝中,匈奴回纥寇边,逾花门,略金山,烟尘相连,侵轶海滨。天子于是授钺常清,出师征之。'及破播仙,奏捷献凯,参乃作凯歌云。"似谓"西征"与"破播仙"乃同一抵御回纥寇边之事。然"西征"与"破播仙"发生的地域,相去甚远,史书中也没有说天宝时回纥曾入寇安西、北庭;而且据史书所载,回纥同唐长期以来一直是和好的。又序文内容,颇多费解之处;且常清乃岑参之上司,他在诗中皆尊称之为"封大夫"或"封公",未尝直呼其名;另今存的岑参集各本中,《轮台歌》或《走马川行》题下,俱无此序,因此这篇序是否出自岑参之手,很值得怀疑。

〔3〕《通鉴》天宝九载十二月:"安西四镇节度使高仙芝伪与石国约和,引兵袭之,虏其王及部众以归,悉杀其老弱。仙芝性贪,掠得瑟瑟十馀斛……皆入其家。"十载四月:"高仙芝之虏石国王也,石国王子逃诣诸胡,具告仙芝欺诱贪暴之状。诸胡皆怒,潜引大食欲共攻四镇。仙芝闻之,将蕃汉三万众击大食。"

第十八章 李 白(上)

第一节 李白的生活经历

李白(701—762)是唐朝开元、天宝年间升起的一颗诗国巨星。他的一生充满了传奇色彩,我国民间至今流传着关于他的种种神奇传说,而且就在当时,已被诗人贺知章称为"谪仙",受到士大夫的景仰。然而,关于这样一位伟大诗人的身世、出生地、行踪、家庭却异说纷纭,成了聚讼不休的各种疑案,明人胡应麟说:"古今诗人出处,未有如太白之难定者。"(《少室山房笔丛》卷九)

关于李白家世最早的较详细的记载,一见于李阳冰《草堂集序》:

> 李白,字太白,陇西成纪人,凉武昭王暠九世孙。蝉联珪组,世为显著。中叶非罪,谪居条支,易姓与名。……神龙之始,逃归于蜀,复指李树而生伯阳。

当是依李白生前嘱告所写。另见于范传正所作《唐左拾遗翰林学士李公新墓碑》：

> 公名白，字太白，其先陇西成纪人，绝嗣之家，难求谱牒。公之孙女搜于箱箧中，得公之亡子伯禽手疏十数行，纸坏字缺，不能详备，约而记之，凉武昭王九代孙也。隋末多难，一房被窜于碎叶，流离散落，隐易姓名，故自国朝以来，漏于属籍。神龙初，潜还广汉，因侨为郡人。父客，以逋其邑，遂以客为名，高卧云林，不求禄仕。
>
> 公之生也，先府君指天枝以复姓，先夫人梦长庚而告祥，名之与字，咸所取象。……

所谓伯禽手疏，即李白家世谱牒，欲以传之子孙者。虽说"纸坏字缺"，而在几个重要问题上与李阳冰序中所说是完全一致的：

1. 李白是凉武昭王暠的九世孙。
2. 中叶非罪，谪居条支（西域古国名，碎叶属之）。
3. 中宗神龙初逃归广汉。

又据李华《故翰林学士李君墓志》所说"年六十有二，不偶，赋《临终歌》而卒"，及李白至德二载（757）所写《为宋中丞自荐表》中所说"臣伏见前翰林供奉李白，年五十有七"推算，李白应于武后长安元年（701）出生于碎叶（今哈萨克斯坦托克城附近）[1]。李白曾自叙说："白少颇周慎，忝闻义方。"又说："余小时大人令诵《子虚赋》。"可知李白的父亲是一位很有文化教养的人。他的少年时代是在父亲的教育下刻苦攻读中度过的。曾自称"五岁诵六甲"，"十岁观百家"，又说"十五观奇书，作赋凌相如"。由于他超人的天资和不倦的努力，所以还在青少年时期，便以诗赋驰名。后来所取得的光辉而伟大的成就，是和幼年时家庭的严格教育分不开的。

年龄稍长,李白便走出家门,结识了一些豪侠之士和隐者、道士。"结发未识事,所交尽豪雄"(《赠从兄襄阳少府皓》),"十五游神仙,仙游未曾歇"(《感兴》其五),"十五好剑术,遍干诸侯"(《与韩荆州书》),这些话都说明李白在出夔门游历全国之前,已经接触到社会生活,包括巢居深山的隐遁生活。他说"少年早欲五湖去"(《答王十二寒夜独酌有怀》),他的非凡的经历造就了他的非凡的体魄和识见。李白少有大志,没有循常规从科举步入仕途。

开元八年(720)李白二十岁时,宰相苏颋因事被出为益州(今四川成都)大都督府长史,李白于中途以诗文谒见,苏颋对李白大加赞赏,说他"天才英丽,下笔不休,虽风力未成,且见专车之骨。若广之以学,可以相如比肩也"(《上安州裴长史书》)。苏颋不仅曾是当朝的宰相,且以文章驰名天下,他的这番奖誉,给青年的李白以很大的鼓舞。似乎苏颋在蜀期间,李白还有过成都之游,以所作诗歌呈献。大约二十岁之后,李白在蜀中各地游览,雄伟、秀丽的山川吸引着他,他以诗纪游,热情地礼赞了故乡的山水、名胜、古迹。

开元十三年(725),李白二十五岁,他苦学多年,已是满腹经纶,制作盈笥,又兼一身才艺,能骑能射,能剑能舞,能琴能书,长史县令莫不称之为奇才,怎能总是守着家园或藏在深山?正如他后来所说:"老死阡陌间,何由扬清芬?"(《赠何七判官昌浩》)他以为"大丈夫必有四方之志",决心出夔门,沿江东去,一观天下,寻找为国效劳的机会。

那时正是开元盛世,经过武则天、唐中宗、韦后将近五十年的宫廷间的政权争夺,相互格杀,大唐帝国终于在唐玄宗李隆基和几位头脑清醒的宰相的统治之下,获得了清平,迈向了自己的丽日中天时代,这就是历史上所称颂的"开元之治"。为杜甫及中晚唐诗人所缅怀的"开元全盛日",也正是李白的青壮年时期。

因为这次出游的目的是为了进一步增长见识,广事交游,所以他一路走,一路游览,在有的地方便停留下来,以观赏形胜,寻访人物。如到万州(今属重庆),便曾在山高云深之处,驻足读书,至今人称"太白岩"。

经过一年的漫游,李白又在桃花流水时节,乘舟顺大江出三峡,不久就到了南北交通的要道江陵。在这里他会见了备受武后、睿宗、玄宗三朝皇帝敬仰的道士司马承祯。武后、睿宗虽都对司马优礼,却不及玄宗更为热衷,开元十二年,曾召至内殿受上清经法,后又为之在王屋山建立了阳台观,并遣胞妹玉真公主到道观学道。及至司马转回天台时,玄宗还亲自赋诗送别。司马承祯可以说是享尽了帝王荣宠。李白能于江陵会见他,自然引以为很荣幸的事,并送上了自己的诗文请求鉴赏。

李白的不凡资质、轩昂的器宇和他天才英丽的诗文,使司马十分欣赏,他称赞李白"有仙风道骨,可与神游八极之表",这是对李白超尘拔俗风采的最高褒奖。李白当即奋力写成《大鹏遇希有鸟赋》(后改名为《大鹏赋》),以鸟喻人,记述了他和司马承祯的这次不平凡的会见。自此以后,诗人常以大鹏自命,直至临终前所写的《临终歌》还说:"大鹏飞兮振八裔,中天摧兮力不济。"据李白的崇拜者魏万称,当时此赋"家藏一本",是李白最早扬名天下的作品。

李白自江陵南下,途经岳阳、长沙到了零陵。"南穷苍梧",往观二妃神游之地——潇湘之浦,这是此行目的之一。其后继续东下漫游,在庐山,写了有名的《望庐山瀑布》诗,也不胫而走,传诵天下。

游览了金陵、扬州、姑苏后,李白回到了江夏,并往襄阳拜谒以道德情操受人敬仰的孟浩然。不巧孟已外游,李白不无遗憾地写下了那首《赠孟浩然》,以后学的谦恭口吻称孟浩然为"夫子",赞美他的隐逸生活,表示了自己仰慕、崇敬的心情。

李白幼年时在父亲的教导下背诵过《子虚赋》，对乡人司马相如所夸写的云梦七泽的珍禽异兽及壮丽的景物早有向往之情，这次已临近其地，"遂来观焉"，从襄阳到了安陆，并在安陆的小寿山住了下来。

在安陆居住的一两年间，由于一再向当地官吏陈情自荐，获得了一定声誉，被前朝宰相许圉师家招为孙女婿。婚后，与夫人许氏移住白兆山的桃花岩下，在幽静的山居中，李白和许氏度过了一段美满的新婚生活。《安陆白兆山桃花岩寄刘侍御绾》诗中所说的"蓬壶虽冥绝，鸾凤心悠然"，就是他们绸缪美好生活的写照。婚后生活虽然和谐美好，外出漫游以图功业的壮志并未稍减。他即以安陆为据点，先后去过汝州、襄阳、洛阳、太原、东鲁等地，结识了一些贵公子、官吏、隐逸之士，有时且和他们相偕游历各地。

开元二十二年（734），前荆州刺史韩朝宗任襄州刺史兼山南东道采访使，来到襄阳。李白前往谒见，以求"收名定价"。韩朝宗是乐于奖掖后进的人，曾经荐举过崔宗之、严武等。李白在《与韩荆州书》中说："请日试万言，倚马可待。"准备让韩朝宗当面试验自己的才华。这封书信虽然没有使他立即"扬眉吐气，激昂青云"，声誉却是进一步提高了。这篇文章词采俊逸，慷慨豪放，成为后世学习古文的范本。

"顾余不及仕，学剑来山东"，在安陆期间，他曾往游东鲁，受到一些不识时务的腐儒的轻视、嘲笑。这些只知按照孔夫子的遗训迈步走路的儒者，迂阔而又固执，不能理解李白，李白也写诗辛辣地回敬了他们，并说"下愚忽壮士，未足论穷通"。

在探奇东蒙之际，李白结识了另外一些与"鲁儒"、"汶上翁"风格迥然不同的士大夫，如韩准、裴政、孔巢父、张叔明、陶沔等，他们同游于徂徕山，人称竹溪六逸。其后他把家从安陆移往东鲁，在任城

(今山东济宁市)居住下来。

开元后期,玄宗常于冬季狩猎,李白趁玄宗冬狩之际,"西游因献《长杨赋》"(《忆旧游赠谯郡元参军》),希望能得到玄宗的赏识。后来献赋的事虽然无成,他却结识了卫尉张卿,并向玄宗的妹妹玉真公主献了诗,向帝王皇室更靠拢了一步。

这次所献的赋,可能就是集中现存的那篇《大猎赋》,它夸写唐朝的强盛,结尾处还讲了些道家治理天下的玄理。这些都非常投合玄宗好大喜功及崇尚道教的心理。所以独孤及在《送李白之曹南序》中说:"曩子之入秦也,上方览《子虚》之赋,喜相如同时。"可见此赋在入翰林前即获玄宗赏识。

天宝元年(742),大约因为玉真公主及贺知章的荐举,玄宗征召李白入朝。此时玄宗已把儿子寿王瑁的妃子杨玉环纳入宫中,虽未加封,礼数实同皇后。杨玉环晓音律,能歌善舞,玄宗的新的逸乐生活,需要新的词章来咏赞,李白应召而来,为唐玄宗和杨贵妃的宫廷游乐锦上添花。

进宫的那天,玄宗"降辇步迎,如见绮皓,以七宝床赐食",还对李白说:"卿是布衣,名为朕知,非素蓄道义,何以及此!"(李阳冰《草堂集序》)命李白陪侍游宴,草拟文告,所谓"文章献纳麒麟殿,歌舞淹留玳瑁筵"(《流夜郎赠辛判官》),"既润色于鸿业,或间草于王言,雍容揄扬,特见褒赏"(《为宋中丞自荐表》),作为词臣,供奉翰林,李白受玄宗如此格外恩遇,倍感荣幸,产生了知遇之感和报恩思想:"长揖蒙垂国士恩,壮心剖出酬知己。"(《走笔赠独孤驸马》)这时期写了一些为玄宗宫廷生活唱赞歌的诗。他是抱着"但奉紫霄顾,非邀青史名"(《秋夜独坐怀故山》)的忠诚来写作的,以为博得玄宗的欢心乃是为臣的职责。

另一方面,李白又从切身的体察中感到,朝廷之上乃是恶人当道,日趋腐败,他的强烈的批判现实的诗歌也产生于此时。加之他的放达自适的性格,引起了同僚的讥诮,这事太白自己也已感到,并准备离京还山。没等好久,他便被赐金放还了。

天宝三载(744)春,李白离长安,开始了他新的漫游生活。在洛阳,遇见了蹭蹬不遇的杜甫。杜甫赠诗李白,倾吐了自己二年客东都的遭遇和愤慨之情。分手时,两人约好于梁宋再会。秋天,两人齐集梁宋,同时会见了诗人高适。三人评文论诗,畅谈天下大势,非常投机,以致后来杜甫回忆起李白时还说:"何时一樽酒,重与细论文。"这次三位诗人对诗文的琢磨探讨,对三人的诗歌创作,无疑都是有影响的。这年秋冬之际,李、杜又一次分手,各自寻找自己的道教师承去受道箓去了。李白到齐州紫极宫请高如贵(天师)授道箓,正式履行了道教仪式,成为道士。杜甫则因访华盖不遇,"师事华盖之志竟不就"(闻一多《少陵先生年谱会笺》),所以次年在东鲁与李白会见时赠给李白的诗中有"未就丹砂愧葛洪"之句。李、杜当时都很热衷于学道。

天宝四载(745)秋天,李白与杜甫在东鲁又曾会见,短短两年三次相遇,知交之情一次一次地加深着。杜甫在《与李十二白同寻范十隐居》一诗中描写两人"醉眠秋共被,携手日同行",真可谓亲密无间了。

就在这年的秋天,杜甫告别李白前往长安,李白则再往东南,重游吴越。在离东鲁时他写了《梦游天姥吟留别》与东鲁诸公告别。这首诗的最后说:"且放白鹿青崖间,须行即骑访名山。安能摧眉折腰事权贵,使我不得开心颜!"一吐出翰林后的郁闷愤激之气。

到了会稽,李白凭吊了过世的贺知章。贺是奖掖他、赏识他的前辈诗人。看到玄宗所赐贺老的鉴湖碧波滟滟,而贺老已为松下之尘,不禁怆然:"金龟换酒处,却忆泪沾巾。"与此同时,李白的崇拜者、诗人魏万(颢),步李白的行迹追踪,辗转三千里,直到广陵,才遇到李白。此时李白身着日本朝臣晁衡送他的日本布所制的布裘,自称"回桡楚江滨,挥策扬子津。身着日本裘,昂藏出风尘",正意气非凡地在吴越漫游,以其文采风流,为人仰慕。

在梁园,李白与宗氏结婚,宗氏是高宗时宰相宗楚客的孙女,笃信道教,与李白志同道合。他们在梁园安了家,李白在《书情赠蔡舍人雄》中说:"一朝去京国,十载客梁园。"

入翰林前,李白曾在江南游历过,出翰林后,他声誉远播,各地官吏无不乐于迎接,喜与交游。正像李阳冰所说:"王公趋风,列岳结轨,群贤翕习,如鸟归凤。"(《草堂集序》)"偶乘扁舟,一日千里,或遇胜境,终年不移。长江远山,一泉一石,无往而不自得也。"(范传正《唐左拾遗翰林学士李公新墓碑》)

李白就是这样既未出仕,又未还山,长期游历各地,飘然无定,而内心深处却一直关心着国家的治乱。但情况却是愈来愈恶化了,特别是安禄山在幽燕的活动,人言沸沸扬扬,使李白寝食不安,天宝十一载,他决计北去幽燕,以探虚实。探视的结果是"君王弃北海,扫地借长鲸"(《赠江夏韦太守良宰》)。长鲸指安禄山,是说祸根已经酿成,自己也无可奈何。不久,渔阳鼙鼓动地而来,唐帝国陷入了空前的灾难之中。

安史之乱初爆发时,李白正在宣城。他的心情十分矛盾,一方面感到无能为力;另一方面更感到国家处于危难之中,应该杀敌卫国。但一念及"贤哲栖栖古如此,今时亦弃青云士"(《猛虎行》),也只有暂时隐遁,于是接来宗氏,在庐山的屏风叠暂时居住下来。

玄宗在逃往四川的途中,重整朝廷,封太子李亨(即肃宗)为天下兵马元帅,并分封诸王各领一方:永王璘充山南东道、岭南、黔中、江南西道节度使,盛王琦、丰王珙亦各有所领,然均未到任。只有永王璘因封地肥沃而又未遭战争破坏,着实按照玄宗的命令,招兵买马,网罗人才,很有气魄地巡游了起来。

永王幕中的僚佐如李台卿、韦子春,原与李白相识,大约就因为这些关系,李白被招致入幕。

永王旋即失败,李白受累,被系浔阳狱,经崔涣、张镐为之推复清雪,被释出狱。

浔阳获释后,李白即参加了宋若思的幕府,但未几又遭长流夜郎。"夜郎万里道,西上令人老",此时李白已届暮年,长流将一去不返,这是他一生中遭受的最沉重的打击。许多故交同情他,为他鸣不平。沿途官吏对他仍十分敬爱,张镐托人送来夏天所需的罗衣两件,魏万为他第一次编定了《李翰林集》,特别是杜甫,写了不少怀念李白的感情真挚的诗,为李白伸张正义,他甚至在梦中频频梦见李白:

故人入我梦,明我长相忆。(《梦李白二首》其一)
三夜频梦君,情亲见君意。(《梦李白二首》其二)
稻粱求未足,薏苡谤何频!(《寄李十二白二十韵》)

这些感人肺腑的诗歌,体现了两位伟大诗人间的友情,也为李白申诉了政治上所受的冤屈。

乾元二年(759),李白行至巫山,朝廷因关中遭遇大旱,下令大赦。规定死罪从流,流以下完全赦免,经过辗转流离的李白,终于获得了自由。随即顺着急流的长江,疾驶而下,那首《早发白帝城》最足以表达他充满兴奋喜悦的心情了:

朝辞白帝彩云间,千里江陵一日还。两岸猿声啼不住,轻舟已过万重山。

上元二年(761),李光弼率大军百万,镇临淮,抵抗史朝义,李白得知消息,请缨杀敌,因病中途返回金陵。在金陵生活无着,投奔了在当涂做县令的族叔李阳冰。次年病重,枕上授稿李阳冰,赋《临终歌》与世长辞,终年六十二岁。李阳冰为之营葬,并为他的遗稿《草堂集》缀以序言,记述了李白不平凡的一生。

第二节　李白的思想特征

唐代是中国封建社会的兴盛时期,政策比较开明,各种思想都得到不同的发展,李白所接受的思想也是多方面的。他自称"十岁观百家,轩辕以来颇得闻矣"(《上安州裴长史书》),又说"颇尝览千载,观百家"(《上安州李长史书》),可知李白在青少年时期,即已接触到各家思想。

对于儒家思想,李白是有肯定也有批判的。比如他常自称"儒生"或"穷儒",但他又说过:"鲁国一杯水,难容横海鳞。仲尼且不敬,况乃寻常人。"(《送鲁郡刘长史迁弘农长史》)并写过嘲笑鲁中腐儒的诗:"鲁叟谈五经,白发死章句。问以经济策,茫如坠烟雾。足著远游履,首戴方山巾。缓步从直道,未行先起尘。……时事且未达,归耕汶水滨。"(《嘲鲁儒》)诗中所描绘的迂阔、滑稽、可笑的形象,是李白为后代人留下的一幅唐代腐儒的漫画。在另一首诗中说:"举鞭访前途,获笑汶上翁。下愚忽壮士,未足论穷通。"(《五月东鲁行答汶上翁》)叱之为下愚,没有在他们面前却步,表现了李白思想的进步与解放。

李白对腐儒们的嘲讽,并不能说明李白对儒家思想持否定态度,相反的,他在另外不少诗文中流露了对孔子的崇敬和所受儒家思想的影响。比如,与《嘲鲁儒》同一时期所写的《送方士赵叟之东平》中即有"西过获麟台,为我吊孔丘。念别复怀古,潸然空泪流"的话。他还喜欢跟孔子相比:"君看我才能,何似鲁仲尼?大圣犹不遇,小儒安足悲。"(《书怀赠南陵常赞府》)"自称德参夷颜,方亚孔墨。"(《送戴十五归衡岳序》)他仿效孔子,以删述为己任:"大雅久不作,吾衰竟谁陈!……希圣如有立,绝笔于获麟。"(《古风》其一)甚至到生命的最后时刻所写的《临终歌》中还自比孔子:"仲尼亡兮,谁为出涕!"自然,如果仅仅是这些比拟和崇敬的语句,还不足以说明李白思想受儒家思想影响的程度,最能说明李白接受儒家思想影响的,是《代寿山答孟少府移文书》,在这篇文章中,他所提出的"达则兼济天下,穷则独善一身"、"事君之道成,荣亲之义毕"的生活目的,正是儒家典型的处世哲学,在封建社会中,一直被封建士大夫奉为生活的圭臬。从某种角度来看,也是李白终身所奉行的生活准则。这证明李白的立身行事,曾受儒家思想的深刻濡染。

  李白晚年也曾探究过佛教思想,诗、文中时有表现。除了在名刹古寺登临游览时的即兴写景抒情之作外,还有一些和上人、居士的谈玄之作,其中颇有深究佛理之处,说明李白也曾对佛理作过一些研究。如"宴坐寂不动,大千入毫发。湛然冥真心,旷劫断出没"(《庐山东林寺夜怀》),并非一般应酬诗歌,找一两句佛经故事来凑数,而是有所思考,有所解悟的。所以在《赠僧朝美》的诗中所说:"苞卷金缕褐,萧然若空无。谁人识此宝,窃笑有狂夫。"似非泛泛自诩。特别是在方城寺与元丹丘谈玄的那首诗,可算是他的真实思想的披露。元丹丘不仅是李白的莫逆之交,也是他的道友。元丹丘是道教威仪,非同一般道士,李白则是受过道箓的道士。这首诗写作的时间较早,大约是在居安陆时期。李白特别以此诗记录了两人在玄学思想方面的探索。诗中引事用典，或取自佛经，或语出老庄，所谓谈玄，便是谈老庄与佛，并把两者等同对待。而在最后，李白竟悟出："朗悟前后际，始知金仙（指佛）妙。"称赞佛教最妙。李白在安陆时，还在般若寺中与薛义谈禅，说自己"心垢都已灭"。在《赠僧崖公》的诗中更自述："昔在朗陵东，学禅白眉空。……晚谒太山君，亲见日没云。……授余金仙道，旷劫未始闻。"而在诗的最后却说："何日更携手，乘杯向蓬瀛。"偕僧所去之地，竟是道教的蓬莱仙境。在李白看来，佛、道之间并不是隔绝的。谈玄就是谈佛，也是谈道。所以道教徒李白和道教威仪元丹丘在方城寺谈玄时，所悟到的是佛理。因长久以来两教已互相渗透，从思想到用语都相互为用了。故"身在方士格"的李白为和尚写碑铭，用佛教的典故词语来赞美这些圆寂的大士，就更不足为怪了。

尽管有上述种种，李白终究没有皈依佛氏，舍身空门，他仍然是一个道教徒。

在接受各家思想中，以道教思想对他的影响最为深刻。李白从小就和道士有交往，从在蜀中所写《访戴天山道士不遇》一诗的最后两句"无人知所去，愁倚两三松"所流露的怅惘之情，即可看出他和道士的交谊很深。又自述云："十五游神仙，仙游未曾歇。"（《感兴》）或说："云卧三十年，好闲复爱仙。"（《安陆白兆山桃花岩寄刘侍御绾》）都说明李白接受道教的思想比较早。一直到晚年在金陵所写《金陵与诸贤送权十一序》中仍说："吾希风广成，荡漾浮世，素受宝诀，为三十六帝（道书有三十六上帝）之外臣，即四明逸老贺知章呼余为谪仙人，盖实录耳。而尝采姹女（汞）于江华，收河车（铅）于清溪，与天水权昭夷，服勤炉火之业久矣。"可知李白对于修炼之业是长久不懈地追求着的。特别在政治上遭受打击后，对之倾注了更多的热情。如说："明主傥见收，烟霄路非赊。时命若不会，归应炼丹砂。"(《早秋寄裴十七仲堪》)又自翰林赐金放还后说:"书此谢知己,吾寻黄绮翁。"(《东武吟》)李白不但自己炼丹采药,学道求仙,而且"倾家事金鼎"(《避地司空原言怀》),"拙妻好乘鸾,娇女爱飞鹤。提携访神仙,从此炼金药"(《题嵩山逸人元丹丘山居》)。甚至在流夜郎半道遇赦放还后,还念念不忘:"寄言息夫子,岁晚陟方蓬。"(《流夜郎半道承恩放还兼欣克复之美书怀示息秀才》)所以他的求仙学道,决不是像司马子微讽刺卢藏用的那样,想走终南捷径,邀取富贵;也不是如范传正所说:"好神仙非慕其轻举,将不可求之事求之,欲耗壮心遣馀年也。"(《唐左拾遗翰林学士李公新墓碑》)而是作为自己寻找归宿来追求的。

自然,如所周知,如果李白仅仅为好神仙、求轻举的目的而学道,本可在岷山之阳或天台、庐山等名山胜地,"服勤炉火之业",不必漫游天下,谈什么"富贵吾自取,建功及春荣"(《邺中赠王大劝入高凤石门山幽居》)。李白这种建功立业的愿望,乃是纵横家的思想,这也是早有先例的。如齐永明时的顾欢,一面隐居服食,可是也留心政治,曾向齐高帝上表称臣,并进《政纲》一卷。又如太宗的大臣魏徵,"少孤贫,落拓有大志,不事生业,出家为道士,好读书,多所通涉,见天下渐乱,尤属意纵横之说"。与太白同时的李泌、张镐均出入儒道,行事与李白也很相近。

李白受纵横家思想影响也是很早就开始的。唐代的纵横家赵蕤是梓州人,李白在四川时与之相友善,后卧病淮南时还写诗怀念他。计有功《唐诗纪事》(卷十八)引杨天惠《彰明逸事》谓太白"隐居戴天大匡山,往来旁郡,依潼江赵征君蕤,蕤亦节士,任侠有气,善为纵横学,著书号《长短经》,太白从学岁馀,去游成都"。按赵蕤于开元四年(716)即已著成讲求王霸之术的《长短经》,此书流传至今。《四库全书总目提要》谓"其源盖出于纵横家,故以长短为名。虽因时制度,不免为事功之学,而大旨主于实用,非策士诡谲之谋,其言故不悖于儒者"。《长短经》成书时李白十六岁,它对李白深有影响是不成问题的。李白自称:"仙人抚我顶,结发授长生。误逐世间乐,颇穷理乱情。……试涉霸王略,将期轩冕荣。"(《赠江夏韦太守良宰》)又说:"抑予是何者,身在方士格。才术信纵横,世途自轻掷。"(《草创大还赠柳官迪》)刘全白《唐故翰林学士李君碣记》称白"性倜傥,好纵横术",《新唐书·文艺列传》也称其"喜纵横术,击剑,为任侠……"他非但受纵横家思想影响很深,而且也是依此行事的:"叹我万里游,飘飘三十春。空谈帝王略,紫绶不挂身。雄剑藏玉匣,阴符生素尘。"(《门有车马客行》)

李白三十多岁时,在所谓"南徙莫从,北游失路。远客汝海,近还邝城"(《上安州李长史书》)之后,在《代寿山答孟少府移文书》中,提出了自己的一整套人生哲学和生活规划,这实际就是他所接受的上述各家思想的综合:"吾与尔达则兼济天下,穷则独善一身。……申管晏之谈,谋帝王之术,奋其智能,愿为辅弼,使寰区大定、海县清一。事君之道成,荣亲之义毕,然后与陶朱、留侯浮五湖,戏沧洲,不足为难矣。"简括地来说,就是"功成谢人间,从此一投钓"(《翰林读书言怀呈集贤诸学士》)。这是他在"而立"之年为自己所订立的终生奋斗目标。以后的半生,大致可以说是以干谒求仕进的半生。其中穿插着游仙、学道的生活,但无论生活的道路如何推移变化,这个总目标、总规划都没有改变,虽然有时是畸重畸轻的。如在仕进不利时,感叹"功名富贵若长在,汉水亦应西北流"(《江上吟》)。或者说:"仙人殊恍惚,未若醉中真。"(《拟古十二首》其三)不过,尽管有过怀疑,有过动摇,而在更多的情况下,还是坚定不移地追求这两个目标,直至垂老之际。

总的说来,在李白的身上,有纵横家的识见,道家的服食修炼,儒家的荣亲、事君,三者结合为李白的总体思想,汲汲以求,为此奔走终生。

李白的这种思想,也是时代产物,是开元、天宝这个不平凡的时代所激发的。当时,唐帝国国力强盛,使她成为世界文明的中心,需要广泛选用人才,以充实国家各级官僚机构和边地的幕府。当时任用官吏,除科举这个渠道外,还常常格外征召辟用。许多怀才之士大都会得到报效的机会,这便大大鼓舞了在野知识分子的进取心。如孟浩然、王维、高适等都表现了政治上的积极性,李白不过是他们中间的一个。李白的特点是既要大济苍生,又慕神仙轻举,希望两者都能取得完满的结果,并表现得更为热烈更为执着。"待吾尽节报明主,然后相携卧白云"(《驾去温泉宫后赠杨山人》),这样的理想也不特李白为然,在古人中,慕范蠡者大有人在。谢朓就说:"既欢怀禄情,复协沧洲趣。"(《之宣城郡出新林浦向板桥》)然而,他们这个美好的理想,却往往被现实击得粉碎。不特生前的富贵不易获得,便是获得也不易保持,至于神仙之事,当然更是渺茫了。在李白的诗里这样的悲叹就不少:"紫微九重,碧山万里。"(《暮春于江夏送张祖监丞之东都序》)"富贵与神仙,蹉跎成两失。"(《长歌行》)

李白求神仙失败是必然的结果,而富贵无成却是值得进一步探讨的另一个问题。

第三节　李白的政治活动

当青年的李白于"路中投刺"谒见苏颋时,苏颋以司马相如期望李白,是从文采的角度来评价他的。司马子微赞美李白"可与神游八极之表",是从飘逸的仙风道骨来赞许他的。贺知章称他为"谪仙人",也是从诗歌和神采不同凡响方面来称赞他的。他本以诗文名世,可是并不以此为满足,将诗文与功业相比较,把文名视为儿戏:"学剑翻自哂,为文竟何成? 剑非万人敌,文窃四海声。儿戏不足道,五噫出西京。"他不把文章看成是"经国之大业",至于神仙轻举之事,本是自幼就向往的,却一定要等"事君之道成,荣亲之义毕",然后"浮五湖,戏沧洲"。在他的心目中是把大济苍生看作头等大事,常以鲁仲连、谢安自命,"虽长不满七尺而心雄万夫"(《与韩荆州书》),胸怀强烈的用世之情。自从在小寿山立定志愿以后,便以他才华横溢的诗文向地方官吏干谒、自荐以求仕进。

在安陆,他向李长史、裴长史先后上书,上书的缘由都是请求恕罪,实际的内容则既是请罪书,又是陈情表,更是颂德文。而其主要目的是为了炫耀才华,取得社会声誉。稍后所写《与韩荆州书》,大意与前两篇相似,只是文章更为精彩、流利,没有过分贬抑自己的谦词而已。然而,正像他所说:"少年落魄楚汉间,风尘萧瑟多苦颜。自言管葛竟谁许,长吁莫错还闭关。"(《驾去温泉宫后赠杨山人》)这个时期的干谒、上书都落空了。其后西上献赋并赠诗玉真公主,都是为了打通通向宫廷的大门。

也正是由于他的诗赋得到玄宗的赏识,他才被召进长安。对此,李白是十分得意的:"汉家天子驰驷马,赤车蜀道迎相如。天门九重谒圣人,龙颜一解四海春。……翰林秉笔回英盼……著书独在金銮殿。"(《赠从弟南平太守之遥》)他被安置在翰林院,做了翰林供奉。翰林供奉多由有词艺学识者充任,或供咨询政要,或专掌内诰命,是皇帝的机要秘书,地位特殊而重要,"内宴则居宰相之下,一品之上"(《新唐书·百官志》)。居此清要之位,本来是可以多所献纳,以实现他的"使寰区大定,海县清一"的理想。何况从他在长安时所写讽刺权贵的诗歌看来,他对作威作福的外戚、宦官之为患是深以为虑的。曾说:"遭逢圣明主,敢进兴亡言。"(《书情赠蔡舍人雄》)刘全白也说:"天宝初,玄宗辟翰林待诏,因为和蕃书,并上《宣唐鸿猷》一篇[2],上重之,欲以纶诰之任委之,同列者所谤,诏令归山。"(《唐故翰林学士李君碣记》)可以肯定曾经进谏过有关兴亡的意见。但是,"献纳少成事,归休辞建章"(《留别曹南群官之江南》),所进的兴亡之言,并未被采纳。

"唐制,乘舆所在,必有文词"(《新唐书·百官志》)。翰林供奉入侍瑶池宴,出陪玉辇行,除了大规模的游猎、宴飨等活动外,宫中游乐活动也须侍从。如他奉诏所作的《宫中行乐词》就是反映这种活动的作品。此时太真尚未封妃,宫中只称娘子,从"宫中谁第一,飞燕在昭阳","艳舞全知巧,娇歌半欲羞"这些描绘看来,八首《宫中行乐词》与《清平调》所描写的都是杨贵妃。虽是酒后所作,却"笔迹遒利,凤跋龙拿,律度对属,无不精绝"(孟棨《本事诗》)。

除了作为翰林供奉是玄宗的近臣外,李白在休值时,往长安市上游走,也有放纵不羁的一面。如杜甫所描写的:"李白一斗诗百篇,长安市上酒家眠。天子呼来不上船,自称臣是酒中仙。"除了醉酒,他也接触到长安的社会生活,看到了宦官、外戚骄横跋扈的景象:他们驰骤于长安大道之上,"路逢斗鸡者,冠盖何辉赫。鼻息干虹霓,行人皆怵惕";而另外的一些贵戚则是"日暮醉酒归,白马骄且驰。意气人所仰,冶游方及时"。与这些气干虹霓的权贵相比,李白感到自己不过是一个词臣。在宫廷中所见到的则是玄宗的荒于政事,高力士的专权,李林甫的奸佞……这些现象使他感到帝京之上笼罩着乌云,太平景象不过是表面的。"圆光过满缺,太阳移中昃"(《君子有所思行》),圣朝的全盛光景即将过去。

朝政的腐败,同僚的潛毁,使李白不胜忧愤,他写了一首《翰林读书言怀呈集贤诸学士》说:"青蝇易相点,白雪难同调。本是疏散人,屡贻褊促诮。……功成谢人间,从此一投钓。"表示要在成功之后归隐。

但是事情发展得比他的预料还要快,"骑虎不敢下,攀龙忽坠天"(《留别广陵诸公》),没有等到所谓"成功",便被赐金放还了。

究竟是什么原因被赐金放还的?历来说法很多。一般流行的高力士为报复脱靴事向玄宗进了谗言的说法,虽然故事性很强,也流传很广,并曾载入了《新唐书·李白传》,但它和李白自己的叙述以及李白同时代人的记述不合,所以不可信。

据李白自称"谗惑英主心,恩疏佞臣计"(《答高山人兼呈权顾二侯》),"为贱臣诈诡,遂放归山"(《为宋中丞自荐表》),魏颢在李白生前为他所编辑的《李翰林集》序中指明"以张垍谗逐",应该是可信的。但细考全集,原因并非只此一端。范传正《唐左拾遗翰林学士李公新墓碑》:"既而上疏请还旧山,玄宗甚爱其才,或虑乘醉出入省(宫)中,不能不言温室树[3],恐掇后患,惜而遂之。"是说因为李白常醉酒出入宫禁,恐怕泄漏宫中秘密,遂从其所请而放还。然据李白《初出金门寻王侍御不遇咏架上鹦鹉》中说:"落羽辞金殿,孤鸣托绣衣。能言终见弃,还向陇头飞。"则此次的被放还,还是由于对玄宗提了不合时宜的意见。前面说过,根据李白在长安所写评议时政的诗歌,颇多愤愤不平之情,而又一向自称"怀经济之才,抗巢由之节,文可以变风俗,学可以究天人",他是不会甘守沉默而不进兴亡之言的[4]。以能言而见弃,想来是这次放还的根本原因。

"奋其智能,愿为辅弼"原是李白半生来漫游、干谒所追求的目的,入翰林后,本可促其实现,岂知好景不长,自入朝到放还,只有一年多的时间,所谓"使寰区大定,海县清一"的希望,竟是一点也没有实现。这不能不说是政治上的一次大失败。但是李白并没有从此灰心,在朝时所受玄宗的恩宠,在他心灵上播下了感恩图报的种子,

"人生感分义,贵欲呈丹素"(《赠溧阳宋少府陟》),"欲寻商山皓,犹恋汉皇恩"(《别韦少府》),这是他后期所以仍积极于政治活动的原因。

此后李白既未出仕,又未还山,长期游走各地,飘然无定,而内心深处却一直关心着国家的治乱。天宝后期,朝内则杨国忠专权肆虐,造成了云南的丧师失利:"云南五月中,频丧渡泸师。""至今西洱河,流血拥僵尸。"(《书怀赠南陵常赞府》)在幽州,安禄山拥兵自重,传闻养了不少蕃兵、蕃将,反叛的劣迹愈来愈明显,而玄宗却是愈来愈信任他,不听任何人的进谏,危机更加速地发展着。回想在翰林时玄宗对自己的宠遇以及素来所抱济世的愿望,纵有深山可以遁迹,也难于安居。为国事他愁肠百结,"霜惊壮士发,泪满逐臣衣。以此不安席,蹉跎身世违"。于是他抱着"怀恩欲报主,投佩向北燕"的思想,鸣鞭走马,往探虚实。在留赠朋友的诗中说:"且探虎穴向沙漠,鸣鞭走马凌黄河。耻作易水别,临歧泪滂沱。"(《留别于十一兄逖裴十三游塞垣》)竟以荆轲自视,大有一去不复还的气概。但此时幽州已是箭鼓喧喧,安禄山养精蓄锐,形势岌岌可危,李白毫无办法:"心知不得语,却欲栖蓬瀛。"只能是"蹉跎复来归,忧恨坐相煎"。李白的忧恨,正是当时朝野上下关心国事人士的共同忧恨。

这是李白的第二次政治活动,没有取得任何结果。

安史之乱爆发时,李白隐于庐山屏风叠。永王璘被玄宗分封去经营长江流域,玄宗并指令他"应须士马、甲仗、粮赐等,并于当路自供","其署置官属及本路郡县官,并任自简择,署讫闻奏"(《资治通鉴》卷二一八)。永王既然得到这一分封的诰令,遂"至江陵,募士得数万,补署郎官、御史"(《新唐书》卷八二)。一路巡游,一路招募官员、士卒。在浔阳,他向隐居在庐山的李白三次发出了招聘书。在不能推却的情况下,李白勉强参加了永王幕府。他说:"白绵疾疲苶,去期恬退,才微识浅,无足济时。"(《与贾少公书》)又说:"大总元戎,辟书三至,人轻礼重,严期迫切,难以固辞,扶力一行,前观进退。"最后说:"勾当小事,但增悚惕。"(同上)对入永王幕李白怀着很大的恐惧与犹疑,这与他一向自恃有济世之才热切地想为国效力的精神是完全不同的。王琦在这封书信的题解中说:"书内有'中原横溃'及'王命崇重,大总元戎,辟书三至','严期迫切'等语,疑是永王胁行时所作。"入幕之后,永王继续东巡,李白在幕中写过《永王东巡歌》十首及其他诗歌,无非歌颂永王的军容、军纪,劝勉他收复失地,挽救中原,诗中称玄宗、肃宗为二帝,称永王为贤王,措词、用意并无失当之处。这时肃宗身边的谋士如贺兰进明、高适等,恐怕永王壮大,酿成割据之祸,要在中途扑灭他。于是布置了人马,形成包围,永王旋即失败。永王失败后,幕下的武将重用,文臣受戮。李白先被系浔阳狱,经崔涣、张镐、宋若思推复清雪营救,出狱后入宋若思幕,宋若思正为他请求拜一京官,以"献可替否",后来不特京官未拜,反被长流夜郎。李白的长流,显示了朝廷内部力量的矛盾与变化,张镐等拥护玄宗的一派失势了。同时,在肃宗身边的大臣之中,有人对李白进行了陷害。关于这点,李白在《万愤词投魏郎中》一诗中透露了一点消息:"好我者恤我,不好我者何忍临危而相挤!""不好我者",必有所指,李白自己是知道的。

李白为什么在犹疑的情况下参加了永王幕?首先是为爱国心所驱使,《永王东巡歌》中说:"诸侯不救河南地,更喜贤王远道来。"拯救中原当然是应该的。后来永王东巡出轨,李白却未能及早脱离永王幕,不知是由于主观原因,还是客观原因。关于这点,在《上崔相百忧章》中,李白自己也承认是失掉了机会:"见机苦迟,二公所咍。"

从入永王幕一事中可以看出,李白在政治上是不敏感的。首先,他不及当时也曾受永王邀请而拒绝入幕的萧颖士、孔巢父等,没有从冷静的分析中看到,分封不利于国家的统一,玄宗在逃亡中的这个决定,是不利于新即位的肃宗的中央集权的。玄宗、肃宗两人的权力之争,早在传位的问题上就表现了出来,安史乱中肃宗自即帝位,玄宗也认可了,但矛盾却仍然没有消除。李白作为玄宗所封的永王的幕僚,其必受迫害是无疑的;而入幕后又没能及早洁身引退,虽然一向自比谢安等政治家,实际在政治见识上只同于房琯一流书生;加之素常疏散、狂放、夸张的诗人气质,于是受到了临危的一挤!

因入永王幕李白所受到的打击是十分沉重的,可是他的政治热情却没有因为这次的挫折而消减。上元二年,史朝义弑其父史思明,继称大燕皇帝,有东犯吴越之势。李光弼受命为八道行营节度使出镇临淮,保卫吴越。李白此时已六十一岁,上书请缨杀敌,因病中途返回。在《闻李太尉大举秦兵百万,出征东南,懦夫请缨,冀申一割之用,半道病还,留别金陵崔侍御十九韵》一诗中,申述此次请缨杀敌的心情是"愿雪会稽耻,将期报恩荣"。一为雪国耻,二为报皇恩。但"天夺壮士心,长吁别吴京",尚以壮士自称,他的报国之心是何等壮烈动人!

李白的四次政治活动,都以失败而告终。

陶渊明为一折腰而终身不仕,李白则一再受挫而斗志不衰。不同的时代,不同的诗人,焕发着不同的光彩。难道不正是那种知其不可为而为之的奋发图强的精神,鼓舞着人们追求上进!也正是这种澎湃不已的政治热情,迸发出他那些感情洋溢的诗歌,"笔落惊风雨,诗成泣鬼神",千秋万代,激励来人。

〔1〕 一说出生于蜀中。

〔2〕《新唐书·文艺传》:"召见金銮殿,论当世事,奏颂一篇。"又王应麟《困学记闻》:"李白上《宣唐鸿猷》一篇,即本传所谓'召见金銮殿,奏颂一篇'者

也,今集中阙。"

〔3〕 温室树:西汉时孔光在宫中做官,前后十多年遵守制度,休假日和家人相处,也不谈论宫廷的事。一次有人问他温室宫有哪些树,孔光默默不语,后来用别的话来回答(见《汉书·孔光传》)。这里是说李白常醉酒,恐他泄漏宫中秘密。

〔4〕 李阳冰《草堂集序》:"置于金銮殿,出入翰林中,问以国政,潜草诏诰,人无知者。"

第十九章　李　白（下）

第一节　李白诗歌反映了盛唐时期广阔的现实生活

　　唐玄宗和唐肃宗在位的五十年间，也是李白从事文学活动的时期。先天元年（712），玄宗即位，李白十二岁，宝应元年（762），玄宗死，肃宗死，李白也于此年逝世。从文学史的角度看，这段时期正是盛唐。

　　玄宗翦除了韦后、太平公主，消灭了宫廷政敌之后，西北劲敌突厥恰值内乱，边境少事，又兼实行了宽简政策，人民得以休养生息，这是开元治世得以实现的根本原因。玄宗为了加强中央和地方的统治机构，从各方招揽贤俊，广开人才之路，大大鼓舞了士大夫的用世精神。在经济、政治的繁荣、稳定之后，继之而来的是文化的昌盛，特别是诗歌创作盛极一时，而题材的广阔多样，则是盛唐诗歌繁荣的重要标志。

　　李商隐在《漫成五章》中咏赞李白、杜甫在诗歌上所取得的辉煌成就时说："李杜操持事略齐，三才万象共端倪。"意谓李、杜的诗歌成就大致相等，在他们的诗歌中，描写了天地间大自然和社会生活的各种景象。这两句诗是对李、杜两位伟大诗人很准确,也是很高的评价。我们也将从这个角度来考察李白的诗歌。

李白是盛唐的时代歌手,以其天纵之才为我们描绘了我国封建社会全盛时期绚丽多彩的生活面貌和昂扬奋发的时代精神。

首先是对帝都长安的壮伟气象的热情礼赞,在《君子有所思行》中对作为唐帝国缩影的长安有过一番颂歌式的描绘:

紫阁连终南,青冥天倪色。凭崖望咸阳,宫阙罗北极。万井惊画出,九衢如弦直。渭水银河清,横天流不息。朝野盛文物,衣冠何翕赩。厩马散连山,军容威绝域。伊皋运元化,卫霍输筋力。……

这是对帝京的歌颂,也是对唐帝国的歌颂。它虽不似骆宾王《帝京篇》以铺陈取胜,却从内心歌唱了帝国的庄严雄伟。一切都安排得那么天成、得宜。威严的宫阙与布局齐整的街衢闾里,相辅相成,构成了有秩序的壮丽图景。人物鼎盛,文臣武将,扶持着帝国蒸蒸日上;连山散牧的厩马,是威震绝域的武力象征……诗中深含对帝国威武强盛的自豪之感。生当此际,李白心中一直充满了报国立功的愿望。在《长歌行》中借草木欣欣向荣之势抒发了自己的心境:"桃李得日开,荣华照当年。东风动百物,草木尽欲言。枯枝无丑叶,涸水吐清泉。大力运天地,羲和无停鞭。"万物得时,自己也从蓬勃的春意中受到鼓舞,产生了及时建立功业的愿望:"功名不早著,竹帛将何宣?桃李务青春,谁能贳白日?……金石犹销铄,风霜无久质。畏落日月后,强欢歌与酒。秋霜不惜人,倏忽侵蒲柳。"全诗充满了奋发图强的精神。表明他受春天的激发,也受时代的激发,急于建树,要为时代作出贡献。这是李白诗歌中突出的感人特点,也是我们在杜甫、王维、高适、岑参等诗人的诗篇中同样能感受到的。只是李白的诗歌表现得更为强烈,更为典型,更为鼓舞人心罢了。

李白不只赞美了帝都的壮丽雄伟,也描绘了城邑的繁荣富庶和农村的安乐勤劳的生活。如《南都行》中写南阳商业发达:"白水真人居,万商罗廛阓。""高楼对紫陌,甲第连青山。"从中看出中小城市的规模也很可观。《赠宣城宇文太守兼呈崔侍御》一诗,描写了水乡丰年的市场:"鱼盐满市井,布帛如云烟。"在《赠清漳明府侄聿》中更是一派欢乐、富足的太平景象:

> 牛羊散阡陌,夜寝不扃户。问此何以然,贤人宰吾土。举邑树桃李,垂阴亦流芬。河堤绕绿水,桑柘连青云。赵女不冶容,提笼昼成群。缲丝鸣机杼,百里声相闻。

把清漳流域描写得像世外桃源一样安乐,那里桑柘连云,蚕丝手工业很普遍,人民勤劳而有教养。在这里,我们会想到,李白写这样的诗,是为了和地方官攀交情,美化他们的政绩,取得他们的好感,但也不能说毫无现实根据。唐帝国在我国封建社会中所达到的那样高度的文明昌盛,从所遗留的至今令人赞叹的文物中可以得到证实。诗中所描绘的井然有条的庄园,安定的社会秩序,宁静勤劳的耕织生活,应该说有那个时代和平的农村生活的影子。胡震亨说:"唐至开元而海内称盛,盛而乱,乱而复,至元和又盛,前有青莲、少陵,后有昌黎、香山,皆为其时鸣盛者也。"(《唐音癸签·谈丛三》)李白无愧是盛唐时代的鸣盛者。

然而,当李白从终南山的紫阁上凭崖望到了帝国的辉煌盛况时,也敏感地觉察到她的盛时即将逝去:"歌钟乐未休,荣去老还逼。圆光过满缺,太阳移中昃。"(《君子有所思行》)唐帝国就要走下坡路了。不同于中晚唐诗人,对这个令人难忘的历史转折,仅仅作一些凭吊和追忆,李白正处于这个历史漩涡之中,他既不能采取冷静的旁观者的态度,漠然视之,又无法报效力量,挽回狂澜。这是李白抑郁于中,不能自已,发而为慷慨悲歌的根本原因。

对于那个时代的另一面的丑恶事物,李白则给予了无情的讽刺与鞭挞。由于武惠妃与李林甫勾结,欲改立武惠妃的儿子寿王为太子,玄宗废弃了与自己曾经共过患难的王皇后,继而又在一天之内杀死三个儿子。宫廷中权力之争,惨毒无过于此。李白在《古风》(二)中说:"浮云隔两曜,万象昏阴霏。萧萧长门宫,昔是今已非。桂蠹花不实,天霜下严威。"用一连串的隐晦词句,讽刺王皇后被废后,朝政由清明变为昏暗。其中"桂蠹"一句就是废王皇后诏书中的用语。

唐人常以秦皇、汉武代指玄宗,李白也借咏史讽刺玄宗,特别对其慕神仙、求神仙之事给予了辛辣的讽刺与批判。据史载,"时上尊道教,慕长生,故所在争言符瑞,群臣表贺无虚月"(《通鉴》卷二一六),可说已入魔道。李白在《古风》(三)中便提出:"尚采不死药,茫然使心哀。""鬐鬣蔽青天,何由睹蓬莱?徐市载秦女,楼船几时回?"在《古风》(四十八)中又说:"但求蓬岛药,岂思农扈春!""力尽功不赡,千载为悲辛。"其实秦始皇受后人指责的败政,不只是入海求仙,李白所以举求仙事反复加以讽刺,原因就是他是从当时的现实政治出发的,而非全面咏叹始皇功过。在《登高丘而望远海》一诗中还写道:"银台金阙如梦中,秦皇汉武空相待。……君不见骊山茂陵尽灰灭,牧羊之子来攀登。盗贼劫宝玉,精灵竟何能?穷兵黩武今如此,鼎湖飞龙安可乘?"最后两句,简直就像对玄宗发出的诘责。

天宝之后,征讨频繁,不只是为了防御,有的是朝廷中的一些野心家想借立边功以邀宠,正如白居易在《新丰折臂翁》中所说:"君不闻开元宰相宋开府,不赏边功防黩武;又不闻天宝宰相杨国忠,欲求

恩幸立边功。"李白对此也是有揭露有批判的:

> ……阳和变杀气,发卒骚中土。三十六万人,哀哀泪如雨。且悲就行役,安得营农圃?不见征戍儿,岂知关山苦!(《古风》十四)

> ……渡泸及五月,将赴云南征。怯卒非战士,炎方难远行。长号别严亲,日月惨光晶。泣尽继以血,心摧两无声。困兽当猛虎,穷鱼饵奔鲸。千去不一回,投躯岂全生。如何舞干戚,一使有苗平。(《古风》三十四)

前者是讽刺天宝八载哥舒翰攻石堡城之役,以惨重的伤亡,换取了一个无足轻重的边塞城堡。后一首是讽刺有名的征云南的失败。此次战争,死亡惨重,震动朝野。在《书怀赠南陵常赞府》中他还写道:"云南五月中,频丧渡泸师。毒草杀汉马,张兵夺秦旗。至今西洱河,流血拥僵尸。"为人民提出了强烈的控诉。

唐朝衰亡的另一个原因是宦官弄权。"祸始开元",李白在长安时,目睹中官骄横跋扈之状,曾有诗指斥:

> 大车扬飞尘,亭午暗阡陌。中贵多黄金,连云开甲宅。路逢斗鸡者,冠盖何辉赫。鼻息干虹霓,行人皆怵惕……(《古风》二十四)

这与《新唐书·宦者传》所记载的宦者"持节传命,光焰殷殷动四方。……于是甲舍名园,上腴之田为中人所占者半京畿矣"可相印证。至于那些因为会斗鸡而受到宠幸的侍者,更是贵盛一时。李白写他们"斗鸡金宫里,蹴鞠瑶台边。举动摇白日,指挥回青天"(《古风》四十六)。让他们左右朝政,饱学之士反被排斥,李白于诗中愤愤然道:"君不能,狸膏金距学斗鸡,坐令鼻息吹虹霓。君不能,学哥舒,横行青海夜带刀,西屠石堡取紫袍。吟诗作赋北窗里,万言不直一杯水。"(《答王十二寒夜独酌有怀》)这是李白政治咏怀诗的基本情调,也是当时忧心国事的士大夫的普遍情怀。

感不遇是李白咏怀诗的主要内容,也是开、天之际许多胸怀济世热情的知识分子经常抒发的感慨,具有特殊的时代色彩。李白曾反复咏叹:"大道如青天,我独不得出!""行路难!行路难!"但时代究竟是盛世,所以诗人仍然对未来充满信心:"长风破浪会有时,直挂云帆济沧海。"(《行路难》)

李白之被玄宗召为翰林供奉,是为了给帝妃撰写游乐词章。《阳春歌》、《春日行》等都描写了帝王家的游乐生活:这里是"飞燕皇后轻身舞,紫宫夫人绝世歌",是"圣君三万六千日,岁岁年年奈乐何!"(《阳春歌》)他们沉湎于歌舞声中,心里哪有什么国计民生?可是李白却满口称颂:"三千双蛾献歌笑,挝钟考鼓宫殿倾,万姓聚舞歌太平。我无为,人自宁。"(《春日行》)把荒淫纵乐,写成"无为而治",显然是粉饰太平。这固然是应制辞章的特点,但从另一个角度看,未尝不是玄宗后期荒淫生活的写照。

李白一生浪迹各地,接触了广阔的社会生活,对那些他所遇到的善良、美好的人物,从内心产生敬爱与敬重,并以自己的生花之笔,描绘他们、赞美他们,使他们美好的形象、纯真的情感,千载之下,仍然吸引着人们,感动着人们。

我宿五松下,寂寥无所欢。田家秋作苦,邻女夜舂寒。跪进雕胡饭,月光明素盘。令人惭漂母,三谢不能餐。(《宿五松山下荀媪家》)

诗中描写了农家的苦寒之状,似乎没有灯,是"月光明素盘"。尽管如此,还是向诗人献上了她们的雕胡饭,诗人深受感动。主客之间情感是很真挚的。《丁都护歌》则是一首为纤夫申述苦难的悲歌:

云阳上征去,两岸饶商贾。吴牛喘月时,拖船一何苦。水浊不可饮,壶浆半成土。一唱都护歌,心摧泪如雨。万人凿盘石,无由达江浒。君看石芒砀,掩泪悲千古!

诗人对劳动者牛马不如的悲惨生活,寄予了深切的同情。《秋浦歌》中也有两首诗是描写劳动场面的:

炉火照天地,红星乱紫烟。赧郎明月夜,歌曲动寒川。
秋浦田舍翁,采鱼水中宿。妻子张白鹇,结罝映深竹。

写炼铜工人深夜唱着劳动歌曲从事繁重的劳动,面孔照得绯红,李白亲切地称他们为"赧郎",他们声震四野,显示了劳动者的伟力。后一首所写的劳动则是在寂静的夜间进行,一人捕鱼,一人捕鸟,这里的劳动是静谧的。

又如《下泾县陵阳溪至涩滩》中描写在险滩中驶行,船夫"撑折万张篙"之艰难。在《鲁东门观刈蒲》中把农民熟练地收割蒲草写得很美:"挥镰若转月,拂水生连珠。"

李白深于情感,漂泊的生涯,大多是依人为生,因此更加深于友情。在他的全集中,送别是一大类,其中不少的诗表现了深沉、诚挚的情谊。如《黄鹤楼送孟浩然之广陵》:

> 故人西辞黄鹤楼,烟花三月下扬州。孤帆远影碧空尽,唯见长江天际流。

如果不是挚于友情,不会有这样的生活体验。王昌龄被贬龙标后,李白所写《闻王昌龄左迁龙标遥有此寄》也写得情意深长:

> 杨花落尽子规啼,闻道龙标过五溪。我寄愁心与明月,随风直到夜郎西。

不仅音节响亮,而且是从动人的意境中流露着动人的友情。

李白也笃于天伦之情,他的怀念两个孩子的诗和寄妻的诗都是一往情深,感人肺腑。特别是那首《寄东鲁二稚子》,是天壤间的至情之作:

> 吴地桑叶绿,吴蚕已三眠。我家寄东鲁,谁种龟阴田?春事已不及,江行复茫然。南风吹归心,飞堕酒楼前。楼东一株桃,枝叶拂青烟。此树我所种,别来向三年。桃今与楼齐,我行尚未旋。娇女字平阳,折花倚桃边。小儿名伯禽,与姊亦齐肩。双行桃树下,抚背复谁怜?念此失次第,肝肠日忧煎!裂素写远意,因之汶阳川。

一个远游的父亲,对两个无人抚育的孩子的悲伤、焦急怀念之情,写得那么朴素、真切,几乎完全直抒胸臆,而没有什么雕琢。

李白比他的前代诗人或同时代诗人,都更为理解妇女的悲欢,同情妇女的遭遇。在那个时代,妇女被视同有生命的器物,社会地位很低。李白观察到了她们的离合悲欢,写诗为她们倾诉愁苦,塑造了一些坚贞、纯洁的妇女形象。她们美丽、天真而且富于自我牺牲精神，脍炙人口的《长干行》的女主人公便是代表，从儿童到羞涩的少女以至成长为多情的少妇，一切都是那么平凡而又光彩照人。李白还为征人妻写了不少诗歌，最有名的是《子夜吴歌》(其三、其四)和《北风行》。

李白诗中描写了一些生气勃勃、活泼天真、呼之欲出、朴素美丽的吴越女郎：

长干吴儿女，眉目艳星月。屐上足如霜，不着鸦头袜。(《越女词五首》其一)

耶溪采莲女，见客棹歌回。笑入荷花去，佯羞不出来。(《越女词五首》其三)

在李白所塑造的唐代妇女的群像中，有商人妻、征人妇、采莲女、当垆女、宫女、思妇、弃妇、农妇、妓女以及历史上的人物，有的描写她们外形的美丽、活泼；有的刻画她们心地的纯洁、坚贞，可以组成一个多彩多姿的画廊。一千多年过去了，这些形象仍然焕发着青春的气息和感人的艺术魅力。

千姿百态的自然美，是李白诗歌中引人入胜的另一个方面。

李白一生寄情山水，在徜徉山水之中取得了心灵的慰藉，甚至沉溺于山水之乐，而淡薄了追逐仕宦的兴趣。自称："常时饮酒逐风景，壮心遂与功名疏。"(《赠从弟南平太守之遥》)以至于"梦中往往游仙山"(《下途归石门旧居》)，他的大量咏赞自然风物的诗，就是他一生漫游生活的记录。

李白的山水诗描绘并讴歌了我们伟大祖国的壮美河山，是他热爱祖国的一种表现。千百年来，这些诗歌与山河共存，与山河争辉。

他以壮阔的胸襟,非凡的想象,为壮丽的景色留影,为雄伟的山水传神,大至长河巨壑,小如一溪一丘,无不得到他的彩笔的渲染。

巨幅山水诗如《蜀道难》、《庐山谣寄卢侍御虚舟》、《梦游天姥吟留别》、《西岳云台歌送丹丘子》等,写蜀山蜀水、华山、黄河、庐山、越中山水,以各具特色的描写,呈现了不同山水的不同品格,都是太白的力作。如《蜀道难》,夸写蜀道的险峻突兀,幽深崎岖;《望庐山瀑布》两首则磊落清壮;《梦游天姥吟留别》所写是吴越的名山胜境,则色彩缤纷,如梦如幻。

对黄河,这条养育我们民族的母亲河,李白于诗中反复赞美:"君不见,黄河之水天上来,奔流到海不复回!""黄河西来决昆仑,咆哮万里触龙门。""黄河落天走东海,万里泻入胸怀间。"特别是在《西岳云台歌送丹丘子》一诗中写黄河奔腾咆哮,极为壮伟:

西岳峥嵘何壮哉!黄河如丝天际来。黄河万里触山动,盘涡毂转秦地雷。荣光休气纷五彩,千年一清圣人在。巨灵咆哮擘两山,洪波喷流射东海。……

写黄河触山动地,具有神奇的伟力,也象征着盛唐时代人的伟力,给人以豪迈自信之感。"登高壮观天地间,大江茫茫去不还。黄云万里动风色,白波九道流雪山"(《庐山谣寄卢侍御虚舟》),这是李白诗中大江的雄伟姿态。山容、水貌,是诗人经常捕捉的艺术景物,风声、雨态,也是诗人所留心描写的对象。如写风:"古木朔气多,松风如五弦。"(《大庭库》)写雨:"白雨映寒山,森森似银竹。"(《宿虾湖》)写雪:"燕山雪花大如席。"(《北风行》)"地白风色寒,雪花大如手。"(《嘲王历阳不肯饮酒》)飘忽不定的云,更是李白抒情写意的对象:"太山嵯峨夏云在,疑是白波涨东海。散为微雨川上来,遥帷却卷清浮埃。"(《早秋单父南楼酬窦公衡》)"作诗调我惊逸兴,白云绕笔窗前飞。"(醉后答丁十八以诗讥余捶碎黄鹤楼)"有时白云起,天际自舒卷。心中与之然,托兴每不浅。"(《望终南山寄紫阁隐者》)自然界有生命和无生命的景物都被诗人托兴引来,充当诗国的主角或配角,与诗人的心境同起伏,共哀乐。而更重要的是与此同时,诗人揭示了自然美,表现了自然美,在一般人生活中显得平淡无奇的风、月、山、水,被诗人加以点染,便创造出感人的奇妙的境界,培养了人们对自然美的热烈爱好,丰富了人们的审美经验和精神世界。

李白有崇高的理想,远大的抱负,却不为时所用。然而,政治上的失意也许成全了他,他勤奋写作,"书秃千兔毫,诗裁两牛腰",为时代而歌唱,创造了极其丰富的艺术瑰宝,表现了开元、天宝间的社会生活。往事越千年,李白诗歌中的人物、情景,仍然在闪耀着它们的光彩。

第二节　李白诗歌的体裁、风格及艺术特征

李白的诗歌众体具备,各色兼长。总的看来,是一个非常丰富多彩的诗苑,群芳吐艳,齐逞英姿,在各类诗歌中都有不朽的篇章。乐府歌行,篇幅较长,多用来铺写较大的题材和较复杂的思想内容,以便利用它的悠扬转折的音调,抒发深沉多变的思想情感。五言古体诗则多用以直抒胸臆,评议时政,这是从阮籍咏怀、左思咏史、郭璞游仙以来一贯的传统。五、七言近体诗多用来奉和应制,表露才华。五、七言绝句则言简意深,多用于表现片刻的情思。各种体裁由于体制的约束及长短的不同,所表达的意境情调很不一致。

首先谈谈李白的乐府诗。

李白曾经满怀自信地提出"将复古道,非我而谁?"所谓"古道"就是"风"、"雅"的传统,也是我国古代诗歌发展的优良传统。为此,他大量地写作古诗,又大量地拟作古乐府。

乐府诗几乎占他全部诗歌的四分之一。他是唐代写作乐府诗最多的诗人,也是在郭茂倩《乐府诗集》中存诗最多的一位诗人,特别重要的是,他的乐府诗如《蜀道难》、《乌栖曲》、《梁甫吟》、《长干行》等,曾使他在当时名扬天下。

李白的二百三十首乐府歌吟,有不少是拟古题的。但并不是老调重弹,而是有很大的创新,或者扩充了原来的题意,或者离开原题,别立新意。属于第一类的有《蜀道难》,诗人以雄奇的才力、大胆的构思,假神话传说,绘形绘色绘声地描写了蜀道的险峻风光,把"蜀道难"的主题思想发挥达于极致。

又如《长干行》,古辞只是民谣式的五言四句,而李白笔下的《长干行》便大不相同了,那是一首完整的空闺生活的咏叹调。它含蓄、委婉,远远超过乐府古辞和唐人的同题之作。

在旧题之下别立新意的作品,如《古朗月行》,原属杂曲歌辞,鲍照的诗写佳人对月弦歌。李白的诗与鲍诗毫无相似之处,前八句写儿童对月不理解的稚气的发问,是不少人童年时代曾经有过的经验,然后写到月蚀,充满一片天真烂漫之情,是我国古代诗歌中少有的描写儿童心理状态的诗歌。

此外,李白也有一些即事名篇的新题乐府,在缪本中称之为歌吟,共七十九首。其中如《江夏行》、《横江词》、《襄阳歌》等均被郭茂倩收入《乐府诗集》的新乐府中。实际上这七十九首歌吟都可以目之为新乐府词。如《江夏行》从内容到形式都和《长干行》相仿佛,胡震亨说:"按白此篇及前《长干行》篇并为商人妇咏,而其源似出西曲。"则题虽有别,实皆源自乐府。胡应麟说:"六朝乐府虽弱靡,然尚因仍轨辙；至太白才力绝人，古今体格于是一大变。"(《诗薮·外编》)太白的才力绝人处，在于冲破了古乐府的格局，变古为新，大量创作了新歌行。六朝以来，由拟古乐府和抒情小赋结合而产生的创新的歌行，有一番蜕变演化过程，前人如卢照邻、骆宾王手中已经有了开端，但赋的形态还保留了不少。至李白，则完全摆脱了旧的拘束，运用熟练自如。

李白的乐府诗和唐代的现实生活密切关连，如前面举过的《君子有所思行》是他为开元盛世所写的豪迈的颂歌，《长歌行》所热烈歌唱的春光春景，即他所适逢其时的太平时节的象征，《幽州胡马客》、《行行且游猎》描写了边疆民族的风俗生活及边城儿矫捷而娴于骑射的形象。

李白在古诗的创作上取得的特殊成就，是从来一致公认的。如明人高棅的《唐诗品汇》，在历代的唐诗选本中是有特点和受人重视的一种，其所选五言古诗以陈子昂和李白为正宗，并评之曰："诗至开元天宝间，神秀声律，粲然大备，李翰林天才纵逸，轶荡人群。"而在所选的二百五十一首五古之中，选入了李白的诗将近二百首。至于七言古诗，则只推李白一人为正宗，入选诗共七十六首。尽管有人批评高棅的观点有些偏颇，但还应承认这里所选李白的古诗大都是一些佳作，足以反映李白古诗的成就。

在古体诗中，《古风》五十九首是另一特殊类型的诗。它的内容丰富，艺术成就很高，又极富现实意义，所涉及的内容，很大部分与开元、天宝间的重大政治事件有关，是这一历史时期的诗的记录，饱含着诗人对当时政治的悲愤和忧伤，是诗人郁结于中不得不宣泄的爱国忧民之情的总汇。可以说是一组少与伦比的政治抒情诗。在文学史上，它远绍风雅和楚骚，追继阮籍《咏怀》以至陈子昂《感遇》的讽时伤世的传统，寄托深远。兼取咏怀、咏史、游仙三种形式，抒发感慨。雄浑博大,与阮诗相近,但又比阮诗较有线索可寻。

被高棅所独尊的李白的七言古诗,更是迂回曲折,纵横不羁。诗人得心应手地以之驰骋才华,畅抒情怀。如《宣州谢朓楼饯别校书叔云》：

弃我去者昨日之日不可留,乱我心者今日之日多烦忧。长风万里送秋雁,对此可以酣高楼。蓬莱文章建安骨,中间小谢又清发。俱怀逸兴壮思飞,欲上青天揽明月。抽刀断水水更流,举杯销愁愁更愁。人生在世不称意,明朝散发弄扁舟。

这首诗的起句突兀,两句均十一字,又是排句,已经打破了常诗的规格。一开始就直泻胸中"烦忧",是所谓开门见山,显示了太白强烈的忿懑不平。但下联又突然从胸中转到眼前景,由小谢(谢朓)而转及"蓬莱文章建安骨",气韵跌宕飘逸。由于感情震荡,壮怀激烈,须选择大的境界、大的起落予以表现,或以出人意表的神奇之笔,凿空起势,这是李白诗歌艺术表现的一个显著之点。这些惊人耳目的突兀表现和诗歌中波浪起伏的变化,表现了他强烈的用世之心和愤慨之情。这类诗纵横开阖,变幻超忽,历代评论家对此多有揭示。沈德潜说:"白诗天才纵逸,至于七言长古,往往风雨争飞,鱼龙百变,又如大江无风,波浪自涌；白云从空,随风变灭,可谓怪伟奇绝者矣。"

唐人五绝,上承汉魏歌谣、乐府、六朝小诗的传统,初唐作者甚众,如王、杨、卢、骆和宋之问、韦承庆等都有名篇传世,可是论及每个作者的著名作品,却都为数不多。盛唐时代的李白、王维则尽掩前人,好诗之多,后来居上,与崔国辅、孟浩然形成了一时的盛况。李白的五绝尤其得到普遍的传诵,那是因为李白的五绝深得乐府民歌的传统,清新朴素,有谣谚之风,多以白描的手法,显现出情真意远的画

面。反复吟咏,耐人寻味。如《玉阶怨》:

玉阶生白露,夜久侵罗袜。却下水精帘,玲珑望秋月。

《观放白鹰》:

八月边风高,胡鹰白锦毛。孤飞一片雪,百里见秋毫。

前诗只是描写了一个久久望月的妇女,已被寒露侵袜,放下了水精帘后,依旧望着,此中便有一段不能平静的怨情,所以虽不言怨,而怨字深寓其中。放白鹰本可见其展翅翱翔,雄风震荡,而这里却一直写到它飞入高空,仅见凌空飘着一片雪似的羽毛。四句短诗描绘出一幅长空孤鹰高翔的广阔画面,意境开朗,风格雄健。

七言绝句,起自乐府,唐代多作为乐歌演唱。李白才华高逸,无施不可,他的七绝有的便是为了配乐而作的,如《清平调》、《永王东巡歌》。李白的七言绝句,据胡震亨《李诗通》分类所存,约为五十首,其中大多数流传人口,如《望庐山瀑布》、《望天门山》、《早发白帝城》、《苏台览古》、《赠汪伦》、《闻王昌龄左迁龙标遥有此寄》、《黄鹤楼送孟浩然之广陵》、《秋下荆门》、《听黄鹤楼上吹笛》、《春夜洛城闻笛》等,都是唐诗中的珍品,所谓"笔在刚柔之间",各具不同风格。如《早发白帝城》:

朝辞白帝彩云间,千里江陵一日还。两岸猿声啼不住,轻舟已过万重山。

诗中化用了《水经注·江水》对白帝、江陵间水行的描写,以神采飞动而富于音乐节奏感的诗句,写出了这段水程的迅疾,给人愉悦之感。"猿啼"《水经注》原来写道:"常有高猿长啸,属引凄异,空谷传响,哀转久绝……"李诗中的猿声却仿佛两岸的合唱音乐,送人从万重山中急驰而过,更何况"彩云"从开始就带来明快的色调。所以这首诗整个情调是圆转、明朗、欢快的。而《春夜洛城闻笛》与此就不大相同了:

谁家玉笛暗飞声,散入春风满洛城。此夜曲中闻折柳,何人不起故园情?

这首诗和《子夜吴歌》("长安一片月")的格调有些接近,都是从富于感染力的音响出发渲染情感,然后通过风和月,把感情散布、扩大到茫茫无际的太空之中。正如沈德潜所说:"七言绝句以语近情遥,含吐不露为主。只眼前景,口头语,而有弦外音,味外味,使人神远,太白有焉。"(《说诗晬语》卷上)

诗至盛唐,律诗早已成为一种习惯使用的形式,而玄宗更尚音律,他曾在游乐时召李白为写宫中游乐词,嘱写"五言律诗十首"。据说游乐词是李白在既醉之后,由二内臣扶掖下写成的。然而"笔迹遒利,凤跌龙拿,律度对属,无不精绝"。十首《宫中行乐词》现已轶二首,这八首五言律诗不只律对精绝,而且华美明丽,其中所描写的"飞燕"、"舞人",就是尚未封妃时的杨妃,她既善舞,更会娇歌。八首诗是杨贵妃形象的写照,不似一般官僚的应制诗那么严谨板滞,缺乏生气,而是活泼泼地再现了宫廷游乐生活。可见李白并非不长于声律。

李白集中现存律诗共一百三十多首,除杜甫外,比盛唐各家都不少,而且流传人口的佳作也多。如《访戴天山道士不遇》、《渡荆门送别》都是太白青少年时的作品,格律整饬,对仗精切,比王、孟两家的佳作,毫不逊色。后期的律诗,常不守法度,有的如《夜泊牛渚怀古》基本合律而全无对仗,有人以为不是律诗,严羽却说"律诗有彻首尾不对者,盛唐诸公有此体"。李白这样无对仗的律诗有十多首,格调高古,不伤纤弱,与他的总的诗风是协调一致的。

李白的七律只有八首。《鹦鹉洲》完全摹拟崔颢的《黄鹤楼》。《凤凰台》也有摹拟《黄鹤楼》之迹,中间两联对仗工稳,格调高旷,可以比美崔诗。李白还有十七首五言排律,仅《唐诗品汇》就选入了十二首,胡应麟说:"盛唐排律,杜外,右丞为冠,太白次之。"太白的排律一般篇幅较小。在太白集中不算出色的作品,而比之盛唐其他作家如高、孟,仍属上乘。

李白是诗国的巨人,他的许多作品闪耀着惊人的才华和艺术魅力,具有多样的艺术风格,长篇巨制如《蜀道难》、《梁甫吟》、《梦游天姥吟留别》等体制宏伟,感慨深沉,表现了他所特有的雄奇、奔放、壮丽、多变的艺术特色,自有英风豪气流贯其间,足以代表盛唐的时代精神。如《蜀道难》:

噫吁戏,危乎高哉!蜀道之难,难于上青天!蚕丛及鱼凫,开国何茫然。尔来四万八千岁,不与秦塞通人烟。西当太白有鸟道,可以横绝峨眉巅。地崩山摧壮士死,然后天梯石栈相钩连。上有六龙回日之高标,下有冲波逆折之回川。黄鹤之飞尚不得过,猿猱欲度愁攀援。青泥何盘盘,百步九折萦岩峦。扪参历井仰胁息,以手抚膺坐长叹。问君西游何时还,畏途巉岩不可攀。但见悲鸟号古木,雄飞雌从绕林间。又闻子规啼夜月,愁空山。蜀道之难,难于上青天!使人听此凋朱颜。连峰去天不盈尺,枯松倒挂倚绝壁。飞湍瀑流争喧豗,砯崖转石万壑雷。其险也如此,嗟尔远道之人,胡为乎来哉!剑阁峥嵘而崔嵬,一夫当关,万夫莫开,所守或匪亲,化为狼与豺。朝避猛虎,夕避长蛇。磨牙吮血,杀人如麻。锦城虽云乐,不如早还家。蜀道之难,难于上青天!侧身西望长咨嗟。

这首诗虽然用了乐府古题,却完全别开生面。围绕着"蜀道难"这个中心思想,从各种角度加以夸饰,回环感叹"蜀道之难,难于上青天",加重了艰于步履的惆怅气氛。其中固然有大胆的想象和夸张,但决非完全出于想象。李白青年时曾在故乡蜀山游览,并曾有诗纪游,诸如峨眉、岷山等名山胜境,他是熟悉的。他还曾在"岷山之阳"隐居过一段时间,对蜀山的特征是非常了解的,所以《蜀道难》是巍峨、壮伟的蜀道巴山的艺术反映。这首诗的出现,使天宝诗坛为之震动,比李白年辈较长的贺知章在惊叹之馀,呼李白为"谪仙人";殷璠更说:"至如《蜀道难》等篇,可谓奇之又奇,然自骚人以还,鲜有此体调也。"

也有一些诗含蓄、委婉,意远、情遥。如《长干行》可称为这一风格的代表作:

妾发初覆额,折花门前剧。郎骑竹马来,绕床弄青梅。同居长干里,两小无嫌猜。十四为君妇,羞颜未尝开。低头向暗壁,千唤不一回。十五始展眉,愿同尘与灰。常存抱柱信,岂上望夫台。十六君远行,瞿塘滟滪堆。五月不可触,猿声天上哀。门前迟行迹,一一生绿苔。苔深不能扫,落叶秋风早。八月胡蝶来,双飞西园草。感此伤妾心,坐愁红颜老。早晚下三巴,预将书报家。相迎不道远,直至长风沙。

这首诗并没有什么藻饰,却温柔缠绵,婉转流丽,娓娓谈来,诉尽衷曲,使人低回吟味,其情愈酌愈浓。如《子夜吴歌》(其三、其四):

长安一片月,万户捣衣声。秋风吹不尽,总是玉关情。何日平胡虏,良人罢远征?

明朝驿使发,一夜絮征袍。素手抽针冷,那堪把剪刀。裁缝寄远道,几日到临洮?

砧上的征衣,手里的征袍,倾注了闺中思妇的全部相思和愁怨,每诗都以问句结尾,这无从回答的问题把诗中的哀伤之情无限延伸着,深沉而又感人,曾得到历代评论家的激赏。

李白还有的诗清新、俊美、自然、明丽。如《采莲曲》:

若耶溪边采莲女,笑隔荷花共人语。日照新妆水底明,风飘香袂空中举。岸上谁家游冶郎,三三五五映垂杨。紫骝嘶入落花去,见此踟蹰空断肠。

这样的诗完全没有什么雕琢,只写片刻动人情景、人物之间的关系。王夫之以为此诗"只存一片神光,更无形迹矣",完全符合李白自己所标举的"清水出芙蓉,天然去雕饰"的美学标准。又如《渌水曲》、《荆州歌》等都具有同样的特点。

李白也有的诗典雅、华美,如《鼓吹入朝曲》:

金陵控海浦,渌水带吴京。铙歌列骑吹,飒沓引公卿。捶钟速严妆,伐鼓启重城。天子凭玉几,剑履若云行。日出照万户,簪裾烂明星。朝罢沐浴闲,遨游阆风亭。济济双阙下,欢娱乐恩荣。

这是拟六朝帝京朝仪之作,所以雍容华贵,典雅庄严。与之情调类似的还有《侍从宜春苑奉诏赋龙池柳色初青听新莺百啭歌》。《宫中行乐词》等也是华丽优美的。

总之,一位伟大作家的艺术风格,决不会是单一的只具备某种特色,而是兼具各种色调。李白诗歌的主要艺术风格是雄奇、奔放,气势磅礴,变化莫测,但他也有很多其他风格的诗。以上我们只是就表现最为明显特出的几种风格举例说明,并不能包括李白诗歌中其他各具特色的诗。如浑涵凝重的《古风》,真率自然的《越女词》、《浣纱石上女》、《赠汪伦》,清空壮伟之《望庐山瀑布》(二首),等等。宋人徐绩的一首《李太白杂言》对李诗艺术风格的多样化有一段描绘:"盖自有诗人以来,我未尝见大泽深山,雪霜冰霰,晨霞夕霏,千变万化,雷轰电掣,花葩玉洁,青天白云,秋江晓月,有如此之人,如此之诗。"这段话正可以和前引李商隐的"三才万象共端倪"的诗句相应,都可说明李白的诗风琳琅纷呈,千汇万状,展现了盛唐时代诗歌的各种风貌。

李白诗歌的神奇魅力,震惊了盛唐诗坛。成为继屈原之后,我国又一位伟大的浪漫主义诗人。

李白诗歌的艺术特征,是以大胆的想象与夸张创造出神奇莫测的艺术境界。由于诗人的感情奔放,爱憎的情绪强烈,一般抒写手法,常不足以表述其汹涌的激情,于是借助迥出于现实生活的奇特的比喻及幻想的描述来抒发情感。如"燕山雪花大如席"、"白发三千丈"等惊世骇俗的诗句,所产生的艺术效果是强烈的,更生动、更真切地表现了诗人的激越情绪,给读者带来巨大的艺术感染。

其次，李白的诗歌往往起句突兀，一开始就以惊人的语句，先声夺人。例如《蜀道难》的"噫吁嚱，危乎高哉"，便是凿空发出连声的惊叹，造成强烈的艺术效果。又如《宣州谢朓楼饯别校书叔云》，一开始就发出激愤的呼喊："弃我去者昨日之日不可留，乱我心者今日之日多烦忧！"不仅句式奇特，而且立即把读者引入迸涌而出、难于排解的烦忧之中。《赠何七判官昌浩》的"有时忽惆怅，匡坐至夜分"也与此相仿，都是一开始就进入了高潮。仿佛舞台上有的演员从幕后以激越、高亢的歌声呼叫而出。

李白诗歌的第三个特点是富于游仙的色彩。常在现实的抒发描写中，忽然插入非现实的仙境描写，借此摆脱现实生活的羁绊，以尽情表达自己的思想情感。如《梁甫吟》开头本是借历史故事表述自己期望有朝一日能扬眉吐气，而接下来却写欲见明主受阻于玉女及阍者，然后杂写猰㺄、驺虞、二桃杀三士、张公神剑等，变化离奇，似无端绪可寻；诗中或以神仙事影射人间，或故意引用一些离奇的故事，也许是出于不得已的政治逃避。《西岳云台歌送丹丘子》则把明星、玉女、麻姑等仙人和自己的好友元丹丘并写，人、仙并列，似幻似真。至于《梦游天姥吟留别》更借梦游，插入了大段对神仙的描绘：神仙们披彩霞为衣，驱长风为马，虎为之鼓瑟，鸾为之驱车……景象壮丽，色彩缤纷，惊心炫目。

在盛唐时期产生李白这样伟大的浪漫主义诗人，有时代的因素，也有其他因素。

首先，开元、天宝时代是一个富于理想和进取精神的时代。封建社会全盛时期的文明富足，产生了人们进取、自信的生活态度，几乎在所有盛唐诗人的诗歌中，我们都会感觉到一种勇于追求理想、建功立业的精神。这使得一些人的生活富于传奇色彩。生活的浪漫情调，带来思想的浪漫情调。如杜甫所写"李白一斗诗百篇，长安市上酒家眠。天子呼来不上船,自称臣是酒中仙",这样傲岸不羁的生活态度,在其他封建朝代是罕见的,而杜甫却视为胜事加以咏赞。这种时代的特殊的风气,是产生李白浪漫主义诗歌的社会根源。

其次,道教以为修炼可以得道,乘云气,御飞龙,即身成仙。李白对此虽然将信将疑,但终究还是受这些思想的影响。他的颇富神奇色彩的诗歌创作,和他对现实世界的认识密切关联,既然他可以感到"精神四飞扬,如出天地间"(《游泰山》),自然也就会写出"举手弄清浅,误攀织女机"(《游泰山》)的诗句,在《蜀道难》中运用想象编织神话、传说,画出一幅彩错多姿的蜀山画卷。

再次,我国自屈原、庄子所开辟的浪漫主义的光辉传统,给予李白以明显的影响。"并之(庄、屈)以为心,自白始"(龚自珍语),他步屈原、庄子的后尘,为我们创造了新的浪漫主义的"诗世界"。

李白的诗文自青年时期起,便不同凡响,引起了当世人们的重视。苏颋赞美他"天才英丽",贺知章称他为"谪仙人"。杜甫称他"笔落惊风雨,诗成泣鬼神"。这些评价都是不移之论。韩愈的"李杜文章在,光焰万丈长",更是千古定评。李白诗歌对后世的深远影响,不仅表现在后世诗人吸收、学习他的诗歌,形成自己的诗风;还表现在他的诗歌中敢于面对现实,进行批判揭露的斗争勇气以及乐观进取精神给以后人的启迪。唐代诗人齐己说:"锵金铿玉千馀篇,脍吞炙嚼人口传。须知一二丈夫气,不是绮罗儿女言。"方孝孺则说:"斯文之雄,实以气充。"都指李白诗歌中包藏着傲岸不屈的浩然之气。他是我们民族的骄傲。

热爱李白的诗人很多,向他学习或风格与之近似的诗人也代不乏人。宋代大诗人苏东坡、辛弃疾、陆游的诗词中,都可以看到李白的影响,明代诗人高启、杨慎和清代诗人黄景仁都从李白诗歌中吸取了营养,形成了自己的独特风格。

第三节　李白的文、赋及诗论

在盛唐诗人中,李白也以文章名世,特为诗名所掩,故不为人普遍注意。现存书、表、记、赞等文共四卷,约六十馀篇,其宏富不减元结等以文章著称的作家。

按照司空图的看法,善于写诗的,也一定善于为文。他举李杜的文章为例说:"尝观杜子美《祭太尉房公文》、李太白佛寺碑赞,宏拔清厉,乃其诗歌也。"(《题柳柳州集后》)司空图的看法,人以为有以偏概全之弊,但对李白的某些文章来说,仍是比较中肯的。

李白文章中,极少论说文,以送别、纪游之作为多。只有《代宋中丞请都金陵表》,陈述了金陵的天时、地利、人和等有利条件,但对全国总的形势未作全面考虑,只图一时避地东南,作权宜苟安之计,故为识者所不取。

李白的文章中有一部分是为人代笔,文中语言、情感非出于自己心意。只有《代寿山答孟少府移文书》,详陈自己的雄图大志,是文情并茂骈散兼行的自叙文。文中所谓"申管晏之谈,谋帝王之术……事君之道成,荣亲之义毕,然后与陶朱、留侯浮五湖、戏沧洲",是唐代士大夫所追求的典型生活道路。

《与韩荆州书》是一篇脍炙人口的陈情书,说情委婉,是开元年间能脱离骈俪约束、面目一新的文章。陈情剀切,历落有致。对韩朝宗的礼贤下士加以歌颂,对自己的才华大加夸饰。善于夸饰是李白诗文的特色之一。

为送别亲友而写的许多序文,或抒情或叙事或写景,自由挥洒,随心所欲,每一篇中都有耐人玩味的佳句。如:"紫霞摇心,青枫夹岸,目断川上,送君此行。"(《江夏送林公上人游衡岳序》)"舍我而南,若折羽翼,时岁律寒苦,天风枯声,云帆涉汉,冏若绝电,举目四顾,霜天峥嵘。"(《金陵与诸贤送权十一序》)在序文一类中流传最为广泛的是《春夜宴从弟桃李园序》,文章长不到一百二十字,概括地描述了佳会情景。"浮生若梦,为欢几何"这个老调子又一次得到发挥。由于文章短小精炼,潇洒流丽,也像他的小诗一样,成为人们经常吟诵的篇章。

李白还有一些记、赞、铭、颂,多是歌功颂德之作。文字也多数抽象、板滞,没有一点生气,如唐代有名的篆书家李阳冰,应是一位很有特色很有性格的人,可是李白为他所写的画赞却一味颂其德政:"缙云飞声,当涂政成。"关于本人的描述只有"眉秀华盖,目朗明星",使人对李阳冰仍然得不出清晰的印象。倒是那种关于苍鹰、猛狮的画赞写得生动活泼,令人神往。如《壁画苍鹰赞》:

突兀枯树,旁无寸枝,上有苍鹰独立,若愁胡之攒眉。凝金天之杀气,凛粉壁之雄姿。嘴铦剑戟,爪握刀锥。群宾失序以眙眙,未悟丹青之所为。吾尝恐出户牖以飞去,何意终年而在斯!

凶猛之状跃然如见。

李白毕竟是一位伟大的诗人,即使在另外形式的文字中,也多有充满诗情画意的描写,引人入胜。如《天门山铭》:"惟海有若,唯川有神。牛渚怪物,目围车轮。光射岛屿,气凌星辰。卷沙扬涛,溺马杀人。国泰呈瑞,时讹返珍。开则九江纳锡,闭则五岳飞尘。天险之地,无德匪亲。"这篇铭正可与《横江词》对照而读,都是李白对大江险势的生动描写。明人陆时雍说:"青莲居士,文中常有诗意;韩昌黎伯,诗中常有文情。知其所长在此。"(《诗镜总论》)可谓知者之论。

李白写过八篇大赋,他曾屡次自我夸耀因献赋获得优宠:"因学扬子云,献赋甘泉宫,天书美片善,清芬播无穷。"(《东武吟》)"昔献长杨赋,天开云雨欢。当时待诏承明里,皆道扬雄才可观。"(《答杜秀才五松山见赠》)可见献赋是李白博得玄宗青睐的一个重要原因。赋,不仅可以展示作者的才华、学力,还可以用夸饰富丽的语言,显示一代王朝的声威,即所谓"揄扬国体而明功烈"(吕夏卿《唐书直笔》),所以受到统治者的重视。唐代初期的赋中可以称道的作品不多,至盛唐以后,大赋之作始多,这似和开元、天宝间唐帝国的国力臻于极盛有关。李白在《大猎赋序》中说:"白以为赋者古诗之流,辞欲壮丽,义归博远。不然何以光赞盛美,感天动神?"以为赋的功能就是歌颂当朝的文明昌盛。

但是《明堂赋》、《大猎赋》等既然出之于唐代伟大诗人李白之手,就必然带有浓厚的时代色彩和李白的个人情调。唐人尊崇道教,所以在李白的这些赋中所谓匡君之大道,就是阐发老庄义旨,元人祝尧《古赋辨体》早已指出"此(指《大鹏赋》)显出《庄子》寓言,本自宏阔,太白又以豪气雄文发之,事与辞称,俊迈飘逸,去骚颇近"。其中的"以恍惚为巢,以虚无为场"乃是这篇赋的大旨。"喷气则六合生云,洒毛则千里飞雪",把大鹏的威力夸张达于极致。李白嘲笑《子虚》、《上林》、《长杨》、《羽猎》:"迨今观之,何龌龊之甚也!"而他所夸写的则"内以中华为天心,外以穷发为海口,……足迹乎日月之所通,囊括乎阴阳之未有。……羽毛扬兮九天绛,猎火燃兮千山红"(《大猎赋》),都是以自己所习惯运用的浪漫主义的夸张手法来描写,曲折地反映了大唐帝国四夷臣服、国威远震的景况,是那一代人振奋的精神面貌和视野开阔的体现。这类赋作不像司马相如所说的那样,"合纂组以成文,列锦绣而为质,一经一纬,一宫一商"(《西京杂记》卷二)地进行精雕细琢。而是以九天、六合为图版,大笔挥洒。写狩猎时追逐猎物:"金戈森行,洗晴野之寒霜;虹旗电掣,卷长空之飞雪。"景象何等壮阔明丽。就是在《明堂赋》这样描写宫殿的大赋中,李白也会写出像"经通天而直上,俯长河而下低,玉女攀星于网户,金娥纳月于璇题"这样驰骋幻想、意象美好的词句,为赋生色不少。

另外还有抒情小赋五篇,《拟恨赋》是摹江淹的《恨赋》,王琦已经指出其"段落句法盖全拟之,无少差异",只能算是习作。

《惜馀春赋》中有"春不留兮时已失,老衰飒兮逾疾。恨不得挂长绳于青天,系此西飞之白日"之句,似为暮年之作。全篇情调悲怆,清词丽景,杂沓纷来,"见游丝之横路,网春辉以留人","醉愁心于垂杨,随柔条以纠结",诗情画意引人回环吟味。

《愁阳春赋》写春光在离人眼中引起的春愁:"洒别泪于尺波,寄东流于情亲,若使春光可揽而不灭兮,吾欲赠天涯之佳人。"想象也很奇特动人。

《悲清秋赋》和李白的抒情诗很像,是他的怀乡失意之作。"予以鸟道计于故乡兮,不知去荆吴之几千",可能作于洞庭。"荷花落兮江色秋,风袅袅兮夜悠悠。临穷溟以有羡,思钓鳌于沧洲。无修竿以一举,抚洪波而增忧",似为仕途失利时的慨叹。

《剑阁赋》原注"送友人王炎入蜀",赋中所写剑阁之惊险与《蜀道难》有近似处。詹锳曾列举其中相近的句子作比较,以为与五律《送友人入蜀》"俱是先后之作"。同一题材,以不同的三种形式表现,而又各自达到完美的高度,只有天才横溢的李白有此才华。《蜀道难》曾使贺知章惊叹不已,《送友人入蜀》也律对精美,《剑阁赋》虽只是百馀字的小赋,却有大赋体势,元祝尧说"虽以小赋亦自浩荡而不伤俭陋"。观其写剑阁峥嵘之势,"旁则飞湍走壑,洒石喷阁,汹涌而惊雷",气势亦自磅礴。

　　对于李白的赋,历来的评价不算很高。朱熹认为"不及魏晋"(《楚辞后语》)。祝尧则说:"中唐李太白天才英卓,所作古赋,差强人意,但俳之蔓虽除,而律之根固在,虽下笔有光焰,时作奇语,然只是六朝赋尔。"(《古赋辨体》,转引自《文章辨体序说》)我们以为不能完全以古赋的标准要求李白,李白的赋的特点在于表现了盛唐的昂扬奋发的时代精神,充满了浪漫主义的幻想和优美的抒情诗意。特别是那几篇抒情小赋,虽是六朝小赋的馀波,但也呈现了李白自己的风貌。

　　李白并没有系统的关于文学理论的著作留下来,但关于创作却有不少见解散见于诗文之中。《古风》五十九首中有两首诗是纯属谈论诗歌的,其他诗文中也还有一些片言只语可以窥见他的文学主张。

　　据孟棨《本事诗》记载,李白曾说:"梁陈以来艳薄斯极,沈休文又尚以声律,将复古道非我而谁?"他把恢复古道作为历史任务向自己提出。所谓"复古",就是恢复"风"、"雅"传统。在《古风》(一)中,李白以诗的语言论列了我国诗歌发展的各个阶段,标举"风"、"雅"为正声,肯定了《诗经》所开创的现实主义传统为诗歌创作发展的正确道路。陈子昂以"风雅不作,兴寄都绝"批判初唐时宫廷间流行的浮靡诗风。李白所主张的恢复"风"、"雅"传统,即要恢复诗歌的"美"、"刺"职能,对现实政治进行褒贬,把诗歌引向生活。他的《古风》五十九首正是他的诗歌理论的艺术实践。李白对盛唐诗人给以高度评价:"圣代复玄古,垂衣贵清真。群才属休明,乘运共跃鳞。文质相炳焕,众星罗秋旻。"以为诗至开元天宝,恢复了"文质相炳焕"的古道。李白的评价是正确的,盛唐诗歌成为我国诗歌的典范,无论就思想内容或艺术形式都达到了我国古典诗歌的高峰。

李白还以《庄子》寓言中的故事，批评了那种一味摹拟毫无创新的作品。《古风》（三五）中的"丑女来效颦，还家惊四邻。寿陵失本步，笑杀邯郸人"，以生动的比喻，嘲笑了那些内容贫乏形式雷同的作品，并把群众看作是美丑的鉴定者。《庄子》原文并无"邯郸人"，这是李白增添的，亦即认为诗歌的美与丑应该由群众作最后判断，而不应以少数人的特殊兴趣来决定。

　　"清水出芙蓉，天然去雕饰"是李白评价他的朋友韦良宰诗歌的两句诗，也是李白的审美理想。这个诗歌的批评标准早在六朝时就已提出[1]，李白再度把它作为评价诗歌的尺度。此外李白在《泽畔吟》中赞美他的朋友崔侍御的诗"微而彰，婉而丽"，要求义彰而词微，含蓄委婉，曲尽其情致。"婉"是委婉缠绵，即深沉蕴藉的意思。"丽"则要求无论形式和词藻都应华美。微而彰，婉而丽，必须两者兼具，始能富有艺术魅力。

　　有人问李白，他的诗歌为什么写得那么动人，李白回答说："观夫笔走群象，思通神明，龙章炳然，可得而见。"（《冬日于龙门送从弟京兆参军令问之淮南觐省序》）这是李白对自己创作过程的简单概括。即诗的灵感到来时，平日在生活中观察所获得的形象，倏然而来，仿佛冥冥之中有神力相助，因而能创造出生动逼真的诗歌。这几句话也概括地说明了一个作家的形象思维过程。

　　李白强调师法自然，从大千世界获得灵感和启示，他曾说：

　　　　朱明草木已盛，且江嶂若画，赏盈前途，自然屏间坐游，镜里行到，霞月千里，足供文章之用哉！（《早夏于将军叔宅与诸昆季送傅八之江南序》）

　　　　况阳春召我以烟景，大块假我以文章。（《春夜宴从弟桃李园序》）

这些话不必作更多解释,就可以看出李白一贯重视摹写现实,从生活中寻找素材,这是李白所以能创造出大量的动人诗歌的根本原因。

在我国文学史上,李白是一位承先启后、继往开来、倡导一代诗风的伟大作家。他继承了《诗经》、《楚辞》以及乐府民歌的优良传统,还曾多方面地向六朝作家学习,含英咀华,产生了自己的"想落天外"、"横被六合"的瑰丽篇章,表现了开元、天宝间诗人的勇于创造的精神,为后人开拓了新的道路。他以恢复"古道"为己任,提倡"风"、"雅",并在艺术创作实践中作出了辉煌的贡献。

第四节　李白诗歌的影响及流传

在我国历代文人中,还没有任何人能像李白一样,生前、死后都享有崇高的荣誉。

李白以布衣而上闻天子,唐玄宗"降辇步迎",又以"七宝床赐食,御手调羹",放归之后,到处受到迎迓。"王公趋风,列岳结轨,群贤禽习,如鸟归凤"。他的挚友、伟大的诗人杜甫,很早就赞美李白:

> 白也诗无敌,飘然思不群。(《春日忆李白》)
> 笔落惊风雨,诗成泣鬼神。(《寄李十二白二十韵》)
> 千秋万岁名,寂寞身后事。(《梦李白二首》)

杜甫以他的睿智和对李白的深知对李白作出的充满友爱的评语,可称为千古定论。

李阳冰在《草堂集》的序言中也对李白有一段评价:

不读非圣之书，耻为郑卫之作，故其言多似天仙之辞。凡所著述，言多讽兴，自三代以来，《风》《骚》之后，驰驱屈、宋，鞭挞扬、马，千载独步，唯公一人。……卢黄门云："陈拾遗横制颓波，天下质文翕然一变。"至今朝诗体，尚有梁陈宫掖之风，至公大变，扫地并尽。今古文集遏而不行，唯公文章，横被六合，可谓力敌造化欤！

"言多讽兴"是李白诗歌的一大特征，阳冰特举以称赞，可谓深中肯綮。而在天宝、至德、乾元之际，杜甫的声名尚未大显，李阳冰称李白"千载独步"、"横被六合"也是符合实际情况的。至太和初文宗命翰林学士为"三绝赞"，所谓"三绝"即指李白的诗歌、裴旻的剑舞和张旭的草书，便知李阳冰的评论不是夸大之词。此时虽然有元稹抑李扬杜之论，旋即受韩愈驳斥，李商隐更说"李杜操持事略齐，三才万象共端倪"。终唐之世，无人再作轩轾之论了。

人们虽然一再认为李白的诗非学可至，如说"太白多天仙之词，退之犹可学，太白不可及也"（张戒《岁寒堂诗话》卷上），但由于李诗强烈的艺术感染力，人们也往往从一些大家的诗歌中，看出了李白对他们所产生的影响。如说"退之七古有绝似太白处，读者自知之"（清马位《秋窗随笔》）。韩愈在创作上主张"唯陈言之务去"，他的以文为诗的作法似乎受杜甫的影响较深，但于汪洋恣肆、气势豪迈上，却有似太白。稍后于韩愈的李贺，一向也被看作是受李白影响的诗人。张戒说："贺诗乃李白乐府中出，瑰奇谲怪则似之，秀逸天拔则不及也。贺有太白之语，而无太白之韵。"（《岁寒堂诗话》卷上）明人胡应麟也说"太白幻语为长吉之滥觞"（《诗薮·内编》卷三）。

李益，是中唐一位优秀诗人，诗风在大历诗人中比较刚健清新，他的《登天坛夜见海》很像李白的《梦游天姥吟留别》,《长干行》则因为像李白的诗,竟被误编入李白集中。明人陆时雍说:"李益五古,得太白之深,所不能者澹荡耳。"(《诗镜总论》)至于如李赤以姓名标榜自己对李白的崇慕,倒未见得真能仿佛李白于一二。

宋代菲薄李白的议论最盛。王安石选四家诗,置李白于欧阳修之下,引起人们的质疑,王安石则答曰:"太白诗语迅快,无疏脱处。然其识见污下,诗词十句九句言妇人酒耳。"(释惠洪《冷斋夜话》卷五)自元稹之后,抑李扬杜之论再度喧腾,对从璘一事谴责尤多。其中以苏辙、赵次公、朱熹、陆游等的言论最为激烈。或批评他只关心醇酒妇人,不关心国家危难;或谴责他从璘没有头脑。陆游则说"盖白识度甚浅,观其诗中如'中宵出饮三百杯,明朝归揖二千石'……浅陋有索客之风"(《老学庵笔记》)。两宋时期注杜号称千家,只有南宋末年时的杨齐贤才开始为李白的诗第一次作注。这个巨大的悬殊与士大夫中流行的抑李思潮有关,应该说两宋是研究李诗的低落时期。

但是就在这个低落时期,尚能公正评价李白诗歌的仍大有人在。据刘邠《中山诗话》记载,欧阳修"于李白而甚赏爱,将由李白超趋飞扬为感动也"。陈师道以为苏东坡"晚学太白,至其得意,则似之矣。然失于粗,以其得之易也"(《后山诗话》)。苏东坡曾为李白的画像作赞,歌颂李白,《冷斋夜话》和《韵语阳秋》都有记载。这位苏长公入庐山游赏,因有人把徐凝的瀑布诗与李白的瀑布诗并举,大不以为然,"不觉失笑"。后人开元寺,寺僧求诗,因作一绝为李白鸣不平:"帝遣银河一派垂,古来唯有谪仙词。飞流溅沫知多少,不为徐凝洗恶诗。"(《东坡诗话录》)欧阳修所作《太白戏圣俞》(一作《读李集效其体》)、徐积的《李太白杂言》都热情地颂赞了李白。另外一些评论家,对李白诗歌也能较冷静地给以评价。朱熹虽对李白从璘

一事有所指责,但对李诗却非常推重:

> 作诗先用看李杜,如士人治本经,本既立,次第方可看苏黄以次诸家诗。(《朱子语类》卷一四〇)
>
> 李太白诗非无法度,乃从容于法度之中,盖圣于诗者也。(《朱子语类》卷一四〇)

这些评价不仅很高,而且很深刻,被潘德舆称为"极则"。陆游也喜爱李白的诗歌,说"明窗数编在,长与物华新"(《读李杜诗》),以光景常新评李杜诗歌,道出其不朽的生命力。袁枚还认为杨万里"天才清妙,绝类太白"(《随园诗话》卷一五)。宋代最有影响的评论家严羽曾说:"李杜二公,正不当优劣。太白有一二妙处,子美不能道;子美有一二妙处,太白不能作。子美不能为太白之飘逸,太白不能为子美之沉郁。"已能从分析的眼光对待李杜,只是他的见解要到明初才得到较有力的响应。

在毁誉交加的嘈杂声中,两宋时期也有两位著名的诗人遗留下两篇令人感动的赞词,表达了对李白的仰慕之情。王禹偁的《李太白真赞》云:

> 予尝读谪仙传,具得其事。……恨不得生于天宝间,与谪仙挈书秉毫,私愿毕矣。有时沐肌濯发,斋心整衣,屏妻孥,清枕簟,馨炉以祝,拂榻而寐,意者求告梦而觇仙姿也。虔洁逾月,祷之弗征。噫!凡目无分而觇之耶?仙客无灵而察之邪?……丁丑中澣,倅高平赵公,……公暇之间,语及皇唐文士,予以谪仙为首称,云得其真,出以相示。予乃弹冠拭目,拜而窥之,宿素志心,于是并遂。观乎谪仙之形,态秀姿清,融融春露,晓濯金茎。

> 谪仙之格,骨寒气直。冷冷碧江,下浸秋石。仙眸半瞑,醉魄初爽。海底骊龙,眠涛枕浪。仙袂狂鞾,霓裳任斜。松巅皓鹤,宿月栖霞。龙竹自携,乌纱不整。异貌无匹,华姿若生。真所谓神仙中人、风尘外物者也……(《小畜外集》)

序后又附以赞,其倾慕之情可谓至矣尽矣。所以录入此序,是因为魏颢虽然说过太白"眸子炯然,哆如饿虎,或时束带,风流酝藉"的话,究竟不及王禹偁面对写真图像写得如此细致。再则也可以看到纵横宋初诗坛的王禹偁是如何朝夕思慕,希图一见李白之丰采的。

无独有偶,南宋末年的陈亮也写了一篇《谪仙歌》,向冥冥苍空的太白星乞灵,与李白对话:

> 清夜独坐,天地无声,星斗动摇,欣观李白集,高吟数篇,皆古今不经人道语。……寥寥数百年间,扬鞭独步。吾所起敬起慕者太白一人而已。感叹久之,恨无人能继太白后,因成《谪仙歌》,是以祝太白,举觞以酬太白,太白有灵,其听我声、知我意矣!
>
> 李白字太白,清风肺腑明月魄,扬鞭独步止一人,我诵太白手屡拍。尝闻太白长庚星,夜半星在天上明。仰天高声叫李白,星边不见白应声。又疑白星是酒星,银河酿酒天上倾。奈无两翅飞见白,王母池边任解酲。欲游金陵自采石,玩月乘舟归赤壁。欲上箕山首阳巅,看白餐雪水底眠。……白也如今安在哉,我生恨不与同时,死犹喜得见其诗。岂特文章为足法,凛凛气节安可移。金銮殿上一篇颂,沉香亭里行乐词。……歌其什,鬼神泣,解使青冢枯骨立。呼其名,鬼神惊,惟有群仙侧耳听。我今去取昆山玉,将白仪形好雕琢。四方上下常相随,江东渭北休兴

思。会须乞我乾坤造化儿,使我笔下光焰万丈长虹飞。(《龙川文集》卷一七)

陈亮文词磊落豪纵,未尝不是受了李诗的影响。王禹偁和陈亮对李白如此顶礼膜拜,如醉如痴,说明李白诗歌的艺术魅力不是任何訾咒所能损害的。

元代著名诗人萨都剌(天锡)对李白也极为倾慕,其《过池阳有怀唐李翰林》和《采石怀李白》两诗,不只是追想、描绘了李白的风采,也表达了深深的倾慕之情。传说他"登司空山太白台叹曰:'此老真山水精也。'遂结庐其下,避世终焉"(《江南通志·流寓》)。人评其诗"天马行空而步骤不凡,神蛟混海而隐现莫测,威凤仪廷而光彩蹁跹。"(明刘子钟《萨天锡诗集序》),与李白诗境颇接近。

明代崇尚李白。明初闽中十子中的林鸿论诗主盛唐,认为"开元天宝间神秀声律,粲然大备,故学者当以是为楷式"。高棅认为这是"确论",所以在他编选的《唐诗品汇》中标举盛唐,以李杜为宗,这也是上承严羽之论,对纠正宋末诗歌的细琐纤巧之风很有作用。高棅在宗法盛唐之中又特别推重李白。《明史·文苑传》说"终明之世,馆阁以此书(《唐诗品汇》)为宗",这就影响了有明一代的诗风。高启是明代的优秀诗人,他的诗很明显地受了李白的影响。清人赵翼曰:"李青莲诗,从未有能学之者,唯青丘与之相上下,不唯形似,而且神似。"(《瓯北诗话》)

明代对李诗的研究也有了新的发展。在南宋杨齐贤注本及元代萧士赟补注之后,朱谏选注了李诗,并视另一部分不被选入的诗为伪作。虽有主观臆测之嫌,不尽能取信于人,但其所注释的部分纠正旧注之误不少,也还是有参考意义的。万历时胡应麟、胡震亨继起,唐诗研究进入了一个新的阶段。特别是胡震亨,对唐诗的研究作出了巨大的贡献,他的《李诗通》删去了杨、萧注释的繁琐部分,又纠正了其中的一些错误,是对李诗研究的推进。胡应麟曾说:"唐人才超一代者李也,体兼一代者杜也。李如星悬日揭,照耀太虚;杜若地负海涵,包罗万汇。李惟超出一代,故高华莫并,色相难求;杜惟兼综一代,故利钝杂陈,巨细咸蓄。"评论虽笼统了些,可是在诸多形象的譬喻中,又要区分,又要并重,又要贴切,没有深刻的理解是无法作出这样的评述的。

清代学者对李杜大约能持平对待。吴梅村在反对竟陵与拟古之际,同尊李、杜,他说:

夫诗之尊李杜,文之尚韩欧,此犹山之有泰华,水之有江河,无不仰止而取益焉,所不待言者也。

至乾嘉时,以风格标立派别。其中也不乏宗杜宗李的诗人。如郑燮是推重杜甫的,黄景仁则独尊李白。袁枚在《仿元遗山论诗》中说:"中有黄滔今李白,看潮七古冠钱塘。"《观潮行》乃景仁名篇,驰名当时。另外他自己在《太白墓》一诗中也说:"束发读君诗,今来展君墓。清风江上洒然来,我欲因之寄微慕。……我所师者非公谁?"所写《长风沙》五言古诗,款款道来,全似《长干行》。

早在李白生前,已是"新诗传在宫人口,佳句不离明主心","《大鹏赋》家藏一本",其作品在民间的流传是很广泛的。杜甫还说过:"文彩承殊渥,流传必绝伦。"(《寄李十二白二十韵》)但事实并非完全如此。李白生前虽曾三次授稿于人,而编集流传并不顺利。第一次"尽出其文,命颛为集"(《李翰林集序》),而据魏颢称,"经乱离,白章句荡尽。上元末(761)颢于绛偶然得之",此所谓偶得之稿是否即白原来所"尽出"之文？很值得怀疑。因魏颢所编次之《李翰林集》只二卷，收"赠颢作、颢酬白诗……次以《大鹏赋》、古乐府诸篇"（宋敏求谓仅二卷四十四篇），恐非李白交付魏颢的全部诗文。乾元间，白复将平生述作，罄其草，于江夏授倩公，此稿后来没有下文，当是散失不知去向。最后，临终前取草稿手授族叔李阳冰，俾令为序。阳冰所写《草堂集序》，不仅记述了李白生平，材料翔实可据，对李白诗歌的评价，亦符合实际情况，见出李阳冰识见高人一等，李白临终托付可谓得人。白死后二十八年，刘全白在《翰林学士李君碣记》中称"诗文亦无定卷，家家有之"，对《李翰林集》及《草堂集》均未提及。白死后五十五年，范传正为作墓碑时称"文集二十卷，或得之于时之文士，或得之于宗族，编辑断简，以行于代"。所谓"文士"、"宗族"，不知是泛指，抑即指魏颢及李阳冰？会昌三年白死已八十一年，裴敬重为立碑，未言文集之事。

宋咸平元年（998），乐史以《草堂集》为基础，作了一次较大的增补，并编杂著为《李翰林别集》，共合三十卷，但此本今已亡佚。

熙宁元年（1068），宋敏求获王溥家藏李诗上、中二帙，并裒集唐类诗及石刻所传，沿旧目而编次，合为三十卷。曾巩又为之考次先后，即今所谓宋本者。

第一个为李白文集作注的是南宋庆元五年的进士舂陵杨齐贤，后又得由宋入元的萧士赟为作补注。萧氏以为杨注"博而不能约"，故加删节补充而成。按萧氏自宋淳祐元年（1241）中进士后，即无意仕进，专心注释李诗，到至元辛卯（1291）书成，历时五十年。《四库全书总目提要》称其书"大致详赡，足资检阅"。明嘉靖癸卯（1543），郭云鹏"以其注之泛且复也"，删节约半，增入徐祯卿云云，又取杂文五卷附其后，有文无注，共成三十卷，即今四部丛刊本。陆心源以为此本"使古书面目几无一存，殊为谬妄"（《仪顾堂续跋》卷一二）。

胡震亨《李诗通》二十一卷，一般典实不注，偶下己见，驳正杨、萧旧注之误，虽简略，亦有精当处。

清王琦编注笺释的《李太白全集》三十六卷，是李诗注释的集大成之作。《四库全书总目提要》称其"欲补三家（杨、萧、胡）之遗阙，故采摭颇富，不免微伤于芜杂"。此书序言的作者齐召南说："载庵早鳏，阒处如退院老僧、空山道士……足以发太白难显之情而抉三家未窥之妙。"另一序者赵信曰："杜有千家注，李注仅止三家……载庵（王琦）穷半生之精力以成此书，一注可以敌千家。"此书自刊行以来，已二百馀年，仍通行不废，亦可见其生命力。

抗日战争时期，詹锳于偏僻的云贵两省执教之时，完成了《李白诗文系年》，对李白诗文进行了考证，系年的诗文近七百四十首，约占李白诗文总数的三分之二。其成果已多被瞿蜕园、朱金城合著之《李白集校注》所采用。其后郁贤皓又对李白交游事迹进行了一系列考证，也解决了一些向所不清的问题。现在李白研究已不算沉寂，李诗的光芒必将更大地显耀于世。

〔1〕 钟嵘《诗品》中《宋光禄大夫颜延之》条引汤惠休语："谢（灵运）诗如芙蓉出水，颜（延之）如错采镂金。"又《南史·颜延之传》："延之尝问鲍照，己与灵运优劣，照曰：'谢五言如初发芙蓉，自然可爱；君诗如铺锦列绣，亦雕绘满眼。'"

第二十章 杜 甫(上)

第一节 杜甫生平及创作道路

杜甫(712—770)字子美,自称少陵野老或杜陵布衣,京兆杜陵(今陕西省西安市东南)人,生于河南巩县。杜甫十三世祖为晋代名将兼名儒杜预,杜氏家族是"奉儒守官,未坠素业"的。这个家世使杜甫引以自豪,成为其毕生追求功业的动力之一。

杜甫的祖父杜审言是位才高名大而又十分自负的才子,武后朝中著名诗人,为五律、五排的发展作出过贡献。诗在唐朝是修养、文化和文明的象征,有这样的祖父使得杜甫在思想上把作诗看作自己的"素业",兢兢业业地为之奋斗。

杜甫诞生于先天元年,这年正是"四纪为天子"的玄宗即位的第一年。玄宗初继位时锐意求治,革除了武后以来的许多弊政,由于近百年的社会稳定,经济高度发展,文化空前繁荣,形成了史家所称的"开元之治"。这是中国古代社会最辉煌的时期,杜甫青少年时代就活动在这个时期。

一、杜甫青少年时代。杜甫青少时期可述的主要有四件事,即读书、漫游、交友、求取功名。杜甫青少年时代就熟读了儒家经典、历代史书和文学作品。在长安时他曾说"读书破万卷",杜甫中年之后为衣食奔走,不遑暇居,这万卷书都是其早年力学所致。唐人重《文选》,杜甫也是如此。它不仅是求取功名的必读书,而且也是写诗必须借鉴的典籍。杜甫精熟《文选》,因此他在以后的创作中在借鉴魏晋南北朝文学创作经验教训方面要比其他诗人更有成绩一些。

盛唐时期的文化生活是丰富多彩的,许多艺术门类都出现了一些名家,杜甫观赏过许多名家的表演。他六岁时曾在郾城(今河南省许昌)观赏最负盛名的舞蹈家公孙大娘舞"剑器浑脱"。它给杜甫印象极深刻,以致五十年后还能生动地写道:"观者如山色沮丧,天地为之久低昂。爡如羿射九日落,矫如群帝骖龙翔。来如雷霆收震怒,罢如江海凝清光。"在东都岐王宅里听过著名歌手李龟年的歌声;后来还观赏过"草圣"张旭的书法,以及"三绝"之一裴旻的舞剑。这些多方面的艺术熏陶必然提高了杜甫的艺术素养。

游历是盛唐文人重要生活节目之一。游历的目的不外是开拓视野,交结友朋,扩大自己的影响,使社会知道自己,了解自己,为出仕做官创造条件(当时的科举考试是推荐与选拔相结合的)。

盛唐时期物价很贱,社会太平,交通便利,几乎每一个有成就的诗人都曾经历过漫游生活。杜甫青少年时代的漫游共有四次。最早是十九岁时游晋之郇瑕。第二次是二十岁时游吴越,这次大约用去了四年。另外还有二十五岁时的游齐赵和三十三岁时游梁宋及第二年再游齐赵。

杜甫的吴越之游开阔了眼界,他瞻仰了历代文化遗迹,凭吊了古往今来的才俊之士,濡染了处于江南水乡六朝文人的流风馀韵。他晚年曾写道:"东下姑苏台,已具浮海航。到今有遗恨,不得穷扶桑。王谢风流远,阖闾丘墓荒。剑池石壁仄,长洲荷芰香。嵯峨阊门北,清庙映回塘。每趋吴太伯,抚事泪浪浪。枕戈忆勾践,渡浙想秦皇。蒸鱼闻匕首,除道哂要章。越女天下白,鉴湖五月凉。剡溪蕴秀异,欲罢不能忘。"(《壮游》)

开元二十三年(735)杜甫曾回洛阳参加进士考试,未中。不过,这对风华正茂的杜甫来说算不了什么,第二年他又开始了齐赵之游。其父杜闲任兖州司马,物质上有所保障,他可以"放荡齐赵间,裘马颇清狂"(《壮游》)了。在此期间他结识了日后的密友:苏源明、高适。此时写的一些作品有少量流传至今。如《登兖州城楼》、《望岳》等。当诗人仰望泰山时想到"登泰山而小天下"的名言,写下了"会当凌绝顶,一览众山小",这两句俯视一切、慷慨高昂的名句,正预示着杜甫将在诗国中攀上顶峰。此时名作还有《房兵曹胡马》、《画鹰》等,这些都表现了杜甫的少年精神。

开元二十九年(741)杜甫从齐鲁回到洛阳,洛阳作为东都其繁华可与长安相比。许多失意的王侯卿相以此作为赋闲之地。天宝三载(744)三月李白被权贵佞倖排挤出长安,取道洛阳东归。此时在洛阳生活了两年的杜甫一见到这位有"仙风道骨"、名满天下,又待人平易的浪漫诗人,马上被他吸引了。仿佛早有夙缘,杜甫见到李白马上把自己的满腹牢骚倾吐了出来:"二年客东都,所历厌机巧。野人对膻腥,蔬食常不饱。"(《赠李白》)杜甫羡慕李白求仙访道、自由自在的生活,于是便随同李白游梁宋,在宋中又遇到高适。这三位封建阶级的浪子、名高一代的才人,登高纵酒、谈诗论文、骑射游宴、讥评时政,十分畅快。后来杜有诗记录这一段生活:"忆与高李辈,论交入酒垆。两公壮藻思,得我色敷腴。气酣登吹台,怀古视平芜。"(《遣怀》)"昔者与高李,晚登单父台。寒芜际碣石,万里风云来。桑柘叶如雨,飞藿共徘徊。清霜大泽冻,禽兽有余哀。"(《昔游》)此年秋三人分手,李白北游齐赵,高适南游楚。杜甫往兖州省亲,李白回鲁郡探家。天宝四载初李白在齐州(今山东济南)受道箓,杜甫也来到齐州。他陪同当时名满天下,英风豪气人莫能比的李邕游历下亭、新亭。李邕对杜甫称赞了其祖父的五言排律,这给诗人很大启示。他一生也写了大量的排律。对于远道而来的李白,杜甫赠诗云:"秋来相顾尚飘蓬,未就丹砂愧葛洪。痛饮狂歌空度日,飞扬跋扈为谁雄!"(《赠李白》)历来多以为此诗"赠语含讽,见朋友相规之义焉"。有人认为"痛饮"二句是李杜两人小影,其实都不甚准确。杜甫此时倾心于李,也热心求仙。李白访道有成,故以"葛洪"喻之,"痛饮"二句是言自己一事无成,有愧对李白之意。李杜二人建立起兄弟般的友谊:"余亦东蒙客,怜君如弟兄。醉眠秋共被,携手日同行。"(《与李十二白同寻范十隐居》)此年冬二人分别,李白游江东,又去寻找新的世界和友谊;而杜甫却无时不在思念着李白。

这几次漫游,杜甫晚年名之曰"壮游",反映了杜甫游历时特有的心情,他当时年少气盛,心胸开阔,志豪气壮。社会的安定与繁荣、朋友们的推重和时代风气的熏染都使杜甫自负自信。他蔑视庸俗、鄙弃无所作为,国家与社会似乎也为其未来展示了锦绣前程。

二、长安十年。天宝五载(746)杜甫三十五岁,他已娶妻生子早到了应该担负家庭重担的年龄,于是他来到了唐朝首都长安,求取功名、建立功业。

长安在当时是世界上最宏伟、最繁华的城市。它是唐代文人、艺术家集聚的地方,几乎每一个著名的诗人都到过长安,都在长安有过一段或长或短的停留。长安的宏伟与繁荣启发着诗人的想象,给他们以奇思壮采;长安的文化艺术熏陶着诗人,提高着他们的审美能力;长安的阶级对立和一切不公正的现象教育着诗人,使他们更深刻地认识生活。可以说唐代的长安是一个培养、造就诗人的城市,是诗的城市。人们在这里唱诗吟诗、谈诗写诗,互相唱酬、往来赠答,争芳斗艳、蔚成风气。许多重要的诗人到达长安后，创作有了长足的进步。长安是哺育诗人的摇篮，杜甫虽然早年学诗，上"三大礼赋"前已写千馀首，可是真正形成自己的独特风格还是在到达长安以后。

杜甫到长安是为参加科举考试。天宝六载玄宗下诏广求天下之士，"命通一艺者诣京师"接受考试，而此时正是奸相李林甫垄断朝政期间，他害怕士人"泄漏当时之机"，因之一人不取。还上表玄宗说"野无遗贤"。后杜甫追述此事，万分愤恨地说："破胆遭前政，阴谋独秉钧。微生沾忌刻，万事益酸辛。"(《奉赠鲜于京兆二十韵》)

科举道路走不通了，于是杜甫就走献赋和干谒权贵的道路。唐规定士人可以通过献赋求取功名。杜甫先后献了《雕赋》、"三大礼赋"(《朝献太清宫赋》、《朝享太庙赋》、《有事南郊赋》)、《封西岳赋》。只有"三大礼赋"受到玄宗的重视，命他待制集贤院。于是他有了一次终生难忘的殊遇："天子废食召，群公会轩裳。""集贤学士如堵墙，观我落笔中书堂。"成为杜甫一生的骄傲。但是这次幸遇不仅无助于他实现远大政治理想，而且连一官半职也没有获得。杜甫生活越来越困难了。他干谒权贵不仅是藉以求官，有时就是为了一顿饱饭。他在诗中写道："朝扣富儿门，暮随肥马尘。残杯与冷炙，到处潜悲辛。"(《奉赠韦左丞》)他为糊口，到处奔走，"卖药都市，寄食友朋"，因此长安豪贵的奢侈豪华更激起他的不平与愤怒，他曾写了《丽人行》、《乐游园歌》等揭露贵族豪门腐朽奢靡生活的作品，而自己和与自己一样的广大人民过的是"饥卧动即向一旬，敝衣何啻联百结"的贫困生活。现实使他感到阶级对立的严酷。

杜甫还看到玄宗好大喜功、穷兵黩武的开边政策给人民带来的灾难，为此他写了《兵车行》、《前出塞》。他预感到唐帝国表面繁荣下所潜伏的危机，在《同诸公登慈恩寺塔》中写道："秦山忽破碎，泾渭不可求。俯视但一气，焉能辨皇州。"诗人感到山河破碎、风雨飘摇的时候就要到来了。

天宝十四载四十四岁的杜甫忽被任命为河西尉（在同州），这是县令的属官，负责催科敛税、捕捉盗贼，而且时时要趋奉长官、鞭挞黎民。杜甫不愿意干，于是他被改任右卫率府胄曹参军。这是个掌管器杖的小官，和他青年时代形成的致君尧舜的远大理想相距太大了。他不愿意只图个人醉饱，而使妻子在异乡挨冻受饿。他写了《去矣行》，这是杜甫的《归去来辞》。天宝十四载岁末一个严寒的黑夜，他离开生活了近十年的长安到寄居在奉先（今陕西蒲城县）的妻子那里。一路上看到饿殍遍野，可是当他凌晨经过骊山华清宫时，皇帝和他的宠妃群臣正在通宵达旦地饮酒作乐，回到家中幼子因冻饿而死，一系列的刺激使他悲愤满怀，因而写下了著名史诗《自京赴奉先县咏怀五百字》。此时安史叛军的铁骑已经攻陷洛阳逼近潼关了。

如果说家族传统、自贞观到盛唐所形成的积极进取精神和所接受的教育使杜甫树立了"自谓颇挺出，立登要路津"的信念和"致君尧舜上，再使风俗淳"的理想；那么十年长安的屈辱与贫困的生活对他的信念和理想是个很大的打击。

三、陷贼与为官时期。安史之乱是唐朝由盛转衰的转折点，中原一带人民备受战乱之苦，杜甫此时作为人民的一员颠沛流离，饱尝流亡之苦，这段经历对于杜甫走向人民是个动力。在战乱中他不仅看到广大人民的痛苦，而且还感受到人民的爱国热忱。安史之乱的表现形式是地方藩镇反对中央政府；实际上构成安史叛军的多是胡人，安禄山、史思明及多数将领也是胡人，叛军对汉族人民的屠戮和对中原先进生产力的摧残，使得这场战争带有民族战争的性质。因此广大汉族人民是反对安史叛乱的，在平叛战争中出现了许多可歌可泣的人和事，杜甫从自己的生活体验中也深深感到人民为了祖国和民族的献身精神。

杜甫避乱鄜州时得知肃宗在灵武(今宁夏灵武)继位的消息,于是他不顾生命危险,冒死投奔肃宗,不料半道被叛军虏到长安。此时长安已经沦陷,经过叛军的野蛮蹂躏,过去的繁华一去不复返了,为此他写下了《哀江头》。杜甫身在长安,心系家国,他关切民族复兴战争的成败,当唐军大败于陈陶斜和青坂时,诗人写下了《悲陈陶》、《悲青坂》,沉痛哀悼为国捐躯的将士,并对唐军仓促用兵提出了意见。《塞芦子》一诗表达了诗人对整个战局的关切,希望能有人提醒肃宗加强芦子关的防务。这些感人肺腑的诗篇表现了杜甫诚挚的爱国主义热忱。

至德二载(757)夏天,杜甫利用草木茂盛得以隐蔽,穿过唐军与叛军对峙的防线,投奔当时朝廷所在的凤翔。肃宗任命他为左拾遗,品位虽然不高,但是近臣,唐代许多宰相都做过拾遗、补阙。这说明肃宗对冒死归来的杜甫是嘉许的(也可能因为杜甫曾为太子属官,所以对他分外照顾)。杜甫也想在国家多事之秋能够有所作为。可是封建朝廷里的谏官仅仅是封建专制制度的一个点缀,起决定朝政作用的还是不能拂逆的皇帝的意志。于是正直而天真的杜甫为官不到两个月就因为房琯问题和肃宗发生了冲突,被诏三司推问,幸而有张镐营救,得免于罪。但此事无异于浇向杜甫报国热忱的一瓢冷水。此年秋,肃宗诏许杜甫回鄜州探亲,实际上这是疏远他的一种表示。于是这位白头拾遗只得徒步而返了,一路上,他看到战争给社会带来的破坏,给人民带来的灾难,不由得五内如焚。回到家中他把路上所见所闻和自己对国家命运、人民苦难的关切一起写入长篇史诗《北征》和《羌村》三首。

九月长安收复,杜甫携家返长安,继续在朝中供职,但政治热情已经大异于昔时。因为当他真正走近统治集团决策核心时,他才感到昔日的信念与理想实在天真和可笑。不久,杜甫被赶出朝廷,任华州司功参军,这在政治上对他又是一个严重打击;但这也促使他走向生活、走向人民。

乾元元年(758)冬杜甫从华州到洛阳办事,这一带是安史叛军与唐军你来我往进行拉锯战的地方,人民受战争之苦最深,因之对于安史叛军恨得最深。杜甫知道叛乱是由于唐朝最高统治集团腐败造成的,现在又把战争的重担完全放在广大人民的肩上,这是极不公平的。基于这种认识,结合路上所闻见写下了光照千古的"三吏"(《潼关吏》、《石壕吏》、《新安吏》)"三别"(《新婚别》、《垂老别》、《无家别》)。诗中反映了人民的苦难,但他从人民勇敢地承担起苦难时所表现出的坚毅看到了国家、民族的希望。这一点在雄伟辉煌的《洗兵马》中得到更充分的表现。

华州司功参军的职务给杜甫带来的只是烦躁与苦恼,乾元二年秋天,他离开司功参军的位置,带着全家长途跋涉,来到秦州(今甘肃天水),其去官原因,史书上说因"关辅饥",不可信,主要还是诗人对唐肃宗的失望。因此,他在秦州曾写道:"唐尧真自圣,野老复何知?"(《秦州杂诗》)不料到了秦州,住了大约三个月,生活陷入困顿,不得已而投奔同谷(甘肃成县),到了同谷走入了绝境,濒于冻饿而死的边缘。此时正当岁暮,无衣无食,何以卒岁。为此他写下长歌可以当哭的《乾元中寓居同谷县作歌七首》,其二云:"长镵长镵白木柄,我生托子以为命。黄精无苗山雪盛,短衣数挽不掩胫。此时与子空归来,男呻女吟四壁静。呜呼二歌兮歌始放,闾里为我色惆怅。"真是令人不忍卒读。同谷实在住不下去了,于是他一家人又向成都走去,开始了漂泊西南的生活阶段。这一年是杜甫最艰苦的一年,也是他的诗作最丰富的一年。饥饿、战乱,还有执着的对理想的追求迫使他"一岁四行役"。他和难民一样四处奔走、逃难。如果他随和一点,官虽小,但总能干下去,不愁不能一级级地晋升;如果他彻底忘怀了世事,两京的"薄产",总可以使他有碗饭吃。可悲的是杜甫既不能糊涂地做官,更不能心安理得地归隐当地主。所谓"谋官谋隐两无成",只得去奔波。从此年开始,他的后半生永远奔波在路途上,而且离朝廷越来越远。

四、漂泊西南时期。"无食问乐土,无衣思南州"(《发秦州》)。秦州、同谷的饥寒给杜甫留下的印象太深刻了,他投奔成都是考虑到衣食问题的。成都相对比较安定。杜甫的好友高适任彭州刺史,距成都很近。他还有一些亲朋(如杜济、李之芳、裴冕、崔圆、裴迪等)俱在成都。杜甫在成都西郊浣花溪畔觅得一块土地,开始经营草堂。他在草堂居住了三年多,这里便成为文学史上一块圣地。

草堂这段生活可以说是杜甫自长安以来比较平静的一段。他种花种树种菜,养鸡养鸭养鹅,也从事一些体力劳动。虽不免时有饥寒之虞,但比起动乱时期的颠沛流离毕竟宁静多了。他的身心都得到了暂时的休息。杜甫此时有暇欣赏大自然之美和体会生活的情趣。"江山如有待,花柳更无私"(《后游》),这与尔虞我诈的官场是多么不同!他庆幸自己远离了朝廷:"眼边无俗物,多病也身轻。"(《漫成》)他写了《为农》、《江涨》、《漫成》、《狂夫》、《春水》、《卜居》、《春夜喜雨》等赞颂大自然之美的篇章。但是,杜甫并没有忘怀国家的动乱与人民的苦难,他写了《茅屋为秋风所破歌》、《枯棕》等悲叹人民的不幸,并表现了诗人推己及人的人道主义精神。杜甫的政治热情也没有消失,他关切着当时政局的变化,写下了《野老》、《杜鹃行》、《蜀相》等作品。

上元二年(761)严武被任命为成都尹。严在长安时就是杜甫的好友。他来到成都劝杜甫出仕,杜甫也以知己待严武,为严武出了一些有利于国家人民的好主意,严武也采纳了一些。为此他写了《遭田父泥饮美严中丞》一诗赞美严在服役问题上采取的放宽政策,使得久役之人可以放归,回家营农。本年七月严武入朝,杜甫一直送到绵州,在临别时赠诗云:"公若登台辅,临危莫爱身。"(《奉送严公入朝十韵》)可见杜严是以道义相交的。

  杜甫与严武分别后,剑南兵马使徐知道在成都作乱,杜不能归,于是便辗转绵州、梓州、阆州、射洪一带,依靠当地官僚资助为生。诗人在射洪访问了陈子昂故里,对于陈的人品与诗才作了高度评价:"终古立忠义,《感遇》有遗篇。"(《陈拾遗故宅》)广德元年(763),杜甫正在梓州,唐军收复河北,历时八年的安史之乱结束。诗人听到这个消息兴奋已极,立即写下了充满爱国热忱的《闻军官收河南河北》。今天我们读这首诗时仍可以清晰地感觉到诗人那颗兴奋的心是如何激烈地跳动。本年严武在京推荐杜甫为京兆功曹参军,杜甫未赴任。广德二年,严武再镇两川,本打算买舟东下的杜甫改变了原计划,回到成都,并接受严武的邀请入幕,协助工作,为节度使府参谋,检校工部员外郎赐绯鱼袋。在幕中杜向严进《东西两川说》,从这个建议里可见杜甫对两川军事形势的熟悉和他的行政才能。但杜甫不善于官场周旋,不久即辞幕。诗人这一段生活比较富裕,但他也总为衣食寄人而深感不安,在赠严武的诗中就不无酸辛地写道:"宽容存性拙,剪拂念途穷。"因此杜甫也最同情穷途的飘泊者,其名篇《丹青引》就是为"途穷反遭俗眼白"的名画家曹霸写的,其中也寄寓了深沉的盛衰之感。

  永泰元年(765)四月严武突然去世,本拟在成都长住的杜甫失去了依靠,只得沿江出峡。他在《去蜀》诗中云:"五载客蜀郡,一年居梓州。如何关塞阻,转作潇湘游。"可见诗人因北归不得才转而东游。他顺江经过嘉州(乐山)、戎州(宜宾)、渝州(重庆)、忠州(忠县)到云安(云阳)。在云安因身体多病,停留调养了半年有馀。大历元年(766)夏杜甫到夔州(奉节),为夔州都督柏茂琳所照顾,就在此地居住了下来。他奉柏命主管东屯一百顷公田，自己也在瀼西买了四十亩果园，变更了出峡的初意，打算长住了。此时他年龄五十五岁，身体多病，从"七龄思即壮，开口咏凤凰"起近五十年了。在夔州期间他有意总结自己一生经历和创作上的得失，有计划地写作了一些组诗，在律诗、排律、绝句等诗体的体裁、格律上都作了可贵的探索。这方面的名作有《壮游》、《昔游》、《遣怀》、《往在》、《偶题》、《八哀》、《秋兴八首》、《诸将五首》、《咏怀古迹》五首、《夔府咏怀》、《夔府书怀》、《戏为六绝句》、《解闷十二首》等。

避居在偏僻的夔州，杜甫的心并没有宁静下来。严武去世后巴蜀州郡长吏或部将拥兵自雄，并相互攻城略地，给人民带来极大的苦难。杜甫用诗歌揭露和抨击这些吃人的豺狼，其《三绝句》中写道："前年渝州杀刺史，今年开州杀刺史。群盗相随剧虎狼，食人更肯留妻子。"他还想念着故乡："故乡门巷荆棘底，中原君臣豺虎边。"他祈望着战争的平弭："安得务农息战斗，普天无吏横索钱。"（《昼梦》）夔州人民的苦难也时时系在他的心底。《负薪行》同情夔州至老不能出嫁的劳动妇女。《最能行》中描写了冒着生命危险，与恶风险浪搏斗的船夫。由于战乱频仍失去了丈夫或儿子的妇女很多，诗人把同情给予生活在社会最底层的寡妇："哀哀寡妇诛求尽，恸哭秋原何处村！"（《白帝》）"征戍诛求寡妻哭，远客中宵泪沾臆。"（《虎牙行》）在《又呈吴郎》中写道："堂前扑枣任西邻，无食无儿一妇人。不为困穷宁有此？只缘恐惧转须亲……"在这通俗平淡的诗句中贯注了多少理解、同情和体贴啊！这种平凡而又深挚的感情是其他盛唐诗人们所没有达到的。

杜甫在夔州住了三个年头，"形胜有余风土恶"，这是他对夔州总的看法。当大历三年（768）正月，其弟杜观在当阳（湖北省当阳市）催促其东下，杜甫于是仓猝东下，开始了漂泊江湘的生活。

杜甫飘泊西南时期可分前后两段。一是"五载客蜀郡"阶段,杜甫方从北方奔波逃难来到成都,在风诡云谲的政治风波中有了一个相对安定的处所。他在此小作休憩,经营小园,从容领略大自然的美,从平野溪流、风和日丽中汲取诗情。此时作品也以清新畅达者为多。后一段为夔州期间。此时诗人老病相兼,万方多难,悲愤满腔而又百端压抑,其诗多近体拗体,也多奇崛古拙之作,为宋代的江西派所取法。

五、终老江湖。大历三年正月杜甫将瀼西四十亩果园赠与"南卿兄",离开夔州。在《早发》诗中写道:"艰危作远客,干请伤直性。"这是诗人对近两年夔州生活的反省。杜甫全家从白帝城出发经过了瞿塘峡、巫峡,东下江陵。江陵的亲友并没有给他什么帮助,他处处受到冷遇,而且还要预防种种不测:"结舌防谗柄,探肠有祸胎。苍茫步兵哭,辗转仲宣哀。饥藉家家米,愁征处处杯。休为贫士叹,任受众人咍。"(《秋日荆南述怀三十韵》)诗人思念家乡,并考虑北还,但在北方安史乱后又开始了藩镇割据、军阀混战的局面。大历三年商州兵马使刘洽叛乱,杀死防御使殷仲卿,商州一带大乱。杜甫北返之路被阻断,只得南下公安、岳阳。诗人感到自己老了,但他并未颓唐,在《江汉》中言志道:"江汉思归客,乾坤一腐儒。片云天共远,永夜月同孤。落日心犹壮,秋风病欲苏。古来存老马,不必取长途。"他还关切着岁暮饥寒无告的劳动人民,写了《岁暮行》,诗中展示洞庭鱼米之乡人民的生活:"况闻处处鬻男女,割慈忍爱还租庸。"年底杜甫到达岳阳,当他登上岳阳楼时,烟波浩渺、一望无际的洞庭湖开拓了诗人的心胸,他写下了《登岳阳楼》:"亲朋无一字,老病有孤舟。戎马关山北,凭轩涕泗流。"他思念的不单纯是自己的家乡,而且包括朝廷和中原的人民。因此,诗人的"老骥伏枥"之志油然而生,馀热未尽,又写下了"留滞才难尽,艰危气益增"(《泊岳阳城下》)的名句。

杜甫南行的目的是投奔衡州刺史韦之晋。到衡州后韦于大历二年改潭州刺史,他又回潭。大历四年夏韦病故。在衡潭往返中诗人结识了颇有点传奇色彩的诗人苏涣。此人曾为"盗",后折节读书为官。两人很谈得来。大历五年湖南兵马使臧玠杀潭州刺史崔瓘,潭州城内火光冲天,一片混乱。杜甫只好南逃。他打算逆耒水而上到郴州依其舅父郴州录事参军崔伟,但因夏秋水大,船逆水难行,困在距耒阳四十馀里的方田驿。耒阳聂令知道此事,令人致牛肉白酒,诗人写了《聂耒阳以仆阻水书致酒肉疗饥荒江》,此后就有传说杜甫食之过饱,死于方田驿。这个说法并不可靠。一是大历五年夏之后还有六七首诗如《回棹》、《长沙送李十一》、《过洞庭湖》、《风疾舟中伏枕书怀三十六韵奉呈湖南亲友》,难于把这些作品都说成是伪作,或编入他年。第二,此传说产生甚晚,较早的记载[1]产生于中唐以后的郑处诲《明皇杂录》。而元稹应杜甫之孙杜嗣业之邀而撰写的《唐故工部员外郎杜君墓系铭》中言杜甫"扁舟下荆楚间,竟以寓卒,旅殡岳阳",当较可靠。

杜甫回棹洞庭,计划北返,在大历五年秋冬之际死于从潭州到岳阳的船上。临终之前他仍惦念着祖国的命运和人民的苦难:"公孙仍恃险,侯景未生擒。书信中原阔,干戈北斗深。……战血流依旧,军声动至今。"(《伏枕书怀》)这是诗人的绝笔。一代诗人就这样寂寞地死于一叶小舟之中。

从上所述,可见杜甫自中年以后绝大部分岁月都在奔波逃难、漂泊,沉沦于社会的底层(即《旧唐书》本传所谓"与田夫野老相狎荡")。他的思想感情及其在诗歌创作上的表现都与这些生活实践联系在一起。我们讲到他受的是正统的儒家教育,但不应过分强调儒家思想对他的影响。因为儒家思想作为传统文化的心理是在汉族人民中普遍存在的。正如崇信道家的司马谈在指责儒家"博而寡要，劳而少功"的缺点之后所明确肯定的："若夫列君臣父子之礼，序夫妇长幼之别，虽百家弗能易也。"(《史记·太史公自序》)而杜甫结合自己的生活实践比较多的吸收了儒家思想的先进部分。如"忠君"观念，他就不同于后来的韩愈所主张的"臣罪当诛，天王圣明"式的愚忠。他所理解的忠君主要是"谏君之失"，而不是"逢君之恶"。这是因为在生活中他看到和感受到了君王种种过失给人民带来的深重苦难，所以他的诗中有许多大胆揭露和批评君王过失的作品。宋人洪迈论"唐诗无忌讳"时，列举杜甫的作品特别多。他一生经历玄宗、肃宗、代宗三朝，对每个皇帝都有很鲜明尖锐的批评。

佛道两教在唐极盛，杜甫中年以后生活在贫困痛苦之中，有时难免要到宗教中寻找解脱。他对佛教的倾心主要在夔州期间。《秋日夔府咏怀》中云："身许双峰寺，门求七祖禅。落帆追宿昔，衣褐向真诠。"仿佛这是他决计出峡的原因，其实他第二年到荆江一带，并未去蕲南的双峰寺，也未到庐山寻马祖道一，可见这不过是一时的发心动念。因为苦难虽然使诗人向往解脱，但也更加深他对尘世的眷恋。在《谒真谛寺禅师》中说："未能割妻子，卜宅近前峰。"在《别李秘书始兴寺所居》写道："妻儿待米且归去，他日杖藜来细听。"美妙的说法终归代替不了衣食，在佛徒禅客看来恐怕只能说他俗缘忒重了，但这就是杜甫，他的思想意识是紧紧关注着生活的。

至于道教在杜诗中也有表现，这主要是因为杜甫中年以后身体多病，要借道教医药调养，故其诗涉及道教时多谈服食、黄精、丹砂等。直到其绝笔中还沉痛地说："家事丹砂诀，无成涕作霖。"(《伏枕书怀》)至于佛道两教教义对其作品的影响是不大的。

第二节　杜甫诗文的思想内容

　　今存最早的宋本杜诗如王洙本、九家注本、黄鹤补注本等都把《奉赠韦左丞丈二十二韵》放在第一首,虽然大家都公认这首诗并不是杜甫最早的作品,但它却是最早、最明朗地表述诗人自己的理想抱负和人生道路的诗篇:

　　　　纨袴不饿死,儒冠多误身。丈人试静听,贱子请具陈。甫昔少年日,早充观国宾。读书破万卷,下笔如有神。赋料扬雄敌,诗看子建亲。李邕求识面,王翰愿卜邻。自谓颇挺出,立登要路津。致君尧舜上,再使风俗淳。

这一番抱负,一方面是他少年时代遥望泰山而想象"会当凌绝顶,一览众山小",见胡马而赞叹"骁腾有如此,万里可横行"(《房兵曹胡马》)的豪迈气概的继续发展;另一方面也和李白所说的"群才属休明,乘运共跃鳞"、王维诗所说的"圣代无隐者,英灵尽来归"一样,是异口同声地唱出了盛唐积极有为的时代精神。也就是说,这种抱负,这种豪情,并不是杜甫所独有的。就以"致君尧舜""窃比稷契"来说,他心目中的"尧舜",实际就是以唐朝的开国奠基皇帝唐高祖、唐太宗为活的模特儿;他仰慕攀比的"稷契",也是以房玄龄、魏徵、姚崇、宋璟等以直道匡君的名臣为榜样,并不是什么完全不切实际的复古幻想。所谓"武德开元际,苍生岂重攀"、"煌煌太宗业,树立甚宏达"、"中兴似国初,继体如太宗",就是他终生向往的理想政治局面。但是,他一生的蹭蹬坎坷,也在此诗中开始倾诉出来了:

>   骑驴十三载，旅食京华春。朝扣富儿门，暮随肥马尘。残杯与冷炙，到处潜悲辛。(《奉赠韦左丞丈二十二韵》)

这一段旅食京华的辛酸、屈辱、凄苦，已经是李白、王维所未曾体验的人生，只有元结的"欲歌当阳春，似觉天下秋"，孟云卿的"飘飘万馀里，贫贱多是非"，王季友的"雀鼠昼夜无，知我厨廪贫"，情调比较近似。这些诗句已从盛唐诗歌的浑融的兴象中，渐渐生出芒刺和棱角。但是当写到仕途濒临绝望的时候，他最后却又引吭高歌：

>   常拟报一饭，况怀辞大臣。白鸥没浩荡，万里谁能驯？

把自己比作一只自由自在地出没于万顷烟波之中的白鸥，叫我们想起李白的"长风破浪会有时，直挂云帆济沧海"。可见直到结尾，盛唐诗人的宏放热情并没有从这首诗里消失。

自此以后，他的生活一天天地陷入贫困失望的困境。这位裘马轻狂、读书万卷的公子，正是经历这十年的磨炼才真正懂得朝廷政治，懂得民生疾苦，从而也懂得从时代的生活激流里汲取源源不断的诗情，在安史之乱爆发之前就写下了一些预告灾难即将来临的杰出诗篇。《兵车行》写出咸阳桥上，官府强迫遣送前线的一批兵士，被爷娘妻子们拦道哭送的悲惨情景，发出"边庭流血成海水，武皇开边意未已"的尖锐痛切呼声。《丽人行》描绘曲江岸上贵妇云集的旖旎春光，重点描绘出天子宠爱杨氏兄妹，"御厨络绎送八珍"的新闻特写式的场面，而且在叙事中，以史家的直笔点出"虢""秦""丞相"的爵位名号。更值得注意的是《自京赴奉先县咏怀五百字》，诗人回顾他半世的坎坷经历和百折不挠的忧国忧民的抱负，叙述他凌晨经过骊山的见闻感受：

> 凌晨过骊山,御榻在嵽嵲。蚩尤塞寒空,蹴踏崖谷滑。瑶池气郁律,羽林相摩戛。君臣留欢娱,乐动殷胶葛。赐浴皆长缨,与宴非短褐。彤庭所分帛,本自寒女出。鞭挞其夫家,聚敛贡城阙。圣人筐篚恩,实欲邦国活。臣如忽至理,君岂弃此物？多士盈朝廷,仁者宜战栗！况闻内金盘,尽在卫霍室。中堂舞神仙,烟雾蒙玉质。暖客貂鼠裘,悲管逐清瑟;劝客驼蹄羹,霜橙压香橘。朱门酒肉臭,路有冻死骨！荣枯咫尺异,惆怅难再述！

这里不仅以最真实的史笔记述了"渔阳鼙鼓动地来"前夕明皇贵妃们还在歌舞通宵的情景气氛,更重要的是触发了他长期蕴积在内心里的深广的忧愤:一面是人民悲惨的生活,一面是君相外戚们的荒淫与无耻！浩茫无边的心事,好像高齐终南山的天风海潮在全诗中冲激动荡。当然,在杜甫写这些诗的同时,李白、高适、元结等人也对天宝时代人民的苦难写出了一些充满同情的篇章,但就忧愤的深度、呼声的强烈而言,杜甫已经是这个时代交响乐的第一提琴手。

自天宝十五载(756)六月潼关失守,杜甫也就到奉先携家属北上避难,从此到乾元二年(759)秋赴秦州之前,产生了两个系列的名作。一是自叙经历,兼抒忧念家国心情的作品,如《月夜》、《春望》、《喜达行在所》、《述怀》、《羌村三首》、《北征》、《彭衙行》等篇。一是更集中写时事见闻,写社会动态的新乐府诗,如《哀王孙》、《悲陈陶》、《悲青坂》、《哀江头》、《塞芦子》、《洗兵马》及"三吏"、"三别"等。

《北征》是前列诗中的长篇杰作。诗里写他在动乱年代,从凤翔行在出发经麟游、邠州、宜君到鄜州探亲的沿途见闻,以写凤翔城外军民呻吟流血的惨象始,写鄜州附近"寒月照白骨"的战场景色终。只在中间写邠州以北的一段高冈和深谷的野花、山果等等景物,心情略有变化,但仍然是在饱经乱离中流露出来的世外桃源的遐想。他写自己回家后所见的妻子儿女动态的几个小镜头,也是万方多难的时代画卷中的精彩素描,显出大诗人无所不能的艺术本领。这首诗"以皇帝始,以皇帝终",确实是"一篇大结撰"。无论写满目疮痍的时代,写官军反攻的主力配备,写关系人心向背的马嵬事件,他都把皇帝和国家放在中心的地位。自宋以来关于杜甫论述马嵬的诗句就有不同的误解,只有鲁迅说:"敢说'不闻夏殷衰,中自诛褒妲'的有几个?"肯定了杜甫对玄宗敢于直言不讳的勇气。萧涤非先生也指出这两句诗表明"所谓'五十年的太平天子',只不过比亡国之君略胜一筹而已!"这"略胜一筹"当时确实具有关系人心向背的作用。

"三吏"、"三别",最后一列诗的代表。乾元二年三月,九节度之师在邺城大溃败之后,史书只说当时"东京士民惊骇,散奔山谷。留守崔圆、河南尹苏震等南奔襄邓,诸节度各溃归本镇,士卒所过剽掠,吏不能止,旬日方定。"(《资治通鉴》卷二二一)对于从新安到潼关一带发生的捕捉男女老少充当兵士役夫的混乱局面,史书只字未提。杜甫却极郑重地、有计划地写了这六首组诗。一方面大胆揭露唐王朝征调兵卒役夫毫无章法,扰害人民的局面;另一方面也写出人民在这个特殊紧急时期宁肯忍受种种痛苦而自觉或半自觉地走上前线的爱国热情。全组诗带着"诗史"的"实录"特色,无论"客行新安道,喧呼闻点兵"、"暮投石壕村,有吏夜捉人"的叙事,或"四郊未宁静,垂老不得安"、"寂寞天宝后,园庐但蒿藜"的自白,都是极朴实深厚的语言。他用这种语言写出了一出出最平凡而又最惊心动魄的悲剧:"白水暮东流,青山犹哭声",仿佛那滔滔东流的白水带走了一去不返的孩子们,而屹立不动的青山却好像送行的母亲们还在发着呜咽的哭声。只有这样与山河融为一体的哭声,才能表现出控诉"天地终无情"的巨大悲愤。在石壕村里,他记下老妇在县吏不断追问下越说越凄凉的"致词",展示她一家三子被征,两个战死的遭遇,写出老妇走后,他深宵如闻幽咽,天明独别老翁的耐人寻思的场景。暮婚晨别,床席未暖的新妇那如泣如诉的话别词,又是一曲缠绵而悲壮的乐章:

兔丝附蓬麻,引蔓故不长。嫁女与征夫,不如弃路旁。结发为君妻,席不暖君床。暮婚晨告别,无乃太匆忙。君行虽不远,守边赴河阳。妾身未分明,何以拜姑嫜?父母养我时,日夜令我藏。生女有所归,鸡狗亦得将。君今往死地,沉痛迫中肠。誓欲随君去,形势反苍黄。勿为新婚念,努力事戎行。妇人在军中,兵气恐不扬。自嗟贫家女,久致罗襦裳。罗襦不复施,对君洗红妆。仰视百鸟飞,大小必双翔。人事多错迕,与君永相望。(《新婚别》)

这里"妾身未分明"、"鸡狗亦得将"等句近于"潜意识"流露的自言自语;"勿为新婚念,努力事戎行",又是突发于内心的慷慨无私的勉励之词。这个在大敌当前时不惜牺牲一切的平凡妇女就仿佛站在我们面前。在"子孙阵亡尽"之后又走上前线的老头,临别还关心老妻的衣裳单薄,还对她说了许多宽心的话,但是这一切都掩盖不住他"弃绝蓬室居,塌然摧肺肝"的痛苦。从邺城前线溃败落荒回来举目无亲的战士,又忍着眼泪把自己刚捡来的一条命再次奉献给国家,当他发出"家乡既荡尽,远近理亦齐"的内心独白之时,我们更清楚地看出他那苍茫沉痛的心仍然是和家园乡土紧紧地联系在一起的。伟大的诗人在那死人如麻的动乱年代,以一颗真正的仁者之心,审视着这些普通人的灵魂，写出他们身心所负担的巨大灾难，写出他们思想感情的无比重量，他们是唐王朝中兴的希望，所以能令读者"下千秋之泪"！

离开华州、关中，远游陇右，辗转入川，开始了他飘泊西南的暮年生活。承平时代长安的酒肆、歌筵、园林、山水之间的诗酒风流生活，李辅国、张良娣操纵下的日益昏暗的朝政，史思明卷土重来以后的中原战场，虽然并未从他记忆里消失，但在他眼前展开的已经是秦川蜀道的新的土地和新的人民，是陇右、川北的边防危机。"老去才难尽，秋来兴甚长"，新的诗材诗境又在他的编年诗卷里相继展开。《秦州杂诗二十首》，自秦州到成都的长途纪行诗二十首，和"三吏"、"三别"相比，虽同是组诗，面貌已完全不同，他把忧国忧民的思绪已完全融合在边塞风光之中了。

　　州图领同谷，驿道出流沙。降虏兼千帐，居人有万家。马骄朱汗落，胡舞白题斜。年少临洮子，西来亦自夸。(《秦州杂诗》三)

　　南使宜天马，由来万匹强。浮云连阵没，秋草遍山长。闻说真龙种，仍残老骕骦。哀鸣思战斗，迥立向苍苍。(《秦州杂诗》五)

汉胡杂居的秦州正面临着西来的吐蕃势力的威胁。良种战马征调一空之后，平凉西南的"南使"牧场上，只剩几匹老马在满山的秋草中哀鸣了。和高适、岑参笔下的陇右风光相比，时代气氛已大不相同了。但还有比地理社会环境变化更重要的东西：隐居避世的思想在他的组诗里萌芽了，山水田园的情趣在他的组诗中出现了：

> 传道东柯谷,深藏数十家。对门藤盖瓦,映竹水穿沙。瘦地翻宜粟,阳坡可种瓜。船人近相报,但恐失桃花。(《秦州杂诗》十三)

这不是偶然的见景生情,他确实想过"东柯遂疏懒,休镊鬓毛斑",想过"采药吾将老,儿童未遣闻"。本来他"罢官"远来秦州的主要原因就是对朝廷的失望,现在他干脆说:"唐尧真自圣,野老复何知。"(《秦州杂诗》二十)唐肃宗已完全落入李辅国等一伙佞臣包围之中,不能容纳任何正言说论了。与他对唐肃宗完全失望的心情相对照的是自秦州以后,陶渊明的名字就陆续出现在他诗篇里了。开始说"陶潜避俗翁,未必能达道",还有托兴解嘲的意味,当他带着妻小跋涉在陇蜀的奇峰湍流之间的时候,想起"优游谢康乐,放浪陶彭泽",就不免有自愧不能如陶的自由适性之叹了。到成都以后,他经营了草堂,所谓"我生性放诞,雅欲逃自然。嗜酒爱风竹,卜居必林泉"(《寄题江外草堂》)。为农为圃,种树种药种菜,心情就更多地与陶渊明相契相通了。如:

> 锦里烟尘外,江村八九家。圆荷浮小叶,细麦落轻花。卜宅从兹老,为农去国赊。远惭勾漏令,不得问丹砂。(《为农》)
> 寒食江村路,风花高下飞。汀烟轻冉冉,竹日净晖晖。田父要皆去,邻家问不违。地偏相识尽,鸡犬亦忘归。(《寒食》)

景物极平常,情调极冲淡,是唐人五律中最朴实清新的一类。他卜宅锦里烟尘之外而有终老之念,与陶令终身辞世的心情非常接近。与田父邻家相互往来,更是陶诗常见的内容。后来到夔州,他更明白地表示:

> 不爱入州府,畏人嫌我真。及乎归茅宇,旁舍未曾嗔。老病忌拘束,应接丧精神。江村意自放,林木心所欣。(《暇日小园散病将种秋菜督勒耕牛兼书触目》)

他对酬应州府官吏深表厌倦,对田父邻居则亲切交往,可见两大诗人在爱憎观念上确有共同的语言。当然,陶杜两人个性并不完全相同,例如杜甫往往把忧国忧民的心情写进诗里,陶渊明虽然也并不忘怀世事,但往往只是微言暗示,所谓"语时事则指而可想"。像下面这两首,几乎可一望而知其为杜诗:

> 竹凉侵卧内,野月满庭隅。重露成涓滴,稀星乍有无。暗飞萤自照,水宿鸟相呼。万事干戈里,空悲清夜徂。(《倦夜》)
> 农务村村急,春流岸岸深。乾坤万里眼,时序百年心。茅屋还堪赋,桃源自可寻。艰难昧生理,飘泊到如今。(《春日江村》)

前诗把乡村月色之清凉幽静,夜景之缓缓推移,写得细入毫发,似乎他平日流露的忧国忧民的意念已经被"淡化"了,不料收尾处他只用"万事干戈里"一句点睛,就画出一个"不眠忧战伐"的老诗人。后诗,诗人身在小村而心怀万里,磊落的济世襟怀,全是结合眼前农务自然流出。宋人曾几诗:"不愁屋漏床床湿,且喜溪流岸岸深。"(《苏秀道中》)正是在无意之间道出杜甫济世的怀抱。

除在大量的写景抒情之作中关心时局而外,他在西南漂泊时期还写了一些直接揭露讽刺宦官军阀贪官污吏的作品,例如《天边行》痛心"陇右河源不种田,胡骑羌兵入巴蜀"的国势衰落局面;《石笋行》斥有关成都西门一双石笋的邪说,直接揭露蒙蔽至尊的小臣李辅国之流;《冬狩行》讽刺地方军阀只知打猎取乐:"草中狐兔尽何益,天子不在咸阳宫";《三绝句》指出川东盗贼横行,两个刺史被杀,殿前禁军在汉水上杀人虏掠妇女等骇人听闻的现实;《岁晏行》写洞庭湖的莫徭人卖儿卖女,"割慈忍爱还租庸"的境遇。但是在揭露统治阶级罪行的同时,对一些在朝在野的可以和上述恶势力相抗衡的有胆识有正义感的人物也寄予热情的希望。用他的话说就是:"天地则疮痍,朝廷多正臣。异才复间出,周道日维新。"(《别蔡十四著作》)他并不因肃宗受蒙蔽而对时局完全绝望。《寄韩谏议》一诗正是寄希望于一二位曾系国家安危的在野大臣的杰作:

今我不乐思岳阳,身欲奋飞病在床。美人娟娟隔秋水,濯足洞庭望八荒。鸿飞冥冥日月白,青枫叶赤天雨霜。玉京群帝集北斗,或骑麒麟翳凤凰。芙蓉旌旗烟雾落,影动倒景摇潇湘。星宫之君醉琼浆,羽人稀少不在旁。似闻昨者赤松子,恐是汉代韩张良。昔随刘氏定长安,帷幄未改神惨伤。国家成败吾岂敢,色难腥腐餐枫香。周南留滞古所惜,南极老人应寿昌。美人胡为隔秋水,焉得置之贡玉堂!

钱谦益笺注说"此诗殆为李泌而作",颇有道理。李泌是一位有传奇色彩的人物,曾以白衣山人身份辅佐过初在灵武即位的肃宗皇帝,并曾一度深得肃宗的信任,后来受李辅国等人所排挤,就隐居衡山,修道养真,完全合乎全诗中那种游仙的气氛和赤松、张良的身份。但杜诗所说的"羽人稀少不在旁",所指者并不止一人。当肃代之际,与李泌身份相似而又同在湖南者,尚有被贬为辰州司户的张镐,他不仅曾从肃宗定长安,而且杜甫早就在《洗兵马》长诗中比他为张子房了。所谓"张公一生江海客,身长九尺须眉苍",也是颇有仙风道骨的人物。杜甫不仅把改变大局的希望寄之于在野的柱石之臣,对于能为民请命的地方官吏如道州刺史元结,他也热烈称赞。他的《同元使君舂陵行》序言说:

> 览道州元使君《舂陵行》兼《贼退后示官吏作》二首,志之曰:当天子分忧之地,效汉官良吏之目。今盗贼未息,知民疾苦。得结辈十数公,落落然参错天下为邦伯,万物吐气,天下少安,可待矣。不意复见比兴体制,微婉顿挫之词,感而有诗,增诸卷轴,简知我者,不必寄元。

元结作道州刺史,见老百姓吃草根树皮度日,不忍做"官逼民反"的事,他读了元的诗是何等的激动。他向知己朋友热情地歌颂了元结,却又不让他们把自己的诗寄给元。从现存元结的遗文看来,元结生前似乎并不知道杜甫曾经赞美过他。在《赠李十五丈别》里他也称赞李勉治理地方的卓越政绩:

> 汧公制方隅,迥出诸侯先。封内如太古,时危独萧然。

杜甫前期为了干谒求仕,难免对一些达官贵人作虚词称颂,后期也有官场应酬之作,但像这样发自内心的赞美,其感人力量并不下于充满义愤的揭露讽刺之作。对于自己的老朋友高适和严武,他更是在治国安民的事业上对他们寄予满腔热望:

> 殊方又喜故人来,重镇还须济世才。常怪偏裨终日待,不知旌节隔年回。欲辞巴徼啼莺合,远下荆门去鹢催。身老时危思会面,一生襟抱向谁开?(《奉待严大夫》)

汶上相逢年颇多,飞腾无那故人何! 总戎楚蜀应全未? 方驾曹刘不啻过。今日朝廷思汲黯,中原将帅忆廉颇。天涯春色催迟暮,别泪遥添锦水波。(《奉寄高常侍》)

杜甫集中与高适的诗约十五六首,与严武的诗约三十几首。这两首则特别突出他们的政治、军事方面的才能与威望,关系着朝廷封疆的安危。朝野人才问题就是这样深深地牵动着老杜晚年的思想感情。

杜甫有时是从所知所见的人才的遭际联想国事与时局;有时又从举国的局势追溯到人才零落的可悲景象。他晚年在夔府所写的一系列著名的组诗中,《诸将五首》就是环顾大历初年大唐帝国西北、华北、东北、华南、西南五个军事重镇的形势,慨叹"诸将"之令人失望。清管世铭《读雪山房唐诗序例》说:"少陵七律,自当以《诸将五首》为压卷,关中、朔方、洛阳、南海、西蜀,直以天下全局运量胸中。如借兵回纥,府兵法坏,宦官监军,皆关当时大利大害,而廷臣无能见及者。气雄词杰,足以称其所欲言。每章起结,皆具二十分力量。"王嗣奭《杜臆》说:"五章结语,皆含蓄可思。西戎见逼,诸将之罪,第云'且莫破愁颜'。社稷方忧,诸将之罪,第云'何以答升平'。屯田不举,此当事者失策,第称王相国以相形。广南未靖,此抚绥者失宜,第举忠臣翊圣以相劝。崔旰之乱,杜鸿渐不能会讨,独称严武'出群',以见继起者之失人。皆得诗人温柔敦厚之旨,故言之者无罪,而闻之者可以戒。"这种引起杜甫深忧的诸将拥兵自重,坐视国势倾危的病根,后来日益恶化,形成藩镇割据,或连衡叛上,或怒目相争,而边境各镇,则如白居易《城盐州》所说的"相看养寇为身谋,各握强兵固恩泽",使吐蕃、南诏得以鲸吞蚕食了西北、西南大片的土地。

在老杜眼里,安史之乱时期有两重意义,一是他目睹了由盛转衰("五十年间似反掌,风尘澒洞昏王室","武德开元际,苍生岂重攀")；二是期望唐王朝的"中兴"("今朝汉社稷,新数中兴年","再光中兴业,一洗苍生忧")。他一生固然为唐王朝日益衰落的趋势而悲愤,但他也为叛乱平定和中兴有望而由衷地高兴,对有功于中兴大业的将相大臣如王思礼、李光弼、严武,他在《八哀》诗中特别作了悼念和歌颂。他描绘了王思礼早年随哥舒翰在陇右和吐蕃作战的"短小精悍姿,屹然强寇敌"的形象,也写到哥舒翰兵败潼关后他到朔方请罪得到收用的情况:"公时徒步至,请罪将厚责。际会清河公,间道传玉册。天王拜跪毕,说论果冰释。"这不仅交代了王在生死关头被破格收用,而且更突出了房琯在肃宗面前保护名将的说论风姿。他写李光弼这个元勋重臣时,不仅简述他断安禄山之右胁,后来又痛歼史思明的几员部将等卓著的战绩,更以极大的同情写他受宦官谗毁,不敢入朝,忧愤而死的悲剧:"拥兵镇河汴,千里初妥贴。青蝇纷营营,风雨秋一叶。内省未入朝,死泪终映睫。……平生白羽扇,零落蛟龙匣。……三军晦光彩,烈士痛稠叠。"这些可以深化、补充和修正史传的篇章,的确是继承了雅颂的优秀传统,担起了"诗史"的千秋重任。

我们同意古人用"诗史"概括和评价杜诗的思想内容,因为这个概念不仅指杜诗反映诗人所处时代的历史真实、描绘出许多令人难以忘怀的栩栩如生的历史画卷;而且也指诗中体现的作者对所反映的生活的评价是符合历史原则的。诗人的好恶爱憎与广大人民的感情倾向是一致的。

诗人善善恶恶的情感是强烈执挚而经久不渝的,杜甫的全部诗作就是他伟大情感的记录。他对国家、民族、人民的深情上面已经述及;对自己亲人、朋友、邻里的深情也是极其动人的。梁启超称杜甫为"情圣",他是当之无愧的。

杜诗中给读者留下印象最深的人物之一就是他的老妻。无论是

"老妻寄异县,十口隔风雪"(《自京赴奉先县咏怀五百字》)那不能稍去于怀的惦念,还是"何时倚虚幌,双照泪痕干"(《月夜》)的对团圆的期待都可看出杜甫的深情。杜甫半生贫困,几度辞官,四处漂荡。他的妻子杨夫人,早年在饥寒交迫中担起抚育儿女的重担:"世乱怜渠小,家贫仰母慈"(《遣兴》);晚年又时刻关心着疾病缠身的丈夫:"老妻忧坐痹,幼女问头风"(《遣闷奉呈严公二十韵》);丈夫漂泊在外,她没有埋怨:"老妻书数纸,应悉未归情"(《客夜》)。她确实是一位能安贫苦,并把爱和温暖带给全家的可敬的女性。看来诗人在极端困难中并没有中辍创作,是和妻子的理解支持分不开的。杜甫许多诗篇表达了对妻子深挚的爱。像《北征》这样严肃的政治诗中有一段写道:"粉黛亦解苞,衾裯稍罗列。瘦妻面复光,痴女头自栉。学母无不为,晓妆随手抹。移时施朱铅,狼籍画眉阔。"表面上是写"痴女",实际上是写妻子,笔墨调侃,情爱诚笃。明人何景明在《明月篇》序中说杜诗:"博涉世故,出于夫妇者常少;致兼雅颂,而风人之义或缺。"何氏理解的"风人之义"就是男女之情。我们从杜诗对于老妻的描写中是无法得到诗人短于风情的结论的。

对于孩子,他是慈父。杜诗中提到孩子的地方特别多。他赞扬他们聪明:"骥子好男儿,前年学语时。问知人客姓,诵得老夫诗。"(《遣兴》)有时对孩子的责备都充满了父爱:"痴女饥咬我,啼畏虎狼闻。怀中掩其口,反侧声愈嗔。小儿强解事,故索苦李餐。"(《彭衙行》)"问事竞挽须,谁能即嗔喝?"(《北征》)"痴儿不知父子礼,叫怒索饭啼门东。"(《百忧集行》)对兄弟姊妹也是手足情深,不仅在诗中经常念及他们本人,而且还惦念他们的妻子、丈夫、孩子。

杜甫是敏感的,这不仅表现在他对达官贵人的冷眼的反感,而且还表现在他对人间温情的感受上。他对别人给予的尊重帮助是念念不忘的。这里特别值得一提的是他和伟大诗人李白的友谊。李白认识杜甫时已成大名,但他对杜甫特别亲切。"忆与高李辈,论交入酒垆。两公壮藻思,得我色敷腴。"(《遣怀》)因为他们的相交,不是以地位、权势为条件,而是以诗情的互相交流、诗才的互相激赏为前提,所以他们相处时间虽短,却形成了终生不渝的友谊。杜甫为李白写了十多首深情的诗,表达他对李白的思念。当李白因永王璘事件被捕,"世人皆欲杀"的时候,杜甫却写诗为他剖白,为他伸冤。杜甫对李白诗歌给予高度的评价,"白也诗无敌",认为天下第一。直到晚年李白、高适都死了以后,他还十分感慨地写道:"乘黄已去矣,凡马徒区区。"李杜二人的友谊可以和友谊中最美好的传说媲美。杜甫许多写友谊的诗是写对方给予自己的友谊,很少提自己给予朋友什么。《病后过王倚饮赠歌》写王倚对自己的关切和亲切的招待。这是贫穷人之间相濡以沫的深情,完全摆脱了功利,纯粹是出于内心的同情和关切。《彭衙行》中写孙宰对自己的帮助,将孙宰那种急危扶困的精神写得十分感人。诗人因战乱来到了孙宰家,一路上狼狈不堪,可是一到了孙家,"延客已曛黑,张灯启重门。暖汤濯我足,剪纸招我魂。从此出妻孥,相视涕阑干。众雏烂漫睡,唤起沾盘飧"。《赠卫八处士》是描写动乱时代,一个沉沉的暗夜,为美好温馨友谊的灯光所照亮的生活的一角:"今夕复何夕,共此灯烛光!"我们看杜甫是多么为与友人重逢而惊喜激动啊!

　　杜甫半生奔走依人,而又生性耿直,受到不少冷遇。但是他并没有因此把人和人的关系看得十分冷漠,相反他却善于在普通人、在邻里中发现和感受人间的温馨。当他万死一生回到妻儿身旁的时候,"邻人满墙头,感叹亦歔欷"。不仅同情而且还携有美酒前来慰问,毫无嫌忌地共话时代的灾难:"莫辞酒味薄,黍地无人耕。兵革既未息,儿童尽东征。"(《羌村三首》)在成都草堂,在夔州,他都和邻里田父建立了友好关系。他笔下的邻里都是朴诚敦厚的,那位可以随时隔墙呼来对饮的"邻翁",那位在社日邀他共尝春酒的"田翁",以及时常来到杜甫堂前扑枣的西邻老妇都是如此。杜甫有时对有些小毛病的邻居有所批评,也是善意和幽默的。

> 故人南郡去,去索作碑钱。本卖文为活,翻令室倒悬。荆扉深蔓草,土锉冷疏烟。老罢休无赖,归来省醉眠。(《闻斛斯六官未归》)

这是和杜甫一样的贫寒士人,靠卖文为活,连家都顾不了,可是这能埋怨他吗?杜甫在批评时是抱有无限关切的,他称斛斯氏为"六官",分明带着好说喜庆话的乡土情趣。

杜甫半生贫困,为衣食奔走,但是贫穷并没有压倒他对生活的爱,他许多诗中谈到自己如何向往衣暖食足,这种看来平易的普通的要求,却感动着世世代代生活在下层的读者。《发秦州》中"无食问乐土,无衣思南州",这种体会不是和广大贫困人民群众一样吗?他写道:"汉源十月交,天气凉如秋。草木未黄落,况闻山水幽。栗亭名更嘉,下有良田畴。充肠多薯蓣,崖蜜亦易求。密竹复冬笋,清池可方舟。虽伤旋寓远,庶遂平生游。"他在成都时营建草堂的一些诗篇,可以看出他对建立一个可蔽风雨,可免奔波的居所的重视和兴趣,他在草堂周围栽种绵竹、桃树、桤树、松树,在堂内悬起名画家曹霸的作品,注重对生活的美化。杜甫对于生活的要求是不高的,在贫困时说:"但使残年饱吃饭,只愿无事长相见。"(《病后过王倚饮赠歌》)送别时,朋友送给的"细软青丝履,光明白氎巾"(《大云寺赞公房》),他也感到自己用这样好的东西是有愧的。他在美化草堂时,朋友送给他锦缎所织成的褥子,十分华丽。他认为"今我一贱老,短褐更无营。煌煌珠宫物,寝处祸所婴",他"锦鲸卷还客,始觉心和平。振我粗席尘,愧客茹藜羹"(《太子张舍人遗织成褥段》)。在夔州一些诗篇描写了他对安排自己一家"生理"的热忱,更可看出杜甫不是云端里的诗人。他对一切所谓"俗务"都有强烈的兴趣。他居住的地方引水筒损坏,他叫仆夫信行修理,并且写入诗篇:"云端水筒坼,林表山石碎。触热藉子修(指信行),通流与厨会。往来四十里,荒险崖谷大。日曛惊未餐,貌赤愧相对。浮瓜供老病,裂饼尝所爱。于斯答恭谨,足以殊殿最。"(《信行远修水筒》)可以看出杜甫对帮助了自己、为自己服务的人的态度,哪怕他是仆人,他也感到"愧"。对于"课伐木"以补篱笆,"驱竖子摘苍耳"以疗风疾,"催宗文树鸡栅"以养乌鸡,诗人都详加指点。在《秋日夔府咏怀》百韵诗中有身世的辛酸,也有友谊的慰藉;有风土的素描,也有时事的议论,松散之中不乏波澜:"甘子阴凉叶,茅斋八九椽。阵图沙北岸,市暨瀼西颠。……紫收岷岭芋,白种陆池莲。色好梨胜颊,穰多栗过拳。敕厨惟一味,求饱或三鳣。儿去看鱼笱,朋来坐马鞯。缚柴门窄窄,通竹溜涓涓。"诗人用富丽铺陈的排律描写了夔州生活,这些诗句都洋溢着生活的热情。从这些作品中我们可以看出杜甫生活的细部,从中也可以感到杜甫为人平易,和他指斥当道的言词激烈迥然不同。其实这正是一个问题的两面,他越是热爱生活,热爱美的事物,则越对丑类感到无比憎恨。他曾在诗中借物言志地写道:"新松恨不高千尺,恶竹应须斩万竿。"(《将赴成都草堂途中有作先寄严郑公》)在《除草》中写道:"顽根易滋蔓,敢使依旧丘。……芟夷不可阙,疾恶信如仇。"

特别可贵的是杜甫这类作品一般写得比较细腻,触及到人们日常生活的各个方面,表现出杜甫对一切和他有关事务的责任心。这对于培养人们的健康的思想感情和高尚情操是有益处的,因而也是值得重视的。

杜甫遗文，今存辞赋六篇，赞一篇，表、状、记、述、碑、志、祭文等杂体文共二十一篇。此外还有附见于诗集中的《八哀》、《舂陵行》、《剑器行》等诗的长短参差的序言。以数量而言，不算很少。

"三大礼赋"是杜甫平生引为得意的三篇大作，所谓"气冲星象表，词感帝王尊"，所谓"往时文采动人主"，"彩笔昔曾干气象"，都主要指这三篇"赋"。所谓三大礼，即天宝十载正月壬辰，上朝献太清宫，癸巳，朝享太庙，甲午，合祭天地于南郊。这不是平常所见的国家郊庙之礼，而是玄宗老年精神空虚，信祥瑞，慕长生，"故所在争言符瑞，群臣表贺无虚日"而哄抬起来的三次特殊的祭礼。从宰相到处士，纷纷比赛着弄虚扯谎，以博恩宠。杜甫出于"途穷叫阍"的打算，也跟着写了这三篇冠冕堂皇、雍容典丽的词赋，给玄宗迷信荒唐的举动披上古典高雅的外衣。把假戏当真戏来搬演，为的是博得玄宗的高兴，为自己的仕进谋一条新出路。凭着他"读书破万卷"、"赋料扬雄敌"的学问文采，居然也达到打动人主心意的效果："天子废食召，群公会轩裳。"你看他写朝献太清宫时天子的祝词，铺陈历史，何等严肃：

呜呼！昔苍生缠孟德之祸，为仲达所愚，龀齿其俗，窫窳其孤。赤鸟高飞，不肯止其屋；黄龙哮吼，不肯负其图。伊神器臬兀，而小人呴喻。历纪大破，创痍未苏，尚攫挐于吴蜀，又颠踬于羯胡。纵群雄之发愤，谁一统于亨衢？在拓跋与宇文，岂风尘之不殊？比聪、虎、及坚、特，浑貔豹而齐驱。愁阴鬼啸，落日枭呼，各拥兵甲，俱称国都，且耕且战，何有何无？

用符命谶纬式的语言描述魏晋南北朝的祸乱分裂的噩运，以形容唐王朝"承汉继周,革弊用古"的正统。三赋比之"述客主以首引,极声貌以穷文"的长篇汉赋,架构虽单调,但他在学习汉赋的典雅板重、僻词奥义的同时,也往往间用江淹、鲍照式的新丽词采。如"九天之云下垂,四海之水皆立"(《朝献太清宫赋》)、"八音修通,既比乎旭日升而氛埃灭;万舞凌乱,又似乎春风壮而江海波"(《朝享太庙赋》)、"甲冑乘陵,转迅雷于荆门巫峡;玉帛清迥,霁夕雨于潇湘洞庭"(《有事于南郊赋》),就颇为后人称道。当然,这三赋里,难免有违背本心,粉饰现实,歌功颂德的地方。例如他说唐明皇"九五之后,人人自以遭唐虞;四十年来,家家自以为稷契"(《有事于南郊赋》),就和他诗中写自己"许身一何愚,窃比稷与契"而"取笑同学翁",在态度的严肃性上是不完全相同的。与"三大礼赋"相近的《进封西岳赋表》里在劝玄宗西封华岳的时候,竟然违背他《兵车行》等诗中所揭露的天宝末年兵灾民病,国家动荡的事实,认为当时已经"人安"、"国富",封西岳时机完全成熟。倒是他的两篇咏物小赋《雕赋》和《天狗赋》,借鹰、犬两种动物原有的"英雄之姿",显示了"大臣正色立朝之义",寄托了他不同于鹰犬奴才的政治抱负。

他的三赋虽使他取得"自怪一日声辉赫"的轰动效果,但他其他诸体杂文却更真实地为我们展开他对安史乱后朝纲、战局、边情、民瘼的一系列记述和议论。不仅帮助我们加深对他的"诗史"各个侧面的认识,而且从他的政治抱负、策略建议之中也足以看出他是一个临事有预见,济世有方略的廊庙之才,"江花江草诗千首"似乎并没有使他"老尽平生用世心"。

《奉谢口敕放三司推问状》和《祭故相国清河房公文》是有关他援救房琯的两篇重要文献,也是他一生被朝廷疏斥不用的悲愤陈诉。在"谢状"里他并未为三司推问所慑服,再度直谏,指出房琯"少自树立,晚为醇儒,有大臣体",当宰相后"众望甚允",能"深念主忧,义形于色"。虽谢恩放,词不回怯。祭文里更历述房琯当国时的政治大局:"及公入相,纪纲已失,将帅干纪,烟尘犯阙,王风寝顿,神器圮裂,关辅萧条,乘舆播越。太子即位,揖让仓卒,小臣用权,尊贵倏忽。公实匡救,忘餐奋发,累抗直词,空闻泣血。"这与《旧唐书·房琯传》所说的"琯亦自负其才,以天下为己任,时行在机务,多决之于琯。凡有大事,诸将无敢预言"正可互相补充。在杜甫两文中,房琯正是一位深念主忧,正色立朝,和而不同,屡抗直词,有大臣风度的著名宰相。至于房琯在陈陶斜兵败,杜甫的《悲陈陶》已深表痛心,但对一位身负全局重任的宰相来说,这究竟是次要性的失误。晚唐司空图《题柳柳州集后》说:"又尝睹杜子美《祭太尉房公文》……宏拔清厉,乃其歌诗也。"

他的其他杂体文字也有丰富内容,如他初贬华州,为刺史所作的《进灭残寇形势图状》和《试进士策问五首》,可以看出他对当时战局以及州县繁剧的任务都是相当熟悉和有主见的。在分析骑寇形势时能先虑安庆绪突围之谋与防史思明南下魏州,显非纸上谈兵。策问贡士的五题也改变常规,"贵切时务"。又如《为阆州王使君进巴蜀安危表》、《东西两川说》亦皆述当时巴蜀外受吐蕃、南蛮之威胁,内有汉兵、羌卒之隙衅,羌豪兼并,汉民离散,飘流失业,亦可补史书之疏略。

杜甫文章继陈子昂之后,总的说来,内容充实,形式上仍是骈散并用。所不同于陈者,是杜甫行文每参用诗歌跳跃鹘突的章法,加以古拙奥涩的词语,遂使其文的效果远不如其诗歌精彩动人。但是,细心的读者不难于其篇章之中,得新奇、警辟之句,其"语不惊人死不休"之特色,固不仅见于诗而已。这种文风对于韩愈亦有所影响。

〔1〕 戎昱《耒阳谿夜行》(为伤杜甫作)已被证明是张九龄诗。副标题"为伤"云云乃后人所加。另外韩愈《题杜工部坟》、李观《杜拾遗补传》均为伪作。

第二十一章 杜 甫(下)

第一节 杜诗的艺术风格与艺术表现

杜诗给读者的审美享受是独特而强烈的,这是因为杜诗的艺术表现是有独特性的,这个独特性也就是杜诗的艺术个性,即杜诗的艺术风格。自宋严羽之后常用"沉郁顿挫"来概括杜诗的艺术风格,这个概念最初来自杜甫。他在《进〈雕赋〉表》中说:"则臣之述作虽不能鼓吹六经,先鸣数子,至于沉郁顿挫,随时敏捷,扬雄、枚皋之徒,庶可企及也。"杜甫这段话主要指辞赋。所谓"沉郁"指学力深厚,"顿挫"指音调节奏有抑扬缓急的变化,和我们所讲的涵义不尽相同。

我们认为杜诗沉郁顿挫的风格,是集中概括了他诗歌的主要特征的。具体地说,它至少包括以下几层涵义:一、它表现了杜诗思想内容的博大深厚,生活体验的丰富真切,感情的饱满有力;二、它经过较长时期的积累、酝酿、消化、触发的过程;三、它以深厚完整的意境,锤炼精确的语言、铿锵浏亮的音调,顿挫变化的节奏表现出来。洪亮吉说:"李青莲之诗,佳处在不著纸。杜浣花之诗,佳处在力透纸背。"(《北江诗话》)多少可以说明杜诗给读者的主要感受。

杜诗沉郁顿挫的风格,虽然在安史之乱前夕才充分地表现出来,但诗人藉以安身立命,藉以展现其磅礴气势、时代精神、生活信念的艺术生命力,却是植根、孕育于盛唐时代的。"老去才难尽,秋来兴甚长。"他创作的活力能历久不衰,老当益壮,并非偶然。

杜诗在表现上和其内容是相应的,作者往往在诗的起句用极凝练、感情色彩极强的句子造成先声夺人的气势:"纨袴不饿死,儒冠多误身。"(《奉赠韦左丞丈二十二韵》)"昭代将垂白,途穷乃叫阍。气冲星象表,词感帝王尊。"(《奉留赠集贤院崔于二学士》)"诸公衮衮登台省,广文先生官独冷!"(《醉时歌》)"自断此生休问天。"(《曲江三首》)"男儿生不成名身已老,三年饥走荒山道。"(《乾元中寓同谷县作歌七首》)"王郎酒酣拔剑斫地歌莫哀,我能拔尔抑塞磊落之奇才!"(《短歌行赠王郎司直》)从这些名篇的起句中可以感到诗人感情的力度。但这些富于力量的诗情不是一泄无馀,而是有回旋、起伏、张弛的。上举"自断此生"句下即是"杜曲幸有桑麻田,故将移住南山边。"感情平缓,紧接:"短衣匹马随李广,看射猛虎终残年。"复又振起。如浦起龙所云:"曰'移住南山'则归隐耳。设无后两句,则真心似死灰,意索然矣。"(《读杜心解》)又如《登高》:

> 风急天高猿啸哀,渚清沙白鸟飞回。无边落木萧萧下,不尽长江滚滚来。万里悲秋常作客,百年多病独登台。艰难苦恨繁霜鬓,潦倒新停浊酒杯。

首句如狂飙来天外,使全诗为悲哀激荡的气氛所笼罩,"渚清"一句语势平缓,仿佛闲笔,实际上藉写望中所见而逼出第三、四句。"无边"一句,给人以万景纷驰、百感丛集的感觉,可是紧接着就是"不尽长江滚滚来"一句,不仅展现出开阔辽远、无比壮观的境界,而且突出了诗人壮心不已的激情。因此全诗虽是悲秋、是诉说贫病老丑,但是并不给人以衰飒的感觉。总之杜诗中的激情的表达不是平直的,而总是通过隐显、缓急、屈伸等不同变化逐渐表现出来的,极尽顿挫抑扬之妙。

像任何一个大作家一样,其作品除了表现为自己的独特艺术个性外,也包括有其他风格的作品。陈正敏曾引王安石的话说:"至于甫,则悲欢穷泰,发敛抑扬,疾徐纵横,无施不可。故其诗有平淡简易者;有绵丽精确者;有严重威武,若三军之帅者;有奋迅驰骤,若要驾之马者;有淡泊闲静,若山谷隐士者;有风流蕴藉,若贵介公子者。"(《遯斋闲览》)这段话非常形象地说明了杜诗风格的多样性。为什么会形成多种风格呢?首先是因为所要表现的内容不同,杜甫作品所涉及的领域是广阔的。他除忧国忧民的反映战争、军旅、政治、社会生活的篇章外,还有其他题材的作品,如描写行旅奔波、田园风光、天伦之乐、异乡风俗,以及赠别怀人、咏物题画、评论诗文之作。这些作品中有的渗透着家国之思,有的并没有。这些较小的题材的作品,自然与忧国忧民作品表现出不同的艺术风格。另外诗人的心境也不同,如他在同谷几乎处于绝境,这时写的《乾元中寓同谷县作歌七首》是长歌当哭。可是当他到达成都后,有了草堂的固定居停,虽然有时还难免有衣食之虞,突然而来的暴风骤雨也会把茅屋顶掀开,把楠木连根拔起,但总的说来心情比较恬淡,这也必然会影响他的诗风。另外正如秦观所指出的:"杜子美之于诗,实积众家之长,适其时而已。"(《淮海集·韩愈论》)但杜诗又不是多种风格作品的杂烩,而是风格多样性与他独特的沉郁顿挫的风格相统一的。"深人无浅语",杜甫那些平淡简易、绵丽精确、淡泊闲静、风流蕴藉的作品也和他人有别。如他早年所写的《饮中八仙歌》描写了盛唐时期一些狂放不羁的著名酒徒的风流韵事,而诗人冷静的观察和同情是充溢于字里行间的。又如他在成都写的《狂夫》诗中的"风含翠筱娟娟净，雨裛红蕖冉冉香"，一派风日冲融的景象，可是紧接着就是"厚禄故人书断绝，恒饥稚子色凄凉"。这冰冷的现实，冲破了淡泊闲静。杜甫是直面着冰冷的现实的，贫穷饥饿压不倒他。"欲填沟壑惟疏放，自笑狂夫老更狂。"充溢着老而弥坚的积极力量和不向现实低头的豪迈气概。这些是由于他思想深厚博大所决定的。又如《遭田父泥饮美严中丞》这首诗虽然只是叙述他在社日被一个老农拉去喝了一天酒的小故事，但随着故事而展开的景物、场面、对话、气氛，却叫我们懂得了很多远比故事重要的内容。老农言行朴质不拘与诗人"久客惜人情"的心态都写得跃然纸上。这里主客之间社会地位、文化教养的客观差别并无损于他们在一整天时间中宽松融洽、疏放狎荡的饮酒气氛。正如明人郝敬说的："此诗情景意象，妙解入神。……昔人称其为诗史，正使班马记事，未必如此亲切。"(转引自《杜诗详注》)

杜诗的艺术风格是通过他的艺术表现实现的，而杜甫的艺术表现首先是他既有大气磅礴的艺术概括能力，又有细致入微的写实本领。我们说杜甫是伟大的现实主义诗人，既指他作品中具有深刻的现实生活的内容，也包括杜甫在摹写现实生活时采用了现实主义方法。他按照现实生活的本来面貌写了大量的人物形象，有许多是很鲜明的，给读者留下深刻的印象。其中最重要的就是他自己。杜甫以大量的抒情诗塑造了一个忧国忧民、深沉执着、百折不回的积极入世的老儒形象，但他不是迂阔的腐儒，而是个倔强的战斗者，"哀鸣思战斗，迥立向苍苍"的老战马就是他的自我写照。杜甫以诗歌为武器，奔走呼号，或陈情自述，或勉励他人，这种精神直至死而不衰。他有高尚的理想和抱负，但是他并没把自己写成圣贤，好像每一举手、一投足都合乎儒生的标准。即以长安时期的诗为例，也可以看出杜甫性格的多面性。"凭陵大叫呼五白,袒跣不肯成枭卢"(《今夕行》),赤膊光脚,绕床大呼,这是杜甫狂赌的形象。"杜陵野客人更嗤,被褐短窄鬓如丝。日籴太仓五升米,时赴郑老同襟期",然后高歌纵饮,指斥圣人,贬低经术:"儒术于我何有哉,孔丘盗跖俱尘埃"。(以上见《醉时歌》)这是杜甫酒后狂言的形象。"王生怪我颜色恶,答云伏枕艰难遍。疟疠三秋孰可忍,寒热百日相交战。头白眼暗坐有胝,肉黄皮皱命如线",受到朋友款待之后竟说出"故人情义晚谁似,令我手足轻欲旋"。(以上见《病后过王倚饮赠歌》)这是贫病交加,几乎成为饿莩的杜甫形象。"圣朝亦知贱士丑,一物自荷皇天慈。此身饮罢无归处,独立苍茫自咏诗。"(《乐游原歌》)这是游宴之后,沉思人生真谛的杜甫的形象。"高标跨苍穹,烈风无时休。自非旷士怀,登兹翻百忧。"(《同诸公登慈恩寺塔》)这是杜甫登高临远忧国忧民的形象。我们随手举几个在长安的例子就是如此层出不穷,如果我们综合考查他一生全部诗作,就更可以感到杜甫这位抒情诗人的形象既是复杂的,但又是鲜明的。这不是儒生圣贤,也不是贫病老丑,更不是什么酒徒官迷,或什么宗教徒、地主之类所能概括了的。杜甫之所以能够塑造出丰满的自我形象,关键在于"真",他不文饰自己。他知道著作要流传后世,但他也没有美化自己。有些诗句甚至有意揭自己的疮疤,像"苦摇求食尾,常曝报恩腮",这样的适足为不知者所笑的诗句,他也大胆地写入诗章。他也有为了衣食而摧眉折腰、挺不起腰杆的时候。因为杜甫在抒情诗中真实地表达了自己的感情,因此杜诗中的诗人自我形象才是栩栩如生,有血有肉,一个完整的形象。

杜甫在叙事性的作品中,注意到人物形象的塑造,这和对古乐府善于叙事的传统的继承有关。他笔下出现了众多的人物形象,杜甫对叙事诗的发展作出了贡献。他诗中涉及到的男性形象有皇帝、贵族、官僚、军官、战士、文士、诗人、老翁、田父、船夫……妇女则有宫人、贵族妇女、寡妇、新娘……他们都以生动的身影出现于杜甫的诗中。应该指出,杜甫的叙事诗抒情性很强,而故事情节略嫌不足,人物语言、动作较少,他塑造人物的性格自然还不大完整,但剪影式、速写式的描写,仍能给我们留下生动的,甚至是深刻的印象。例如《哀江头》尽管只写杨贵妃游曲江头看辇前才人巧射"双飞翼"的片断活动,但结合前后叙事,他那从"明眸皓齿"落到"血污游魂"的下场仍然是令人触目惊心的。《丹青引》里,画家曹霸的杰出的创作才能也写得出神入化,因而写他眼前遭众人"白眼"的结局,也自然就有鞭挞世俗的力量。

杜甫两组《出塞》诗,虽然抒情性也很强,但注意到人物性格的发展、故事情节的进展以及人物行为动作的变化。这两组虽都是战争题材的诗,但所塑造的人物是有很大差别的,我们可以称之为个性差别吧!《前出塞》是写在府兵制度下,自备兵刃器杖、被迫去西方边塞戍守的士兵;而《后出塞》则是写自愿到北方边塞,打算寻求出路、立功异域的小军官。背景的差别,对他们的思想行为是有影响的。前者是被迫的,所以一开始就是"弃绝父母恩,吞声行负戈"。由于军旅生活久了,又是青年人,并且是盛唐时代的青年人,他的尚武精神产生了,他敢于在操练中铤而走险,敢于顶撞带兵的人,并且产生了立功异域,争取功名的幻想。可是当他看到军中的等级差别、军风的腐朽,他感到立功的幻想是和自己被奴役的地位相矛盾的。他不主张去杀人邀功,可是当胡人入侵时,他的爱国思想油然而生,他冒死上前,虏其首领。但这位没有失去质朴的农民气质的士兵在功勋面前是"潜身备行列,一胜何足论"。当论功行赏时,他是"众人贵苟得,欲语羞雷同"。这个形象,在王嗣奭看来是"不尚武、不矜功、不讳穷,豪杰圣贤兼而有之"的形象。这个形象塑造得很完整,不仅写士兵的心理，而且写他的行动，写他思想上的矛盾，写他与客观世界（主要指他人，也包括自然界）的冲突。这样写出的形象才能有个性。《后出塞》的主人公由于是自愿当兵，他出发前还是很豪迈的。"千金装马鞭，百金装刀头。闾里送我行，亲戚拥道周。斑白居上列，酒酣进庶羞。少年别有赠，含笑看吴钩。"这位小军官可能家中还较富有，在里闾中还有点地位，所以当他走向战场之前，不仅他自己，就连为他送行的同乡，都对他的前途充满幻想。当这位军人到了战场，接触了实际，对开边政策有所腹诽，但他仍然"拔剑击大荒，日收胡马群。誓开玄冥北，持以奉吾君"。可是他看到唐玄宗的开边政策，适足助长有野心的边将的骄横叛乱的罪行，所以在安史叛乱暴发后，这位军人就冒着生命危险，回到故里。当年的亲戚、少年都不在了。这位当时豪迈地走向战场的战士，成了一个孤独的"穷老"。这两个军人尽管都是来自普通的人民，但由于他们参军前的境遇不同，后来遭遇也各异，这些差别造成了各自独特的个性。

我们应该指出，杜甫所写的叙事诗是不多的，即使在叙事诗中，诗人立意也不在于塑造个性丰满的人物形象，主要是在表达自己的意见，抒发自己一吐为快的感情。因此不论是哪种类型的诗都可以看出诗人自己的形象，以及诗人的思想、感情、性格、意志等特征。即使写人物也是如此，只要不是他着意讽刺排击的人物都不免多少有杜甫本人的一点影子。

元稹在谈到杜甫的艺术特长时指出，他善于"铺陈始终，排比声韵，大或千言，次犹数百"（《唐故工部员外郎杜君墓系铭》）。杜甫写作时喜用"铺陈"手法，这是与盛唐某些诗人的不同之处。自张九龄、陈子昂以来，盛唐有代表性的诗人，如李白等人讲求兴象，重视运用比兴手法，通过比喻、暗示、渲染烘托出形象，言此意彼，读者可以驰骋自己的想象。而杜甫则多是用铺陈写法。郑玄笺《周礼·春官·太师》"教六诗"时说:"赋之言铺,直铺陈今之政教善恶。"刘勰在《文心雕龙·铨赋》中说:"赋者,铺也,铺采摛文,体物写志也。"杜甫在诗中把铺陈手法发挥到极致。叙事自不用说,就是咏物抒情,写景无不大量的采用赋的手法,这是他和其他盛唐诗人不同处,也是对宋人影响至深的地方。为什么用赋呢？这当然和杜甫的艺术趣味有关,但更重要的是杜甫面对的生活和所要处理的题材十分复杂,杜甫出于政治和艺术的责任感,要准确地表现,如果用含混的、容易造成歧义的比兴就不能获得成功。关于这一点,杨慎认为杜甫是以"韵语纪时事"。他认为揭发现实中的丑恶要"意在言外,使人自悟"。他说:"如刺淫乱,则曰'雝雎鸣雁,旭日始旦',不必曰'慎莫近前丞相嗔'也;悯流民则曰'鸿雁于飞,哀鸣嗷嗷',不必曰'千家今有百家存'也;伤暴敛,则曰'维南有箕,载翕其舌',不必曰'哀哀寡妇诛求尽'也;述饥荒,则曰'牂羊羵首,三星在罶',不必曰'但有牙齿存,所悲骨髓干'也。"(《升庵诗话》)他不懂得或不愿意懂得杜甫之所以这样写就是要辞义明确,描写得淋漓尽致,使诗歌能够起到振聋发聩的作用。而像《诗经》中的那种比兴手法,只是作"影子语",即使能够起到"巧相弹射"的作用,也不会准确,起的作用是朦胧的,不能起到指斥、批判的作用。杜甫写诗就是要起到"直陈时事,类于讪讦"的作用,以"述情切事为快",因此就突破了政治抒情诗重用比兴的温柔敦厚传统,大量地采用"赋"的手法。其实"赋"的手法,也是诗经的传统。批评杨慎的王世贞早已指出,《诗经》里也有愤怒、痛斥的语言:"人而无礼,胡不遄死!""豺虎不食,投畀有北!"当然杜甫也有使用比兴的时候,但是那往往是为"赋"为铺陈手法服务的。

杜甫采用"赋"的手法,在写实时有很高的艺术概括性,运用铺陈手法容易散漫,采用这种手法往往是细腻有馀而概括不足。杜甫是把概括性的叙述与细致入微的描写结合在一起的。他善于把包罗万有的社会现象和他博大深厚的思想感情浓缩在他的极其精炼的诗句当中。《洗兵马》诗歌颂中兴,忆及三年来与安史叛军的艰苦战斗,诗人用了十四个字来写:"三年笛里关山月,万国兵前草木风。"极概括地写出战争带来的创伤。三年来,笛咽关山,兵惊草木,人民饱受乱离的痛苦都形象而准确地表达出来了。在写人物时也是如此。《石壕吏》中的"吏呼一何怒,妇啼一何苦"就把石壕吏的凶恶和老妇的悲惨两副面孔呈现在读者面前,而且还承接了前面的情节(因"老翁逾墙走"而开门慢了些),引出了下面的情节(老妇三男参军,二男战死)。在概括社会矛盾时也是如此,写老百姓的处境他用"丧乱死多门",则把无处、无事不给百姓带来灾难的情况表达了出来。上面谈到的"朱门"一联,则把阶级对立准确地表达出来,而且表明了前因后果的关系。在描写自己心情时也是这样。他经过千辛万苦,从长安跑到凤翔,被任命为左拾遗,将近一年的颠沛流离和生生死死,到此总算安定下来。他的身边再不是用血洗箭的"群胡",不是"黄头奚儿",而是"影静千官里,心苏七校前"(《喜达行在所》),一种安定感、喜悦、自豪都包含在这十个字中。

　　杜甫充分发挥赋体的作用,用它写物记事抒情,表现事物和人们心情细微曲折的诸多方面。他的许多鸿篇巨制记事写物都是用赋体写的,而且,非用赋则不足以表达。他有一篇不著名的《石砚》,其中有句云:"巨璞禹凿馀,异状君独见。其滑乃波涛,其光或雷电。联坳各尽墨,多水递隐见。挥洒容数人,十手可对面。"描写石砚砚体之大,质地之精美,如果不用赋体是难以写得如此之细,历历如在目前的。《述怀》诗中描写自己对家人在战乱之后生死存亡的担心:"寄书问三川,不知家在否?比闻同罹祸,杀戮到鸡狗。山中漏茅屋,谁复依户牖。……自寄一封书,今已十月后。反畏消息来,寸心亦何有?"这段诗中的忧虑、希望、恐怖交织在一起,这种细腻曲折的心理,不是赋体,不是铺陈手法是难以表达的。不仅古体,即便短小的律体诗也是如此。如《又呈吴郎》也是纯用赋体。此诗像一封小简:"不为穷困宁有此,只缘恐惧转须亲。即防远客虽多事,便插疏篱却甚真。"措词诚恳而得体,语意婉转而曲尽其意。既要吴郎关照老妇,允许她扑枣,又曲为吴郎开脱,说吴郎不了解情况,插篱也不是为了防老妇,用心良苦。

赋体最忌呆板,不必说汉代大赋中的上下左右、排比铺陈令人生厌,就是《诗经》中为人们所盛赞的,像"讦谟定命,远猷辰告"一类的叙写,今天读来也不免令人感到板滞,缺少变化。而杜甫运用赋体则不是这样,在章法结构上多变化,令人莫测端倪。李重华说:"作诗善用赋体,惟老杜为然。其间微婉顿挫,总非平直。"(《贞一斋诗说》)方东树在论及杜甫五古时也说:"其起处雄阔,劈头涌来,不可端倪,其接处横绝,恣肆变化,忽来忽止,不可执着,所以为雄。"(《昭昧詹言》)

从上面叙述过的《自京赴奉先县咏怀五百字》、《北征》等作品都可以看出杜甫在运用铺陈手法时是极其灵活的。

前面说到盛唐诗人重兴象。晚唐司空图表彰盛唐诗,强调"不著一字,尽得风流"。严羽也主张"不落言筌"。杜诗却不是这样,他的诗多议论,这也是盛唐诗的不同之处。杜诗的议论不是某种哲理的演绎或枯燥的道理的阐发。它的议论往往是从丰富的生活实践中集中概括出来的至理名言,并构成震撼人心的警句,又是人人心中所有,却未能说出的。因此它和人们的心灵产生了强烈的共鸣。如"不过行俭德,盗贼本王臣"(《有感五首》其三),"必若救疮痍,先应去蝥贼"(《送韦讽上阆州录事参军》),"出师未捷身先死,长使英雄泪满襟"(《蜀相》)。这些议论已成为千古传诵的警句史论。方东树说诗有议论则"最易近腐、近絮、近学究",这些句子能说它"腐"和

"絮"吗？这些警句说得慷慨激昂，坦白直率，不追求含蓄，不追求韵外之致，而是把生活的真理用极精炼的语句告诉读者，同样取得百读不厌的效果。

杜甫议论的特点是抒情性强。它往往通过议论来抒情，也就是沈德潜所说的"带情韵而行"。我们从上面举的诗句也可以看出这个特点。《醉时歌》中的"德尊一代常坎坷，名垂万古知何用"、"但觉高歌有鬼神，焉知饿死填沟壑"，对统治者糟踏人才的悲愤喷薄而出。《诸将》中的"独使至尊忧社稷，诸君何以答升平"，对于诸将只能坐享太平，不图报国的讽刺表现在质问之中。《登楼》中的"北极朝廷终不改，西山寇盗莫相侵"，说得义正辞严，包含着对入侵者的愤怒，这样的议论就能摆脱论理的枯燥，因为它是诉诸感情而不是诉诸理智的。

杜诗的议论是全诗有机组成部分。六朝以来的一些诗人的诗中最后总爱加上两句玄虚的议论，成为可有可无的玄言的尾巴，而杜甫诗中的议论与抒情、叙事、写景融为一体。这样的例子太多了。像他晚年写的《壮游》、《昔游》、《遣怀》，通过一生的遭遇或阐发人生哲理、或总结国家盛衰的经验教训都和自己生平叙述紧紧结合在一起，甚至就用叙述来代替议论。像《壮游》："朱门任倾夺，赤族迭罹殃。国马竭粟豆，官鸡输稻粱。"四句是叙述统治者的荒唐奢侈，也可以看成是作者的议论，表示对统治者这种行为的态度。

杜甫在诗歌形式上也有许多创造，其中最重要的是诗歌形式与表达的内容的统一。中国古典诗歌形式的规范性很强，不能像自由体诗歌那样形式服从内容，根据内容去创造形式。古典诗歌，尤其近体诗歌的字、句、韵以及声调都有严格的限制，要使形式与内容相适应，是要有些突破与创造的。

为了表现宽广的社会内容，杜甫很喜欢有计划地写作同题组诗。

古体组诗，魏晋以来曹植、阮籍、左思、陶潜都写过，杜甫则除古体组诗而外，更有意识地写了一系列律诗、绝句的组诗。从这些组诗的安排布置上我们感到这些不是杜甫兴之所至的作品，而是苦心经营的产物。像前后《出塞》两组组诗是两个军人的从军记。每组诗分若干首，每首各有各的主题，分开也能独立存在，合拢则表现的社会面更为宽广，主题也更深刻。律诗只有八句，要从许多侧面表达自己的感情是不可能的，于是他采取了组诗的办法，如《秦州杂诗二十首》、《诸将五首》、《秋兴八首》都是这样。这种形式对后代影响很大。

　　杜甫注重内容与形式的统一还表现在一些特殊体裁的创造上。《饮中八仙歌》一诗分成互不关联，没有顺序，结构松散，不避重韵的八段，起结突兀，好像无头无尾，像八扇屏风。为什么要这样写呢？目的是勾勒出八个带有时代特征的放荡不羁的文人，简笔写意的八个形象勾画出来，目的也就达到了。其间的联系是用韵脚粘合的，即使有重韵他也不改。《曲江三首》、《三韵三首》一为五句，一为六句，形式别扭，这和他郁抑不舒的情感是有关的，以此寄托他的兀傲不平之气。

　　他在形式开拓上下了很大功夫，如他对丰富五律的表现力、七言律和排律的成熟、七言拗律的创造作出了贡献。另外杜甫也尝试运古入律，或在古体中间用律句，打破古、近体界限，或用平易的语体写绝体诗，其中有成功也有失败。但如《三绝句》以鹘突而沉重的语言，为人民的苦难大声疾呼，给读者留下不可磨灭的印象。这也是前无古人的。

　　杜甫在语言艺术方面也有突出的贡献。杜诗的语言分外精警凝练。杜甫善于捕捉现实生活中的形象，更善于用最精炼、最生动的语句把它表达出来。杜诗的字句的包容量是极大的，特别是那些传诵千古的警句，则更是如此。古代诗歌理论十分重视警句。陆机说：

"立片言以居要,乃一篇之警策。"(《文赋》)警策不仅振领全篇,给人以深刻的印象,获得馀味无穷的艺术效果,而且也起到突出主题的作用。这些警句有的是叙述,有的是议论、抒情,有的是描写。不仅近体如此,就是难以句摘的古体也是如此。《赠卫八处士》,叙述诗人与好友久别重逢,愿今抚昔的场面,忽插入"夜雨剪春韭,新炊间黄粱"描写卫八处士的款待。这两句是充满友谊的温暖与和平的宁静气氛的,虽然这只是大动乱中偶然的一次会面,也足使诗人心醉。《羌村三首》,第一首结尾两句"夜阑更秉烛,相对如梦寐",只是叙述诗人到家后当夜情景,这两句把经过千难万险,九死一生的分别之后,偶然重逢又兴奋、又疑惧的心情表现得淋漓尽致。《无家别》最末两句"人生无家别,何以为蒸黎"是议论,这两句不仅总结了此诗,突出无家之苦,而且对于"三吏"、"三别"也是个总结,正像浦起龙所说:"'何以为蒸黎'可作六篇总结。反其言以相质,直可云:'何以为民上?'"(《读杜心解》)

杜甫很重视自己诗中每一个词和字的表现力,他说:"新诗改罢自长吟","语不惊人死不休"。他注意遣词造句和诗篇内容的一致性。一些以人民生活为题材的诗,他就有意识地运用民间谚语。如《新婚别》中"兔丝附蓬麻,引蔓故不长"、"生女有所归,鸡狗亦得将"。而一些写给达官贵人的诗,则注意用语的典雅,如《敬赠郑谏议十韵》:"谏官非不达,诗义早知名。破的由来事,先锋孰敢争?思飘云物外,律中鬼神惊。毫发无遗憾,波澜独老成。"写给自己亲密的朋友则大量运用俗语、俚语。《戏简郑广文》:"醉则骑马归,颇遭官长骂。"从中可以看出杜甫与郑虔不拘形迹的亲密关系。

杜甫注重诗句的锤炼,他善于选择最富于表现力的字用到他的诗句中去。《奉赠韦左丞丈二十二韵》"白鸥没浩荡,万里谁能驯",一个"没"字把白鸥在辽阔无际,烟波浩渺的海中自由自在飞翔的情景完全表现出来,有人把"没"改作"浮"就意味索然了。又如《夏日李公见访》"墙头过浊醪",这个"过"也用得很生动,可以看出杜甫贫居墙低和邻人的质朴,为了顾全主人面子,才把酒从墙头送过,如用"送"、"给"、"受"等字都于情理不合。杜甫不仅善于用动词,有些在句中不占重要地位的非动词也用得很好。例如,他善于用"自"字。"立国自有疆"、"归来始自怜"、"唐尧真自圣"、"孤云无自心"、"暗飞萤自照"……这个"自"字不仅富于表现力,而且使句子顿挫有致。

杜甫在艺术上的成就是难以缕述的,杜诗遗下一千四百多首,可读的至少有一千首。从这里可以看出杜甫在创作上对艺术精益求精的精神。他对诗歌创作的严肃态度是他在艺术上取得巨大成就的重要原因。他还善于学习,善于总结前人的创作经验,所谓"别裁伪体,转益多师"。同时他也尊重当代诗人们的创作经验,不仅对李白、王维、高适、岑参、孟浩然这些大作家是这样,对当时名气不算大的作者如薛据、苏涣、元结等人无不如此。他的虚怀若谷之心才使得他能集众家之长。他社会经验丰富,足迹遍于中国,祖国的山川河流和丰富的历史文化遗迹都为他的创作提供了材料,启发了他的灵感。他读书多,所谓"读书破万卷",这样才会使他的辞藻、事典汩汩而来,丰富了诗篇的表现力。这个原因也是不能忽视的。

第二节　杜甫的影响和历代的杜甫研究

杜甫博采众长全面继承了自《诗经》以来的我国诗歌创作的优秀传统,成为无体不能、无体不精的文学巨匠,对后世有着极其深远的影响。但在当时他是很寂寞的。"百年歌自苦,未见有知音。"

(《南征》)这是诗人的沉重的喟叹。杜甫对他的诗友李白、高适、王维、岑参的诗歌无不给予由衷的赞美和中肯的批评,可是他很少得到相应的回报。这不一定是这些朋友薄情寡义,而可能是杜诗所体现的美学风范和当时的审美趣味颇有距离。开元天宝间人们所欣赏的是气象高华、风神俊逸的诗章;而杜诗所表现出的却是沉雄勃郁、骨力遒劲、气势宏阔、肌理细密。因此,杜甫真正被认识、被理解是需要一定时间的。但杜诗一旦被认识、被理解,仿佛原子核被击穿一样,就会马上释放出无以伦比的能量。杜诗对后世创作的影响是其他诗人作品难以企及的,对杜诗的研究也是其他诗人难以比肩的。

应该指出后人仿效、学习杜诗都是从自己特定的条件出发的,因此,所取于杜者也不同。但杜诗对后世的影响基本上可以归纳为两个主要方面。一是诗人忧国忧民责任感的确立;二是杜诗所体现的审美追求与美学风范成为一种准则,为后世提供了模仿的范本。

杜甫表现在诗中的忠君爱国的热忱、仁民爱物的人道主义精神,的确是非常感人的。过去的诗人不是没有这类作品,但谁也没有杜甫写得既多且好,特别是杜甫以天下为己任的责任感和推己及人的献身精神把高尚的人品与崇高的诗品结合在一起。因此,自杜甫以后忧国忧民不仅确定为诗歌的永恒主题(即使一些"嘲风月、弄花草"的诗人也不能不承认忧国忧民主题的重要性、严肃性),而且也成为每一位真正诗人思想境界追求的最高准则。杜诗艺术为后世模仿是由于杜诗题材风格的多样性,而且均造其极,被人们称为集大成者,因此为兴趣、爱好不同的诗人提供了广阔的天地。另外由于杜诗艺术形式的规范性也为后世学习模仿提供了可能性。

杜诗被人们欣赏、它的价值开始被人们承认是在中唐。人们经过了八年安史之乱和无穷无尽的内战,笼罩社会的是深刻的忧郁和不安。历史经过一段沉思,进步的士大夫开始寻求救治社会的药方。

此时人们再读到杜诗,其感受自然不同了。杜甫揭露时弊的史笔、圣君贤相的理想和鲜明的华夷之辨都必然引起共鸣,受到激赏。元稹、白居易等人的新乐府创作就是受到杜甫启发的。元稹在《古乐府题序》中说:"近代唯诗人杜甫《悲陈陶》、《哀江头》、《兵车》、《丽人》等凡所歌行,率皆即事名篇,无复依傍。"他认为这些就是"兴讽当时之事"、"刺美见事"的古乐府的继承与革新。白居易也非常重视杜甫反映当时重大政治事件的作品。他举出"新安、石壕、潼关吏、芦子、花门之章,'朱门酒肉臭,路有冻死骨'之句",肯定这些作品的思想意义。元白等人有意识地学习模仿这些作品,写出《秦中吟》、《新乐府》等许多揭露时弊、指斥当道的诗篇,继承了杜诗的战斗精神。但由于他们把诗歌创作看成实现其伦理政治的工具,把文学与政治的关系理解得过于狭隘、简单,甚至把诗歌作谏书,这不仅影响了其诗的艺术成就,也削弱了其诗的思想意义。元稹还从艺术角度揭示了杜诗的独特成就。韩愈主要在表现方法上继承了杜甫的衣钵。他更进一步改变盛唐时期韵律和谐之美,追求怪诞奇险;并发扬了赋的写作手法,注重铺排。其《南山》刻意模仿《北征》,但因刻画太过,又缺乏杜甫的胸襟怀抱,终远逊于杜诗。韩诗议论化、散文化倾向可视为杜诗向宋诗过渡的中介。

晚唐学习杜甫而成就最大的是李商隐。不仅《杜工部蜀中离席》、《安定城楼》以及他的一些政治诗是有意识学习杜诗并富于创造性的成功范例,即使他的深情绵邈、沉丽博绝的"无题诗",又何尝不是在精警、凝练、律法细密等方面受到杜诗的深刻影响。

宋代是学杜和杜学最兴盛的时代。杜甫真正受到重视是在宋仁宗以后。从北宋中叶到南宋末二百年中人们对杜诗的兴趣始终不衰。编辑、整理杜甫诗集的人多了起来,注释、评论、研究杜诗蔚成风气,出现了以杜甫为宗的江西诗派。这显然是和社会的要求、人们审美趣味的变化分不开的。

宋仁宗以后的北宋、南宋是阶级矛盾、民族矛盾十分尖锐的时代。国家、民族、人民所受的灾难也波及到士大夫。这时最能激发人们忧国忧民之情的杜诗自然为士大夫重视与爱好。杜诗在激发着士大夫为社会进步和挽救国家危亡作出贡献。北宋改革家王安石在主持"熙宁变法"之前就写过一首《杜甫画像》,全诗从杜甫的高尚人格说到杜诗的感染力量,颂扬了诗人对国家、对人民的责任感。它不仅成为王安石创作的榜样,也鼓舞了他的政治实践。南北宋之交的抗金名臣李纲说:"子美之诗凡千四百三十餘篇,其忠义气节、羁旅艰难、悲愤无聊,一见于诗,句法理致,老而益精。平时读之,未见其工;追亲更兵火丧乱之后,诵其诗如出乎其时,犁然有当于人心,然后知其语之妙也。"(《重校杜子美集序》)这段话很有代表性,说明了杜诗在万方多难的时刻更能激起爱国者的共鸣。南宋灭亡后,民族英雄文天祥被系拘于燕京狱中,杜诗是他最亲密的伴侣,他曾集杜五言诗句为五绝二百首,其自序云:"凡吾意所欲言者,子美先为代言之。日玩之不置,但觉为吾诗,忘其为子美诗也。"可见正是杜诗中的爱国主义激情鼓舞着文天祥自觉地为国捐躯。

对政治家如此,对诗人的影响则更难缕数。如南宋爱国诗人陆游就是通过杜诗领会到"诗出于人"的创作道路。因此陆氏在创作中不仅在字句上下功夫,更重要的还是在磨砺自己的爱国意志上下功夫。爱国诗人刘克庄公开宣称:"忧时元是诗人职,莫怪吟中感慨多。"

还应该看到两宋是理学发达的时代,封建专制主义比前代有所加强,一些理学家在批评杜诗中近于"讪上"的作品外,还利用杜甫的忠君思想竭力歪曲,抓住苏轼所说的杜甫"一饭未尝忘君"[1]大加发挥。如刘宰所言:"诗家以杜少陵称首,正谓其无一篇不寓尊君敬上之意。"甚至从杜甫深于经术,把杜诗比附六经,开后来尊杜甫为"诗圣"[2]之先声。

在艺术上以黄庭坚为首的江西诗派把杜甫奉为开山祖师,他们认为杜诗中有"法"、"律"、"眼",因此对杜诗加以揣摩研究,努力造成极境。其实江西诗派所师法的主要是杜在夔州期间的作品。此时杜诗于沉郁顿挫之中而见古拙劲健,蕴涵更深,符合士大夫追求诗意深曲的审美趣味。

有宋一代杜诗研究也取得了丰硕的成果。首先是杜集定本的出现。杜甫身后有"文集六十卷,行于江汉之南",但早散佚。后樊晃编有《杜工部小集》六卷,亦不传。宋宝元二年(1039)王洙正式编纂了杜甫全集,共二十卷,录诗一千四百零五首,很接近今日之传本。此集经过王琪、何瑑、丁修的重新编订,在苏州镂版印行,成为杜诗的第一个定本。后来杜诗的编年本、分体本、分类本、分韵本,皆出于此。第二,宋代杜诗注本繁多,宋人叹称"千家注杜",虽不免有些夸张,但南宋宝庆二年(1226)董居谊在《黄氏补注杜诗序》中说:"近日镂版,注以名集者毋虑二百家。"估计此数目与实际相差不会太多,因为至今有书目可按的就有五六十种,有书或残书传世者尚有六七种之多。其中水平较高者有《九家集注杜诗》、《黄氏补千家集注杜工部诗史》、《新定杜工部古诗近体先后解》(残本)。宋代杜诗注释与研究基本上确定了杜甫的生平经历、诗歌编年,为准确理解杜诗打下了基础,对杜诗中的用典、词语出处以及难字难句作了笺释,基本上弄通了杜诗。其中赵次公注(散见《九家注》和《先后解》中)在注释中还就杜诗的艺术特点作了分析探讨。第三,勾稽史实,以史证诗。唐代孟棨在《本事诗》中第一次使用"诗史"这个词来概括杜诗思想内容的特点,但他主要还是从"记事之详"的角度运用这个概念的。宋人在批评杜诗时也多用"诗史"这个概念,但其内涵往往因人而异。人们从"记时事"、"补史之不足"、"善叙事"、"实录"、善用"史典"、"有年月地理本末"、"史笔森严"等多种角度理解"诗史"的含义。但上述这些解释并未突出诗歌的艺术特征。胡宗愈《成都草堂石碑序》说:"先生以诗鸣于唐,凡出处去就、动息劳佚、悲欢忧乐、忠愤感激、好贤恶恶,一见于诗。读之可以知其世,学士大夫谓之'诗史'。"他注意到诗歌是抒情艺术这一特点,看出杜诗所反映的历史不是照章实录而是通过自己主观感受反映现实。在反映现实时诗人不能不有选择,而且在反映现实的同时还渗透了诗人的好恶和对这些现实的主观评价。魏泰还特别指出"诗史""非但叙尘迹,摭故实",而是表现出了史笔不能到的时代气氛,这种意见也是考虑到"诗史"论的文学特征的。尽管宋代研究者对"诗史"一词含义理解不尽相同,但他们都注意到杜诗与重大历史事件相关的这一特征。注意到杜诗题材的重要性,因而杜诗研究者们在解释杜诗时都注意到对杜诗写作历史背景的考订,虽然也有许多穿凿附会之处,但总的说来他们的研究基本上弄清了杜诗与时代的关系,也为后代杜诗研究者提供了许多经验教训。在这方面做得比较好的是黄鹤的《黄氏补千家集注杜工部诗史》。

自唐代元稹提出杜诗在艺术上集大成说以来,宋人对此也作了许多发挥。但宋人对杜诗的总体风格把握不甚准确。他们对杜诗艺术的分析往往着眼于局部,对于杜诗声韵、韵律之精美,比兴、对仗之工巧,方言、俚语运用得自然恰切等都有较精辟的分析。但这些如不能与杜诗总体风格联系起来探讨,则不易得到杜诗艺术之精粹。只是到南宋末严羽在《沧浪诗话》中把杜诗风格概括为"沉郁"才较接近杜诗的实际。

金代诗学基本上是北宋之延续,在治杜诗上也是如此。他们注重杜诗的思想内容,元好问在《论诗三十首》中批评元稹论杜时说:

"排比铺张特一途,藩篱如此亦区区。少陵自有连城璧,争奈微之识碔砆。"这是对元稹的误解。元稹论杜并非只注重"排比铺张",但由此可见元好问所谓的"连城璧"是指杜诗中广阔而丰富的社会内容。好问之父对杜诗有较深入的研究,好问曾"录先君子所教与闻之师友之间者为一书,名曰《杜诗学》"。元氏用此三字概括有关杜甫和杜诗的学问,也应看成他对杜甫研究的贡献。

元明两代杜诗影响较小,也是杜甫研究的低潮时期。元诗宗晚唐,李贺、温庭筠、小李杜影响较大。因为元人论诗多崇性灵,而杜甫的忧国忧民被认为是出于"义",只有品格极高的人才能学,元人多望而却步。

明代诗人多宗盛唐而不学杜。对明代诗歌创作影响极大的高棅的《唐诗品汇》,始分唐诗为初、盛、中、晚四个时期,而把各期诗人分列为正始、正宗、大家、名家、羽翼、接武、正变、馀响等。书中选杜诗很多,但各体均不许杜甫为正宗,例如在杜甫特别擅长的七律,正宗列了崔颢、李白、贾至、王维、李憕、李颀、祖咏、崔曙、孟浩然、万楚、张谓、高适、岑参、王昌龄十四人,而杜甫独被列入大家。在谈到七律体例时说:"盛唐作者虽不多,而声调最远,品格最高。"而认为"少陵七言律法独异诸家"。高氏后又将《品汇》约编为《唐诗正声》,为明代作诗者所取法。明代盛于七律,而七律多模仿盛唐声调的肤廓之作,与杜甫注重气骨之作不同。

明人常以音声、格调和风雅比兴论诗。他们贬斥宋诗,也不满宋人在论杜时的"诗史"之说。何景明就指出:"义关君臣朋友,辞必托诸夫妇。"强调风人之义,直至明末的陆时雍、清初的王夫之还据此以贬杜诗。前面所引的杨慎那段议论更为典型。直到清中叶陈沆在《诗比兴笺》中还为之辩解云:"世推杜陵诗史,止知其显陈时事耳。甚谓源出变雅,而风人之旨或缺。体多直赋,而比兴之义罕闻。然乎哉？然乎哉！今笺其古诗寄托者若干篇，而律诗尚未暇及。"后面还选了四十三首以为证明。两者对杜褒贬不同，但他们都不懂得杜甫对诗歌艺术的贡献正在于他发展了赋的手法，发展了诗歌描写艺术。关于这一点，李东阳曾指出："汉魏以前诗格简古，世间一切细事长语皆著不得，其势必久而渐穷，赖杜诗一出乃稍为开扩，庶几可尽天下之情事。"(《怀麓堂诗话》)这是很正确的，但在明代没能占上风。明初至中叶多学盛唐，并各随其性效法与其性相近的盛唐诗人。连比较通达的李东阳也说"学者不先得唐调，未可遽为杜学"(《怀麓堂诗话》)。明中叶后曾形成了一个小小的学杜热潮。王世贞曾云："国朝习杜者凡数家，华容孙宜得杜肉，东郡谢榛得杜貌，华州王维祯得杜一支，闽州郑善夫得杜骨，然就其所得，亦近似耳。唯梦阳具体而微。"(《艺苑卮言》)除孙氏无集传世外，其馀诸家成绩亦极有限，李梦阳食古不化，王维祯有句无篇，谢榛于五律有些似杜，郑善夫力图学习杜甫的现实主义精神，唯体格语言较为粗糙，而且没有形成自己的风格。

元至明中叶杜诗研究和两宋无法相比。元代无新注杜诗全集刻本出现，多覆刻南宋集注本(经过删削)，而且多带刘辰翁评语，把刘的意见"奉为律令，莫敢异议"(钱谦益说："评杜诗者莫不善于刘辰翁。")，这也反映了一代文人的眼光与见识。元人开创了选注杜律之风气，流传颇广的《杜律虞注》(实际上是元末明初人假借元人虞集之名，改头换面抄袭元人张性《杜律演义》而成)、《杜工部五言赵注》都只选注律体。这反映了现实感极强、波澜壮阔的杜甫五七古长篇不受欢迎。五七律成为热门，因为它们适用于官场及社会生活中的应酬。

明代对杜诗的研究也很少有成绩，其原因除了上述明人学盛唐不学杜和一些学者贬低杜甫外，也和明代学术空疏有关。杜诗注本出了几个,水平都不高。如单复的《读杜愚得》、托名邵宝的《杜少陵分类集注》,虽皆为全集注本,但其中错误百出,而且多重复宋人意见,有些串解的语句都不甚通顺。胡震亨的《杜诗通》偏重评点,辑录了刘辰翁、郑善夫、王世贞、胡应麟等人评语,然后再加上一些"神品"、"妙品"、"能品"、"具品"等空话,表示艺术高下的等级。胡氏是有贡献的唐诗学者,但在杜诗研究上不免令人失望。

明末清初学杜、研杜又出现了一个高潮,这和当时的社会背景密切相关。由于清兵入侵,民族矛盾、阶级矛盾十分尖锐。饱经动乱忧患的士大夫和广大人民又一次从杜诗那里得到慰藉和共鸣。面对着百孔千疮的社会,面对着呻吟于血泊中的老幼妇孺,面对着厮杀于刀光剑影中的志士仁人,什么风雅比兴,什么气象格调都被人们抛到九霄云外了。直面现实,描写生与死的悲剧,反映血与火的战斗,这才是一代诗人的使命。人们不知不觉地走到学杜队伍中来了。如云间派诗人陈子龙、夏完淳等,在江南战乱以前,他们服膺前后七子,其作品中的窗课社稿多为摹拟古人之作。当他们后来献身抗清斗争,其诗在表现入侵者的残暴和汉族人民不屈不挠反抗侵略的战斗精神时,则自然而然地摆脱了摹拟而写出了大量神似杜甫的作品。明末清初卓有成就的诗人几乎无不学杜,如顾炎武、傅山、阎古古、邢昉、钱澄之(归田以前之作)、归庄、吴嘉纪等民族气节卓著者固不待言,即使一度在清为官,于大节有亏的钱谦益、周亮工等晚年都有明显的学杜倾向。钱氏晚年《投笔集》追和杜甫《秋兴八首》,凡十三叠,以律体组诗反映清初东南郑成功、张煌言等人领导的抗清斗争,慷慨激昂,沉雄郁纡,神似杜律。此时杜诗已经成为人们的鼓舞力量。姚康曾把方文(明遗民)之诗、屈赋和杜诗比作明灯。他说:"非三君子,此三代者遂成黑暗地狱矣。"(《涂山集序》)正是杜诗这盏明灯照亮了无数志士仁人为国捐躯的道路。

在杜甫研究方面此时也取得了丰硕的成果,涌现出许多注杜名著,如王嗣奭的《杜臆》、钱谦益的《杜工部集笺注》、朱鹤龄《杜工部诗集辑注》、卢元昌《思美庐杜诗阐全集》、吴见思《杜诗论文》、仇兆鳌《杜少陵集详注》、黄生《杜诗说》、顾宸《辟疆园杜诗注解》、陈式《问斋杜意》、吴瞻泰《杜诗提要》、金圣叹《杜诗解》等。值得注意的是这些注杜者除个别人外都是江浙一带人,其所以如此,看来不单是因为这一带文化发达,能够著书立说者多,更重要的是这里士大夫思想活跃、民族思想强烈,反清斗争最为激烈。有些杜诗研究者是怀有亡国之痛,不愿出仕,以注杜为寄托的。正如全祖望《续甬上耆旧诗》中《王涪州嗣奭传》所云:"时方注杜毕曰:'吾以此为薇,不畏饿也。'"

应该看到,这些注本不仅元明两代注本无法企及,而且从总体倾向超过了宋人注本。它们吸收宋元明三代注杜成果,剔除前人注中伪造故事、改窜古书、附会旧史、强释文义之处,对杜诗思想艺术都作了较为深入的探讨。一些研究者摆脱为"尊者讳"教条的束缚,揭示了杜甫在"刺美见事"的作品中对于皇帝的指斥。《杜臆》在阐释《哀江头》的意义时就指出:"公追溯禄山乱自贵妃,故此诗直述其宠幸之盛,宴游之娱,而终以血污游魂,所以深刺之也。"《钱注杜诗》对许多作品的笺释揭示了杜甫对玄宗、肃宗、代宗三朝皇帝都有所讽刺。这些是宋代多数研究者(只有赵次公例外)熟视无睹的。明末清初的杜诗研究者注意到诗歌艺术特点,反对穿凿附会,认为如此解诗,"反晦才士风流"。陶开虞言:"少陵一饭不忘君,固也。然兴会所及,往往在有心无心之间。乃注者遂一切强符深揣,即梦中叹息病里呻吟,必曰关系朝政,反觉少陵胸中多少凝滞,没却洒落襟怀矣。"(《说杜》)根据杜诗蕴涵的深厚,朱鹤龄提出理解和解释杜诗的原则:"学者诚能澄心祓虑,正己之性情,以求遇子美之性情,则崆峒仙杖之思，茂陵玉碗之感，与夫杖藜丹壑、倚棹荒江之态，犹可俨然晤其生面而揖之同堂。不必以一二隐语僻事，耳目所不接者为疑也。夫诗有可解者，有不可解者。指事陈情，意含讽喻，此可解者也。托物假象，兴会适然，此不可解者也。不可解而强解之，日星动成比拟，草木亦涉瑕疵，譬诸图罔象而刻空虚也……"（《杜工部诗集辑注序》）

　　诸多的杜诗全集注本也是各有特色。如《杜臆》善于以意逆志，对杜诗诗意作了较深入的探索，对杜诗句意词意也有独到的解释。《钱注杜诗》在史实考证、名物训诂方面取得了不少成绩，并纠正了前人在注杜时的一些不良倾向。《杜诗阐》以串讲为主，引典尽量从简，在串讲中对杜诗的思想内容和艺术形式作了较平实的分析。《杜诗论文》则摒却一切旧注，对杜诗逐一串解，在分析篇章结构、表现方法上颇有发明。《杜诗详注》则网罗宋以来注杜、评杜著作，择其精英，收入书中。对杜诗用典使事，难字难句逐一加以辑注、考订，后附有集评，体大思深，不愧"详注"二字。这些都是明末清初研杜的丰硕成果。

　　清代杜甫的"诗圣"地位已经稳定，公开诋毁、肆意贬低杜甫的不多了。清代诗坛也是派别林立，康熙以后的性灵、格调、肌理诸家虽论诗主张不同，但无不尊杜诗，以杜诗作为推行自己主张的招牌。但杜诗的现实主义精神真正为诗人所倾心，还是在民族危急日益加深的鸦片战争之后，此时诗人特别注重学习杜诗的史诗性。这个时期重大事件一桩接一桩地发生，它们刺激了关心国事的诗人们。许多诗人学习杜甫把这些写入诗篇。像张维屏、林昌彝、鲁一同、姚燮、黄燮清、金和、张际亮、贝青乔一直到"诗界革命"时的黄遵宪、沈汝瑾等人的作品中，无不蕴涵着丰富的近代史料。近代资产阶级革命时期以南社诗人为代表的革命诗人，也多尊杜甫，继承了杜诗的战斗精神。

清康熙以后还产生了两个有影响的杜诗注本,一为浦起龙的《读杜心解》,一为杨伦的《杜诗镜诠》。《心解》引事典较简,注重探索杜诗深意。前有《读杜提纲》十条,对学习和研究杜诗颇有参考价值。如在谈到杜诗的诗史性质时提出:"史家只载得一时事迹,诗家直显出一时气运。诗之妙,正在史笔不到处。"《镜诠》博收前人注评,取长补短、删繁就简、去芜存精,适于一般读者阅读。

自宋至清杜诗注本(包括选注本),现存近二百种,至于一些诗话、笔记、杂文、诗词中论及杜甫或杜诗的难以数计。"杜诗学"确实可以作为一种专门学问存在。系统研究"杜诗学"不仅可以加深对杜诗的理解,而且从中可见杜诗对各个时代的影响是和当时社会生活紧密联系在一起的。

〔1〕 此语出于苏轼《王定国诗集序》。王氏受苏"乌台诗案"牵连被远贬。其子一死于贬所,一死于家。王氏请其序自己诗集,苏氏愧对故人,在此引杜甫为喻,有安慰、勉励王氏之意。

〔2〕 诗圣在宋代是指杜诗之集大成,明以后称杜氏为诗圣,多寓道德评价。

第二十二章　古文运动的前驱

"古文运动"是唐贞元、元和年间韩愈、柳宗元等倡导的一次散文的革新运动。所谓"古文",是指一种上承先秦两汉传统、与当时流行的骈文相对立的新型散文。"古文"之作为文体概念,是唐时才提出的。魏晋以后,骈文繁兴,至唐前期,馀风犹炽,到了韩、柳的古文运动开展起来,"古文"才压倒了骈文,成为唐代散文创作的主导形式。

在韩、柳的古文运动之前,已有不少人出来揭露六朝骈文的积弊,提倡文体复古。即以唐代而论,唐初的政治家如魏徵、史学家如刘知幾、文学家如四杰,都从不同出发点和在不同程度上,对六朝骈文的华靡浮艳之风表示不满,喊出了变革文体的呼声,但在创作实践上却没有多少新的进展。降及陈子昂,乃以其"疏朴近古"的论事书疏,给文坛带来了一股新鲜气息,在革新文体的探索上做出了显著成绩。到了盛唐时代,先有张说以其富有气势的雄文,一扫六朝以来骈文的华靡柔弱之习;后有萧颖士、李华、贾至、元结、独孤及等继起,又在文体革新的理论探索和创作实践方面向前迈进了一大步,从而为韩、柳古文运动的开展,做了充分的准备。

关于唐前期散文的发展,独孤及在《检校尚书吏部员外郎赵郡李公中集序》中说:"帝唐以文德勇祐于下,民被王风,俗稍丕变。至则天太后时,陈子昂以雅易郑,学者浸而向方。天宝中,公(李华)与兰陵肖茂挺、长乐贾幼几(至)勃焉复起,振中古之风,以宏文德。……于时文士驰骛,飙扇波委,二十年间,学者稍厌折杨、皇荂而窥咸池之音者什五六,识者谓之文章中兴。"文章指出了萧颖士、李华等在倡导文体复古上所起的重要作用。因此可以说,他们是韩、柳古文运动的前驱者。

第一节　萧颖士

萧颖士(707—759)[1],字茂挺,颍川(治所在今河南许昌)人[2]。他"四岁属文","十岁以文章知名","开元二十三年(735)举进士,对策第一"(《新唐书·萧颖士传》)。曾任桂州参军。天宝初,任秘书正字。寻为有司劾免,客居濮阳教授。复召为集贤校理。天宝八载(749),调广陵府参军事。不久丁母忧去官,流播吴、越。十载,"史官韦述荐颖士自代,召诣史馆待制",然为权奸李林甫所阻,终未叙官。十一载,林甫死。十二载,更调河南府参军事。后因同僚嫉其才名,遂托疾辞官。安史之乱爆发后,南奔襄阳,山南节度副使源洧辟为掌书记。寻迁淮南节度使掌书记,终扬州功曹参军。

萧颖士在世时,文名远播,刘太真《送萧颖士赴东府序》说:"顷东倭之人,逾海来宾,举其国俗,愿师于夫子。……夫子辞以疾而不之从也。"《新唐书·文艺传中》载阎士和称当时"闻萧氏风者,五尺童子羞称曹、陆"。但他并不甘愿仅以文章名世,而有"陪侍从近臣之列,以箴规讽谲为事","助人主视听,致俗雍熙"(《赠韦司业书》)的积极用世之志。可惜自开元二十四年(736)张九龄罢相后,李林甫、杨国忠相继专权,打击正臣,作者的抱负也就难以实现。《新唐书·萧颖士传》载有李林甫欲见萧颖士,"颖士方父丧,不诣","林甫怒其不下己",即加贬斥的事。又《赠韦司业书》说:"仆褊介自持,粗疏浸久,平生峻节,未尝屈下。"《滞舟赋》说:"众飞钳以抵巇,余矩枘而规凿。"可见他立身刚正,与时多忤,不屑摧眉折腰事权贵,故而名高位卑,一生困顿,"道孤命屈,沦陁终身"(李华《祭萧颖士文》)。

萧颖士著有文集十卷、《游梁新集》三卷、《梁萧史谱》二十卷(见于《新唐书·艺文志》著录),皆久佚;今存文仅赋十、表六、书七、序四,凡二十七篇,《全唐文》编为二卷。又,《唐代墓志汇编》录其墓志一篇,为《全唐文》所失收。

从萧颖士今存的作品和其他有关的资料看来,他是一个文体复古的积极倡导者。《赠韦司业书》说:"仆平生属文,格不近俗,凡所拟议,必希古人。魏晋以来,未尝留意,又况区区咫尺之判,曷足牵丈夫壮志哉!"强调为文取法魏晋以前,也就否定了魏晋以后流行的骈文。李华在《扬州功曹萧颖士文集序》中,介绍萧颖士对前代作家的评价说:"君以为六经之后,有屈原、宋玉,文甚雄壮而不能经。厥后有贾谊,文词最正,近于理体。枚乘、司马相如,亦瑰丽才士,然而不近风雅。扬雄用意颇深,班彪识理,张衡宏旷,曹植丰赡,王粲超逸,嵇康标举。此外皆金相玉质,所尚或殊,不能备举。左思诗赋,有雅颂遗风;干宝著论,近王化根源。此后复绝无闻焉。近日陈拾遗子昂,文体最正,以此而言,见君之述作矣。"所肯定的作家,大抵到晋为止,尤其推崇西汉贾谊的散文;而对屈宋枚马的词采富丽的作品,则以为"不近风雅";于唐代作家,最推重为文"疏朴近古"的陈子昂。由此即可见,颖士在述作上追求的,是魏晋以前的散体单行之文。

为了实现文体复古,颖士对当时流行的骈文作了批判。《江有归舟三章序》(《全唐诗》卷一五四)说:"文也者,非云尚形似,牵比类,以局夫俪偶,放于奇靡,其于言也,必浅而乖矣!所务乎激扬雅训,彰宣事实而已。"所说的"尚形似,牵比类"等等,正是骈文的主要特点;作者认为,如果死守这套东西,势必影响文意的表达,造成言"浅而乖"的后果。文中提出了对"文"的要求——"激扬雅训,彰宣事实",而这一点,正是那些一味追求形式和技巧的骈文不能做到的。

《赠韦司业书》说:"仆有识以来,寡于嗜好,经术之外,略不婴心。"表现了宗经的思想。颖士在对前代作家的评论中(见前),同样流露了这种思想。然而他虽重经术,却不为传统的章句之学,《为邵翼作上张兵部书》说:"仆幼闻礼经,长习篇翰,多举大略,不求微旨。"他自己也正是这样。萧颖士的宗经与倡导文体复古是有密切关系的。因为取法经典,正有助于矫正六朝以来骈文片面追求形式、内容空虚贫乏的弊病,实现文体复古。但是,过分推重经典,也会带来放松艺术追求的缺陷。萧颖士正确地揭示了骈文的弊病,却没有注意到它所积累的艺术成果,还有应当汲取的重要成分,就是存在这种缺陷的一个表现。又他所提出的"激扬雅训,彰宣事实"的要求,也忽视了文学艺术的特点。虽然如此,萧颖士的文学主张,对于扫荡骈文的势力,促进"古文"的发展,还是起了积极的作用的。

萧颖士今存的作品不多,从中已难窥见其创作的全部实绩。然而对于他在改革文体和文风方面所作的努力,从这些作品中还是可以看出的。颖士的作品,与六朝以来流行的骈文的不同之处,首先表现在它有较充实的社会政治内容,已从浮艳的圈中跳出。如他的《伐樱桃树赋》,两唐书《萧颖士传》都说是讽刺李林甫的,看来不误,因为赋序称此文作于天宝八载(时李为相),又说作赋的宗旨,是"儆夫在位者尔"。赋中以"体异修直,材非栋干"却植于紫极宫前的樱桃树比拟无才德而在位的李林甫。赋云:

猗具美而在兹,尔何德而居焉?擢无用之琐质,蒙本枝而自庇。汩群林而非据,专庙庭之右地。虽先寝而式荐,岂和羹之正味。每俯临乎萧墙,奸回得而窥觊。谅何恶之能为,终物情之所畏!

对"在位者"直言指斥,大胆抨击,是政治性很强的讽刺文字。又语言上趋向质朴、自然,全无南朝人作品常有的雕琢之弊。《登宜城故城赋》作于天宝十五载(756),赋中回顾安史之乱的发生,指摘统治者的失政,抒发了自己忧时悯乱的感情,有很强的现实性。《庭莎赋》、《白鹇赋》托物寄意,表现了作者居官受贵戚压抑的苦闷和思欲退隐江海的志向,有一定意义。此外,如《赠韦司业书》,直述作者自己的心性、志趣、抱负和登第后见嫉于世的遭遇;《与崔中书圆书》论兵献策,提出了加强江、淮防务的建议,都具有较切实的社会内容。

萧颖士的作品,大多仍用骈体,但往往并不拘守于骈体的程式。如在语言的偶对上,要求不严格,每每骈、散相间;句式也比较灵活,不纯用四六格式;对于声韵,亦不甚讲求;又用典不多,文辞也不追求侈丽。所以,他的作品比起六朝骈文来,已有新的变化。此外,他还有一些作品,以散体为主,杂以骈句,如《与崔中书圆书》:

比者吴郡、晋陵、江东、海陵诸界,已有草窃屯聚,保于州岛,剽掠村浦,为害日滋,若朝廷不时遣贤王即就镇,求选博通宏略之士以辅佐之,特许不计阶次超拔才雄以居将守,倘一朝勍寇南侵,陵蹈淮澨,冲要阙缮完之备,甲兵无抗击之利,江海馀孽因而啸聚,则长江之南,亦从此而大溃矣,复何观衅虏庭,指日清荡哉!某虽不敏,尝览旧史,见古今成败之策,江山险易之势多矣!忝职幕宾,言不见录,长宵叹息,不觉饮泪!

这样的作品,同韩、柳的"古文",已很接近。

《赠韦司业书》云:"仆从来缀文,略不苦思。"这除了说明他才思敏捷外,也说明他为文大抵有感方作,绝不硬写,故无须苦思冥想,还说明对于艺术形式和技巧,他并不苦心追求。正因为如此,他的文章固然有内容充实、不事雕琢的特点,但也存在着文采不足的缺陷。这与他的理论主张中存在忽视文学特点的偏向是一致的。

颖士诗名不著,今存诗凡二十三首,大多为赠答、送别、怀友及写景之作,其中也常带有申志与述怀的内容。如《菊荣一篇五章》云:"岁方晏矣,霜露残促。谁其荣斯?有英者菊。岂微春华?懿此贞色。人之侮我,混于薪棘。诗人有言,好是正直。"借咏菊以明自己的心志。《过河滨和文学张志尹》云:"隆古日以远,举世丧其淳。慷慨怀黄虞,化理何由臻?……顾我谫劣质,希圣杳无因。且尽登临意,斗酒欢相亲。"《答邹象先》云:"壮图悲岁月,明代耻贫贱。回首无津梁,只令二毛变!"都叙写了自己志不获骋的痛苦心情。由上述作品大致可以看出,他的诗风格古朴,但艺术上的成就不高。又他今存的诗中,计有四言诗五首、五言古诗十五首、近体诗三首,由所作诗歌的体裁上看,同样表露了作者的尚古之风。

第二节 李华

李华,字遐叔,赵州赞皇(今河北赞皇)人,生年不详。开元二十三年(735)登进士第,天宝二年(743)又举博学宏词,由南和尉擢秘书省校书郎。八载(749),任伊阙尉。十一载(752),拜监察御史。当时杨国忠为相,其党羽"所在横猾",李华秉公直行,劾按不贷,"为奸党所嫉，不容于御史府"。十四载（755），徙右补阙。安禄山陷长安，为贼所获，伪署凤阁舍人。乾元元年（758），贬杭州司功参军。不久因母丧去官屏居江南。上元二年（761），奉诏征赴京师，授左补阙，李华自伤历危乱不能完节，无意仕进，遂称病请求休假。宝应二年（763）再次奉诏入京，授司封员外郎，又告假回南方[3]。广德二年（764）九月李岘知江南选事后，表为从事，加检校吏部员外郎。后遇风痹去官，客隐楚州山阳县（今江苏淮安）。卒于大历九年（774）[4]。

李华的思想与萧颖士接近。他一生虽有任伪职的瑕疵，但在安史之乱前居官时，却不阿附权贵，颇见贞正之气。《与表弟卢复书》云："华质性钝弱而慕汲黯、卜式之直。"独孤及《赵郡李公中集序》称他"任职厘绩，外若坦荡，内持正性。……举善惟惧不及，务去恶如复仇"。他推重儒学，但不赞成死守经典教条。《质文论》说："愚以为将求致理，始于学习经史……其馀百家之说，谶纬之书，存而不用。"又说："学者局于恒教，因循而不敢差失毫厘，古人之说，岂或尽善？"认为经典之言未必尽善，应考求其"简易中于人心者以行之"。此外，李华还信奉佛教，尤其是晚年更甚。《新唐书·李华传》说："晚事浮图法，不甚著书。"在这一点上，倒与萧颖士不大一致。

李华的文学主张也与萧颖士接近。《赠礼部尚书清河孝公崔沔集序》云："文章本乎作者，而哀乐系乎时。本乎作者，六经之志也；系乎时者，乐文武而哀幽厉也。立身扬名，有国有家，化人成俗，安危存亡，于是乎观之。宣于志者曰言，饰而成之曰文，有德之文信，无德之文诈。……夫子之文章，偃、商传焉。偃、商殁而孔伋、孟轲作，盖六经之遗也。屈平、宋玉，哀而伤，靡而不返，六经之道遁矣。……文顾行，行顾文，此其与于古欤。"又云："见公文章，知公行事，则人伦之叙、治乱之源备矣，岂唯化物谐声为文章而已乎！"《杨骑曹集序》

说："读书务尽其义，为文务申其志。"可见李华也主张宗经，强调文章要表现儒家的政治思想和伦理道德观念，发挥教化作用。这种观点，对于"反魏晋之浮诞"(《崔沔集序》)，纠正魏晋以来文章缺乏社会内容的弊端，有一定的积极意义，但同时又存在着明显的局限性和片面性。他的贬斥屈宋，就反映出这种宗经文学观的狭隘和偏颇来。李华又认为，文章以作者为主体，作者的道德品行对文章产生直接的影响，故有所谓"有德之文"和"无德之文"。李华主张"文顾行，行顾文"，强调道德品行修养对于为文的重要性。这是针对六朝许多士族出身的文人生活上的糜烂和道德上的堕落而发的，也说明他已认识到作者的主观思想同作品的实际表现之间密不可分的关系。李华还提出，文章要"申志"、"宣志"。他称赞李白的作品说："文以宣志，公其懿焉。"(《故翰林学士李君墓志铭》)他所要求宣的"志"，首先当然是所谓"六经之志"，但也并非仅止于此，因为在"宣志"方面被他称道的李白，其情志显然不可能囿于儒家六经的范围。又李华认为，哀乐来源于时世的治乱，这也就是说，人的情志是与现实联系着的，是有感于现实而生的。所以，"文以宣志"也具有某种要求反映现实的意义。

李华在当时文名甚高，与萧颖士俱以文章著名而连称"萧李"(见《唐国史补》卷下)。他的著作，据《赵郡李公中集序》、《新唐书·艺文志》记载，有《前集》十卷、《中集》二十卷，任校书郎以前的未入正集文八卷。然诸集皆久佚，今存有辑本《李遐叔文集》，《全唐文》编其文为八卷，凡一百零三篇。又，《唐文拾遗》卷一九、《唐代墓志汇编》各录其文一篇，乃《全唐文》所未收者。

李华今存的文章较多，大抵各种体裁皆有佳作。他的赋颂共十四篇，其中《含元殿赋》，在唐人写的宫殿题材的赋作中颇有名，曾受到萧颖士的称赏(见《旧唐书·李华传》)。他的四篇"论"中，《卜论》很值得注意。《唐国史补》卷上云:"华著论言龟卜可废,可谓深识之士矣。"这篇文章从论理和事实两个方面来证明"卜筮阴阳之流皆妄作也"的道理,颇有说服力,表现了无神论的战斗精神。文中说:"《洪范》曰:'尔有大疑,谋及卜筮。'圣人不当有疑于人以筮也。"对经典之言提出驳难,说明作者并不迷信经典。又《质文论》提出为政应"以简质易烦文"的主张,《正交论》抨击"信义不厚"、"朋友道薄"的世风,都具有一定的现实意义。

李华写过几篇类似杂文的论说体文章,其内容虽多研讨治国之道,篇幅却颇短小,而且比较讲究艺术表现。如《贤之用舍》云:"上之于贤也,患不能好之;好之也,患不能求之;求之也,患不能知之;知之也,患不能任之;任之也,患不能终之;终之也,患不能同其心而化于道。是故士贵夫遇,惧夫遇而不尽也。"全篇仅六十四字,可谓言简意赅。《材之大小》也只有二百四十五字,文章以善于立譬取喻见长,通过"攀巢之雏"见珍于"侈女"、病仆之牛被弃于道路的对比,抨击了社会上存在的"材之大也为累,材之小也为贵"的不合理现象。又《言医》"主文而谲谏"(独孤及《赵郡李公中集序》),通过引述古事委婉致讽,也颇具特色。

李华的序、记文数量较多。"序"文中,多数是叙写惜别、祝愿与劝勉之意的赠序;另有文集序三篇,谈自己的"古文"理论,颇有价值。"记"文中,厅壁记数量最多,写法虽不离此类文字的常套,但文中有时也引入一些政治议论。如《中书政事堂记》云:"政事堂者,君不可以枉道于天,反道于地,覆道于社稷,无道于黎元,此堂得以议之。"认为对于失道之君,臣子"得以议之",其观点的进步性是很显然的。此外,他的《鹗执狐记》引喻以刺世,类如寓言。文中先写鹗击杀丰狐,为耕者所快,接着说:"在位者当洒濯其心,祓除凶意,恶是务去,福其大来,不然,则有甚于狐之害人,庸忸于鹗之能尔!"对

"在位者"提出警告,有较强的战斗性。

李华的碑传文共二十六篇,其中十篇是有关释教的文章,其馀则多"表贤达盛德"。这些作品中,有少数能够打破"铺排郡望,藻饰官阶"的格局,写得质实而有感情,如《著作郎赠秘书少监权君墓表》就是如此。

李华最著名的作品是《吊古战场文》。天宝十一载或十二载,李华曾以监察御史"奉使朔方"(《韩国公张仁愿庙碑铭》序),本文大约即作于这次朔方之行以后[5]。文章一开始,就为我们展现了一幅古战场荒凉、凄惨的图画,接着回顾自战国以来的战争,用浓墨重彩,着重地渲染了华夷之间战争的惊心动魄场面和令人目不忍睹的惨局,突出地表现了战争给人民带来的深重灾难。玄宗晚年,轻启边衅,好大喜功,百姓深受其害,文中的上述描写,正是针对这一点而发的。如何消除这种华夷之间的战争灾难?作者主张"守在四夷",即要求对四夷实行"和柔"政策,反对只讲武力。天宝后期,边地战争连绵不断的主要原因,恰在于唐统治者的穷兵黩武,所以,作者的上述主张,是有很强的现实性和针对性的,并非腐儒的迂阔之见。

这篇文章的一个主要特色,是能以情动人,具有很强的艺术感染力。如"至若穷阴凝闭"句以下,写敌兵趁酷寒来犯,战士们在陷于困境的情况下苦战而死,充溢着低沉、愁惨、凄厉、幽抑、哀痛、悲怆之情,足以动人心魂。善于以景衬情,融情入景,是这篇文章的又一个特色。譬如首段:

> 浩浩乎平沙无垠,敻不见人。河水萦带,群山纠纷。黯兮惨悴,风悲日曛。蓬断草枯,凛若霜晨。鸟飞不下,兽铤亡群。

这段文字,尽写景而情在其中,令人读后"悲惨之意"油然而生,达到了情景浑一的境界。除此文外,李华还有四篇祭吊文,也具有较强的抒情意味。

《赵郡李公中集序》云:"公之作,本乎王道,大抵以五经为泉源。"又说他的文章,"虽波澜万变,而未始不根于典谟"。从李华的创作上看,独孤及的这种说法并不一定正确。李华虽推重儒学,但为文并不从儒经的教条出发,而能够立足于现实。他汲取儒学的观点,目的是为了"施之于事",为现实的思想政治斗争服务。他还常根据现实的需要,来检验经典之言,并非盲目地信守儒学教条。正因为这样,他的许多作品,便具有较丰富的社会内容。

李华的文章,以骈体为多。但其作品比起六朝骈文来,已有许多不同。他的骈文,一般都有较充实的内容,用典不多,语言质朴、流畅,改变了六朝以来骈文的浮艳之风。虽然他有些作品,存在"直质而少文"(《御史大夫厅壁记》)的缺点,但也有一些作品,如《吊古战场文》等,写得情文并茂。又从形式上看,其骈文不严格求对偶,往往骈、散相间;句式也颇灵活,有的以四字句为主,辅以其他句式,有的则杂用各种句式,并不以四、六句为主;至于声韵,除一些必须押韵的作品押韵外,平仄方面多不甚讲求。以上这种形式,和当时流行的佛教译经文体,有一定的关系。此外,李华也试写过一些"古文",其数量明显多于萧颖士的这类作品,如他的《扬州功曹萧颖士文集序》、《杨骑曹集序》、《卜论》、《著作郎赠秘书少监权君墓表》、《李夫人传》等等,都同萧颖士的《与崔中书圆书》很接近。

李华的诗名不如文名,今存诗凡二十九首,《全唐诗》编为一卷,其中《春游吟》、《海上生明月》、《尚书都堂瓦松》重见李章、朱华、李晔集中。他的《咏史十一首》、《杂诗六首》多借吟咏古事以抒发怀抱,讽时刺世。如《杂诗六首》其五:"孔光尊董贤,胡广惭李固,儒风冠天下,而乃败王度。"抨击了贪恋禄位、曲从邪佞的"名儒"。《咏史十一首》其一:"尝闻断马剑,每壮朱云贤。"赞颂了不避权贵、极言直谏的贞臣。又其四:"汉时征百粤,杨仆将楼船。幕府功未立,江湖已骚然。岛夷非敢乱,政暴地仍偏。……如何得良吏,一为制方圆。"表露了与《吊古战场文》同样的反对"多事四夷"的思想。又其十一云:"周王惑褒姒,城阙成陂陀。"其六写汉武帝求仙,"糜费巨万计,宫车终不还。苍苍茂陵树,足以戒人间",都有所讽托。此外,他的边塞诗《奉使朔方赠郭都护》,写得慷慨悲壮;几篇记游、写景之作,亦不无可取之处。如《春行寄兴》:"宜阳城下草萋萋,涧水东流复向西。芳树无人花自落,春山一路鸟空啼。"用自然、朴素的语言,刻画出了一个静寂、幽美的境界,艺术上是比较成功的。

第三节 贾至 颜真卿

贾至(718—772),字幼邻(一作幼几),河南洛阳人。开元末明经擢第,曾任校书郎、单父尉。随玄宗奔蜀,拜起居舍人,知制诰。后历任中书舍人、岳州司马、尚书左丞、京兆尹、右散骑常侍等职。大历七年卒。有集二十卷(见《新唐书·艺文志》),已佚,今存文凡九十二篇,《全唐文》编为三卷。

贾至在当时颇有文名,独孤及《赵郡李公中集序》称他与萧颖士、李华同为天宝时"文章中兴"的代表人物;李舟《独孤常州集序》说他与萧、李、独孤及"皆宪章六艺,能探古人述作之旨";梁肃《补阙李君前集序》也说他们四人"比肩而出",推进了"天宝已还"的文体改革。然而,贾至今存的作品,绝大多数是制书,其馀各种体裁的文章,仅有十馀篇,从中已难完全窥见他在文体改革方面所起的重要作用。

从贾至今存的文章看,他是一个儒学复兴的积极倡导者。广德元年(763),礼部侍郎杨绾上疏请停明经、进士科,别置五经秀才科,试经义二十条,对策五道。贾至作《议杨绾条奏贡举疏》附和其议。文中说,由取士试以诗赋、帖经之失,导致儒学下衰;因儒学下衰,"致使禄山一呼而四海震荡,思明再乱而十年不复"。作者认为,儒道的兴废,关系着国家的安危,"向使礼让之道宏,仁义之风著,则忠臣孝子,比屋可封,逆节不得而萌也,人心不得而摇也"。由这些议论可以看出,贾至的倡导复兴儒学,是以安史之乱后整顿统治秩序、巩固皇权纲纪的需要为出发点的。

上述这种观点,在贾至的文学主张中也有反映。《工部侍郎李公集序》云:"唐虞赓歌,殷周雅颂,美文之盛也。厥后四夷交侵,诸侯征伐,文王之道将坠地,于是仲尼删《诗》、述《易》、作《春秋》,而叙帝王之书,三代文章,炳然可观。汨骚人怨靡,扬、马诡丽,班、张、崔、蔡、曹、王、潘、陆,扬波扇飙,大变风雅。宋、齐、梁、隋,荡而不返。……览数代述作,固足验夫理乱之源也。……而公当颓靡之中,振洋洋之声,可谓深见尧舜之道,宣尼之旨,鲜哉希矣。"无论是叙历代文章流变,还是评价具体作家作品,都表现出鲜明的宗经立场。文中甚至将述作的宗经与否,同世之治乱联系了起来。至于对屈、宋以后之文的贬抑,则又比萧、李更进了一步。又《议杨绾条奏贡举疏》说:"今试学者以帖字为精通,而不穷旨义,岂能知迁怒贰过之道乎?考文者以声病为是非,而惟择浮艳,岂能知移风易俗化天下之事乎?"表明贾至反对浮艳之文,要求作者精通六经旨义,使文章发挥教化作用。这些主张,尽管具有不少的局限性,但对于促进"古文"的发展,还是会产生作用的。

贾至之文,大抵长于论议。如天宝初他在宋州为单父尉时所作《微子庙碑颂》云:"于戏!国之兴亡,不独天命,向使帝乙舍受而立启,前箕子而后少师,则文王未可专征于诸侯,武王未可誓师于牧野。……是太王立季历而昌,帝乙舍微子而亡,成败系人,不其昭彰乎!"提出国之兴亡系于人事的论点,富有现实意义。他的《旌儒庙碑》,除批判了秦始皇的焚书坑儒外,又指出:"秦皇帝以神武迈古,并吞六合……自轩辕已降,平一宇宙,未有若斯之盛也。"肯定了秦始皇统一天下之功,立论允当。

贾至的作品,特别是他的议论文,如《议杨绾条奏贡举疏》、《旌儒庙碑》、《论王去荣打杀本部县令表》等,大多写得质朴、平易,这对于矫正六朝以来骈文的华靡之风,产生了积极的作用,所以独孤及在《祭贾尚书文》中说:"文章陵夷,郑声夺伦,兄于其中,振三代风。复雕为朴,正始是崇。"又他的文章,多用骈体。从形式上看,也不拘守于骈体的程式,与萧、李之作无大差别。

贾至在当时不仅有文名,亦有诗名。独孤及在《贾员外处见中书贾舍人巴陵诗集览之怀旧代书寄赠》中,曾将他的《巴陵诗集》(其岳州诗作的汇编)与阮籍的《咏怀》相比,说是自己读了以后,"暂若窥武库,森然矛戟寒;眼明遗头风,心悦忘朝餐"。在本章所叙唐代古文运动的前驱者中,以他的诗歌写得最好。贾至诗今存四十六首,多为赠答、送别、怀友之作。他的七律《早朝大明宫呈两省僚友》,旧时一直为人们所传诵,虽内容无甚可取,艺术上却具有典丽精工的特色。贾至于诸体中,最擅长七绝,今存共二十首,数量超过其他各体,技巧也趋于纯熟。如《初至巴陵与李十二白裴九同泛洞庭湖三首》其二:"枫岸纷纷落叶多,洞庭秋水晚来波。乘兴轻舟无近远,白云明月吊湘娥。"《春思二首》其一:"草色青青柳色黄,桃花历乱李花香。东风不为吹愁去,春日偏能惹恨长。"都写得清新明丽、自然流畅。

颜真卿(709—785),字清臣,京兆长安人。开元二十二年(734)进士及第。历任监察御史、平原太守。安禄山反,河北尽陷,唯独他固守平原。后不得已弃郡赴行在,授宪部尚书。在朝因刚直敢言,为权臣所嫉,数遭贬黜。后官至太子太师,封鲁郡公。贞元元年(785)八月被藩镇叛将李希烈缢杀。颜真卿是唐代的忠烈名臣,善书法,工文词。有《颜鲁公文集》传世,清黄本骥编三十卷本,搜辑资料最为完备。

从真卿今存的文章及其他有关的资料看来,他并不是一个文体复古的倡导者,但是他在文学上的一些主张,同李华等人又有相近之处。《尚书刑部侍郎赠尚书右仆射孙逖文公集序》云:"古之为文者,所以导达心志,发挥性灵。……政之兴衰,实系于此。"认为文章是用来表达心志情性的,这同李华的"文以宣志"说接近,所不同的是,他没有提"六经之志",排除了宗经文学观的片面性。他强调文章与政之兴衰的密切关系,观点也同李华接近。《孙逖集序》又云:"文胜质,则绣其鞶帨,而血流漂杵;质胜文,则野于礼乐,而木讷不华,历代相因,莫能适中。故诗人之赋丽以则,词人之赋丽以淫,此其效也。"主张文质兼备,既反对浮靡淫丽,也不赞成木讷无华,观点同独孤及接近。

真卿今存的文章,以碑志为多。其中少数作品,能够打破六朝以来骈体碑志的僵化程式,写成比较生动的人物传记。如他的《浪迹先生元真子张志和碑铭》,先简括地记述张的家世、仕历,接着以主要篇幅描写他弃官后的隐逸生活。文云:"闭竹门,十年不出。吏人尝呼为掏河夫,执畚就役,曾无忤色。……隐素木几,酌斑螺杯,鸣榔杖拏,随意取适,垂钓去饵,不在得鱼。……竟陵子陆羽、校书郎裴修尝诣问何人往来,答曰:'太虚作室而共居,夜月为灯以同照,与四海诸公未尝离别,有何往来?'"文章以朴素、流畅的文笔,刻画出了一个安于贫贱、超然绝俗、闲适自在而又诙谐辩捷的隐者形象。又如《广平文贞公宋公神道碑铭》,除对宋璟的生平、仕历作全面的记述外,特别突出地表现了他的刚正不阿、疾恶如仇的品格,给读者留下了鲜明、深刻的印象。

真卿今存的其他作品,有表、疏、议、帖、序等,大多为应用文字,文学价值不高。然其中也并非没有值得一读的佳作。如代宗大历元年(766),宰相元载专权,"惧朝臣论奏其短,乃请百官凡欲论事,皆先白长官,长官白宰相,然后上闻",代宗采纳其议,真卿于是作《论百官论事疏》,指出这种做法,乃"旷古未有"!实"陛下欲自屏耳目","顿隔忠谠之路",必将导致"林甫、国忠复起"。这篇奏疏笔锋犀利,言辞激切,在当时发生了很大影响,"中人争写内本布于外"(《旧唐书·颜真卿传》)。

他的作品无论记事、说理,皆条理明晰,文字质朴。就体式而论,或骈、散相间,或以散体为主,杂以骈句,大抵同于萧、李之文。又细考真卿今存的文章,可知其绝大多数作于安史之乱发生后,因此他的创作,无疑受到过天宝以来文体复古思潮的影响,也是独孤及所称"文章中兴"的一个构成部分,并对以后"古文"的发展,产生了促进的作用。

第四节 独孤及

独孤及(725—777),字至之,河南洛阳人。年二十馀游梁宋,与高适、贾至等相交,"约子孙之契"。天宝十三载(754),应洞晓玄经举中第,释褐拜华阴尉。不久迁郑县尉。安史之乱爆发后,避难于越。上元元年(760),江淮都统李峘奏为掌书记,授左金吾卫兵曹参军。宝应元年(762),征拜左拾遗。不久改任太常博士。又迁礼部、吏部员外郎。大历三年(768)任濠州刺史,"三年而阖境大化"。五年(770),移拜舒州刺史。不到一载,以政绩卓著,加检校司封郎中赐紫金鱼袋。九年(774),擢拜常州刺史。十二年(777)四月卒于位。

独孤及的思想和文学主张都与李华接近。梁肃《为常州独孤使君祭李员外文》称他们"义均伯仲,合若符契"。独孤及也重经术,但不为章句之学。崔祐甫《故常州刺史独孤公神道碑铭》说他"遍览五经,观其大义,不为章句学"。又好佛道,《舒州山谷寺觉寂塔隋故镜智禅师碑铭》自称"尝味禅师之道也久"。他在《赵郡李公中集序》这一篇论文中,集中地表述了自己的文学主张。文中说:"自典谟缺,雅颂寝,世道陵夷,文亦下衰,故作者往往先文字后比兴。其风流荡而不返,乃至有饰其词而遗其意者,则润色愈工,其实愈丧。及其大坏也,俪偶章句,使枝对叶比,以八病四声为梏拲,拳拳守之,如奉法令。闻皋繇史克之作,则呷然笑之。天下雷同,风驱云趋,文不足言,言不足志,亦犹木兰为舟,翠羽为楫,玩之于陆,而无涉川之用。痛乎流俗之惑人也旧矣!"对六朝以来骈文片面追求形式的弊病,给予了猛烈的抨击。又说:"志非言不形,言非文不彰,是三者相为用,亦犹涉川者假舟楫而后济。"这同李华所说的"文以宣志"颇接近。另文中赞美李华的作品,称它们"本乎王道,大抵以五经为泉源"云云,也表现了作者的宗经立场。梁肃《常州刺史独孤及集后序》说:"肃仰公犹师,每申之话言,必先道德而后文学。且曰:'后世虽有作者,六籍其不可及已。荀孟朴而少文,屈宋华而无根,有以取正,其贾生、史迁、班孟坚云尔。'"强调道德对于为文的重要性,贬抑屈宋,推重两汉文章,这些观点都同李华、萧颖士接近;所不同的是,他比较重视文采,批评荀孟之作文采不足。独孤及在《萧府君文章集录序》一文中称赞萧立的文章"直而不野,丽而不艳",也反映了同样的看法。

独孤及在当时颇有文名,梁肃《独孤公行状》云:"赵郡李华、扶风苏源明并称公为词宗。"又云:"达言发辞,若山岳之峻极,江海之波澜,故天下谓之文伯。"权德舆则称他"作为文章,律度当世"(《祭独孤常州文》)。在《补阙李君前集序》中,梁肃还将他与萧颖士、李华、贾至相提并论。关于独孤及的著作,李舟《独孤常州集序》云:"有遗文三百篇,安定梁肃编为上下帙,分二十卷。"《新唐书·艺文志》著录:"独孤及《毗陵集》二十卷。"今传《毗陵集》亦二十卷,收文一百八十馀篇。《全唐文》录其文为十卷,凡一百九十二篇。这些文章中,各种体裁具备,但以序、表、碑志、祭文占的比重最大。

崔祐甫《独孤公神道碑铭》云:"公之文章,大抵以立宪诫世、褒贤遏恶为用,故论议最长。"他的文章确乎长于论议。例如所撰《吴季子札论》,唐人"谓其评议之精,在古人右"(崔祐甫《碑铭》)。古人皆褒季札让国之贤,作者独对此提出批评。文章开头说:"谨按季子三以吴国让,而《春秋》褒之,余征其前闻于旧史氏,窃谓废先君之命,非孝也;附子臧之义,非公也;执礼全节,使国篡君弑,非仁也;出能观变,入不讨乱,非智也。"一开始即异峰突起,亮出了与世俗针锋相对的观点。在下面的分析中,作者指出,季札的让国,导致"争端兴于上替,祸机作于内室"的后果,无益于世,不过是"徇名"之举。接着,又进一步批评季札的行为是"全身不顾其业"、"洁己而遗国"。这样,作者实际上就提出了一个衡量季札让国是否应当褒扬的全新标准:看是否有益于社稷大业。文章对季札的批评,实际也是针对着那些只知拘执于区区"礼"、"节"而不识大体的愚儒而发的。所以,它虽然"论"的是历史人物,却富有现实意义。又如他的《直谏表》,议论朝政,揭露时弊,深刻透辟。文中说:"(陛下)但有容谏之名,竟无听谏之实。……此忠鲠之士所以窃叹,而臣亦耻之。……自师兴不息十年矣,万姓之生产,空于杼轴,拥兵者第馆亘街陌,奴婢厌酒肉,而贫人羸饿就役,剥肤及髓。……加以官乱职废,将惰卒暴,百揆隳刺,如纷麻沸粥。……士庶茹毒饮痛,穷而无告。今其心禺禺,独恃于麦,麦不登,则易子咬骨,可跂而待。眠于焚薪之上,岂危于此?"表现了作者关心民生疾苦和鲠直敢言的精神。

独孤及的几篇谥议,颇为时人所称道。崔祐甫说它们"综核名实,皆居其当","博而正,当时韪之"。《新唐书·独孤及传》也说:"谥吕諲、卢奕、郭知运等无浮美,无隐恶,得褒贬之正。"谥议专为考行定谥而作,是一种官场的应用文,其中可读之作不多。但独孤及的这类文章,却多是写得较有生气的论辩文字。如《故御史中丞卢奕谥议》,写安禄山攻陷洛阳,居位者或争先逃窜,或降贼苟活,卢奕"独正身守位,蹈义不去",从容骂贼而死;有人说,卢奕本非武吏,洛阳既丧,"去之可也",何必"委身寇仇"?作者批驳了这种意见,指出卢奕"岂爱死而贾祸也?以为死轻于义,故蹈义而捐生",他的这种精神,"孰与夫怀安偷生者同其风哉"!这篇谥议立论严正,驳辩有力,文字简洁,是比较优秀的议论文。

他的序、记文中,也常夹入一些精辟的议论。如《送李白之曹南序》云:"……然则适来,时行也;适去,时止也。彼碌碌者,徒见三河之游倦,百镒之金尽,乃议子于得失亏成之间,曾不知才全者无亏成,志全者无得失,进与退,于道德乎何有!"议论中包含着深刻的哲理,且写出了李白不同凡俗的精神风貌。《慧山寺新泉记》云:"夫物不自美,因人美之。泉出于山,发于自然,非夫人疏之凿之之功,则水之时用不广,亦犹无锡之政烦民贫,深源导之,则千室襦袴,仁智之所及,功用之所格,动若响答,其揆一也。"由疏导新泉推及为政,联想自然,有较强的说服力。

《古函谷关铭》、《仙掌铭》是独孤及的名作,崔祐甫《碑铭》说:

"著古函谷关、仙掌二铭,格高理精,当代词人,无不畏服。"前者状景纪胜,先刻画函谷关的险要,进而描述秦始皇据之以吞并六国、汉高帝得之以安定天下的史事,最后写古关今已荒废,发出了世易时移的感慨。后者纪华山仙掌峰,主旨在辨析河神巨灵擘山通水的神话传说。开头说:"阴阳开阖,元气变化,泄为百川,凝为崇山。山川之作,与天地并。"从正面提出,山川的形成,是阴阳、元气作用的结果。接着笔锋一转,又故意从反面提出疑问:"疑有真宰,而未知尸其功者。"下面叙写巨灵的神话:太华、首阳本为一山,巨灵"攘臂其间",掰之为二,以通黄河之水;其掰山的手掌印迹,至今仍留存于仙掌峰上。接着写人们对这个神话的不同态度:或"聆其风而骇之",或以为"诙诡不经"。下面又进而指出,那些骇于巨灵之迹者,"拘其一域",不知"创宇宙,作万象,月而日之,星而辰之"等等,更可骇异。他们感到"创宇宙"等等无迹可寻,"未尝骇焉",却因为巨灵有迹而骇异,不是有点迷乱吗?接着说,天地阴阳"锻炼六气",裁成万物,"如埏埴炉锤之为瓶为缶,为钩为棘",华岳仙掌之作,也是如此,不值得骇异。如果泥于巨掌之迹,而求诸神灵,"则道斯远矣"。最后,刻画了仙掌峰的壮丽景色,以见出造化的神奇之功:"峨峨灵掌,纤指如画,隐鳞磅礴,上挥太清。远而视之,如欲扪青天以掬皓露,攀扶桑而捧白日。不去不来,若飞若动,非至神曷以至此!"这篇铭文反映了作者素朴的唯物主义观点,不仅以其识见使人折服,写法上也表现出高超的技巧。全篇文思新颖诡奇,写来迷离恍惚,却并非不可捉摸,起伏多变而又紧紧扣住中心,加上绘景生动,语言警辟,故而成为唐人铭文中的佳作。

独孤及的序、记凡六十多篇,主要写送别、饮宴及游赏,其中有一些以写景、抒情见长的作品。如《建丑月十五日虎丘山夜宴序》云:"岩岩虎丘,奠吴西门,崒然如香楼金道,自下方而踊,锁丹霞白云于莲宫之内。会之日，和气满谷，阳春逼人，岩烟扫除，肃若有待。……云去日没，梵天月白，万里如练，松荫依依，状若留客。于斯时也，抚云山为我辈，视竹帛如草芥，颓然乐极，众虑皆遣！"写虎丘山的奇特秀丽之景和作者当时的感受、心情，历历如画，能唤起读者的想象。《马退山茅亭记》[6]云："是山崒然起于莽苍之中，驰奔云矗，亘数十百里，尾蟠荒陬，首注大溪，诸山来朝，势若星拱，苍翠诡状，绮绾绣错。盖天钟秀于是，不限于遐裔也。"状马退山的壮美风光，也较出色。

独孤及集中尚有大量的表状、碑志、祭文，但这类文章中思想艺术上有特色的佳作较少。

关于独孤及文章的风格特征，崔祐甫《碑铭》说："常州之文，究其元本，质取其深，艳从其损。"梁肃《独孤及集后序》说："其文宽而简，直而婉，辩而不华，博厚而高明，论人无虚美，比事为实录，天下凛然复睹两汉之遗风。"指出独孤及为文不求华艳，质实有内容，能上继两汉散文的传统，比较中肯。这里应该补充的一点是，他的文章比较注重艺术表现，并非直质无文。从《仙掌铭》的构思之妙，《虎丘山夜宴序》的提炼语言之精等等，即可以看出这一点。

独孤及的文章，以骈体为多，其形式与李华的骈文大抵一致。此外，他也像李华那样试写过一些"古文"。如《敕与吐蕃赞普书》、《直谏表》、《驳太常拟故相国江陵尹谥议》等，即同于李华的这类文章。

独孤及今存的诗歌共八十一首，其中有少数直接反映当时的社会现实，表达了诗人伤时悯乱的感情。如《季冬自嵩山赴洛道中作》："胡尘动地起，千里闻战鼓。死人成为阜，流血涂草莽。……"《送相里郎中赴江西》："戎狄方构患，休牛殊未遑。三秦千仓空，战卒如饿狼！"《癸卯岁赴南丰道中闻京师失守寄权士繇韩幼深》："胡尘晦落日,西望泣路歧。"还有的感叹遭逢世乱,自己的抱负无从施展。如《初晴抱琴登马退山对酒望远醉后作》:"年长心易感,况为忧患缠。壮图迫世故,行止两茫然。……人生几何时,太半百忧煎!"其馀多为赠答、送别、思友、纪游之作,缺少深刻的社会内容。从艺术上看,亦多不见佳。所以,独孤及在诗歌创作上的成就,远不能与其文章相比。

〔1〕 据李华《扬州功曹萧颖士文集序》、《祭萧颖士文》,可考知颖士当卒于乾元二年(759);又《新唐书·萧颖士传》谓颖士"客死汝南逆旅,年五十二",由此逆推,他当生于景龙二年(708)。或据萧颖士"开元二十三年登进士第"及"十九进士擢第"(李华《萧颖士文集序》)的记载,断颖士生于开元五年(717)。按,萧颖士《爱而不见赋》题下注云:"丙辰岁待诏京邑,贻旧知作。"丙辰即开元四年(716)。又《莲蕊散赋》序云:"予同生继夭,憯戚所萃。己未岁夏六月,旅寄韦城,忧伤感疾,肿生于左胁之下……友生于逖、张南客在大梁闻之,以言于方牧李公。公,予之旧知也。"己未乃开元七年(719)。由此二文,即可证颖士不当生于开元五年,"十九进士擢第"疑为"廿九进士擢第"之误,据此,颖士当生于公元707年。

〔2〕 唐人皆称颖士为"兰陵萧茂挺",按,颖士为梁鄱阳王恢(梁武帝之兄弟)七世孙(见《因话录》卷三、《新唐书·萧颖士传》),而梁武帝萧衍为南兰陵人(见《南史·梁本纪上》),可见"兰陵"系颖士之祖籍。颖士《赠韦司业书》自称"颍川男子萧颖士",又谓:"仆生于汝、颍。""仆汝、颍之间一后生耳。"则颖士实为颍川人。

〔3〕〔5〕 参见陈铁民《李华事迹考》,载《文献》1990年第4期。

〔4〕《新唐书·李华传》:"大历初,卒。"梁肃《为常州独孤使君祭李员外文》云:"维大历元年五月日,朝散大夫守常州刺史赐紫金鱼袋独孤某……祭于故尚书吏部郎赵郡李遐叔三兄之灵。"按李华《太子少师崔公墓志铭》曰:"大历四年,龟筮从吉……"又独孤及始任常州刺史在大历九年,则梁文之"大历元

年",盖即"大历九年"之形误。

〔6〕 此文重见《毗陵集》及《柳宗元集》。按,《文苑英华》录此篇,署独孤及名,陈景云《柳集点勘》、何焯《义门读书记》皆称此文为独孤及作,近是。

第二十三章　元结和《箧中集》

第一节　元结的生平和文学思想

元结(719—772)是盛唐后期一位正直有为的政治家,也是文学史上一位杰出的少数民族作家[1]。字次山,号元子、猗玕子等,汝州鲁山县(今属河南)人。他是我国鲜卑族的后代。祖先原来姓拓跋,到北魏孝文帝时才改姓元。元结是北魏王族常山王元遵的第十二世孙。其父元延祖曾两度出任地方小吏,后挂冠归田。

元结少年时放纵不羁,十七岁才折节向学,以从兄元德秀为业师。德秀字紫芝,以"才行第一"登进士第,曾任鲁山令。他"奉亲孝,居丧哀,抚孤仁,徇朋友之急,莅职明于赏罚,终身贫而乐天知命"(李华《三贤论》),颇受时人敬重。他的立身理政勤师古道的思想品格,深深熏陶了元结。

天宝五载(746),二十八岁的元结开始离乡漫游。他顺着运河到了淮阴一带,恰遇大水,河堤溃决。元结目睹百姓溺毙、庐舍漂没的惨象,写下了《闵荒诗》,以借古讽今手法,抨击当代弊政。这是元结现存作品中写得最早的诗,已具"新乐府"的风格,标志着诗人现实主义创作道路的开端。

天宝六载(747),元结满怀用世之心赴京应制举试。中书令李林甫"恐草野之士对策,斥言其奸恶"(《通鉴·唐纪》三十一),玩弄权术,使应举者无一人及第。应试受骗,元结切身感受到了政治的腐败黑暗。在长安,一度"与丐者为友"(元结《丐论》)。愤然返回故里后,撰《喻友》一文,表示了对李林甫的愤慨。天宝九载以后,他隐居于故乡的商馀山,一面"艺耕山田"(元结《述居》),一面读书著文,写成《元子》十卷。天宝十二载,他再到长安,应进士试,次年春及第,但未获职,仍返故乡。

天宝十四载(755),安史乱起,元结举家逃难,先到猺南之猗玗洞(在今湖北大冶),后至瀼溪(在今江西瑞昌),过着"沉浮人间"的避乱生活。

乾元二年(759)九月,因国子司业苏源明推荐,元结得见肃宗,上《时议》三篇,被授予右金吾兵曹参军摄监察御史,充山南东道节度参谋。元结到任后,迅速地招募唐、邓、汝、蔡诸州义军,坚守泌阳,阻遏了史思明叛军的南侵,保全了十五个城池。由于战功卓著,先后迁官为监察御史里行、水部员外郎,充荆南节度判官,并一度代摄荆南节度使职事。代宗宝应元年(762),元结以奉养老母为由辞官,退居武昌樊水。

广德元年(763),代宗诏令元结任道州(治今湖南道县)刺史。元结目睹在战乱中州县残破、百姓死亡转徙的惨况,上表请免百姓久欠的租税和杂率,并招抚流亡,赈给灾民,修屋营舍,安顿贫弱。但因此招致当时的宰相元载、专判度支及诸道盐铁转运铸钱等使第五琦的不满,于永泰元年(765)被罢免。李商隐《容州经略使元结文集后序》中云:元结"见憎于第五琦、元载,故其将兵不得授,作官不至达",即透露出罢官的原因。

永泰二年(766,即大历元年),元结奉命再理道州,继续推行他的政治措施,大力督劝人民垦辟畲种,繁殖畜养,增加经济收益,使经受沉重创伤的道州百姓逐渐恢复元气,一万多户转徙流亡他乡后又回故里安居。为此,元结深受百姓爱戴。在道州,元结创作了他最优秀的新乐府诗《舂陵行》和《贼退示官吏》,编定了作品集《文编》。

大历三年(768),元结调任容州(今广西容县)刺史兼容管经略使。当时容州局势动乱,溪洞夷和西原夷等少数民族武装起事。元结改变过去经略使的武力镇压方针,采取抚慰、劝勉做法。他单车入夷区,和夷族首领缔交说理,使他们心悦诚服,从而迅速恢复了八州秩序。大历四年,元结因母丧辞职。离容州时,百姓"皆诣节度府请留";离职以后,"民乐其教,至立石颂德"(《新唐书·元结传》)。自此年至大历六年,元结一直守制卜居于祁阳浯溪。

大历七年(772)正月,元结丁忧服满,奉召到长安,染疾。四月,逝世于长安永崇坊旅舍,享年五十四岁,赠礼部侍郎。十一月,葬于鲁山青岭泉陂原。

元结的文学创作,是在明确的文学理论思想的指导下进行的。

他和同时代的萧颖士、李华、独孤及等一批古文家,都亲身感受着当时激烈的社会矛盾和严重的政治危机。他们从儒家的理邦家、平祸乱、弘道德和救时患的政治目的出发,继承了陈子昂借复古以革新的诗文理论,要求文学更有力地清除浮艳风气,积极地反映政治现实,发挥社会作用。萧、李、独孤等人,为此提出了文学必须"尊经"、"明道"的文学观点,强调文章的道德教化作用。元结在《文编序》中也说:为文"其意必欲劝之忠孝,诱以仁惠,急于公直,守其节分。如此,非救时劝俗之所须者欤?"这表明,元结的文学观基本上还是遵循儒家思想体系的。但元结主要是个作家,他发表一些创作方面的理论见解都密切结合自己的创作实际,而较少像萧、李、独孤和其后的梁肃、柳冕等人那样,从儒家的理念出发作纯理论上的探讨。元结在思想上也较为开阔自由。李商隐便指出他"不师孔氏"(《元结文集后序》),他也自称是个不受"规检"的"九流百家"之外的"漫家"(《漫论》)。因此,他的文学观点比萧、李、独孤等人通脱切实。

在文学创作的源泉上,李华等人强调"六经之志",文章"本乎王道,大抵以五经为泉源"(李华《崔沔集序》、独孤及《赵郡李公中集序》)。而元结则更强调他的文章是在社会现实生活中感动激发出来的。在《文编序》中,他说自己"更经丧乱,所望全活,岂欲迹参戎旅,苟在冠冕,触践危机,以为荣利。盖辞谢不免,未能逃命。故所为之文,多退让者,多激发者,多嗟恨者,多伤闵者"。这里,指出他的文章是在"经丧乱"、"参戎旅"、"践危机"的社会生活经历中,感伤怨愤,从而创作出来的。战乱生活确实为他的创作提供了极其广阔的写作源泉。因此,在文学内容的问题上,元结并不认为主要在于表现儒家圣人之道,而是要求悯时伤世,表达下情,他给韦陟的信中说:"结……以士君子见礼,问及词赋,许且休息。此结之幸,岂结望尚书之意。古人所以爱经术之士、重山野之客、采舆童之诵者,盖为其能明古以论今,方正而不讳,悉人之下情。结虽昧于经术,然自山野而来,能悉下情。尚书与国休戚,能无问乎?"(《与韦尚书书》)这里表述了为文重在表达下情的主张。

对于文学的社会作用的看法,元结同萧、李、独孤都继承了《诗大序》的"上以风化下"的观点,即认为文学可以帮助统治阶级对人民施行道德教化。但元结更强调《诗大序》的"下以风刺上"这一面,即要求用文学反映民生疾苦,对统治阶级褒贬讽喻。元结的文学观比同时代的古文理论家较为进步、开明之处即在于此。他在《二风诗论》中,明确提出诗歌可以"极帝王理乱之道,系古人规讽之流"。在《酬孟武昌苦雪》中也说:"古之贤达者,与世竟何异? 不能救时患，讽谕以全意。"显然，通过规讽的手段，达到"救时患"的政治目的，正是元结对于文学创作的基本职能的总结。

元结在创作实践中积极地贯彻他的规讽意旨。他把十二首为时、为事而作的古诗命名为《系乐府》，并在序中表明写作动机在于"尽欢怨之声者，可以上感于上，下化于下"。他说他的《补乐歌十首》，是因古辞失亡而"探其名义"补作的，其用意在于"几乎司乐君子道和焉尔"。他说《二风诗》是他"以文辞待制阙下"之作，目的是"欲求于司匦氏，以裨天监"（《二风诗序》）。而《闵荒诗序》则说他采取"隋人冤歌"，"冤怨时主"之意，借古讽今。他在《舂陵行》序中宣称，写作此诗是要"以达下情"。诗的结尾说："何人采国风，吾欲献此辞。"由此可见，元结确是继承了《诗经》的美刺精神，按照褒贬讽谕、救时劝俗的要求写作的。

正因为元结强调文学的基本职能是讽谕世风，裨补时政，所以他继承陈子昂的主张，坚决反对诗坛文苑上的污惑之声、淫靡之辞。《刘侍御月夜宴会诗序》说："文章道丧盖久矣。时之作者，烦杂过多，歌儿舞女，且相喜爱，系之风雅，谁道是邪？诸公尝欲变时俗之淫靡为后生之规范，今夕岂不能道达情性，成一时之美乎？"《箧中集序》中又说：

> 风雅不兴，几及千岁。……近世作者，更相沿袭，拘限声病，喜尚形似。且以流易为辞，不知丧于雅正。然哉！彼则指咏时物，会谐丝竹，与歌儿舞女生污惑之声于私室可矣；若令方直之士，大雅君子，听而诵之，则未见其可矣。

元结对那种"拘限声病，喜尚形似"、"不知丧于雅正"的诗风所作的激烈批判，是他生活在唐帝国由盛转衰的时代所产生的忧患意识的体现。但是,元结的文学观也有偏激、片面之处。他认为后世道德伪薄,不如古代之淳厚,诗歌也是日趋淫靡。所谓"风雅不兴,几及千岁","近世作者,更相沿袭",不仅全盘否定了南朝诗在诗歌发展史上的重要意义,而且对初、盛唐以来诗歌创作的估价也严重失当。初唐诗直接继承了南北朝诗歌,也有所扬弃,艺术表现更精美,并初步透露出清新刚健的气息;盛唐诗歌更达到了"清绮"与"气质"、"声律"与"风骨"兼备,意境醇正完美的境地,形成了诗歌史上的高峰。而元结却对唐诗的巨大成就一笔抹煞。他反对会谐丝竹、调协宫商的韵律和流畅平易的语言以及"喜尚形似"的风尚,虽有否定"浮艳"、"烦杂"的倾向,从散文角度看,也有反骈体文的意味;但追求形式的简古而忽视形象和否定文采、声律之美,也是偏颇的。由于他对古今文体和诗体演变的看法偏狭,崇古而不达今,使他在文学的艺术形式和表现技巧方面注意不够,这也限制了他的创作的艺术成就。但在当时,他的过激的文学思想,却有一定的针对性和积极意义,而且直接启发了白居易、元稹倡导新乐府诗歌的理论主张,并为韩愈、柳宗元进一步把"古文运动"推向高潮,做了理论上的准备。

第二节 元结的诗歌

元结现存诗九十八首,包括骚体、乐歌、四言、五言、七言等体裁,全都是古体诗。其中以五言诗最多也最好,有五十八首。

元结在他的创作早期,就写了许多揭露黑暗现实、同情人民疾苦的诗歌,比较尖锐地触及了天宝中期各种社会矛盾。大约在天宝十载他写了《系乐府十二首》,从各个方面表现他对国事的忧虑和对人民疾苦的同情。《贫妇词》写一个贫妇哀诉其家的悲惨境况,反映了当时被统治者残酷剥削和压迫的贫苦人民已到了走投无路的地步。《农臣怨》描叙农民饱受天灾、人祸之苦,想求告天子,但宫墙阻隔,他们"巡回宫阙旁,其意无由吐",结果只有"一朝哭都市,泪尽归田亩"。此诗对统治阶级不恤农事作了谴责。《去乡悲》写流民的悲苦,诗人在古塞关前听到孤老羸弱的流民的呼怨之声,写出了"念之何可说,独立为凄伤"的感人诗句。《陇上叹》写"戎狄""西夏""父子忍猜害,君臣敢欺诈"。作者采用说外讽中、指桑骂槐的手法,揭露了统治集团内部勾心斗角甚至骨肉相残的情况。此诗可与作者的杂文《订古五篇》并读。《寿翁兴》讽刺唐玄宗穷奢极欲,却企求多寿长生。诗中说:"始知世上术,劳苦化金玉,不见充所求,空闻恣耽欲。清和存王母,潜濩无乱黩。谁正好长生,此言堪佩服。"揭出统治者的剥削本质,颂扬人民以勤劳的双手创造金玉般的财富,并断言统治者耽于淫欲,决不可能长寿。《下客谣》表面嘲笑囊空如洗的宾客得不到主人信赖,骨子里抨击当时官场中行贿受贿的腐败现象。还有一首《贱士吟》,也是指斥时政的。诗中"诡竞实多路,苟邪皆共求"二句,对李林甫入相以来污浊的政风作了有力的概括。这些早期的作品,已显示出作者对现实的深刻体察,及其以诗笔为民立言、为民请命的可贵精神。

安史之乱后,整个北方,稍后也包括江南,都陷于战乱之中。社会更加动荡不安,人民灾难愈益深重。诗人对政治的黑暗和腐败,揭露得更加大胆、深刻;对人民的悲惨遭遇,表现得更加真切细致,使人触目惊心。例如,写于宝应元年(762)的《忝官引》,既抒写了他忝官不安、自责自愧之情,也反映了人民的灾难:

尔来将四岁,惭耻言可尽?请取冤者辞,为吾忝官引。冤辞何者苦?万邑馀灰烬;冤辞何者悲?生人尽锋刃;冤辞何者甚?

力役遇劳困;冤辞何者深？孤弱亦哀恨。无谋救冤者,禄位安可近？

诗人从战火的焚烧破坏,写到战争的杀戮死亡;从兵丁服役的颠连困苦,写到老弱孤儿的生活无着,把乱世中人民的苦难,比较全面扼要地总结出来了,由此可见诗人政治视野的开阔。诗人身居禄位却无法把人民从水深火热中拯救出来,为此深感惭愧和耻辱。

刘熙载在《艺概》中说:"代匹夫匹妇语最难。盖饥寒劳困之苦,虽告人,人且不知;知之,必物我无间者也。杜少陵、元次山、白香山不但如身入闾阎,目击其事,直与疾病之在身者无异。"的确,元结描写社会底层人民群众的灾难,那么真实、深切、强烈,简直达到了感同身受、有如切肤之痛的程度。这方面的代表作,就是著名的《舂陵行》和《贼退示官吏》。

《舂陵行》是元结初到道州时的作品,写乱离后饥民的贫弱。诗中写道:

……供给岂不忧,征敛又可悲。州小经乱亡,遗人实困疲。大乡无十家,大族命单羸。朝餐是草根,暮食乃木皮。出言气欲绝,意速行步迟。追呼尚不忍,况乃鞭扑之。邮亭传急符,来往迹相追。更无宽大恩,但有迫促期。欲令鬻儿女,言发恐乱随。悉使索其家,而又无生资。……所愿见王官,抚养以惠慈。奈何重驱逐,不使存活为？……何人采国风,吾欲献此辞。

在此诗中,元结不仅典型地反映出战乱以后人民的悲惨命运,而且深刻地表现了自己内心的矛盾:叫人民"鬻儿女"以完赋税呢？还是为了人民"违诏令"而甘受责呢？对人民的深切同情,使诗人终于选择了后者,从而维护了人民的利益。《贼退示官吏》诗写在同一年,旨在揭露使臣征敛之残暴甚于贼寇。诗中有云:"城小贼不屠,人贫伤可怜。是以陷邻境,此州独见全。使臣将王命,岂不如贼焉?今彼征敛者,迫之如火煎。谁能绝人命,以作时世贤。思欲委符节,引竿自刺船。将家就鱼麦,归老江湖边。"诗人对那些比贼凶残的"时世贤"的揭露,可说是深入骨髓。而诗人的满腔沉痛和义愤之情,也淋漓酣畅地宣泄出来。像元结这样关心民瘼、贤明正直的官吏,与当时残暴腐朽的统治集团是格格不入的。其结果只能走上一条洁身引退的道路。诗的结尾处,正反映了作者的思想矛盾和苦闷。

这两首诗,语言朴质平实,但叙事抒情却很细腻。由于感情的真挚强烈,使它具有巨大的感染力。正如清人施补华《岘佣说诗》所评:"诗忌拙直,然如元次山《舂陵行》、《贼退示官吏》诸诗,愈拙直愈可爱。盖以仁心结为真气,发为愤词,字字悲痛,《小雅》之哀音也。"当时,远在夔州的杜甫读后深为感动,作《同元使君舂陵行》,极口称赞道:"观乎舂陵作,欻见俊哲情。复览贼退篇,结也实国桢。……道州忧黎庶,词气浩纵横。两章对秋月,一字偕华星。"

元结早期和罢官后曾隐居山林,写了一些表现隐逸生活的诗歌,抒写茅舍自安、诗酒自赏、耕钓自适、山水自乐的情怀,也表现厌恶污浊官场、不愿同流合污和消极隐退的思想。诗人每用质朴自然的语言,生动逼真地表现出山水的意态。例如,《引东泉作》写山泉"引之傍山来,垂流落庭中。宿雾含朝光,掩映如残虹。有时散成雨,飘洒随清风";还有《登白云亭》描绘登亭所见的风光景色:"穷高欲极远,始到白云亭。长山绕井邑,登望宜新晴。州渚曲湘水,萦回随郡城。九疑千万峰,嶙嶙天外青。烟云无远近,皆傍林岭生。俯视松竹间,石水何幽清。涵映满轩户,娟娟如镜明。"都写得历历在目,引人入胜。又《夜宴石鱼湖作》写湖上夜宴情景:"登临日暮归,置酒湖上亭。高烛照泉深,光华溢轩槛。如见海底日,瞳瞳始欲生。夜寒闭窗户,石溜何清泠!若在深涧中,半崖闻水声。醉人疑舫影,呼指递相惊;何故有双鱼,随吾酒舫行……"描绘高烛照泉、寒夜石溜,新颖奇特;写醉人的醉态与醉语,绘声绘色,活龙活现。再看一首《石鱼湖上醉歌》:

> 石鱼湖,似洞庭,夏水欲满君山青。山为樽,水为沼,酒徒历历坐洲岛。长风连日作大浪,不能废人运酒舫。我持长瓢坐巴丘,酌饮四座以散愁。

全诗极写酒兴之豪,在豪放中却又流露出难言的苦衷;写湖上山水,想象奇特,奇肆中见出真率的情趣。句式上参用三、三、七言,音节流荡跳跃。这是元结写景抒情诗中的佳作。

元结还有《石宫四咏》、《漫歌八曲》、《欸乃曲五首》等写山水、行旅的诗,有意识地吸取民歌的语言、艺术手法,追求清新活泼的民歌风味。试看:

> 湘江二月春水平,满月和风宜夜行。唱桡欲过平阳戍,守吏相呼问姓名。(《欸乃曲》其二)

写湘江夜行,却反映出一种战乱未息的时代气氛。情景逼真,意境新鲜。

但是,同王、孟、韦、刘等人的山水诗比较起来,元结的山水诗便显出写景过实、情味清浅、不够隽永等缺点。

元结诗歌在艺术上最突出的成就在于,他对新乐府诗的表现形式作了多方面的试验和实践:第一,为新乐府诗提出一个有别于旧题乐府诗的名字——系乐府,并为新乐府诗标出切义醒目的诗题。如《思太古》、《贫妇词》、《农妇怨》等,给读者提供一个欣赏的基础与线索。第二,采用总序、小序、简短的自注、诗论等办法,为新乐府诗详尽叙述本事;有时,还有意用诗歌和散文来写同一生活题材,以便读者将诗文参照,加深对诗的本事和意义的理解。第三,力求以简洁质朴的文字,真实、细致地描叙事件,并在叙事中杂入议论。第四,采取比较自由的诗体,不拘一格;篇幅随着内容的需要,可长可短;平仄韵互押,韵脚不避重复,换韵灵活自由。特别是大量的五言古体诗,具有民歌化和散文化的特色。清人沈德潜《唐诗别裁集》(卷三)云:"次山诗自写胸次,不欲规模古人,而奇响逸趣,在唐人中另辟门径。"此说是很中肯的。

应该指出,在诗歌语言的运用方面,元结也经过一个不断摸索、实践的过程。他早期喜用陈言故实、冷字僻辞,同其散文一样,有晦涩之病;后期作品,语言已渐变为浅显质朴,但仍未能避免形象枯拙、韵味淡薄的缺点。

在天宝后期的诗坛上,元结是一个大力以新乐府诗写民生疾苦的诗人,他与伟大诗人杜甫同是新乐府的前驱。而且,元结写新乐府诗的积极性甚至高于杜甫,但其艺术成就却远逊于杜甫。杜甫善于把反映民生疾苦与抒情完美地结合起来,融为一体,因而他的作品总是具有感人肺腑的艺术力量。这一点,是元结无法企及的。

第三节 元结的散文

安史之乱前后,唐代文坛上涌现了一批忧国忧民的作者,产生了不少忧世之文。较著名的作者有苏源明、李华、萧颖士、贾至、颜真卿、元结、独孤及等。其中影响较大的,是李华、萧颖士、元结、独孤及。而在这四人之中,元结的成就尤为杰出。

元结的散文作品数量丰富,形式多样。《新唐书·艺文三》的儒家类著录《元子》十卷、《浪说》七篇、《漫说》七篇;小说家类著录《猗玗子》一卷;《艺文四》的别集类载有《元结文编》十卷,包括诗文计二百零三首。但这些著作,今皆失传。而《元子》一书,据宋人洪迈《容斋随笔》卷十四及高似孙《子略》卷四记载,共收有作品一百零五篇,计一万六千五百九十五言,重见于《文编》的仅十四篇。可知至少还有九十一篇已遗失。现存散文,收在今人孙望《元次山集》校本中的,有一百数十篇,包括表、状、书、记、序、论、赋、颂、铭、箴等体裁的作品。

元结散文最突出的特点,是"危苦激切"、"愤世"和"忧世"。李商隐撰《元结文集后序》,曾说"其文危苦激切"。明湛若水撰《元次山文集序》,说他是"愤世嫉邪者"。清章学诚《元次山集书后》以为"元之面目,出于诸子","其根蕴本之骚人"。刘熙载《艺概·文概》说:"元次山文,狂狷之言也。"并且说他"忧世"、"愤世"。

元结散文的主要思想内容,是对当时黑暗政治尖锐猛烈的抨击和对浇漓世风深刻广泛的揭露。例如,唐帝国从开国之初,宫廷里不断地演出一幕幕篡夺废放、阴谋诛戮的丑剧,元结的《订古五篇》就是针对这一点来写的。序文中的"至于近世,有穷极凶恶者矣"一语,已表明他所揭露的,就是武后、中宗及玄宗几代为了争权夺位而骨肉相残的真实情事。在《问进士》中,元结以"控强兵,据要害者,外以奉王命为辞,内实理车甲,招宾客,树爪牙。国家亦因其所利,大者王而相之,亚者公侯,尚不满望"等几句话,便揭示出安史之乱后藩镇军阀的跋扈和野心。他上肃宗皇帝的《时议》三篇,毫无顾忌地指出:"今天子重城深宫,燕私而居";"太官具味,当时而食。太常修乐,和声而听";"万姓疾苦,时或不闻。而厩有良马,宫有美女,舆服礼物,日月以备";"谐臣戏官,怡愉天颜";"而文武大臣至于公卿庶官,皆权位爵赏,名实之外,似已过望"。文章进而指出,朝廷尚有"至奸元恶,卓然而存"。他们罔上惑下,"使朝廷遂亡公直,天下遂失忠信,苍生遂益冤怨"。最后更批评肃宗"思致太平","言虽殷勤,事皆不行,前后再三,颇类谐戏"。这三篇奏议措词尖锐,读之如见作者面折庭争,风骨凛然。还有三篇"说楚赋",以借古讽今手法,淋漓尽致地揭露昏君的荒淫、暴虐,逼真地展现出封建王朝百孔千疮、糜烂透顶的状况。

元结的一些散文作品,如《世化》、《化虎论》等,描绘出乱世中人民流离死亡的惊心动魄画面,表达了他对人民疾苦的深切同情。而且,他还在散文中把人民的疾苦和愿望作为实际问题提了出来,或请上级予以解决,或在自己职权范围内妥善处置。例如,《请省官状》描写战乱地区"荒草千里,是其疆畎;万室空虚,是其井邑;乱骨相枕,是其百姓;孤老寡弱,是其遗人"的惨象,进而提出裁汰官佐、节省开支以减轻百姓赋役的有效措施。《请给将士父母粮状》,请求把衣粮发给那些饥寒交迫、不知所归的将士父母;《请收养孤弱状》,也请求对那些亲戚俱亡无家可归的孤弱儿童予以救济;《哀丘表》写他在泌南收埋战死者的乱骨,文中写道:"或曰:次山之命哀丘也,哀生人将尽而乱骨不藏者乎?哀壮勇已死而名迹不显者乎?对曰:非也。吾哀凡人不能绝贪争毒乱之心,守正和仁让之分,至令吾有哀丘之怨欤!"由哀战死者乱骨到哀社会风气的敝坏,写得沉痛深挚,字里行间萦响着作者的感叹欷歔之声。作于道州的《谢上表》和《再谢上表》中,元结一再呼吁:"不合使凶庸贪猥之徒,凡弱下愚之类,以货赂权势而为州县长官。"洪迈《容斋随笔》卷十四评曰:"观次山表语,但因谢上而能极论民穷吏恶,劝天子以精择长吏,有谢表以来未之见也。"

正由于元结关心百姓疾苦,愿为民请命,所以他在《元鲁山墓表》、《崔潭州表》、《左黄州表》等文中,热烈地歌颂清廉正直、仁惠爱民的元德秀、崔瑾、左振等良吏。《道州刺史厅壁记》尖锐地斥责"前辈刺史"在"井邑丘墟,生人几尽"的情况下,"贪猥惵弱,不分是非,但以衣服饮食为事。数年之间,苍生蒙以私欲侵夺,兼之公家驱迫,非奸恶强富,殆无存者"。文中明确提出:"凡刺史若无文武才略,若不清廉肃下,若不明惠公直,则一州生类,皆受其害。"最后慨叹刺史"恶有不堪说者,故为此记,与刺史作戒"。后来吕温为道州刺史,评赞元结此记"既彰善而不党,亦指恶而不诬,直举胸臆,用为鉴戒。昭昭吏师,长在屋壁,后之贪虐放肆,以生人为戏者,独不愧于心乎!"(《道州刺史厅壁后记》,《吕衡州集》卷十)可见其对后人的影响。

元结还写了一些表达立身处世准则的文章,如《㳂泉铭》云:"曲而为王,直蒙戮辱。宁戮不王,直而不曲。"《述时》也说:"金可熔,不可使为污腐;水可浊,不可使为尘粪。"这类作品,托物咏志,富于哲理,表现了作者为了追求光明正义而不畏威迫利诱的坚贞品格。

在元结的各体散文中,最富有文学价值的是那些杂文小品。这些文章,大多介于寓言与小说之间。作者运用比喻、夸张等手法,熔铸各种神话传说,写出尖刻冷峻的讽刺文字,已散佚的《元子》十卷中,就收入了不少这类短小精悍的杂文。洪迈《容斋随笔》认为"第八卷中所载官方国二十国事,最为谲诞"。他简述说:

方国之僧,尽身皆方,其俗恶圆。设有问者曰:"汝心圆?"则两手破胸露心,曰:"此心圆耶?"圆国则反之。……恶国之僧,男长大则杀父,女长大则杀母。忍国之僧,父母见子如臣见君。无鼻之国,兄弟相逢则相害。触国之僧,子孙长大则杀之。

洪迈不理解这些作品有讽世的深刻思想意蕴,因而斥之为"悖理害教,于事无补",但他说它们"谲诞"、"类《山海经》",倒是指出了它们的艺术表现特色。今存元结集中的《恶圆》、《恶曲》、《五规》、《丐论》、《时化》、《世化》、《寱(即"呓")论》、《化虎论》等篇,都是立意新颖、想象奇僻、讽刺辛辣、含意深远的佳作。如《丐论》假托丐者观感,嘲讽追名逐利之徒。文中说,真正的乞丐并不可羞,可羞者是"丐宗属于人,丐嫁娶于人,丐名位于人,丐颜色于人,甚者则丐权家奴齿以售邪佞,丐权家婢颜以容媚惑"。令人发笑的是,有些官僚豪富,竟要"自富丐贫,自贵丐贱";还有的"于刑丐命,命不可得;就死丐时,就时丐息;至死丐全形,而终有不可丐者"。更奇怪的,则是向婢仆求认本家,向臣妾乞饶性命,恳求放弃祖祠宗庙,甚至要求把妻子都让给别人。元结以漫画般的手法,展现出官场的各种丑态。《五规》是揭露当时统治集团黑暗腐败和社会风气浇伪恶劣的五幅讽刺画。《处规》把矛头针对那些"盗权窃位,蒙污万物"以取"富贵"者流;《心规》则说自己在山林中以能"自主口鼻耳目"为乐,揭露了封建专制制度钳制思想言论的严酷;《出规》记门人叔将出游长安的所见所遇,抨击官场的险恶;《时规》通过自己与中行公的对话,把世上昏君乱臣的残虐贪酷和平民百姓的饥寒劳苦一道揭示出来。这些作品,或嬉笑怒骂,或冷嘲热讽,或直指要害,或旁敲侧击,写法都很奇特。而《恶圆》、《恶曲》更是比拟生动、托意深刻的寓言体作品。《恶圆》从为圆转之器以悦婴儿这一生活小事,引伸出对"圆以应物,圆以趋时,非圆不预,非圆不为"的市侩之道的批判。《恶曲》假设"元子时与邻里会,曲全当时之欢,以顺长老之意",而"全直之士"提出了批评:

> 若能苟曲于邻里，强全一欢，岂不能苟曲于乡县，以全言行？能苟曲于乡县，岂不能苟曲于邦国，以彰名誉？能苟曲于邦国，岂不能苟曲于天下，以扬德义？若言行、名誉、德义皆显，岂有钟鼎不入门、权位不在己乎？呜呼！曲为之小，为大之渐；曲为之也，有何不可？奸邪凶恶其繇乎！

同样以借小喻大的写法，巧妙地抨击了社会上的佞媚邪曲风气，并指出统治阶级正是借用这种手段盗取权位，行其奸恶。这些作品，大都篇幅短小，却有深刻的寓意。宋人晁公武评其"辞义幽约"（《郡斋读书志》卷四上），清人章学诚说它们充满"愤世嫉邪之意"（《元次山集书后》）。元结平生以很大的精力用于杂文写作，并取得了突出的成就。

颜真卿说元结"雅好山水，闻有胜绝，未尝不枉路登览而铭赞之"（《唐故容州都督兼御史中丞本管经略使元君表墓碑铭》）。性之所好，每流露至情。元结写的山水散文也很出色，文字峻洁精炼，富于理趣而深有寄托，如《右溪记》：

> 道州城西百馀步，有小溪，南流数十步合营溪。水抵两岸，悉皆怪石，欹嵌盘屈，不可名状。清流触石，洄悬激注。佳木异竹，垂阴相荫。
>
> 此溪若在山野，则宜逸民退士之所游处；在人间，则可为都邑之胜境、静者之林亭。而置州已来无人赏爱，徘徊溪上，为之怅然。乃疏凿芜秽，俾为亭宇，植松与桂，兼之香草，以裨形胜。为溪在州右，遂名之曰"右溪"。刻铭石上，彰示来者。

作者以简洁的文字,疏淡的韵致,勾画出一幅清幽僻静佳境。然而,如此胜地却"置州已来无人赏爱"。诗人所以为之"怅然"者,岂无身世之感!但诗人不忍其久处寂寞,希望它能扬名未来,又充满了爱怜栽培之意,文字虽短而情意深长。其他如《菊圃记》、《茅阁记》均各有寄托,意蕴深远。元结的山水文饱含理趣,有"尚奇"的特色。《寒亭记》、《朝阳岩铭》、《九疑图记》、《阳华岩铭》、《丹崖翁宅铭》等都是充满奇景奇情之作。吴汝纶说:"次山放恣山水,实开子厚先声,文字幽眇芳洁,亦能自成境趣。"(《唐宋文举要》甲编卷一引)

　　元结还有一篇著名的《大唐中兴颂》,歌颂安史乱后两京收复之庆,歌颂玄宗、肃宗"宗庙再安,二圣重欢"。由于元结刻意求古(颜真卿说他"其心古,其行古,其言古"),采用了仿秦石刻三句一韵的手法,被誉为"峻伟雄刚"。由唐代大书法家颜真卿书写,于大历六年磨崖刻于浯溪崖上,称《磨崖碑》。其后宋代诗人题咏实繁,议论颇有分歧。张耒、李清照的诗即一时名作。

　　元结的散文在中唐时有着重要的影响,以文章自负的皇甫湜在《题浯溪石》一诗中评之曰:"次山有文章,可惋只在碎。然长于指叙,约洁有馀态。心语适相应,出句多分外。于诸作者间,拔戟成一队……"并以之与陈子昂、韩愈相比较。皇甫湜指出了次山文章的特点是长于叙述,不假修饰,心与语相应,不师前人,奇崛古朴,虽简约而绰有风姿。作为先行者,元结的这种文风对锐意继承古文传统的韩、柳文章自然是会有影响的。关于这一点宋、明以至清代的评论家都曾给予公允的评价,把元结看作是韩柳古文运动的前驱。章学诚说:"人谓六朝绮靡,昌黎始回八代之衰,不知五十年前,早有河南元氏为古学于举世不为之日也。"(《元次山集书后》)

　　元结的作品,今所传有《元次山集》十卷(明正德丁丑郭氏刊本、四部丛刊有影印本)。今人孙望有《元次山集》校本(上海古籍出版社版),校勘比较精善。聂文郁有《元结诗解》(陕西人民出版社版),对元结今存的九十八首诗歌作了注释。

第四节 《箧中集》及其作者

唐肃宗乾元二年(759),元结编集友人沈千运、王季友、于逖、孟云卿、张彪、赵微明,从弟元季川七人的诗歌凡二十四首,题为《箧中集》。虽然选录的作品不多,但它在唐代的诗选集中,却是具有鲜明特色的一本。

元结为《箧中集》写的序文,既标举他的诗学宗旨,也说明了他编选这本诗集的动机和目的。集中七位诗人,只有孟云卿四十多岁时任过校书郎,王季友晚年官至江西观察副使兼监察御史。其馀五人,皆终身穷困不遇,在归隐飘泊中度过艰难的一生[2]。元结在序文中说:"自沈公及二三子,皆以正直而无禄位,皆以忠信而久贫贱,皆以仁让而至丧亡。异于是者,显荣当世。谁为辨士,吾欲问之。天下兵兴,于今六岁,人皆务武,斯焉谁嗣?已长逝者,遗文散失。方阻绝者,不见近作。尽箧中所有,总编次之,命曰《箧中集》,且欲传之亲故,冀其不忘。"元结敬佩沈千运等人正直、忠信、仁让的高尚品格,同情他们仕途失意、贫穷早夭、默默无闻的不幸命运。作为这七人的知音,他要把他们的佳作结集刻印,使之流传后代。这是编选此书的一个动机。

元结在序文中猛烈地抨击那种"拘限声病,喜尚形似,且以流易为辞,不知丧于雅正"的诗风,热烈地推崇沈千运等人"独挺于流俗之中,强攘于已溺之后","凡所为文,皆与时异"的创作倾向,这就表明,他编选《箧中集》更主要的目的,是要标举《诗经》"风"、"雅"传统,用以促进一种反映民生疾苦的诗歌流派的发展,并抵制、排斥绮靡诗风。

《箧中集》的七位作者,生活在唐帝国由极盛走向中衰的社会变动时期,加上生活的困顿和仕途的失意,因而他们的诗作,大多是人生的悲歌。他们或自叹不遇,如张彪《杂诗》云:"儒生未遇时,衣食不自如。久与故交别,他荣我穷居。"或自哀贫穷,如沈千运《濮中言怀》云:"栖栖去人世,迍邅日穷迫。""壮年失宜尽,老大无筋力。""顾此忘知己,终日求衣食。"或伤悼年寿短促、人生无常,如孟云卿《伤怀赠故人》云:"稍稍晨鸟翔,浙浙草上霜。人生早艰苦,寿命恐不长。"正如毛晋所说,"皆欢寡愁杀之语"(汲古阁本《箧中集跋》)。这些抒写个人困顿失意的诗歌,反映了当时为数众多的处于最下层的士子被统治阶级排挤打击、被社会冷落与遗弃的共同遭遇。难能可贵的是,他们还在诗中表现孤高的品格和不媚世的情绪。沈千运的《山中作》表白他归隐山林,是因为"礼乐拘束人",并质问:"何者为形骸,谁是智与仁?""如何巢与由,天子不得臣?"揭露了是非颠倒的社会现实。王季友的《寄韦子春》高唱自己喜与山松为邻、愿与山石同身的志趣;张彪的《杂诗》在抒写落魄境况后,仍表示要坚持君子的"福性",做到"行行任天地,无为强亲疏"。元季川的《山中晓兴》慨叹"灵鸟望不见,慨然悲高梧,华叶随风扬,珍条杂榛芜",宣泄高洁之士被小人压抑的愤懑。这些作品都倾吐出决不同流合污的心声。此外,还有少数反映人民苦难的诗篇。例如赵微明的《回军跛者》:

> 既老又不全,始得离边城。一枝假枯木,步步向南行。去时日一百,来时一月程。常恐道路旁,掩弃狐兔茔。所愿死乡里,到日不愿生。闻此哀怨词,念念不忍听。惜无异人术,倐忽具尔形。

写伤残军士回乡途中的艰苦境况和沉痛感情,控诉战乱给人民带来巨大灾难。孟云卿还有一首《伤时》未收入集。诗中有"虎豹不相食,哀哉人食人"之句,深刻地概括了动乱社会里"人食人"的惊心动魄景象。总之,七人的诗歌,显然与元结在序中所抨击的那种一味"指咏时物"、"喜尚形似"、"与歌儿舞女生污惑之声于私室"的浮艳诗迥然有别。在元结看来,这些作品正符合他所标举的文学要悯时伤世的要求,也能起到"救时劝俗"的作用,因此把它们编成《箧中集》使之传世,以此与"丧于雅正"的浮艳诗风相抗衡。

元结推崇汉魏古诗、反对当时已流行的格律诗的观点,也在《箧中集》中鲜明地体现出来了。

《箧中集》的七位诗人,都致力于写古体诗,特别是风格高古的五言古诗。而元结所选的,一无例外,全部是五言古诗。孟云卿有两首五言律诗《途中寄友人》、《新安江上寄处士》,写景抒情真切,是较好的作品,但元结不予录取。孟还有一首七绝《寒食》:"二月江南花满枝,他乡寒食远堪悲。贫居往往无烟火,不独明朝为子推。"写他流落异乡、贫穷断炊的悲哀,构思巧,命意新,是历代众多咏寒食诗中独具一格的佳作。但因是近体诗,元结亦弃而不选。王季友除五古外,还善于写七言古诗。殷璠《河岳英灵集》选其诗六首,其中七古三首。有一首题为《观于舍人壁画山水》:"野人宿在人家少,朝见此山谓山晓。半壁仍栖岭上云,开帘放出湖中鸟。独坐长松是阿谁?再三招手起来迟。于公大笑向予说:小弟丹青能尔为?"诗人用实境衬托画境,既写出了画意,也表现了诗情,全篇极富生活情趣。但《箧中集》仅录其五古二首,七古均不选。七言古诗兴盛于唐代,不及五古形式古朴,而且在盛唐运用七古诗体创作的诗人很多,崇尚古朴和提倡"独挺于流俗之中"的元结不重视它,是十分自然的。

由此可见,《箧中集》是一本充分地体现出元结重视诗歌思想内容,却相对地轻视诗歌形式美的诗集。元结在编选过程中,对七人的诗歌是经过严格筛选的。《四库全书总目提要》(卷一八六)评集中之诗云:"皆淳古淡泊,绝去雕饰,非惟与当时作者门径迥殊,即七人所作,见于他集者,亦不及此集之精善,盖汰取精华,百中存一。"即指出了这一点。

值得注意的是,《箧中集》选录了这一诗人群体的作品,使我们了解到盛唐后期到中唐前期的诗坛上,出现了一个在内容上以沉实的调子抒写现实人生、形式上以恢复古调来对抗近体格律诗的创作倾向和文学流派。这一创作倾向,在盛唐诗人的一些作品中已初露端倪,但它却是在安史之乱前后才进一步发展成为流派的,而元结,便是这一创作倾向和流派在理论上的倡导者和最积极的实践者。同七位诗人交往唱酬的,除元结本人外,还有盛唐的大诗人李白、杜甫、高适、岑参、李颀,中唐著名诗人韦应物、钱起、郎士元等。他们都对七诗人的这种真实地抒写现实人生、气格高古、音调悲凉的诗歌创作给予了很高的评价。

因此,《箧中集》的价值在于,它使后人由此认识到盛唐和中唐交替期间,诗坛上曾出现过一个重要的流派。同时,元结独特的选诗标准和选录范围,也为后代诗选家提供了一个选诗的范例。

《箧中集》对后来的诗歌创作和其他诗歌选集的相继出现,都有一定的影响,对韩孟诗派影响尤大。孟郊《哀孟云卿嵩阳荒居》诗云:"戚戚抱幽独,晏晏沉荒居。不闻新欢笑,但睹旧诗书。……残芳亦可饵,遗秀谁忍除。徘徊未能去,为尔涕涟如。"表现了对孟云卿的深切悼念和敬慕之情。孟郊的诗歌,其内容、形式、风格都与《箧中集》颇为相近。清翁方纲《石洲诗话》(卷一)说:"观《箧中集》所录,其意以枯淡为高,如以孟东野诗投之,想必惬意也。"宋王安石编《唐百家诗选》，其第六卷沈千运以下全取《箧中集》作品。陈振孙《直斋书录解题》说："元结《箧中集》一卷……荆公《诗选》，尽取不遗。唐中世诗高古如此。"而在王安石和稍后的黄庭坚的诗作中，也或多或少看到《箧中集》的情调。

《箧中集》已收入上海古籍出版社出版的《唐人选唐诗》一书中。

〔1〕 元结的生平事迹，《新唐书》有传，见卷一四三（《旧唐书》无传），另颜真卿撰有《唐故容州都督兼御史中丞本管经略使元君表墓碑铭》（《颜鲁公文集》卷五），记其事迹颇详，多为《新传》所本。今人孙望有《元次山年谱》（古典文学出版社版），孙望、吴锦、顾复生合撰《元结》，收入《中国历代著名文学家评传》第二卷（山东教育出版社版），傅璇琮校笺《唐才子传》"元结"条（《唐才子传校笺》，中华书局版）。

〔2〕 参见孙望《〈箧中集〉作者事辑》（《蜗叟杂稿》，上海古籍出版社版）。

第二十四章　刘长卿和韦应物

在唐诗由盛唐向中唐发展的过渡时期中,有两位杰出诗人,这就是驰名于大历、贞元年间的刘长卿和韦应物。

第一节　刘长卿的生平

刘长卿(?—789至791)[1],字文房,郡望河间(今河北献县),籍贯宣城(今属安徽),出生于洛阳(今属河南)。祖父刘庆约官考功郎中,父亲并未仕宦。他少居嵩山读书,大约在开元二十五年(737)进京应举,落第后即返嵩山继续攻读。天宝四载(745),他又入京应试,仍然偃蹇科场,只好在七载春返归嵩阳旧居。他在《落第赠杨侍御》诗中说:"泣连三献玉,疮惧再伤弓。"天宝十三载(754),朝廷诏天下举人不得充乡贡,皆须补国子学生及郡县学生,然后听举。长卿很可能在这一年入东都国子监。据李肇《唐国史补》载,当时国子监学生为了争取考试及第,就组织起来,各处奔走,制造舆论,以影响试官视听。长卿曾任这个组织的头领,称"朋头"或"棚头"。他可能于次年登进士第。尚未释褐,安史之乱即已发生。刘长卿南奔,流落于扬州、苏州一带。至德元载(756),肃宗即位于灵武。冬月,宰相崔涣宣慰江南，兼知选举，补授官吏，长卿才获苏州属县长洲的县尉之职。

但诗人任长洲尉不久，却突然被拘系入狱。据独孤及《送长洲刘少府贬南巴使牒留洪州序》云，长卿任职期间，"傲其迹而峻其政"，"迹傲则合不苟，政峻则物忤，故绩未书也，而谤及之，臧仓之徒得骋其媒孽"。可见，他为官刚直不阿，而遭诬陷入狱。但"同谴有叩阍者"（独孤及《序》），朝命再审。至德二载十二月戊午朔，肃宗御丹凤门，下制大赦，长卿遂得以出狱。至德三载（758）正月，摄海盐令。有《至德三年春正月时谬蒙差摄海盐令闻王师收二京因书事寄上浙西李侍御中丞行营五十韵》诗为证。上元元年（760）春，他的冤情仍未洗雪，终被贬为潘州南巴（今广东电白）尉，离苏州到洪州待命。在赴洪州途中，逗留于馀干，与大诗人李白相遇，作了《将赴南巴至馀干别李十二》诗。诗中云："谁怜此别悲欢异，万里青山送逐臣。""欢"指李白，因李白当时在流放夜郎途中遇赦放还，与妻宗氏团聚；"悲"指己将远行岭外。长卿在馀干逗留的时间较长，直到次年秋天，又奉命回苏州接受"重推"。宝应元年（762），他才奉命远赴南巴任所。集中有《重推后却赴岭外待进止寄元侍郎》诗。"元侍郎"即元载，据《通鉴》载，元载从上元二年十月起为户部侍郎。"岭外"，似乎只是夸张的说法，实际上他不过又再次到了洪州。《刘随州集》（卷九）有《送宇文迁明府赴洪州张观察追摄丰城令》诗，题下注云："时长卿亦在此州"。广德元年（763），他已回到了江东。有《和袁郎中破贼后军行过郏中山水谨上太尉》（卷四）、《同诸公袁郎中筵喜加章服》（卷五）诗。"袁郎中"即袁傪。据《旧唐书·代宗纪》，袁傪镇压浙东袁晁起义正在此年三、四月间。永泰元年（765），他到了京师。有《奉和杜相公新移长兴宅呈元相公》诗（卷五），"杜相公"即杜鸿渐。据《旧唐书·代宗纪》，杜鸿渐于广德二年（764）正月入相,至大历元年(766)二月才出为剑南西川节度使。长卿集中没有一首南巴诗,其原因就在于他实际上没有到过南巴。他许多提到南巴的诗题、诗句,都只是悬想、预道之辞,或是为了得到别人的同情而有意渲染的[2]。

刘长卿在京都参加了诗人钱起、李嘉祐、皇甫曾等人与宰相杜鸿渐和元载的唱和。由于与元载党的人物往来密切,他被擢为监察御史,又迁殿中侍御史。他后来在鄂州逢故相萧华旅榇时所撰《祭萧相公文》,开篇即自叙"殿中侍御史刘长卿",可证。

大历三年(768)秋冬,刘长卿任淮南转运使判官。六年,又移任鄂岳转运留后。七年,与被征入京途经鄂岳的有名诗人元结相会,作《赠元容州》诗。大历八年(773),灾祸又降临到他的头上。吴仲孺来鄂岳任观察使,与刘长卿有龃龉,吴为截夺上缴中央的钱帛,反诬长卿犯赃。此案赖监察御史苗丕秉公处理,长卿得以减轻罪责,但仍遭贬睦州(今浙江建德)司马。《旧唐书》的《赵涓传》、《陈少游传》以及《唐会要》卷五九"刑部员外郎"条均叙此事。长卿罢官以后,曾在常州义兴(今江苏宜兴)赋闲了一段时间,依靠当时任常州刺史的独孤及,并在阳羡山中置办别业栖身。他的《初到碧涧招明契上人》、《碧涧别墅喜皇甫侍御相访》等诗都作于此时。皇甫侍御即皇甫曾。大历十年,因编次乃兄皇甫冉文集毕,至常州求序于独孤及[3]。刘长卿的名诗《逢雪宿芙蓉山主人》也作于此时。芙蓉山距碧涧别墅不远。据《江南通志》,芙蓉山就在宜兴县西南的荆南山的南面。大历十一年(776),他赴睦州时写了《按覆后归睦州赠苗侍御》,诗中有"地远心难达,天高谤易成。羊肠留覆辙,虎口脱馀生。直氏偷金柱,于家决狱明。一言知己重,片议杀身轻"向苗丕表示谢意。

大历十二年(777)春,刘长卿已在睦州司马任。睦州刺史先后为萧定、李揆,同他关系都很好。他结交了很多诗友,如严维、朱放、章八元、李嘉祐、皇甫冉、秦系等。他们经常登山临水,作诗酬答。其中他同秦系酬唱较多。后来秦系编了唱和集,还请权德舆作序。但此时刘长卿的内心是很苦闷的。他在《岁日见新历因寄都官裴郎中》诗中云:"青阳振蛰初颁历,白首衔冤欲问天。绛老更能经几岁?贾生何事又三年。"悲叹年迈多病,恐惧无所作为而老死异乡,盼望早日结束贬谪生活。

刘长卿在睦州度过了三年多。直到建中元年(780),德宗即位,起用一批在代宗朝被贬谪的官员,刘长卿才被擢升为随州(今湖北随县)刺史。他到任后,目睹当地经济凋敝,赋役繁重,人民困苦,很想有所作为,使百姓安居乐业。不料,先后发生了梁崇义和李希烈的叛乱。建中三年(782),随州为叛军攻陷,刘长卿弃城出走,先后避地淮南、江东。这时的淮南节度使杜亚,曾任睦州刺史,与刘长卿有旧谊,便奏留长卿在其幕府中任职。长卿集中,有《更被奏留淮南送从弟罢使江东》诗。

贞元二年(786),刘长卿回到了吴越。友人朱放由金陵(今江苏南京)赴京都任右拾遗,长卿曾作《寄别朱拾遗》诗。贞元四年,齐抗典括州,他也有《送齐郎中典括州》诗相赠。贞元五年,长卿曾到扬州,有《淮上送梁二恩命追赴上都》诗酬贺梁肃入朝。贞元七年(791)春,权德舆与秦系在润州相遇时,已称刘长卿为"故随州刘君",并"惜其长往"(权德舆《秦征君校书与刘随州唱和集序》),可知刘长卿约卒于贞元五年至七年(789—791)之间。

总观刘长卿的一生,读书求仕,屡困场屋,晚登科第,两遭贬谪;虽官至刺史,而身罹世乱,空有才干,不得有所建树,终老江湖,的确是很不幸的。元人辛文房《唐才子传》(卷二)说:"长卿清才冠世,颇凌浮俗,性刚多忤权门,故两逢迁斥,人悉冤之。"对诗人表示了赞赏和同情。

第二节　刘长卿的诗歌

刘长卿的一生,经历了玄宗、肃宗、代宗和德宗四朝。这数十年间,以安史之乱为转折点,唐王朝由开天盛世趋向动荡衰败。在战乱频仍的岁月里,诗人体验了山河破碎的剧痛。两度迁谪的遭遇,又使他感到希望幻灭的哀伤。他是一位关心时事、同情人民的诗人。在他感伤身世和抒写流寓见闻的作品中,比较真实和广泛地反映了当时动乱的社会现实。作为"衰世之哀鸣者"(明汤镃《刘随州诗序》),他的诗是时代苦难和自身不幸的心音,是辛酸的泪的结晶。

刘长卿诗作计五百馀首[4]。一部分慨叹怀才不遇、知音难觅、报国无门的诗,常采取酬赠、咏物的形式。七古《小鸟篇上裴尹》以小鸟自喻,表达了"羽毛憔悴"、"无枝可依"的悲哀。《早春赠别赵居士还江左》、《睢阳赠李司仓》、《送薛据宰涉县》等,嗟伤自己功名濩落,老大徘徊,不得已事耕山田。《杂咏八首上礼部李侍郎》是他咏物诗的代表作。诗人托物抒怀,以"幽琴"、"晚桃"、"疲马"、"春镜"、"古剑"、"旧井"、"白鹭"、"寒釭"八物自喻。其中《宝剑》云:"龙泉闲古匣,苔藓沦此地。何意久藏锋,翻令世人弃。铁衣今正涩,宝刃犹可试。倘遇拂拭恩,应知刲犀利。"感叹自己怀才不遇,渴望提携汲引,显然是应进士试前的投谒之作。这些作品,既表现诗人积极用世的精神,也反映了当时出身低微的广大儒生仕途蹭蹬不遇,揭示了当时社会矛盾的一个方面。

刘长卿早年还写了一些边塞诗。《平蕃曲》表达了对卫国将士的崇敬与对和平的渴望。《疲兵篇》借久戍思归的疲兵的自白,抨击安禄山征伐契丹，轻开边衅。诗中揭露"元戎日夕且歌舞，不念关山久辛苦。自矜倚剑气凌云，却笑闻笳泪如雨"；而广大士卒则"万里飘飘空此身，十年征战老胡尘。赤心报国无片赏，白首还家有几人"。在诗的结尾，诗人点出"只恨汉家多苦战"的主旨，表明反对穷兵黩武的正义立场。还有《从军六首》，从各个角度反映广大将士沙场苦战、久戍难归、功业无成的境遇，也鞭挞一些将帅骄奢淫逸、虐待士卒的腐败现象。如："草枯秋塞上，望见渔阳郭。胡马嘶一声，汉兵泪双落。谁为吮疮者，此事令人薄。"（其六）这组诗凝练深刻，结句尤为警拔动人。综观刘长卿抒写从军征戍的诗作，虽缺乏边塞生活的切身体验，却都是有所为而发。看得出他受到高适等盛唐边塞诗人的影响，诗中仍有盛唐边塞诗慷慨悲壮的风格，但已悲多于壮，其中凄酸入骨之语，分明透露出中唐惨淡的时代气氛。

在刘长卿的作品中，那些直接描写安史之乱和乱后景象的诗篇，迅速而鲜明地勾勒出时代的风云变幻。五言排律《至德三年春正月时谬蒙差摄海盐令闻王师收二京……》共五十韵，是诗集中最长的一首，诗中叙写战乱经过和闻王师收复两京后的兴奋："……万里兵锋接，三时羽檄惊。负恩殊鸟兽，流毒遍黎氓。朝市成芜没，干戈起战争。人心悬反复，天道暂虚盈。略地侵中土，传烽到上京。王师陷魑魅，帝座逼欃枪。渭水嘶胡马，秦山泣汉兵。关原驰万骑，烟火乱千甍。……海内戎衣卷，关中贼垒平。山川随转战，草木困横行。……天回万象庆，龙见五云迎。小苑春犹在，长安日更明……"音调慷慨悲壮，时代气息强烈。他如《旅次丹阳郡遇康侍御宣慰召募兼别岑单父》、《京口怀洛阳旧居兼寄广陵二三知己》、《吴中闻潼关失守因奉寄淮南萧判官》等篇，揭露安史胡兵骄横残暴，叹惜唐朝军队莫知所措，斥责朝廷腐败无能，讴歌广大吏民积极平叛，表明了诗人对国事的关心。安史之乱尚未平息，东南地区又先后发生刘展的叛乱和田神功部队的烧杀掳掠,江淮人民惨遭荼毒。《登吴古城歌》展现苏州经过兵燹之后,"野无人兮秋草绿,园为墟兮古木多"的萧条境况。五律《穆陵关北逢人归渔阳》诗,写乱后情况尤为逼真:

逢君穆陵路,匹马向桑乾。楚国苍山古,幽州白日寒。城池百战后,耆旧几家残?处处蓬蒿遍,归人掩泪看。

从中原到幽州,百战之后,社会残破,蓬蒿遍野,令人怵目惊心。"幽州白日寒"一句,用日光的寒冷惨淡,形容北方的荒凉冷落,贴切精工,浑成苍劲。全诗寄托着诗人感时伤乱,忧国忧民的无限感慨。凝重沉郁,近似杜甫诗风。《送李录事兄归襄邓》则直抒自己身经乱离的凄楚:

十年多难与君同,几处移家逐转蓬。白首相逢征战后,青春已过乱离中。行人杳杳看西月,归马萧萧向北风。汉水楚云千万里,天涯此别恨无穷。

此诗感慨深沉,也反映了社会动乱的现实。大历初年,他在京都时,正逢朝廷大收青苗钱以充官俸,他曾作诗请那些奉命到地方上聚敛的官员要怜恤百姓:"山东征战苦,几处有人烟?"(《送河南元判官赴河南勾当苗税充百官俸钱》)"南楚凋残后,疲民赖尔怜。"(《送青苗郑判官归江西》)任睦州司马时写的《送州人孙沉自本州却归勾章新营所居》诗中,有"诗书满蜗居,征税及渔竿"之句。这些都可见他对重赋的不满和对人民的同情。《送耿拾遗归上都》也以"隔河征战几归人"和"不堪西望见风尘"等句,反映了大历十年、十一年河阳、陕州和汴州的兵乱,隐隐预示着"山雨欲来风满楼"的社会危机。直到晚年,他在随州还有《奉使至申州伤经陷没》诗云:"归人失旧里,老将守孤城。废戍山烟出,荒田野火行。"展现了梁崇义、李希烈叛乱对襄、邓、随、申数州的严重破坏情况。

刘长卿两次横遭诬陷衔冤被贬。诗人愤懑不平,在很多诗中自辨冤屈,指斥政治的腐败和官场的污浊。如"大造功何薄,长年气尚冤"(《重推后却赴岭外待进止寄元侍郎》),"独醒空取笑,直道不容身"(《负谪后登干越亭作》),"冤深意未传","直道天何在"(《罪所留系寄张十四》),"地远明君弃,天高酷吏欺"(《初贬南巴至鄱阳题李嘉祐江亭》)等,都是悲愤填膺、大声疾呼之作。

唐释皎然在《诗式》卷四中,批评包括刘长卿在内的江外大历诗人"窃占青山白云、春风芳草,以为己有",责备他们的诗同齐梁诗一脉相承。这是不大符合事实的。诚然,刘长卿在贬谪睦州时期,山水闲适之作很多。综观他的一生,未能如杜甫那样处身于战乱的漩涡之中,与人民一道经受和体验颠沛流离、饥寒交迫的巨大痛苦,但他也有两遭贬谪、身罹世乱等辛酸经历。作为一位正直而敏感的诗人,他敢于直面苦难的人生,有褒善贬恶的鲜明是非感。上述诗篇表明,他的作品具有浓重的时代投影和较丰富的现实内容,在大历诗人中是比较突出的。

刘长卿很擅长写怀古咏史之作。如七律《长沙过贾谊宅》:

三年谪宦此栖迟,万古惟留楚客悲。秋草独寻人去后,寒林空见日斜时。汉文有道恩犹薄,湘水无情吊岂知?寂寂江山摇落处,怜君何事到天涯!

此诗当是任鄂岳转运留后时过长沙之作。诗人以贾谊的不幸遭遇,有力地控诉了社会的不公道,也抒发出自己的迁谪之感。全篇笔意沉着，音节浏亮，用事入妙，对仗整饬，情景萧瑟悲凉，具有很强的艺术感染力量。还有《铜雀台》、《王昭君歌》、《南楚怀古》、《孙权故城下怀古兼送友人归建业》、《秋日登吴公台上寺远眺，寺即陈将吴明彻战场》等篇，都能缅怀历史，鉴照现实，借古伤今，寄慨遥深。《登馀干古县城》咏唐初迁移县治后逐渐废弃的旧县城，用"秋草"、"夜乌"、"平沙"、"落日"，点染出一幅空旷、荒寂的古城日暮图，而诗人对于沧海桑田、人事变幻的深沉感慨即融于景中，引人沉思不尽。

　　刘长卿也善于写别情。集中以送别为题材的佳作特多，上举《送李录事兄归襄邓》即被胡应麟称为"中唐妙唱"（《诗薮·内编》卷五）。他的送别诗大多写离愁别绪，情调较伤感。但由于他对朋友肝胆相照，情挚意深，又善于通过描绘自然景色、环境气氛以及人物动作，把惜别时复杂微妙、难以捕捉的各种感情细致地表达出来，所以这类作品往往具有很强的感染力。如《重送裴郎中贬吉州》云："猿啼客散暮江头，人自伤心水自流。同作逐臣君更远，青山万里一孤舟。"紧紧扣住江边送别的特定情景和氛围，层层推进，抒写出他对遭贬谪的友人同病相怜、依依惜别之情意。又如《饯别王十一南游》："望君烟水阔，挥手泪沾巾。飞鸟没何处，青山空向人。长江一帆远，落日五湖春。谁见汀洲上，相思愁白蘋。"落笔即用一个"望"字，将送别处长江两岸的壮阔景物摄入诗中，让江中烟水、岸边青山、天上飞鸟都来烘托自己的惆怅心情，同时又以"望"、"挥手"、"泪沾巾"这一系列动作对此作进一步渲染；下半篇却将眼前情景推开，借助想象，为行人虚拟征帆远去、直抵太湖，并在落日中观赏湖上春色的境界；最后，又折回到送别的现场来，写自己伫立汀洲，怅望蘋花。全篇情景交融，回曲跌宕，首尾相应，使离思深情，悠然不尽。

　　刘长卿说过："风景随摇笔，山川入运筹。"（《湖南使还留辞辛大夫》）他又长于写山水自然景色。他的山水诗中，有"万里通秋雁，千峰共夕阳"(《移使鄂州次岘阳馆怀旧居》)、"叠浪浮元气,中流没太阳"(《岳阳馆中望洞庭湖》)、"草色无空地,江流合远天"(《清明后登城眺望》)等阔大境界。但景虽壮阔,而雄浑不足,内蕴的思想感情不够深厚,而且这类诗很少。他经常描绘的,是那些衰飒、萧条的景物。他多用白描的手法、淡秀的笔触,点染出一幅幅清冷孤寂的图画,如"乱鸦投落日,疲马向空山"(《敕恩重推使牒追赴苏州次前溪馆作》);"寒渚一孤雁,夕阳千万山"(《秋杪江亭有作》);"寒潭映白月,秋雨上青苔"(《游休禅师双峰寺》);"孤云飞不定,落叶去无踪"(《洞庭驿逢郴州使还寄李汤司马》);"众岭猿啸重,空江人语响"(《浮石濑》)等。诗人让这些寒山落日、秋雨苍苔、孤云落叶、空林旧垒、孤雁哀猿,替他倾诉人生的凄楚、前途的暗淡,或者宣扬超尘绝俗、忘却世事的禅理。在王维、孟浩然的山水诗中,有不少感情基调热情开朗、积极乐观的作品。他们笔下的自然景色,往往生机蓬勃,使人们感到诗人热爱生活、热爱大自然的浪漫情趣;有时,他们还通过展现清幽恬静的山村景色,表现对理想境界的追求。他们虽然也有一些意境凄清冷寂的作品,却不像刘长卿诗中那样成为一种基调。在刘长卿、钱起等大历诗人的诗中所表现出的这种冷暗衰飒情调,正是唐王朝由盛转衰的时代气氛和当时士大夫失望颓唐心境的反映。中唐山水诗与盛唐山水诗的主要区别,即在于此。

刘长卿五七言诗兼擅。尤长五言,自诩为"五言长城"(权德舆《秦征君校书与刘随州唱和诗序》)。五言诗约占全部诗作十分之七。从艺术上说,近体优于古体,五古优于七古。五律、五绝、五排、五古都有名篇。其中,五律几乎占五言诗的十分之六,艺术造诣最高。其特色是简练浑括,于深密中见清秀。前人评云:"细淡而不显焕,观者当缓缓味之,不可造次一观而已"(《唐音癸签》卷七引方回语);"清词妙句,令人一唱三叹"(宋荦《漫堂说诗》);"工于铸意,巧不伤雅,犹有前辈体段"(《唐诗别裁》)。集中佳作很多,除上引《穆陵关北逢人归渔阳》等作外,又如《新年作》:"乡心新岁切,天畔独潸然。老至居人下,春归在客先。岭猿同旦暮,江柳共风烟。已似长沙傅,从今又几年?"吐辞委婉,属对精工,用典妥帖。"老至"一联,构思新巧而不失浑厚,有意溢言外之妙。沈德潜说:"巧句。别于盛唐,正在此种。"(《唐诗别裁》)他的五绝,篇篇可诵,其特色是构思精致,纯用白描,表现细微,清秀淡远。如:

日暮苍山远,天寒白屋贫。柴门闻犬吠,风雪夜归人。(《逢雪夜宿芙蓉山主人》)

苍苍竹林寺,杳杳钟声晚。荷笠带斜阳,青山独归远。(《送灵澈上人》)

语言平白如话,淡得出奇,却组成一幅幅色彩谐美、意境深远的山水画幅。画中又能见到作者的行动、个性与心境。这就显出作者白描技巧的高超。他的五古和七古多用律句,正如清薛雪《一瓢诗话》所说"刘随州古诗似律"。五古尚"可接武开、宝诸公"(翁方纲《石洲诗话》卷二),七古稍弱,"神情未远,气骨顿衰"(《诗薮·内编》卷三)。五言排律,被誉为"博厚深醇,不减少陵"(牟愿相《小澥草堂杂论诗》),但"篇什钜而句律时舛"(《诗薮·内编》卷三),事实上成就低于各体。

沈德潜说:"七律至随州,工绝亦秀绝矣。"(《唐诗别裁》卷十四)他的七律工秀邃密,委婉多讽,不但可与五律媲美,而且有超过五律之处,被称为中唐之首。上引《长沙过贾谊宅》等,都是中唐七律的精品。又如《别严士元》:

春风倚棹阖闾城,水国春寒阴复晴。细雨湿衣看不见,闲花落地听无声。日斜江上孤帆影,草绿湖南万里情。东道若逢相识问,青袍今已误儒生。

此诗抒写别情并感叹身世,缺乏深刻的社会内容。但中二联写景,既细腻入微,又清淡阔远。全篇语言谐美流畅,已到了工稳圆满、无可指摘的境地。但同盛唐崔颢、王维、杜甫等人的七律比较,却缺少浑朴雄厚之风。清翁方纲说:"随州七律,渐入坦迤矣。坦迤则一往易尽,此所以启中、晚之滥觞也。"(《石洲诗话》卷二)

他的七绝不如五绝有名,但也写得清幽秀丽,饶有水墨画般的韵致。如:

寂寂孤莺啼古园,寥寥一犬吠桃源。落花芳草无寻处,万壑千峰独闭门。(《过郑山人幽居》)

刘长卿似比杜甫出生略早,却晚于杜甫去世。他漫长的一生,经历了盛唐和中唐两个历史时期。但其创作活动则主要是在肃宗、代宗两朝。正是在这个阶段中,他的诗歌创作获得了突出成就,并且形成了清冷闲淡、工秀细密的主要风格。沈德潜说:"中唐诗渐秀渐平,近体句意日新,而古体顿减浑厚之气矣。"(《唐诗别裁》卷三)刘长卿的诗,正是按照这一趋向变化,而愈益明显地表露出中唐风貌的。诗分盛唐中唐,乃举其大概而言,主要看诗的兴象风神、声调格律,而不是仅看诗人生活的年代。因此,刘长卿基本上应划入中唐诗人之列。胡应麟说:"诗至钱、刘,遂露中唐面目。""钱才远不及刘,然其诗尚有盛唐遗响,刘即自成中唐与盛唐分道矣。"(《诗薮·内编》卷五)清贺裳亦云:"昔人编诗,以开元、大历初为盛唐,刘长卿开元、至德间人,列之中唐,殊不解其故。细阅其集,始知之。刘有古调,有新声。……实滹暑中之一叶落也。"(《载酒园诗话又编》)

　　对于刘长卿诗的艺术成就和在文学史上的地位,历史上已有人作出比较中肯的总评价。清人卢文弨在《刘随州文集题辞》(《抱经堂文集》卷七)中指出:"随州诗固不及浣花翁(杜甫)之博大精深、牢笼众美,然其含情悱恻,吐辞委婉,绪缠绵而不断,味涵咏而愈旨,子美之后定当推为巨擘。众体皆工,不独五言为长城也。"贺贻孙在《诗筏》中也说得好:"刘长卿诗,能以苍秀接盛唐之绪,亦未免以新隽开中晚之风。其命意造句,似欲揽少陵、摩诘(王维)二家之长而兼有之,而各有不相及不相似处。其不相似不相及,乃所以独成其为文房也。"全面地看作品的思想和艺术成就,刘长卿胜于与他同时代的"大历十才子"的代表诗人钱起。明人许学夷、清人李重华早已指出:"中唐虽称钱、刘,而钱实逊刘。"(《诗源辨体》卷三六)"大历名手,钱不如刘。"(《贞一斋诗说》)刘长卿应当是大历诗人之冠。他充当了唐诗由盛唐向中唐以至晚唐过渡的承先启后的人物,在诗歌史上有着重要的地位。

　　刘长卿的诗也有不足之处。如《和袁中郎破贼后军行过郯中山水》等篇,赞美官军对农民起义军的镇压;《献淮宁军节度使李相公》等篇,颂扬已暴露出扩张野心的军阀李希烈。这表现了作者的阶级局限和缺乏政治识见。一部分诗意境雷同,诗中用事、造句和遣词重复或类似处较多。唐高仲武批评刘诗说"大抵十首以上,语意稍同,于落句尤甚,思锐才窄也"(《中兴间气集》卷下)。可谓切中其弊。

　　刘长卿的作品,《新唐书·艺文志》著录十卷,陈振孙《直斋书录解题》云"建昌本十卷,别一卷为杂著",则为十一卷。今存《刘随州文集》十一卷(诗十卷,文一卷),有《丛书集成初编》本(据《畿辅丛书》本排印)。又,《四部丛刊》影印明正德刊本,诗集十卷,外集一卷。《全唐诗》录存其诗,编为五卷。

第三节 韦应物的生平

韦应物(737—792?)[5],京兆长安(今陕西西安)人,出身于高门望族,曾祖韦待价当过武则天的宰相,祖父韦令仪也做过宗正少卿和梁州都督,后来家道衰落。伯父韦鉴,父亲韦銮,叔父韦锜、韦镕、韦镒,弟兄五人,除韦镒外,《元和姓纂》、《新唐书·宰相世系表》均未载其官职[6]。

天宝十载(751),韦应物十五岁。因为他仪容英俊,袭门资恩荫,得以进入宫廷,做了玄宗的近侍三卫郎。在轮番宿卫之馀,入太学附读。当时,他年少荒唐,恃宠骄纵,正如他后来在诗中所述:"少事武皇帝,无赖恃恩私。身作里中横,家藏亡命儿。朝持樗蒲局,暮窃东邻姬。司隶不敢捕,立在白玉墀。"(《逢杨开府》)"少年游太学,负气蔑诸生。"(《赠旧识》)

天宝十四载(755),安史之乱爆发,玄宗奔蜀。韦应物扈从不及,辗转流落扶风,又避难于武功,前后约有三年之久。肃宗乾元元年(758),他才返回京城,复入太学读书。他决心痛改前非,折节向学。宝应元年(762),他结婚成家。妻子十分贤惠,给了他许多勉励和支持。

广德二年(764),韦应物卒业于太学,经过考试,得到了洛阳丞的职位。永泰年间(765—766),他在任上秉公不阿,殴击了倚仗中贵人的势力而横行霸道的军骑,却受到讼告,于是愤而辞官,闲居于洛阳东城同德精舍。这时,他尝到了直道难行的苦味。他在《任洛阳丞请告》诗中说:"方凿不受圆,直木不为轮。""休告卧空馆,养病绝器尘。"

大历七年(772)岁暮,他返长安杜陵家园。八年到九年,作了一次从梁州到江汉的远游,复返长安。大历十年,京兆尹黎干荐举他任京兆府功曹参军。从他的诗中可知,他在任内力践儒家仁政爱民的思想,曾到过蓝田,体察农民采玉的艰辛。秦中发生水灾,他又顶烈日奔波百里,去云阳县视察灾情,慰问百姓。他在《使云阳寄府曹》诗中表白:"仁贤忧斯民,贱子甘所役。"其后,兼摄高陵令。

大历十二年冬,韦应物的爱妻病逝,他非常悲痛。次年暮春,他转鄠县令,有《任鄠令渼陂游眺》诗。五月,已调任兵部侍郎的黎干因参预策划废立太子的事,触犯德宗,被赐死于蓝田驿。韦应物对黎干深怀知遇之恩,黎的贬死使他感到官场的险恶、人生的悲哀。加上他身患疾病,便在大历十四年(779)六月,趁调任栎阳令之时辞官,退居长安西郊沣上善福寺,开始游心于释老学说,寻求精神的解脱。他在诗中说:"独饮涧中水,吟咏老氏书。"(《春日郊居寄万年吉少府中孚三原少府伟夏侯校书审》)"道心淡泊对流水,生事萧疏空掩门。"(《寓居沣上精舍寄于张二舍人》)。他还一再在诗中表示要追踪陶潜,甘守贫贱。

然而,韦应物并未能忘怀世事。他常感到闲居寂寞,并因自己官卑职小,宦海失意而愤懑不平。"城阙应多事,谁忆此闲居"(《春日郊居寄万年吉少府中孚三原少府伟夏侯校书审》)、"补吏多下迁,罢归聊自度"(《闲居赠友》)等诗句,多少透露出他内心的隐情。因此,当他在建中二年(781)四月被擢为尚书比部员外郎时,兴奋地赋诗说:"俯仰垂华缨,飘飘翔轻毂。"(《始除尚书郎别善福精舍》)"摄衣辞田里,华簪耀颓颜。"(《答崔都水》)他在长安,与畅当、刘太真、李儋、吉中孚等相交游,谈诗论文。

建中四年(783)夏,韦应物出任滁州刺史。滁州僻处东南,是仅有三个属县的下州，但作为刺史，毕竟是"专城"之任。所以他欣然赴任，希望发挥自己的才能，为滁州人民做一些有益的事。他看到滁州四面荒山，土地贫瘠，再加上连年战乱，赋税繁重，民生凋敝，于是努力宽征减税、简政养民。公事之暇，他有时登山临水，探幽访胜；有时莳花种药，移杉插柳；或结交方外之士，参禅悟道。但他并没有忘记人民的疾苦，在诗中说："物累诚可遣，疲氓终未忘。"（《游琅玡山寺》）"无术谬称简，素餐空自嗟！"（《郡斋寄王卿》）"赋繁属军兴，政拙愧斯人。"（《答王郎中》）他经常反躬自责，为自己没能尽到应有的责任而苦恼。一年多后，韦罢滁州刺史。由于清廉奉公，罢任后竟无法凑足返回长安的旅费，只得在滁州西涧暂时住下来。

贞元元年（785）秋天，他调任江州刺史。江州原属上州。可是由于连年战祸，军国多需，加之年荒岁歉，赋敛苛繁，以致百姓转徙流离。韦应物"到郡方逾月，终朝理乱丝"（《始至郡》）。他殚精竭虑，悉心治理，出巡各县，安抚流亡。贞元三年（787）初，韦奉诏回京，任左司郎中。

贞元四年（788），韦应物又出任苏州刺史。他在苏州也做了不少有益于人民的事。他颁令所属官员必须"矜老疾，活艰困"，酌情蠲免了贫户积欠的赋税。除了日常的劝农桑、施政教、处理民事诉讼外，他还参加官场的酬酢宴会，接见访谒求托的州民，并经常同诗人顾况、孟郊、皎然、秦系、丘丹、章八元、崔峒等人唱酬往来。他在《郡斋雨中与诸文士燕集》诗中，生动地描述了当时诗酒结交的盛况。但他也常遇到不顺心的事。例如，他厌恶官场的庸俗习气，却不得不屈志应付朝廷派来巡郡的官员。《赠李判官》诗中的"政拙劳详省"，便透露出心中的不快。又如，他明知邑中有贫病交迫的贤士，但自己无法荐举，只好叹息"斯道何由宣"（《酬张协律》）。韦应物看到当时的社会愈益黑暗腐败，虽无可奈何，却力求居官清白正直。他一直过着独身生活,"鲜食寡欲,所居焚香扫地而坐"(唐李肇《国史补》),以此涵养"真气"和"道心"。

贞元七年(791),韦应物罢职。他还是一贫如洗,罢守后竟无旅费回乡,只好寄居在苏州城外的永定寺,"聊租二顷田",课子弟耕作。这时他五十五岁,已到了"眼暗文字废"(《寓居永定精舍》)的老境。大约在贞元八年(792)卒于苏州。他死后,人们称他为韦江州、韦左司或韦苏州。

第四节 韦应物的诗歌

韦应物的诗歌,今存约五百六十馀首。诗人生于开天盛世的后期,刚进入青年时代就经历了安史之乱,他的内心充满了理想幻灭的悲哀。于是,怀恋和追忆已经逝去的黄金时代,便成了他用以排遣精神苦闷的一服既甜蜜又酸苦的药剂。中年以后,他写了许多忆旧的诗歌,以少年时在宫廷执戟侍卫的生活为回忆的中心,把玄宗当做盛世的象征来颂扬。《逢杨开府》、《燕李录事》回忆当年自己豪侠放荡、春风得意的情景,带着无限的留恋。《酬郑户曹骊山感怀》以华丽的词藻描绘玄宗当年驾临骊山的盛况,讴歌"朝燕咏无事,时丰贺国祯。日和弦管音,下使万室听。海内凑朝贡,贤愚共欢荣"的升平景象;结尾笔锋一转,忽以"事往世如寄,感深迹所经。申章报兰藻,一望双涕零"之句,慨叹世事如梦,人生如寄。这些怀旧的诗篇大多采用以盛映衰的对比手法,诗中交织着对昔日太平盛世的眷念和对眼前动乱衰败现实的失望,写得如梦如幻,如泣如诉,十分真挚动情。如《温泉行》既追忆昔年任三卫郎时"身骑厩马引天仗,直入华清列御前"的得意之态,又描写他大历中"作官不了"还归杜陵路过温泉时"敝裘羸马冻欲死,赖遇主人杯酒多"的潦倒之状,前后形成了强烈的对照。《白沙亭逢吴叟歌》写他在漫游广陵时,遇到了从前同侍玄宗、而今以采樵为生的吴叟,二人抚今追昔,同病相怜,发出"盛时忽去良可恨"的深沉慨叹。《与村老对饮》云:"鬓眉雪色犹嗜酒,言辞淳朴古人风。乡村年少生离乱,见话先朝如梦中。"写乡村少年听见诗人与村老话说先朝盛事,有如梦如痴的感觉。诗虽短小,怀旧的情绪却很浓烈。

这种回忆开元、天宝盛世的怀旧思潮,自安史之乱后一直绵延到中、晚唐诗坛。杜甫、韦应物是这股思潮的先驱,元稹、白居易为其高峰,《连昌宫词》和《长恨歌》等为最杰出的作品,张祜、杜牧、李商隐是其殿后人物。这个创作思潮,正是唐王朝由盛转衰的社会现实的反映,也是安史之乱后士大夫悲哀心理的写照。

难能可贵的是,韦应物并不是一味为这个正在走向衰落的封建王朝唱挽歌,同时也对上层统治者给以无情的揭露和尖锐的抨击。他的《骊山行》巧妙地寓针砭于歌颂之中,揭露了唐玄宗在骊山的奢侈淫佚生活;《长安道》运用铺排手法,揭露炙手可热的杨氏家族的穷奢极侈,给这一乐府旧题注入了崭新的思想内容;《汉武帝杂歌三首》则用借古讽今手法,表面上讽刺汉武帝企图以饮仙露求得长生,实质上是对唐代的最高统治者提出劝戒;《金谷园》更提醒统治者,生活糜烂必然导致天下大乱。韦应物以乐府旧题和七言歌行体写作的这些作品,数量虽不多,但所反映的社会生活面并不狭隘,对上层统治者揭露深刻,鞭笞有力,表现出诗人对国家衰败政局的深深忧虑和思索。这类具有现实主义批判锋芒的诗歌,深受白居易的赞赏,他在《与元九书》中说:"韦苏州歌行,才丽之外,颇近兴讽……今之秉笔者谁能及之?"

韦应物也有反映战乱、感慨时事的诗篇,它们充满了慷慨悲愤的激情。例如《广德中洛阳作》,描写肃宗宝应元年(762)唐王朝借回纥兵收复洛阳后,回纥兵和官军在洛阳大肆屠杀掳掠的暴行。诗中"饮药本攻病,毒肠翻自残。王师涉河洛,玉石俱不完"等句,对统治者这种引狼入室的行径表示了极大的愤慨。此诗与同时写的《登高望洛城作》都真实地反映了时事,同《旧唐书·回纥传》所载史实完全相合。《睢阳感怀》热烈讴歌坚守孤城抗击叛军而壮烈就义的张巡、许远,愤怒斥责那些拥兵不救的藩镇和屈膝投敌的叛臣。在中唐诗人关于睢阳之围的诗作中,此篇尤为沉着慷慨。可以看出,诗人是针对当时流传的一些贬低张巡、许远的言论而发,对后来韩愈写作《张中丞传后叙》颇有启迪。他如《京师叛乱寄诸弟》、《寄诸弟》、《鼙鼓行》等诗,反映了德宗建中、兴元年间朱泚在京城叛乱的情况,画出了"岁暮兵戈乱"、"虎豹满西京"、"函谷行人绝,淮南春草生"等一幅幅兵戈满地、哀鸿遍野的图画,抒发了诗人忧国伤时、怀念亲人的心情。

　　韦应物诗歌强烈的现实性,还表现在触及了天宝以后一个最重要的社会问题——藩镇割据。他在《经函谷关》诗中,先描写以金汤之固著称的函谷关的雄峻险要,然后怀古伤今,感慨安史之乱中西京轻易失守,引出"古今虽共守,成败良可识。藩屏无俊贤,金汤独何力"的议论。诗人强调,倘对守将任人不当,关塞险固是不足恃的。清人乔亿赞扬这是"以议论笔力胜"的"大有关系之作","可为经国至言,亦绝好诗篇"(《剑溪说诗又编》)。在《杂体五首》其二中,诗人把那些重兵在握而不屑为国尽职的节镇将领比喻为"饱肉不肯飞"的"鹰鹯",愤怒指斥他们:"既乖逐鸟节,空养凌云姿。孤负肉食恩,何异城上鸱!"这些反映战乱、感慨时事之作,数量虽不如刘长卿多,也没有刘的那种长达数十韵的长篇巨制,但同样涉及面广,而且似更显出批判的锋芒,思想也更为深刻。

在韦应物的诗歌中,有一些反映民生疾苦的作品。《采玉行》:"官府征白丁,言采蓝溪玉。绝岭夜无家,深榛雨中宿。独妇饷粮还,哀哀舍南哭。"描写农民被封建官府征逼,采玉蓝溪、雨宿深山的悲惨遭遇,对后来李贺写《老夫采玉歌》颇有启发。诗人常把劳动者的贫苦和统治者的奢侈对照起来描绘。如《杂体五首》其三描写织罗女在寒夜里"心精烟雾色,指历千万绪",织出色彩美妙的春罗。但百日之功,只够长安权贵豪家的姬妾舞女一朝之舞!在尖锐的对比之中,揭示了阶级对立的社会现实。又如《夏冰歌》,前半篇竭力铺叙王侯贵族在炎夏用冰块消暑的情景。篇末以"当念阑干凿者苦,腊月深井汗如雨"之句,描写劳动者凿冰的艰苦,揭露权贵的舒适享受正是以劳动人民的血汗乃至生命为代价换来的。白居易的《新乐府》五十首中的《轻肥》、《买花》、《缭绫》等杰作,从题材到表现手法,与韦应物这类作品十分相似,显然,他从韦诗中吸取了丰富的思想与艺术营养。韦应物还有几首托兴于禽鸟的寓言诗。例如《鸢夺巢》,以"鸱鸢恃力夺鹊巢,吞鹊之肝啄鹊脑"象征弱肉强食的血淋淋的社会现实。值得注意的是,诗中还对百鸟之尊的凤凰提出责问:"知鸢为害何不言?霜鹯野鹞得残肉,同啄羶腥不肯逐。"像这样敢于指斥皇帝的诗,在唐诗中确实不可多得。

韦应物久历州县,对百姓的疾苦、官府的苛政有比较深刻的认识,并且为自己不能减免百姓疾苦而愧疚不安。这些可贵的思想感情,都表露在他的诗中。《始至郡》描写江州人民的苦难,并表示自己要不辞辛劳,努力处理政务,切实安抚孤苦无依的灾民。《送令狐岫宰恩阳》诗中说:"和风被草木,江水日夜清。从来知善政,离别慰友生。"勉励朋友要推行善政。《寄李儋元锡》是一首表现诗人同情人民疾苦、反躬自责的感人作品:

去年花里逢君别,今日花开已一年。世事茫茫难自料,春愁黯黯独成眠。身多疾病思田里,邑有流亡愧俸钱。闻道欲来相问讯,西楼望月几回圆?

诗中第三联,写自己身多疾病,思归田园,却因邑有流亡而忧虑,也因自己无功受禄而惭愧。这两句诗,典型地概括了清廉正直的封建官员仁政爱民的理想无法实现的苦闷,感情十分真实、诚恳,自宋代以来深受赞扬,明胡震亨誉之为"仁者之言"(《唐音癸签》卷二五)。

上述作品表明,韦应物是一位关心现实、忧国忧民的诗人。清人乔亿说:"古今共推韦诗冲澹,而韦之分量未尽也。""韦公多恤人之意,极近元次山。"(《剑溪说诗又编》)刘熙载也指出:"韦苏州忧民之意如元道州,试观《高陵书情》云:'兵凶久相践,徭赋岂得闲!促戚下可哀,宽政身致患。日夕思自退,出门望故山。'此可与《舂陵行》、《贼退示官吏》作并读。"(《艺概·诗概》)

韦应物性情淳厚朴挚,对知交故友和家中亲人感情很深。同刘长卿一样,他的送行寄赠友人之作写得真挚动人。其中一些作品,表现出诗人与友人以建立功业互勉的壮志,如《送崔押衙相州》、《寄冯著》等。他在滁州刺史任上,听到诗友畅当被召募从军的消息后,作《寄畅当》云:"寇贼起东山,英俊方未闲。闻君新应募,籍籍动京关。出身文翰场,高步不可攀。青袍未及解,白羽插腰间。……丈夫当为国,破敌如摧山。何必事州府,坐使鬓毛斑。"慷慨激昂,英气逼人,显示出诗人积极用世的抱负及其性格的豪侠好武一面。多数作品,抒发对亲朋故友的惜别或怀念之情,诗中常借山水景物和环境的描绘烘托感情。如《赋得暮雨送李曹》:"楚江微雨里,建业暮钟时。漠漠帆来重,冥冥鸟去迟。海门深不见,浦树远含滋。相送情无限,沾襟比散丝。"前六句都是写送别时的江上景色。"重"、"迟"、"远含滋",状写暮雨中缓慢行进的帆、飞得吃力的鸟,也形象地摹拟出诗人心绪的沉重;"漠漠"、"冥冥"、"深不见",描摹烟雨暮色的迷濛,亦逼真地传达出诗人情怀之怅惘。收笔归到送友,泪点雨丝,同沾襟上,暮钟声声,撞击心弦。对友人无限深情,读之令人黯然神伤。《寄全椒山中道士》是更为人们称道的名篇:

今朝郡斋冷,忽念山中客。涧底束荆薪,归来煮白石。欲持一瓢酒,远慰风雨夕。落叶满空山,何处寻行迹?

作者从自己在郡斋中的寒冷感觉起笔,接写遥想山中道士孤寂清冷的生活,欲持酒相慰,又想到落叶满山,难寻其踪。全诗如一潭秋水,泠然澄清,却传达出他对山中友人的深情忆念和世外之思。用笔清淡自然,毫不着力。前人说它"一片神行",是"化工之笔"(高步瀛《唐宋诗举要》引)。

韦应物同他的妻子患难相依,感情深笃。中年丧妻后,他写了《伤逝》、《往富平伤怀》、《出还》、《冬夜》、《送终》、《除日》、《月夜》、《有所思》等十几首悼亡诗,倾吐出一片发自肺腑的深情,凄恻哀婉,非常感人。如《出还》:"昔出喜还家,今还独伤意。入室掩无光,衔哀写虚位。凄凄动幽幔,寂寂惊寒吹。幼女复何知,时来庭下戏。咨嗟日复老,错莫身如寄。家人劝我餐,对案空垂泪!"诗人纯用白描手法,抓住几个典型的生活细节,再加上逼真的心理刻画和浓重的气氛渲染,淋漓尽致地抒发出凄苦、孤独、怀念、感伤之情。清乔亿评云:"古今悼亡之作,惟韦公应物十数篇,澹缓凄楚,真切动人,不必语语沉痛,而幽忧郁堙之气,直灌输其中,诚绝调也。"(《剑溪说诗又编》)这些作品,对后来元稹、白居易、李商隐的悼亡诗很有影响。韦应物还有一些咏物小诗,如:

水性自云静,石中本无声。如何两相激?雷转空山惊。(《听嘉陵江水声寄深上人》)

乾坤有精物,至宝无文章。雕琢为世器,真性一朝伤。(《咏玉》)

或探求宇宙万有的奥秘,或揭示自然朴素之美的观点,写得精警而富哲理,是唐代咏物小诗的精品。

韦应物以擅长山水田园诗著名,向来或陶(渊明)韦并称,或王(维)、孟(浩然)、韦、柳(宗元)并称。他的山水田园诗与陶、王、孟一脉相承。他写山水田园景物,清新秀雅,优美细腻,能传达出人们不易说出的感受。例如,他写春天的原野:"逦迤曙云薄,散漫东风来。青山满春野,微雨洒轻埃。"(《对雨赠李主簿高秀才》)清朗润泽,令人心旷神怡。他写夏日的乡村:"野水滟长塘,烟花乱晴日。氤氲绿树多,苍翠千山出。游鱼时可见,新荷尚未密。"(《任鄠令渼陂游眺》)满目苍翠,一派蓬勃生机。他的写景名句,如"景煦听禽响,雨馀看柳重"(《春游南亭》)、"绿阴生昼静,孤花表春馀"(《游开元精舍》)、"空林细雨至,圆文遍水生"(《西涧即事示卢陟》)等,既传神地捕捉住景物对象的特征,又饱含诗人的主观情意,饶有景趣和情趣。他擅于表现清淡或清冷意境,偶尔也用粗犷的笔触,勾勒出壮丽的山水画幅。如《西塞山》:"势从千里奔,直入江中断。岚横秋塞雄,地束惊流满。"显露了他山水诗中雄豪的一面。而《怀琅琊深标二释子》:"白云埋大壑,阴崖滴夜泉。应居西石室,月照山苍然。"仅二十字,却创造出雄浑、清幽、空寂、恬远等多种情思境界。他在山水诗中融入了绘画的表现技法,如:"隔林分落景,馀霞明远川"(《晚出沣上赠崔都水》)、"残霞照高阁,青山出远林"(《善福寺阁》),不仅有丰富的色彩映衬,而且景物远近层次分明,富于空间感。他很像一位优秀的水彩画家,最善于以色调的明暗浓淡来刻画不同季节气候景物的微妙变化,如"寒雨暗深更,流萤度高阁"(《寺居独夜寄崔主簿》),"远峰明夕川,夏雨生众绿"(《始除尚书郎别善福精舍》)。他并不轻易用带色的字,但集中用"绿"字的诗却有五六十句之多,他是喜爱这种给人以明媚、宁静美感的绿色的诗人[7]。

韦应物的田园诗,侧重抒写自己幽居乡村的闲适情怀,反衬官场生活的庸俗、污浊。这同陶、王、孟田园诗的主旨、情趣相同。但他还在《秋药》、《西涧种柳》、《种瓜》、《喜园中茶生》等诗中,描写自己参加农业劳动的新鲜、喜悦的感受。有些田园诗更表现出对劳苦农民的关怀,如《观田家》:

> 微雨众卉新,一雷惊蛰始。田家几日闲,耕种从此起。丁壮俱在野,场圃亦就理。归来景常晏,饮犊西涧水。饥劬不自苦,膏泽且为喜。仓廪无宿储,徭役犹未已。方惭不耕者,禄食出闾里。

诗中真切地抒写了农民的喜悦和希望,辛劳和痛苦。结尾处,反映出沉重的徭役造成农民的贫困,并抒发自己不耕而食愧对农民的思想感情。这表明韦应物的田园诗乡土气息很浓,与陶渊明的田园诗更为契合,其思想内容有胜于王、孟、储田园诗之处。

韦应物的诗有独特的艺术造诣。白居易称"其五言诗又高雅闲澹,自成一家之体"(《与元九书》)。司空图谓其诗"澄淡精致"(《与李生论诗书》)。贺裳也说:韦苏州"以淡漠为宗","不加修饰","天质自然特秀"(《载酒园诗话又编》)。其实,他的诗也有浓艳、鲜丽的一面,所以宋濂说韦诗"寄秾鲜于简淡之中"(《答章秀才论诗书》)。

韦应物仰慕陶渊明的思想、人品和诗风,他写了不少在题目上标明学陶的诗,如《与友人野炊效陶体》、《拟古诗十二首》、《效陶彭泽》、《杂体五首》等,但这些诗一味模仿,仅得形似。倒是他的另一些并非摹拟的山水田园和寄赠酬答诗,却能吸取陶渊明以白描传神的表现手法和萧散自然的语言风格,创造出自己的意境,给读者留下更为鲜明深刻的印象。如《东郊》、《夕次盱眙县》、《沣上西斋寄诸友》、《寺居独夜寄崔主簿》、《郡中对雨赠元锡兼简杨凌》等,都是佳作。他在山水写景方面,也接受了谢灵运、谢朓的影响。正如清人叶矫然说:"韦诗古澹见致,本之陶令,人所知也。集中实有蓝本大谢者。"(《龙性堂诗话续集》)《四库全书总目提要》也指出:"(韦应物)五言古体源出于陶,而熔化于三谢,故真而不朴,华而不绮。但以为步趋柴桑(陶渊明),未为得实。"事实上,韦诗既得陶诗以抒怀写意为主、清新自然的风神,又吸取谢灵运和谢朓诗刻画山水景物细致逼真、色彩明丽的优点。这种兼采陶、谢的路子,王、孟先已大力实践。韦应物正是王、孟家数的杰出继起者。韦诗风格与王、孟有所不同,主要是融有一种雍和宽远之致。但他对王、孟继承多,变化少,在总体上仍未能脱出王、孟诗的格局。又,前人将韦、柳并称,二人诗歌创作成就未可轩轾。而柳宗元受元和时期创新风气的影响,其诗在清远中显出一种崭新的峻峭奇崛之态,故韦、柳诗风,同中有异。

韦应物的五言古体诗数量最多,成就最为突出,已见上述。七言歌行风格婉丽,音调流美,有比兴讽谕之旨,无论数量和质量都胜于刘长卿。

近体诗中,五律和七律不及刘长卿,但也有传世佳作。五律名篇除上举《赋得暮雨送李曹》外,还有《淮上喜会梁州故人》等。七律名篇如:

夹水苍山路向东,东南山豁大河通。寒树依微远天外,夕阳明灭乱流中。孤村几岁临伊岸,一雁初晴下朔风。为报洛桥游宦侣,扁舟不系与心同。(《自巩洛舟行入黄河即事寄府县僚友》)

写得情景交融,自然流畅,挥洒自如。他的五绝,一向为诗家所推崇。胡应麟在《诗薮》中说:"中唐五言绝,苏州最古,可继王、孟。"沈德潜在《说诗晬语》中说:"五言绝句,右丞之自然,太白之高妙,苏州之古淡,并入化机。"除前引诸篇外,又如:

怀君属秋夜,散步咏凉天。山空松子落,幽人应未眠。(《秋夜寄丘二十二员外》)

淡淡着墨,语浅情深,意境高古淡远。其七绝在中唐,成就仅次于刘禹锡和李益。有《寒夜寄京师诸弟》、《故人重九日求桔》、《休暇日访王侍御》、《登楼寄王卿》等名作。《滁州西涧》尤为传诵人口:

独怜幽草涧边生,上有黄鹂深树鸣。春潮带雨晚来急,野渡无人舟自横。

此诗以动静相生的表现手法,画出一幅幽静深邃而又富于生机的荒山野渡景色,寄寓着诗人罢官以后萧散自在的心情,是唐代山水诗的名篇。

韦应物的诗歌也有缺点。他在任比部员外郎和左司郎中期间,由于生活范围狭窄,思想感情空虚,曾写了一些充满冠带簪组、御香宫漏的富贵气味的作品。

韦应物的诗集,今传有《四部丛刊》影印明嘉靖十卷本《韦江州集》，明汪立名辑订两卷本《韦苏州诗集》，又有明刻朱墨套印的南宋刘辰翁校十卷本《韦苏州集》。《全唐诗》录存韦诗，亦编为十卷。《千唐志》中有韦应物广德元年所撰《唐东平郡巨野县令李璀墓志》，为诸本韦集及《全唐文》所不载。韦应物传世散文仅此一篇，值得珍视。

〔1〕 刘长卿，两《唐书》无传。《新唐书》卷六○《艺文志》四著录其集，并略叙其简历，但有误载，唐宋文献材料记其生平者亦甚少。元辛文房《唐才子传》卷二有传。今人傅璇琮有《刘长卿事迹考辨》(《唐代诗人丛考》，中华书局版)，卞孝萱、乔长阜有《刘长卿》(《中国历代著名文学家评传》卷二，山东教育出版社版)及《刘长卿年谱》稿，对其生平事迹考证甚详，但仍有诸多疑点有待续考。长卿生年，闻一多定为公元 709 年(《唐诗大系》)，傅璇琮定为 710 年左右，或 725 年左右(《刘长卿事迹考辨》)，卞孝萱、乔长阜定为 714 年(《刘长卿》)，所说不一，待考。

〔2〕 参见储仲君《刘长卿诗歌名篇系年质疑》(《文献》1988 年第 1 期)。

〔3〕 参见《四库全书总目》总集一《二皇甫集》解题。

〔4〕 《全唐诗》收录刘长卿诗五卷，499 题，509 首，但与他家重出互见之作，多达四十馀篇，分别见于隋、唐二十多位诗人名下，且有一诗重出至三四家者。其中与皇甫冉诗重出互见尤多。今人佟培基有《刘长卿诗重出甄辨》(《文学遗产》1993 年第 2 期)。

〔5〕 韦应物，两《唐书》无传，其事迹材料少而零碎。宋王钦臣有《韦苏州集序》，姚宽有《书葛蘩校韦集后》，清陈沆《诗比兴笺》卷三和余嘉锡《四库提要辨证》卷二○有辨韦应物事。此外，宋胡仔《苕溪渔隐丛话》前集卷一五、元辛文房《唐才子传》卷四，明胡震亨《唐音癸签》卷二九及清纪昀《四库全书总目提要》亦有所述。今人万曼有《韦应物传》(《国文月刊》1947 年第 60、61 期)，孙望有《韦应物事迹考述》(《蜗叟杂稿》，上海古籍出版社版)，傅璇琮有《韦应物系年考证》(《唐代诗人丛考》，中华书局版)，廖仲安有《韦应物》(《中国历代著

名文学家评传》,山东教育出版社版)和《有关〈韦应物系年考证〉的几件事》(《文史》第11辑)。

〔6〕 傅璇琮《韦应物系年考证》引晚唐张彦远《历代名画记》等著作说,韦应物之伯父、父亲都是画家。但《新唐书·宰相世系表》载,韦氏九大房中东眷房韦道珍一系亦有韦鉴、韦銮二人。《新唐书·元载传》亦云天宝初有"韦鉴监选黔中"之事。张彦远所说韦氏兄弟俩画家是否即韦应物伯父、父亲两人,尚待续考。

〔7〕 参见廖仲安《韦应物》(《中国历代著名文学家评传》第二卷,第357页)。

后　记

唐代文学史(上),叙述了初、盛唐时期的文学现象,起于武德,至于大历初。这期间曾发生过天宝末的安史之乱,但文学创作仍处于盛期。我们这样划分,与唐王朝的盛衰治乱不大一致,却更符合文学的发展状况。

在编写过程中,我们遵照历史唯物主义的基本原则,从文学的史实出发,考察了初、盛唐这段特定的历史时期的文学现象,并分析了其发展的因果关系,以期对这个阶段的各种文学样式及文学思潮的总面貌作出符合实际的描述。同时,我们也用了一些篇幅叙述了当时与文学相关的社会史与艺术史的概况,希图使读者对那个时代的整个文化进程,有一个总体的轮廓的了解。由于我们的知识水平有限,这个设想或未能真正达到。

在编写过程中,我们参考并吸收了近年来学术界不少的研究成果,为了节约篇幅,未能一一指明。在此谨向学术界的同志们表示感谢。

本书的编写工作,是早在八十年代初就已开始了,其间时断时续,几经起伏,八十年代中、后期,执笔者先后写成初稿,经过相互传阅、讨论,完成了修改稿。

本书修改稿完成后,曾送请廖仲安、陈贻焮、傅璇琮、曹道衡、吴庚舜等先生进行审阅，承蒙他们提了不少宝贵意见，并给以鼓励。余冠英先生又为我们审阅了部分文稿，在此我们谨向余先生及廖、陈、傅、曹、吴诸先生表示谢意。

我们的工作大致是这样进行的：全书框架由乔象锺拟定，全体讨论通过。各章分工情况是：

第一、十六、十七、二十二等章由陈铁民执笔

第二章由李少雍执笔

第五、十（第五节由陈铁民）、十八、十九等章由乔象锺执笔

第七章由杨柳执笔

第十一、十二、十三、十四、二十三、二十四等章由陶文鹏执笔

第三、八、九章由张锡厚执笔

第十五章由杨镰执笔

第四章由杨柳、陶文鹏执笔

第六章由杨柳、乔象锺执笔

第二十、二十一章由廖仲安、王学泰执笔

自一九八八年十月到一九八九年七月，由乔象锺、陈铁民对全书进行了统一、修改，其中有一些章节作了较大的增删或改写。本书虽经反复修订，错误和疏漏仍是难免的，深切期望海内外专家予以指正。

最后，我们感谢人民文学出版社的责编宋红同志及古典文学编辑室主任冯伟民同志对本书进行了认真的审阅，提出了不少宝贵意见，使本书得以顺利出版。

乔象锺　陈铁民

一九八九年七月十五日